御製

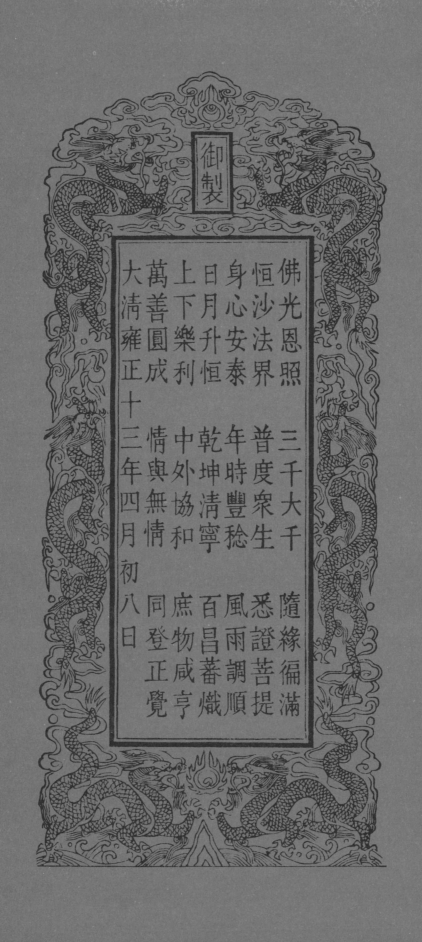

佛光恩照　三千大千　隨緣徧滿
恒沙法界　普度衆生　悉證菩提
身心安泰　年時豐稔　風雨調順
日月升恒　乾坤清寧　百昌蕃熾
上下樂利　中外協和　庶物咸亨
萬善圓成　情與無情　同登正覺
大清雍正十三年四月初八日

第一四二册 此土著述（三二）

宗鏡録

宋慧日永明妙圓正修智覺禪師延壽集

清刻龍藏佛說法變相圖

宗鏡録卷第十四

宋慧日永明妙圓正修智覺禪師延壽集

夫釋迦文佛開衆生心成佛知見達磨初祖直指人心見性成佛若體此一心云何是成佛之理答一心不動諸法無性以無性故悉皆成佛華嚴經云佛子如來成正覺時於其身中普見一切衆生成正覺乃至普見一切衆生入涅槃皆同一性所謂無性無何等性所謂無相性無盡性無生性無滅性無我性無非我性無衆生性無非衆生性無菩提性無法界性無虛空性亦復無有成正覺性知一切法皆無性故得一切智大悲相續救度衆生佛子譬如虛空一切世界若成若壞常無增減何以故虛空無生故諸佛菩提亦復如是若成正覺不成正覺亦無增減何以故

菩提無相無非相無一無種種故佛子假使有人能化作恒河沙等心一一心復化作恒河沙等佛皆無色無形無相如是盡恒河沙等劫無有休息佛子於汝意云何彼人化心化作如來凡有幾何如來性起妙德菩薩言如我解於仁所說義化與不化等無有別云何問言凡有幾何普賢菩薩言善哉善哉佛子如汝所說設一切衆生於一念中悉成正覺與不成正覺等無有異何以故菩提無相故若無有相則無增減佛子菩薩摩訶薩應如是知成等正覺同於菩提一相無相疏釋云所以知佛智徧者無一衆生不有本覺與佛體無殊故經云佛智徧流即以佛智徧他衆生令顯衆生自有佛智故云徧耳此有三意一明無一衆生不有則知無性者非衆生數謂草木等已過五性之見二者衆生在纏之因已具出纏之果法故云有如來智慧非但有性後方當成亦非理先智後是知涅槃對昔方便且說有性後學尚謂談有藏無況聞等有果智誰當信者三彼因中之果智即他佛之果智以圓教宗自他因果無二體故不爾此說衆生有果何名説佛智耶斯則玄又玄矣非華嚴宗無有斯理疑云涅槃云佛性者名爲智慧有智慧時則無煩惱今有佛智那作衆生釋云謂顛倒故不證豈得言無如壯士迷於額珠豈是膚中無寶謂若先無離倒寧有既離則現明本不無如貧得珠非今授與是以涅槃恐不修行故云言定有者即爲執著恐不信有故云若言定無則爲妄語乍可執著不可妄語又如來藏等經說有

九種喻喻如來藏謂如青蓮華在泥水中未出泥人無貴者又如貧女而懷聖胎如大價寶垢衣所纏如摩尼珠落在深厠如眞金像獘衣所覆如菴羅樹華實未開亦如稻米在穅檜中如金在鑛如像在模皆是塵中有佛身義與此大同也又此無性理能成一切能壞一切則一成一切成一壞一切壞一成一切成者即因果交徹於中有二一明生佛不二華嚴經云如來成正覺時於其身中普見一切衆生成正覺等淨名經云一切衆生即菩提相即菩提相于何不成二明能所不二即華嚴經云皆同一性所謂無性淨名經云不行是菩提離意法故法即是所意即是能良以心境同一性故生佛亦然是以眞心不守自性故舉體隨緣成諸萬法性即體也以諸法唯心所現各無自體虚假相依無決定性以無性故能隨異緣成立一切若有定性猶如金石各有堅性不可令易今此無性猶如於水遇冷成冰逢火便煖故中論偈云集若有定性先來所不斷於今云何斷道若有定性先來所不修於今云何修故知若有定性一切諸法皆悉不成若無定性一切皆成又若衆生各各有性自體不移則永作衆生無因成佛所以無性理同以有空義故一切法得成於畢竟空中熾然建立一切法若此一微塵法成則盡十方虚空界一切異法一時成若有一微塵異法不成者此間一毫之法亦不成失圓頓義以一心一切心故若悟宗鏡成佛即一切處成佛所以金剛經云所在之處則爲有佛若有一微塵處不成佛則

不入宗鏡中故經云唯我一人者三界六道凡聖無非我是一是人故唯我一人耳故知若離此而修皆成權漸如待空華而結果期啖水以成冰任滿三祇不入眞實但自觀心見佛了諸法空則不動念而親覩毫光靡運身而徧參法界如佛在忉利一夏安居佛以神力制諸人天不知處所夏受歲已佛攝神足欲還閻浮爾時須菩提於石室中住自思惟言佛忉利下當至佛所禮佛耶爲不至耶復自思惟佛常說法若人以智慧力觀佛法身是名見佛中最佛時已從忉利下閻浮提四衆皆集人天相見座中有佛及轉輪王諸天大集衆會莊嚴先未曾有須菩提念今此大衆雖復殊特勢不久停磨滅之法皆歸無常因此無常觀之初門悉知諸法空無有實作是觀時即得道證時一切衆欲先見如來禮拜供養有蓮華色比丘尼常爲他人呼爲婬女欲除惡名便化爲輪王七寶千子衆人見之皆悉避座化王見佛還復本身爲比丘尼最先禮佛佛告尼言非汝先禮我唯須菩提最初禮我所以者何須菩提觀諸法空爲見法身得眞供養供養中最非供養生身名供養也是知若不自信心佛求他勝緣功業雖勤終非究竟如華嚴如來出現品云佛子設有菩薩於無量百千億那由他劫行六波羅蜜修習種種菩提分法若未聞此如來不思議大威德法門或時聞已不信不解不順不入不得名爲眞實菩薩以不能生如來家故又以從緣故緣亦無自性則一切不成念念散壞如隨差別雜染之緣因名言建立故

號衆生於諸縁中求衆生性了不可得則衆生體空即是壞義以有諸法故則空義得顯若此一衆生義不成則盡十方法界一切衆生悉皆不成故名一壞一切壞所以諸佛知一切法皆無性故得成就一切智起同體悲相續不斷盡未來際廣度有情以一心無性成佛之理願一切衆生與我無異知衆生本來一心不動常合天眞以無性故不覺隨縁六趣昇降枉受妄苦虛墮輪迴所以能起大悲相續度脱若無此無性之理則大化不成善惡凡聖不可移易若能如是解悟則是入不思議方便法門佛藏經云諸法若有決定體性如析毛髮百分之一者是則諸佛不出於世亦終不説諸法空並證頓義華嚴經頌云能於一念悉了知一切衆生無有餘了彼

衆生心自性達無性者所行道不退轉法輪經云爾時三菩薩住世尊前以曼陀蓮華散於佛上散已作如是言我於此法深生信解無有疑惑其第一者白佛言世尊若有人説如來我即如來於此法中都無疑惑第二菩薩復白佛言世尊若有人稱説世尊我即世尊亦於此法悉無疑惑第三菩薩白佛言世尊若有人稱説阿羅訶三藐三佛陀我即阿羅訶三藐三佛陀亦於此法悉無疑惑乃至阿難白佛言世尊云何菩薩作如是説佛言此三菩薩善解假名故作是説故知但是凡聖諸法皆是假名從心建立若能了達一切平等即知凡聖諸法不出假名假名不出眞如之性如大般若經云爾時善現告欲色界諸天衆言汝諸天衆説我善現佛眞弟子隨

如來生云何善現隨如來生謂隨如來眞如生故所以者何如來眞如無來無去善現眞如亦無來無去故説善現隨如來生如來眞如即一切法眞如一切法眞如即如來眞如如是眞如無眞如性亦無不眞如性善現眞如亦復如是故説善現隨如來生釋曰若如來眞如即一切法眞如者非獨善現隨如來生乃至一切法界衆生悉隨如來生何者以如來眞如即自眞如故如是眞如無眞如性者以此眞如是言説中極亦不可立故云喚作如如早是變也既無眞如之性亦無非眞如之性如是了達方爲究竟眞如矣鴈腋經云爾時舍利弗問諸比丘言大德何緣説如是語我今始於六師出家諸比丘言大德舍利弗從今已往六師諸佛等同一相無增無減大德舍利弗我等今知諸師不異於出家中無所分別故言出家舍利弗言大德何緣説言從今佛非我尊諸比丘言大德舍利弗我從今往自然明了熾然明了不假餘明我自歸依非餘歸依自歸自尊是故説言佛非我尊何以故我不離佛佛不離我乃至舍利弗言大德何故説從今往説無有業諸比丘言大德舍利弗我從今往知一切説究竟涅槃是中無有調伏無非調伏以是故言我説無業如來藏經云世尊告金剛慧言善男子我以佛眼觀一切衆生貪欲恚癡諸煩惱中有如來智如來眼如來身結跏趺坐儼然不動善男子一切衆生雖在諸趣煩惱身中有如來藏常無染汙德相備足如我無異楞伽經云如來藏自性清淨轉三十二相入於一

切衆生身中華嚴入法界品中鞞瑟胝羅居士得菩薩解脱不般涅槃際法門常供養栴檀座佛塔告善財言我開栴檀座如來塔門時得三昧名佛種無盡善男子我念念中入此三昧念念得知一切無量殊勝之事乃至善男子我唯得此菩薩所得不般涅槃際解脱如諸菩薩摩訶薩以一念智普知三世一念徧入一切三昧如來智日恒照其心於一切法無有分別了一切佛悉皆平等如來及我一切衆生等無有二知一切法自性清淨無有思慮無有動轉而能普入一切世間離諸分别住佛法印悉能開悟法界衆生又頌云如心境界無有量諸佛境界亦復然如心境界從意生佛境如是應觀察法華經云如是我成佛已來甚大久遠壽命無量阿僧祇劫常住不滅衆有疑云成道既久常此教化中間所有然燈毗婆沙尸棄等佛成道入滅説法度衆生復是誰耶古釋云於是中間説然燈佛等成道入滅如是皆以智慧方便善巧分别説於他佛非離我身別有彼佛金剛經論云衆生身內有佛亦非密身外有亦非密乃至非身內非身外有非非內非非外有並非密也衆生即是故名爲密寶藏論云不遣一法不得一法不修一法不證一法性淨天真可謂大道乎真一是以徧觀天下莫非真人孰得此理同其一倫台教云只觀十法界衆生即是佛十法界衆生陰佛陰無毫芥之殊三世佛事衆生四儀無不圓足華嚴論云若少見性者亦得佛乘如大海中一毫之渧乃至多渧一一渧中皆得大海如是菩薩

五位之中十位十地一一位内皆有佛果如彼海水一毫之渧不離佛性得諸行故以彼佛性而有進修如華嚴經直以全佛果不動智等十智如來示凡信修如有凡夫頓昇寶位身持王位徧知臣下一切羣品無不該含華嚴經中法門菩薩行相亦復如是從初發心十住之始頓見如是如來法身佛性無作智果徧行普賢一切萬行隨緣不滯悉皆無作涅槃經云佛性非是作法但爲客塵煩惱所覆故是故今從十住初位以無作三昧自體應眞煩惱客塵全無體性唯眞體用無貪瞋癡任運即佛故一念相應一念成佛一日相應一日成佛何須數劫漸漸而修多劫積修三祇至果心緣劫量見障何休諸佛法門本非時攝計時立劫非是佛乘又經云一切世界海微塵數劫所有諸佛出興于世親近供養者明無功之智徧周無法不佛佛即法也十方虚空無有間鈌針鋒毛端無不是一切法一切佛故但有微塵許是非染淨心皆不是見佛也以智眼印之又云都舉佛刹微塵數佛者智滿行徧無非佛故皆悉承事者即聖凡同體無一不佛法空無間也以普眼觀之徹其心境無不佛也智隨諸行一切皆佛故如是見者以事而論亦實如是表法而論一切總實是佛故若一法一物不是佛見者當知是人即是邪見非正見也即有能所是非諸見競生不得入此普賢文殊智眼境界是以若有異想雜念續續而起故號衆生則能所互興是非交諍即是邪見若了妄念無相外境自虚則一切刹塵無非正覺所以

釋摩訶衍論云一念初起無有初相者謂心起者無有初相可知而言知初相即謂無念者則是除疑令生勝解謂有衆生作如是疑極解脫道會本覺時微細初生知得有耶知得無耶若知有者極解脫道當非無念所以者何知有初念有初念故若知無者極解脫道當不能有所以者何既無初念待何念無立解脫有如是疑故今自通言所知之相從本已來自性空無能知之智從本已來無有起時既無所覺之相亦無能覺之智豈可得言有細初相智慧可知而言說知初相者即是現示無念道理所以者何法性之理離無所知之初起相亦無能知之始覺智而能通達無所知相無能知智無所有覺都非空無是故今且依此道理作如是說知初相耳是故一切衆生不名爲覺以從本來念念相續未曾離念故說無始無明者即是成立上無念義謂金剛已還一切衆生獨力業相大無明念未出離故則是現示一切衆生皆是有念名爲衆生一切諸佛皆得無念名爲佛故自此已下現示始覺境界周徧圓滿謂大覺者已到彼岸徧知一切無量衆生一心流轉作生住異滅四相故如論云若得無念者則知心相生住異滅故以何義故如是知耶得自無念時一切衆生平等得故如論云以無念等故以何義故唯一行者得無念時一切衆生悉得無念一一衆生皆悉各各有本覺故此義云何謂一行者始覺圓滿同本覺時徧同一切無量衆生本覺心中非自本覺所以者何自性本覺徧衆生界無不至故清淨

覺者得無念時一切衆生皆得無念者清淨覺者斷無明時一切衆生亦可斷耶若爾何過若始覺者斷無明時一切衆生皆得斷者何故上言金剛已還一切衆生獨力業相大無明念未出離故不名爲覺若諸衆生無始無明未得出離而與諸佛同得無念者無念等義唯有言説無有實義豈可得言一切衆生皆有本覺亦有始覺決斷此難則有二門一者自宗決斷二者望別決斷自宗決斷者此論正宗爲欲現示一切衆生同一相續無差別故可得一修行者無始無明究竟斷時一切衆生亦同斷盡一修行者滿始覺時一切衆生亦同得滿是故三身本有契經中作如是説爾時世尊告文殊言文殊師利我由二等而成正覺一者斷等二者得等言斷等者我極解脱道初發起時一切衆生所有無始無明一時究竟頓決斷故言得等者我初成道滿始覺時一切衆生皆滿足故是名二等故望別決斷者舉圓滿者望衆生界無一一法而非清淨舉諸衆生望無上尊入無明藏無所覺知皆悉清淨無所障礙無念等義而得成立入無明藏無所覺知上上所説文無相違過舉此一隅應廣觀察自此已下融諸始覺令同本覺謂五十一分滿始覺時實無轉勝漸次之果亦無究竟圓滿之極所以者何一切始覺四相俱時而得住止皆無自立從本已來一味平等自性圓滿契同無二一相覺故如論云而實無有始覺之異以四相俱時而有皆無自立本來平等同一覺故起信疏云豁然大悟覺了自心本無所轉令

無所靜本來平等種種夢念動其心原覺心初起者是明所覺相心初起者依無明有生相之心體令動念今乃證知離本覺無不覺即動念是靜心故言覺心初起如迷東爲西悟時乃知西即是東心無初相者本由不覺有心生起今既覺故心無所起故言無初相今究竟位動念都盡唯一心在故言無初相無明永盡歸一心原更無起動故言得見心性心即常住更無所進名究竟覺未至心原夢念未盡欲滅此動望到彼岸而今既見心性夢相都盡覺知自心本無流轉今無明靜息常自一心是以證知佛地無念此是舉因而證果也馬祖大師云汝若欲識心秖今語言即是汝心喚此心作佛亦是實相法身佛亦名爲道經云有三阿僧祇百千名號隨世應處立名如隨色摩尼珠觸青即青觸黄即黄體非一切色如指不自觸如刀不自割如鏡不自照隨緣所見之處各得其名此心與虛空齊壽乃至輪迴六道受種種形即此心未曾有生未曾有滅爲衆生不識自心迷情妄起諸業受報迷其本性妄執世間風息四大之身見有生滅而靈覺之性實無生滅汝今悟此性名爲長壽亦名如來壽量喚作本空不動性前後諸聖秖會此性爲道今見聞覺知元是汝本性亦名本心更不離此心別有佛此心本有今有不假造作本淨今淨不待瑩拭自性涅槃自性清淨自性解脫自性離故是汝心性本自是佛不用別求佛汝自是金剛定不用更作意凝心取定縱使凝心斂念作得亦非究竟志公和尚生佛不二科

云衆生與佛不殊大智不異於愚何用外求珍寶身内自有明珠正道邪道不二了知凡聖同途迷悟本無差別涅槃生死一如究竟攀緣空寂推求憶想清虛無有一法可得蕭然直入無餘傳大士頌云還原去何須次第求法性無前後一念一時修又頌云凡地修聖道果地習凡因恒行無所踐常度無度人眞覺大師謌云雪山肥膩更無雜純出醍醐我常納一性圓通一切性一法徧含一切法一月普現一切水一切水月一月攝諸佛法身入我性我性同共如來合一地具足一切地非色非心非行業彈指圓成八萬門剎那滅却阿鼻業一切數句非數句與吾靈覺何交涉百門義海云發菩提者今了達一切衆生及塵毛等無性之理以成佛菩提智故所以於佛菩提身中見一切衆生成等正覺又衆生及塵毛等全以佛菩提之理成衆生故所以於衆生菩提中見佛修菩提行是故佛是衆生之佛衆生即佛之衆生縱有開合終無差別如是見者名菩提心起同體大悲教化衆生也又東林問云衆生爲迷諸佛爲悟體雖是一約用有差若以衆生通佛佛亦合迷若以佛通衆生衆生合悟答恒以非衆生爲衆生亦以非佛爲佛不礙存而恒奪不妨壞而常成隨緣且立衆生之名豈有衆生可得約體權施法身之號寧有諸佛可求莫不妄徹眞原居一相而恒有眞該妄末入五道而常空情談則二界難通智說乃一如易就然後雙非雙是即互壞互成見諸佛於衆生身觀衆生於佛體仰山和尚問溈山和尚云

眞佛住何處潙山云以思無思之妙反思靈燄之無窮思盡還原性相常住事理不二眞佛如如斯則無住無離能見眞佛履平等道矣故云六道之道離善之惡離惡之善二乘之道離漏之無漏菩薩之道離邊之中諸佛之道無離無至何以故一切諸法即是佛道故所以先德云夫大道唯心即心是佛只依一心而修即是根本之智亦是無分別智即能分別無窮自具一切智故不同起心徧計故知凡有心者悉皆成佛如今行是佛行坐是佛坐語是佛語默是佛默所以云阿鼻依正常處極聖之自心諸佛法身不離下凡之一念此非分得可謂全收以不信故決定爲凡以明了故舊來成佛然成佛之義約性虛玄隨相對機即有多種如華嚴演義云隨門不同種種有異門雖有多且略分四一約性即一眞法界二約相即無盡事法三性相交徹顯此二門不即不離四以性融相德用重重初約體門者問體是佛不答應成四句一是佛法性身無所不至故經云性空即是佛故二非佛絶能所覺爲其性故平等眞法界非佛非衆生故三亦佛非佛以法性身無自性故四雙非性與無性雙泯絶故經頌云無中無有二無二亦復無三世一切空是則諸佛見二就相門有二一情二非情眞心隨緣變能所故然此二門各分染淨謂無明熏眞如成染緣起眞如熏無明成淨緣起染成萬類淨至成佛以修淨緣斷彼染緣方得成佛依此二義則生佛不同於淨緣中復有因果因有純雜果有依正若約純門隨一菩薩盡

未來際唯修一行一一皆然若約雜門萬行齊修盡未來際若約因門盡未來際常是菩薩若約果門盡未來際常是如來經云爲衆生故念念新新成等正覺若雙辯門盡未來際修因得果若約雙非盡未來際非因非果便同眞性前之三門雙具悲智雙融心境第三性相交徹門曲有四門一以性隨相同第二門二寄相歸性同第一門三雙存無礙具上二門依此則悲智雙運性相齊驅寂照雙流成大自在四互奪雙亡則性相俱絶没同果海無成不成第四以性融相門相雖萬差無不即性性德無盡全在相中以性融相相如於性令上諸門皆無障礙因果交徹純雜相融事事相參重重無盡今就性門四句之内是即佛門不取餘三就相門中約有情門是淨非染是果非因是一分義非此所用就交徹門佛則性相雙融生則會相歸性今經正約第四以性融相一成一切皆成謂以佛之淨性融生之染以佛一性融生之多令多染生隨一眞性皆如於佛已成佛竟非唯有情會萬類相融爲佛體無不皆成故肇公云會萬物而成已者其唯聖人乎又云故聖人空同其體萬物無非我以佛之性融於物性同佛皆成以物之性融佛之相故令三業等於萬類即令經意而非餘門故云隨門不同今是成佛門也頓教多同約性四門終教即同性相交徹始教有二門幻有即空同會相歸性但唯心現多同第二小乘人天皆同相門由此有云無情成佛是約性相相融以情之性融無情相以無情相隨性融同有情之

相故說無情有成佛義若以無情不成佛義融情之相亦得說言諸佛衆生不成佛也以成與不成情與無情無二性故法界無限故佛體普周故色空無二故法無定性故十身圓融故緣起相由故生界無盡故爲因周徧故遠離斷常故萬法虛融故故說一成一切成也非謂無情亦有覺性同情成佛若許此成則能修因無情變情情變無情便同邪見是以性非巧拙解有精麤智妙而見在須臾機鈍而悟經塵劫所以古德云夫佛體幽玄非即色蘊亦不離色蘊一異性空眞性自現如密嚴經偈云碎抹於金鑛鑛中不見金智者巧融錬眞金方乃顯分剖於諸色乃至爲極微及析求諸蘊若一若異性佛體不可見亦非無有佛且如悟入宗鏡中成佛不離一念若前念是凡後念是聖此猶别教所收今不動無明全成正覺故華嚴論云如將寶位直授凡庸如夜夢千秋覺已隨滅傅大士白梁武帝云今欲將如意寶珠清淨解脫照徹十方光色微妙難可思議意欲施於人主若受者疾得阿耨多羅三藐三菩提故知若一念決定信受者不隔刹那便登覺位如維摩經云維摩詰言然汝等便發阿耨多羅三藐三菩提心是即出家是即具足又法華經云爾時龍女有一寶珠價直三千大千世界持以上佛佛即受之龍女謂智積菩薩尊者舍利弗言我獻寶珠世尊納受是事疾不答言甚疾女言以汝神力觀我成佛復速於此故知一切含生心珠朗耀理無前後明昧隨機或因鬪而隱膚中對明鏡而顯現或因遊而

沈水底在安徐而得之或處輪王髻中建大功而受賜或繫貧人衣裏惺智頗而猶存宗鏡明文同證於此如是信者究竟無餘即是一念知一切法是道場成就一切智故據此諸聖開示心佛了然設有抱疑退屈之者雖未信受若成佛之理未曾暫虧如人不識眞金認爲銅鐵銅鐵但有虛名金性未曾暫變如今執者不知本是却謂今非亦匪昔迷而方始悟如上廣引委曲證明只爲即生死中有不思議性於塵勞内具大菩提身以障重之人聞皆不信甘稱絶分唯言我是凡夫既不能承紹佛乘弘持法器遂乃一向順衆生之業背覺合塵生死之海彌深煩惱之籠轉密所以徧集祖佛言教頓釋羣疑令於言下發明直見無生自性方知與佛無異萬法本同始信眞詮有茲深益○問六祖云善惡都莫思量自然得入心體洞山和尚云學得佛邊事猶是錯用心今何廣論成佛之旨答今宗鏡録正論斯義以心冥性佛理合眞空豈於心外妄求隨他勝境如華嚴記云若達眞空尚不造善豈況惡乎若邪說空謂豁達無物或言無礙不妨造惡若眞知空善順於理恐生動亂尚不起心慕善惡背於理以順妄情豈當可造若云無礙不礙造惡何不無礙不礙修善而斷惡耶猒修善法尚恐有著心恣情造惡何不懼著明知邪見惡衆生也乃至入理觀佛猶恐起心更造惡思特違至理故楞伽經云佛告大慧前聖所知轉相傳授妄想無性菩薩摩訶薩獨一靜處自覺觀察不由於他離見妄想上上昇進入如來地是

名自覺聖智相又云一切無涅槃無有涅槃佛無有佛涅槃遠離覺所覺所覺是相能覺是見遠離覺所覺名自覺聖智以亡能所處成佛故夫限量所知從他外學欲窮般若海莫得其源如於恒河中投一升鹽水無鹽味飲者不覺若内照發明徹法源底無理不照無事不該如經云佛言我住於無念法中得如是黃金色身三十二相放大光明照無餘世界

宗鏡録卷第十四

音釋

厠 初吏切 圊也 穅䆅 穅苦岡切 䆅苦外切 穅䆅謂穀皮也 潙 于嬀切 詰 苦吉切

宗鏡録卷第十五

宋慧日永明妙圓正修智覺禪師延壽集

問旣博地凡夫位齊諸佛者云何不具諸佛神通作用答非是不具但衆生不知故華嚴宗云諸佛證衆生之體用衆生之用所以志公和尚謌云日昳未心地何曾安了義他家文字有親疎莫起功夫求的意任縱横絶忌諱長在人間不居世運用元來聲色中凡夫不了爭爲計如有學人問大安和尚如何是諸佛神通師云汝從何處來對云江西來師云莫不謾語不對云終不謬言學人再問如何是神通師云果然妄語斯皆可驗並是現前日用不知故諸佛將衆生心中真如體相用三大之因爲法報化三身之果豈可更論具不具耶如今若實未薦者但非生因之所生唯在了因之所了大涅槃經云生因者如泥作瓶了因者如燈照物若智燈纔照凡聖一如若意解觀之真俗似别然世間多執事相迷於真理故法華經云取相凡夫隨宜爲說金剛經云但凡夫之人貪著其事所以一切經論皆破衆生身心事相等執如寶藏論離微品云夫經論者莫不就彼凡情破彼根量種種方便皆不住於形事若不住形事者則不須一切言說及以離微也故經云隨宜說法意趣難解雖說種種之乘皆是權接方便助道法也然非究竟解脫涅槃如有人於虛空中畫作種種色相及種種音聲然彼虛空實無異相受人變動故知諸佛化身及以說法亦復如是於實際中都無一異是以天地合離虛空合微萬物動作變化無爲夫神

中有智智中有通通有五種智有三種何爲五種通一曰道通二曰神通三曰依通四曰報通五曰妖通妖通者狐狸老變木石精化附傍人神聰慧奇異此謂妖通何謂報通鬼神逆知諸天變化中陰了生神龍隱變此謂報通何謂依通約法而知緣身而用乘符往來藥餌靈變此謂依通何謂神通靜心照物宿命記持種種分別皆隨定力此謂神通何謂道通無心應物緣化萬有水月空華影像無主此謂道通何謂三智一曰眞智二曰內智三曰外智何謂外智謂分別根門識了塵境博覽古今皆通俗事此名外智何謂內智自覺無明割斷煩惱心意寂靜滅無有餘此名內智何謂眞智體解無物本來寂靜通達無涯淨穢不二故名眞智眞智道通不可名目餘所有者皆是邪僞僞則不眞邪則不正惑亂心生迷於本性是以深解離微達彼諸有自性本眞出於羣品夫智有邪正通有眞僞若非法跟精明難可辯了是以俗間多信邪僞少信正眞大教偃行小乘現用故知妙理難顯也百丈廣語云應物隨形變現諸趣離我我所猶屬小用是佛事門收大用者大身隱於無形大音匿於希聲龐居士偈云世人多重金我愛刹那靜金多亂人心靜見眞如性心通法亦通十八斷行蹤但自心無礙何愁神不通如是解者方入宗鏡之中所有施爲皆入律行自然成辦一切佛事如淨名私記云得入律行者如優波離章是名奉律是名善解端坐不用經營辦供養具而常作佛事心行中求已上並約性用心通不約事

解或諸家兼事說者或云衆生理具諸佛事圓或云衆生在因諸佛證果或云衆生客塵所遮諸佛種現俱盡或云衆生妄見所隔諸佛五眼圓通天台教多約本迹明凡聖不二辯生佛之因果故肇法師云本迹雖殊不思議一所以湛然尊者約三觀四教十如十乘一念三千等於此迹門論其十妙若知迹門尚妙本門可知遂撮略色心不二等十門明權實之宗辯能所之化故云爲實施權則不二而二開權顯實則二而不二斯則始終明不二十門者一色心不二門者且十如境乃至無諦一一皆有總別二意總在一念分別色心何者初十如中相唯在色性唯在心體力作緣義兼色心因果唯心報唯約色十二因緣苦業兩兼惑唯在心四諦則三兼色心滅唯在心二諦三諦皆俗具色心眞中唯心一實諦及無諦准此可見既知別已攝別入總一切諸法無非心性一性無性三千宛然當知心之色心即心名變變名爲造造謂體用是則非色非心而色而心唯色唯心良由於此故知但識一念徧見己他生佛他生他佛尚與心同況己心生佛寧乖一念故彼彼境法差而不差二内外不二門者凡所觀境不出内外外謂託彼依正色心即空假中即空假中妙故色心體絶唯一實性無空假中色心宛然豁同眞淨無復衆生七方便異不見國土淨穢差品而帝網依正終自炳然所言内者先了外色心一念無念唯内體三千即空假中是則外法全爲心性心性無外攝無不周十方諸佛法界有情性體無殊一切

咸徧誰云内外色心巳他此即用向色心不二門成三修性不二門者性德只是界如一念此内界如三法具足性雖本爾藉智起修由修照性由性發修在性則全修成性起修則全性成修性無所移修常宛爾修又二種順修逆修順謂了性爲行逆謂背性成迷迷了二心心雖不二逆順二性性事恒殊可由事不移心則令迷修成了故須一期迷了照性成修見性修心二心俱泯又了順修對性有離有合離謂修性各三合謂修二性一修二各三共發性三是則修雖具九九只是三爲對性明修故合修爲二二與一性如水爲波二亦無二亦無波水應知性指三障是故具三修從性成成三法爾達無修性唯一妙乘無所分別法界洞朗此由内外不二門成

四因果不二門者衆生心因既具三軌此因成果名三涅槃因果無殊始終理一若爾因德巳具何不住因但由迷因各自謂實若了迷性實唯住因故久研此因因顯名果只緣因果理一用此一理爲因理顯無復果名豈可仍存因號因果既泯理性自忘只由忘智親疎致使迷成厚薄迷厚薄故强分三惑義開六即名智淺深故如夢勤加空冥惑絶幻因既滿鏡像果圓空像雖即義同而空虚像實像實故稱理本有空虚故迷轉成性是則不二而二立因果殊二而不二始終體一若謂因異果因亦非因曉果從因因方剋果所以三千在理同名無明三千果成咸稱常樂三千無改無明即明三千並常俱體俱用此以修性不二門成五染淨不二門者若識無

始即法性爲無明故可了今無明爲法性法性之與無明徧造諸法名之爲染無明之與法性徧應衆縁號之爲淨濁水清水波濕無殊清濁雖即由縁而濁成本有濁雖本有而全體是清以二波理通舉體是用故三千因果俱名縁起迷悟縁起不離刹那刹那性常縁起理一一理之内而分淨穢別則六穢四淨通則十通淨穢故知刹那染體悉淨三千未顯驗體仍迷故相似位成六根徧照照分十界各具灼然豈六根淨人謂十定十分眞垂跡十界亦然乃至果成等彼百界故須初心而遮而照照故三千恒具遮故法爾空中終日雙亡終日雙照不動此念徧應無方隨感而施淨穢斯泯亡淨穢故以空以中仍由空中轉染爲淨由了染淨空中自亡此以因

果不二門成六依正不二門者已證遮那一體不二良由無始一念三千以三千中生陰二千爲正國土一千屬依依正既居一心一心豈分能所雖無能所依正宛然是則理性名字觀行已有不二依正之相故使自他因果相攝但衆生在理果雖未辦一切莫非遮那妙境然應復了諸佛法體非徧而徧衆生理性非局而局始終不改大小無妨因果理同依正何別故淨穢之土勝劣之身塵身與法身量同塵國與寂光無異是則一一塵刹一切刹一一塵身一切身廣狹勝劣難思議淨穢方所無窮盡若非三千空假中安能成兹自在用如是方知生佛等彼此事理互相收此以染淨不二門成七自他不二門者隨機利他事乃憑本本爲一性具足自他方至

果位自卽益他如理性三德三諦三千自行唯在空中利他三千赴物物機無量不出三千能應雖多不出十界十界轉現不出一念土土互生不出寂光衆生由理具三千故能感諸佛由三千理滿故能應應徧機徧欣赴不差不然豈能如鏡現像鏡有現像之理形有生像之性若一形對不能現像則理鏡有窮形事未通若與鏡像隔則容有是理無有形對而不像者若鏡未現像由塵所遮去塵由人磨現像非關磨者以喻觀法大旨可知應知理雖自他具足必藉緣了爲利他功復由緣了與性一合方能稱性施設萬端則不起自性化無方所此由依正不二門成八三業不二門者於化他門事分三密隨順物理得名不同心輪鑒機二輪設化現身說法未曾毫差在身分於眞應在法分於權實二身若異何故乃云卽是法身二說若乖何故乃云皆成佛道若唯法身應無垂世若唯佛道誰施三乘身尚無身說必非說身口平等等彼意輪心色一如不謀而化常冥至極稱物施爲豈非百界一心界界無非三業界尚一念三業豈殊果用無虧因必稱果若信因果方知三密有本百界三業俱空假中故使稱宜徧赴爲果一一應色一一言音無不百界三業具足化復作化斯之謂歟故一念凡心已有理性三密相海一塵報色同在本理毗盧遮那方乃名爲三無差別此以自他不二門成九明權實不二門者平等大慧常鑒法界亦由理性九權一實實復九界權亦復然權實相冥百界一念亦不可分別任運常然

至果乃由契本一理非權非實而權而實此即如前心輪自在致令身口赴權實機三業一念無乖權實不動而施豈應隔異對說即以權實立稱在身則以眞應爲名三業理同權實冥合此以三業不二門成十受潤不二門者物理本來性具權實無始熏習或權或實權實由熏理恒平等遇時或習願行所資若無本因熏亦徒設遇熏自異非由性殊性雖無殊必藉幻發幻機幻感幻應幻赴能化所化並非權實然由生具非權非實成權實機佛亦果具非權非實爲權實應物機應契身土無偏同常寂光無非法界故知三千同在心地與佛心地三千不殊四微體同權實益等此以權實不二門成已上並是約理事權實因果能所等解釋大凡理事二門非一非異如大智度論云有二種門一畢竟空門二分別好惡門今依分別門中則理是所依爲本事是能依爲末又理妙難知爲勝事麤易見爲劣如今秪可從勝不可狥劣但得理本本立而道生事則自然成矣又理實應緣無礙事之理事因理立無失理之事如今不入圓信之者皆自鄙下凡遠推極聖斯乃不唯失事理亦全無但悟一心無礙自在之宗自然理事融通眞俗交徹若執事而迷理永劫沈淪或悟理而遺事此非圓證何者理事不出自心性相寧乖一旨若入宗鏡頓悟眞心尚無非理非事之文豈有若理若事之執但得本之後亦不廢圓修如有學人問本淨和尚云師還修行也無對云我修行與汝別汝先修而後悟我先悟而後修是以若先修

而後悟斯則有功之功功歸生滅若先悟而後修此乃無功之功功不虛棄所以融大師信心銘云欲得心淨無心用功又若具智眼之人豈得妄生叨濫況似明目之者終不墮於溝坑若盲禪闇證之徒焉知六即狂慧徇文之等奚識一心如今但先令圓信無疑自居觀行之位古人云一生可辦豈虛言哉切不可迷性徇修執權害實棄本逐末認妄遺眞據世諦之名言執無始之熏習將言定旨立解明宗一向合塵背於本覺如昔人云妄情牽引何年了辜負靈臺一點光又眞覺大師歌云覺即了不施功一切有爲法不同住相布施生天福猶如仰箭射虛空勢力盡箭還墜招得來生不如意爭似無爲實相門一超直入如來地但得本莫愁末如淨瑠璃含寶月既能解此如意珠自利利他終不歇且如世間有福之人於伏藏內得摩尼珠法爾以種種磨治然後自然雨寶況悟心得道之者亦復如是既入佛位法爾萬行莊嚴悲智相續如華嚴經中第十法雲地菩薩況如大摩尼珠有十種性十地品云佛子譬如大摩尼珠有十種性出過衆寶何等爲十一者從大海出二者巧匠治理三者圓滿無缺四者清淨離垢五者內外明徹六者善巧鑽穿七者貫以寶縷八者置在瑠璃高幢之上九者普放一切種種光明十者能隨王意雨衆寶物如衆生心充滿其願佛子當知菩薩亦復如是有十種事出過衆聖何等爲十一者發一切智心二者持戒頭陀正行明淨三者諸禪三昧圓滿無缺四者道行清白離諸垢穢

五者方便神通内外明徹六者緣起智慧善能鑚穿七者貫以種種方便智縷八者置於自在高幢之上九者觀衆生行放聞持光十者受佛智職墮在佛數能爲衆生廣作佛事故知悟道如得珠豈無磨治莊嚴等事○問若不具神變將何攝化答若純取事相神通有違眞趣如輔行記云修三昧者忽發神通須急棄之有漏之法虛妄故也故止觀云能障般若何者種智般若自具諸法能泯諸相夫具已來但安於理何須事通若專於通是則障理又不唯障理反受其殃如鬱頭勝意之徒即斯類矣夫言眞實神變者無非演一乘門談無生理一言契道當生死而證涅槃自擊明宗即塵勞而成正覺剎那而革凡爲聖須臾而變有歸空如此作用豈非神變耶所以寶積經云文殊師利白佛言世尊夫說法者爲大神變若是下劣根機之者諸佛大慈不令孤棄一期方便黄葉止啼如維摩經云以神通惠化愚癡衆生若上上根人只令觀身實相觀佛亦然如昔有彭城王問諸大德等實若證果即得成聖者與我左腋出水右腋出火飛騰虛空放光動地我即禮拜汝爲師牛頭融大師答云善哉善哉不可思議今若責我如此證果者恐與道乖審如是成佛者幻師亦得作佛且與諸大德及諸大士證者昔釋迦在於僧中演無上道與僧不異維摩在俗說解脱果與俗不殊勝鬘女人說大乘法女人不改善星比丘行闡提行僧相不移此乃正據其內心解與不解以爲差隔何關色身男女相貌衣服好醜若言形隨證

改貌遂悟還是聖者則瞿曇形改方成釋迦維摩相還乃成金粟即知證是心證非是形還悟是智變非關相異譬如世間任官之人爲還改官官高豈即貌别又古人云不改舊時人只改舊時行履處設或改形換質千變萬化皆是一心所爲乃至神通作用出没自在易小令大展促爲長豈離一心之内故知萬事無有不由心者但證自心言下成聖若不識道具相奚爲故金剛經云若以三十二相見如來者轉輪聖王即是如來又偈云若以色見我以音聲求我是人行邪道不能見如來古人云若不達此理縱然步步脚踏蓮華亦同魔作龐居士偈云色聲求佛道結果反成魔若決定取神通勝相作佛者不唯幻士成聖乃至天魔外道妖狐精魅鬼神龍蜃等皆悉成佛彼咸具業報五通盡能變化故若不一一以實相勘之何辯眞僞但先悟宗鏡法眼圓明則何理而不通何事而不徹一切佛事攝化之門自然成就如華嚴論云經云入深禪定得佛神通者以心稱理原無出入體無静亂體無造作性任理自眞不生不滅理眞智應性自徧周三世十方一時普應對現色身隨智應而化羣品而無來往亦不變化名佛神通智無依止無形無色體無來去性自徧周非三世攝而能普應三世之法名曰神通是故經云智入三世而無來往爲三世是衆生情所妄立非實有故爲智體無形無色不造不作而應羣品名之爲神圓滿十方無法不知無根不識名之爲通又云法華經云種種性相義我及十方佛乃能知是

事聲聞及緣覺不退諸菩薩皆悉不能知此等即是門前三乘也爲未明世間相常住是法住法位爲三乘同猒苦集樂修滅道之心未明苦集本唯智起不了滅道本自無修無造無作化諸羣品如幻住世性絶無明即是佛故一念相應一念佛一日相應一日佛何須苦死要三僧祇但自了三界業能空業處任運接生即是佛也何須變易方言成佛龍天變易豈爲佛耶三乘之人亦變易何故得三僧祇佛方成故十地之上方能見性是故經云若以色性大神力而欲望見調御士彼即瞖目顛倒見彼爲不識最勝法佛者覺也覺業性眞業無生滅無得無證不出不沒性無變化本來如即是佛故隨緣六道行菩薩行變化神通接引迷流佛非變化淨名經云雖成正覺轉于法輪不捨菩薩之道是菩薩行故以此善財十住初心於妙峯山上德雲比丘所得憶念一切諸佛境界智慧光明普見法門即便成正覺然後始詣諸友求菩薩道行菩薩行當知正覺體用之時即心無作處即是佛故不須修行設當行滿亦不移今故如化佛示成化相之時苦行麻麥剃髮持衣捨諸飾好藉草等事爲化外道經中佛自和會非佛自須如是等行無增上慢者豈須如是一念任無作性佛智慧現前無得無證即是佛也還如善財證覺之後方求菩提道菩薩行所以然者爲覺道之後方堪入鄽處俗無縛始能爲衆生說法解縛若自有縛能解彼縛無有是處說時前後法是一時故當知若欲行菩薩行須先成正覺又經頌云文

殊法常爾者爲文殊是諸佛之慧不動智是體文殊是用以將此一切諸佛一切衆生根本智之體用門與一切信心者作因果體用故使依本故迄至究竟果滿與因不異無二性故方名初發心畢竟心二種不別明此十信心難發難信難入聞之者皆云我是凡夫何由可得是佛故設少分信者即責神通道力是故當知且須如是正信方始以正信正見法力加行如法進修分分無明薄解脫智慧明依自得法淺深漸當神通德用隨自已得信猶未得何索神通說言漸漸者不移一時一法性一智慧無依住無所得中漸漸故以十玄六相義圓之法性理中無有漸頓但爲無始無明慣習熟卒令契理純熟難故而有漸漸○問佛稱覺義覺何等法答無法之法是名眞法無覺之覺是名眞覺則妙性無寄天眞朗然華嚴經頌云佛法不可覺了此名覺法諸佛如是修一法不可得無字寶篋經云爾時勝思惟菩薩白佛言何等一法是如來所證覺知善男子無有一法如來所覺善男子於法無覺是如來覺善男子一切法不生而如來證覺一切法不滅而如來證覺是以若有覺乃衆生無覺同木石俱非眞性不契無緣無覺之覺方齊大旨無覺故不同衆生覺故不如木石則一覺一切覺無覺無不覺無覺故慧解寂然無不覺故虛懷朗鑒又見心常住稱之曰覺一成一切成一覺一切覺言窮慮絕不壞假名故云始成正覺○問初發心時便成正覺者云何復說後心菩提答非初非後不離初後如大智度論云不

但以初心得亦不離初心得所以者何若但以初心得不以後心者菩薩初發心便應是佛若無初心云何有第二第三心第二第三心以初心爲根本因緣亦不但後心亦不離後心者是後心亦不離初心若無初心則無後心初心集種種無量功德後心則具足具足故能斷煩惱習得無上道須菩提此中自說離因緣初後心心數法不俱不俱者則過去已滅不得和合若無和合則善根不集善根不集云何成無上道佛以現事譬喻答如燈炷非獨初燄燋亦不離初燄非獨後燄燋亦不離後燄而燈炷燋佛語須菩提汝自見炷燋非初非後而炷燋我亦以佛眼見菩薩得無上道不以初心得亦不離初心亦不以後心得亦不離後心而得無上道燈譬菩薩道炷喻無明等煩惱燄如初地相應智慧乃至金剛三昧相應智慧燋無明等煩惱炷亦非初心智燄亦非後心智燄而無明等煩惱炷燋盡得成無上道又如燈雖念念滅而能相續破闇心亦如是雖念念不住前後不俱而能相續成其覺慧成無上道清涼疏云華嚴經云了知境界如幻如夢如影如響亦如變化若諸菩薩能與如是觀行相應於諸法中不生二解一切佛法疾得現前初發心時即得阿耨多羅三藐三菩提知一切法即心自性成就慧身不由他悟者夫初心爲始正覺爲終何以初心便成正覺故云知一切法即心自性故覺法自性即名爲佛故經頌云佛心豈有他正覺覺世間斯良證也斯則發者是開發之發非發起之發也何謂現前之

相夫佛智非深情迷謂遠情亡智現則一體非遙既言知一切法即心自性則知此心即一切法性今理現自心即心之性已備無邊之德矣成就慧身者上觀法盡也正法當與今諸見亡也佛智爰起覺心則理現理現則智圓若鏡淨明生非前非後非新非故寂照湛然不由他悟者成上慧身即無師自然智也又不由他悟是自覺也知一切法是覺他也成就慧身爲覺滿也成就慧身必資理發見夫心性豈更有他若見有他安稱爲悟既曰心性自亦不存寂而能知名爲正覺故法華經云爲一大事因緣故出現於世開示悟入佛之知見夫一者即古今不易之一道大者是凡聖之心體故十方諸佛爲此一大事出現於世皆令衆生於自心中開此知見若立種種差別是衆生知見若融歸一道是二乘知見若一亦非一是菩薩知見若佛知見者當一念心開之時如千日並照不俟更言即是祖師西來即是諸佛普現故云念念釋迦出世步步彌勒下生何處於自心外別求祖佛則知衆生佛智本自具足若欲起心別求即成徧計之性故六祖云本性自有般若之智自用智慧觀照不假文字若如是者何用更立文字今爲未知者假以文字指歸令見自性若發明時即是豁然還得本心於本心中無法不了故云悟無念法者萬法盡通悟無念法者見諸佛境界是知若入無念法門成佛不出剎那之際若起心求道徒勞神於塵劫之中如釋迦文佛從過去無量劫來承事供養無數恒河沙等諸佛皆不得記何

以故以依止所行有所得故至然燈佛時因獻五莖蓮華乃得授記釋迦之號方達五陰性空心無所著始見天真之佛頓入無得之門故將蓮華獻佛用表證明所以華嚴經頌云性空即是佛不可得思量尚不用瞥起思量豈況勞功永劫

宗鏡録卷第十五

音釋

眣徒結切 鬘莫還切 蜃市忍市刃二切 鄽直連切 篋苦協切

炷之戍切 燋即消切 瞥普蔑切

宗鏡録卷第十六

宋慧日永明妙圓正修智覺禪師延壽集

夫即心成佛者爲即眞心爲即妄心答雖即眞心悟心眞故成大覺義故稱爲佛○問若即眞心有何勝義若即妄心成何過咎答畢竟空門理無朕迹分別之道事有開遮妄心者從能所生因分別起發浮根之暫用成對境之妄知若離前塵此心無體因境起照境滅照亡隨念生塵念空塵謝若將此影事而爲佛身既爲虛妄之因只成斷滅之果眞心者湛然寂照非從境生合虛任緣未嘗作意明明不昧了了常知舒之無蹤卷之無迹如澄潭瑩野明鏡懸空萬像森羅豁然虛鑒不出不入非有非無斯則千聖冥歸萬靈交會信之者徹大道之原底體之者成常住之法身祖佛同指此心而成於佛亦名天眞佛法身佛性佛如如佛亦非離妄妄無體故亦非即眞眞非即故眞妄名盡即離情消妙圓覺心方能顯現又以本具故方能開示故云如來正覺心與衆生分別心契同無二爲開示悟入之方便是以若衆生心與諸佛心各異如何說開只爲契同方垂方便如藏中無實徒勞掘鑿只爲有實不廢人功但發信心終當見性故云我爲汝保任此事終不虛也所以云摩尼珠人不識如來藏裏親收得六般神用空不空一顆圓光色非色如是的指何用別求耶故心丹訣云茫茫天下虛尋覓未肯迴頭自相識信師行到無爲鄉始覺從來枉施力所以華嚴論云以無明住地煩惱便爲一切諸佛不動智一切衆生皆自有之只

爲智體無性無依不能自了會緣方了故知一切衆生皆是佛智不得了緣無由覺悟了即成佛如大品經云有菩薩初發心即坐道場爲如佛所以龐居士偈云心若如神自虛不服藥病自除白蓮華如意珠無勞覔莫驅驅智者觀財色了了如幻虛衣食支身命相勸學如如時至移菴去無物可盈餘又古人云一丸療萬病不假藥方多○問若即眞心成佛妄覺隨凡則妄念違宗眞心順覺斯乃眞妄有二體用分離如何會通圓融一旨答眞妄無性常契一原豈有二心而互相即以性淨無染妄不可得如幻刀不能斫石苦霧不能染空爲不了一心之人所以說即如台教問云無明即法性無復無明與誰相即答如爲不識冰人指水是冰指冰是水但有名

字寧復有二物相即耶是知時節有異融結隨緣濕性常在未曾變動乃至即凡即聖亦復如是凡聖但名一體無異故先德釋華嚴經云一世界盡法界亦如是者知一眼如一切眼如皆然舉譬如一人身有手足一切人皆有手足是以不了此一心皆成二見若凡夫執著此心造輪迴業二乘猒棄此心求灰斷果又凡夫無眼將菩提智照成煩惱火燒如大富盲兒坐寶藏中舉動罣礙爲寶所傷二乘將如來四德祕藏爲無常五陰謂是賊虎龍蛇怕怖馳走縛脫雖殊取捨俱失若諦了通達之者不起不滅無得無生了此妄心念念無體從何起執念念自離不須斷滅尚不得一何況二乎故知諸法順如證圓成而情無理有羣情違旨執徧計而情有理無順

常在違一道而何曾失體情不乖理千途而未暫分岐洞之而情理絶名了之而順違無地是以法法盡合無言之道念念皆歸無得之宗天眞自然非干造作如無言菩薩經云爾時舍利弗謂無言菩薩曰汝族姓子不能語言云何欲問如來義乎無言曰一切諸法悉無文字亦無言詞所以者何一切衆生皆悉自然無諸言教及衆想念所以若約事備陳則凡聖無差而差若就理融即則生佛差而不差是以差與不差俱不離眞如之體如華嚴演義云無差之差者是圓融上之行布也差之無差者是行布上之圓融也如攬別成總非離別外而有此總如是融攝無法不歸則三乘非三五性非五如是妙解方被宗鏡之光離此見生悉乖不二之旨○問若一切衆生即心是佛者則諸佛何假三祇百劫積功累德方成答爲復學一乘實法爲復趣五性權機此論自證法門非述化儀方便且楞伽經說有四佛一化佛二報生佛三如如佛四智慧佛隨機赴感名之爲化酬其往因名之爲報本覺顯照名爲智慧理體無二故曰如如華嚴經明十種佛所謂於安住世間成正覺佛無著見願佛出生見業報佛深信見住持佛隨順見涅槃佛深入見法界佛普至見心佛安住見三昧佛無量無依見本性佛明了見隨樂佛普授見又佛總具十身一衆生身二國土身三業報身四聲聞身五緣覺身六菩薩身七如來身八智身九法身十虛空身若別依五教隨教不定一小乘教有二身佛一生身二法身二大乘初教有三身

佛一法身二應身三化身三終教有四身佛一理性身二法身三報身四應化身四頓教唯一佛身一實性佛五一乘圓教有十身佛又約性成佛五教差別不同小乘唯悉達一人爲佛性初教半成半不成以有性無性分故爲佛終教凡有心者當得作佛除草木等頓教無佛無性離言説相爲佛圓教無所不有佛性以三種世間皆是爲佛若三種世間皆是爲佛者則内外心境無非佛矣又約心成佛小乘以善心修所得爲佛初教心性爲佛終教以心相性泯爲佛頓教心本不生爲佛圓教以心無礙無盡爲佛又天台明四教佛一藏教佛二通教佛三別教佛四圓教佛若以如如佛心佛本性佛誰人不具若以國土身法身虛空身何法不圓則處處而皆是寶坊丘陵誰立念念而咸成正覺妄想何分如盲者不覩光明非朝陽夕魄之過咎似小乘不聞圓頓豈佛心妙旨之親疎但以法弱由於根微道廣在乎量大淺機自感妙有證作無常薄福所宜珍寶化爲瓦礫空迷已眼錯認他身分實際以千差致化儀之百變如大方等無想經云爾時佛告大雲密藏菩薩言善男子汝今當然大智慧燈破諸衆生狂愚黑闇若言如來眞實出生輸頭檀舍出家學道修習苦行壞魔兵衆坐於道場成菩提道當知是人即是謗佛寧當斷首拔出其舌終不出此虛妄之言何以故非是善解如來祕密語故又大涅槃經云若言釋迦如來從兜率天降神母胎乃至八相成道此是聲聞曲見故云爲劣解衆生母胎出現是以入此

宗鏡出語無過舉念皆眞若未到斯門説是成非攝心猶錯如圓覺經云動念之與息念皆歸迷悶信心銘云不識玄旨徒勞念淨融大師云悟此宗人道佛不是亦得若未信者設念佛亦成妄語故知不達宗鏡凡有見解盡成謗佛謗法謗僧任萬慮千思未有相應之日纔了此旨自然一念無差所以華嚴論云從初發心十住之首以三昧力頓印三界三世一際諸法一味解脱涅槃常寂滅味更無始終因果一際諸性一性諸智一智諸相一相諸行一行三世一念一念三世乃至十世如是等法自在無礙此經法門無始無終名爲常轉法輪是故此經教門依本安立以備大根依本一際不立始終爲非虚妄見故入一總得餘爲法界一際故不同權學見未盡故入餘總得一爲法界體無礙故如圓珠無方如明鏡頓照如虚空無隅如響無依如影不礙如化人所生此法門者是該括始終一際圓滿無礙無成無壞無出無没常轉法輪若人了得此法門者佛智自然智無師智之所現前爲此法無出没故還以自然無出没智而自能得之非情繫思量之所能得也一切權教法門總在其中一時而説爲諸權教不出法界無三世故各依自見無量差殊此一乘教是始成正覺時説若依情是最初成佛時説若依智無始終説故知成佛説法不離一念如華嚴經中毗目仙人執善財手即時善財自見其身往十方十佛刹微塵數世界中到十佛刹微塵數諸佛所見彼佛刹及其衆會諸佛相好種種莊嚴乃至或經百

千億不可説不可説佛刹微塵數劫乃至時彼仙人放善財手善財童子即自見身還在本處是知不動本位之地而身徧十方未離一念之中而時經億劫本位不動遠近之刹歷然一念靡移延促之時宛爾不依宗鏡何以消文萬法冥歸終無別旨○問無性理同一時成佛者云何三乘等人見佛有其差別答隨心感現影像不同自業差殊非佛有異觀一水而俄分四等皆自見殊共寶器而飯色不同非他業變則全心是佛全佛是心即眞如心是法身佛且法身無相眞性無形形相尚無云何差別皆是自識照影不同如五百婆羅門見灰身而起信勿師羅長者觀三尺而發心無邊身菩薩窮上界而有餘住小聖之凡夫觀丈六而無盡如觀佛三昧經云佛白父王及勑阿難吾今爲汝悉現具足身相説是語已佛從座起令衆俱起令觀如來從頂順觀至足輪相復從足相逆觀至頂一一身分分明了了如人執鏡自見面像若生垢惡不善心者若有能毀佛禁戒者見像純黑猶如灰人五百釋子但見灰人有千比丘見赤土色優婆塞十六人見黑象脚色優婆夷二十四人見如聚墨比丘尼見如白銀優婆塞優婆夷有見如藍染青色四衆悲泣釋子拔髮碎身自述所見乃至佛各爲説過初宿因致茲異色故識論云境隨業識轉是故説唯心又密跡經云一切天人見佛色量或如黄金白銀諸雜寶等乃至或見丈六或見一里或見十里乃至百億無量無邊徧虛空中是則名爲如來身密故知隨見不同跡分

多種不唯見佛觀法亦然隨智淺深法成高下如大涅槃經云十二因緣下智觀故得聲聞菩提中智觀故得緣覺菩提上智觀故得菩薩菩提上上智觀故得佛菩提乃至八相成道不出刹那際三昧門隨衆生見聞自分時分故先德云是故如來於一念中八相成道不出刹那際者以降生時即是成道時即是度人時即是入滅時何以故以一切法同時俱成故一成一切成華嚴經云不離覺樹而昇釋天者疏釋云佛得菩提智無不周體無不在無依無住無去無來然以自在即體之應應隨體徧緣感前後有住有昇閻浮有感見在道樹天宮有感見昇天上非移覺樹之佛而昇天宮故云不離覺樹而昇釋殿法慧偈云佛子汝應觀如來自在力一切閻浮提皆言佛在中此不離也我等今見佛住於須彌頂此而昇也又古師釋有十義一約處相入門以一處中有一切處故是此天宮等本在樹下故不須起然是彼用故說昇也二亦約相入門以一處入一切處故樹徧天中亦不須起欲用天宮表法昇進故云昇也三由一切即一故天在樹下四由一即一切故樹在天上不起等准前五約佛身謂此樹下身即滿法界徧一切處則本來在彼不待起也機熟令見故云昇也是故如來以法界身常在此即是在彼六約佛自在不思議解脫謂坐即是行住等在此即在彼皆非下位測量故也七約緣起相由門八約法性融通門九約表示顯法門十約成法界大會門不思議經云以一切佛一切諸法平等平等皆同

一理如陽燄等一切衆生及諸如來一切佛土皆不離想乃至若我分别佛即現前若無分别都無所見想能作佛離想無有如是三界一切諸法皆不離心普賢觀經云爾時行者聞普賢說深解義趣憶持不忘日日如是其心漸利普賢菩薩教其憶念十方諸佛隨普賢教正心正意漸以心眼見東方佛身黄金色端嚴微妙見一佛已復見一佛如是漸漸徧見東方一切諸佛心想利故徧見十方一切諸佛無量壽經云諸佛如來是法界身入一切衆生心想中是故汝等心想佛時是心即具三十二相八十隨形好是心作佛是心是佛諸佛正徧知海從心想生此無量壽經爲中下之機作十六觀想令韋提夫人等暫見佛身恐生外解故有此說是心是佛之文令生實見華嚴出現品云佛子譬如大海其水潛流四天下地及八十億諸小洲中有穿鑿者無不得水而彼大海不作分别我出於水佛智海水亦復如是流入一切衆生心中若諸衆生觀察境界修習法門則得智慧清淨明了而如來智平等無二無有分别但隨衆生心行異故所得智慧各各不同佛子是爲如來心相又問明品頌云譬如水一味因器有差别佛福田亦然衆生心故異又頌云譬如淨明鏡隨色而現像佛福田如是隨心獲衆報起信論云復次眞如用者謂一切諸佛在因地時發大慈悲修行諸度四攝等行觀物同已普皆救脫盡未來際不限劫數如實了知自他平等而亦不取衆生之相以如是大方便智滅無始無明證本法身任運

起於不思議業種種自在差别作用周徧法界眞如等而亦無有用相可得何以故一切如來唯是法身第一義諦無有世諦境界作用但隨衆生見聞等故而有種種作用不同此用有二一依分别事識謂凡夫二乘心所見者是名化身此人不知轉識影現見從外來取色分限然佛化身無有限量二依業識謂諸菩薩從初發心乃至菩薩究竟地心所見者名受用身身有無量色色有無量相相有無量好所住依果亦其無量功德莊嚴隨所應見無量無邊無際無斷非於心外如是而見此諸功德皆因波羅蜜等無漏行熏及不思議熏之所成就具無邊喜樂功德相故亦名報身又凡夫等所見是其麤用隨六趣異種種差别無有無邊功德樂相名爲化身初行菩薩見中品用以深信眞如故得少分見知如來身無去無來無有斷絶唯心影現不離眞如然此菩薩猶未能離微細分别以未入法身位故淨心菩薩見微細用如是轉勝乃至菩薩究竟地中見之方盡此微細用是受用身以有業識見受用身若離業識則無可見一切如來皆是法身無有彼此差别色相互相見故古釋云依分别事識謂凡夫二乘心所見者是名化身者凡夫二乘未知唯識計有外塵即是分别事識義今見佛身亦謂心外順彼事識分别計度迷於唯心故言從外來不達即色是心無有分劑故云取色分劑不能盡知問佛身何故唯衆生眞心與諸佛體平等無二答但衆生迷於自理起諸妄念是時眞如但顯染相以本覺内熏妄

心故有猒求有猒求故眞用即顯猒求劣故相用即麤猒求漸增用亦微細如是漸漸乃至心原無明旣盡猒求都息始覺同本用還歸體平等平等無二無別未至心原已還用於識中隨根顯現故云識中現也問若據此義用從眞起何說言轉識現耶答轉識即是賴耶中轉相依此轉相方起現識現諸境界此識即是眞妄和合問若據此義乃是衆生自心中眞如之用云何說云佛報化也答衆生眞心則諸佛體無差別若隨流生死即妄有功能妄雖有功離眞不立若返流出纏眞有功能眞雖有功離妄不顯就緣起和合中說其用耳既從法身起報化用何得不是衆生眞心耶以眞心是法家之身凡聖同共一法身故經云心造諸如來所以即心是佛故問若眞心即佛者何故云從波羅蜜等因緣生答此約本覺隨染義說然其始覺覺至心原平等一際有何差別又即以諸佛悲智爲增上緣衆生機感種子爲因託佛本質上自心變影像故云在自識中現法界品彌伽長者徹見十方佛海顯此定者唯心之觀知衆生界無量無邊皆心現故明隨心念佛諸佛現前以唯心觀徧該萬法今約上中下根隨自心觀見佛不同有其四等一凡夫由帶過去六道惡業習氣不盡或見佛是樹神天神黑脚象三尺等身二小乘由帶業生滅之見見佛是金槍馬麥打身出血俱非樂相三大乘初終頓等三教菩薩由是唯識觀佛乃是賴耶識中轉識所現之相故見此佛身唯是心現不離眞如無有分劑徧一切處隨衆生

根自然顯現此是樂相四一乘圓教菩薩以法界圓明之智依正該攝理事人法以此之智感見十身理事無礙又三世融通一切是故佛身不離十方道樹常詣六天智乃徧觀一切恒無作念十四科法身義云經明法身者跡指丈六同人身是聚義而無非法故有法身之稱尋經之旨以如來照體虛存爲身累盡爲法乃是所以眞法身也然即以善感應應即隨類成異但於見者是有佛常無身故經云如來之身是幻化身問佛必無身者云何以解感丈六耶答衆生以未足之善仰感如來至足之地道足即能應化無方未足故唯見其所見法不達即身是虛幻也問夫感應之道皆由情徹冥契故致事効於當時內外理應是同如婦人詣情幽冥城爲之崩孝至而石開此即事隨心變云何以善感丈六而云是虛幻身耶答城崩石開此由情感於物物實故崩開非虛解感法身法身非有但信解爲感所壅隔故見丈六爲實豈非人自見所感耶問丈六若是虛幻何由傳於實理耶答理妙非麤不傳猶影之傳於形也問法身無形者爲即法身是丈六爲法身外別有丈六耶答感法身爲丈六何有別也如聲感谷而出響豈容谷外別有響哉問衆生爲緣法身生見爲緣丈六生見耶答感見法身所應何緣見法身如見影知有樹不見樹也問法身是常丈六亦是常不答丈六理是常但於人是無常故經云如闇中樹影非肉眼所見也古釋云佛常無身者明感應非眞法身是實感是能感屬衆生應謂所應屬佛以

衆生有感佛之善自見不同有見釋迦丈六彌勒千尺或覩無邊之相或見三尺之形由衆生根善有淺深遂令應身精麤隨異故云佛眞法身猶若虛空應物現形如水中月又佛常無身者無分段變易之身以法身至妙不可以形質求故云無身據乎實理非無妙色妙心妙色故能分形適變妙心故能虛能鑒故天親頌云報化非眞佛亦非說法者金光明經云應化二身是假名有法身是眞實有道足即能應化無方者以法身道足故能應化無方即是無所不應無其定一之身衆生位居信解以未足之善唯隨其所見丈六等身不足之善者法雲已還信解善也至足之地者佛果極照道滿菩提名至足之地以善未足故不能了達丈六三尺等身即是虛幻唯法身及自受用身可名眞實如婦人諳情幽冥城爲之崩者列女傳云杞梁妻就其夫屍於城下哭之十日而城爲之崩孝至而石開者漢書云李廣無父問其母曰我父何耶母曰虎殺之遂行射虎於草中夜見石似虎射之沒羽後射之終不入矣以城石之事隨心感變所以崩開理妙非麤不傳由影之傳於形者明丈六雖麤而能傳妙理託事表理寄言顯道猶影傳於形亦如指指月清凉䟽云舊佛新成曾無二體新成舊佛法報似分無不應時故即眞而應應隨性起故即應而眞三佛圓融十身無礙故辯應現即顯眞成又佛身無依應機普現謂色無定色若金剛之合朱紫形無定形猶光影之任修短相無定相似明鏡之對姸媸故隨樂皆見乃至

一身多身但由衆生分别心起故無積無從其猶並安千器數步而千月不同一道澄江萬里而一月孤映又如三舟共觀一舟停住二舟南北南者見月千里隨南北者見月千里隨北停舟之者見月不移是爲此月不離中流而徃南北設百千共觀八方各去則百千月各隨其去是以情隔即法身成異心通而玄旨必均紜紜自他於佛何預是以眞身寥廓與法界合其體包羅無外與萬化齊其用窮原莫二執迹多端一身多身經論異説今説此經佛爲眞爲應爲一爲多若言眞者何名釋迦居娑婆界人天同見若云應者那言遮那處蓮華藏大菩薩見見佛法身若云一者何以多處别現若云異者何復言而不分身故説此經佛並非前説即是法界無盡身雲眞應相融一多無礙即毗盧遮那是釋迦故常在此處即他處故遠在他方恒住此故身不分異亦非一故同時異處一身圓滿皆全現故一切菩薩不能思故今先明十身後彰無礙言十身者如前所述今就佛上自有十身一菩提身二願身三化身四力持身五相好莊嚴身六威勢身七意生身八福德身九法身十智身言無礙者指歸中有十義一用周無礙謂於念劫剎塵等處遮那佛現法界身雲業用無邊悉周徧故經頌云如於此處見佛坐一切塵中亦如是等二相徧無礙於一一差别用中各攝一切業用如在胎中即有出家成道等類如是一切自在無礙三寂用無礙雖現如是無邊自在然不作意不起念常在三昧不礙起用不思議品云於

一念中皆能示現一切三世佛教化一切衆生而不捨離諸佛寂滅無二三昧是爲諸佛不可譬喻不可思議境界譬如摩尼雨寶天鼓出聲皆無功用任運成就四起依無礙如此所現雖無功用皆依海印三昧之力而得顯現經頌云一切示現無有餘海印三昧威神力五眞應無礙即此應現無盡身雲即無生滅即是法身平等一味不礙業用無有限量六分圓無礙即此徧法界盧舍那身一一身一一支分一一毛孔皆亦有自舍那全身是故分處即圓滿經頌云如來無量功德海一一毛孔皆悉見七因果無礙謂於身分毛孔處現自舍那往昔本生行菩薩行所受之身及佛眉間出勝音等塵數菩薩八依正無礙謂此身雲即作一切器世間經頌云或作日月遊虛空或作河池井泉等又亦潛身入彼諸剎一一微細塵毛等處皆有佛身圓滿普徧九潛入無礙謂入衆生界如如來藏雖作衆生不失自性故出現品云佛智潛入衆生又云衆生心中有佛成正覺等又亦攝一切衆生在一毛孔善化天王頌云汝應觀佛一毛孔一切衆生悉在中等十圓通無礙謂此佛身即理即事即一即多即依即正即人即法即此即彼即情即非情即深即廣即因即果即三身即十身同一無礙如是無礙但是一心若有外塵絲毫成滯如華嚴經頌云佛身非過去亦復非未來一念現出生成道及涅槃華嚴演義釋見佛差別今寄清涼五臺求見文殊以況法界見佛差別總有十義一或多機異處各感見二或同處各見三或

異時別見四或同時異見五或同時異處見六或同處異時見七或異時異處見八或同時同處見九或一人於同異交互時處見多人所見十或一人於同異俱時處見一切人所見謂同時同處異時異處名同異俱時處既是一人時該多時處徧諸處見通諸境故是普眼機也故知文殊真體尚非是一見者自有差殊可驗唯心彌加深觀又如云一文殊從一處東來即一切處文殊者一約義復語其實德如前谿之月即是後谿及萬江百川之月全入前谿所以爾者一切處月不離本月故本月落谿則千處俱落二約表者文殊主般若門若約觀照般若智了萬境無非般若若白日麗天無物不明矣若實相般若無法非實相故無非般若猶水徧波無波非水即大般若經云般若波羅蜜多清淨故色清淨色清淨故一切智智清淨何以故若般若波羅蜜多清淨若色清淨若一切智智清淨無二無二分無別無斷故通於觀照及實相也又問佛前唯一普賢何以一一佛前各有多耶答有二義一緣起相由正約主伴兼明即入謂爲主須一爲伴必多此一者是即多之一一一切一也多是全一之多一一切也二力用交徹一有一切普賢之身不可思議略有三類一隨類身隨人天等見不同故二漸勝身乘六牙象等相莊嚴故三窮盡法界身帝網重重無有盡故此第三身含前二身及無盡身又問如上所說則無一處無有普賢今何不見釋有三意一約機不見是盲者過二不見是見見虛空身以虛空不可見

若不見者眞見虛空三亦徧不見處故者明見則不徧何者以可見不可見皆是普賢身要令可見爲身則普賢身不周萬有如智不可見豈非智身耶明知由有不見之處方知徧耳此等三身何人能見慧眼方見非肉眼所見如是慧眼無見無不見矣

宗鏡録卷第十六

音釋

眹丈忍切目兆也 訣古穴切方術要法也 槍七羊切矟也 姸媸姸倪堅切媸充脂切姸媸好惡也

宗鏡録卷第十七

宋慧日永明妙圓正修智覺禪師延壽集

夫成佛之理或云一念或云三祇未審定取何文以印後學答成佛之旨且非時劫遲速之教屬在權宜故起信論明爲勇猛衆生成佛在於一念爲懈怠者得果須滿三祇但形教跡之言盡成方便楞嚴經鈔云劫者是時分義而有成住壞空皆由衆生妄見所感且妄見動外感風輪由愛發故外感水輪由堅執心外感地輪由研求懆故外感火輪由四大故起六根起六根故見六塵見六塵故有時分若了無明根本一念妄心則知從心所生三界畢竟無有且時因境立境尚本空時自無體何須更論劫數多少但一念斷無明何假更歷僧祇是以首楞嚴經云如幻三摩提彈指超無學又云想相爲塵識情爲垢二俱遠離則汝法眼應時清明云何不成無上知覺圓覺經云知幻即離不作方便離幻即覺亦無漸次故知長短之劫由一念來三乘趣果並是夢中説悟時事皆無多劫耳所以法華經演半日爲五十小劫維摩經演七日爲一劫又如涅槃經云屠兒廣額日殺千羊後發心已佛言於賢劫中成佛諸大菩薩及阿羅漢疑云我等成佛即遠劫廣額何故成佛在先佛言欲得早成者即與早欲得遠成者即與遠若頓見眞性即一念成佛故知利鈍不同遲速在我可驗心生法生心滅法滅矣以三界無別法但是一心作一切境界皆因動念念若不生境本無體返窮動念念亦空寂即知迷時無失悟時無得以無住眞心

不增減故如首楞嚴經云佛言富樓那汝豈不聞室羅城中演若達多忽於晨朝以鏡照面愛鏡中頭眉目可見嗔責巳頭不見面目以爲魑魅無狀狂走於意云何此人何因無故狂走富樓那言是人心狂更無他故佛言妙覺明圓本圓明妙既稱爲妄云何有因若有所因云何名妄自諸妄想展轉相因從迷積迷以歷塵劫雖佛發明猶不能返如是迷因因迷自有識迷無因妄無所依尚無有生欲何爲滅得菩提者如寤時人說夢中事心縱精明欲何因緣取夢中物況復無因本無所有如彼城中演若達多豈有因緣自怖頭走忽然狂歇頭非外來縱未歇狂亦何遺失富樓那妄性如是因何爲在汝但不隨分別世間業果衆生三種相續三緣斷故三因不生則汝心中演若達多狂性自歇歇即菩提勝淨明心本周法界不從人得何藉劬勞肯綮修證古釋云頭無得失者頭喻眞性無明迷時性亦不失無明歇時亦不別得歇即菩提者但悟本體五現量識一切萬行皆悉具足即是菩提如涅槃經云一切衆生本來成佛無漏智性本自具足又頓從漸得名俱稱方便古釋云若據說頓亦是方便若云漸頓俱是亦謗於佛俱不是亦謗於佛是以本覺體上離頓漸離言說何處有頓漸名字第六識動有分別不動即等周法界五現量識等一一根皆徧法界眼見色時色不可得元來等法界法華經云是法住法位世間相常住即知世間一切諸相本來常住何行位能知唯佛於道場知巳導師方便說爲衆生迷不

知故說若知不俟更說方知有說皆屬方便○問即自心成佛者還立他佛不若決定不立則無諸佛之所威神建立加被護念等便成斷見答以自心性徧一切處故所以若見他佛即是自佛不壞自他之境唯是一心衆生如像上之模若除模旣見自佛亦見他佛何者雖見他佛即是自佛以自鑄出故亦不壞他佛以於彼本質上雖變起他佛之形即是自相分故變與不變皆是一心所以因衆生迷悟二心有見不見自他之理若約眞性迷悟何從自他俱泯以法身無形無自他相見之相古德云迷有二種一心外取境生想違理故不能見無相之佛二取内蘊相不了性故不見心佛悟有二種一了一切法即心自性性亦非性情破理現則見舍那身稱於法性無内外也二了蘊性相則見自心之佛與舍那非一非異如天帝釋不修天業宮殿何以隨身轉輪王不作王因七寶無由聚集唯憑自善外感勝緣是以華嚴經云佛子一切如來同一體性大智輪中出生種種智慧光明佛子汝等應知如來於一解脫味出生無量不可思議種種功德衆生念言此是如來神力所造佛子此非如來神力所造佛子乃至一菩薩不於佛所曾種善根能得如來少分智慧無有是處但以諸佛威德力故令諸衆生見佛功德而佛如來無有分別無成無壞無有作者亦無作法佛子是爲如來應正等覺出現之相寶藏論云夫所以眞一無一而現不同或有人念佛佛現念僧僧現但彼佛非佛非非佛而現於佛乃至非僧非非

僧而現於僧何以故彼妄心希望現故不覺自心所現聖事緣起一向爲外境界而有差別實非佛法僧而有異也乃至譬如有人於大冶邊自作模樣方圓自稱願彼融金流入我模以成形像然則融金雖成形像其實融金非像非非像而現於像彼人念佛亦復如是大冶金即喻如來法身模樣者即喻衆生希望念融得佛故以念佛和合緣生起種種身相然彼法身非相非非相何謂非相本無定相何謂非非相緣起諸相然則法身非現非非現離性無性非有非無非心非意不可以一切量度也但彼凡夫隨心而有即生現佛想一向謂彼心外有佛不知自心和合而有或一向言心外無佛即爲謗正法也釋曰何謂非相本無定相者以因心所現外相無體從心感生緣盡即滅何相之有故云本無定相何謂非非相緣起諸相者既稱無定但隨緣現因緣和合幻相不無故云緣起諸相若能不生分別不執自他內不執有而取諸蘊外不執無而謗正法則開眼合眼舉足下足非見非非見爲眞見佛矣寶性論云依佛義故經云佛告阿難言如來者非可見法是故眼識不能得見故依法義故經云所言法者非可說事以是故非耳識所聞故依僧義故經云所言僧者名無爲是故不可身心供養禮拜讚歎故知三寶如虛空相非見聞之所及則衆生之心佛度佛心之衆生若有一法對治盡成邪見故六祖云邪來正度迷來悟度愚來智度惡來善度如是度者即是眞度○問既心外無佛見佛是心云何教中有

說化佛來迎生諸淨刹答法身如來本無生滅從眞起化接引迷根以化即眞眞應一際即不來不去隨應物心又化體即眞說無來去從眞流化現有往還即不來相而來不見相而見也不來而來似水月之頓呈不見而見猶行雲之忽現○問如上所說眞體則湛然不動化相則不來而來正是心外有他佛來迎云何證自心是佛答一是如來慈悲本願功德種子增上緣力令曾與佛有緣衆生念佛修觀集諸福智種種萬善功德力以爲因緣則自心感現佛身來迎不是諸佛實遣化身而來迎接但是功德種子本願之力以所化衆生時機正合令自心見佛來迎則佛身湛然常寂無有去來衆生識心託佛本願功德勝力自心變化有來有去如面鏡像似夢施爲鏡中之形非内非外夢裏之質不有不無但是自心非關佛化則不來不去約諸佛功德所云有往有還就衆生心相所說是知淨業純熟目覩佛身惡果將成心現地獄如福德之者執礫成金業貧之人變金成礫非金而金現金非礫而礫生金生但是心生礫現唯從心現轉變是我金礫何從抱疑之徒可曉斯旨○問如前剖析理事分明佛外無心心外無佛云何教中更立念佛法門答只爲不信自心是佛向外馳求若中下根權令觀佛色身繫緣麤念以外顯内漸悟自心若是上機只令觀身實相觀佛亦然如佛藏經云見諸法實相名爲見佛何等名爲諸法實相所謂諸法畢竟空無所有以是畢竟空無所有法念佛乃至又念佛者離諸想諸

想不生心無分別無名字無障礙無欲無得不起覺觀何以故舍利弗隨所念起一切諸想皆是邪見舍利弗隨無所有無覺無觀無生無滅通達是者名爲念佛如是念中無貪無著無逆無順無名無想舍利弗無想無語乃名念佛是中乃至無微細小念何況麤身口意業無身口意業處無取無攝無諍無訟無念無分別空寂無性滅諸覺觀是名念佛舍利弗若人成就如是念者欲轉四天下地隨意能轉亦能降伏百千億魔況弊無明從虛誑緣起無決定相是法如是無想無戲論無生無滅不可說不可分別無闇無明魔若魔民所不能測但以世俗言說有所教化而作是言汝念佛時莫取小想莫生戲論莫有分別何以故是法皆空無有體性不可念一相所謂無相是名眞實念佛華嚴經頌云譬如日月住虛空一切水中皆現影住於法界無所動隨心現影亦復然又頌云譬如帝青寶照物皆同色衆生見佛時同佛菩提色釋云諸佛菩提之色即衆生心性之光以心無相故菩提亦復然所以文殊頌云無色無形相無根無住處不生不滅故敬禮無所觀又頌云虛空無中邊諸佛心亦然心同虛空故敬禮無所觀華嚴入法界品中德雲比丘入憶念一切諸佛境界智慧光明普見法門乃至住一切世念佛門隨於自心之所欲樂普見三世諸如來故入不思議解脫境界品頌云心能普集無邊業莊嚴一切諸世間了一切法皆是心現身等彼衆生數入楞伽經偈云佛及聲聞身辟支佛身等復種種色身但

説是内心大方廣如來祕密藏經云如來密藏法謂一切智心乃至是心爲柱不怯不弱不羸不壞無有懶墮不背不捨順向是心而覺了之華手經云一切諸法如日明淨隨所正觀皆入無際釋曰一切諸法皆是心光無有瑕翳故云如日明淨隨所有法能作斯觀無不入自心無際之際又止觀明念佛三昧門者當云何念爲復念我當從心得佛從身得佛佛不用心得不用身得不用心得佛色不用色得佛心何以故心者佛無心色者佛無色故不用色心得三菩提佛色已盡乃至識已盡佛所説盡者是癡人不知智者曉了不用身口得佛不用智慧得佛何故智慧索不可得自索我了不可得亦無所見一切法本無所有壞本絶本又如夢見七寶親屬歡樂覺已追念不知在何處如是念佛又如佛在時三人爲伯仲聞毗耶離國婬女人名菴羅婆利舍衞國有婬女人名須曼那王舍城婬女人名憂鉢羅槃那此三人各各聞人讚三女人端正無比晝夜專念心著不捨便於夢中夢與從事覺已心念彼女不來我亦不往而婬事得辦因是而悟一切諸法皆如是耶於是往到跋陀婆羅菩薩所問是事跋陀婆羅答言諸法實爾皆從念生如是種種爲此三人方便巧説諸法空是時三人即得阿鞞跋致是知人不來往而樂事宛然當如是念佛又如人行大澤飢渴夢得美食覺已腹空自念一切所有法皆如夢當如是念佛數數念莫得休息用是念當生阿彌陀國是名如相念大方等大集經云佛告賢護我念往

昔有佛世尊號須波日時有一人行值曠野飢渴困苦遂即睡眠夢中具得諸種上妙美食食之既飽無復飢虛從是寤已還復飢渴是人因此即自思惟如是諸法皆空無實猶夢所見本自非眞如是觀時悟無生忍得不退轉於阿耨多羅三藐三菩提又如人以寶倚瑠璃上影現其中亦如比丘觀骨起種種光此無持來者無有是骨是意作耳如大方等大集經云復次賢護譬如比丘修不淨觀見新死屍形色始變或青或黃或黑或赤乃至觀骨離散而彼骨散無所從來亦無所去唯心所作還見自心又如鏡中像不外來不中生以鏡淨故自見其形行人色清淨所見者清淨欲見佛即見佛見即問問即報聞經大歡喜自念佛從何所來我亦無所至我所念即見心作佛心自見心見佛心是佛心是我心不自知心心不自見心心有想爲癡心無想是泥洹是法無可示者皆念所爲設有其念亦了無所有空耳是名佛印無所貪無所著無所求無所想所有盡所欲盡無所從生無所可滅無所敗壞道要道本是印二乘不能壞何況魔耶婆沙論明新發意菩薩先念佛色相相體相業相果相用得下勢力次念佛四十不共法心得中勢力次念實相佛得上勢力而不著色法二身偈云不貪著色身法身亦不著善知一切法永寂如虛空勸修者若人欲得智慧如大海令無能爲我作師者於此坐不運神通悉見諸佛悉聞所説悉能受持者常行三昧於諸功德最爲第一此三昧是諸佛母佛眼佛父無生大悲母一

切諸如來從此二法生碎大千地及草木爲塵一塵爲一佛刹滿爾世界中寶用布施其福甚多不如聞此三昧不驚不畏况信受持讀誦爲人説况定心修習如犛牛乳頃况能成是三昧故無量無邊又婆沙論云劫火官賊怨毒龍獸衆病侵是人者無有是處此人常爲天龍八部諸佛皆共護念稱讃皆共欲見共來其所若聞此三昧如上四番功德皆隨喜三世諸佛菩薩皆隨喜復勝上四番功德若不修如是法失無量重寶人天爲之憂悲如齅人把栴檀而不齅如田家子以摩尼珠博一頭牛故知不識自心是佛反求他法者背道修道其過如是即凡夫不達心寶飲毒食於人天二乘遠離家珍求除糞之傭直故法華經云有智若聞則能信解無智疑悔則爲永失○問夫成佛門若論修善則有前後若是性善本一心平等諸佛既有性惡闡提亦有性善既同一性倶合成佛云何闡提不成佛耶答若言性佛何人不等若約修成闡提未具台教問闡提與佛斷何等善惡答闡提斷修善盡但性善在佛斷修惡盡但性惡在問闡提不斷性善還能令修善起佛不斷性惡還令修惡起耶答闡提不達性善以不達故還爲善所染修善得起廣治諸惡佛雖不斷性惡而能達於惡以達惡故於惡得自在故不爲惡所染修惡不得起故佛永無復惡以自在故廣用諸惡法門化度衆生終日用之終日不染不染故不起那得以闡提爲例耶若闡提能達此善惡則不復名爲一闡提也若依他文明闡提斷善盡爲阿頼耶

識所熏更能起善阿賴耶即是無記無明善惡依持爲一切種子闡提不斷無記無明故還生善佛斷無記無明盡無所可熏故惡不復還生若欲以惡化物但作神通變現度衆生耳問若佛地斷惡盡作神通以惡化物者此作意方能起惡如人畫諸色像非是任運如明鏡不動色像自形可是不思議理能應惡若作意者與外道何異答今明闡提不斷性德之善遇緣善發佛亦不斷性惡機緣所激慈力所熏入阿鼻同一切惡事化衆生以有性惡故名不斷無復修惡名不常若修性俱盡則是斷不得爲不斷不常闡提亦爾性善不斷還生善根如來性惡不斷還能起惡而是解心無染通達惡際即是實際能以五逆相而得解脱亦不縛不脱行非道而通佛道闡提染而不達與此爲異也何謂不達以不了無性故是以善惡諸法皆以無性爲性此性即是佛性即無住本即法性故此善惡性不可斷也即今推自心性不可得即無住處能徧一切處即善惡性也性無善惡能生善惡善惡可斷性不可斷善惡同以心性爲性若斷性惡則斷心性性不可斷所以闡提不斷性善縱墮三塗性善不減性惡不增直至成佛性善不增性惡不減此性即法身也猶如明鏡本無好醜衆像能現一切好醜衆像像有增減明淨光體不增不減也鏡本無像故能現像佛性無善惡能現善惡衆生不得性但得善惡爲善惡所拘不得自在也性善不壞故地獄發佛界善性惡不壞故佛能現六趣惡又性者即是善惡等諸法之性徧

十方三世衆生國土等一切處無有變異不增不減能現善惡凡聖垢淨因果等從性而起故云性善性惡若善惡等即無定相隨緣搆習如鏡中像無體可得若遇淨緣即善若因染緣即惡從修而得故名修善修惡若論性善不唯闡提若論性惡不唯諸佛以是善惡諸法之性故即一切衆生皆悉具有一際平等若覺了此性即便成佛故能示聖現凡自在無礙若論修善修惡於上中下根即不可定隨修成之厚薄任力量之淺深得世間報而六趣昇沈成出世果而四聖高下以不了善惡之性故爲善惡業之所拘而不自在若見性達道何道不成則法法摽宗塵塵契旨豈唯善惡二法而得自在耶○問三寶如虛空相非見聞之所及者教中云何說見道

又稱見佛答約本智發明假稱名見非眼所覩唯證乃知離見非見方名眞見涅槃經云菩薩實無所見無所見者即無所有無所有者則一切法是以法性無所有菩薩則無所見與法理會假稱爲見實非見也眞性湛然非是見法經云不行見法諸佛速與受記則是離斷常二邊即見自身清淨見身清淨即是見佛清淨乃至見一切法悉皆清淨無非是佛無非是法以自心性無生順物徧一切處故若一微塵不是佛者則成翳障不入普眼之門唯墮能所之見大集經云梵天問海慧菩薩言善男子汝今了了見佛法不海慧言佛法非色不可覩見汝云何言了了見佛法耶一切諸法悉不可見夫了了者即是佛法無有二相是以來同水月散若幻雲見猶

夢形聞如谷響覺處即現不從方來迷處自無不從此去如圓覺經云圓覺普照寂滅無二於中百千萬億不可說阿僧祇恒河沙諸佛世界猶如空華亂起亂滅般若假名論偈云如來法爲身但應觀法性法性非所見然亦不能知法性者所謂空性無生性此即諸佛第一義身若見於此名爲見佛經云以見空性名見如來又法性之處無有一物可名所知由是彼智亦不能知又經言大王一切法性猶如虛空等與衆物爲所依止而其體性非是有物亦非無物能知此中寂然無知名爲了知名爲知者隨俗言說信解無生之福多於寶施如有頌言若人持正法及發菩提心不如解於空十六分之一是以解第一義空方成般若見無生自性始了圓宗以眞空不壞業果尊卑宛然不同但空不該諸有如大涅槃經云有業有報不見作者如是空法名第一義空所以見性之時性本離念非有念而可除觀物之際物本無形非有物而可遣故云離念之智等虛空界如大乘千鉢大教王經云是時普明菩薩則證入毗盧遮那如來金剛法藏三昧三摩地令一切菩薩及一切有情衆生同願修持入此性淨眞如法藏三昧眞際觀云何應得修入此觀菩薩則當觀照心地覺用心智唯照心性細細觀覺覺照心體見性無動證覺不動即能恒用用觀體智見性清淨性自離念離念無物心等虛空即證聖智如如聖性二俱澄寂空同無體性體虛靜則是名爲菩薩證入眞如法界性印法藏眞際觀門故知法界性即衆生

心性衆生心性即虚空性故大智度論云復次舍利弗菩薩摩訶薩欲住内空外空内外空空空大空第一義空有爲空無爲空畢竟空無始空散空性空自相空諸法空不可得空無法空有法空無法有法空當學般若波羅蜜釋云内空者即内法所謂内六入眼耳鼻舌身意眼空無我無我所等外空者即外法所謂外六入色聲香味觸法色空無我無我所等内外空者即内外十二入十二入中無我無我所等空空者以空破内空外空内外空破是三空故名爲空空大空者即十方空東方無邊故名爲大亦一切處有故名爲大第一義空者第一義名諸法實相不破不壞故是諸法實相亦空何以故無受無著故若諸法實相有者應受應著以無實故不受不著若受若著即是虚誑有爲空無爲空者有爲法名因緣和合生所謂五陰十二入十八界等無爲法名無因緣常不生不滅如虚空問曰有爲法因緣和合生無自性故空此則可爾無爲法非因緣生法無破無壞常若虚空云何空答曰若除有爲則無無爲有爲實相即是無爲如有爲空無爲亦空以二事不異故畢竟空者一切法皆畢竟空是畢竟空亦空空無有法故亦無虚實相待復次畢竟空者破一切法令無遺餘故名畢竟空若有少遺餘不名畢竟空無始空者如經中説佛語諸比丘衆生無有始無明覆愛所繫往來生死始不可得破是無始法故名爲無始空散空者散名別離相如諸法和合故有如車以輻輞轅轂衆合爲車若離散各在一處

則失車名五陰和合因緣故名爲人若離五陰人不可得性空者諸法性常空假來相續故似若不空譬如水性自冷假火故熱止火停久水則還冷如經説眼空無我無我所何以故性自爾耳自相空者一切法有二種相總相别相是二相空故名爲相空總相者如無常等别相者諸法雖皆無常而各有别相如地爲堅相火爲熱相一切諸法空者一切法有好有醜有内有外一切法有心生故名爲有無自體故空無所得空者一切法乃至無餘涅槃不可得故名無所得空無法空有法空無法有法空者無法名法已滅是滅無故名無法空有法空者諸法因緣和合生故有法實性無故名有法空無法有法空者取無法有法相不可得是爲無法有法空乃至

云離我我所故空因緣和合生故空無常苦空無我故名爲空始終不可得故空唯心故名爲空故知一切萬法皆從心現悉無自體盡稱爲空所以云若住此十八空門當學般若則未甞有一法能出我之靈臺智性矣此十八空下至有爲世間五陰上至無爲第一義諦收一切法無不皆空若不學般若别尚餘宗體有而未達有原窮空而不盡空理須歸宗鏡内照發明則外無一法更有遺餘矣又此是如空非體是空以眞心無礙映現萬法如虚空不拒諸相發揮故於眞心中能現一切其所現一切雖依心無體照見五藴皆空然亦不著於空能興佛事如華嚴經頌云十方所有諸如來了達諸法無有餘雖知一切皆空寂而不於空起心念以一莊嚴嚴一

切亦不於法生分別如是開悟諸羣生一切無性無所觀○問法身之理爲復有法成爲復無法成爲復一法成爲復異法成答本覺心宗法身性地口欲言而詞喪心欲縁而慮亡所以然者説有則妙體虚玄談無則道無不在言生則三界無物云滅則一體常靈言一則各任其形説異則同歸實相是知不可以稱量不可以希冀若開方便欲曉疑情則不有不無非一非異能超四句方會一乘古德問云若衆生與諸佛同一心佛性等有法身則有二過一衆生悉當成佛則衆生界盡二諸菩薩闕利他行以無所化機故答此所問難並由妄見衆生界故妄起此難不增不減經云大邪見者見衆生界增見衆生界減以不如實知一法界故於衆生界起增減見經意則一切衆生一時成佛佛界不增衆生界不減故經云衆生即法身法身即衆生衆生法身義一名異解云況衆生界如虚空界設如一鳥飛於虚空從西向東經百千年終不得説東近西遠何以故虚空無分劑故亦不得云總不飛行以功不虚故當知此中道理亦爾非有滅度令有終盡非無終盡有不滅度故衆生界甚深廣大唯是如來智所知境不可輙以狂心限量斟酌起增減見且如虚空界雖無分劑不礙鳥飛類衆生界雖不可盡不妨滅度但不起增減之見去取之情則智翼高翔眞空無滯如華嚴䟽釋經云佛智廣大同虚空者量智包含而普徧理智無分別而證入是以太虚含衆像衆像不能含太虚太虚不分別衆像衆像乃差別太虚以

況我法不能容佛智佛智乃能容我法有我法者分別如來是如來者不分別我法二普徧喻中妙觀察智無不徧知即普徧義成所作智曲成無遺即隨入義經頌云佛智廣大同虛空普徧一切衆生心此即體徧悉了世間諸妄想此約知徧又云得一切法量等心此約證徧智性全同於色性故此約理徧云何徧入不壞能所有證知故經頌云世間諸國土一切皆隨入智身無有色非彼所能見由隨於如即入無所入故云平等是以虛空徧入國土國土不徧入虛空有國土處必有虛空有虛空處或無國土虛空之於國土平等隨入國土之於虛空自有彼此虛空可喻佛智國土可喻三世三世有處佛智必在其中佛智知處三世或無其體佛智之於三世平等隨入三世之於佛智自有始終此猶約不二而二説耳若二而不二國土虛空三世佛智同一性故皆互相入舉一全收普徧亦然三世間圓融則言思道斷故名佛智爲不思議也大集經云文殊言世尊如來若坐菩提樹下如來世尊則有二相一者如來二菩提樹如來世尊已離二相佛言善男子菩提衆生一切法性等無差別一味一性如來坐於菩提樹下見如是法是故名爲逮得菩提我都不見離菩提外別有一法見一切法皆悉平等而是平等不入於數是故平等名爲無礙又此法門舉一則法界全收如舉眼爲門諸根相好及佛剎土莫不皆是一眼中現乃至六根一塵一毛中現亦如是如云毗盧遮那身中具足三道六趣衆生等此則一身

舍一切身又一身徧一切身即入重重包徧無礙如華嚴經頌云有一堅密身一切塵中見無生亦無相普現於諸國

宗鏡録卷第十七

音釋

懆 則到切疾也 魑魅 魑丑知切魅靡寄切魑魅鬼屬 綮 棄挺切肯綮結處也 𤛓 古候切取牛乳也 齆 烏貢切鼻塞病 傭 余封切雇作謂之傭 輞 輻方六切輪輳也輞文紡切車輞也 轅 雨元切輈也 轂 古祿切輻所湊者

宗鏡録卷第十八

宋慧日永明妙圓正修智覺禪師延壽集

夫諸佛法身普徧衆生心旣同一心云何有現不現答常現無不現時或於一塵頓現無不具足或於諸塵普現無不周徧一處頓現者如來眼睫文殊寳冠彌勒閣中普賢毛孔淨名室裏摩耶腹中芥子針鋒近塵遠刹各各頓現如文殊般泥洹經云文殊身如紫金山等其文殊冠毗楞伽寳之所嚴飾有五百種色一一色中日月星辰諸天龍宫世間衆生所希見事皆於中現維摩經云於是長者維摩詰現神通力即時彼佛遣三萬二千師子之座高廣嚴淨來入維摩詰室諸菩薩大弟子釋梵四天王等昔所未見其室廣博悉包容三萬二千師子之座無所妨礙於毗耶離城及閻浮提四天下亦不迫窄悉現如故華嚴經入法界品摩耶夫人告善財言善男子爾時菩薩從兜率天將降神時有十佛刹極微塵數諸菩薩衆乃至與眷屬俱從天宫下來入我身彼諸菩薩於我腹中現大神通遊行自在或以三千大千世界而爲一步乃至或以不可說不可說佛刹極微塵數世界而爲一步又念念中十方不可說佛刹極微塵數世界諸如來所菩薩衆會及四天王三十三天須摩天兜率陀天化樂天他化自在天乃至色界諸梵天王俱來欲見菩薩處胎廣大神變恭敬供養聽受正法皆入我身雖我腹中悉能容受如是衆會而身不廣大亦不迫窄其諸菩薩各見自處衆會道場清淨嚴飾善男子如此四天下閻浮提中菩薩受

生我爲其母三千大千世界百億四天下閻浮提中悉亦如是然我此身本來無二亦復非一非一處住非多處住何以故以修菩薩大願智幻莊嚴解脫門故如先德云廣大如法界究竟若虛空是處胎義若如是者則一切衆生皆處摩耶胎非獨釋迦矣何以故衆生心即法界故又若了心空即無胎分如菩薩處胎經云佛告彌勒行空菩薩云何遊至十方刹土教化衆生彌勒白佛言行空菩薩不見刹土亦無有佛佛自無佛云何有佛地水火風識界我人壽命皆悉空寂以是之故無有胎分諸塵普現者則橫該一切處竪徹一切時涉入重重普融圓徧古德云一切不思議事於一切處悉能普現其唯一毗盧清淨法身之應用耳此法身者即是心也所以言若能諦觀心不二方見毗盧清淨身一念起惡法身亦隨現一念善心生法身亦隨現名爲處處互現乃至色處現空處現自在無礙更莫遠推諸佛唯自一念空心是又如海印普印一切華嚴經出現品云佛子菩薩摩訶薩應知如來成正覺於一切義無所觀察於法平等無所疑惑無二無相無行無止無量無際遠離二邊住於中道出過一切文字言說知一切衆生心念所行根性欲樂煩惱染習舉要言之於一念中悉知三世一切諸法佛子譬如大海普能印現四天下中一切衆生色身形像是故共説以爲大海故經中有海印三昧疏釋云海印三昧有十義根器是所現菩薩定心是能現無不定心故名三昧一無心能現經云無有功用無分別二現

無所現經云如光影故三能現與所現非一四非異經云大海能現能所異故非一水外求像不可得故非異顯此定心與所現法即性之相故能所宛然即相之性故物我無二五無去來現萬法於自心彼亦不來羅身雲於法界未曾暫去六廣大經云普悉包容無所拒明三昧心周于法界則衆生色心皆定心中物用周法界亦不離此心七普現經云一切皆能現又云菩薩普印諸心行此與廣大異者此約所現不簡巨細彼約能現其量普周八頓現經云一念現故謂無前後如印頓成九常現非如明鏡有現不現時十非現現如明鏡對至方現四天之像不對而現故云非現現以不待對是故常現該三際也此上海印現義隨理事能所而分十門但是一眞心寂照普現之義若有不現者即是客塵自遮見網自隔非法身咎摩訶衍論云諸佛如來法身平等自然徧一切處無有作意但依衆生心現衆生心者猶如於鏡鏡若有垢色像不現如是衆生心若有垢法身不現其猶日月麗天盲者不覩雷霆震地聾者不聞道契則隣不在身近故福人出世則琳瑯現矣薄福者出則荆棘生焉皆由自心有現不現若直了心性之人悉皆平等顯現如洛浦和尚神劒謌云君子得之忘彼此小人得之自輕生他家不用我家劒世上高低早晚平所以衆生不得了然明現皆滯有迷眞滯眞迷中滯中迷性成三種緣集所以成障如天台淨名疏云衆生氣類無量無邊元其正要不出三種緣集氣類一有爲緣集之類者即

是界内染淨國土悉迷眞滯有而起結業稟分段生死皆是有爲緣集衆生之類二無爲緣集之類者即是界外有餘國土及果報土乃至下品中品常寂光土此三土衆生迷中道佛性滯眞空無爲緣無爲起諸結業受變易生死是無爲緣集衆生之類三自體法界緣集者即菩薩迷自體起如宗門中云已見不忘今室外折伏界内有爲緣集衆生次弟子一品折伏無爲緣集衆生後菩薩一品即是折伏自體法界緣集衆生問無爲緣集與自體緣集爲同爲異答名雖有別惑體不殊二乘迷自體起無爲生計著著無爲故正受無爲緣集名菩薩亦迷自體起無爲緣集而菩薩觀破無爲著無爲緣集未盡此惑附體別受自體緣集之名如凡夫迷眞起有爲緣集學人見眞斷見思思惟不盡猶於眞理有貪恚色染無色之名問學人有爲緣集不盡見眞猶有惑不約眞名自體緣集菩薩無爲緣集不盡見眞何得別受自體緣集之名答二乘見眞但是空理空理非法身不得立自體之名菩薩見眞實是法身法身常在故得別立自體緣集名也菩薩或未知未知故須折伏也是故三種緣集不亡所以法身不現又遠大師云緣集義者統唯一種或分爲二約眞妄開一妄緣集三界虛妄唯一心作如夢所見但是妄心解二眞緣集一切諸法皆眞心起如夢所見皆報心作或約心識說三一就事緣集從其事識起一切法二妄緣集從其妄緣起一切法三眞緣集眞識體中具過一切恒沙性德互相集成故言緣集又從

眞識起一切法故經說言若無如來藏識七識不住不得厭苦樂求涅槃由如來藏故起諸法又就有爲無爲說三即一有爲緣集二無爲緣集三具二緣集○問直了此心是佛更用八相成道不答若了此心即是天眞佛不說成與不成若說成佛是助語亦是增語圓覺經云一切如來妙圓覺心本無菩提及與涅槃亦無成佛及不成佛無妄輪迴及非輪迴等釋曰本無菩提及與涅槃者此是二轉依號亦是住觀語轉煩惱故立菩提之號轉生死故得涅槃之名若了煩惱性空生死本寂既無所轉之相亦無能轉之名無不成佛者無妄輪迴亦無成佛者無非輪迴唯妙圓覺心更無所有如今只恐不得宗鏡之光若得其光則自然入圓覺門普照法界所以先德云飛錫若登故國路莫愁天下不聞聲龐居士頌云十方來一會各自學無爲此是選佛處心通及第歸如是則自然應念登科隨處及第何須受記而待揚名者乎如昔人訶云不坐禪不持律妙覺心珠白如日當體虛玄一物無阿誰承受然燈記○問衆生業果種子現行積劫所熏猶如膠漆云何但了一心頓斷成佛答若執心境是實人法不空徒經萬劫修行終不證於道果若頓了無我深達物虛則能所俱消有何不證猶微塵揚於猛吹輕舸隨於迅流只恐不信一心自生艱阻若入宗鏡何往不從且如勇施菩薩因犯婬欲尚悟無生性比丘尼無心修行亦證道果何況信解一乘之法諦了自心而無尅證乎或有疑云豈不斷煩惱耶解云但諦觀

殺盜婬妄從一心上起當處便寂何須更斷是以但了一心自然萬境如幻何者以一切諸法皆從心幻生心旣無形法何有相所以高城和尚謌云說教本窮無相理廣讀元來不識心識取心了取境識心了境禪河靜若能了境便識心萬法都如闥婆影性比丘尼即摩登伽首楞嚴經云佛告阿難摩登伽彼尚婬女無心修行神力冥資速證無學云何汝等在會聲聞求最上乘決定成佛譬如以塵揚于順風有何艱險淨業障經云爾時有一比丘名無垢光入毗舍離城次第乞食以不知故入婬女家時無垢光入其家已是時婬女起染汙心作是思惟我今必死當與此比丘共行欲法若不從我我當殞命作是念已即便閉門語比丘言願與尊者共行欲事若不從我我當必死時無垢光語婬女言且止大姊我今不應犯如此事所以者何佛所制戒我應奉行寧捨身命不毀此戒爾時婬女復更思惟我今當以呪術藥草令此比丘共爲欲事語比丘言我今不能令汝退轉毀犯禁戒但當受我所施之食即入舍內便呪其食投比丘鉢呪術力故令此比丘便失正念起於欲心展轉增盛爾時婬女見此比丘顏色變異即前牽手共爲欲事是時比丘與彼婬女共相愛樂行婬欲已持所乞食還詣精舍到精舍已生大憂悔舉體煩熱咄哉何爲破大戒身我今不應受他信施我今則是破戒之人當墮地獄時無垢光向諸比丘同梵行者說如是言我今破戒非是沙門必趣地獄時諸比丘問無垢光有何因緣而破此

戒時無垢光具説上事時諸同學語無垢光仁者當知此有菩薩摩訶薩名文殊師利得無生法忍善能除滅破戒之罪亦令衆生離諸蓋纏我今與汝共詣文殊師利菩薩摩訶薩所除汝憂悔時無垢光猶故未食與諸比丘詣文殊師利法王子所到已問訊供養恭敬即以上事具白文殊師利文殊師利語無垢光汝今且食食已當共詣如來所問如來此事如佛所説當共受持比丘食已與文殊師利共詣佛所到已頂禮佛足却坐一面爾時無垢光比丘心懷恐懼不敢問佛於是文殊師利即從座起整衣服偏袒右肩右膝著地合掌向佛即以上事具白世尊爾時世尊告無垢光汝實爾不答言實爾佛告比丘汝本有心欲犯婬不答言不也佛告比丘汝本無心云何而犯比丘答言我於後時乃生欲心如是比丘心犯欲耶答言如是佛告比丘我常不言心垢故衆生垢心淨故衆生淨耶答言如是佛告比丘於意云何汝曾夢中受欲之時心覺知不答言覺知佛告比丘汝向犯欲豈非由心而覺知耶答言如是若如是者比丘悟夢犯欲有何差别比丘答言悟夢犯欲無差别也佛言於意云何我先不言一切諸法皆如夢耶答言如是佛言於意云何如夢諸法是眞實耶答言不也佛告比丘於意云何悟夢二心倶是眞實耶不也世尊佛告比丘若非眞實是有法也不也世尊佛告比丘於意云何無所有法爲有生不不也世尊佛告比丘若法無生有滅有縛有解脱耶不也世尊佛告比丘於意云何無生之法尚

無所有而當有墮三惡道耶佛告比丘一切諸法本性清淨然諸凡夫愚小無智於無有法不知如故妄生分別以分別故墮三惡道復告比丘諸法無實而現種種所應作事爲著貪欲嗔恚愚癡凡夫等故分別諸法不知如故非是眞實復告比丘諸法虚誑如野馬故諸法如夢本性自在逮清淨故諸法究竟如水中月泡沫等故諸法寂靜無老病死諸過患故諸法無取非是色法不可見故諸法無聚如虚空故諸法無性過諸性故諸法甚深過虚妄故諸法廣大無處所故法無所作究竟寂故法無所依境界空故法無根本畢竟空故法離蓋纏煩惱結使不可得故法離熾然性不生故乃至爾時無垢光聞説是法心懷歡喜悲喜交集雨淚叉手合掌一心觀佛即説偈言快哉世尊大功德諸天世人所歸仰善覺一切勝妙法稽首能斷諸苦行又佛告文殊過去有佛號無垢光時有比丘名曰勇施入難勝城次行乞食到長者舍其家有女容貌端正見勇施已生愛染心乃至因託病延請勇施説法其後勇施數到其家轉相親厚數相見故便失正念而生欲心即與彼女共行婬法心遂耽著往來頻數時彼女夫見此比丘往來頻數心生疑恚即設方便欲斷其命勇施比丘聞是事已即以毒藥持與彼女而語之言若必念我可持此藥以殺汝夫時長者女即以毒藥和著食中勑其婢使持此飯食以飯我夫夫食飯已即便命終爾時勇施聞彼命終心生大悔作是思惟今我所作是大重惡何名比丘受行婬法又斷

人命我今如是當何所歸生大憂惱我若命終當墮惡道誰能免我如是之苦以是事故從一精舍至一精舍惶怖馳走衣服落地作如是言咄哉怪哉我今即是地獄衆生時有精舍名曰醯無中有菩薩名曰鼻掬多羅勇施比丘即入其房舉身投地時彼菩薩問勇施言何爲以身自投於地答言大德我今即是地獄衆生又復問言誰乃令汝爲地獄人勇施答言我作大罪犯於婬我又斷人命時彼菩薩語勇施言比丘莫怖我今力能施汝無畏爾時勇施聞彼菩薩施無畏聲心生歡喜踊躍無量爾時鼻掬多羅菩薩即時從地接起勇施牽其右手將至異處坐林樹中時鼻掬多羅菩薩即時入於諸佛境界大乘妙門如來寶印三昧入三昧已即於身上出無量佛身皆金色三十二相徧林樹間爾時諸佛即時同聲說是偈言諸法同鏡像亦如水中月凡夫愚惑心分別癡恚愛乃至諸法常無相寂靜無根本無邊不可取欲性亦如是爾時林中二萬天子詣鼻掬多羅菩薩來聽法者聞說是偈即得無生法忍○問妙圓覺心既無所有云何教中說諸佛成等正覺出現世間等事答一是機熟衆生自心感現二是菩薩因地本願然諸佛境界廣大無邊非情識所知唯見性能了故華嚴經云佛子菩薩摩訶薩應云何知如來應正等覺境界佛子菩薩摩訶薩以無障無礙智慧知一切世間境界是如來境界知一切三世境界一切刹境界一切法境界一切衆生境界眞如無差別境界法界無障礙境界實際無邊際境

界虛空無分量境界無境界境界是如來境界佛子如一切世間境界無量如來境界亦無量如一切三世境界無量如來境界亦無量乃至如無境界境界無量如來境界亦無量如無境界境界一切處無有如來境界亦如是一切處無有佛子菩薩摩訶薩應知心境界是如來境界如心境界無量無邊無縛無脫如來境界亦無量無邊無縛無脫何以故以如是如是思惟分別如是如是無量顯現故知凡聖無際心境一原眞無性而即相發明相無體而因眞建立故云智身寥廓總萬像以成體萬像無形以智身而齊體又若論化現門中此是諸佛因地悲願之力令機熟衆生自心感現衆生心中諸佛應現無窮諸佛心內衆生機緣不盡所以法身無像遇感成形妙應無方應念垂跡由了平等赴衆望而猶若摩尼爲達無私任羣機而如同天鼓古頌云佛是衆生心裏佛隨自根堪無異物欲知一切諸佛原悟自無門本是佛如佛地經云隨諸衆生所樂示現平等法性圓滿成故論釋云隨諸有情樂見如來色身差別如來示現如是色身如來雖居無戲論位由平等智增上力故大圓鏡智相應淨識現瑠璃等微妙色身令諸有情善根成熟自心變似如是身相謂自心外見如來身如契經言由諸如來慈善根力有所示現令天人等自心變異見如來身如金色等又如經言若所應化無量有情宜見瑠璃末尼寶色如來即能無礙示現種種瑠璃末尼寶色令彼自心亦如是變乃至廣說如是示現一切如來形

相平等如是平等即是法性是故說名平等法性謂諸如來隨同所化有情樂見色身形相即各示現同處同時異類形相令彼自心如是變現作利樂事如諸有情阿賴耶識共相種熟各各變現世界等相同處相似不相妨礙此亦如是如色身相餘事亦爾由此示現如前修習圓滿成故平等性智圓滿成就度一切諸佛境界智嚴經云文殊師利問無生無滅其相云何佛答不生不滅即是如來文殊師利譬如大地瑠璃所成帝釋毗闍延宮殿供具等影現其中閻浮提人見瑠璃地諸宮殿影合掌供養燒香散華願我得生如是宮殿我當遊戲如帝釋等彼諸衆生不知此地是宮殿影乃布施持戒修諸功德爲得如是宮殿果報文殊師利如此宮殿實無生滅以地淨故影現其中彼宮殿影亦有亦無不生不滅文殊師利衆生見佛亦復如是以其心淨故見佛身佛身無爲不生不滅不起不盡非色非非色不可見非不可見非世間非非世間非心非非心以衆生心淨見如來身散華燒香種種供養願我當得如是色身布施持戒作諸功德爲得如來微妙身故如是文殊師利如來神力出現世間令諸衆生得大利益如影如像隨衆生見又說如日光無心普照喻摩尼無心雨寶喻谷響無實喻等其瑠璃地等喻衆生心影喻佛身又華嚴有摩尼隨映喻摩尼現色喻自受用身有其本色但無青黄等異青黄等異隨機映生又若以虛空喻佛身即法性身以虛空無相故不隨方隅而有增減以法身無形故非依報

化而現精麤如華嚴十定品云佛子譬如虛空於蟲所食芥子孔中亦不減小於無數世界中亦不增廣其諸佛身亦復如是見大之時亦無所增見小之時亦無所減如上諸說皆喻見佛然於鏡像喻最親如質來對鏡鏡中見像像是質像機感對剎剎中見佛佛是心佛故華嚴經云化佛從敬心起又諸喻大意皆以體無生滅不礙生滅如非色約體非不色約用則法報一際體用無差俱會無生同歸宗鏡又若以色聲取是行邪道若離色聲取未免斷無古釋云如華嚴偈云色身非是佛音聲亦復然亦不離色聲見佛神通力若依權教本影四句體用皆分若依此宗四句皆用知一切法即心自性故本質影像亦是自心橫竪等一切諸法不出心性故如般若中了色是般若具歷諸法且初歷五蘊云了色是般若一切法趣色色尚不可得云何當有趣非趣如是具歷諸法皆然般若意似當諸法之性不異色性故皆趣色色不可得當法性空既無所趣安有能趣若智者意一切法趣色假觀色尚不可得空觀云何當有趣非趣即中道觀今但要初句以取色性爲諸法依以性普收故皆趣色則一色中具一切法是無礙之意故隨一法皆收法界故若能如是解者則凡有見聞一切境界無非是佛出世如大集經云爾時衆中有一菩薩名曰慧聚白佛言世尊生老病死出於世者即是佛出無明愛出即是佛出貪恚癡出即是佛出一切疑網煩惱出者即是佛出何以故若如是等法不出世者佛以何緣出現於世

佛言善哉善哉善男子實如所言爾時海慧菩薩言世尊若有不見如是等法是時如來爲出於世不出於世善男子菩薩初發菩提心時眞實不知如是等法是故我爲而宣說之善男子菩薩有四種一者初發菩提之心二者修行菩提之道三者堅固不退菩提四者一生當補佛處發心菩薩見佛色相見已即發菩提之心修行菩薩見佛具足一切善法見已即發菩提之心不退菩薩見如來身及一切法皆悉平等一生菩薩不見如來所有功德及一切法何以故所得慧眼了了淨故斷二見故淨智慧故若不見淨不見不淨不見非淨非不淨是人即能明見如來又古德釋台教止觀云只達一念自心是法界十方諸佛與一切衆生同一無住本一法界爲身爲土無彼無此無根無住處無修不修無證不證無凡無聖但衆生自謂妄想纏縛爲凡爲不修爲不證謂佛爲聖爲修爲證修證凡聖在衆生自强立之佛位中都無此名也諸佛所見一切衆生凡聖身是佛法身一切國土是佛國土一切法是佛法一切心是一心極十方三際推求無纖毫許若色若心不見佛理智境朗然周徧法界甞無一事澹然身心無所施爲佛心既然我學佛智如佛用心即止觀明靜也佛現即我心現現與不現只是自心鏡上影像耳問豈都無外佛可見耶答自他不二但如來有同體大悲衆生有熏習之力扣擊同體智鏡隨此心上感見相好鏡中之像然不離鏡而非即鏡隨照好醜感者千差相亦萬品或機地深厚感佛身長

千萬由旬壽命無量阿僧祇劫以恒河沙世界微塵佛刹爲淨妙國土說無量無邊不可說不可說法門或人天報殊示現八相一期利益不過數百年間如空雲水月恍惚而生斯皆由感者一念之心謂佛色身來應佛實無來去之勞無有形之患無可說之法無所度之機但衆生善緣心想謂佛來應爲我說法實是衆生於自心上現此相耳問衆生善根擊佛大圓智鏡現此影像像則屬佛答明鏡屬佛像不屬佛像若屬佛佛則生滅流動像若屬衆生衆生業結所縛何能具此相好但感應道交方見此耳問既是佛智鏡上像何言衆生心上現答同體圓鏡不偏屬佛及衆生同一體故但衆生磨瑩已鏡未得全明故能暫現此相表進修之力問若爾衆生自感心鏡上現像不言佛像現佛即於衆生無力虛致敬慕有何益也答由敬慕之心感像現也此眞佛力豈衆生能置哉問此亦衆生自家佛力非他佛力也答佛地無自他汝强謂自佛他佛者衆生心不盡耳問若爾只共作一佛不能各各自成也答不共作一佛不各各自成此義難了試舉喻看如國清寺法界也住寺僧古佛也遠人暫遊暫感佛也他日愛慕剃髮配寺國清即我寺也五峯松徑臺殿房廊悉我有也頓得受用不減他物成我家也不人人別造一寺也不共他分一寺也分即隨人去常住法界不可分也此義出涅槃經中譬如路有一大樹樹陰清涼來者即納無人遮護無持去者既印金口可以奉持又機應相關感應緣會能見一切無邊佛

事以佛是增上緣廣大悲願慈善根力以衆生是等流果志誠所感根熟而見然總不出自心如師子現指醉象禮足慈母遇子盲賊得明城變瑠璃石舉空界釋女瘡合調達病痊皆是本師積劫熏修慈善根力令一切衆生自心所見如上等事可證令文故大涅槃經云佛言善男子如提婆達多教阿闍世王欲害如來是時我入王舍大城次第乞食阿闍世王即放護財狂醉之象欲令害我及諸弟子乃至我於爾時爲欲降伏護財象故即入慈定舒手示之即於五指出五師子是象見已其心怖畏尋即失糞舉身投地敬禮我足善男子我於爾時手五指頭實無師子乃是修慈善根力故令彼調伏復次善男子我欲涅槃始初發足向拘尸那城有五百力士於其中路平治掃灑中有一石衆欲舉棄盡力不能我時憐愍即起慈心彼諸力士尋即見我以足拇指舉此大石擲置虛空還以手接安置右掌吹令碎粖復還聚合令彼力士貢高心息即爲略說種種法要令其俱發阿耨多羅三藐三菩提心善男子如來爾時實不以指舉此大石在虛空中還置右掌吹令碎粖復合如本善男子當知即是慈善根力令諸力士見如是事復次善男子此南天竺有一大城名首波羅於是城中有一長者名曰盧至爲衆導主已於過去無量佛所植諸善本善男子彼大城中一切人民信伏邪道奉事尼乾我時欲度彼長者故從王舍城至彼城邑其路中間相去六十五由旬步涉而往爲欲化度彼諸人故彼衆尼乾聞我欲至

首波羅城即作是念沙門瞿曇若至此者此諸人民便當捨我更不供給我等窮悴柰何自活諸尼乾輩各各分散告彼城人沙門瞿曇今欲來此然彼沙門委棄父母東西馳騁所至之處能令土地穀米不登人民饑饉死亡者衆病瘦相尋無可救解瞿曇無賴純將諸惡羅刹鬼神以爲侍從無父無母孤窮之人而來諮啓爲作門徒所可教詔純說虛空隨其至處初無安樂彼人聞已即懷怖畏頭面敬禮尼乾子足白言大師我等今者當設何計尼乾答言沙門瞿曇性好叢林流泉清水外設有者宜應破壞汝等便可相與出城諸有之處斬伐令盡莫使有遺流泉井池悉置糞穢堅閉城門各嚴器仗當壁防護勤自固守彼設來者莫令得前若不前者汝當安隱我等亦當作種種術令彼瞿曇復道還去彼諸人民聞是語已敬諾施行斬伐樹木汙辱諸水莊嚴器仗牢自防護善男子我於爾時至彼城已不見一切樹木叢林唯見諸人莊嚴器仗當壁自守見是事已尋生憐愍慈心向之所有樹木還生如本復更生長其餘諸樹不可稱計河池泉井其水清淨盈滿其中如青瑠璃生衆雜華彌覆其上變其城壁爲紺瑠璃城內人民悉得徹見我及大衆門自開闢無能制者所嚴器仗變成雜華盧至長者而爲上首與其人民俱共相隨往至佛所我即爲說種種法要令彼諸人一切皆發阿耨多羅三藐三菩提心善男子我於爾時實不化作種種樹木清淨流水盈滿河池變其本城爲紺瑠璃令彼人民徹見於我開其

城門器仗爲華善男子當知皆是慈善根力能令彼人見如是事復次善男子舍衞城中有婆羅門女姓婆私吒唯有一子愛之甚重遇病命終爾時女人愁毒入心狂亂失性裸形無恥遊行四衢啼哭失聲唱言我子汝何處去周徧城邑無有疲已而是女人已於先佛植衆德本善男子我於是女起慈愍心是時女人即得見我便生子想還得本心前抱我身嗚嗟我口我時即告侍者阿難汝可持衣與是女人既與衣已便爲種種説諸法要是女聞法歡喜踊躍發阿耨多羅三藐三菩提心善男子我於爾時實非彼子彼非我母亦無抱持善男子當知皆是慈善根力令彼女人見如是事復次善男子波羅奈城有優婆夷字曰摩訶斯那達多已於過去無量光佛種諸善根是優婆夷夏九十日請命衆僧奉施醫藥是時衆中有一比丘身嬰重病良醫診之當須肉藥若得肉者病則可除若不得肉命將不全時優婆夷聞醫此言尋持黄金徧至市鄽唱如是言誰有肉賣吾以金買若有肉者當等與金周徧城市求不能得是優婆夷尋自取刀割其髀肉切以爲臛下種種香送病比丘比丘服已病即得差是優婆夷患瘡苦惱不能堪忍即發聲言南無佛陀南無佛陀我於爾時在舍衞城聞其音聲於是女人起大慈心是女尋見我持良藥塗其瘡上還合如本我即爲其種種説法聞法歡喜發阿耨多羅三藐三菩提心善男子我於爾時實不往至波羅奈城持藥塗是優婆夷瘡善男子當知皆是慈善根力令彼女人見

如是事復次善男子調達惡人貪不知足多服酥故頭痛腹滿受大苦惱不能堪忍發如是言南無佛陀南無佛陀我時住在優禪尼城聞其音聲即生慈心爾時調達尋便見我往至其所手摩頭腹授與鹽湯而令服之服已平復善男子我實不往調達所摩其頭腹授湯令服善男子當知皆是慈善根力令調達見如是事復次善男子憍薩羅國有諸羣賊其數五百羣黨抄劫爲害滋甚波斯匿王患其縱暴遣兵伺捕得已挑目逐著黑闇叢林之下是諸羣賊已於先佛植衆德本既失目已受大苦惱各作是言南無佛陀南無佛陀我等今者無有救護啼哭號咷我時住在祇桓精舍聞其音聲即生慈心時有涼風吹香山中種種香藥滿其眼眶尋還得眼如本不異諸賊開眼即見如來住立其前而爲說法賊聞法已發阿耨多羅三藐三菩提心善男子我於爾時實不作風吹香山中種種香藥住其人前而爲說法善男子當知皆是慈善根力令彼羣賊見如是事復次善男子瑠璃太子以愚癡故廢其父王自立爲主復念宿嫌多害釋種取萬二千釋種諸女刖劓耳鼻斷截手足推之坑塹時諸女人身受苦惱作如是言南無佛陀南無佛陀我等今者無有救護復大號咷是諸女人已於先佛種諸善根我於爾時在竹林中聞其音聲即起慈心諸女爾時見我來至迦毗羅城以水洗瘡以藥傅之苦痛尋除耳鼻手足還復如本我時即爲略說法要悉令俱發阿耨多羅三藐三菩提心即於大愛道比丘尼所出家受具

足戒善男子如來爾時實不往至迦毗羅城以水洗瘡傅藥止苦善男子當知皆是慈善根力令彼女人見如是事悲喜之心亦復如是善男子以是義故菩薩摩訶薩修慈思惟即是真實非虚妄也善男子夫無量者不可思議菩薩所行不可思議諸佛所行亦不可思議是大乘典大涅槃經亦不可思議以此明文可爲誠證則知三界九有一切染淨等法皆不出法界衆生之心猶如畫師畫出一切境界心之畫師亦復如是所以正法念處經云又彼比丘如是觀察云何衆生有種種色種種形相有種種道種種依止又彼觀察有種種心種種依止種種信解有種種業此如是等種種諸色種種形相種種諸道種種依止譬如黠慧善巧畫師若其弟子觀察善平堅滑好地得此地已種種彩色種種雜色若好若醜隨心所作如彼形相心業畫師若其弟子亦復如是善平堅滑業果報地生死地界隨其所解作種種形相種種諸道種種依止心業畫師業作衆生又諸彩色取白作白取赤作赤取黄作黄若取鴿色則爲鴿色取黒作黒心業畫師亦復如是緣白取白於天人中則成白色何義名白欲等漏垢所不染汙故名白色又復如是心業畫師取赤彩色於天人中能作赤色何義名赤所謂愛聲味觸香色畫觀察衣又復如是心業畫師取黄彩色於畜生道能作黄色何義名黄彼此遞互飲血噉肉貪欲瞋癡更相殺害故名黄色又復如是心業畫師取鴿彩色攀緣觀察於餓鬼道作垢鴿色何義名鴿彼身猶如火

燒林樹飢渴所惱種種苦逼心業畫師嫉心所秉癡闇所覆又復如是心業畫師取黒彩色於地獄中畫作黒色何義名黒以黒業故生地獄中有黒鐵壁被然被縛得黒色身作種種病飢渴苦身無量苦逼皆是自業非他所作又彼比丘觀察如是三界五道五種彩色生死畫衣於三地住謂欲界地色無色地心業畫師習近婬欲攀縁欲界種種色畫縁色依止有二十種離欲四禪以爲畫筆依十六地是所畫處作色界離縁色界三摩跋提縁無色界畫爲四處心業畫師廣畫如是三界大衣又彼比丘觀察如是心業畫師身如彩器貪欲瞋癡以爲堅牢攀縁之心猶如梯隥根如畫筆外諸境界聲觸味色及諸香等如種種彩生死如地智如光明勤發精進如手相似衆生如畫神通如彼無量形服有無量種業果報生如畫成就又彼比丘依禪觀察心業畫師有異種法如彼畫師不生疲倦善治彩色各各明淨善識好筆畫作好色心業畫師亦復如是不生疲倦若修禪定善治禪彩攀縁明淨如彩光明修道之師如善好筆知禪上下如善識知有取有捨如不疲倦如是禪定心業畫師畫彼禪地如彼好色又彼如是心業畫師若有疲倦則畫不善地獄餓鬼畜生道處同業因縁鐵杵爲筆不善彩色畫非器人所謂地獄餓鬼畜生如是等色非好色畫廣説如前釋曰是以畫師運巧拙之意執五彩之筆於平正之地貌出一切精麤之像如衆生稟愚智之心與三業之筆於善惡之地畫出一切苦樂之事又如世畫師

只畫得色陰若心畫師能畫五陰又世畫不堅牢色退像即滅心畫經長劫身謝業不亡又世畫甚易知妍醜皆可見心畫極難審果報莫可知如正法念處經頌云諸業之所作過於巧畫師業畫師天中作種種樂報種種衆彩色現觀則可數心業布衆彩其數不可知毀壁畫則亡二俱同時滅若身喪滅時業畫不可失譬如一畫師造作衆文飾一心亦如是造作種種業五彩光色現見之生愛樂五根畫亦爾如業有生死如世巧畫師現前則可見心畫師微細一切不可見圖畫好醜形令壁衆像現心業亦如是能作善惡報是心於晝夜思念恒不住如是業隨心展轉常不離風塵煙雲熱畫色則毀滅捨善不善持諸業爾乃失又依般舟經見佛略有四喻一夢喻如夢所見從分別生見一切佛從自心起二水影喻水喻心性則佛之月影皆是衆生眞心中物心佛交徹唯眞心也三幻喻自心猶如幻術一切佛如幻所作謂有能幻法方成幻事無能念心無所見佛四響喻譬如空谷隨聲發響悟解自心隨念見佛上之四喻一正喻唯心二唯心故空三唯心故假四唯心故中又夢喻不來不去影喻不出不入幻喻非有非無響喻非合非散如經頌云心者不知心心者不見心心有想則癡無想則泥洹是法不堅固常立在於念以解見空者一切無想念釋云若心自見心先心爲能見佛爲所見刀不自割指不自觸云何自心還見自心能所不分見相斯絕故經云心有想則癡若無想則心冥性佛永絕思求矣如上

是衆生自心感現次諸佛菩薩因地願力示現化門無有斷絶所以維摩經云雖示成正覺不捨菩薩道雖悟即心是佛頓成菩提然爲衆生未達廣修福業以導未聞皆令開解同歸此地如華嚴經云雖能一念即成阿耨多羅三藐三菩提然爲衆生故於無量劫行菩薩行無有休息是爲如山增上心又云佛子菩薩摩訶薩又作是念阿耨多羅三藐三菩提以心爲本心若清淨則能圓滿一切善根於佛菩提必得自在欲成阿耨多羅三藐三菩提隨意即成若欲除斷一切取緣住一向道我亦能得而我不斷爲欲究竟佛菩提故亦不即證無上菩提何以故爲滿本願盡一切世界行菩薩行化衆生故是爲第九如金剛大乘誓願心如上法喻證信無疑則佛道立成匪由他教終不起於餘念唯自淨於一心可謂順佛本懷得教正意矣○問佛度衆生衆生還度佛不答若約内觀因了妄念雜識衆生無體發其覺慧成自心之佛此豈不是因衆生得度若論外化皆因衆生感出若無機緣既無所化亦不成佛如淨名經云菩薩隨所化衆生而取佛土淨土三昧經云衆生亦度佛若無感佛不出世亦不能得成三菩提出世菩提皆由衆生機故

宗鏡録卷第十八

音釋

睫即涉切目旁毛也　舸賈我切大船也　殞羽敏切歿也　泡披交切浮漚也　沫莫曷切涎沫也　耽都含切樂也　恍惚恍虎晃切惚呼骨切恍惚不分明也　痊逡緣切病除也　拇莫後切將指也　裸魯果切赤體也　吒陟嫁切　咂作答切與唼同入口也　診止忍切候脈也　髀部禮切股也　臛

黑各切肉羹也眶曲王切目匡也刖魚厥切斷足也劓疑器切刑鼻也塹七豔切坑也

宗鏡録卷第十九

宋慧日永明妙圓正修智覺禪師延壽集

夫如上所説祖教同詮凡曰有心皆得成佛如今現見衆生何不成佛荅若以衆生眼觀只見衆生界有餘若以佛眼觀乃知諸佛界無外故知無明妄風鼓心海而易動本覺眞性睡長夢而難惺是以首楞嚴經云汝之心靈一切明了未曾暫昧而迷者目擊而不知如美玉沈泥自埋高價猶眞金混礫空匿光輝如法華經云我昔欲令汝得安樂五欲自恣於其年日月以無價寶珠繫汝衣裏今故現在而汝不知勤苦憂惱以求自活甚爲癡也汝今可以此寶貿易所須常可如意無所乏短故知本覺常成衣珠不失若非圓頓之教何以直了自心故圓覺經云覺成就故當知菩薩不與法縛不求法脱不猒生死不愛涅槃不敬持戒不憎毀禁不重久習不輕末學何以故一切覺故是知一切衆生皆本覺成就以不覺故認隨染之覺見勝劣之境起忻猒之心但逐妄輪迴頓迷眞覺然因覺有不覺若無眞妄無所依故如煙無火不起又覺因不覺若隨器之金還待器顯事能顯理故所以唯眞不立單妄不成唯眞不立者佛果無生故單妄不成者無所依故如先德頌云一切衆生金色界白淨無垢智無壞寶珠自在内衣中只欲長貧在門外清淨寶乘住四衢文殊引導普賢扶肥壯白牛甚多力一念徧遊無卷舒如是寶乘不肯入但樂勤苦門前立不覺自身常在中遣上恒言我不及華嚴經頌云欲求一切智速成無上覺應以

淨妙心修習菩提行又頌云譬如良沃田所種必滋長如是淨心地出生諸佛法是知十方諸佛中無有一佛不信此心成佛二十八祖内無有一祖不見此性成祖如今聞而不成祖佛者皆爲信不及見不諦故但學其語不照其心但執其解不深其法何者信即是道故經云信是道原功德母見即無疑故經云見苦諦習亦除何況現行心外境界但入宗鏡方悟前非心光透時餘瑕自盡華嚴出現品云佛子菩薩摩訶薩應知自心念念常有佛成正覺何以故諸佛如來不離此心成正覺故如自心一切衆生心亦復如是悉有如來成等正覺廣大周徧無處不有不離不斷無有休息入不思議方便法門古釋云不離此心成佛者有二一衆生身心即佛所證故佛證衆生之體用衆生之用二全即佛菩提性故一性無異此即他果在我之因以我因成他果故名入不思議方便法門是以不得意者作衆生思故是亦不可説作佛思是亦不可即亦不可非即亦不可當淨智眼無取諸情經云佛子令依此知無幽不盡涅槃經云二十五有有我者自實名我所謂一切諸法體實一切衆生有如來藏能爲佛因名有佛性如一切色中皆有空性然非獨有情具如來之正性一切諸法中皆有安樂性所以云若以肉眼觀無眞不俗若以法眼觀無俗不眞又云法身流轉五道名曰衆生但法身即是眞如流轉五道即是隨緣名曰衆生是差别義又由隨緣即不變故奪差别令體空則末寂也由體空差别故奪不變令隨緣

故本寂也以全本爲末故本便隱全末爲本故末便亡也是則眞如隨緣成衆生未曾失於眞體故令衆生非衆生也衆生體空即法身時未曾無衆生故非法身也故二雙絶二旣互絶則眞妄平等無可異也故云隨緣非有之法身恒不異事而成立寂滅非無之衆生常不異眞而顯現故知煩惱即菩提菩提即煩惱所以勝天王般若經云佛告勝天王言譬如無價如意寶珠裝飾瑩治皎潔可愛體圓極淨無有垢濁墮在淤泥已經多時有人拾得取而守護不令墮落法性亦爾雖在煩惱不爲所染後復顯現天王諸佛如來悉知衆生自性清淨客塵煩惱之所覆蔽不入自性是故菩薩摩訶薩行般若波羅蜜應作是念我當勇猛勤修精進爲諸衆生說是甚深般若波羅蜜除其煩惱一切衆生皆有性淨是故於彼勿生下劣應當尊重彼即我師如法恭敬菩薩摩訶薩作如是心即生般若闍那大悲處胎經云魔梵釋女皆不捨身不受身悉於現身得成佛故偈云法性如大海不說有是非凡夫賢聖人平等無高下唯在心垢滅取證如反掌華手經云佛言堅意無礙際者即無邊際無邊際者即是一切衆生性也是名際門入是際門則能開演千億法藏此法藏者即非藏也堅意如來衆法藏中有所說法皆說是際復有色藏受想行識藏是藏非藏不在自藏是名諸藏以阿字門入釋曰阿字者即無生義若了心無生則無法可得悟此唯識乃入道之初門所以大品經云無有一法可得名曰衆生夫言衆生者即

法身義如不增不減經言舍利弗即此法身過於恒沙無量煩惱所纒從無始來隨順世間生死濤波去來生滅名爲衆生是知若云衆生即法身者甚爲難解故先德引大涅槃經云若有人能藕中絲懸須彌山可思議不不也世尊佛言菩薩能以一念稱量生死不可思議令明圓理難曉但仰信而已如聞生死有不可思議理而但仰信不能一心即如來藏故非圓意文殊般若經云佛告文殊若人問汝有幾衆生界汝云何答文殊言衆生界數如如來界問衆生界廣狹答如佛界廣狹問一切衆生繫在何界答如如來繫衆生亦爾問衆生界住何處答住涅槃界又云文殊言如虛空無數衆生亦無數虛空不可得衆生亦不可得是以於不可得中隨世語言有所建立凡聖境界方便說者是不可思議廣大神變如大寶積經云文殊師利菩薩云復次法無出相說出離法是名神變法無差別文字分別是名神變法無所行說有修行是名神變法無來去說有來去是名神變於一道證建立諸果是名神變於一味法分別三乘是名神變一切諸佛唯是一佛說無量佛是名神變一切佛土唯一佛土說無量土是名神變無量衆生即一衆生說無量衆生是名神變一切佛法唯一佛法說無量法是名神變法不可示顯示諸法是名神變法無所得修習作證是名神變乃至爾時長老舍利弗語商主天子言汝聞此神變不驚怖耶天子答言我即神變云何驚怖舍利弗言天子以何密意而作是言天曰一切諸法若善

不善無動而動名大神變是故舍利弗作善業者生於天上有大威德如是善業不可思議一切衆生往來生死亦不可思議不可思議者名大神變如佛所說四種境界不可思議一者業境界不可思議二者龍境界不可思議三者禪境界不可思議四者佛境界不可思議以是義故說一切法名大神變不應驚怖復次舍利弗若如來說此神變虛空界寧有怖耶答言不也天曰若虛空不怖云何問言汝不驚怖舍利弗言汝豈同虛空耶天曰如佛所說若內空外空是虛空不答言如是天曰是故一切衆生是虛空性是知若一切有情無情皆同虛空性者何處有凡聖之異內外之殊且虛空性無有起盡何故更問成佛不成佛乎入法界體性經云佛問文殊汝知法界耶如是世尊我知法界即是我界又問汝豈不樂法界耶文殊曰世尊我不見一法非法界者更何所樂持世經云若世間法與出世間法異者諸佛不出於世也何者以覺一切法平等故名爲佛大集經云諸衆生界及法界若能平等觀無異不生分別一二數是名菩薩不退印又云若有菩薩不離凡夫能知聖法以凡夫心觀察聖法密嚴經云如來法身住於一切衆生身中光影外現猶如淨綵裹摩尼珠無所障蔽亦復如是是故當知如來法身徧在一切諸衆生中如佛所說乃至枯樹焦木亦悉皆入不應生害況復餘類是故不應稱量衆生除諸如來無能知者是以諸佛法身徧一切處夫法身者即自心也是法家之身羣有之性該今徹古徧

界盈空十方太虛於自心内尚如一點之雲生百千大海向本覺中猶若一滴之漚起豈況假名凡聖而非我心乎台教云佛者覺義如寶篋經云佛界衆生界一界無別界此是圓智圓覺諸法徧一切處無不明了雖五無間皆生解脱想雖惛盲倒惑其理存焉斯理灼然世間常住有佛不能益無佛不能損得之不爲高失之不爲下故言衆生即佛此理佛也華嚴論云一切處文殊師利一切處金色世界一切處不動智佛令之信者當信自心無依住性妙慧解脱是自文殊於心無依住中無性妙理有自在分別無性可動名不動智佛理智無二妙用自在是故號曰妙德菩薩是故一切諸佛從此信生故號文殊爲十方諸佛之母亦號文殊爲童子菩薩爲皆以信爲初生故信心成就即以定慧觀智力印之契一念相應名十住初心便成正覺取能行行處號曰普賢取妙慧無依處號曰妙德取善能分別知根之智號之爲不動智佛自契相應名爲正覺且能信處號之曰信自契相應名爲住心爲住佛所住妙慧解脱相盡無生法故若心外有佛不名信心名爲邪見人也一切諸佛皆同自心一切衆生皆同自性性無依故體無差別智慧一性應如是知以此同體妙慧知諸佛心及衆生心應如是信解不自欺誑是故此經宗趣爲大心衆生設如斯法諸佛自所乘門一乘妙典法界道理令大心衆生入佛根本大智佛果故一念契眞理智同現即便佛故爲法界道理見則無初中後故是以世人唯信諸佛境界不

可思議不知衆生境界亦不可思議以衆生界即佛界故如論云一切處不動智佛者夫一切之言無處不徧豈獨衆生界耶所以華嚴私記云今多許人學皆得與釋尊等亦與文殊等一念即等若不信始作少時努力靜思惟看故知一念平等理事無差但靜思凝神迴光内照有何異法能爲隔越唯自心想起妄分高下耳清涼疏云佛及衆生若以性淨而説現今平等而不妨迷悟之殊是故三乘亦有差別亦無差別是則染淨三世一切諸法無不平等況稱性互收如是解者名爲善住一切智地如地能生終歸於地萬法依於佛智究竟還至一切智實性論偈云譬如貧人舍地有珍寶藏彼人不能知寶又不能言衆生亦如是於自心舍中有不可思議無盡法寶藏雖有此寶藏不能自覺知以不覺知故受生死貧苦譬如珍寶藏在彼貧人宅人不言我貧寶不言在此如是法寶藏在衆生心中衆生如貧人佛性如寶藏爲欲令衆生得此珍寶故彼諸佛如來出現於世間無生義云大師恒引如來藏經言衆生身中有佛三十二相八十種好坐寶蓮華與佛無異但爲煩惱所覆故未能得用此是具有佛知見根性未有知見用即時猶故愚乃至譬如小兒具有大人六根與大人不異在其身中而未能有大人用至漸長大復須學門乃有大人知見力用也若根性是有作用豈無如種子本甘結果非苦只恐不知有自認作凡夫眞性常了然未曾暫隱覆如佛言如來實無祕藏何以故如秋滿月處空顯露清淨無

翳人皆覩見又祖師云五陰本來空師子何曾在窟故知但是衆生不了自稱爲祕然雖無祕藏而有密語密語難解唯智能知如百丈和尚云只如今語言鑒照分明覔其形相不可得是密語所以宗鏡之光無時不照常闕日用昧者不知所以無所希望經偈云衆生界悉等平若虚空界其能了此等成佛道不難又偈云其無所相者一切無所念無心無所生佛道不難得月藏經云佛言是故於法平等思惟觀察不離衆生有法不離法有衆生如衆生體性即是我體性如我體性即是一切法體性如一切法體性即是佛法體性如是觀諸法平等時衆生即陰不可得離陰不可得和合不可得離和合亦不可得非法非非法是人如是得住無相是名法平等

是知一切法常成正覺無有不成正覺時如經云凡眞實法不捨自相取於餘相若捨非正覺成等正覺則非眞實正覺者曾無有時不成正覺故知一切衆生皆住覺地非是捨不覺而取正覺則一覺一切覺常成正覺無有不覺時如虚空湛然無有成壞若執有成不成斯屬情見若以智照何往不眞念念而常見法身塵塵而盡成佛國但以自眼有瞖妙見不通違背己靈沈溺家寶雖同一性要以智明如樂藴奇音指妙則宮商應節人懷覺性智巧則動用冥眞得失在人精麤任己所以善逝按指發海印之光含識舉心現塵勞之相如古釋衆生佛性譬若箜篌具有五義一有箜篌身二有中間聲三有絃絡四有彈箜篌人五有所彈得曲此五是喻我等五

陰似箜篌身中眞如佛性似聲六度萬行似絃絡巧便智慧似彈箜篌人我等以巧便智修行六度當來成佛一塵一毛皆徧法界似彈奏之曲也故沈休文佛知不異衆生知義云故知凡夫之知與佛之知不異由於所知之事異知不異也沈約六道相續作佛義云相續不滅所以能受知若今生陶練之功漸積則來果所識之理轉精轉精之知來應以至於佛而不斷不鍊也若今生無明則來果所識轉闇轉闇之知亦來應以至於六趣也故知衆生之識相續不斷但由精麤分其昇降耳又古師計云一切如來因地發願度盡衆生生界不盡不取正覺現見衆生沈淪九有故知諸佛未合有成成則違誓彼答不正華嚴記中約如實義釋諸佛皆有悲智二門以大悲故窮未來際無成佛時故菩薩闡提不成佛也以大智故念念速成又欲化盡諸衆生界自須速成方能廣化不懼違昔盡竟誠言又了衆生之本如故化而無化是則常成亦常不成亦常化而常無化悲智自在何局執耶如上釋者此猶是約理事雙通若直就宗明如華嚴經云如來初成正覺時於自身中見一切衆生已成佛竟已涅槃竟又經云爾時世尊復依一切住持藏法如來之相爲菩薩宣說般若一切有情住持徧滿甚深理趣勝藏法門謂一切有情皆如來藏普賢菩薩自體徧故一切衆生皆金剛藏以金剛藏所灌灑故一切衆生皆正法藏一切皆依正語轉故一切衆生皆妙業藏一切事業加行依故法華經云舍利弗當知我本立誓願

欲令一切衆如我等無異如我昔所願今者已滿足化一切衆生皆令入佛道斯則成佛度生大願大化悉圓滿矣如有不信此説自尚未成焉能度彼○問衆生即佛佛即衆生入一心門因果交徹故經云若彌勒得菩提者一切衆生皆亦應得此俱成佛得菩提義爲是理成爲是事成答三乘多約理成或云法身即等報化未圓亦云一念成佛皆從理説令一乘宗理事齊等古德云此出自華嚴大意難以取解然諸衆生若於人天位中觀之具足人法二我小乘唯是五蘊實法大乘或説但心所現或説幻有即空人法俱遣或説唯如來藏具恒沙性德故衆生即在纏法身法身衆生義一名異猶據理説更有説言相本自盡性本自現不可説言即佛不即佛等若依華嚴宗舊來成竟亦涅槃竟非約同體此成即是彼成若爾何以現有衆生非即佛耶若就衆生見解位看者尚不見唯心即空安見圓教中事如迷東爲西正執西故若諸情頓破則法界圓現無不已成猶彼悟人西處全東是以善財龍女皆是凡夫一生親證三乘權教信不及人稱爲示現如玄義格云人謂善財龍女是法身菩薩化爲幻技一時悦凡人令自强不息耳議曰若爾聖有誑凡之愆凡無即聖之分教門徒設用學何爲故不然也問若是實從凡頓成佛者何故經中唯此二人別更無耶答日月在天盲者不見經説一生成佛者數如微塵五千卷經卷卷有即生得道只如達磨禪師傳佛心印言下見性便爲得道取相之徒指爲外道論云

金色世界不動智佛一切處文殊俱是自心法性非外來物又云十信十住十行十向十地爲華嚴覺了自心大方廣是佛先自見性爲佛身心齊修五位爲莊飾也亦同天台初發心時即觀涅槃行道比喻蓮華華果同時義同印即心成佛鴦崛魔羅經云鴦崛魔羅與文殊師利普詣十方各十世界諸如來所問如是義云何釋迦牟尼佛住娑婆世界不般涅槃解脱之際彼諸如來悉答我言釋迦牟尼佛即我等身彼佛自當決汝所疑故知徧剎之身只是一身分亦不多聚亦非一如首楞嚴三昧經云若善男子善女人求佛道者聞首楞嚴三昧義趣信解不疑當知是人必於佛道不復退轉何況信已受持讀誦爲他人說如說修行時諸釋梵護世天王皆作是念我等今者當爲如來敷師子座正法座天人座大莊嚴座大轉法輪座當令如來於我此座說首楞嚴三昧是中人人各各自謂唯我爲佛敷師子座餘人不能乃至須臾之間於如來前有八萬四千億那由他寶師子座悉於衆會無所妨礙一一天子不見餘座各作是念我獨爲佛敷師子座佛當於我所敷座上說首楞嚴三昧時釋梵護世天王敷座已竟各白佛言唯願如來坐我座上說首楞嚴三昧即時世尊現大神力徧坐八萬四千億那由他師子座上諸天各各見佛坐其所敷座上不見餘座有一帝釋語餘釋言汝觀如來坐我座上是釋梵護世天王各相謂言汝觀如來坐我座上有一釋言如來今者但在我座不在汝座乃至時梵衆中有一梵

王名曰等行白佛言世尊何等如來爲是眞實我座上是餘座上是佛告等行一切諸法皆空如幻從和合有無有作者皆從憶想分別而起無有主故隨意而出是諸如來皆是眞實云何爲實是諸如來本自不生是故爲實是諸如來今後亦無是故爲實是諸如來非四大攝是故爲實諸陰界入皆所不攝是故爲實是諸如來如先中後等無差別是故爲實梵王是諸如來等無差別所以者何是諸如來以色如故等以受想行識如故等以是故等是諸如來以過去世如故等以未來世如故等以現在世如故等以如幻法故等以如影法故等以無所有法故等以無所從來無所從去故等是故如來名爲平等如一切法等是諸如來亦復如是釋曰首楞嚴三昧者即一切事究竟堅固何者以能見心性名爲上定信入此者亦名王三昧以此三昧歷一切事豈非究竟堅固耶如釋梵護世諸天各見佛坐自座此乃實證自心所以經云皆從憶想分別而起無有主故隨意而出是諸如來皆是眞實云何爲實是諸如來本自不生是故爲實者以諸如來本自不生即是自心生然其自心又如幻夢皆不出平等眞如之性所以經云譬如眞金雖復鍛磨不失其性是諸大士亦復如是隨所試處皆能示現不思議法性實性論偈云如彼毗瑠璃清淨大地中天主帝釋身於中鏡像現如是衆生心清淨大地中諸佛如來身於中鏡像現故知即心而見佛者可謂現身成道矣如禪要經云佛言善男子若外相求雖經劫數終

不能得於内覺觀如一念頃即得阿耨多羅三藐三菩提是以行位齊成速登妙果以凡聖同體迷悟似分若信入之時不從外得所以云生死與道合如明與闇合故云水中鹹味色裏膠青李長者論云此華嚴經十住爲見道十行十向十地十一地爲加行修行令慣熟故佛果於初先現以普賢悲願令智悲大用慣熟自在故以自如來根本普光明智先現故始終本末總無延促時日分劑故以法身根本智如實而言不同三乘權教情所解故皆須約本而觀之畢竟佛果慣習已成普賢行已滿一往但以教化一切衆生爲常恒從初至末無始無終無成無壞但以普徧十方一切六道以智對現利生爲求業也從初發心起信修行時發如是信樂發如是志願起如是志求見如是道從初發心住以定觀力契會法身顯根本普光明智照知一切自他生死海性自解脱但爲教化衆生令其破執離妄想苦故亦不見自身成佛不成佛故若也起心圖成佛念當知此人去佛道遠若也但以法身無性之力自他性離無成壞心起方便力與大願力起大悲門無作而作發無限志願教化一切法界中無性衆生使令迷解還令省得自心無性之理妄想繫著自無不言成佛不言不成佛不可作如是圖念之情如此華嚴經安立五位教門但爲引接未得謂得未至謂至未滿云滿滯染淨障於菩提道及菩薩行有止足心有休息想安立五十重因果一百一十重法門使不滞住止息休發之心滿普賢願行至無盡極又云

此華嚴經直示本身本法出超情見無始無終三世相絕一圓眞報不生不滅不常不斷性相無礙自在果海法門直授上上根人教門行相勢分如是不同權學依次第漸漸而成只如登峯九仞不可以絕其蹤履十層之級者不可亡其跡常見官階一品但以爲臣聞古士夫忽有身登九五明珠頓照普見無方澤霖大海渧渧皆滿一塵空性法界無差品類有情强生留繫根器不等權實不同以此教門千差萬別須知權實識假修眞不可久滯權宗迷其實教者也故智儼法師問一地即攝一切諸地功德者一法即具何用餘門耶答曰若無餘門一門即不成故如一升攝一斗若無升時此斗即不成問若無升即無斗者今舉一升即得一斗以不得一升不得斗者一行不具一切也答十升合成一斗既無其升時將何作斗故知無升即無斗有升即有斗今舉升即斗斗升之外無別升斗也如龜毛兔角不可得也初心即成佛成外無別修其相如虛空故是故初心成佛者非謂不具諸功德如經說普莊嚴童子一生得聞善熏習二生成其解行三生得入果海同一緣起而此三生只在一念猶如遠行到在初步然此初步之到非謂無於後步明此童子得入果海非不久植善根問既久修始得云何言一念得耶答言久修善根者即在三乘教攝從三乘入一乘即是一念始修具足故經云初發心時便成正覺譬衆川入海纔入一滴即稱周大海無始無終若餘百川水之極深不及入大海之一滴即用三乘中修

多劫不及一乘之一念又此時劫不定或一念即無量劫無量劫即一念一生即無量生無量生即一生如十玄門時處無礙又大乘明一念成佛義有二一者會緣以入實性無多少故明一念成佛二者行行纔滿取最後念名爲一念成佛如人遠行以後步爲到若一乘明一念成佛者如大乘取後一念成佛即入一乘以後即初初念即是成何以故以因果相即同時相應故欲論其成者成復成成復成也衆生欲在後成者在後復在後在後復在後也今舉一念成者即與佛同位未具究竟故復有淺深之殊矣如人始出門及以久遊行他土雖同在空中而遠近有别是故十信十住等五位各各言成佛者而復辯其淺深此中須善思之心要牋云心心作佛無一心而非佛心處處道成無一塵而非佛國是故眞妄物我舉一全收心佛衆生渾然齊致是知迷則人隨於法法萬差而人不同悟則法隨於人人一致而融萬境止觀云觀衆生相如諸佛相衆生界量如諸佛界量衆生界住如虛空住以不住法以無相法住般若中不見凡法云何捨不見聖法云何取但住實際如此觀衆生眞佛法界身子云諦了此義是名菩薩摩訶薩彌勒云是人近佛座佛覺此法故文殊云聞此法不驚即是見佛佛云即住不退地具六波羅蜜具一切佛法矣如上所說教理無虧只是正解難生信力不具若信而不解則日夜長無明若解而不信則日夜長邪見信而且解方契此宗契此宗人甚爲希有不唯十方諸佛與我相應大

地山河一時同證如真覺大師訶云法中王最高勝恒沙諸佛同共證我今解此如意珠信受之者皆相應百丈和尚云但是一切照用任聽縱横啼笑語言皆成佛慧如是解者無一時不成佛無一人不得道天真自然何關造作故法華經云又見諸如來自然成佛道法界印云初發心時便正覺苦樂平等一味佛又云寂法分別名衆生舊來不動名爲佛融大師頌云法忍先將三毒共佛性常與六情俱但信研心出妙寶何煩衣外覔明珠傅大士頌云佛亦不離心心亦不離佛心寂即涅槃心能則有物物則變成魔無物即見佛若能如是用十八從何出龐居士偈云不用苦多聞看他彼上人百億及日月纂在一毛鱗心但寂無相即出無明津若能如是學

幾許省精神寒山子詩云寄語諸仁者復以何爲懷達道自見性見性即如來天真元具足修證轉差回棄本却逐末只守一場獃志公和尚訶云佛體本是心作那得文字中覔將佛求佛辛苦坐地自致徭役一鉢和尚訶云莫更將心造水泡百毛流血是誰教不如靜坐真如地頂上從他鵲作巢萬代金輪聖王子只者真如靈覺是菩提樹下度衆生度盡衆生出生死不生死真丈夫無形無相大毗盧塵勞滅盡真如在一顆圓明無價珠布袋和尚訶云只箇心心心是佛十方世界最靈物縱横妙用可憐生一切不如心真實騰騰自在無所爲閑閑究竟出家兒若覩目前真大道不見纖毫也大奇萬法何殊心何異何勞更用尋經義心王本自絶多知智者只

明無學地○問凡聖皆同一心眞性成佛云何見有前後答見雖前後性且不虧迹任昇沈理亦無爽如昏睡心中有覺悟之性以眠熟未惺故寤來卽現似嬰孩身內具大人之相以力用未充故長成卽備一切衆生以無明夢未惺覺道力未具則佛性未現法身未圓豈是一切含生而不具如來藏性古德問云佛性共有諸佛成佛時衆生盡合成佛若言各別有應是無常答佛性與一切衆生共有所證是一能證有前後是故諸佛成道我等輪回前後約時性無本末如昔人云法身一相瞻仰異容正教無偏說聽殊旨故攝論偈云衆生罪不現如月於破器徧滿諸世間由法光如日釋云如破器中水不得住水不住故月則不現如是有情身中無有奢摩他水佛月不現佛雖不現然徧一切施作佛事譬如日光徧滿世間作諸佛事成熟有情又如今已眼不明者皆爲執著凡聖有所繫故如萬回和尚謌云黑白兩亡開佛眼不繫一法出蓮叢眞空不壞靈智性妙用恒常無作功聖智本來成佛道寂光非照自圓通

宗鏡録卷第十九

音釋

貿莫候切易財也　沃烏酷切潤澤也　翳於計切目疾也　絛他刀切編絲繩也　僁去乾切過也　纂祖管切集也　獃五來切癡也

宗鏡録卷第二十

宋慧日永明妙圓正修智覺禪師延壽集

夫正因佛性衆生共有經云不由觀智所顯則道常披露云何異生迷而不悟答智論云衆生心性猶如利刀唯用割泥泥無所成刀日就損理體常妙衆生自麤能善用之即合本妙又譬如一器中水淡味恒然若著甘草則甜下黄連則苦衆生心水亦復如是起妄染則凡冥眞空則聖其心之性未甞變異如華嚴經偈云譬如淨日月皎鏡在虛空影現於衆水不爲水所雜菩薩淨法輪當知亦如是現世間心水不爲世所雜如華嚴疏云一切法有二一是所迷謂緣起不實故如幻緣成故無性二是能迷徧計無物故如空妄計故無相又以不覺故不知有以不信故不承當但起無明空成倒想如夜繩不動疑之爲蛇闇室本空怖之有鬼故知本無迷悟妄有昇沉昔迷悟而似迷今悟迷而非悟但以内見自隔客塵所遮於體上分遠近之情向性中立凡聖之量

如勝思惟梵天所問經云梵天問文殊師利比丘云何親近於佛答言梵天若比丘於諸法中不見有法若近若遠是則名爲親近於佛大集經云不覺一法微相者乃能了知如來出世無出之出即是佛出是以若不見一法常見諸佛則千里同風若見一法不見諸佛則對面胡越故知背心合境頓起塵勞背境合心圓照法界何者心是所依法是能依能依從所依起如水是所依波是能依離水無波離心無法又心是能生法是所生如木

能生火木是能生火是所生離木無火離心無法故知不即心爲道者如千人排門無一得入若了心頓入者猶一人拔關能通萬彙得宗鏡之要者其斯謂乎是以妙性無虧迷悟自得一法不動向背俄分

如首楞嚴經云佛言富樓那又汝問言地水火風本性圓融周徧法界疑水火性不相陵滅又徵虛空及諸大地俱徧法界不合相容富樓那譬如虛空體非羣相而不拒彼諸相發揮所以者何富樓那彼太虛空日照則明雲屯則闇風搖則動霽澄則清氣凝則濁土積成霾水澄成映於意云何如是殊方諸有爲相爲因彼生爲復空有若彼所生富樓那且日照時既是日明十方世界同爲日色云何空中更見圓日若是空明空應自照云何中宵雲霧之時不生光耀當知是明非日非空不異空日觀相元妄無可指陳猶邀空華結爲空果云何詰其相陵滅義觀性元眞唯妙覺明妙覺明心先非水火云何復問不相容者眞妙覺明亦復如是汝以空明則有空現地水火風各各發明則各各現若俱發明則有俱現云何俱現富樓那如一水中現於日影兩人同觀水中之日東西各行則各有日隨二人去一東一西先無準的不應難言此日是一云何各行各日既雙云何現一宛轉虛妄無可憑據富樓那汝以色空相傾相奪於如來藏而如來藏隨爲色空周徧法界是故於中風動空澄日明雲闇衆生迷悶背覺合塵故發塵勞有世間相我以妙明不生不滅合如來藏而如來藏唯妙覺明圓照法

界故知妙覺明心湛然不動因業發現隨爲色空周徧法界衆生背其本覺妄執情塵翻於平等一眞覺中認所現差別之境界隨發明處强說是非如於虛空體中定其差別實謂虛妄顛倒無理可憑凡挂聖智眞詮悉爲破其顛倒若知顛倒不實自然無法可論如華嚴經云以智入於一切佛法爲衆生說令除顛倒然知不離衆生有顛倒不離顛倒有衆生不於顛倒內有衆生不於衆生內有顛倒亦非顛倒是衆生亦非衆生是顛倒顛倒非內法顛倒非外法衆生非內法衆生非外法一切諸法虛妄不實速起速滅無有堅固如夢如影如幻如化誑惑愚夫如疏釋云經文有四對前三對二互相望後一對當體以辯前三對中前二不離後一不即即顯生之與倒非即離也衆生即能起顛倒之人乃染分依他顛倒即所起之妄是徧計所執初對明不離者謂依似執實故離生無倒依執似起離倒無生第二對明不相在重釋前義言不離者明因果相待緣成非先有體二物相在因中無果故倒內無生若必有者則應徧計是依他起果中無因故生內無倒若要令有者則應無有不倒衆生第三對明不即不壞因果能所徧計之二相故由前三對則知生倒非一非異非即非離第四對當體以辯倒心託境方生故非內法若是內者無境應有境由情計故非外法若是外者智者於境不應不染既非內外寧在中間則當體自虛將何對他以明即離衆生亦爾即蘊求無故非內法離蘊亦無故非外法既非內外亦絕

中間本性自空何能起倒將何對他明非即離旣如是知則自無倒爲物説此倒惑自除因謂由不達緣成不堅妄生徧計故云誑惑愚夫實則愚夫自誑若獼猴執月非月執獼猴

又中觀論偈云有倒不生倒無倒不生倒倒者不生倒不倒亦不倒若於顛倒時亦不生顛倒汝可自觀察誰生於顛倒已顛倒者則更不生顛倒已顛倒故不顛倒者亦不顛倒無有顛倒故顛倒時亦無顛倒有二過故汝今除憍慢心善自觀察誰爲顛倒者復次諸顛倒不生云何有此義無有顛倒故何有顛倒者顛倒種種因緣破故墮在不生彼貪著不生謂不生是顛倒實相是故偈説云何名不生爲顛倒乃至無漏法尚不名爲不生相何況顛倒是不生相無顛倒何有顛倒者因倒者有倒故○問云何一切顛倒不成妄耶答只爲因情所執遂成虛妄以執本空妄即非妄如起信鈔云所執本空與眞心不動迭相成立只爲所執本空所以眞心不動只由眞心不動故得所執本空何異萬像本空明鏡不動何謂眞妄迭相成立以迷眞起妄妄因眞立悟妄即眞眞從妄顯○問如何得離倒不自誑無過耶答如大集經云如第五大如第七情如十九界無出無入無生無滅無有造作無心意識乃名無過○問若心性本淨云何説客塵染答心本清淨迹亦清淨體亦清淨用亦清淨以不離一心别有清淨以妄塵不能染眞法不能淨何者離心無異法豈有染能染耶亦離心無眞法豈有淨能淨

耶則刀不能自割指不能自觸大莊嚴論偈云已說心性淨而爲客塵染不離心眞如別有心性淨不離心之眞如別有異心謂依他相說爲自性清淨此中應知說心眞如名之爲心即說此心爲自性清淨此心即是阿摩羅識又一切衆生未見性者雖客塵所隱五陰所埋任經生死往來其性不昧或遇善友開發終自顯明以是出世間常住心寳豈世間無常敗壞生滅之法而能隳壞如貧女室中金藏雖未掘而匪移若力士額上寳珠任鬬没而常在猶雪山篇中藥味暫流出而恒存如大地底下金剛縱穿斷而不壞是以大涅槃經云迦葉菩薩白佛言世尊我從今日始得正見世尊自是之前我等悉名邪見之人世尊二十五有有我不耶佛言善男子我者即是如來藏義一切衆生悉有佛性即是我義如是我義從本已來常爲無量煩惱所覆是故衆生不能得見善男子如貧女人舍内多眞金之藏家人大小無有知者時有異人善知方便語貧女人我今雇汝汝可爲我耘除草穢女即答言我不能也汝若能示我子金藏然後乃當速爲汝作是人復言我知方便能示汝子女人答言我家大小尚自不知況汝能知是人復言我今審能女人答言我亦欲見并可示我是人即於其家掘出眞金之藏女人見已心生歡喜生奇特想宗仰是人善男子衆生佛性亦復如是一切衆生不能得見如彼寳藏貧人不知善男子我今普示一切衆生所有佛性爲諸煩惱之所覆蔽如彼貧人有眞金藏不能得見如來今日

普示衆生諸覺寶藏所謂佛性而諸衆生見是事已心生歡喜歸仰如來善方便者即是如來貧女人者即是一切無量衆生眞金藏者即佛性也乃至譬如王家有大力士其人眉間有金剛珠與餘力士角力相撲而彼力士以頭觝觸其額上珠尋沒膚中都不自知是珠所在其處有瘡即命良醫欲自療治時有明醫善知方藥即知是瘡因珠入體是珠入皮即便停住是時良醫尋問力士卿額上珠爲何所在力士驚荅大師醫王我額上珠乃無去耶是珠今者爲何所在將非幻化憂愁啼哭是時良醫慰喻力士汝今不應生大愁苦汝因鬪時寶珠入體今在皮裏影現於外汝曹鬪時瞋恚毒盛珠陷入體故不自知是時力士不信醫言若在皮裏膿血不淨何緣不出若在筋裏不應可見汝今云何欺誑於我時醫執鏡以照其面珠在鏡中明了顯現力士見已心懷驚怪生奇特想善男子一切衆生亦復如是不能親近善知識故雖有佛性皆不能見而爲貪婬瞋恚愚癡之所覆蔽故墮地獄畜生餓鬼阿脩羅旃陀羅刹利婆羅門毗舍首陀生如是等種種家中因心所起種種業緣雖受人身聾盲瘖瘂拘躄癃跛於二十五有受諸果報貪婬瞋恚愚癡覆心不知佛性如彼力士寶珠在體謂呼失去衆生亦爾不知親近善知識故不識如來微密寶藏修學無我喻如非聖雖說有我亦復不知我之眞性我諸弟子亦復如是不知親近善知識故修學無我亦復不知無我之處尚自不知無我眞性況復能知有我眞性善

男子如來如是說諸衆生皆有佛性喻如良醫示彼力士金剛寶珠是諸衆生爲諸無量億煩惱等之所覆蔽不識佛性若盡煩惱爾時乃得證知了了如彼力士於明鏡中見其寶珠善男子如來祕藏如是無量不可思議復次善男子譬如雪山有一味藥名曰樂味其味極甜在深叢下人無能見有人聞香即知其地當有是藥過去世有轉輪王於此雪山爲此藥故在在處處造作木筩以接是藥是藥熟時從地流出集木筩中其味眞正王既没已其後是藥或醋或鹹或甜或苦或辛或淡如是一味隨其流處有種種異是藥眞味停留在山猶如滿月凡人薄福雖以钁斸加功困苦而不能得復有聖王出現於世以福因緣即得是藥眞正之味善男子如來祕藏其味亦爾爲諸煩惱叢林所覆無明衆生不能得見一味藥者喻如佛性以煩惱故出種種味所謂地獄畜生餓鬼天人男女非男非女刹利婆羅門毗舍首陀佛性雄猛難可沮壞是故無有能殺害者若有殺者則斷佛性如是佛性終不可斷性若可斷無有是處如我性者即是如來祕密之藏如是祕藏一切無能沮壞燒滅雖不可壞然不可見若得成就阿耨多羅三藐三菩提爾乃證知以是因緣無能殺者迦葉菩薩復白佛言世尊若無殺者應當無有不善之業佛告迦葉實殺生何以故善男子衆生佛性住五陰中若壞五陰名曰殺生若有殺生即墮惡趣以業因緣而有刹利婆羅門等毗舍首陀及旃陀羅若男若女非男非女二十五有差别之

相流轉生死非聖之人橫計於我大小諸相猶若稗子或言如豆乃至拇指如是種種妄生憶想妄想之相無有眞實出世我相名爲佛性如是計我是名最善復次善男子譬如有人善知伏藏即取利钁斸地直下磐石沙礫直過無難唯至金剛不能穿徹夫金剛者所有刀斧不能沮壞善男子衆生佛性亦復如是一切論者天魔波旬及諸人天所不能壞五陰之相即是起作起作之相喻若石沙可穿可壞佛性者喻如金剛不可沮壞以是義故壞五陰者名爲殺生善男子必定當知佛法如是不可思議是知雖有佛性久翳塵勞須以止觀熏修乃得明淨如貧女得藏中之寶猶力士見鏡裏之珠方親悟自心妙覺圓滿又如何行於止觀得契眞修但了能觀之心所觀之境各各性離即妄心自息此名爲止常作此觀不失其照故名爲觀斯則即止即觀即觀即止無能所觀是名止觀如先德云法性寂然名止寂而常照名觀非能所觀有其二事所以華嚴經頌云若有欲知佛境界當淨其意如虛空遠離妄想及諸取令心所向皆無礙疏釋云一離妄取如彼淨空無雲翳故斯即眞止二觸境無滯如彼淨空無障礙故斯即眞觀此觀不作意以照境則所照無涯此止體性離而息妄故諸取皆寂若斯則不拂不瑩而自淨矣無淨之淨乃冥契法原不修之修則闇蹈佛境矣故知唯一心眞智是我本身湛然常存現前明淨自然以智慧觜啄破無明㲉飛出三界自在無礙此時方得見性了然更有何法而堪比對如

丹霞孤寂吟云不迷須有不迷心看時淺淺用時深此箇眞珠若採事豈同樵客負黃金黃金烹鍊轉爲新此珠含光未示人了則毛端吞巨海始知大地一微塵○問諸佛心徧一切衆生心能現凡心衆生身徧一切諸佛身能作聖體爲復轉動互徧而成爲當一體答若言轉動即成造作若言互徧則有二心是以常住一心猶若虛空之體凡聖二號還同空裏之華青黃起滅雖殊匪越太虛之性迷悟昇沉有異未離眞覺之原又如一室千燈光光涉入一鏡萬像影影交羅非異非同不來不去達斯旨者唯佛洞知是以萬有即眞無轉變相華嚴經云知心如幻出生一切諸法境界周徧無盡不匱不息大集經云住一心中能知一切衆生諸心觀衆生心悉皆平等如幻化相本性清淨觀諸衆生身業平等皆如水月見諸衆生悉在已身已身亦在衆生身中猶如影現能令衆生悉作佛身亦令已身作衆生身一切無有能轉動者又經頌云諸佛一似大圓鏡我身猶若摩尼珠諸佛法身入我體我身常入諸佛軀雖然互入而無所入若有所入即成二法○問若實心外無法獨標宗者無諸佛則無能化之人無衆生則無所化之衆全歸無寄何以紹隆答只謂了唯心故成平等之佛達唯識故行同體之悲若不直下頓悟斯宗則自他二利俱失何者不入一心平等違成佛之正宗不了同體大悲墮愛見之妄想如維摩經觀衆生品云爾時文殊師利問維摩詰言菩薩云何觀於衆生維摩詰言譬如幻師見所幻人菩

薩觀衆生爲若此如智者見水中月如鏡中見其面像如熱時餤如呼聲響如空中雲如水聚沫如水上泡如芭蕉堅如電久住如第五大如第六陰如第七情如十三入如十九界菩薩觀衆生爲若此如無色界色如焦穀芽如須陀洹身見如阿那含入胎如阿羅漢三毒如得忍菩薩貪恚毀禁如佛煩惱習如盲者見色如入滅盡定出入息如空中鳥跡如石女兒如化人煩惱如夢所見已寤如滅度者受身如無煙之火菩薩觀衆生爲若此文殊師利言若菩薩作是觀者云何行慈維摩詰言菩薩作是觀已自念我當爲衆生說如斯法是即眞實慈也淨名私記釋云今明觀衆生品大精只依其中一句行則足得一句攝心常照行之一切萬行足只令汝自觀觀汝身心如此畢竟空即是菩薩觀衆生菩薩名道道能通通汝色心本性令離虛妄即是菩薩菩薩只在汝身中觀汝身心如第三手爲畢竟無身心此中示人坐禪用心法大好只觀身心如此無可作定亂是非一異一切平等即坐禪法不同今時討有心可得言我心亂欲除亂取定大成顛倒須覺知魔事又今時欲度衆生應須曉夜觀汝心中所起煩惱性即是度衆生只名此觀煩惱智名佛耳釋迦已觀煩惱已得作佛竟說教留與今凡夫依教修行若言別有佛別有許多世界衆生佛次第度竟然後成佛若爾釋迦已成佛竟今那得猶見有衆生滿世界當知不爾夫言竟者盡也已上觀衆生竟次觀如來者如阿閦佛品云爾時世尊問維摩詰汝欲見

如來爲以何等觀如來乎維摩詰言如自觀身實相觀佛亦然我觀如來前際不來後際不去今則不住不觀色不觀色如不觀色性不觀受想行識不觀識如不觀識性非四大起同於虛空六入無積眼耳鼻舌身心已過不在三界三垢已離順三脫門三明與無明等不一相不異相不自相不他相非無相非取相不此岸不彼岸不中流而化衆生觀於寂滅而不永滅不此不彼不以此不以彼不可以智知不可以識識無晦無明無名無相無强無弱非淨非穢不在方不離方非有爲非無爲無示無說不施不慳不戒不犯不忍不恚不進不怠不定不亂不智不愚不誠不欺不來不去不出不入一切言語道斷非福田非不福田非應供養非不應供養非取非捨非相非無相同眞際等法性不可稱不可量過諸稱量非大非小非見非聞非覺非知離衆結縛等諸智同衆生於諸法無分別一切無失無濁無惱無作無起無生無滅無畏無憂無喜無厭無著無已有無當有無今有不可以一切言說分別顯示世尊如來身爲若此作如是觀以斯觀者名爲正觀若他觀者名爲邪觀天台淨名疏釋不觀色不觀色如不觀色性者不觀色者心如幻師幻作種種色若知幻師是誑則不得所幻之色今色從心幻師幻出尚不得此心何處見有此色故不應觀色不觀如者若見色與如異是則泯色入如今不見色如之別故不觀如不觀性者即不觀佛性不觀色是空俗不觀如是空眞不觀佛性是空中道以其計中道有佛

性而起順道愛生是爲頂墮故經云我及涅槃是二皆空唯有空病空病亦空今不觀性是無順道愛故夫受世間差别果報皆爲一念心異分别情生取衆生相爲凡執諸佛境爲聖如經所說觀衆生如幻師見幻觀如來則三際體空二見於是雙消情量爲之俱泯則可以成諸佛之喜除菩薩之憂信此一心能入宗鏡是以法華神力品偈云能持是經者令我及分身滅度多寶佛一切皆歡喜古聖云道俗之不夷二際之不泯菩薩之憂也大方等大集經云佛法者名一切法一切法者名爲佛法佛法性即一切法性如一切法性即佛法性佛法性一切法性無有差别故知性無有異隨見成差其體常融假名有别所以經云一切諸法及諸佛法但假名字亦非是法亦非非法不退轉法輪經云佛及菩提有聲無實亦無方所諸法亦然華嚴經頌云知諸世間悉平等莫非心語一切業衆生幻化無有實所有果報從兹起又頌云諸法寂滅非寂滅遠離此二分别心知諸分别是世見入於正位分别盡

法華經安樂行品云復次菩薩摩訶薩觀一切法空如實相不顛倒不動不退不轉如虛空無所有性一切語言道斷不生不出不起無名無相實無所有無量無邊無礙無障但以因緣有從顛倒生故說常樂觀如是法相是名菩薩摩訶薩第二親近處又如來壽量品云諸善男子如來所演經典皆爲度脫衆生或說己身或說他身或示己身或示他身或示己事或示他事諸所言說皆實不虛所

以者何如來如實知見三界之相無有生死若退若出亦無在世及滅度者非實非虛非如非異不如三界見於三界如斯之事如來明見無有錯謬以諸衆生有種種性種種欲種種行種種憶想分別故欲令生諸善根以若干因緣譬喻言詞種種說法所作佛事未曾暫廢故知若以正宗門尚無在世之人亦無滅度之者何況有能化所化之異乎若以佛事門則教海宏深智燈廣照隨機善巧寧容暫廢耶所以大智度論問云若五陰空無佛即是邪見云何菩薩發心求作佛答曰此中言無佛破著佛想不言取無佛相若有佛尚不令取何況取無佛邪見又佛常寂滅無戲論相若人分別戲論常寂滅事是人亦墮邪見離是有無二邊處中道即是諸法實相諸法實相即是佛何以故得是諸法實相名爲得佛大般若經云諸菩薩衆尚不得法何況非法尚不得道何況非道又云於生死法不起不墮於諸聖道不離不修釋云於生死法不起者自性常空故不落離邊不墮者不隨流轉故不落即邊於諸聖道不離者性常相應故不落斷邊不修者天眞具足故不落常邊如清涼疏云不著一多能立一切者不著於有能安立故即眞俗鎔融謂世俗幻有之相相本自空勝義眞空之理理常自有有是空有非常有斯有未曾不空空是有空非斷空此空何嘗不有有空空有體一名殊名殊故眞俗互乖迢然不雜體一故空有相順冥然不二一與不一不即不離鎔融無礙菩薩智契其原所以迥絕無寄而善修安立又

云良以事虛攬理無不理之事理實應緣無礙事之理所以寂而常照照而常寂故終日知見而無知見也乃至菩薩悲智相成出没無礙悲故常行世間智故不染世法融通有三一悲無不智故則世無不離是以常在世間未曾不出二智無不悲故離無不世是以恒超世表無不遊世三雙融故動靜無二唯是一念所謂無念無念等故世與出世無有障礙如華嚴經云菩薩摩訶薩知善巧說法示現涅槃爲度衆生所有方便一切皆是心想建立非是顛倒亦非虛誑何以故菩薩了知一切諸法三世平等如如不動實際無住不見有一衆生已受化今受化當受化亦自了知無所修行無有少法若生若滅而可得者而依於一切法令所願不空是爲第九如實住又頌云菩薩能於一念頃觀等衆生無數佛又復於一毛端中盡攝諸法皆明見以此眞見故成無緣慈普令法界衆生見聞獲益所以經云譬如日月不作往來照明之心以諸衆生福德力故自行往反壞諸闇冥若入此宗鏡中則無一法可取皆同性故無一法可捨絕異相故是以聖人常善救人而無棄人常善救物故無棄物夫云善者莫非知宗方爲究竟之上善若救人成同體之悲若救物歸無相之理則善外無法何棄之乎

宗鏡録卷第二十

音釋

甜徒兼切甘美也　彙于貴切類也　迭徒結切更迭也　隳翾規切毀也

撲弼角切踣也　觝典禮切觸也　躄必益切不能行也　癃良中切疲疾也　钁厥縛切大鉏也　斸株玉切斫也　沮在呂切止遏也　稗旁卦切草似穀者　觜即委切喙也　啄竹角切鳥食也　㲉克角切卵孚也

宗鏡録卷第二十一

宋慧日永明妙圓正修智覺禪師延壽集

夫一切眞俗等法各有理事通別行相果報歷然云何一向就巳消融未入斯宗恐成空見荅得本方了末執末則違宗若不觀心法無來處若但修有爲事行不達自心無爲則迷事失宗果歸生滅若體理行事雙照無違只恐一向偏修理事俱失

如大寶積經云假使造寶塔其數如恒沙不如剎那頃思惟於此經又只爲一心是萬行之原因茲能起同體之悲無緣之化如起信鈔云若信一味空理則欣猒都絶若信一向法相則聖凡懸隔斯皆不能起行修進今令信一心是凡聖之原但由迷悟使之有異是則必能起行修進望佛果故是知眞心不守自性隨緣昇降果報歷然又隨緣不失自性緣假無實境智冥寂所以起信論云所謂雖念諸法自性不生而復即念因緣和合善惡之業苦樂等報不失不壞雖念因緣善惡業報而亦即念性不可得若云果報不失即須具修萬行若云性不可得當知唯是一心且萬行之初無先五戒若依事相報在人天藏教但證無常通教空無自性別教歷別因果不融唯圓教觀心即具法界所以大涅槃經云雖信別相不信一體無差別相名言不具信不具故所有禁戒亦不具足故所有多聞亦不具足何謂信不具未了一法即一切法信豈圓耶何謂戒不具未知戒性如虛空戒豈具耶何謂聞不具未聞如來常不說法是爲具足多聞聞豈具耶若入宗鏡寧唯戒善

乃至諸佛果德菩薩萬行靡有一法而非所被則念念了知法法圓滿且如五戒者戒從心生心因戒立若心不起爲四德萬行之基若心妄生作六趣三塗之本則無善而不攝無惡而不收故台教云此五戒亦是大乘法門束此五戒爲三乘即對三無失三不護三輪不思議化三密三軌三身三佛性三般若三涅槃三智三德等無量三法門横竪無邊際與虚空法界等亦是無盡藏法門亦是無量義三昧舉要言之即是一切佛法也

天台金光明經䟽云五戒者天地之大忌上對五星下配五嶽中成五藏犯之者陵天觸地自伐其身也一不殺者害命名事殺不害命名事不殺法門解者析法名理殺體法名理不殺若作意防護如馬著勒如牧牛執杖者報在人道百二十年唯得肉眼若任運性成如河注海者報在六天極長者九百二十六億七千萬歲唯得天眼若加修定戒無常苦空無我等慧者報在變易壽七百阿僧祇唯得慧眼若加修常無常等慧報在蓮華藏海受法性身分得五眼分得常壽比佛猶是諸根不具壽命損減若圓教人持事不殺戒又持理不殺戒不壞身因常隨一相不斷癡愛起於明脫體陰界入無所傷毀若子若果不生不滅成就智慧居寂光土常壽湛然五眼具足得根自在得命自在脩短自在是則名爲究竟持戒諸根具足命不損減圓人何但持是之戒唯殺唯慈亦作事殺亦作理殺如仙預大王殺五百婆羅門與其見佛之眼與其十劫之壽又作法門殺者析蕩塵累淨

諸煩惱如樹神折枝不受怨鳥如劫火燒木灰炭雙亡故楞伽經云殺無明父害貪愛母斷隨眠怨壞陰和合斷七識身若有作者現證法身此逆即順鴦崛云我誓斷陰界入不能持不殺戒一切塵勞是如來種斷此種盡乃名爲佛成就金剛微妙法身湛然應一切垂形九道隨其所宜示長短命任其所見用缺具根而化度之二不盜者不與取名事盜與取名事不盜法門者如佛言他物莫取名法門不盜菩提無與者而取菩提是名法門盜若持戒作業求可意果者無常速朽悉是他物臭如糞果害如毒食有智之人所不應求云何殷勤飲苦食毒而自傷毁洄洑困苦豈過有流三障障佛第一義天之所捨離是盜非不盜也又二乘以四諦智觀身受心法猒惡生死欣求涅槃涅槃心起即取他物即非時取證即不待所說因焦種不生見苦斷集修道造盡非求法也謂有涅槃成涅槃見若有著空諸佛不度身長三百由旬而無兩翅墮三無爲坑飢餓羸瘦體生瘡癬豈非貧窮困苦耶又不見佛不聞法不入衆數豈非第一義天遠離耶此猶名盜非不盜也若别人從淺至深捨一取一來已更復來去已更復去悉是辱於去來相亦是不與而取取已而捨亦是貧窮捨已更取數數去取即是困苦不與第一義天相應即是遠離此猶名盜非不盜也圓人觀法實相受亦不受不受亦不受亦受亦不受亦不受非受非不受亦不受不取是菩提障諸取故是法平等無有高下不高故不取不下故不捨如是觀者觀如

來藏具足無缺是如意珠隨意出寶即脩羅琴任意出聲即是大富大富故無取即第一義天故不遠離是名究竟持不盜戒圓人亦有盜法門者菩提無與者而取菩提如海吞流不隔萬泒如地荷負擔四重擔衆生悉度煩惱悉斷法門悉知佛道悉成三不婬者男女身會名事婬法門解者若心染法是婬若關禁七支如猿著鎖犛一油鉢過諸大衆割捨樂觸樂求於未來淨潔五欲如市易法如銅錢慱金錢此乃增長欲事非不欲也若斷欲界麤弊之欲染著色無色界禪定之樂如氷魚蟄蟲墮長壽天是爲一難貪著禪味名大縛是染欲法非不欲也若憎生死愛涅槃棄之直去涉路不廻諸有色聲不能染屈如八風不動須彌若聞菩薩勝妙功德甄迦羅琴聲迦葉起舞不能自持毗嵐風至破如腐草是染欲非不染欲也若菩薩惡生死如糞穢惡涅槃如怨鳥捨於二邊志存中道起順道法愛生名頂墮是菩薩旃陀羅既無方便此慧被縛不能勝怨已所修治爲無慧利是染欲法非不欲也圓人觀一心三諦即空何所染即假何所淨即中何所邊即空即假何所中即空故無我人十六知見依正等愛即假故無空無相無願等愛即中故無佛菩提轉法輪度衆生等愛三諦清淨名畢竟淨唯佛一人具淨戒餘人皆名汙戒者圓人又有染愛法門如和須蜜多女人見人女天見天女見者即得見佛三昧執手者得到佛三昧嗚者得極愛三昧抱者得㝠如三昧亦如魔界行不汙菩薩變爲無量身共無量天女從

事皆令發菩提心又先以欲拘牽後令入佛智斯乃非欲之欲以欲止欲如以楔出楔將聲止聲四不妄語者法門者未得謂得凡夫癡人於下苦中橫生樂想竪我慢幢打自大鼓執有與無諍執無與有諍起六十二見破慧眼不見於眞實備口四過三十三天黄葉生死謂是眞金非想自地謬計涅槃此非妄語誰是妄語耶二乘競執瓦礫歡喜持出生滅度想生實未盡寧得滅度生安樂想所作未辦寧得安隱其實未得一切解脱未得謂得豈非妄語耶佛爲別教人四門説實相執於一有隔礙三門乃至執非有非無不融有無夫實相者言語道斷心行處滅云何以字字於無字云何以數數於無數豈非妄語耶圓人如實而觀如實而説如實觀者非内觀乃至非離内外觀亦不以無觀得是智慧如實説者一切實乃至非實非不實等如是皆名諸法實經云諸佛皆實語即是以佛道聲令一切聞圓人亦有妄語法門無車説車誘戲童子無樂説樂止彼啼兒若有衆生因虚妄説得利益者佛亦妄説又言我是貪欲尸利等我是天是人實非天人將虚以出虚令得不虚耳五不飮酒法門解者迷惑倒見名酒夫酒爲不善諸惡根本飮酒招狂外道等是即世間醉也大經云從昔已來常爲聲色所醉流轉生死三界人天通有此醉二乘無明酒未吐如半瘧人大經引醉歸之世間無常樂而言我淨如來實我淨而言無常樂如彼醉人見日月轉此二乘醉也菩薩無明未盡不了了見夜觀畫像譬如醉人朦朧見道

迦葉云自此已前我等悉名邪見人也此是菩薩醉圓人行如來行具煩惱性能知如來秘密之藏雖有肉眼名爲佛眼所可見者更不復見是則五住正習一時無有餘酒法旣除何所可醉圓人亦有飲酒法門鴦崛云持眞空瓶盛實相酒變化五道宣揚哮吼波斯匿醉轉更多恩末利后飲佛言持戒入于酒肆自立其志亦立他志夫得其門者逆順俱當失其柄者操刀傷手是知能以塵勞煩惱爲佛事者斯乃見一切法皆實相矣於一心實相中不見有世間過患障礙之法則何所捨亦不見有出世殊勝尊妙之法則何所取但爲未入實相門中見有凡聖種種差別而生忻猒者遂乃徇彼機宜隨其所作善巧方便而化導之皆令入此一際平等無諍無失

自證法門究竟常樂如是開示不負前機若解肘後之方似探囊中之寶實爲第一之說括盡初終開大施之門復誰前後得自己法身之髓到一心智海之源初阿已攝無邊過荼無字可說問夫戒是軌持全依事相大綱所立出自四分等律文今宗鏡中云何於萬行之門皆稱等一答夫萬行之由皆爲契眞顯本若違眞逐末不識教宗凡一切衆生皆本具自性之律若鈍根者則漸以相示若上器者直從性明如傳大士云持律本爲制生心我今無心過戒律首楞嚴云持犯但束身非身何所束如是之機如是之教豈須戒耶已自知各具佛性戒故然於初心凡夫及出假菩薩亦不壞於事相遮性二戒悉皆等持以初心自行根劣故須理事相資以久行化

他圓滿故須權實雙備且如凡夫二乘菩薩諸佛凡持戒者莫不皆由一心所起以凡夫全不自知垢淨之戒因從自心生罪福之戒果當自心受二乘雖知由心轉變執有前塵權小菩薩雖不執前境實有住無自性空都不了外本無空皆自心變諸大菩薩正了唯心空有雙泯無明未盡功德未圓理行猶虧尚居因位諸佛則圓證眞唯識性離念清淨故經云唯佛一人持淨戒其餘盡名破戒者如六行法云次就戒明人心別有六不同先明麤凡依戒起罪謂有愚人身雖持戒不知看心復不護口自謂巳能毀他破戒由此惡說壞人敬信便成罪業當生惡道次明凡夫身口持戒未學觀慧唯成福行次明二乘出世道戒謂二乘人觀生空時離凡我倒則成道戒次明大乘小菩薩觀相空慧心淨明時離取相罪即名爲戒次明大乘大菩薩戒謂觀唯心本無外色無色可破相空亦無離取相過故名爲戒此則不同小菩薩戒雖離著有仍著空相此大菩薩知空亦空無空可著則證大空故智論云破諸法皆空唯有空在而取相著之大空者破一切法空空亦復空以此文證著空是過大根離之故名爲戒次明佛戒謂證唯心離念常淨無明垢盡即成佛戒但佛心中具諸功德離過義邊則名爲戒諸大菩薩雖具功德無明未盡則不同佛故佛淨戒與因有異如上所說六種持戒雖即優劣不同皆是一心所作以凡小不了唯心證空取相取相者成罪福之垢證空者背圓常之門若入宗鏡之中自成戒德則不爲

空有諸緣所動豈非第一耶戒法既爾萬行例然所以華嚴論云夫小乘戒爲情有宗爲如來創爲凡夫造業處言是應作是不應作說善不善如此立教未爲實有如此有教且約凡情虛妄之處橫繫諸惡以教制之令生人天是故戒序云若欲生天上及生人中者常當護戒足勿令有毀損衆生有爲作業虛妄非實德故生人天無常虛妄非實未得法身智身非爲實有宗且爲情有宗於小乘中爲執持教也如華嚴經持戒即不然經云身是梵行耶身業四威儀乃至佛法僧十衆七遮和尚羯磨壇場等是梵行耶如是諦觀求梵行者了不可得是故名爲清淨梵行如梵行品說如是清淨行者名持佛性戒得佛法身故乃至初發心時便成正覺以持佛性戒故與佛體齊理事平等混眞法界如是持戒不見自身能持戒者不見他身有破戒者非凡夫行非賢聖行不見自身發菩提心不見諸佛成等正覺若好若惡若有少法可得不名淨行當如是觀如是性戒即法身也法身者即如來智慧也如來智慧者即正覺也是故不同小乘有取捨故然雖無取捨於理行二門亦不廢具修如寒山子詩云五嶽俱成粉須彌一寸山大海一滴水吸在我心田生長菩提子徧蓋天中天爲報慕道者愼勿遶十纏夫九結十纏性雖空寂初心學者且須離之是以諸佛所說深經先誡不可於新發意菩薩前說廣種子習重發起現行又觀淺根浮信解不及

如淨名經云佛說婬怒癡性即是解脫又云

不斷婬怒癡亦不與俱故云得之者隱傍之者現若於婬怒癡情生味著得其事者則道隱若傍善觀之了其性者則道現雖了而不著故云亦不與俱若非久行根熟菩薩不能理事無礙如先德偈云久種善根深逢塵塵不侵不是塵不侵自是我無心○問法身無像眞土如空皆是一心無別依正云何教中廣談身土答只於自心性相分身土之名以自心相義名身自心性義名土清涼疏○問法性身土爲別不別別則不名法性性無二故不別則無能依所依答經論異說統收法身略有十種一依佛地論唯以清淨法界而爲法身亦以法性而爲其土性雖一味隨身土相而分二別

智論云在有情數中名爲佛性在非情數中名爲法性假說能所而實無差唯識論云雖此身土體無差別而屬佛法性相異故謂法性屬佛爲法性身法性屬法爲法性土性隨相異故云爾也今言如虛空者唯識論云此之身土俱非色攝雖不可說形量大小然隨事相其量無邊譬如虛空徧一切處故如虛空言通喻身土二或唯大智而爲法身所證眞如爲法性土故無性攝論云無垢無罣礙智爲法身故若爾云何言身相如虛空智體無礙同虛空故三亦智亦如而爲法身梁攝論中及金光明經皆云唯如如及如如智獨存名法身故此則身含如智土則唯如四境智雙泯而爲法身經云如來法身非心非境土亦隨爾依於此義諸契經中皆說如來身土無二此則依眞之言顯無能所方曰依眞

成如空義五此上四句合爲一無礙法身隨説皆得土亦如之六此上總别五句相融形奪泯兹五説逈然無寄以爲法身土亦如也此上單就境智以辯七通攝五分及悲願等所行恒沙功德無不皆是此法身收以修生功德必證理故融攝無礙即此所證眞如體大爲法性土依於此義身土逈異今言身相即諸功德言如虚空即身之性華嚴經云解如來身非如虚空一切功德無量妙法所圓滿故八通收報化色相功德無不皆是此法身收故攝論中三十二相等皆法身攝又法華經云微妙淨法身具相三十二然有三義一相即如故歸理法身二智所現故屬智法身三當相並是功德法故名爲法身其所依土則通性相淨穢無礙我此土淨而汝不見衆生見燒淨土不毁色即是如相即非相身土事理交互依持通有四句一謂色身依色相土二色身依法性土三法身依法性土四法身依色相土此上猶通諸大乘教九通攝三種世間皆爲一大法身具十佛故其三身等並此中智正覺攝故土亦如之即如空身而示普身于何不具此唯華嚴十上分權實唯以第九屬於此經若據融攝及攝同教總前九義爲一總句是謂如來無礙身土又諸土無礙通有十種諸教説土或謂但是無常或云心變理事懸隔一多不融故今要辯無礙一理事無礙謂全同眞性而刹相宛然經頌云華藏世界海法界無差别莊嚴悉清淨故二成壞無礙故謂成即壞壞即成等三廣狹無礙不壞相而普周故經頌云體相如本

無差別無量國土悉周徧等四相入無礙經頌云以一剎種入十方十方入一亦無餘亦是一多無礙五相即無礙經云無量世界即一界故六微細無礙經頌云清淨珠王布若雲炳然顯現諸佛影等七隱顯無礙謂染淨異類隱顯等殊見不同故八重現無礙謂於塵中見一切剎剎內塵中見剎亦然重重無盡如帝網故九主伴無礙凡一世界必有一切以爲眷屬經頌云毗盧遮那昔所行種種剎海皆清淨種種剎即眷屬也十三世無礙一念融故如上無礙皆是一心若有異法相參則不能融攝

如大集經云佛言善男子云何菩薩自淨其國如諸佛土若菩薩知一切法無國無非國至一切處無至無不至若菩薩見法對六情皆知是佛法亦不見凡夫法佛法有異作是念此一切法皆是佛法佛法至一切處故一切諸法及佛法但假名字亦非是法亦非非法是故我等不應取著以自土淨故知諸佛國淨此與法平等等眼界是佛界耳鼻舌身意法界是佛界我不應分別有尊有卑菩薩如是至一切法平等處是爲菩薩自淨其國如諸佛土則知主伴依正不離五蘊五蘊性空即是平等又見法從緣則知國由心現國由心現故有而即空空爲法性萬法由生見法性原是眞智慧所以諸佛他受用土隨根不同見有差別故法華經云我淨土不毀衆生見燒盡昔人云如人於餓鬼火處見水餓鬼於人水處見火亦如羅剎宮殿與人宮殿同在一處互不相見他受用土亦復如是若

自受用土故是徧周不即三界不離三界故若法性土即起滅常如故知佛土難思不可作存滅染淨之見矣又古德釋有三義一自性身土既同所證明是體同如一室之空二自受用如千燈光同徧室內三他受用及變化二土正證於前亦相似名同而隨機見異如首楞嚴經云循業發現者隨衆生業果皆能顯現如釋迦出世國土狹小海水增盈彌勒下生世界寬弘四大海減菩薩在會無諸丘坑聲聞處中穢惡充滿故知隨諸一切有情而出應現寬狹淨穢總是衆生心量所成佛果無作裕公云心則諸佛證之以爲法身境則諸佛證之以爲淨土則二皆所證智爲能證慈恩疏云問淨土以何爲體答准攝論云以唯識智爲體爲佛及菩薩唯識智爲體即金剛般若論云智習唯識通如是取淨土若佛地論以佛自在無漏心爲體非離佛淨心外別有實等淨心色也又云色等即是佛淨心所感離佛自心之外別無能感如是假實之色皆不離佛淨心即此淨心能顯假實之色故經云青色青光黃色黃光等是也天台無量壽疏云夫樂邦之與苦域金寶之與泥沙胎獄之與華池棘林之比瓊樹誠由心分垢淨見兩土之昇沉行開善惡覩二方之麤妙喻於形端則影直源濁則流昏乃至可謂微行妙觀至道要術者哉此經心觀爲宗實相爲體記云妙觀至道者業行雖多以心觀爲要術一念心起淨土宛然無作體如故言微行一心三觀皆空假中能所雖分互照不思議境要在心原即觀功也横周豎窮平

等無二三觀因圓三德果滿皆由心要義成故言至道要術肇法師云萬事萬形皆由心成心有高下故丘陵是生又云佛土常淨豈待變而後飾蓋是變衆人之所見耳是以衆生見爲土石山河皆是自業之影起菩薩純爲妙慧卽是眞智之所爲離凡聖心無眞俗境如華嚴論云此華嚴經明緣起法界門理事無二無緣不寂無事不眞十方世界一眞性海大智圓周爲國土境界總爲性海爲一眞法界非有情無情隨業說故爲華嚴中純眞境界總爲智故十住菩薩以慧爲國十行菩薩以智爲國十迴向十地以妙爲國不說情與無情二見差別以華嚴經爲彰本法異三乘權學教故是無情是有情有生有滅故

○問一切身土八微所成云何唯心而無質礙答執色極微有質礙性是小乘宗非通大旨人水鬼火豈在異方毛海芥山誰論巨細一塵一識萬境萬心矣若迷心而觀色則通塞宛然若了色而明心乃是非絕矣所以古德云若知色卽空觀色非耶若迷色不空觀色是耶若知空卽色觀空非耶若觀空異色觀空是耶此乃解惑異途自分姸醜何關色空二境以辯邪正耶若曉此宗途常色觀而恒正若迷斯旨趣雖空觀以恒邪且夫衆生不了二空皆爲執心色實有觀心不妙照境無功旣不解卽色明空又不能微細剖析罔知麤細色聚焉窮眞妄心原今對深淺之機略標性相之義令圓頓之根不濫使中下之智無遺如先德云如來出世本爲度生有情迷執根深妄計實有我法佛卽巧設方便令

除顛倒之心於色聚中遣其分析顯彼二執我法皆空觀心析時有如刀用顯所析者色雖無量不越兩般一者俱礙二者所礙俱礙色者謂五根五境能造四大此乃總體於中別者即青黃赤白此四是實長短方圓麤細高下若正若不正此十是假依實有故名爲形色能礙於他亦被他礙故名俱礙依此分析成極略色極略色即法處收復有光影明暗煙雲塵霧迥色表色空一顯色等皆是假有由彼他礙不能礙他名所礙色依此假想分析之時名極迥色極迥色即法處攝三顯示行相及所依定者謂瑜伽師作觀行時依四靜慮根本定心與慧俱時託彼根境及與外色爲質於自識上變影而緣於一色聚之中初析爲二觀此二分色上我法都無了了分明不沉不掉復恐二分色裏我法猶存更以慧心析爲四別如是乃至鄰虛一相更不可析名色後邊若更析之便爲非色依斯假立極略極迥二種極微推覓我法實體都無達徧計空悟依他假便能引起二空無漏根本智生即證二空所顯眞理又佛國者如今一國之內皆天子所握領無不屬於國者今亦爾隨心一想一緣有情無情若色若心皆是實智所照之境無不了其性相故名佛國天台淨名疏云隨成就衆生則佛土淨隨佛土淨則說法淨隨說法淨則智慧淨隨智慧淨則其心淨隨其心淨則一切功德淨是故寶積菩薩欲得淨土當淨其心隨其心淨則佛土淨者觀心性本淨猶如虛空即是性淨之境境即國也觀智覺悟此心名之爲佛初

觀名因觀成名果若論自行即是心王無染若論化他即是心數解脱智慧數爲大臣能排諸數上惑以還心原清淨土也故云心淨即佛土淨也又隨四教所明四心此四種心淨即四種佛國悉淨此四種心只是一自性清淨心此心若淨一切佛土皆悉淨也如鏡明則照遠鈴響則聲高心淨則智行俱清意虛則境界咸寂凡曰垢淨無有不由心者乃一淨一切淨矣或見成住壞空皆是衆生善惡業現如首楞嚴經云思報招引惡果此思業交則臨終時先見惡風吹壞國土亡者神識被吹上空旋落乘風墮無間獄古釋云思者意也國土不壞由心分別見國土壞由意思影像法塵生滅報處還然能受生滅之遷變又生人見國土死人則見壞皆由意生法

生心滅境滅十四科淨土義云經有恒沙佛國者皆是聖人接物之近迹佛實無土何以明之夫未免形累者故須託土以自居入住已上永脱色累照體獨立神無方所用土何爲而言有者以衆生解微惑重未堪真化故以人天福樂引之令行戒善或以三乘四果誘之勸修道品然涉善之功自然冥歸菩提因起貪報之惑故流轉生死實即土屬衆生故無國而不穢淨屬於佛故無國而不淨故經云我淨土不毀此之謂矣問所明淨土敬如高旨但尋玄宗不以事爲淨淨取無穢此即行業不同報至不雜是以石砂之人不得同天踐七珍之土今疑畜生業與人異而同履石砂之地以垂所立義耶答畜生所以得與人同踐石砂者良由一毫微善同人俱免

燒煮之痛以善微故不及人爲苦然鑪鑊與石砂爲善輕重雖異而事實相鄰所以猶與人同踐石砂之地善勝事精而域絶故石砂之人絶階於七珍之土也○問淨穢似無定質如釋摩男捉瓦成金餓鬼見水成火云何淨穢域絶耶答因緣之法誠有此理但經云如釋摩男此莫不是示旨欲明法無定相以袪衆生封滯之甚耳餓鬼惑故見水爲火不遂是火也所以域絶者石砂之人不得同生安養故也釋云淨取無穢者不以形爲淨取無形爲淨又云七珍無石砂之穢爲淨不取七珍爲淨若畜生與人善業相鄰所以同履石砂善勝事精者人天業殊故人絶階七珍之土畜生不及人爲苦者緣遭鞭楚烹宰及自互相食噉等苦人無此事故云不及人爲苦鑪鑊者輕趣與人同處故經云諸小地獄在鐵圍山間或海邊曠野等是也若阿鼻獄等即與人別居天善爲勝七珍事精所以與人限域隔絶○問中難釋摩男明人中即受天報何故云人絶階於七珍之土又舉餓鬼欲明人不絶鬼限域可即人報成鬼報耶答云示旨者示現意也意除封迷常之極所云不遂是火者餓鬼雖自業惑所迷見水爲火然火不從惑成火遂者從也因緣之法誠有此理者謂如來說法有二種門一謂因緣門二謂因果門因緣門者即無定質因果門者即有定義又經明一切世間淨穢國土皆是菩薩行所成衆生業共感若娑婆緣熟即華藏是娑婆若華藏緣熟即娑婆是華藏若無行無感世界不成則離心之外更無一法如

華藏世界海者略有二因一約衆生如來藏識即是香海亦法性海依無住本是謂風輪亦妄想風於此海中有因果相恒沙性德即是正因之華世出世間未來果法皆悉含攝故名爲藏若以法性爲海心即是華含藏亦爾然此藏識相分之中半爲外器不執受故半爲内身執爲自性生覺受故如來藏識何緣如此法如是故行業引故二約諸佛謂以大願風持大悲海生無邊行華含藏二利染淨果法重疊無礙故所感刹相狀如之所以重重無盡皆是凡聖之心眞如性故上之大海旣是藏識今明心華之内攝諸種子一一種子不離藏識海故有多香海然一一具於性德故皆有莊嚴故又夫一切諸法隨緣幻生體用俱無隱顯互起或多中現一一中現多若不知起盡之根由則任運但隨境轉或隨好境而忻集或逐惡緣而怖生若能明了一切凡聖等法悉是自心境界以此一印衆怖潛消所以持地經云佛告阿逸多菩薩於一切法於一切菩薩法莫生恐怖於一切辟支佛法亦莫恐怖於一切聲聞法亦莫恐怖於一切凡夫法亦莫恐怖乃至於靜於亂亦莫恐怖於假於實亦莫恐怖於信不信亦莫恐怖於善念不善念亦莫恐怖於住不住亦莫恐怖如是菩薩於一切法莫生恐怖阿逸多我於往昔修如是等無畏法故得成正覺悉能了知一切衆生心之境界而於所知不起知相以我所證隨機演説能令聞法諸菩薩等獲得光明陀羅尼印得法印故永不退轉釋曰了一無畏法能持五怖畏入此一心

門當生歡喜地又云心淨得佛土功德淨故云欲得淨土果者當淨其心舉果勸因謂由心也云何稱淨若行者不得心處則心無起滅無起滅故是曰淨心
又大品經云空故離故不生故寂滅故名之爲淨隨其心淨則佛土淨者明因則是心此明心外無境界隨心而生心旣清淨外報相亦淨淨穢從心自無體質豈有相礙而異處是故行業不同各各異見行業同故所以見不異如聲和響順形直影端淨穢之異皆由心作若無心分別垢淨何生見垢實性即無淨相豈有二法相待而論差別乎故華嚴經頌云佛剎無分別無憎無有愛但隨衆生心如是見有殊所以對機立教於分別門中論衆生淨心非唯一種不可雷同古釋有四一眞實淨謂無漏善心二相似淨謂有漏善心三究竟淨謂佛世尊四不究竟淨謂十地已下乃至凡夫又四句料簡體相淨穢一體淨相穢謂佛現穢土相佛心清淨無漏故經云爲欲度斯下劣人故示是衆惡不淨土耳二體穢相淨如十地已還本識及有漏六七識并地前凡夫一切有漏心所現淨土是有漏故名體穢以依如來清淨佛土自識變似淨土相現名相淨三體相俱淨如佛及十地已還無漏心中所現淨土四體相俱穢如有漏心所現穢土若分別淨土淨心更有多種復有究竟淨心未究竟淨心有有漏淨心無漏淨心有有相淨心無相淨心有伏現行淨心斷種子淨心有自力淨心他力淨心諸佛隨機說無定法若論大旨尚不得一淨何況多

門此乃一心眞如不守自性隨緣對處有淺有深或垢或淨不可滯理妨事守一疑諸迷卷舒之門起通局之見雖同一旨約相差別不無雖云有異順體一如不動何者若言其一則安養寶方娑婆丘隴若言其異十方佛國一道清虛若言其有無邊淨刹猶若虛空若言其無妙土交羅如天帝網所以精超四句妙出百非道不可以一言詮理不可以一義宣故如上所說身土唯心但將世間所見所聞之法驗之自然可解且如河嶽不靈爲人所感何者土木瓦石豈有所知皆精志在人從識所變或非人所附俱不出心如唐國史德宗皇帝貞元七年驃國有使重譯來朝上乃親聘使者云自秦漢已來未曾通於中國上又問何以知朕臨朝對曰我國三年牛馬頭向東而卧水無巨浪海不揚波所以知中夏有華風乃陛下之聖德乃至珠還合浦劒去吴都虎負子而過江鳳呈祥而入境牛虎無計度分別珠劒本屬於無情豈能感德知恩抱强負弱全是人心之所變眞唯識義之所成如篤善則天堂現前習惡則火車盈側命富則珠珍溢藏業貧則茆土攢身但以宗鏡照之萬事難逃影響矣

宗鏡録卷第二十一

音釋

洄洑（洄戶恢切洑房六切洄洑旋流也）嵐（盧含切）楔（先結切木楔也）礫（郎擊切小石也）瘧（魚約切寒熱病也）狹（胡夾切隘也）鑊（胡郭切釜也）祛（去魚切開也）隴（力踵切大坂也）驃（毗召切）聘（匹正切問也）茆（莫交切與茅同）攢（徂官切聚也）

宗鏡録卷第二十二

宋慧日永明妙圓正修智覺禪師延壽集

夫真心無形妙體絶相云何有報化莊嚴等事答諸佛法身如真金相好似金莊嚴具以金作具體用全同從心現色性相無二如起信論問云若佛法身無有種種差别色相云何能現種種諸色答以法身是色實體故能現種種色謂從本已來色心無二以色本性即心自性説名智身以心本性即色自性説名法身依於法身一切如來所現色身徧一切處無有間斷十方菩薩隨所堪任隨所願樂見無量受用身無量莊嚴土各各差别不相障礙無有斷絶此所現色身一切衆生心意識不能思量以是真如自在甚深用故故知所現一切依正二報供具莊嚴等無邊佛事皆從一心而起如華嚴經云以從波羅蜜所生一切寶蓋於一切佛境界清淨解所生一切華帳無生法忍所生一切衣入金剛法無礙心所生一切鈴網解一切法如幻心所生一切堅固香周徧一切佛境界如來座心所生一切佛衆寶妙座供養佛不懈心所生一切寶幢解諸法如夢歡喜心所生佛所住一切寶宫殿無著善根無生善根所生一切寶蓮華雲一切堅固香雲一切無邊色華雲一切種種色妙衣雲一切無邊清淨栴檀香雲一切妙莊嚴寶蓋雲一切燒香雲一切妙鬘雲一切清淨莊嚴具雲皆徧法界出過諸天供養之具供養於佛其諸菩薩一一身各出不可説百千億那由他菩薩皆充滿法界虚空界其心等於三世諸佛以從無顛倒法

所起解深密經云爾時曼殊室利白佛言世尊如來成等正覺轉正法輪入大涅槃如是三種當知何相佛告曼殊室利善男子當知此三皆無二相謂非成等正覺非不成等正覺非轉正法輪非不轉正法輪非入大涅槃非不入大涅槃何以故如來法身究竟淨故如來化身常示現故釋曰非成等正覺者以法身究竟淨故離常見故入第一義諦故非衆生見聞故非不成等正覺者以化身常示現故離斷見故約世俗諦故隨機熟有情心現故然法報雖分眞化一際又法身普徧有二一隨相各別徧以法身徧在一切大小相中不壞相故二圓融總攝徧以法身無相能融一切有相總攝歸一體故色身即體之用徧智身修成如體之徧遂則十身布影散分十剎之中一體分光不動一塵之內色身如日之影隨現世間智身似日之光照臨法界又佛身諸根一一相好皆徧法界以諸根體同故若眼爲門諸根相好及佛剎土莫不皆是一眼中現如經云衆生身中有如來眼如來耳等以佛法身共衆生性無別體故皆從無性而起起不違眞因法界而生生不礙事所以一切諸佛於一切世界皆是得菩提處若以眞身則稱性徧周若以應身則隨機普現所以天親云廣略相入者諸佛有二種身一法性法身二方便法身由法性法身故生方便法身由方便法身故顯出法性法身此二種身異而不可分一而不可同是故廣略相入法身無相故則能無不相是故相好莊嚴即是法身也法身無知故則能無不知是

故一切種智卽是眞實智慧故華嚴論云法身相好一際無差曉公起信論疏序云原夫大乘之爲本也蕭焉寂滅湛爾沖玄玄之又玄豈出萬像之表寂之又寂猶在百家之談非象表也五目不能覩其容在言裏也四辯莫能談其狀此明眞體與一切法非一非異華嚴經疏序云冥眞體於萬化之域顯德相於重玄之門記釋云此明無礙則與諸法非一異矣如肇公云道遠乎哉觸事而眞亦體卽萬化矣故云冥眞體於萬化之域顯德相於重玄之門者明相不礙體也重玄卽是理體明德相只在體上若離體有相相非玄妙勝德之相名爲德相言重玄者借老子之言老子云玄之又玄衆妙之門彼以有名無名同謂之玄河上公云玄者天也天中復有天莊子云天卽自然則自然亦自然也依此而生萬物故云衆妙之門今宗鏡中亦復如是無法不收無德不備可謂心之至妙幽玄矣清涼記引華嚴經頌云佛以法爲身清淨如虛空問云佛身既如虛空何緣現於金色等云何令人悟於虛空答有三意一體雖無相爲物現相物宜見故隨他意耳二若不現相云何令人悟於無相如不因言豈顯無言之理三如虛空言取其清淨無相非離相求相卽無相不乖空故經頌云佛住甚深眞法性寂滅無相同虛空而於第一實義中示現種種所行事此一偈總收前三意肇論云用卽寂寂卽用用寂體一同出而異名更無無用之寂主於用也寂用元是一體同從理出而有異名也非謂離用之外別有一寂爲用之

主也故云般若之體非有非無虛不失照照不失虛故曰不動等覺而建立諸法如鏡鑒像虛不失照似日遊空照不失虛又不動等覺建立諸法則寂而常用不壞緣生而觀實相則用而常寂斯乃千差萬用別相異名俱同出一眞心體矣所以又云經稱聖人無爲而無所不爲無爲故雖動而寂無所不爲故雖寂而動雖寂而動故物莫能一雖動而寂故物莫能二物莫能二故逾動逾寂物莫能一故逾寂逾動法性如是動寂難量焉能一其寂而二其動哉故名不能名相不能相矣又云所以聖人戢玄機於未兆藏冥運於既化總六合以鏡心一去來以成體古今通始終同窮本極末莫之與二浩然大均乃曰涅槃所以聖人玄機預察於未來鋒芒未兆之事冥運過去已變化之緣則心鏡能照萬事十方三世無有遺餘今古去來始終本末莫不同一心無二之體是以入佛境界經云如來如實知本際中際後際如彼法本際不生未來際不去現在際不住如實知彼法足跡如一法一切法亦如是如一切法一法亦如是文殊師利而一多不可得故知生佛同一莊嚴同一慈心同一悲體如諸法無行經云文殊師利言一切衆生皆成就大悲名不動相文殊師利云何是事名不動相世尊一切衆生無起無作相皆入如來平等法中不出大悲之性以惱悲無分別故是故一切衆生皆成就大悲名不動相故知萬法不動悲惱何分一眞匪移垢淨誰別然雖現莊嚴皆如海印如古德云謂香海澄渟湛然不動四天

下中色身形像皆於其中而有印文如印印物亦猶澄波萬頃晴天無雲列宿星月炳然齊現無來無去非有非無不一不異如來智海識浪不生澄停清淨至明至靜無心頓現一切衆生心念根欲心念根欲並在智中如海含像故經頌云如海普現衆生身以此說名爲大海菩提普印諸心行是故正覺名無量非唯智現物心亦依此智頓現萬形普應諸類賢首品頌云或現童男童女形天龍及與阿脩羅乃至摩睺羅伽等隨其所樂悉令見衆生形相各不同行業音聲亦無量如是一切皆能現海印三昧威神力以此海印三昧之力頓現一切爲衆生不知故佛方便力垂諸教迹是以昔人云佛與由生迷實說法示於眞實不動眞際建立諸法則性不可壞

不壞假名而說實相則相不可壞斯則天魔外道等皆法印故無能壞且五逆四魔尚法界印況無漏淨智一眞相好而能障實相之妙旨耶故華嚴經頌云清淨慈門剎塵數共生如來一妙相一一諸相莫不然是故見者無猒足法華經偈云深達罪福相徧照於十方微妙淨法身具相三十二則法身爲一切法之印無有一法出此印文合教云如無行經云五逆即菩提菩提即五逆逆與菩提不出心性故無二相體既不二故不可壞以逆本來無自性故苦即實相陰死二魔即法界印煩惱即實相煩惱魔即法界印業即實相天魔即法界印魔既即印印豈壞印大論云有菩薩教人修空斷一切念後時纔起一念有心便爲魔動即便憶念本所修空魔爲之

滅修空尚爾況復觀之即法界印是知心有即縛心無即解若了於心何縛何解○問心無自性生滅無恒體用俱空如何起行答雖自體常空不壞緣生之因果而無有作者寧亡善惡之業門故心王論云觀心空王玄妙難測無形無相有大神力能滅千災成就萬德本性雖空能施法則觀之無形呼之有聲爲大法將持戒傳經水中鹹味色裏膠青決定是有不見其形心王亦爾身內居停面門出入應物隨情自在無礙所作皆成清涼疏釋經云法界如幻者即體從緣一切法如實際即事而寂世人皆謂實際不變而謂諸法無常理實圓融世間之相即是常住然古德以七喻展轉釋疑一疑云世間幻火不成燒用佛現益物豈同幻耶釋云如影亦有應質陰覆等義豈是實耶然諸法喻各有三義一緣成義二無實義三有用義意取無實故不著也二疑云若佛如影菩薩何以起行往求因既不虛果寧非實釋云如夢夢亦三義無體現實與覺爲緣謂有夢走而驚覺故菩薩行亦爾證理故空無明未盡故似實能與佛果爲緣勤勇不已豁然覺悟如夢渡河三疑云若菩薩行如夢何以經說此是菩薩行此是二乘行釋云如響緣成無本稱聲大小聖教亦爾機感無本隨機異聞四疑云果行可然世間未悟此應是實釋云如化心業神力所持無實有用五疑云若皆如化何有差別之身釋云如幻六疑云身者如幻何有報類不同釋云如心以心無形如幻故雖如幻不定無有自性然隨緣現能成衆善如大寶積

經云菩薩摩訶薩復作是念此緣起法因果不壞雖復是心法性無有自性無有作用無有主宰然此諸法依止因緣而得生起我當隨其所欲積集善根既積集已修相應行終不捨離是心法性後次舍利子菩薩摩訶薩云何此中積集之相舍利子是諸菩薩摩訶薩作如是觀積集之相是心本性猶如幻化無有一法而可施者是心法性而能布施一切衆生迴向積集莊嚴佛土是則名爲善根積集又舍利子是心本性如夢所見其相寂靜是心法性而能積集守護尸羅皆爲迴向神通作用是則名爲善根積集又舍利子是心本性猶如陽焰究竟滅盡是心法性而能修習一切可樂忍辱之力迴向積習莊嚴善提是則名爲善根積習又舍利子心本性者如水中月究竟遠離積習之相是心法性而能發起一切正勤迴向成熟無量佛法是則名爲善根積習又舍利子心本性者不可取得不可覩見是心法性而能修習一切靜慮解脱三摩地三摩鉢底迴向諸佛勝三摩地是則名爲善根積習又舍利子觀此心性本非色相無見無對不可了知是心法性而能修習一切慧句差別説智迴向圓滿諸佛智慧是則名爲善根積習又舍利子心無所緣無生無起是心法性而能建立無量善法攝受色相如是名爲善根積習又舍利子心無所因亦無所生是心法性而能攝受覺分法因是則名爲善根積習又舍利子心性遠離六種境界亦不生起是心法性而能引發菩提境界因所生心是則名爲善根積習舍利

子如是名爲菩薩摩訶薩依般若波羅蜜多故於一切心隨心觀察修習念住復次舍利子是菩薩摩訶薩又依般若波羅蜜多故於一切住隨心觀爲求證得勝神通故繫縛其心修學通智得神通已但以一心而能善知一切心相既了知已依心自體宣說諸法又云化樂天王白佛言世尊彼實際者徧一切處無有一法而非實際世尊謂菩提者亦是實際世尊何者是菩提一切法是菩提離自性故乃至五無間業亦是菩提何以故菩提無自性五無間業亦無自性是故無間業亦是菩提是以了心本性自體無生從無生中建立諸法觀無性之心說無性之教隨淨緣而無性成佛隨染緣而無性爲凡不見纖塵暫出性空之理未有一念能違平等之門所以大般若經偈云有法不成有法無法不成無法有法不成無法無法不成有法釋曰有不成有無不成無者以一體故無能成所成有不成無無不成有者自既不成焉能成他故知各無自體互不成就大集經云一切諸法究竟無生一切諸法無性無生無起無出是以緣不生因因不生緣自性不生自性他性不生他性自性不生他性他性不生自性是故說一切諸法自性無生勝思惟梵天所問經云爾時普華菩薩語舍利弗汝入滅盡定能聽法耶答言善男子入滅盡定無有二行而能聽法也大德舍利弗汝信諸法皆是自性滅盡不答言如是諸法皆是自性滅盡之相我信是說普華曰若如是者則舍利弗常一切時不能聽法何以故以一切諸法常

是自性滅盡相是以諸法本空但是緣起緣會則似有緣散則似無有無唯是因緣萬法本無生滅如真金隨工匠而器成即金體不變似虚谷任因緣而響發與法性無違如有頌云如人掘路土私人造爲像愚人謂像生智者言路土後時官欲行還將像塡路像本無生滅路亦非新故是知但是一土生滅唯是因緣例如一心萬法更無前後何者掘路成像時土亦不滅壞像塡路時土亦不增以不失本土故如成佛時心亦不增爲凡時心亦不減以心隨緣時不失自性故又像生但是緣生像滅唯從緣滅像無自體故如成佛但是淨緣生爲凡亦是染緣起凡聖本無生故是知萬法從緣皆無自性本未曾生今亦無滅如文殊師利觀幻頌云此會衆善事從

本未曾爲一切法亦然悉等於前際所以正作時無作以無作者故當爲時不爲以無自性故任從萬法縱横常等未生之際假使群生出没不離無性之宗又昔有龐居士命女靈照曰吾當先逝汝可後來專候日中可蜕斯殼靈照曰午即午矣有蝕陽精居士怪之自臨牕下其靈照忽爾廻登父座俄爾坐亡居士笑云甚爲鋒捷空華落影陽焰翻波吾道於先吾行於後遂往于相公爲喪主告于公曰但願空諸所有慎勿實諸所無言訖而逝斯亦不墮有無之見妙得無生之旨矣○問菩提即自身心者云何教中說菩提者不可以身心得答夫言菩提之道即心者乃是自性清淨心湛然不動蓋是正覺無相之真智其道虚玄妙絶常境聽者無以容其聽智

者無以運其知辯者無以措其言像者無以狀其儀以迷人不了執色陰爲自身認能知爲自心故經云身如草木無所覺知心如幻化虛妄不實所以除其執取之心故云菩提者不可身心得也菩提非是觸塵不可以身得菩提非是法塵不可以心得若就了人即達陰身本空妄心無相以本空故法身常現以無相故真心不虧如此發明五陰即菩提離是無菩提不可以菩提而求菩提不可以菩提而得菩提文殊云我不求菩提何以故菩提即我我即菩提故維摩經云不觀是菩提離諸緣故菩提非所觀之境則無能緣之心所觀境空即實相菩提能緣心寂即自性菩提大般若經云龍吉祥言頗有能證菩提者不妙吉祥曰亦有能證龍吉祥言誰爲證者妙吉祥曰若無名姓施設語言彼爲能證龍吉祥言彼既如是云何能證妙吉祥曰彼心無生不念菩提及菩提座亦不慇念一切有情以無表心無見心等能證無上正等菩提龍吉祥言若爾尊者以何心等當得菩提妙吉祥曰我無所趣亦非能趣都無所學非我當來詣菩提樹坐金剛座證大菩提轉妙法輪拔濟生死所以者何諸法無動不可破壞不可攝受畢竟空寂我以如是非趣心等當得菩提龍吉祥言尊者所説皆依勝義令諸有情信解是法解脫煩惱若諸有性煩惱解脫便能畢竟破魔罥網妙吉祥曰魔之罥網不可破壞所以者何魔者不異菩提增語何以故魔及魔軍性俱非有都不可得是故我説魔者不異菩提增語龍吉祥言菩提何

謂妙吉祥曰言菩提者徧諸時處一切法中譬如虛空都無障礙於時處法無所不在菩提亦爾無障礙故徧在一切時處法中如是菩提最爲無上仁今欲證何等菩提龍吉祥言欲證無上妙吉祥曰汝今應知無上菩提非可證法汝欲證者便行戲論何以故無上菩提離相寂滅仁今欲取成戲論故譬如有人作如是說我令幻士坐菩提座證幻無上正等菩提如是所言極成戲論以諸幻士尚不可得豈令能證幻大菩提幻於幻法非合非散無取無捨自性俱空諸佛世尊說一切法不可分別皆如幻事汝今欲證無上菩提豈不便成分別幻法然一切法皆不可取亦不可捨無成無壞非法於法能有造作及有滅壞無法於法能有和合及有別離所以者何以一切法非合非散自性皆空離我我所等虛空界無說無示無讚無毀無高無下無損無益不可想像不可戲論本性虛寂皆畢竟空如幻如夢無對無比寧可於彼起分別心龍吉祥言善哉尊者我今由此定得菩提何以故由尊者爲我說深法故妙吉祥曰吾於今者未曾爲汝有所宣說若顯若密若深若淺云何令汝能得菩提所以者何諸法自性皆不可說汝謂我說甚深法者爲行戲論然我實非能說者諸法自性亦不可說如有人言我能辯說幻士識相謂諸幻士識有如是如是差別彼由此說害自實言所以者何夫幻士者尚非所識況有識相汝今謂我說甚深法令汝證得無上菩提亦復如是以一切法皆如幻事畢竟性空尚不可知況有宣

說是以一切衆生之性即是無相平等菩提於自性中云何有能證所證之差別乎如般若經云覺法自性離諸分別爲菩提故又經云諸所有行皆有所是無所是是菩提何者若有所是即立所證之境便有能證之心能所盡處名爲大覺大覺之義唯悟自心如大毗盧遮那成佛經云爾時金剛手菩薩復白佛言世尊誰尋求一切智誰爲菩提成正覺者誰發起一切智智佛言祕密主自心尋求菩提及一切智何以故本性清淨故心不在內不在外及兩中間心不可得故乃至欲識知菩提當如是識知自心莊嚴菩提心經云佛言菩提心者非有非造離於文字菩提即是心心即是衆生若能如是解是名菩薩修菩提心是則心外無菩提何所求耶菩提外無心何所得耶如華嚴經云知一切法無相是相相是無相無分別是分別分別是無分別非有是有有是非有無作是作作是無作非說是說說是非說不可思議知心與菩提等知菩提與心等心及菩提與衆生等又頌云雖盡未來際徧遊諸佛剎不求此妙法終不成菩提故知心法妙故當體即是若向外遠求則失眞道故云善財徧巡諸友不出婆羅之林慈氏受一生成佛之功不離一念無生性海所以淨名經云若彌勒得阿耨多羅三藐三菩提者一切衆生皆亦應得所以者何一切衆生即菩提相若彌勒滅度者一切衆生亦當滅度所以者何諸佛知一切衆生畢竟寂滅即涅槃相不復更滅故知已成不更成已滅不更滅爲未知者方便說成方便

說滅若執方便則失本宗如大莊嚴法門經云爾時文殊師利語金色女言如是五陰體性即是菩提體性菩提體性即是一切諸佛體性如汝身中五陰體性即是一切諸佛體性諸佛體性即是一切衆生五陰體性是故我說汝身即是菩提復次覺五陰者名覺菩提何以故非離五陰佛得菩提非離菩提佛覺五陰此方便知一切衆生悉同菩提菩提亦同一切衆生是故我說汝身即是菩提大寶積經云菩提者名心平等無所起故菩提者名衆生平等本無生故乃至菩提者性相如是若於此法有所願求徒自疲勞何以故如菩提性菩薩應行能如是行名爲正行思益經偈云菩薩不壞色發行菩提心知色即菩提是名行菩提如色菩提然等入於如相不壞諸法性是名行菩提不壞諸法性則爲菩提義是菩提義中亦無有菩提正行第一義是名行菩提瓔珞經云發心住者是人始從具縛未識三寶乃至值佛菩薩教法中起一念信便發菩提心既云始從凡夫最初發心明知此中發心該於初後問此既是初何得乃具後諸行位及普賢德耶古德釋此略有二門一行布次第門謂從微至著從淺至深次第相承以階彼岸二圓融通攝門謂一位即具一切位等如華嚴經所說亦如大品等中一行具一切行此中有二門一緣起相由門二法界融攝門前中普攬一切始終諸位無邊行海同一緣起爲普賢行德良以諸緣相望略有二義一約用由相待故有有力無力義是故得相收及相入也二約體由相

作故有有體無體義是故得相即及相是也又有二菩提一性淨二圓淨從縁起者即是圓淨圓淨復二一明縁起萬行爲縁故二明性起全是眞如性淨功德之所顯又縁起無性即性淨故如法華經偈云諸佛兩足尊知法常無性佛種從縁起是故說一乘義耳又有二義一約行布展轉義二約圓融展促無礙義如善財見仙人執手一一佛所經無量劫故知脩短難思特由於此如賢首菩薩云信大乘者猶爲易能信此法倍更難以初心即具一切德故難信也又設於夢中驚懼怖令發菩提心尚得稱爲大菩薩摩訶薩何況正信之發開發之發如大涅槃經如來性品云迦葉菩薩白佛言世尊云何未發菩提心者得菩提因佛告迦葉若有聞是大涅槃經言我不用發菩提心誹謗正法是人即於夢中見羅刹像心中怖懼羅刹語言咄善男子汝今若不發菩提心當斷汝命是人惶怖寤已即發菩提之心是人命終若在三惡趣及在人天續復憶念菩提之心當知是人是大菩薩摩訶薩也○問經云佛言學我法者唯證乃知今言菩提者不可以身心得無修無證則初發菩提心人如何趣向答若能信悟菩提無相不可取無性不可修如是明達即是眞證如大樹緊那羅王所問經云菩薩已得應更作如是思惟是中何者是我誰爲我所法誰能得成諸佛菩提爲身得耶爲心得耶乃至如是觀時分明了了見是身相不得菩提亦知是心不得菩提何以故諸法無有以色證色以心證心故然彼於言說中知一

切法雖無色無形無相無漏無可覩見無有證知亦非無證何以故以一切諸如來身無有漏故又諸如來身無漏故心亦無漏又諸如來心無漏故色亦無漏若能如是知無所發能發此心若入宗鏡中是名眞發既能發心便又爲他開示則諸聖同讚功德無涯如經偈云發心畢竟二不别如是二心先心難雖自未度先度他是故我禮初發心

宗鏡録卷第二十二

音釋

蛻（舒芮切解皮也）㲉（苦角切正作殻）蝕（乘力切虧也）捷（疾葉切敏疾也）罥（古泫切罥也）攬（盧感切總攬也）寤（五故切寐覺也）

宗鏡録卷第二十三

宋慧日永明妙圓正修智覺禪師延壽集

夫菩提之道不可圖度約一期方便寧無指示如何是菩提之相答若約究竟菩提體常冥寂如淨名經云寂滅是菩提離諸相故若以無相之相於方便門中不無顯示令初發菩提心人分明無惑故如先德云謂寂照無二爲菩提相猶如明鏡無心爲體鑒照爲用合爲其相亦即禪宗即體之用自知即用之體恒寂知寂不二爲心之相又云理智相攝以離理無智離智無理如珠之明故以珠是體明是用用不離體體不離用明不離珠珠不離明故○問有念即衆生無念即佛云何言凡聖一等答衆生雖起念不覺念本無念與佛無念等妄墮有念中佛得無念知念本無衆生雖現在念中佛知念即無念斯則佛無念與衆生無念義同又以衆生不知念空於念成事似有差別若實了念空則於苦樂境不生執受何者以境從念生心空則境何有既無有境相縛自除能所俱空誰生取著既不取著生死自無如圓覺經云知是空華即無流轉亦無身心受彼生死○問即心成佛之宗曹谿正意見性達道之旨靈鷲本懷如今信不及人謂不現證古今悟者請垂指南答若親見無一人而非佛若不信無一佛而非人迷則常作佛之衆生悟則現證衆生之佛人佛不異妄見成差迷悟雖殊本性恒一如過去有佛號住無住發願使已國衆生同日同時成佛即日同滅度又賢劫前有佛號平等亦願已國及十方衆生亦同日成佛

即日滅度如寶積經云是時妙慧童女重白目連以我如是真實言故於未來世當得成佛亦如今日釋迦如來乃至若我此言非虚妄者令斯大衆身皆金色說是語已衆皆金色又思益經云思益菩薩放右掌寶光一切四衆皆如佛相下方四菩薩踊出欲禮世尊乃發願言今此衆會其色無異當知一切法亦復如是此語不虚願釋迦如來現異相令我禮敬即時釋迦如來踊起七多羅樹坐師子座又最勝王經云佛言修菩提行者於諸聖境體非一異不捨於俗不離於真依於法界行菩提行時善女天白佛言世尊如上所說菩提正行我今當學時梵天王問曰此菩提行難可修行汝今云何於菩提行而得自在善女天曰我今依於此法得安樂住是實語者願令一切五濁惡世無量無數無邊衆生皆得金色三十二相非男非女坐寶蓮華受無量樂乃至說是語已一切五濁惡世所有衆生皆悉金色具大人相非男非女坐寶蓮華受無量樂猶如他化自在天宫釋曰於諸聖境體非一異者即是不捨於俗是不一不離於真是不異若一即壞真俗若異即成斷常不斷不常即是依於法界非真非俗乃曰修習菩提故云我依此法得安樂住所以善女天悟五濁質成真金之色閻浮提迷大人相成惡業之身是知若智照之即世法而成佛法若以情執之即佛法而成世法一心實不動二見自成差同共一法中别成凡聖解若了非男非女之體現具三十二相坐寶蓮華若執是男是女之形常繫二十五有沉

無明海故知信力所及發眞實言可驗現證法門頓明心佛矣○問此猶敘古引文如何是即今之佛答如今一念纔起了不可得無有處所是過去佛過去不有未來亦空是未來佛即今念念不住是現在佛但一念起時莫執莫斷不取不捨則三際無蹤一念圓具十法界非因非果而因而果之法若能如是一念而達者則念念相應念念成佛凡聖悉等今古皆齊故云了了識心惺惺見佛是佛是心是心是佛念念佛心心心念佛欲得早成戒心自律淨戒律心淨心即佛除此心王更無別佛欲求萬法莫染一物心性雖空含眞體實入此法門端坐成佛如是則十方諸佛同一法身若欲念外施功心外求佛便落他境無有得時遂即前後情生凡聖緣起徒經時劫枉用功夫所以華嚴論云不如一念緣起無生超彼三乘權學等見○問一念成佛已入信門如何得目前了了分明而見答目前無物是眞見佛如文殊師利巡行經以經中說文殊徧巡五百比丘房皆見寂定因以爲名最後難舍利弗以顯甚深般若問舍利弗言我時見汝獨處一房結加趺坐折伏其身汝爲當坐禪耶不耶答云坐難云爲當欲令未斷者斷故坐禪耶等因此廣顯性空無得之理意五百比丘從座而起於世尊前高聲唱言從今已去更不復見文殊身不復聞其名字如是方處速應捨離所有文殊一切住處亦莫趣向所以者何文殊煩惱解脫一相說故等舍利弗令文殊爲決了文殊言實無文殊而可得故若實無文殊可得者彼

亦不可見等廣爲説法四百比丘漏盡得果一百比丘更謗陷入地獄後還得道廣如彼説所以無見是眞見無聞是眞聞不見不聞文殊是眞見眞聞文殊矣若不信此説雖起謗而陷獄以曾聞故終熏種而得道何况聞而信耶則成道不隔於一念故知宗鏡見聞無不獲益矣所以寶積經云無畏女言大迦葉諸法永無不可示現是故大迦葉一切法皆無若法本無云何可見彼清淨法界大迦葉若欲見清淨如來彼善男子善女人應善淨自心時大迦葉語無畏言云何善淨自心女言大迦葉如自身眞如及一切法眞如若信彼者不作不失如是見自心清淨故迦葉問言自心以何爲體女言空爲體若證彼空信自身故即信眞如空以一切法性寂靜故

又云如來者即虛空界是故虛空即是如來此中無一物可分別者華手經云一切法如即是如來如來即是一切法如是故世尊無所住處是如來義又報化如影空無去來心淨佛現則云佛來佛亦不來心垢不現即云佛去佛亦不去斯即來而非來去而非去佛既無來去心亦不生滅如是解者可見眞佛矣故金剛經云若人言如來若來若去若坐若卧是人不解我所説義如來者無所從來亦無所去故名如來則知若人若法俱不出一如之道如是通達六根所對無非見自性如如佛矣此以不見爲眞見見實爲眞佛肇法師云佛者何也蓋窮理盡性大覺之稱也生法師云以見實爲佛如是則亦名眞見道亦名眞供養○問如何是眞供養答契如理

之心無見佛之想了自法身是眞供養寶積經云眞供養者無佛想無能見佛何況供養若供養佛當供養自身○問自身如何供養答若捨己狥塵是名違背能廻光反照隨順眞如境智冥合是眞供養故維摩經云無前無後一時供養此是運無捨無得之意起一際平等之心則徧十方供養一切如來盡法界含靈一時受潤如是之供施莫大焉所以寶雨經云如理思惟即是供養一切如來○問云何如理思惟答但一切不思惟是眞思惟以頓悟一心無法可思量故是以十方諸佛證心成道故稱如理若了自心能順佛旨即是供養一切如來若不依此如理悟心則隨事施爲心外見佛設經多劫皆不成眞實供養爲背諸佛指授故如華嚴經頌云設於念念中供養無量佛未知眞實法不名爲供養云何眞實法所謂了心眞如無生之旨故是以思益經問云誰能供養佛佛言能通達無生際者文殊般若經云佛問文殊汝云何供養佛答言世尊若幻人心數滅我則供養佛台教云供養佛者只是隨順佛語令順佛教修三觀心即是供養佛爲破五住得解脱故即供養法三諦理和即供養僧又衆行心資觀智心即供養佛觀智心開發境界即供養法境智心和即供養僧此是眞實供養亦名法供養如義海云謂以無生心中施一切珍寶乃至微塵皆能攝於法界即以此法界塵而作供養此供養乃至徧通三世一切諸如來前無不顯現彼諸如來無不攝受何以故由塵即法界是理與佛法界相應是故徧

至一切名廣大供養無空過者何謂無空過以心通即法通法徧即心徧一切處無非見理故悉皆通達則是一一承事無空過者亦不礙香華等種種供養以内外唯心故破執顯宗故有是說又若於正觀心中不唯供養乃至行道禮拜一切施爲皆須就已方得其力如三藏勒那云正觀修誠禮者此明自禮自身佛不縁他境他身佛何以故一切衆生自有佛性平等本覺隨順法界縁起熾然但爲迷故唯敬他身已身佛性妄認爲惡若能反照本覺則解脱有期經云不觀佛不觀法不觀僧以見自身他身平等正法性故如渉遠道要藉自身欲見佛性要觀已佛體同無二是名正觀禮○問若心外無相相外無心如是圓通名眞供養者云何教中說供養諸佛得福無量答如前已說諦了一心理事無礙云何堅執疑境疑心故維摩經云各見世尊在其前法華經偈云乾闥緊那羅各供養其佛牛頭初祖釋云如觀貪即見貪性貪即是衆生悟貪性智即是佛貪衆生自見佛在其前一切例爾又各供養其佛者即是於一一法門各自發明如理思惟即是各供養佛設爾事法香華供養者經云十方諸佛機宜感出既隨感現何離自心如靈山四衆八部各隨根力心念見佛不同如龍見是大龍王鬼見是大鬼王等則心外無法之詮有文有理空外執色之見無理無文設有惡慧邪見之人抱疑不信之者擬陳狂解强欲破之似將一蚊㭰擬吸大海之水如以十指爪欲壞妙高之山我此圓頓之詮眞如之理如刀斷

水似風吹光徒自勞神反招深咎○問如上剖析義理雖明猶是因他方便强說云何得如今親自現證得見自心之佛答當自審問○問如何審問答還就人覓豈有歇時欲絶纖疑應須親到問豈無他助之力發自智照之心答無正無助非自非他若以智求智則成解解背圓宗若起照心照則立境隨照失旨皆是影事不契斯宗若了眞心自然無心合道合道則言語道斷無心則境智俱閑如龐居士偈云須彌頽五嶽崩大海竭十方空乾坤尚納毛頭裏日月猶潛毫相中此是西國那提子示疾不起現神通妙德啓口問不二忘言入理顯眞宗○問如上所說即心成佛之旨事已皎然只如禪宗從上先德云如今須知十方諸佛出身處空知有佛不得成佛如何是諸佛出身處答石牛生象子木女孕嬰兒諸佛從中出最初成道時○問既衆生已成理事圓備則諸佛何以出世更化衆生答衆生不如是知所以須化故經云俱同一性所謂無性大悲相續救度衆生隨門不同種種有異約成佛門一切成也同一無性故得現成安性本虛生元是佛眞性叵得非今始成故皆成也物物無性故成種智證斯同體而起大悲一得永常故云相續只由不知無性故教化不絶雖現報化法體不遷如隨色之摩尼衆相現而本體不動似應聲之虛谷群響發而起處無心不著自他豈見衆生之相本非出没常冥大覺之原華嚴經云佛身無有生而能示出生法性如虛空諸佛於中住又頌云無體無住處亦無生可得無

相亦無形所現皆如影思益經云大迦葉言善男子幻所化人離於自相無異無別無所志願汝亦如是耶若如是者汝云何能利益無量衆生網明言阿耨多羅三藐三菩提性即是一切衆生性一切衆生性即是幻性幻性即是一切法性於是法中我不見有利不見無利又云網明菩薩白佛言世尊若有菩薩希望功德利而發菩提心者不名發大乘也所以者何一切法無功德利以無有對處故若有衆生可度而求功德之利斯則心外見法全不識心何名發大乘心也以絶待心無對處故如楞伽經云佛語外道言若能了達有無等法一切皆是自心所見不生分别不取外境於自處住自處住者是不起義不起於何不起分别此是我法非汝有也我法

者即衆生心也以不知不信故自成踈外有亦同無所以祖師西來只爲直示衆生令自知有頓入凡聖平等眞原如勝天王般若經云菩薩摩訶薩行般若波羅蜜得心微細作是思惟世間熾然大火之聚所謂貪欲火瞋恚烟愚癡闇云何當令一切衆生皆得出離若能通達諸法平等名爲出離如實知法猶如幻相善觀因緣而不分别是以若欲捨劣就勝猒異忻同欲令凡聖一倫垢淨平等者無有是處但明宗鏡萬法自齊即究竟出離三界火宅義亦是與諸子同住祕蜜藏義如云若夫以齊而齊不齊者未齊矣以齊而齊於齊者未齊焉余聞善齊天下者以不齊而齊天下者也何須夷嶽實淵然後方平續鳧截鶴於焉始等故知但了法法皆如自然平

等則青松緑蕙不見短長鵬鷃蜎飛自忘大小如肇論云是以經云諸法不異者豈曰續鳧截鶴夷嶽盈壑然後無異哉誠以不異於異故雖異而不異耳乃至經云般若與諸法亦不一相亦不異相信矣莊子南華經云長者不爲有餘短者不爲不足故鳧脛雖短續之則憂鶴脛雖長斷之則悲故性長非所斷性短非所續以明境智雖異而同不待同而後同也若能如上了達同異二門或諸佛出世不出世衆生可度不可度乃至有無高下皆絶疑矣若執同則滯寂若執異則兩分迷此同異二門皆智不自在金剛辯宗云以有鏡故男女之像於中現以有法身故而能處處應現往只緣鏡中本無像所以能現男女像佛身本無身所以能現一切身衆生機感無緣之慈任運能應若定有身即爲所礙肇論云佛非天非人而能天能人耳故一切菩薩皆以無所得爲方便能入無量無邊塵勞幻網以心外無法故方成無所得慧若心外有一毫所得云何成無緣之慈同體之化以宗鏡明故能廣照世間觀生也如石女之懷兒觀住也若陽焰之翻浪觀異也同浮雲之萬變觀死也猶狂華之謝空是以深達無生知皆無我空生空滅幻墜幻昇愍彼愚迷盲無慧目遂乃發無能作之智照開無所捨之檀門秉自性空之戒心具無所起之精進圓無所傷之法忍修無所住之禪門了無身而相好莊嚴達無説而縱横辯説遊戲性空之世界建立水月之道場陳列如幻之供門供養影響之善逝徧習空華之萬行施爲谷響

之度門降伏鏡像之魔軍大作夢中之佛事廣度如化之含識同證寂滅之菩提○問絶待眞心本無名相云何成佛又作異生若云隨順世法立此假名又因何法而得成立答實際理中本無凡聖何得以一切衆生迷無性理以無性故不覺起妄於眞空中妄立名相故名爲凡了名相空復稱爲聖凡聖之號因五法成猶如幻化名相非眞且如幻以術成形因業有術業俱假形幻同空但有迷悟之名本無凡聖之體五法者瑜伽論云一名二相三妄想四正智五眞如古釋云名相妄想三法成凡正智眞如成聖名相妄想者是凡夫法名相二法是凡夫境妄想一法是凡夫六識迷事緣境而起故名妄想經偈云不了心及緣則生二妄想正智眞如者是聖人法正智是聖人對治金剛緣修無漏斷惑智亦名能覺智眞如是聖人心中所證之理眞如是體正智是用異者未曾異同者未曾同同者是眞如異者是正智正智常用故障生滅眞如常體故無生滅體用無礙法界不思議眞實義也又凡夫心惑不達名相空故妄計爲有迷有不空名之爲妄從妄起心名之爲想正智者覺知名相本來空寂以知空故妄想自息息妄歸眞顯理分明正智現前不立名相故名正智經偈云了心及境界妄想不復生眞如者即此正智心性眞故即名眞知故知但是一法無中執有成凡達有本空成聖不唯五法乃至恒沙義出無邊理恒一道此唯心之道即是如來行處步步履法空故亦是摩訶衍處念念無所得故如持世經

云佛言諸善男子是故我説一切法是如來行處如來行處是無行處何以故一切法行處是中無法可行是故説無行處文殊悔過經云文殊師利言吾往古時希望諸法求空處所遊於閑居限節知足少欲爲得不能識知一切法空心無所著爾乃可謂静處宴坐住於法界釋曰若了人法二空見眞唯識性即常在三昧住眞法界矣○問云何説入此宗鏡一念相應見道速疾超過劫量答實有斯理世況可知若不直下頓悟自心功德圓滿即於心外妄求徒經劫數若能内照如船遇便風一念圓成所作無滯如大涅槃經云譬如有人在大海中乘船欲渡若得順風須臾之間則能得過無量由旬若不得者雖復久住經無量歲不離本處有時船壞没水而死衆生如是在於愚癡生死大海乘諸行船若得值遇大般涅槃猛利之風則能疾到無上道岸若不值遇當久流轉無量生死或時破壞墮於地獄畜生餓鬼故知不遇宗鏡之風有爲行船終不能速度生死之波直至涅槃之岸有茲大利廣集無勞唯囑後賢轉相傳授如法句經云善知識者有大功德能令汝等於貪欲瞋恚愚癡邪見五欲五蓋衆塵勞中建立佛法不起一心得大功德譬如有人持堅牢船渡於大海不動身心而到彼岸故知入宗鏡中即凡即聖可謂不斷煩惱而入涅槃不斷五欲而淨諸根矣所以華嚴論云十住初位以無作三昧自體應眞煩惱客塵本無體性唯眞體用無貪瞋癡任運即佛故一念相應一念佛一日相應一日佛此宗

鏡録中前後皆悉微細委曲一一直指示了見即便見不在意思纔信入時理行俱備終不更興惡行似有纖疑若不如然爭稱圓頓以了心外無境故則念念歸宗何有虛幻能惑所以寶藏論云一切如幻其幻不實知幻是幻守真抱一又如學人問大梅和尚師常言神性獨立學人不識乞師指示答阿誰教汝問問莫不問者便是不答若不是是阿誰能如是問問神性非是聲色師所示問者是神性學人只識得聲色不識真性乞師指示如何得識答譬如大寶藏衆寶皆具足上福德人見直捉得明月寶珠薄福德者只見銅鐵之類非是藏中無寶亦非主藏者不與我如今向汝道性不是聲色汝只見聲色我亦無過汝知麽此神性火不能燒水不能溺須臾能到千里萬里山河石壁不能礙汝如今揚眉動目彈指謦咳口喃喃問答總是此性喚作大道常在目前雖在目前難覩汝若疑惑不信受破法墮惡道若是上根者聞言下便會更不作諸惡喚作一受不退常寂然中根者親近善知識近於智者數數聞說不久還會若是下根千徧萬徧與說元來不會雖然記得少許如破布裹明珠出門還漏却汝知麽佛道不遠迴心即是若悟則剎那不悟恒沙劫○問比一心宗成佛之道還假歷地位修證不答此無住真心實不可修不可證不可得何以故非取果故不可證非著法故不可得非作法故不可修以本淨非瑩法爾天成若論地位即在世諦行門亦不失理以無位中論其地位不可起決定有無之執經

明十地差别如空中鳥跡若圓融門寂滅員如有何次第若行布門對治習氣昇進非無又染淨階位皆依世俗名字分别則似分階降不壞一心譬如衆生位如土器菩薩位如銀器諸佛位如金器土銀金等三種器量雖殊然一一器中虛空徧滿平等無有差别虛空即喻一心法身平等之理諸器即況根器地位階降不同道本無差隨行有異夫論行解頓漸不同現行煩惱有淺深熏染習氣有厚薄不可一向各在當人業輕則易圓障深則難斷只如登八地菩薩親證無生法忍觀一切法如虛空性此猶是漸證無心至十地中尚有二愚入等覺位一分無明未盡猶如微塵尚須懺悔又若未自住三摩地中不信心外無法如患眼瞖者不信空中無華以分别智解心不亡但緣他境未住自地如首楞嚴經云十方如來及大菩薩於其自住三摩地中見與見緣并所想相如虛空華本無所有所云大菩薩者即八地已上若八地菩薩尚心外見淨土以智緣理不名自住若十地菩薩雖心外不見境猶有色心二習是以有頌云唯佛一人持淨戒其餘並名破戒者故知若入宗鏡究竟一乘門中方云持戒方云見道且知見有四一知而不見初地至九地二見而不知即十地三亦見亦知唯佛四不見不知地前異生等若得直下無心量出虛空之外又何用更歷階梯如未頓合無心一念有異者直須以佛知見治之然後五忍明其正修六即揀其叨濫則免墮增上慢究竟圓滿佛乘若入宗鏡中則爲普機菩薩乘不

思議乘依普門法一位一切位如善財一生具五位等皆是普法相収此普賢機乃見一切所見聞一切所聞即普眼境也普法相収者以心外無法故名爲普一切行位皆在心中豈不相収耶於行布門似分深淺又玄義格云圓教四十二位同一眞理就智論之遂分明晦太虛一也日行空中具有中旦圓教登住如船入海似日遊空智皆無作行亦無爲任運道風自然增進如止觀云入佛正宗免墮邪倒創發圓信之人須明十種觀法十種觀法者一觀不思議境二發眞正菩提心三巧安止觀四破諸法徧五善識通塞六三十七品調適七對治助開八善知位次九安忍强輭兩賊十順道法愛不生如是不濫方入圓乘且最初一念信解之心能成五品台教云若人宿植深厚或值善知識或從經卷圓聞妙理謂一法一切法一切法一法非一非一切不可思議起圓信解信一心中具十法界如一微塵有大千經卷欲聞此心而修圓行圓行者一行一切行略言爲十謂識一念心平等具足不可思議傷已昏沉慈及一切又知此心常寂常照用寂照心破一切法即空即假即中又識一心諸心若通若塞能於此心具足道品得菩提路又解此心正助之法又識已心及凡聖心又安心不動不墮不退不散雖識一心無量功德不生染著十心成就舉要言之其心念念悉與諸波羅蜜相應是名圓教初隨喜品從此具修十法得入圓教初發心住分眞即中初阿後茶發心畢竟二不別以行位念三不退故台教接人

止住於此邇後直至十行十迴向十地等妙二覺位所有智斷昇進任運無功念念圓滿無上菩提又廣釋不可思議境者如華嚴經頌云心如工畫師造種種五陰一切世間中莫不從心造種種五陰者十法界五陰也法界者有三義十數是能依法界是所依能所合稱故言十法界又此十法各各因各各果不相混濫故言十法界又此十法一一當體皆是法界故言十法界十法界通稱陰入界其實不同三塗是有漏惡陰界入三善是有漏善陰界入二乘是無漏有漏陰界入菩薩是亦有漏亦無漏陰界入佛是非有漏非無漏陰界入釋論云法無上者涅槃是即非有漏非無漏法也無量義經云佛無諸大陰界入者無前九陰界入也今言有者有涅槃常

住陰界入也大經云因滅無常色獲得常色受想行識亦復如是常樂重沓即積聚義慈悲覆蓋即陰義以十種陰界不同故名五陰世間也攬五陰通稱衆生衆生不同攬三塗陰罪苦衆生攬人天陰受樂衆生攬無漏陰眞聖衆生攬慈悲陰大士衆生攬常住陰尊極衆生大論云衆生無上者佛是豈與凡下同大經云歌羅邏時名字異乃至老時名字異芽時名字異乃至果時名字亦異且約一期十時差別況十異衆生寧得不異故名衆生世間也十種所居通稱國土世間者地獄依赤鐵住畜生依地水空住修羅依海畔海底住人依地住天依宮殿住六度菩薩同人依地住通教菩薩惑未盡同依人天住斷惑盡者依方便土住別圓菩薩惑未盡者同人

天方便等住斷惑盡者依實報土住如來依常寂光土住仁王經偈云三賢十聖住果報唯佛一人居淨土淨土不同故名國土世間也此三十種世間悉從心造又十種五陰一一各具十法謂如是相性體力作因緣果報本末究竟等此是十如五陰世間衆生世間國土世間即是三種世間此一心具十法界一法界又具十法界即百法界一法界具三十種世間百法界具三千種世間此三千在一念心若無心則已介爾有心即具三千亦不言一心在前一切法在後亦不言一切法在前一心在後例如八相遷物物在相前物不被遷相在物前亦不被遷前亦不可後亦不可只物論相遷只相遷論物今心亦如是若從一心生一切法者此則是縱若心一時含一切法者此即是橫縱亦不可橫亦不可只心是一切法一切法是心故非縱非橫非一非異玄妙深絶非識所識非言所言所以稱爲不可思議境意在於此旣自了達一心不思議境遂起同體大悲發眞正菩提心等已下九種觀門成熟華嚴論云如三乘中亦說根本智後得智今欲令三乘人迴心指此金色世界不動智佛令使直認是自心能分別智本無所動文殊師利即是自心善揀擇無相妙慧覺首目首等菩薩即是自心隨信解中所見之理智如是三乘之人未迴心者定當不信何以故爲立三阿僧祇劫後當得佛故爲直自認身及心總是凡夫但信佛有不動智等不自信自心是根本不動智佛與佛無異以是義故不成此教法界乘中以根

本智爲信心此經信心應當如是直信自心分別之性是法界性中根本不動智佛金色世界是自心無染之理文殊師利是自心善揀擇妙慧覺首目首等菩薩是隨信心中理智現前以信因中契諸佛果法分毫不謬方成信心從此信已以定慧進修經歷十住十行十迴向十地十二地日月歲劫時復無遷法界如本不動智佛如舊而成一切種智海教化衆生因果不遷時劫不改方成信也若立僧祇定實身是凡夫凡聖二途時劫移改心外有佛不成信心又如圓覺經云金剛藏菩薩白佛言世尊若諸衆生本來成佛何故復有一切無明若諸無明衆生本有何因緣故如來復說本來成佛十方異生本成佛道後起無明一切如來何時復生一切煩惱唯願不捨無遮大慈爲諸菩薩開祕密藏乃至佛言善男子一切世界始終生滅前後有無聚散起止念念相續循環往復種種取捨皆是輪迴未出輪迴而辯圓覺彼圓覺性即同流轉若免輪迴無有是處譬如動目能搖湛水又如定眼猶迴轉火雲駛月運舟行岸移亦復如是善男子諸旋未息彼物先住尚不可得何況輪轉生死垢心曾未清淨觀佛圓覺而不旋復是故汝等便生三惑善男子譬如幻瞖妄見空華幻瞖若除不可說言此瞖已滅何時更起一切諸瞖何以故瞖華二法非相待故亦如空華滅於空時不可說言虛空何時更起空華何以故空本無華非起滅故生死涅槃同於起滅妙覺圓照離於華瞖善男子當知虛空非是暫有亦無暫無況復

如來圓覺隨順而爲虛空平等本性善男子如銷金鑛金非銷有既已成金不重爲鑛經無窮時金性不壞不應說言本非成就如來圓覺亦復如是故知圓覺妙心如虛空之性生死涅槃即空華之相瞖眼不無起滅眞性何曾有無如鑛藏金金非鑛有又非銷得要以銷成迷時如未淨之金悟了若已成之寶眞金不動垢淨俄分妙性無虧迷悟自得所以不思議佛境界經云爾時須菩提又問言大士汝決定住於何地爲住聲聞地爲住辟支佛地爲住佛地耶文殊師利菩薩言大德汝應知我決定住於一切諸地須菩提言大士汝可亦決定住凡夫地耶答曰如是何以故一切諸法及以衆生其性即是決定正位我常住此正位是故我言決定住於凡夫地也須菩提又問言若一切法及以衆生即是決定正位者云何建立諸地差別而言此是凡夫地此是辟支佛地此是佛地耶文殊師利菩薩言大德譬如世間以言說故於虛空中建立十方所謂此是東方此是南方乃至此是上方此是下方雖虛空無差別而諸方有如是如是種種差別此亦如是如來於一切法決定正位中以善方便立於諸地所謂此是凡夫地此是聲聞地此是辟支佛地此是菩薩地此是佛地雖正位無差別而諸地有別耳所以天台云四教如空中四點四點雖歷然不壞虛空性然此地位至究竟位中若理若行方可窮盡如菩薩瓔珞本業經云佛子第四十二地名寂滅心妙覺地常住一相第一無極湛若虛空一切種智照達無生

有諦始終唯佛窮盡衆生根本有始有終佛亦照盡乃至一切煩惱一切衆生果報佛一念心稱量盡原一切佛國一切佛因一切菩薩神變亦一念一時知住不可思議二諦之外獨在無二是知先得宗本然後鍊磨於鍊磨時不失道本如巧鍊金不失銖兩於圓漸內階降寧無從有爲而至無爲因生忍而成法忍圓融不壞行布壞則失全理之事行布不礙圓融礙則失全事之理然雖理事一際因果同時生熟之機似分初後之心不混直至妙覺如月圓時始盡因門方冥果海如華嚴經云佛子譬如乘船欲入大海未至於海多用功力若至海已但隨風去不假人力以至大海一日所行比於未至其未至時設經百歲亦不能及佛子菩薩摩訶薩亦復如是積集廣大善根資糧乘大乘船到菩薩行海於一念頃以無功用智入一切智智境界本有功用行經於無量百千億那由他劫所不能及○問入實觀者一尚不存云何廣明十法答夫入實觀者是觀諸法之實一法既實萬法皆然則一實一切實如知蜜性甜則一切蜜皆甜則不假諸多觀門但了不思議一法自然橫周法界皆同此旨大根一覽蕩爾無遺如上醫治患見草童舞而衆疾咸消又直聞其言病自除愈則何須診候更待施方又如上醫以非藥爲藥中醫以藥爲藥下醫藥成非藥非藥爲藥者如云無有一物不是藥者攬草皆成豈云是藥非藥如行非道而通佛道即煩惱而成菩提一切世法純是佛法以藥爲藥者即應病與藥隨手瘥愈附子

治風橘皮消氣等如觀根授法不失其時思覺多者修數息觀婬欲多者修不淨觀等藥爲非藥者即不識病原反增其疾如説法者不逗其機淺根起於謗心下士聞而大笑醍醐上味爲世珍可遇斯等人翻成毒藥如上上根人纔悟其宗不俟言説所以古聖云上士見我詩把著滿面笑楊脩見幼婦一覽便知妙或遮障深厚根思遲迴須備歷觀門對治種現如加減修合服食後差台教約中下之根備歷十乘觀法然雖具十不離一門如法華玄義云明入實觀者即十乘觀法一不思議境即是一實四諦謂生死苦諦不可思議即空即假即中即空故方便淨即假故圓淨即中故性淨三淨一心中得名大涅槃淨名經云一切衆生即大涅槃不可復滅此即生死之苦諦而是無作之滅諦亦是集道故名不可思議四諦也煩惱集諦不可思議即空即假即中即空故名一切智即假故名道種智即中故名一切種智三智一心中得名大般若淨名經云一切衆生即菩提相不可復得此即煩惱之集而是無作道諦亦是苦滅故名不思議一實四諦也亦是真善妙色何者生死即空故名真生死即假故名善生死即中故名妙此名有門不可思議境也二發真正心者一切衆生即大涅槃云何顛倒以樂爲苦即起大悲興兩誓願令未度者度令未斷者斷一切煩惱即是菩提云何愚闇以道爲非即起大慈興兩誓願令未知者知令未得者得無緣慈悲清淨誓願慈善根力任運吸取一切衆生也三安心者既體解成

就發心具足豈可臨池觀魚不肯結網裹粮束脚安坐不行修行之要不出定慧譬如陰陽調適萬物秀實雨旱不節燋爛豈生若兩輪均平是乗能運二翼具足堪任飛昇體生死即涅槃名爲定達煩惱即菩提名爲慧於一心中巧修定慧具足一切行也四破法徧者以此妙慧如金剛斧所擬皆碎如無翳日所臨皆朗若生死即涅槃者分段變易苦諦皆破若煩惱即菩提者四住五住集諦皆破雖復能破亦不有所破何者生死即涅槃故無所破也五識通塞者如王兵寶取捨得宜强者綏之弱者撫之知生死過患名爲塞即是涅槃名爲通知煩惱雜亂名爲塞即是菩提名爲通始從外道四見乃至圓教四門皆識通塞節節執著即是塞節節亡泯名爲通若不識諸法夷險非但行法不前亦亡去重寶也六善識道品者觀生死即涅槃十界生死色陰皆非淨非不淨乃至識陰非常非不常能破八顛倒即法性四念處念處中具道品三解脱及一切法又知涅槃即生死顯四枯樹知生死即涅槃顯四榮樹知生死涅槃不二即一實諦非枯非榮住大涅槃也七善修對治者若正道多障應須助道觀生死即涅槃治報障觀煩惱即菩提治業障煩惱障也八善知位次者生死之法本即涅槃理涅槃也解知生死即涅槃名字涅槃也勤觀生死即涅槃觀行涅槃也善根功德生即相似涅槃也眞實慧起即分眞涅槃也盡生死底即究竟涅槃也觀煩惱即菩提亦如是九善安忍者能安内外强輭遮障不壞觀心若觀

生死即涅槃不爲陰入境病患業魔禪二乘菩薩等境所動壞也若觀煩惱即菩提不爲諸見增上慢境所動也十無法愛者旣過障難道根成立諸功德生觀生死即涅槃故諸禪三昧功德生觀煩惱即菩提故諸陀羅尼無畏不共諸般若生觀生死涅槃不二故法身實相生相似功德順理而生喜起順道法愛生名法愛不上不退名爲頂墮此愛若起即當疾滅此愛若滅已破無明開佛知見證實相體觀生死即涅槃故證得解脱煩惱即菩提故證得般若此二不二證得法身一身無量身無上寶聚如意圓珠衆法具足是名有門入實證得經體三門亦如是乃至歷一切法門亦如是○問若即心是佛者則一切含生皆有此心盡得成佛教中云何不見授劫國名號之記答劫國名號乃是出世化門之中現前別記欲知眞記者淨名經云一切衆生亦如也一切法亦如也華嚴經頌云顯佛自在力如説圓滿經無量諸衆生悉受菩提記又頌云一一心念中普觀一切法安住眞如地了達諸法海又頌云一一微塵中能證一切法如是無所礙周行十方國斯則人法心境悉記成佛以一念具足一塵不虧念念證眞塵塵合體同居常寂光土俱號毗盧遮那終無異土別身聖强凡劣與三世佛一時成道前後情消共十類生同日涅槃始終見絶免起有情無情之妄解不生心内心外之邪思可謂上無所求下無可化冥眞履實得本歸宗俱登一際解脱之門盡受平等菩提之記又古德問云旣色心不二修性一如

何不見木石受菩提記耶答一一諸色但唯心故心外無法豈唯心滅而色猶存佛但記有情攝無情也譬如幻事要藉幻心心在幻中能持幻事若其心滅幻事同無故但滅心不復滅事衆生色心亦復如是皆如幻相一切外境從幻心生豈猶滅心而存幻色此即有情得記無情亦然是故無情不須別記玄義格云眞佛者從初發心即體一眞法界全同古佛相極三際全現一塵性海無邊表裏不可得信此法故名爲發心心無異念故名爲證證成名佛的無方處又圓教入初住人心同法界神無方所何用天衣天座四衆圍繞夫立劫國名號授記作佛者爲引未發心者令嚮慕耳若愛著身土情未盡耳所以華嚴論云初發心時便成正覺於一刹那際皆得此之法不許於刹那際外有別時當知即非本法故若有人於佛法中見佛成道作劫量延促處所而生見者信亦未成未論修道若解者本來全得處迷者自没輪迴又云但有所見境界及如來名號總是自心佛果所會之法若自心不會對面無覩見之期

宗鏡録卷第二十三

音釋

纔（昨哉切暫也）蕙（胡桂切蘭蕙也）鵬（步崩切鳥名）翥（章恕切飛舉也）蜎（許玄切小飛也）脛（胡定切脚脛也）歌邏羅（梵語也此云凝滑邏魯可切）駛（踈士切疾也）瞖（於計切目病也）鑛（古猛切金朴也）鍊（連彥切鍜鍊也）銖（市朱切十黍重曰銖）診（章忍切候脉也）綏（息遺切安也）

宗鏡録卷第二十四

宋慧日永明妙圓正修智覺禪師延壽集

夫成佛本理但是一心者云何更立文殊普賢行位之因釋迦彌勒名號之果乃至十方諸佛國土神通變現種種法門答此是無名位之名位無因果之因果是心作因是心成果是心標名是心立位普賢觀經云大乘因者即是實相大乘果者亦是實相釋論云初觀實相名因觀竟名果故知初後皆心因果同證只爲根機莫等所見不同若以一法逗機終不齊成解脫須各各示現引物歸心雖開種種之名皆是一心之義若違自心取外佛相勝妙之境則是顛倒所以華嚴經頌云若以威德色種族而見人中調御師是爲病眼顛倒見彼不能知最勝法又頌云假使百千劫常見於如來不依眞實義而觀救世者是人取諸相增長癡惑網繫縛生死獄盲冥不見佛云何不見佛一爲不識自心二爲不明隱顯何者衆生之因隱於本覺諸佛之果顯於法身因隱之本覺是果顯之法身果能成因則佛之衆生果顯之法身是因隱之本覺因能辦果則衆生之佛故云凡聖交徹理事相含矣所云釋迦牟尼者釋迦此云能仁牟尼此云寂默能仁者即心性無邊含容一切寂默者即心體本寂動靜不干故號釋迦牟尼覺此名佛彌勒者此云慈氏即是一心眞實之慈以心不守自性任物卷舒應現無方成無緣化故稱慈氏阿彌陀者此云無量壽即如理爲命以一心眞如性無盡故乃曰無量壽阿閦者此云不動即一心妙湛然不

動妙覺位不能增無明地不能減故稱不動如三藏勒那云徧入法界禮者良由行者想觀自已身心等法從本已來不離法界諸佛身外亦不在諸佛身内亦不在我外亦不在我内自性平等本無增減今禮一佛徧通諸佛所有三乘位地無漏我身既徧隨佛亦徧乃至法界空有二境依正兩報莊嚴供具隨緣徧滿不離法界隨心無礙並薦供養隨喜頂禮如一室中懸百千鏡有人觀鏡鏡皆像現佛身清淨明逾彼鏡遞相涉入鏡無不照影無不現此則攝他爲總入他爲别一身既爾乃至一切法界凡聖之身供養之具皆助隨喜悉同供養既知我身在佛身内如何顛倒妄造邪業不生愧恥又諸佛德用既齊名號亦等隨稱何名名無不盡如稱一阿彌陀佛名禮召一切諸佛無不周備西天云阿彌陀佛此云無量壽豈有一佛非長壽也設一切佛不化衆生但一佛化生即功歸法界法界德用徧周是名徧入法界禮也楞伽經云佛告大慧以四等故如來應等正覺於大衆中唱如是言我爾時作拘留孫拘那含牟尼迦葉佛云何四等謂字等語等法等身等是名四等云何等義所謂同一名字同一梵聲同一乘門同一眞體乃至同一心同一智同一覺同一道如鴦崛摩羅與文殊師利共遊十方所見十方諸佛彼佛皆稱釋迦佛者即我身是又法華經明十方諸佛皆是釋迦分身則阿閦彌陀悉本師矣本師即我心矣釋云非獨彌陀阿閦十方諸佛皆我本師海印頓現且法華分身有多淨土如來何不指已

淨土而令別往彌陀妙喜思之故知賢首彌陀等皆本師矣復何怪哉言賢首者即壽量品中過百萬阿僧祇刹最後勝蓮華世界之如來也經中偈云或見蓮華勝妙刹賢首如來住其中若此不是歎本師者說他如來在他國土爲何用耶且如總持教中亦說三十七尊皆遮那一佛所現謂毗盧遮那如來内心證自受用成於五智從四智流出四如來謂大圓鏡智流出東方阿閦如來平等性智流出南方寶生如來妙觀察智流出西方無量壽如來成所作智流出北方不空成就如來法界清淨智即自當毗盧遮那如來言三十七者五方如來各有四大菩薩在於左右復成二十謂中方毗盧遮那如來四大菩薩者一金剛波羅蜜菩薩二寶波羅蜜菩薩三法波羅蜜菩薩四羯磨波羅蜜菩薩東方阿閦如來四菩薩者一金剛薩埵菩薩二金剛王菩薩三金剛愛菩薩四金剛善哉菩薩南方寶生如來四菩薩者一金剛寶二金剛威光三金剛幢四金剛笑西方無量壽如來亦名觀自在王如來四菩薩者一金剛法一金剛劍三金剛因四金剛利北方不空成就如來四菩薩者一金剛業二金剛法三金剛藥叉四金剛拳已有二十五及四攝八供養故三十七言四攝者即鉤索鎖鈴八供養者即燒散燈塗華鬘歌舞皆上有金剛下有菩薩然此三十七尊各有種子皆是本師智用流出與今華嚴經中海印頓現大意同也問若依此義豈不違於平等意趣平等意趣云言即我者依於平等意趣而說非即我身如何

皆說爲本師耶答云平等之言乃是一義唯識尚說一切衆生中有屬多佛多佛共化以爲一佛若屬一佛佛能示現以爲多身十方如來一一皆爾今正一佛能爲多身依此而讚本師爾如弟子問傅大士從來啓佛文疏那只啓釋迦而不稱彌勒耶答曰十方諸佛共一法身何必須二又三身十身隨用而說約其本性唯一身而巳如冥室希光隨孔而照光雖萬殊而本之者一所謂眞法身也亦是隨機所現形相不同如出現品頌云譬如梵王住自宮普現三千諸梵處一切人天咸得見實不分身向於彼諸佛現身亦如是一切十方無不徧其身無數不可稱亦不分身不分別方知不是他佛智徧自則乃自佛智徧他亦非自因趣他果本是他果承我因則因果同時凡聖一際是以了無二相能過魔界不得一法安住佛乘若取相則況六入之海起念則投五陰之城皆是衆生隨差別情起自他見則影分多月迹任殊形不離一眞各現心水故融大師云不離五陰有佛經言如心佛亦爾如佛衆生然又云離心求菩提譬如天與地那有丈六身身無丈六也大品云不以身爲佛用種智爲佛若相好是佛輪王是也今多許人身中佛那不見爲煩惱故經云具煩惱衆生雖近而不見只在身內甚近而不見又我等無智故不覺內衣裏有無價寶珠乃至心者信也謂有前識法隨相行則煩惱名識不名心也意者憶也憶想前境起於妄並是妄識不干心事心非有無有無不染心非垢淨垢淨不汙乃至迷悟凡聖行

來去住並是妄識非心心本不生今亦無滅若知自心如此佛亦然故云直心是道場無虛假故經云世間如是身諸佛身亦然了知其自性是則說名佛是以一身無量身皆同佛體以無性理同故所以志公云食時叚無明本是釋迦身坐卧不知元是道作麽忙忙受苦辛華嚴私記云從如是我聞已來乃至一切經中菩薩衆聲聞衆莊嚴具華旛幢蓋七珍寶等事並是如來淨業所起或作法名雲名並是淨心中事文殊則是衆生現行分別心普賢則是衆生塵勞業行心觀音即是衆生大悲心勢至即衆生大智心如華嚴經云一切處文殊者文殊雖東來而即一切處以是法界之身不動之智徧境斯了六根三業盡是文殊實相體周萬像森羅無非般若何有一處非文殊哉淨名疏云定自在王菩薩者用一心三觀能觀心性名爲上定得此上定於一切眞俗禪定即得自在如國王也寶積菩薩者一心三觀正觀心性雖空具足萬行之法寶聚故名寶積也妙生菩薩者觀心不生則一切法不生般若妙生也故經云色不生般若生觀世音菩薩者請觀音經云觀於心脉使想一處即見觀世音也如是等菩薩隨舉一觀門別以標菩薩名引物歸心若一人各具一切觀門即名字互通即是字等語等身等法等以一切法本自無名無名而有名者皆從心起故心即名也其能如是解者即於正觀心中見一切菩薩諸佛也乃至聲聞十大弟子皆是自心十善法數又云十心數者三藏教毗曇偈云想欲更樂慧念

思及解脫作意於境界三摩提以痛此心通大地數法扶心王起一切諸心數如國有十臣共輔佐一主若君臣共行非道國內人民悉皆作惡君臣相輔共行正治國內人民悉皆有道令衆生有心王通十心數若念不善即有無量不善煩惱數法起若心王十數相扶念善即有無量諸善功德智慧心數而起也復次心王即是師十數即是十弟子如師資共作惡即化一切人皆惡如師資共作善則化一切人修善心王及十心數法亦如是故此經云弟子衆塵勞隨意之所轉也令一切衆生皆有心王十通心數法若遇天魔外道愛論見論即起諸煩惱流轉生死如爲惡君惡臣惡師惡弟子之所化也令佛爲法王十弟子爲法臣即是正法之師正法弟子用慧行行行正法共化衆生心王十通心數法若衆生信受修行慧行即見論諸煩惱滅成一切見道無量諸善心數法也若衆生信受修習行行即破一切天魔生死不善諸心數法成修道無量善心數法也故經云心王若正則六臣不邪復次此十數即是十法門悉能通入涅槃也初以十數爲種子從此修習遂致成道如合抱之樹起於毫末也令法王欲以半滿之教化諸衆生先當隨其樂欲故此經云先以欲勾牽後令入佛智也令十弟子各弘一法者人以類聚物以群分隨其樂欲各用一行法門攝爲眷屬也雖各掌一法門何曾不具十德如十心數隨有一起十數即隨起雖用一數當名而實有十數也別對十弟子者初想數即對富樓那想數偏强從

想入道是故聲聞弟子中說法第一也成論云識得實法想得假名富樓那用想數分明故能分別名相無礙辯才無滯於說法人中最爲第一欲數對大迦葉用善欲數入道故諸弟子中頭陀第一也一切善法欲爲其本迦葉絕世榮華志存出要樂在山林是則善欲心發捨世惡欲也更樂對迦旃延即起此數研覈義理入道故聲聞中論義第一也問答往復更相涉入論義不窮無滯無閡以其偏修更樂數故能如是也慧數對身子用慧數入道故於諸聲聞中智慧第一法輪之將也念數對優波離用念持律入道於諸聲聞中持律第一也憶持不忘名之爲念波離身口對緣詮量輕重而無忘失持律之上也思數對羅云因祕行入道諸聲聞中密行第一也行陰即是思數思數若利修諸戒行覆藏功德密行之上也解脫對善吉用此數法修空解脫入道故諸聲聞中解空第一無諍三昧蕭然獨脫不與物競也作意境界憶數對阿那律因其失眼佛令起此數修天眼入道故聲聞中天眼第一夫修天眼必須住心緣境取日月星光相而修發天眼通也三摩提數對目連是定數偏利修此定進道故諸聲聞中禪定第一痛數對阿難當受數强利聽受聞持以入道故諸聲聞中多聞總持第一痛通言受以領納爲義故此數分明領持佛法如完器盛水也是十數弟子共輔如來莊嚴半滿四枯四榮之教引衆生入中道見佛性住大涅槃即是住不思議解脫也是知自利實行利他權門若師若弟若教若觀終不

出衆生心數法門一一同歸宗鏡乃至一切言說義理行位進修悉皆是心無不收盡以一切語言由覺觀心一切諸行由於思心一切義理由於慧心故又心王即佛寶心數即僧寶所緣實際無王無數即法寶善入實際王數之功力用足矣心心數法不行故名行般若波羅蜜普賢觀云觀心無心法不住法我心自空罪福無主即是無心無數名爲正觀是心數塵勞若不盡者觀則不訖故經言衆生不度我不成正覺即此意也若能如是解者無一佛菩薩名及一法門不於正觀心中現故法華經云若有人信汝所說則爲見我亦見於汝及比丘僧并諸菩薩何者聞經心信無疑覺此信心明淨即是見佛慧數分明是見身子諸數分明是見衆比丘慈悲心

淨是見菩薩黄蘗和尚云諸佛與一切衆生唯是一心更無別法覺心即是唯此一心即是佛見此心即是見佛佛即是心心即是衆生衆生即是佛佛即是心爲衆生時此心亦不減爲佛時此心亦不添但悟一心更無少法可得此即真佛文殊當真空無礙之理普賢當離相無盡之行諸大菩薩所表人皆有之不離一心悟之即是但能無心便是究竟學道人不直下無心累劫修行終不成道不如言下自認取本法此法即心心外無法絶諸思量故曰言語道斷心行處滅此心是本原清淨佛蠢動畜生與佛菩薩一體只爲妄想分別造種種業果本佛上實無一物虚通寂靜明妙安樂而已但於見聞覺知認取本心然本心不屬見聞覺知亦不離見聞覺知

但莫於見聞覺知上起解亦不離見聞覺知覓心不即不離不住不著世人聞道諸佛皆傳心法將謂心上別有一法可證可取遂將心覓法不知心即是法法即是心不可將心更求於心歷千劫終無得日不如當下無心便是本法乃至出家皆不出一念心地故香嚴和尚偈云從來求出家未詳出家稱起坐只尋常更無少殊勝以心外更無別出家法有何勝境可求所以淨名經云無利無功德是名出家則阿難未悟斯宗但觀如來勝相求身出家遂懺悔云我身雖出家心不入道台教云觀一念心淨若虛空不爲二邊桎梏所礙平等大慧無住無著即名出家以中觀自資活法身慧命名爲乞士觀五住煩惱即是菩提是名破惡一切諸邊顛倒無非中道

即是怖魔天台拾得頌云無瞋是持戒心淨是出家我性與汝合一切法無差夫出塵之人心不依物故經云出家放曠猶若虛空志公詞云言下不求無處所暫時喚作出家人所以先德云汝若悟此事了但隨時著衣喫飯任運騰騰故知此事唯自己知別無方便故云一飲一啄各自有分豈非悟心出家非從事得又云觀一一心中皆具王數爲成觀故王數相扶而取開悟或於想數入道或於欲數入道隨所宜者心王心數而共攻之化取塵勞諸心而作佛事作此觀未悟觀行如乳若發無漏觀行如酪若破塵沙如生熟酥若破無明觀如醍醐至醍醐時王數功畢大寶積經偈云如來觀衆生於法建立者以心能知心彼則眞佛子故云從佛口生從法化

生以知心故一切法門如在掌中爲未知者方便解釋皆令信入此宗鏡内則無有一法而非佛事飲食爲佛事者淨名疏云於食等者諸法亦等如大品經云一切法趣味是趣不過味尚不可得云何當有趣非趣今言一切法趣味味即是食當知食即是不思議法界以食中含受一切法一切法不出食法界也食若是有一切法是有食若是無一切法皆無今食不可思議故尚不見是有云何當有趣尚不見是無云何當有非趣若觀食不見趣非趣即是中道三昧名眞法喜禪悦之食而能通達趣非趣法即雙照二諦得二諦三昧法喜禪悦之食是名食等諸法亦等者一切諸法趣陰入界乃至一切種智陰入界一切種智不可得故云何當有趣非趣而宛然具足趣非趣者則一切諸法皆有三諦之理如智度論明一刹那中有生住滅三相之喻也又如香積佛國之香飯經云無盡戒定慧解脱解脱知見功德具足者所食之餘終不可盡以一心眞如無盡之理五分法身資熏之功自體性空無作妙用豈有盡乎又云若未發大乘意食此飯者至發意乃消已發意食此飯者得無生忍然後乃消已得無生忍食此飯者至一生補處然後乃消譬如有藥名曰上味其有服者身諸毒滅然後乃消此飯如是滅除一切諸煩惱毒然後乃消如諸大菩薩雖復捨生受生後身之中識中有種子種子遇緣還生香飯相續不斷流至初地發無漏心斷惑證眞名之爲消非是食滅名爲消也故知食此飯者何法不消又云彼

國菩薩聞香入律即獲一切德藏三昧得此三昧者菩薩所有功德皆悉具足是以若從香入法界自身即是衆香世界自心即是香積如來無量功德一心圓滿悟入此者何假外求香界旣然十八界亦爾盡是栖神之地皆爲得道之塲如阿難白佛言未曾有也世尊此香飯能作佛事佛言如是如是阿難或有佛土以佛光明而作佛事有以諸菩薩而作佛事有以佛所化人而作佛事有以菩提樹而作佛事有以佛衣服卧具而作佛事有以飯食而作佛事有以園林臺觀而作佛事有以三十二相八十隨形好而作佛事有以佛身而作佛事有以虛空而作佛事衆生應以此緣得入律行有以夢幻影響鏡中像水中月熱時焰如是等喻而作佛事有以音聲

語言文字而作佛事或有清淨佛土寂寞無言無說無示無識無作無爲而作佛事如是阿難諸佛威儀進止諸所施爲無非佛事阿難有此四魔八萬四千諸煩惱門而諸衆生爲之疲勞諸佛即以此法而作佛事是名入一切諸佛法門菩薩入此門者若見一切淨好佛土不以爲喜不貪不高若見一切不淨佛土不以爲憂不礙不没但於諸佛生清淨心歡喜恭敬未曾有也諸佛如來功德平等爲教化衆生故而現佛土不同阿難汝見諸佛國土地有若干而虛空無若干也如是見諸佛色身有若干耳其無礙慧無若干也又如華嚴經中具足優婆夷得菩薩無盡福德藏解脱門能於如是一小器中隨諸衆生種種欲樂出生種種美味飲食悉令充滿乃至

東方一世界不可説不可説佛刹微塵數世界中所有一生所繫菩薩食我食巳皆菩提樹下坐於道場降伏魔界成阿耨多羅三藐三菩提如東方南西北方四維上下亦復如是又如明智居士得隨意出生福德藏解脱門爾時居士知衆普集須臾繫念仰視虚空如其所須悉從空下一切衆會普皆滿足然後復爲説種種法所謂得美食而充足者與説種種集福德行離貧窮行知諸法行成就法喜禪悦食行修習具足諸相好行增長成就難屈伏行善能了達無上食行成就無盡大威德力降魔怨行得好飲而充足者與其説法令於生死捨離愛著入佛法味等且如優婆夷器内明智居士空中隨意而出無限珍羞繫念而雨衆多美食凡來求者皆赴所須得之者盡證法門食之者咸成妙道可謂無一塵而不具足佛事無一法而不圓滿正宗但隨衆生心應所知量循業發現所見不同外道見爲自然凡夫見爲生死聲聞見爲四諦縁覺見爲因縁小菩薩見爲但空大菩薩見爲中道諸佛見爲實相若入宗鏡諸見並融色塵爲佛事者如頻婆娑羅王因佛口放五色光照頂後證阿那含果又如寶積等五百長者見佛淨土證無生法忍此是覩色也香塵爲佛事者即香飯普熏三千大千及欲色界諸天聞香入室又燒香者謂以智火發輝萬行普周徧故塗香者以性淨水和之飾法身故粖香者以金剛智破令無實故又如慈悲不淨觀等斷諸惡者如安息香能辟惡邪正見智慧無惡不斷又十善行等生歡

喜香如沉檀等即攝根器行施悦自他等味塵爲佛事者食此飯者身安快樂譬如樂莊嚴國觸塵爲佛事者以手捫摸我一何快乃爾光明爲佛事者涅槃經云遇斯光者一切煩惱皆悉消除夫放光者即是一心智慧之光以能照萬法之性故即不隨塵墮其愚闇如義海云顯光明者謂見塵法界眞如事理之時顯了分明此是智慧光明照也若無智光則理事不顯但見法時即是光明由積智功圓是故放一光明則法界無不顯示常觀察一切法界是爲放光明照一切此宗鏡光即是諸佛毫光普照法界如華嚴經云如來眉間有大人相名徧法界光明雲摩尼寶華以爲莊嚴放大光明具衆寶色猶如日月洞徹清淨其光普照十方國土於中顯現一切佛身復出妙音宣暢諸法法華經云放一毫光照萬八千佛土光中悉見菩薩六度莊嚴衆生受報好醜等事又云放一淨光照無量國大乘本生心地觀經云爾時會中有一菩薩名師子吼觀如來放金色光明四向觀視海會大衆發大音聲而作是言乃至以是因緣如來不久從三昧起當爲演說心地觀門大乘妙法告諸大衆無量一切人天福樂速求出世阿耨多羅三藐三菩提所以者何今日世尊從胷臆中放金色光所照之處皆如金色佛所顯示意趣甚深一切世間聲聞緣覺盡思度量所不能知汝凡夫不觀自心是故漂流生死海中諸佛菩薩能觀心故度生死海到於彼岸三世如來法皆如是放此光明非無因緣釋曰夫金色光者表所說宗如

文殊住方須彌南面皆同一色無復異文如寶篋經云文殊師利言大德須菩提如須彌山王光所照處悉同一色所謂金色如是須菩提般若光照一切結使悉同一色謂佛法色此之心色可謂明逾日月量逸太虛照燭包含無幽不盡所以大般若經云若幽冥世界及於一一世界中間日月等光所不照處爲作光明應學般若波羅蜜多寶積經云我有光明名無生持其名者獲無所得華嚴論云光明覺品者爲令信心自以自心光明覺照一切世間無盡大千世界總佛境界自亦同等以心隨光一一照之心境合一內外見亡初三千大千世界已次還以東方爲首光至東方十三千世界照百三千大千世界如是十方十重倍倍周迴十方圓照身心一性無礙徧周同佛境界一一作意如是觀察然後以無作方便定印之入十住初心生如來智慧家爲如來智慧法王之真子一如光明所照如經具明不可作佛光明自無其分須當自以心光如佛光開覺其心圓照法界華嚴疏云因中分別法相決了真理無虧理事不滅佛法故得一念悉解多門所以放一光總圓福智涅槃疏云放光照文殊者見色知心文殊覩光遂解佛意淨名私記云或有光明而作佛事何故如此體徧虛空同於法界畜生蟻子有情無情皆是佛子此即是解脫法即是須彌入芥子如上解釋方了佛所說經即同淨名之見不同二乘唯見空解脫故法華經云但離虛妄名爲解脫其實未得一切解脫若得一切解脫者豈有一法非佛事

乎菩提樹爲佛事者此樹色香微妙復出法音見聞齅觸皆悟聖道衣服卧具爲佛事者昔閻浮提王得佛袈裟懸置高幢以示國人有病之者覩見歸命病皆除愈發菩提心因此悟道大集經云爾時五百大聲聞各以已身所著鬱多羅僧奉虚空藏奉上衣已一時同聲說如是言其有衆生深發阿耨多羅三藐三菩提心者快得善利於如是大智法藏中不墮其外所上之衣即便不現時諸聲聞問虚空藏言衣何所至耶虚空藏答言入我藏中華手經云佛言我今當現神通之力令諸菩薩自知所願發心行道淨佛國土成就衆生及成佛時世界嚴淨聲聞菩薩衆數如是演說正法度人如是壽命長短佛法如是形色相好正行如是滅度之後法住久近令

諸菩薩各於衣中見如是事得斷所疑乃至偈云佛入三昧故令我得是眼及諸總持門徧入一切法故知成佛度生不離自身心内乃至所受用法中如大乘千鉢大教王經云曼殊室利菩薩手中㕽瑠璃鉢内傍看有何等相大迦葉則從座而起便於世尊前頭面作禮而去大迦葉則於曼殊室利前頭面禮敬訖便於鉢内觀看乃見鉢中有百億三千大千世界百億無色界百億色界百億六欲界有百億須彌山百億四天下百億南閻浮提百億娑訶世界百億釋迦如來百億千臂千鉢曼殊室利菩薩百億迦葉在曼殊鉢内有百億世界世界中有百億大迦葉各各向曼殊前請問大乘法義虚空爲佛事者如文殊滅色像現虚空相以化闍王因得悟道又

如大集會中虛空藏來時純現虛空相經云虛空藏菩薩謂阿難言大德我以自身證知是故如所證知能如是說何以故我身即是虛空以虛空證知一切法爲虛空印所印又如虛空藏菩薩以虛空爲庫藏雨十方無量阿僧祇世界所需寶物飲食衣服故偈云虛空無高故下亦不可得諸法亦如是其性無高下又偈云虛空藏菩薩得虛空庫藏充足諸有情此藏無窮盡諸煩惱門爲佛事者如經云煩惱是道場知如實故仁王經云衆生未成佛菩提爲煩惱衆生若成佛煩惱爲菩提猶如下醫以藥成非藥上品良醫用非藥爲藥衆生將諸佛心爲塵勞門諸佛用衆生心成菩提道亦如福德者執石成金業貧者變金爲石法無定相迴轉由心道絕名言理無變異如眼色等一一皆具十法界不瞬世界瞪視得無生法忍即眼爲法界見華謝而悟無常證辟支佛果即色爲法界故經云菩薩有一照法性冠著此冠時一切諸法悉現在心諸事亦爾又如輪王有一牀寶聖王居上即能離欲逮得四禪玉女雖見如覩佛像不生欲心是以色爲所造心爲能造未有一法非是我心若迷所造則成世塵若悟能造則爲妙旨又打髑髏作聲知過去善惡生死之處即聲爲法界是知直觀本理理具諸法若無妙觀日用不知若能了知則見一切萬法皆具一心不思議圓頓之理故肇法師云聖遠乎哉體之即神道遠乎哉觸事而眞可謂心境俱宗矣若得宗鏡之明任運能照若色若心無不通達是以華嚴經云此諸供具

皆是無上心所成無作法所印如華藏世界山河草木皆成佛事善財童子見聞覺知悉入法界即知一切諸法皆是佛法並爲宗鏡之光靡現一塵之迹釋論云不以敗壞色得趣平等道觀色不異乃能等於大乘如明與暗共合而汝不見謂明暗異欲知其義如彼日光又日出時暗不向十方暗常在無所歸趣明亦如是與暗共合生死與道合道即是生死是以生死如暗大道如明不去暗而即明不動生死而是道故化人爲佛事者如須扇多佛留化佛度衆生大集經云時化比丘語舍利弗言大德汝意將無謂我今者異於汝耶舍利弗言不也比丘何以故如來常說一切諸法皆悉如化如如來說我亦如化大德若有人能供養如來即是供養化無異也時舍利弗語不可說菩薩言善男子誰入是化今作是說大德如鏡中像其誰在中而有像現善男子無在中者直以清淨四大因緣故有像現大德化亦如是法性淨故能作此說善男子若爾者一切衆生何故不能如是宣說大德鏡之背後俱不離鏡像何不現善男子鏡背四大不清淨故大德衆生亦爾不能清淨法界性故不能宣說寂寞無言爲佛事者即示心輪雖無言說不妨有寂寞之樂若非樂者何得言作佛事耶若佛不示心十地不知若示心者蜫蟲能知當知是示心義此間亦用無說無示爲佛事如淨名杜口文殊稱述又如大集經云清淨寂靜光明無諍如是四法等入一界一法一句如是四法即是涅槃遠煩惱故名之爲清淨畢竟淨故名

曰寂靜無暗寘故名曰光明不可說故名爲無諍以是故言釋迦如來默無所說是以語默動靜無非佛事故先德云雲臺寶網盡演妙音毛孔光明皆能說法香積世界餐香飯而三昧顯極樂佛國聽風柯而正念成絲竹可以傳心目擊以之存道旣語默視瞬皆說則見聞覺知盡聽苟能得法契神何必要因言說如琴中傳意於秦王脫荊軻之手相如調文君之女終獲隨車帝釋有法樂之臣馬鳴有和羅之技皆絲竹傳心也目擊存道者莊子云夫子欲見溫伯雪子久而不見及見寂無一言及出子路怪而問曰夫子欲見溫伯雪子久矣何以寂無一言子曰若斯人者目擊而道存亦不可以容聲者矣雲臺說法者華嚴經云於虛空中成大光明雲網臺時光臺中以諸佛威神力故而說頌言佛無等等如虛空十力無量勝功德人間最勝世中上釋師子法加於彼寶網說法者華嚴經云其師子座摩尼爲臺蓮華爲網乃至復以諸佛威神所持演說如來廣大境界毛孔說法者入法界品云世界海微塵數菩薩俱來向佛所於一切毛孔中出說一切衆生語言海音聲雲光明說法者現相品云爾時諸菩薩光明中同時發聲說此頌言諸光明中出妙音普徧十方一切國演說佛子諸功德能入菩提之妙道乃至逆順善惡無非佛事如從二乘止佛是順行從地獄止魔王是逆行又如釋迦純行善調達純行惡身子志誠信善星堅不信等姸醜同歸無非佛事故經云平等眞法界諸佛不能行不能到又云實際理

地大魔王不能行不能到以佛魔俱不出法界之門實際之地以是一法故若有行有到則有人有法在法界之外成二見故所以首楞嚴三昧經云佛授魔女佛記後魔聞諸女得記作佛來白佛言我今於自眷屬不得自在是時天女示怯弱相而宣妙理復語魔言汝莫愁惱我等今者不出汝界所以者何魔界如佛界如不二不異我等不離如是魔界魔界即佛界故魔界無有定法可示佛界亦無定法可示一切諸法皆無定性無定性故無有眷屬及非眷屬若能了此一際法門可謂當魔跡而履佛跡居俗流而泛法流但了自心則衆妙普會故云妙法亦喻蓮華華開之時即鬚蘂臺子種種皆現喻衆生心開悲智行願亦開此妙法常住即一心爲佛果種子所以如來得此一法即具足一切法是故於一微塵一毛孔中與無量微塵毛孔悉等如來於中演說一切法法理重重不可盡也以重重妙故愍衆生不知心妙但逐麤浮若開悟時不隔刹那便成佛果所以首楞嚴經云彈指超無學如闇室中寶蘭燭纔然一時頓現故云心開意解得法眼淨亦云心目開明以見法界體心內心外無一毫塵相故得法眼明淨若見有無皆成障瞖是知非獨心爲佛事門乃至恒沙萬行萬德之根本如瑜伽論云若有人問言菩薩以何爲本應決定答言以大悲爲本大涅槃經云若有人問誰是一切諸善根本當言慈是以是義故實非虛妄善男子能爲善者名實思惟實思惟即名爲慈悲即如來慈即大乘夫言實思惟者

無非真實心是若入宗鏡中似處栴檀室純一無雜湛爾混融念念盡證法門步步皆參知識如華嚴經中或以音聲或現妙色或以奇香或以上味或以妙觸或以法境或內六根或四威儀或弟子人物或一切所作或順行正法或逆施邪道凡有見聞皆堪攝物所以入法界品云於一毛孔出一切佛妙法音又頌云諸寶羅網相扣磨演佛音聲常不絕又普賢行品頌云佛說菩薩說刹說衆生說三世一切說乃至密嚴經中金剛藏菩薩徧身毛孔出聲說法是以橫該十方一切處豎徹三際一切時常轉法輪無斷無盡所以阿僧祇品偈云彼諸一一如來等出不可說梵音聲於彼一一梵音中轉不可說淨法輪於彼一一法輪中雨不可說脩多羅於彼一一脩多羅分別諸法不可說於彼一一諸法中又說諸法不可說等故知若順旨冥宗雖不說法觸境而常聆妙音或緣背障深設居佛會當說而不聞一字如演祕密教同席異聞似談華嚴宗二乘不見可謂幽玄莫測唯除種如來相善根之人至妙難思不入一切餘衆生之手又雜華嚴飾論云衆生流轉生死所以不得真道誠由不識心源若識心源者能捨邪執歸於正道乃至云一切衆生心識一刹那中徧至十方速疾無礙直過石壁至處無畏如師子故如經云於師子胷臆中住則知一心法界法界一心函蓋十方不露絲髮豈唯心具身亦徧含且如十身中有國土身虛空身云何不具耶如禪波羅蜜云衆生身內世間與外國土義相關行者三昧智慧

願智之力諦觀身時即知此身具倣天地一切法俗之事所以者何如此身相頭圓象天足方法地内有空種即是虗空腹温煖法春夏背剛强法秋冬四體法四時大節十二法十二月小節三百六十法三百六十日鼻口出氣息法山澤谿谷之風氣眼目法日月眼開閉法晝夜髮法星辰眉爲北斗脉爲江河骨爲玉石皮肉爲地土毛法叢林五藏在内在天法五星在地法五嶽在陰陽法五行在世法五常内爲五神修爲五德標位爲五方治罪爲五刑主領爲五官昇爲五雲化爲五龍心爲朱雀腎爲玄武肝爲青龍肺爲白虎脾爲勾陳此五種衆生則攝一切世間禽獸悉在其内亦爲五姓謂宫商角徵羽一切萬姓並在其内對書典則爲五經一切書史從此出若對工巧即是五明六藝一切技術悉出其間當知人身雖小義與天地相關如此説身非但直是五陰世間亦是國土世間又身内王法治正義行者於三昧内願智之力即復覺知身内心爲大王上義下仁故居在百重之内出則有前後左右官屬侍衛肺爲司馬肝爲司徒脾爲司空腎爲大海中有神龜呼吸元氣行風致雨通氣四支四支爲民子左爲司命右爲司録主録人命齊中太一君亦人之主柱天大將軍特進君王主身内萬二千大神太一有八使者八卦是也合爲九卿三焦開元爲左社右稷主姧賊上焦通氣入頭中爲宗廟王者於間治化若心行正法羣下皆隨則治正清夷故五藏調和六腑通適四大安樂無諸疾惱終保年壽若心行

非法則群僚作亂互相殘害故四大不調諸根閽塞因此抱患致終皆由心行惡法故經言失䰟即亂失魄則狂失意則惑失志則忘失神則死當知外立王道治化皆身內之法如是等義具如提謂經說又明內世間義相關者上來所說並與外義相關所以者何佛未出時諸神仙世智等亦達此法名義相對故說前為外世間義也是諸神仙雖復世智辯聰能通達世間若住此分別終是心行理外未見真實於佛法不名聖人猶是凡夫輪廻三界二十五有未出生死若化眾生名為舊醫亦名世醫故涅槃經云世醫所療治差已還復發若是如來療治者差已不復發此如下說今言內義世間者即是如來出世廣說一切教門名義之相以化眾生行者於定心內意欲得知佛法教門主對之相三昧智慧善根力故即便覺知云何知如佛說五戒義為對五藏若四大五陰十二入十八界四諦十二因緣悉人身內也即知四大此義為對五藏風對肝火對心水對腎地對肺脾言聞五陰之名尋即覺知對身五藏色對肝識對脾想對心受對腎行對肺名雖不次而義相關若聞十二入十八界亦復即知對內五陰一入三界義自可見二入三界今當分別五識悉為意入界外五塵內法塵以為法入界此即二入三界相關意識界者初生五識為根對外法塵即生意識名意識界若聞五根亦知對內五藏憂根對肝苦根對心喜根對肺樂根對腎捨根對脾五根因緣則具有三界所以者何憂根對欲界苦根對初禪喜

根對二禪樂根對三禪捨根對四禪乃至四空定皆名捨俱禪當知三界亦與五藏其義相關聞說四生亦覺知此義關五藏所以者何欲界具五根五根關五藏五藏關四大對四生一切卵生多是風大性身能輕舉故一切濕生多是水大性因濕而生故一切胎生多屬地大性其身重鈍故一切化生多屬火大性火體無而欻有故亦有光明故如來爲化三界四生故說四諦十二因緣六波羅蜜當知此三法藥神丹悉是對治衆生五藏五根五陰故說所以者何如佛說一心四諦義當知集諦對肝因屬初生故苦諦對心果是成就故道諦對肺金能斷截故滅諦對腎冬藏之法已有還無故一心已對脾開通四諦故乃至十二因緣六波羅蜜類此可知也此種法藏則廣攝如來一切教門是故行者若心明利諦觀身相即便覺了一切佛法名義故華嚴經言明了此身者即是達一切是則說内義世間義相關之相意在幽微非悟勿述如上廣引諸聖微言則知我之身心世出世間一切淨穢國土眞俗法門評當無差靡不具足故云一塵含法界九世剎那分又云解則十方一心中迷則方寸千里外若能如是正解圓通則十方世界攀在掌中四海波瀾吸歸毛孔有何難哉可謂密室靜坐成佛不久矣

宗鏡録卷第二十四

音釋

蘗博陌切蠢尺尹切蟲動也桎梏桎之日切足械也梏古沃切手械也捫摸捫莫奔切摸暮各切捫摸撫摩也蜫古渾切蟲之總名瞬舒閏切目動也瞪澄應切直視貌蘂如累切華心鬚也腎時忍切水藏也肝古寒切木藏也肺芳吠切金藏也脾頻彌切土藏也欻許勿切忽也

宗鏡録卷第二十五

宋慧日永明妙圓正修智覺禪師延壽集

夫一代時教了義諸經雖題目不同能詮有別皆目一心之旨終無識外之文凡挂一言盡歸宗鏡横周法界皆同此釋如稱妙法蓮華經者妙法即是絶待眞心稱之曰妙蓮華以出水無著爲義即喻心性隨流墮凡而不染垢返流出塵而不著淨乃至下之七喻比況皆同火宅即是第八識體起四倒八苦之火燒三界五陰之身鬼神配利使諸見之邊邪禽蟲喻鈍使根隨之煩惱乃至一切經教無量法門或譬喻說或因縁說或廣略說或横竪說所有名相句義皆是心王心所之法若迷一念心執著外境隨處生著即入火宅義若悟一念心通達一切無非實相即出火宅義但是生煩惱時有業留處即是繫縛即是生死若了煩惱性空無有業處即是解脫即是得道如思益經云佛言我坐道場時唯得顛倒所起煩惱畢竟空性以無所得故得以無所知故知如云不得一法即與授記是斯旨也若信解品内法喻之文長者即是心王窮子即是妄念一念纔起五陰俱生背覺合塵名爲捨父伶俜五趣號五十年歸家是返本還原付財是悟心得記三草二木同會一心化壘草菴即示眞實繫珠指懷中之佛性鑿井出心地之智泉乃至觀音品中云若三千大千國土滿中怨賊者即衆生十使利鈍煩惱徧一切處惱亂行人稱爲怨賊若遇順境而起軟賊即是華箭射體若遇逆縁而起强賊即是毒箭入心利使見賊煩惱徧一

切處者如經云處處皆有魑魅魍魎以依言執法隨處起見解故若鈍使怨賊煩惱徧一切處者如經云諸惡蟲輩交橫馳走以觸目覩境逆順交馳念念憎愛隨處動結故有一商主者即是心王將諸商人者即是眼等六識商人貨易珍寶義若眼商人被色塵所易貨眼自性之珍寶若耳商人被聲塵所易貨耳自性之珍寶等齎持重寶者即是俱懷佛性經過險路者即是三界之險有六趣之迷津其中一人作是唱言者即是意根能起隨念計度之分別常引導五根入於善惡諸善男子勿得恐怖汝等應當一心稱觀世音菩薩名號是菩薩能以無畏施於衆生汝等若稱名者於此怨賊即得解脫者若了一心則無外境眼不爲色所劫乃至意不爲法所劫即當處解脫所以華嚴經頌云一中解無量無量中解一了彼互生起當成無所畏即是於一心中能了萬法互生互滅無有自性萬境皆空不爲所怖即是以無畏施於衆生於此根塵怨賊即時解脫衆商人聞俱發聲言南無觀世音菩薩稱其名故即得解脫者六根都會一心即是俱發聲言纔了唯心諸境自滅即是稱其名故即得解脫以無法對治不生欣慼故所以方便品云十方佛土中唯有一乘法如法華名相云經云色涅槃受想行識涅槃此中亦爾色法華受想行識法華經云色非染非淨色生般若生色性虛微名妙色體自離假名爲法色無塵垢借喻蓮華文字性空目之爲經經者以身心爲義如來在乎陰界陰界即如何異之有略統始終以

爲心要啓發心路名之爲序悟心將發達本來空即是悟佛知見一色寂滅一切色亦然一切聲亦然即是十方佛同説法華諸法從本來常自寂滅相此是何物法並是眼法乃至意法身心皆寂滅佛子行此寂滅道即是佛也所以古師云妙法者是如來靈智體也或名大方廣佛華嚴經者大方廣者是一心所證之法佛華嚴者即一心能證之人攝所歸能人法冥合皆是一心大者即是凡聖一心眞如體大以眞如性徧一切處故方者即是眞如相大能具足無漏性功德故廣者即是眞如用大能生世出世間諸善根故佛者是一心無作之果海華者是一心萬行之因門嚴者是一心妙用之莊嚴經者是一心眞如無盡之妙理如破塵所出之卷仰空所寫之文乃至八十卷中所有長行短頌一文一字如善財所見五十三位善知識若人若神或男或女等一一皆是自心逐位所證法門如三乘説解而非行如説人名字而不識其人若此宗鏡一乘之理説者即行即解如看其面不説其名而自識也或託事説或立況説若大乘中所明託事以顯法即以異事而顯異法多是一事表一法如室表慈悲衣表忍辱等今明一事即法即人即依即正具無盡德隨一事即攝無盡以稱性爲事事何有盡從眞起相相復何窮又三乘所説教門但以別教而詮別義所以得理而忘教若入此圓宗者而教即是義以一法纔興即一切無邊萬法皆悉同時具足相應故此一法外更無餘法所以經云知從一法出一切法而能

各各分别演説以一切法種種義究竟皆是一義故以一心能生一切萬法演出無邊義趣展即徧滿法界還攝種種法義歸於一心不動一心而演諸義不壞諸義而顯一心即卷常舒如來於一言語中演説無邊契經海即舒常卷一切法門無盡海同會一法道場中如草木四微從地而生還歸地滅猶波浪鼓動依水而起還復水源故經頌云佛智通達淨無礙一念普知三世法皆從心識因緣起生滅無常無自性故清涼疏云華嚴經者統唯一眞法界謂總該萬有即是一心也或名維摩經者此云淨名即是一切衆生自性清淨心此心弗澄而自清弗磨而自瑩處凡而不垢在聖而不淨故云自性清淨所言名者以心無形但有名故文中所説以四海之

渺瀰攝歸毛孔用須彌之高廣内入芥中飛佛土於十方未移本處擲大千於界外含識莫知日月懸於毫端供具現於體内腹納劫燒之焰火事如然口吸十方之風身無損減斯皆自心轉變不動而遠近俄分一念包容無礙而大小相入天台疏云以須彌之高廣内芥子中無所增減須彌山王本相如故而四天王忉利諸天不覺不知已之所入唯應度者乃見須彌入芥子中是名不可思議解脱法門又以四大海水入一毛孔不嬈魚鼈黿鼉水性之屬而彼大海本相如故諸龍鬼神阿脩羅等不覺不知已之所入於此衆生亦無所嬈此是明不思議之大用也正以實慧與眞性合故得有斯莫測之用此如大智論偈云水銀和眞金能塗諸色像功德和法

身處處應現徃若須彌高廣内於芥子而無增減亦不迫迮不覺不知者具不思議解脫者迹居依報之境得自在也此義難解有師言神力能爾今謂不思議性非天人修羅佛之所作神力何能爾有師言小無小相大無大相故得入也今謂小是小大是大是自性小大不得相入者小大大小旣是他性之小大何得入也今解華嚴經明一微塵有大千經卷觀衆生一念無明心即是如來心若見此心則能以須彌入芥子無相妨也下諸不思議事窮劫說不能盡皆是此意耳所以然者此經云諸佛解脫當於衆生心行中求若觀衆生心行得諸佛解脫住此解脫則能現如是種種不思議事也所以然者諸方便教明二乘得偏眞之理解脫是思議解脫如得

玻璃珠不能雨寶大乘圓教明菩薩中道圓眞眞性解脫即是不思議解脫如得如意珠能雨大千寶也見衆生心行眞性得芥子須彌眞性一如無二如若得芥子眞性之小能容須彌之大得須彌眞性則須彌之大不礙芥子之小舉此一意可以例下諸事也而言其中衆生不覺唯應度者乃能見之者衆生旣不見小大眞性之理豈覺知也其有得度之機即見此事也又若能觀此眞性入觀行即相似即因此必得如來滅度故言乃能見之故法華經明六根清淨云唯獨自明了餘人所不見也經言又以四大海水入一毛孔者正報得自在也若會海水不思議眞性即是一毛不思議眞性者能以海水入一毛孔於正報之身無所妨損也輔行記釋云且約

一念刹那心所起故言小也即此一念具足法身一切佛法即是能容須彌之大大小常徧理事無礙事理本來相即故所以不斷煩惱而入涅槃只指凡夫一念刹那心具足難思法身之體本來相在故是故方便教中之人迷於相在不思議理縱聞常住解惑分岐故别教道中仍存異解唯於圓教始末一如故五分法身不逾凡質所以云欲見如來心但觀衆生心則諸佛衆生是名心常勢旨有識無情是號法本同原認名號而世諦成差觀體性而眞門一等法華經法師功德品云菩薩於淨身悉見世所有唯獨自明了餘人所不見古釋云何意不見有我相故耳無我即見性了人法二空眞心自現即是淨身於眞心中世間所有一切境界悉於中現故首楞嚴經云諸法所生唯心所現性空無伴名獨若取陰界入即名餘人爲陰所覆不見自性龐居士偈云居士元無病方文現有疾唯憂二乘者緣事不得出所以訶穢食純説波羅蜜上方一盂飯氣滿於七日不假日月光心王照斯室文殊問不二忘言功自畢過去旣如然現在還同一若能達此理無求總成佛牛頭淨名私記云經明於一毛孔中見摩耶身摩耶胎中行無量步如不可説微塵世界闊一日行無量步是何物法門亦作室中容三萬二千師子座説又作須彌入芥子説涅槃經中作藕絲懸須彌山説大品中作針鋒上無邊身菩薩名説只是一意一解千從當於觀智心行中求若事相上看終不得經云是名不可思議解脱法門明一切法當體

自解脱色大故般若大色如虛空萬法例爾故知諸佛凡有所說雖約事言皆是即相明宗終無別意故法華經云十方諦求更無餘乘唯宗一法矣靈辯和尚華嚴論問云大小淨穢相各差別云何而得大小相即答性非性故如像入鏡中像如本而鏡中現鏡如本而容衆像俱無增減以無性故一念入一切世界不思議住故是故心藏功德無邊或云金剛般若波羅蜜經者即是本心不動喻若金剛般若眞智乃靈臺妙性達此而即到涅槃彼岸昧此而住生死迷津文中所說應無所住而生其心者起念即是住著心若不起萬法無生即心徧一切處一切處徧心如是了達頓入自宗故云若是經典所在之處則爲有佛以心徧即法徧以法即佛故以智通即境通以境即心故如華嚴經云如來成正覺身究竟無生滅故如一毛孔徧法界一切毛孔悉亦如是當知無有少許處空無佛身何以故如來成正覺時無處不至故是以若不悟自心徧一切處則心外見法顛倒輪迴豈得稱正徧知成善逝之者如經云凡所有相皆是虛妄若見諸相非相即見如來以瞥有一毫起處悉落見聞從分別生俱非眞實若不達無相即相則是取相凡夫若了相即無相則成唯心大覺旣不可取相求悟亦不可離相思眞不即不離覺性自現又云一切諸佛及諸佛阿耨多羅三藐三菩提法皆從此經出以十方三世一切如來悟心成佛乃至三寶四諦並從心出覺此名佛軌此名法和此名僧金剛辯宗云金剛般若波羅蜜經

者一切如來悟心之門也了無明之妄心即妙慧之眞心故曰悟心經云過去心不可得現在心不可得未來心不可得悟三世之妄心不可得而有眞心故曰悟心般若不壞假名論云若菩薩心不住法而行布施如人有目日光明照見種種色者如人有目者得無生忍也日光明照者決定了知諸法無性見種種色者悟一切法不生不滅不斷不常不一不異不來不出無所得等菩薩如是行不住施速成正覺得大涅槃釋曰云何行不住施速證菩提以了一切法即心自性不住於法寂照無涯成觸目之菩提得現前之三昧若住一法爲境所留失心智之光入愚癡之闇金剛經義云常見自性念念不離故云佛在正見性時恒沙數劫只如今時故名爾時

知心是佛即是佛付囑了於法應無所住行於布施十方國土中唯有一乘法只是一心心即是法法即是心更住何法故言不住若離心別有法可得即生執心住於法相即是無目之人故稱最上第一希有之法修此法者現世成佛十方合爲一相見一切佛及諸衆生本無差別見三世之事狀如彈指此豈不是希有之法又如諸了義經中云聽法之衆從十方世界外來者即是悟心爲來若迷此宗乃遠在他方之外如華嚴論云十佛刹微塵數世界外來者明從迷入信故號爲來言彼世界中有佛號不動智者爲明不動智佛是十方凡聖共有根本之智明於此智能起信心故號之爲來此不動智佛一切衆生常自有之若取相隨迷即塵障無盡若一念

覺迷達相即淨若虛空但爲隨迷稱外悟處言來而實佛刹本無遠近内外等障亦無去來無邊佛刹不出毛孔微塵之表今致遠近意令初信心者心廣大故言其從彼世界中來又明從迷悟入故言爲來是以入宗鏡中理當絶學百氏之說一教能明萬化之端一言可蔽或云香積去此有四十二恒沙世界者即是經歷四十二位心地法門或云散華瓔珞空中成四柱之寶臺者即是常樂我淨一心四德之涅槃所以華嚴經云此華蓋等皆是無生法忍之所生起或佛言彼時鹿王者即我身是即結會古今明自心一際之法或教中凡有空中發聲告示言下息疑者並是頓悟自心非他境界或法華移天人於他土即是三變心田或維摩取妙喜來此方斯乃即穢明淨或丈室容於高座寶蓋現於大千未離兜率已般涅槃不起樹王而昇忉利執手經無量之劫登閣見三世之因釋迦眉間出菩薩身雲之衆普賢毛孔示諸佛境界之門小器出無限之嘉羞仰空雨難窮之珍寶不動此處徧坐道場十刹寶坊合爲一土聞經於五十小劫猶若刹那之時現通七日之中舒之爲一大劫乃至恒沙法聚無量義門舉一例諸俱不出自心之法故知菩薩隨世所作皆表一心故淨名經云不捨道法現凡夫事如華嚴經云一念於一切處爲一切衆生示成正覺是菩薩園林法身周徧盡虛空一切世界故又云一切菩薩行遊戲神通皆得自在是菩薩宮殿善遊戲諸禪解脱三昧智慧故是以正報依報皆成佛法所以淨

名私記云取妙喜來此土者辯於淨穢無二也彼界雖來入此土亦不增減本性如故雖來畢竟不動何意如此好自思之故知萬法施爲隱顯往復若事若理皆不出一真心矣如是解者稱可佛心發智明而若千日照空攝衆義而如百川歸海畢竟更無一法現於心外及在心中乃至下及衆生無明上該諸佛種智皆是無生性空妙旨如摩訶般若經云爾時釋提桓因及三千大千世界中諸天化作華散佛菩薩摩訶薩比丘僧及須菩提上亦供養般若波羅蜜是時三千大千世界華悉周徧於虚空中化成華臺端嚴殊妙須菩提心念是天子所散華天上未曾見如是華此華是化華非樹生華是諸天子所散華從心樹生非樹生華釋提桓因知須菩提心所念語須菩提言大德是華非生華亦非意樹生須菩提語釋提桓因言憍尸迦汝言是華非生華亦非意樹生憍尸迦若是非生法不名爲華釋提桓因語須菩提言大德非但是華不生色亦不生受想行識亦不生須菩提言憍尸迦非但是華不生色亦不生若不生是不名爲色受想行識亦不生若不生是不名爲識六入六識六觸六觸因緣生諸受亦如是檀波羅蜜不生若不生是不名檀波羅蜜乃至般若波羅蜜不生若不生是不名般若波羅蜜乃至一切種智不生若不生是不名一切種智故知萬法都會無生千途盡歸宗鏡如先德云今佛之三身十波羅蜜乃至菩薩利他等行並依自法融轉而行即衆生心中有眞如體大今日修行引出法身由

心中有眞如相大今日修行引出報身由心中有眞如用大今日修行引出化身由心中有眞如法性自無慳貪今日修學順法性無慳引出檀波羅蜜等所以華嚴經頌云文殊法常爾法王唯一法一切無礙人一道出生死又頌云金剛鐵圍數無量悉能置在一毫端若明至大有小相菩薩以此初發心以大小無性廣狹隨緣若能明見至大無外之相即至小無内之相皆是一毫端心地法門名爲見道故云菩薩以此初發心如是解者不易凡身生如來家成眞佛子義海云生佛家者眞如法界無生菩提涅槃爲家如見塵無生無性時即此智從無生法顯即爲生佛家也經頌云於法不分別是則從如生又云普於三世佛法中而化生但契義理即名生佛家也是佛之子亦名爲佛出現也故知凡挂文言盡爲心跡乃至稱爲眞如亦名爲跡若能尋跡得本自然絶跡歸宗或迷跡徇塵則爲失本所以了之者本跡雖殊不思議一昧之者本跡俱迷隨情自異故大寳積經云我證菩提無差別跡何名爲跡眞如法性二俱名迹諸法實際亦名爲迹無生無滅亦名爲迹今時多執方便言教之跡失於一心正義之本是以宗鏡所示皆令尋跡得本雖徧引言詮殷勤委細同指於此故天王般若經云利根性人説文知義若能説文知義見法識心方入宗鏡中頓消疑慮則不用天眼觀徹見十方界不用天耳聽徧聞法界聲不假神足通疾至十方際端坐寂不動諸佛常現前如般舟三昧經云何因致現在諸佛悉在前

立三昧如是跋陀和其有比丘比丘尼優婆塞優婆夷持戒完具獨一處心西方阿彌陀佛今現在隨所聞當念去是閒千億萬佛刹其國名須摩提在衆菩薩中央說經一切常念阿彌陀佛佛告跋陀和譬如人卧在於夢中見所有金銀珍寶父母兄弟妻子親屬知識相與娛樂喜樂無比及其覺已爲人說之自念夢中所見如是跋陀和菩薩若沙門白衣所聞西方阿彌陀佛當念彼方佛不得缺戒一心念若一日晝夜若七日七夜過七日已後見阿彌陀佛於覺不見於夢中見之譬如夢中所見不知晝夜亦不知内亦不見外亦不用在冥中故不見不用有所蔽礙故不見如是跋陀和菩薩心當如是念時諸佛國界名大阿彌山其有幽冥之處悉爲開闢目亦不蔽心亦不礙是菩薩摩訶薩不持天眼徹視不持天耳徹聽不持神足到其佛刹不於是閒終不生彼閒佛刹爾乃見便於此閒坐見阿彌陀佛聞所說法悉受持得從三昧起悉能具足爲人說之如上所說皆是頓入之門以備上根非爲權漸今則傍明佛旨略讃經文大意並依先德解釋即何理而不盡何事而不窮然更在後賢智眼明斷以佛意深奥一句能生無量義故○問如上所說芥納須彌毛吞巨海既唯一心須彌爲復入芥子不入芥子若言入經何故云須彌本相如故若言不入又云唯應度者見之答若有所入處即失諸法自性若言不入又成二見又或云小是大家之小大是小家之大或云芥子須彌各無自性此皆是以空納空有何奇

特故知未入宗鏡情見難忘局大小於方隅立見聞於妙道致使一眞潛隱萬法不融今明正義者所謂入而不入即識須彌之本相不入而入解了諸法之自宗還原觀云所言入者性相俱泯體同法界入無入相名爲入也經偈云如來深境界其量等虛空一切衆生入而實無所入華嚴經云悉入法界而無所入若別有一入處則入時失本相不得說種種諸法以當體自虛名入法界無別可入則不壞種種又經云雖諸法無一無異而說一異故知要由事相歷然不入方得相資相徧耳若入則失緣則無諸緣各異義不入則壞性用不得力用交徹則無互徧相資義若具入不入則成俱存無礙義具此三緣方成緣起了此緣性則能變通遂乃方而能圓小而能大狹而能廣短而能長無非我心神德自在則觸目皆是須彌入芥舉足住不思議解脫矣故古人云納須彌於芥中擲大千於方外皆吾心常分也豈假於他術乎則是衆生全力非待證聖方具所以諸佛於不二法中現妙神通菩薩向無性理內成大佛事故信心銘云極大同小不見邊表極小同大忘絕境界傅大士頌云須彌芥子父芥子須彌爺山海坦然平敲氷來煮茶是以一法爲宗千途競入五嶽崢嶸而不峻四溟浩渺而不深三毒四倒而非凡八解六通而非聖○問如何是坦然平處答千尋滄海底萬仞碧峯頭日出當中夜華開值九秋問如上所說即心即佛之旨西天此土祖佛同詮理事分明如同眼見云何又說非心非佛答即心即佛

是其表詮直表示其事令親證自心了了見性若非心非佛是其遮詮即護過遮非去疑破執奪下情見依通意解妄認之者以心佛俱不可得故是以云非心非佛此乃拂下佛心權立頓教泯絶無寄之門言語道斷心行處滅故亦是一機入路若圓教即此情盡體露之法有遮有表非即非離體用相收理事無礙今時學者既無智眼又闕多聞偏重遮非之詞不見圓常之理奴郎莫辯眞僞何分如棄海存漚遺金拾礫掬泡作寶執石爲珠所以經云譬如癡賊棄捨金寶擔負瓦礫此之謂也今當纂集正爲於茲且心之與佛皆世間之名是之與非乃分别之見空論妄想曷得眞歸所以祖師云若言是心是佛如牛有角若言非心非佛如兎無角並是對待强名邊事若因名召體豁悟本心證自眞知分明無惑者終不認名滯體起有得心去取全亡是非頓息亦不一向離之妄起絶言之見亦不一向即之反墮執指之譏如華嚴論云滯名即名立廢說即言生並是背覺合塵捨已徇物若實親省現證自宗尚無能證之智心及所證之妙理豈況更存能知能解有得有趣之妄想乎近代或有濫叅禪門不得旨者相承不信即心即佛之言判爲是教乘所說未得幽玄我自有宗門向上事在唯重非心非佛之說並是指鹿作馬期悟遭迷執影是眞以病爲法只要門風緊峻問答尖新發狂慧而守癡禪迷方便而違宗旨立格量而據道理猶入假之金存規矩而定邊隅如添水之乳一向於言語上取辨意根下依通都

爲能所未亡名相不破若實見性心境自虛匿跡韜光潛行密用是以全不悟道唯逐妄輪廻起法我見而輕忽上流恃錯知解而摧殘末學毀金口所說之正典撥圓因助道之修行斥二乘之菩提滅人天之善種但欲作探玄上士傚無礙無修不知返墮無知成空見外道唯觀影跡莫究圓常積見不休徒自疲極如孔子迷津問漁父漁父曰人有畏影惡跡疾走不休絶力而死不知處陰以休影靜處以息跡愚亦甚矣何不一心爲道息諍除非自然過量超情還淳返朴若以道自養則不失以道濟他則不誑以道治國則國泰以道修家則家安故不可頃刻忘道矣所以道德經云故失道而後德失德而後仁失仁而後義失義而後禮失禮者忠信之薄曰以衰薄而亂之首莊子云五色不亂孰爲文彩五聲不亂孰爲律呂白玉無瑕孰爲珪璋殘朴以爲器者工匠之罪毀道德而爲仁義者聖人之罪君能焚符破璽賊盜自止剖斗折衡而民不諍聖人生而賊盜起聖人死而賊盜止故知仁義禮智信而利天下者少害天下者多矣曷如開示如是不思議大威德廣大法門普廕十方群生等潤可謂深達妙旨冥合眞歸如香象渡河步步到底似養由駕箭一一穿楊盡爲破的之文皆是窮源之說此是圓頓義非權宜門如水月頓呈更無來去猶明鏡頓照豈有初終如首楞嚴疏鈔云若聞此經即悟得微塵毛孔一切衆生皆在我本覺中推一切物皆無自性則除無明無明若除一時頓證則是頓得不從修得如觀

音入流亡所阿難自慶不歷僧祇獲法身等
並是頓也

宗鏡録卷第二十五

音釋

魑魅（魑丑知切魅靡寄切魑魅鬼屬也）魍魎（魍文紡切魎力蔣切魍魎山川精物也）纂（作管切綜集也）韜（土刀切藏也）璽（息里切印也）

宗鏡録卷第二十六

宋慧日永明妙圓正修智覺禪師延壽集

夫如上所説妙旨難聞云何頓斷疑心生於圓信答所以云難信者如一微塵中有大千經卷人無信者實相之理止在心中無勞遠覓近而不識説之不信故云難信是以須具大信方斷纖疑此是難解難入之門難省難知之法如針鋒上立無邊身菩薩將藕孔中絲懸須彌之山不思議中不思議絶玄妙中絶玄妙所以法華會上身子三請四衆驚疑只如五千退席之人皆有得聖果之者聞説十方佛土中唯有一乘法開權顯實直指自心尚乃懷疑拂席而起何況末法機劣之人遮障既深見惑尤重情塵尚壅欲火猶燒而能荷擔斯大事者尠是以妙得其門成佛匪離於當念若失其旨修因徒困於多生唯在信心別無方便以是入道之原功德之母故所以古聖云明者德隆於即日昧者望絶於多生會旨者山嶽易移乖宗者錙銖難入此宗鏡録不揀内道外道利根鈍根但見聞信入者皆頓了一心理事圓足如圓覺經云譬如大海不讓小流乃至蚊䖟及阿修羅飲其水者皆得充滿如華嚴經頌云深心信解常清淨者古釋云與理相應方曰深心若昔染今淨淨則有始始即必終非常淨也信煩惱即菩提方爲常淨由稱本性而發心故本來是佛更無所進如在虛空退至何所慨衆生迷此起同體大悲悼昔不知誓期當證有悲故不爲無邊所寂有智故不爲有邊所動不動不寂直入中道是謂眞正發菩提心又云

信佛身名等於衆生則知我名如佛名也信佛法門隨宜而立知我妄念苦集亦全法門信佛意業光明徧照則知自心無不知覺則一切因果理事皆衆生性有如性非金玉雖琢不成寶器良以衆生包性德而爲體約智海以爲源故須開示所以般若文殊分云若知我性即知無法若知無法即無境界若無境界即無所依若無所依即無所住如是開示如是信入則是眞實句亦是金剛句以無虛假及可破壞故云爾如大集經云眞實句者如一法一切法亦如是如一切法一法亦如是又云一衆生心一切衆生心悉皆平等名金剛句是知無有一法可得名深信堅固如金剛不可沮壞無信心中能見佛若有一法可信即是邪見一切不信方成其信如般若經云若念一切法不念般若波羅蜜不念一切法則念般若波羅蜜如是解者可謂深達實相善説法要矣所以云無一法可得名深達實相如法華經偈云於諸過去佛在世或滅後若有聞法者無一不成佛諸佛本誓願我所行佛道普欲令衆生亦同得此道未來世諸佛雖説百千億無數諸法門其實爲一乘諸佛兩足尊知法常無性佛種從緣起是故説一乘是法住法位世間相常住於道場知已導師方便説天人所供養現在十方佛其數如恒沙出現於世間安隱衆生故亦説如是法知第一寂滅以方便力故雖示種種道其實爲佛乘釋曰本師以出至梵天之舌相演眞實言放一萬八千之毫光現希奇瑞乃至地揺六動天雨四華謦欬彈指之聲

周聞十刹百千諸佛世界一道融通引三世之覺王同詮此旨付十方之大士共顯斯宗故十方諦求更無餘法論位是最實之位言詮乃第一之詮可謂究竟指歸眞實行處若但志心讀誦靈感難思毛孔孕紫檀之香舌表變紅蓮之色何況信解悟入如說修行供養則福過正徧知行處則可起如來塔有斯大事孰不歸依除不肖人實難信受又如神力品偈云以佛滅度後能持是經者諸佛皆歡喜現無量神力囑累是經故讃美受持者於無量劫中猶故不能盡是人之功德無邊無有窮如十方虛空不可得邊際能持是經者則爲已見我亦見多寶佛及諸分身者故知證此一毫之靈智量逾無盡之太虛如觀牖隙之中遠見十方之際現神力以囑累恐墜斯文發歡喜以讃揚唯精斯旨今者與諸有緣信士遇茲正教之人自緬曩生障深垢重諸佛出世不覩毫光得厠嘉筵親聞正法復思夙願微有良因於末法中偶斯遺教既欣遭遇傍愍未聞遂乃略出要詮徧示後學可謂醍醐之正味不覺不知甘露之妙門不問不信如斯大失實可驚心是以安樂行品云佛告文殊師利菩薩摩訶薩於後末世法欲滅時有持是法華經者於在家出家人中生大慈心於非菩薩人中生大悲心應作是念如是之人則爲大失如來方便隨宜說法不聞不知不覺不問不信不解其人雖不問不信不解是經我得阿耨多羅三藐三菩提時隨在何地以神通力智慧力引之令得住是法中釋曰於在家出家四衆之中生大慈

心者即是示如來一心方便門慈能與樂俱令信入同證大般涅槃四德之樂於非菩薩人中生大悲心者即是外道邪見不生正信之人悲能拔苦即是示如來一心解脱門皆令悟解永拔分段變易二死之苦此宗鏡録於後若遇有緣信心或曉夜忘疲精勤披覽以悟爲限莫告劬勞是以諸大菩薩皆思過去波流苦海作不利益之事喪無數身都無利益又今猶處生死惡業之中皆是過去世中妙行不勤故今者偶斯正典可謂坐參但仗三寶威神諸佛加被無諸難事早得心開普及一切法界含生皆同此悟即斯願矣須知圓宗罕遇若芥子投於針鋒正法難聞猶盲龜值於木孔若非夙熏乘種久積善根焉偶斯文親得傳受應須慶幸荷佛慈恩所以古人或重教輕財則輸金若市或忘身爲法則立雪幽庭且金是身外之浮財豈齊至教命是一期之業報曷等眞詮是故因聞般若深經以爲乘種遂得乘急常聆妙音可以身座肉燈歸命供養皮紙骨筆繕寫受持如大涅槃經云佛言善男子於乘緩者乃名爲緩於戒緩者不名爲緩菩薩摩訶薩於此大乘心不懈慢是名本戒爲護正法以大乘水而自澡浴是故菩薩雖現破戒不名爲緩止觀云戒急乘緩者事戒嚴急纖毫不犯三種觀心了不開解以戒急故人天受生或隨禪梵世耽湎定樂世雖有佛説法度人而於其等全無利益設得值遇不能開解震旦一國不覺不知舍衛三億不聞不見著樂諸天及生難處不來聽受是此意也譬如繫人或以財

物求諸大力申延日月冀逢恩赦在人天中亦復如是冀善知識化導修乘即能得脱若於人天不修乘者果報若盡還墮三途百千佛出終不得道若理事俱緩者永墜泥犂失人天果報神明惛塞無得道期廻轉沉淪不可度脱故知處世俗家拘三界獄不求一念出離猶如散禁之人應須生如來家遇善知識聽聞正法如理思惟事戒理乘雙行雙照身律心慧俱習俱持以戒急故受人天之身以乘急故紹祖佛之位如是則方諧本願不負初心可以上合慈風下同悲仰難逢良便恐慮緣差深勸諸賢莫成後悔又我此宗鏡所録之文但爲最上根人不入餘衆生手唯令佛種不斷聞於未聞誓報慈恩不孤本願若涉名利非被此機如古德釋華嚴教所被機五簡非器一違真非器謂不發菩提心不求出離依傍此經求名求利莊飾我人經非彼緣故非其器經云爲名利說法是爲魔業又云不淨說法墮惡道等二背正非器謂詐現大心僞飾邪善近滅人天遠違成佛墮阿鼻獄多劫受苦經云忘失菩提心修諸善根是爲魔業三乖實非器謂雖不邪僞然隨自執見以取經文遂令超情至教迴不入心故成非器地論云聞作聞解不得不聞又如隨聲取義五過失等此上三位俱是凡愚衆生境界經云此經不入一切餘衆生之手唯除菩薩良以此經非是衆生流轉之緣故不入手四狹劣非器謂一切二乘無廣大心亦非此器經云一切聲聞緣覺不聞此經何況受持五守權非器謂三乘共教諸菩薩等隨自

宗中修行未滿初阿僧祇此亦非器經云菩薩摩訶薩雖無量億那由他劫行六波羅蜜修習道品若未聞此經雖聞不信受持隨順是等猶爲假名菩薩問瓔珞經等十千劫修十信行滿何故此中無量億等時不信此經答以彼但於行布位中修行信等於此圓融普賢十信一攝一切猶未聞信故知不偶斯文虛功累劫纔聞此旨便入圓通但不涉前五非器之中則永固一乘之佛種可以手得可以心傳深囑後賢無失法利又若過去曾聞此法未得信入以法力所熏方起疑心若未曾聞疑終不起如入大乘論云薄福之人不生於疑能生疑者必破諸有是以著有衆生皆因染習如輕毛之不定垢淨隨緣猶素絲之攬色青黃任受悉是聞熏之力各入三乘之門況聞宗鏡之文速發一乘之種但有心者熏皆得成華嚴論云如世間一切井泉以海爲體若人飲者皆得海味一體無異但隨業力而得鹹味此經亦爾若有大心衆生聞持信入便得如來法身佛性大悲智味闡提之人無所堪任然如來智性常作生因故知具大信根者聞之成佛如不信者即是闡提然雖不信亦熏其種故云如來智性常作生因所以法華經偈云若有聞法者無一不成佛昔泥蛤聞法而生天龐象聽經而悛惡比丘戲笑而獲果女人思惟而悟空何況聞宗鏡中純圓頓教如善見律論云昔佛在世時到瞻婆羅國迦羅池邊爲衆說法時彼池中有其一蛤聞佛池邊說法之聲即從池出入草根下聽佛說法時有一人持杖放牛見

佛在坐爲衆説法即往佛所欲聞法故以杖刺地悞著蛤頭即便命終生忉利天以福報故宫殿縱廣十二由旬與諸天女娱樂受樂即乘宫殿往至佛所頭頂禮足佛知故問汝是何人忽禮我足神通光明相好無比照徹此間蛤天即以偈而答曰往昔爲蛤身於水中覓食聞佛説法聲出至草根下有一牧牛人持杖來聽法杖劄刺我頭命終生天上佛以蛤人所説偈爲四衆説法是時衆中八萬四千人皆得道跡蛤天人得須陀洹果含笑而去大智度論云昔王不立廐於寺者謂此王有象可以敵國每有怨敵莊嚴器仗無不剋勝後敵國皆懼久而無敵遂於寺中立廐養之久聞僧衆禮念熏心馴善成性後有鄰國兵衆相侵嚴象敵之都不肯戰其王憂愁

慮國衰敗智臣白王此象久久處之精舍見聞善事與之化矣可處屠坊令常見殺後未經久惡心還起畜生尚爾況復於人近善不善近惡不惡故儒典中亦令君子慎所習也今若聞宗鏡熏起一乘廣大難量善利無盡雜寶藏經云佛法寛廣濟度無涯至心求道無不獲果乃至戲笑福不唐捐如往昔時有老比丘年已朽邁神情昏塞見諸年少比丘種種説法聞説四果心生羨尚語少比丘言汝等聰慧願以四果以用與我諸少比丘嗤而語言我有四果須得好食然後相與時老比丘聞其此語歡喜即設種種餚饍請少比丘食共食已更相指揮弄老比丘語言大德汝在此舍一角頭坐當與汝果時老比丘聞已歡喜如語而坐諸少比丘即以皮毱打其

頭上而語之言此是須陀洹果老比丘聞已繫念不散即獲初果諸少比丘復弄之言雖與汝須陀洹果然其故有七生七死更移一角次當與汝斯陀含果時老比丘獲初果故心轉增進即復移坐諸少比丘復以毱打頭而語之言與汝二果時老比丘益加專念即證二果諸少比丘復弄之言汝今已得斯陀含果猶有往來生死之難汝更移坐我當與汝阿那含果時老比丘如言移坐諸少比丘復以毱打而語之言我今與汝第三之果時老比丘聞已歡喜倍加至心即時復證阿那含果諸少比丘復弄之言汝今已得不還之果然故於色無色界受有漏身無常遷壞念念是苦汝更移坐次當與汝阿羅漢果時老比丘如語移坐諸少比丘復以皮毱撩打其頭而語之言我今與汝彼第四果時老比丘一心思惟即證阿羅漢果得四果已甚大歡喜設諸餚饍種種香華獻諸比丘報其恩德與少比丘共論道品無漏功德諸少比丘發言滯塞時老比丘方語之言我已證得阿羅漢果已諸少比丘聞其此音咸皆謝悔先戲弄罪是故行人宜應念善乃至戲弄猶獲實報況至心也又雜寶藏經云昔有一女聰明智慧深信三寶常於僧次請一比丘就舍供養後時便有一老比丘次到其舍年老根鈍素無知曉齋食訖已女人至心求請說法敷坐頭前閉目靜坐比丘自知不解說法趣其泯眼棄走還寺然此女人至心思惟有爲之法無常苦空不得自在深心觀察即時獲得須陀洹果既得果已向寺求覓欲報其恩然

此比丘自審知弃他逃走倍生慚恥轉復藏避而此女人苦求不已方自出現女人見已具説蒙得道果因緣齋供報恩老比丘聞甚大慚愧深自剋責亦復獲得須陀洹果是故行者應當至心精誠求法若至心者所求必證如上所獲聖果豈有前人爲説深妙法耶皆是自悟從心所證可驗宗鏡達者無疑如大乘本生心地觀經云佛言我今演説心地妙法引導衆生令入佛智如是妙法諸佛如來過無量刧時乃説之乃至以是因緣難見難聞菩提正道心地法門若有善男子善女人聞是妙法一經於耳須臾之頃攝念觀心熏成無上大菩提種不久當坐菩提樹王金剛寶座得成阿耨多羅三藐三菩提華嚴十地品云金剛藏菩薩云佛子此集一切種一切智功德菩薩行法門典若諸衆生不種善根不可得聞解脱月菩薩言聞此法門得幾所福金剛藏菩薩言如一切智所集福德聞此法門福德如是何以故非不聞此功德法門而能信解受持讀誦何况精進如説修行是故當知要得聞此集一切智功德法門乃能信解受持修習然後至於一切智地故知若不聞此不思議廣大威德圓頓法門何由修行速證究竟一乘常樂我淨大涅槃果以衆生處不定聚中聞小修小遇權習權不偶斯文俱成大失今所集者所益弘多設聞而不修亦成其種何况聞思修者如先德云如今若要直會但不取一切相即得更無别語佛是自心義亦名爲道亦云覺義覺是靈覺之性只今自鑒照語言應機接物揚眉動目

運手動足皆是自靈覺之性亦是心心即道道即佛佛即是禪禪之一字非凡所測若知諸法從心生即不應執執即不知若不見本性十二分教則爲虛設故知因教明心何執文義又教從心生心由教立離心無教離教無心豈心外別有教而可執乎所以唯識疏云若頓教門大不由小起即無三時前後次第即華嚴經中說唯一心是初成道竟最初一說又云諸愚夫類從無始來虛妄分別因緣力故執離心外定有眞實能取所取如來大悲以甘露法授彼令服斷妄狂心棄執空有證眞了義華嚴等中說一切法皆唯有識所以佛證唯識說一心經令依修學釋云天親造頌成立佛經令諸學者了知萬法皆不離心即大乘中道義理顯矣是知圓中之信

此信難成如起信鈔問云此信若言本有衆生何故沉迷如其本無憑何發起答此信本來非有非無以非有故衆生沉迷以非無故遇緣即起若言定無發起何物若言定有何假因緣然上所述是約迷悟因緣說若論此信須不信一切法乃能成信亦不是非有非無何者以衆生不覺似迷非迷眞性不沉故即不是非有以一念復本似悟非悟不從新得故不是非無故云自心起信還信自心又何故此心難信以如來本覺體即衆生心諸佛菩薩不能見如來本覺體離見相故當知衆生心綿密亦不可見大品經云佛觀衆生心五眼不能見無自他能所相故昔人詩云海枯終見底人死不知心又云相識滿天下知心能幾人是以宗鏡深旨一心妙門非大

智而不能觀匪大根而不能信觀之即齊佛智信之即入圓通但懇志無疑決取成辦如管子云利之所在雖千仭之山無所不上深源之下無所不入商人通賈倍道兼行夜以續日千里不遠利在前也漁人入海海水百仭衝波逆流宿夜不出利在水也此乃世間勤苦求利之志耳如或堅求至道曉夕忘疲不向外求虛襟澄慮密室靜坐端拱寧神利在心也如利之所在求無不獲况道之在心信無不得矣故知訓格之言不得暫捨可以鏤於骨書於紳染于神熏于識所以楚莊輕千乘之國而重申叔一言范獻賤萬畝之田以貴舟人片說此乃成家立國尚輕珍重言況宗鏡中言下契無生聞之成入道寧容輕慢乎問一心具實性凡聖是虛名者云何作凡之時熾然繫縛諸有證聖之日豁爾解脫眞空乃知不唯但名的有其事答雖有其事如同夢中之事設有其名皆非得物之名故知夢覺俱虛名體雙寂如淨名私記云法相如是豈可說乎若說則言有一法可得存法作解還是生死業今時只欲令衆生除一切見此中見無別義亦無巧釋如人夜夢種種所見比至覺時緫無一物今亦爾虛妄夢中言有萬法若悟其性畢竟無一物可得此中亦無能說能示亦無能聞能得是以異生非墮凡夫地迷處全空諸佛不證眞如門悟時無得則不見有一法可斷無生死所出之門不見有一法可成無菩提能入之路思益經云諸佛出世不爲令衆生出生死入涅槃但爲度生死涅槃之二見耳現寶藏經云文殊

師利言大德迦葉如人熱病是人種種妄有所說是中寧有天鬼持耶有大明醫飲彼人酥熱病即愈止不妄說是中頗有天鬼去不答言不也乃至世間如是顛倒熱病無我我想住我想已流轉生死是故如來出現於世隨彼形色應解法門知解我想斷於顛倒爲彼衆生而演說法旣聞法已除一切想無所執著知解想已越度諸流到於彼岸名爲涅槃是中頗有我及衆生壽命養育人及丈夫可涅槃者不答言無也文殊言爲是利故如來出世但爲顯示平等相故不爲生不爲滅但爲解知煩惱不實釋曰如來出世但爲顯示平等相者夫執妄苦而求離望聖量而欲修皆是妄我施爲情識分別是以大雄垂跡但示正宗破妄我而顯真我之門斥情識而歸淨識之道真我淨識即平等相以淨識絕分別真我無執情絕分別故差別自亡無執情故平等自現首楞嚴經云由汝無始心性狂亂知見妄發發妄不息勞見發塵如勞目睛則有狂華於湛精明無因亂起一切世間山河大地生死涅槃皆即狂勞顛倒華相大般若經云佛言善現一切法皆以無起無作爲趣諸菩薩摩訶薩於如是趣不可超越何以故無起無作中趣與非趣不可得故大集經云佛言若有菩薩成就自然慧方便而求菩提於此五陰中爲如實覺故求於菩提是菩薩知色無常而行布施乃至受想行識亦如是知識無常應行布施知識苦知識無我知識鈍知識無智知識如幻知識如野馬知識如水中月知識如夢知識如影知識如響

知識如旋火輪知識無我知識無衆生知識無命知識無人知識無主知識無養知識如空知識無相知識無願知識無作知識無生知識無起知識無出知識無形知識寂靜知識離知識無終知識無成知識與虚空等乃至知識如涅槃性而行布施菩薩如是行施時以施離故知識亦離以識離故知施亦離以識施離故知願亦離以願離故知識施願亦離以識施願離故知菩提亦離以菩提離故知識施願離而知一切法同菩提性善男子是爲菩薩出世間檀波羅蜜是知識空故一切凡聖萬法皆空以了此空故方能行無上菩提具足十波羅蜜則悲智圓滿二利無虧具此悲智何所爲耶佛種不斷故佛種不斷有何相耶謂成三德救護衆生成就恩德永斷煩惱成於斷德了知諸行成於智德是以入此宗鏡動止唯心更無一法而能破壞如大虚空藏所問經云譬如有情於空中行而彼虚空無有破壞如是一切有情於眞如中行而彼眞如無有斷壞菩薩如是由以智故於色於法以眞如印之不於眞如間斷破壞是爲菩薩以如來印印於眞如不間斷善巧智故問歸命三寶是仗他勝緣四諦法門依眞俗二境乃至三乘三藏六度六通三十七品助道之門十八不共果位之法云何總歸一心正義而悉圓通答諸聖以無爲而得名圓修以無作而成行不分別諸境是眞調伏心了一切法空則常在三昧超日三昧經云知色心空得佛何難斯之謂矣故知一切諸法頗有不由心者心攝一切如如意珠無

不具足且論三寶義廣恒沙今依古德約五教門略論同別二種三寶一約觀別論三寶者一小乘以妄心即空爲佛寶寂滅爲法寶無諍爲僧寶二大乘初教妄心不可得爲佛寶離思惟爲法寶無我爲僧寶三終教妄心無自性無礙自在爲佛寶以是寥廓名法寶以無所求爲僧寶四頓教以妄心本無生爲佛寶絶念爲法寶無分別爲僧寶五一乘圓教以妄心起無初相不動爲佛寶以無非是爲法寶以無非是爲僧寶二同體三寶者一小乘約立事就義門以末歸本故佛體上覺照義邊爲佛寶軌則義邊爲法寶違諍過盡爲僧寶二初教約會事從理門以能見三寶差別相即平等故以眞空爲佛寶此空離自他爲法寶此離無二爲僧寶三終教約理事融顯門以即事中有理理中有事故以本覺爲佛寶恒沙性德爲法寶性德不二爲僧寶四頓教約絶相理實門以三寶無爲相與虛空等故爲佛佛即是法法即是僧五圓教約融通無礙門以法界諸法無不是寶故以覺故約義而論皆佛寶軌則而言無非是法和合而言無不是僧是以不動眞心成一體三寶雖約機開五教隨智各不同然不離一心門即分同別理所以教中但云自歸依佛等終不云歸依於他故云自性不歸無所歸處夫歸者是還原義衆生六根從一心起既背自原馳散六塵今舉命根總攝六情還歸其本一心之原故曰歸命一心即具三寶夫一體三寶者只是一心心性自能覺照即佛寶心體本自性離名法寶心體無二即僧寶思

益經云知法名爲佛知離名爲法知無爲名僧是菩薩徧行知法名爲佛者即是眞佛法身如來佛即是法故法即是佛亦猶如來者即諸法如義次應問言法即是佛於義巳解何者是法故次句云離即是法以一切法本性離故心體離念即是覺故次應問言法本自離則無所修何得有僧次解云知無爲名僧無爲即法法本自離由知無爲故得成僧故大品經云由知諸法空分別須菩提等故大般若經云般若甚深知一切法本性離故又文殊云如佛世尊堪受供養以於一切法覺實性故是故經云如實覺一切法名爲大捨釋曰於一切法見心自性即是如實究竟之覺即是頓成佛義三寶常現世間義眞實慈義同體悲義大喜捨義具足檀波羅蜜義一切願行成就義又璨大師問可大師曰但見和尚即知是僧未審何者是佛云何爲法答曰是心是佛是心是法法佛無二汝知之乎若有不信如上所引祖佛誠言一體三寶歸依自心之旨不唯後果永墮泥犂亦乃現受人間華報如大涅槃經云佛告迦葉菩薩善男子汝今不應如諸聲聞凡夫人分別三寶於此大乘無有三歸分別之相所以者何於佛性中即有法僧爲欲化度聲聞凡夫故分別說三歸異相又云若有不識三寶常存以是因緣脣口乾焦如人口爽不知甜苦辛醋鹹淡六味差別一切衆生愚癡無智不識三寶是長存法是故名爲脣口乾焦復次善男子若有衆生不知如來是常住者當知是人則爲生盲若知如來是常住者如是之人

雖有肉眼我說是等名爲天眼又若決定直心信伏入宗鏡中於剎那間念念見一心三寶常現世間或障重遮深任經塵劫終不省信尚不聞三寶之名豈遇一眞之道如法華經偈云衆生旣信伏質直意柔輭一心欲見佛不自惜身命時我及衆僧俱出靈鷲山我時語衆生常在此不滅以方便力故現有滅不滅乃至是諸罪衆生以惡業因緣過阿僧祇劫不聞三寶名諸有修功德柔和質直者則皆見我身在此而說法故知親見佛親聞法人難得阿難二十年爲佛侍者尚不見佛面唯觀救世者輪迴六趣中又但以緣心聽法此法亦緣非得法性如大寶積經云實行沙門以正法身尚不見佛何況形色以空遠離尚不見法何況貪著音聲言語以無爲法尚不見僧何況當見有和合衆又舍利弗問諸比丘汝等從何聞法答無有五陰十二入十八界從是聞法又問汝等爲誰弟子答無得無知者是彼弟子是以悟者方知非言所示又心爲苦實際名苦諦心性無和合名集諦心本寂滅名滅諦心本圓通名道諦觀心空出聲聞乘觀心假出菩薩乘觀心中出諸佛乘觀實相心非色非心不同頑癡故非色不同受等妄情分別故非心非色非心以爲戒體出律藏廣博嚴淨經云若能持此經具足一切戒金剛三昧經明悟本覺者佛言如是之人不存二相雖不出家不住在家雖無法服雖不具戒能以自心無爲自恣而獲聖果大寶積經云文殊師利言一切諸法畢竟寂滅心寂滅故名究竟毗尼又云若不得心

則不念戒若不念戒則不思慧若不思慧則無復起一切疑惑既無疑惑則不持戒若不持戒是則名爲眞持戒也文殊師利所問經云若以心分別男女非男非女等是菩薩犯波羅夷菩薩瓔珞本業經云一切菩薩凡聖戒盡心爲體是故心亦盡戒亦盡心無盡故戒亦無盡大乗千鉢大教王經云一者如來一切心法金剛自性本來清淨畢竟寂滅菩薩若於大乗性中能持十重戒者覺心眞淨了見心性無染無著是故菩薩能持十重戒者是則名爲不壞毗尼又一切善惡等法可執可持出經藏觀心能研妙義出論藏是以檀因心捨圓清淨之施門戒因心持成自性之淨律辱因心受具無生之大忍進因心作備牢强之進門能觀心性名爲上定則禪因心發般若靈鑒窮幽洞微則智從心起即六度門故經云空心不動具足六波羅蜜何者經云無可與者名爲布施豈心外有法可住相耶經偈云戒性如虛空持者爲迷倒寧執事法分持犯耶經云忍者於一刹那盡一切相及諸所緣又云何謂菩薩能行忍辱佛言見心相念念滅豈可伏捺自心對治前境而爲忍受耶經偈云若能心不起精進無有涯又云何謂菩薩能行精進佛言求心不可得寧著有爲妄興勞慮耶經云不見心相名爲正定豈避喧雜而守靜塵耶經云不求諸法性相因緣是名正慧寧外徇文言强生知解耶是知心外見法盡名外道故經云外道樂諸見若直了自心則不爲諸見所動如經云菩薩無所見者即無所有無所有者則一切

法夫言無所見者非是離一切法云無所見即見一切法而無所見以無所有即一切法一切法即無所有故首楞嚴經云法法何狀所以經頌云若能除眼翳捨離於色想不見於諸法則得見如來大足法師臨終題壁偈云實相言思取真如絕見聞此是安安處異學但云云

宗鏡録卷第二十六

音釋

鎦側持切八兩曰鎦　謦欬謦去頂切欬苦蓋切謦欬逆氣聲也　隙綺戟切孔隙也　緬繆彌充切綢繆反覆也　劬權俱切勤也　輸式朱切輸送也　繕時戰切編録文籍謂之繕寫　耽湎耽都含切樂也湎瀰兖切溺也　惛呼昆切心不明也　蛤古沓切蚌屬　廐居祐切象馬舍也　悛此緣切改也

劖鋤銜切斷也　刺七自切殺也　嗤赤脂切笑也　毱渠竹切毬也　鏤郎豆切雕刻也　紳式真切大帶也

宗鏡録卷第二十七

宋慧日永明妙圓正修智覺禪師延壽集

夫身受心法俱無自性了不可得即四念處觀善不善法從心化生即四正勤心性靈通隱顯自在即四神足信心堅固湛若虛空即五根五力覺心不起即七覺支直了心性邪正不干即八正道眼如乃至意如心境虛融即六神通所以舍利弗不達常寂三昧目連通不現前説法不當以未得法空神通故台教云觀於一心欻有一切心觀一切心倐無諸心心無有無通至實相即神通也義海云謂此塵無體不動塵處恒徧十方刹海無來去之相是神足通不起于本座徧遊於十方又見塵法界無際而有理事教義一切菩薩皆同證入皆同修習此法更無別路是他心通見塵法界解行現前之時即知過去曾於佛所親聞此法以觀心不斷是故今日得了是宿命通又見塵性空寂無相可得即不二見若見相即爲二也由無相即無有二名天眼通經云不以二相見名眞天眼又了塵無生無性空寂即執心不起是漏盡通經云斷結空心我是則無有生又聞説塵法界差別之聲即知一切聲全是耳不復更聞也然此聞無緣無得於聲悟一切法是常聞一切佛法爲天耳通金剛三昧經云大力菩薩言何謂存三守一入如來禪佛言存三者存三解脫守一者守一心如入如來禪者理觀心如入如是地即入實際華嚴經頌云佛子住於此念念入三昧一一三昧門闡明諸佛境禪經序云質微則勢重質重則勢微如地質重

故勢不如水水性重故力不如火火不如風風不如心心無形故力最無上神通變化入不思議心之力也又能所融通自他一體即四攝法不得身口意常隨智慧行即十八不共法等畢至得果受記皆不離一心如海龍王經云心淨無垢則爲受決乃至佛語龍王其心意識無所住立則爲受決諸法如是以無因緣諸法本諦覺了諸法平等無異則成無上正眞之道究竟求本無有受決及成佛道若受決者若受決已所以者何諸法無形本末悉斷皆無有主一切諸法從因緣轉乃至諸法無二用本一故諸法本一離若干故乃至無量無邊教海行門皆是自心發現自心引出終無一法一行從外而成若起念外求隨他勝境悉是魔事故經云作斯觀者名爲正觀若他觀者名爲邪觀故知心正事正心邪事邪若未達一心觸途皆僞正行亦成邪行佛門變作魔門若入宗鏡之中無徃不利苦行亦成妙行邪宗即是正宗只如五熱炙身外道一法若了之則勝熱爲無分別智焰之門若昧之則尼乾作大我見嚴熾之解是以法無邪正道在變通如西天尼乾子五熱炙身生大邪見佛弟子謂之言曰善男子如世人駕牛車於路欲速有所至打牛即是打車即是尼乾聞之勃然作色佛弟子曰善男子牛喻於心車喻於身何得苦身而不修心不用炙身應當炙心華嚴經云復有十千緊那羅王於虛空中唱如是言善男子此婆羅門五熱炙身時我等所住宫殿諸多羅樹諸寶鈴網諸寶繒帶諸音樂樹諸妙寶樹及

諸樂器自然而出佛聲法聲及不退轉菩薩僧聲願求無上菩提之聲云某方某國有某菩薩發菩提心某方某國有某菩薩修行苦行難捨能捨乃至清淨一切智行某方某國有某菩薩往詣道場乃至某方某國有某如來作佛事已而般涅槃善男子假使有人以閻浮提一切草木𥝖爲微塵此微塵數可知邊際我宫殿中寶多羅樹乃至樂器所説菩薩名如來名所發大願所修行等無有能知其邊際善男子我等以聞佛聲法聲菩薩僧聲生大歡喜來詣其所時婆羅門即爲我等如應説法令我及餘無量衆生於阿耨多羅三藐三菩提得不退轉是以於一心正觀之中最爲樞要少用心力成大菩提故華嚴私記云此經中總是法身作多種名字如人天十善五戒爲身聲聞四諦緣覺十二因緣菩薩六度佛種智爲身身是聚義於法身中隨行位功德聚處名身若有情身相皆是法身所起右無情國土盡從佛智所現終無纖毫於宗鏡外別有異體而能建立故經云若一法是有非無摩訶衍不能勝出若更有一法則不得稱獨尊獨勝爲萬有之所依矣所以隨根不同見有多種遂爲十波羅蜜五教不同一小乘教不成波羅蜜二始教要是菩薩種性人方有故又各有體性或説俱空三終教一一皆從眞如性功德起四頓教一一皆不可説謂不施不慳乃至不智不愚等一切皆絶若十若六皆悉亡言五圓教一一圓融具德無盡又此十波羅蜜可以意得一念相應心捨則具十度捨而不取爲施不爲諸非

所汙即戒忍可非有爲忍離身心相爲進寂然不動爲定決了無生爲般若雖空不礙知相爲方便希齊佛果是願思擇不動爲力決斷分明爲智一念方寸十度頓圓故華嚴經中七地菩薩念念具足十波羅蜜是以十度若圓八萬四千法門一時齊應凡曰祖教或淺或深但即之於心理無不盡若心外行事則取相輪廻任歷三祇終成妄想是以儒童曰昔我於無數劫國財身命施人無數以妄想心施非爲施也今日以無生心五華施佛始名施耳故華嚴經頌云設於無數劫財寶施於佛不知佛實相此亦不名施又云於一切善根生自善根想乃至於一切行生自行想夫一切差別事相縱横境界若於相上觀察則行布難明若於體內消融悉皆平等故

先德云萬事驅歸體處平是非自向心中混所以傅大士頌云返本還原去心性不沉浮安住王三昧萬行悉圓收問萬行唯心則因心起行夫道場法則全在事相而修云何總攝千途咸歸一道答我此宗門一乘之妙唯以一念心照真達俗成無上覺名爲道場何者照真則理無不統達俗則事無不圓所以維摩經云一念知一切法是道場成就一切智故什法師釋云二乘法以三十四心成道大乘一念則確然大悟具一切智也肇法師解云一切智者智之極也朗若晨曦衆冥俱照澄若靜淵群像並鑒無知而無所不知者其唯一切智乎何則夫有心則有封有封則有疆封疆既形則其智有涯其智有涯則所照不普至人無心無心則無封無封則無疆

封疆旣無則其智無涯其智無涯則所照無際故以一念一時必知一切法也又道場者實相理徧爲場萬行通證爲道則道無不至場無不在若能懷道場於胷中遺萬累於身外者雖復形處憒閙跡與事鄰乘動所遊無非道場也所以禪要經云弃諸蓋菩薩白佛言世尊曾聞如來而坐道場道在何處爲近爲遠而可見不佛言善男子法身徧滿無非佛土十方世界五陰精舍性空自離即是道場云何問言爲近遠耶善男子若能悟解道在身心如是之人則名爲見諸法無行經云文殊師利言世尊一切衆生皆是道場是不動相文殊師利云何是事名不動相世尊道場者有何義文殊師利一切法寂滅相無相無生相無所有相不可取相是名道場義世尊一切衆生不入此道場耶佛言如是如是是故世尊一切衆生皆是道場名不動相華嚴經頌云如是一切人中主隨其所有諸境界於一念中皆了悟而亦不捨菩提行又經云一刹那心覺一切法究竟無餘是妙菩提今亦不礙事相道場以即法恒眞相在無相理外無事無相在相又無相在相則隱顯同時相在無相則空有一際悲華經云雖修淨土其心平等猶如虛空雖行道場解了三界無有異相斯則行事而不失理照理而不廢事事理無礙其道在中是以觀和尚於一心門立十淨土成十種如來坐十種道場說十種法門一金剛如來在於金剛道場能說金剛法門以自心智見我心性此心從本來永無諸相猶如虛空湛然不動明見之心名金

剛如來所說金剛法門者如經偈云菩薩智慧心清淨如虛空無性無依處一切不可得所云十淨土者如經云十方國土皆如虛空二解脫如來在於無著道場能說無著法門有爲無爲一切諸法相皆從心出無不心也能出自心尚無體相云何依心所出諸法有實體也即體與相一味無別有何所著是名解脫如來所說無著法門如論云以一切法皆從心起一切分別皆分別自心心不見心無相可得三般若如來在於無住道場能說無住法門經云入三世間中自身所住處隨求之處永無自性故不得住相是故當知一切諸相一無住之法隨緣之時相即相融從無住本立一切法能解無住之心名般若如來恒說無住法門四摩訶衍如來於無礙道場說無礙法門譬如虛空不動出生諸色雖出諸色不虛空外唯空所作色色空無礙融無二相修心亦然理事無礙理者心也事者身也從本已來色心無二如是身心無礙名爲摩訶衍如來說無礙法門五菩提如來在於無相道場能說無相法門經云四大無主身亦無我此離能所之相名爲佛身如是觀心不絕者觀心行處圓備實相名菩提如來一切衆生即菩提相故六實際如來在於無際道場能說實際法門所謂以自眼見小物時其物相入於眼內其物至微以無内故則含無外法界大相以此知一刹那心見物相時即後念心中無有物相前心後念皆自心故明知不動塵量徧至法界則自心實際徧一切處經云有所興業而有所作即爲魔事

六根無所進不行諸法名平等精進七眞如如來在於常住道場能説常住法門觀心周遊於塵剎中湛然凝寂此凝寂心稱至於緣不失本體以是故盡未來際值緣恒不動故名常住法也如經云有爲無爲一切諸法有佛無佛性相常住無有變異八法界如來在於法界道場能説法界法門法者實相心界者依此心所出諸剎譬如大海所生諸物皆無不海一切諸法皆從實相心所生皆無不心是故當知眼中所見色耳中所聞聲皆眞法也以一切法唯一法故如經云一切法唯一相故九法性如來在於法性道場説法性法門不分凡聖善惡之法名爲性是不分法法界門中重重無盡一中解無量法性無盡故所以得知皆無盡者法界中入一一緣覔時盡未來際無所得故十涅槃如來在於寂滅道場能説寂滅法門一切法皆是涅槃能得此意人者於動作處見寂滅法不離生死常得涅槃不捨無常之身恒得常身經云衆生如一切法如如無有生如無有滅以此義故擧足下足不離道場於念念中常作佛事故知通達一念法法周圓諦了一心門門具足則無邊佛事不出一塵矣又智身徧坐法性道場法身非坐而坐道場法門身安坐萬行道場幻化身安坐水月道場智身者即法性是所證以能證智安處理故證理之處是得道之場法身者法身旣無能所故曰非坐非坐之坐湛然安住名坐道場法門身者如云布施是道場不望報故等以萬行爲得道之處即是道場幻化身者涅槃經云吾今此

身是幻化身則所得道處如水中月故昔人云修習空華萬行安坐水月道場降伏鏡像天魔證成夢中佛果意云若因若果皆從緣生如夢幻故是以若實若幻皆是一心以實是心之性幻是心之相以因了相虚見自心性時是得道之處故云道場如是解者舉下之間無非道場矣則念念皆成無盡法門念念悉證法華三昧如台教所明法華三昧者即是四一理一教一行一人一觀一心三諦理一一心三觀行一作觀者人一能詮觀境教一又法身理一般若教一解脱行一和合三法成假名人一即觀行如來約六即位位四一於一念中念念四一一色一香無非四一作如此觀行何法不是法華三昧也何者以教理是心之所詮人行是心之所作以俱不出一心故云塵塵念念皆是法華三昧問既稱一心一身云何立種種身相種種法門答斯乃萬化之原一眞之本隨緣應用猶如意珠對物現形若大圓鏡是以能包萬像是大法藏出生無盡是無盡藏妙慧無窮是大智藏法法恒如是如來藏本性無形是淨法身體合眞空是虚空身相好虚玄是妙色身妙辯無窮是智慧身隱顯無礙是應化身萬行莊嚴是功德身念念無滞是入解脱法門心心寥廓是入空寂法門六根自在是入無礙法門一念不生是入無相法門又此中旨趣若相資則唯廣唯大演之無際若相攝則唯微唯細究之無蹤斯乃離有無而不壞有無標一異而非一異則四邊之火莫能燒百非之垢焉能染但隨緣顯現如空谷響故大

涅槃經云譬如一人多有所能若其走時則名走者若收刈時復名刈者若作飲食名作食者若治材木則名工匠鍛金銀時言金銀師如是一人有多名字法亦如是其實是一而有多名故知約用分多體恒冥一廬山遠大師云唯一知性隨用分多非全心外別有諸數譬如一金作種種器非是金外別有器體隨用別分受想行等各守自相得言有數如金與器非無差別金器雖別時無前後心法如是若言定一金時應當無前諸器若言定別器應非一金心法一異准此可知矣是以若但指金則失器壞於世諦若但指器則失金隱於眞諦所以性淨隨染舉體成俗即生滅門染性常淨本來眞淨即眞如門斯則即淨之染不礙眞而恒俗即染之淨不破俗而恒眞是故不礙一心雙存二諦乃至無量身雲無量法門隨義雖分一心不動是以衆聖所歸無非法也法即心也是以法能成佛大報恩經云佛以法爲師般若經云我初成道觀誰可敬可讃無過於法法能成立一切凡聖故台教云若觀如來藏心地法門即是觀如來眼耳鼻舌身意豁然眞發得見佛性三智現前三身具足故知舒爲萬法卷即一心一中無量無量中一如華嚴經云爾時文殊師利菩薩問德首菩薩言佛子如來所悟唯是一法云何乃說無量諸法現無量刹化無量衆演無量音示無量身知無量心現無量神通普能震動無量世界示現無量殊勝莊嚴顯示無邊種種境界而法性中此差別相皆不可得時德首菩薩以頌答曰佛子所

問義甚深難可了智者能知此常樂佛功德譬如地性一衆生各别住地無一異念諸佛法如是亦如火性一能燒一切物火焰無分别諸佛法如是亦如大海一波濤千萬異水無種種殊諸佛法如是亦如風性一能吹一切物風無一異念諸佛法如是亦如大雲雷普雨一切地雨滴無差别諸佛法如是亦如地界一能生種種芽非地有殊異諸佛法如是亦如無雲曀普照於十方光明無異性諸佛法如是亦如空中月世間靡不見非月往其處諸佛法如是譬如大梵王應現滿三千其身無别異諸佛法如是故知此宗鏡一心之旨名具足道是圓頓門就緣起則無邊約眞性則無二一多交徹存泯同時如法藏法師云明不二者若執塵與心爲一遮言不一

以心所現非無緣故若執塵爲二遮言不二以離心外無别塵故一二無礙現前方入不二經頌云無二智慧中出人中師子不著一二法知無一二故又云若以塵唯心現則外塵都絶若以心全現塵則内心都泯泯者泯其體外之見存者存其全理之事即泯恒存即存恒泯所以一心總含萬有萬有不異一心如起信論疏云所謂法者即衆生心者出其法體謂如來藏心含和合二門以其在衆生位故若在佛地即無和合義以始覺同本唯是眞如即當所顯義也今就隨染衆生位中故得具其二種門也次攝一切世出世法者辯法功能以其此心體相無礙染淨同依隨流返流唯轉此心是故若隨染成於不覺即攝世間法不變之本覺及返染始覺攝出

世間法此猶約生滅門辯若約眞如門者即鎔融合攝染淨不殊故通攝也下具顯三大依於此心顯示大乘義者釋其法名謂依此一心宗本法上顯示大乘三大之義故名此心以爲法也別中二先責總立難後開別釋成前中責有二意一云心通染淨大乘唯淨如何此心能顯三義又云心法是一大乘義廣如何此心能示三義釋意云大乘雖淨相用必對染成故今生滅門中既具含染淨故能顯也以廢染之時即無淨用故此釋初意也又心法雖一而有二門眞如門中示大乘體生滅門中具示三大大乘之義莫過是三是故依此一心得顯三大之義也又何故眞如門中云即示生滅門中云能示者以眞如是不起門與彼所顯體大無有異相詮旨不別故云即示也以是不起故唯示於體也生滅是起動門染淨既異詮旨又分能所不同故不云即也自體相用者體謂生滅門中本覺之義是生滅之自體生滅之因故在生滅門中亦辯體也翻染之淨相及隨染之業用並在此門中故具論耳是故下文釋生滅門内是所顯示三大之義意在於此何故眞如門中直云體生滅門中乃云自體等者以所示三大義還在能示生滅門中顯非別外故云自也問眞如是不起門但示於體者生滅是起動門應唯示相用答眞如是不起門不起不必由起由無有起故所以唯示體生滅是起動門起必賴不起起含不起故起中具三大又問眞如生滅二門既齊相攝者何故眞如門中唯示大乘體不顯於相用生滅門

中具顯三耶答眞如是泯相顯實相不壞相而即泯故得攝於生滅巳泯相而不存故但示於體也生滅是攬理成事門不壞理而成事故得攝於眞如以成事而理不失故具示於三大體大者眞性深廣凡聖染淨皆以爲依故受大名隨流加染而不增返流除染而不減又返流加淨而不增隨流闕淨而不減良以染淨之所不虧始終之所不易故云平等不增減也相大者二種如來藏不空之義謂不異體之相故云性德如水八德不異於水用大者謂隨染等幻自然大用報化二身麤細之用令諸衆生始成世善終成出世善故也下文顯之何故唯言善不云不善者以不善法違眞故是所治故非其用也若爾諸不善法應離於眞釋云亦不離眞以違眞故非其用也鈔喻顯云一心如水眞如如濕生滅如波是水濕相卽示水體是眞如門是水波相能示水之自體相用濕爲自體八功德相爲相鑒像潤物爲用是生滅門眞如門是體不說相用生滅門是相用故具說三大自體相用又是知生滅是眞如家相眞如是生滅家體體相雖異而不相離也其猶波水雖異豈得水在波外耶豈得水不與波爲自體耶所以疏云起舍不起者且眞如不起之門舉體成於起動生滅之相今起中舍不起猶水起成波波舍於水於生滅門由有起故示相用二大由舍不起故示於體大也故能具示之又云眞如門唯示體者無相用可示故生滅門具示三者事理具足故又云如金莊嚴具者眞如隨緣成生滅生滅無體卽眞如

猶眞金隨工匠之緣成諸器物器物無體即是眞金應立量云眞如生滅二門是有法互相攝故是宗因云不相離故同喻如金莊嚴具又云眞不待立俗不待遣者一約眞故無所遣以俗即眞故二約眞故不待立即俗之眞本現故三約俗無所乖眞即俗故四約俗不待立即眞之差別故由是義故不壞生滅門說眞如門不壞眞如門說生滅門良以二門唯一心故是以眞俗雙融無障礙也釋摩訶衍論云依本論略具三門一者本法所依決定門二者根本攝末分際門三者建立二種摩訶衍門論云所言法者謂衆生心者即本法所依決定門論云是心即攝一切世間法出世間法者即是根本攝末分際門論云一法界心總攝一切生滅門法是故名爲攝世間總攝一切眞如門法是故名攝出世間論云依於此心顯示摩訶衍義者即是建立二種摩訶衍門一者心眞如門二者心生滅門一者一體摩訶衍二者自體自相自用摩訶衍作一法界心眞如門即顯示一體摩訶衍法作一法界心生滅門能示自體自相自用摩訶衍法乃至依眞如門所趣入之摩訶衍法唯立體名依生滅門所趣入之摩訶衍法立自名以眞如門中無他相故生滅門中有他相故他謂一切不善品法自謂一切清淨品法若所對治他無能對治自無故唯言體不說自焉若所對治他有能對治自有故唯言自不說體焉又一種本法各有十名名通義別一者名爲廣大神王此中有二一者鳩那耶神王二者遮毗佉羅神王第一神王

住金剛山一向出生吉祥神衆第二神王住大海中徧通出生一切種種吉祥神衆過患神衆二種本法廣大神王亦復如是一體本法一向出生眞如淨法二自本法自體自相自用徧通出生一切種種清白品法染汙品法故自體契經中作如是說文殊師利前白佛言世尊甚深極妙二種大乘不覺同異極疑衆心如宜世尊爲衆更說佛造作相而告文殊言善男子如是二法譬如金剛神王及主海神王其相各差別謂如金剛神王住金剛山見諸境界唯現金光不現餘光眞如一心金剛神王亦復如是唯有淨法無有餘法故又如金剛王唯出清淨眷屬當不出生雜亂眷屬眞如一心亦復如是唯出生死垢清淨法故復次譬如主海神王住大海中出生種種麤惡眷屬種種善妙眷屬生滅一心主海神王亦復如是出生一切染淨法故二者名爲大虛空王此中有二一者空自在空王二者色自在空王第一空王以空容受而爲自在第二空王以色容受而爲自在二種本法亦復如是一體空王以無住處而爲自在二自空王以有住處而爲自在故金剛三昧契經中作如是說心如法理自體空無如彼空王本無住處一地契經中作如是說一心法體於諸障礙無有障礙令住諸法譬如空王於一切色得自在故容受大種故三者名出生龍王此中有二一者出生光明龍王二者出生風水龍王第一龍王以淨光明而爲依止第二龍王以風水德而爲依止二種本法出生龍王亦復如是一體本法以純淨法

而爲其體二自本法以染淨法而爲其德故順理契經作如是說一心本法純一無雜譬如光明龍王以淨光明而爲宫殿以淨光明而爲身相以淨光明而爲徒衆無始契經中作如是說譬如大海中有大龍王名曰出生風水從其頭頂出生澄水從其尾末出生澍嵐由是龍故大海水常恒相續無有斷絶一心龍王亦復如是能生一切差别平等種種諸法常恒相續無有斷絶四者名爲如意珠藏此中有二一者金王如意二者滿主如意第一如意唯出金剛第二如意具足出生善不善物二種本法亦復如是一體如意唯生淨法二自如意通生染淨故如如契經中作如是說佛告金剛藏言佛子譬如金翅鳥王命終然後其心入海爲如意珠能生金沙利益龍王一心本法亦復如是能生眞理利益圓滿者本性智契經中作如是說譬如遮多梨毘爲報恩故於萬劫爲如意珠利益海生一心如意亦復如是能生長生死及涅槃法故五者名爲方等此中有二一者白毫方等二者亂毫方等第一方等中唯現前天像第二方等中通現五趣如是二毫衆生身分顯了分明譬如明鏡二種本法亦復如是故攝無量契經中作如是說清淨法界如白必薩伊尼羅無盡法界如亂必薩伊尼羅故六者名爲如來藏此中有二一者遠轉遠縛如來藏二者與行與相如來藏實際契經中作如是說佛子如來藏者唯有覺者唯有如如離流轉因離慮知縛一一白白是故名爲如來之藏楞伽契經中作如是說如來藏者爲善

不善因受苦樂與因俱若生若滅猶如技兒故七者名爲一法界此中有二一者純白一法界二者無盡一法界第一法界如空劫時第二法界如住劫時眞如法界契經中作如是說空種無礙如空長時徧種無礙如有長時故八者名爲摩訶衍義一者一體摩訶衍二者自體自相自用摩訶衍廣如前說九者名爲中實此中有二一者等住中實二者別住中實第一中實如獨明珠第二中實如順明珠中實契經中作如是說離邊眞心若眞如依如異同珠若生滅依如同異珠故十者名爲一心此中有二一者是一是一一心二者是一切是一一心第一一心隨所作立名第二一心隨能作立名一心法契經中作如是說爾時舍利弗白佛言世尊本地脩多羅作如是唱其心體性非大非小非法非非法非同非異非一非一切何因緣故今日自言眞如一心因一故一生滅一心因多故一將非世尊無有前後相違過耶佛言善男子莫作是說所以者何心法非一因所作一故假名爲一心法非一切因所作一切故假名一切而言一心不說一切心者隨能作心立其名故乃至廣說是名爲十如是十名總諸佛一切法藏根本名字訖故知總立一心別含多義眞如門內無自無他生滅門中有善有惡隨緣開合雖異約性一理無差如上十門義味方足又開則無量無邊之義爲宗合即二門一心之法爲要二門之內容萬義而不亂無邊之義同一心而混融是以開合自在立破無礙開而不繁合而不狹立而無得破

而無失是爲馬鳴之妙術起信之宗體也所謂開合立破而不繁不狹無得無失者良由即是心故設離斯旨無法施爲若論正宗非多非一如天台涅槃疏云如是正業不可言三不可言一言一則失用言三則傷體即體而用即用而體問既不可言三云何説三亦不可言一云何説一答宗非數量非一非三説徧恒沙而三而一疏云昔爲破邪説一爲三三不乖一今爲破别説三爲一一不乖三如此三一乃是諸佛境界故云即體而用一不違三即用而體三不違一體用自在破立無礙矣

宗鏡録卷第二十七

音釋

粖（莫割切靡碎也）曦（許羈切日光也）疆（居良切界也）憒（古對切亂也）陰（於禁切）曀（於計切猶翳也）鎔（餘封切銷也）澍（紕招切）

宗鏡録卷第二十八

宋慧日永明妙圓正修智覺禪師延壽集

夫宗鏡縁起自在法門皆談如理實德法如是故非約變化對治權巧所說一一法皆得全力非是分力盡爲法界體各住眞如位如大寶積經云若人欲解一切法相欲知一切衆生心界皆悉同等當學般若波羅蜜故知不歸宗鏡何以照明斯即無礙法門無有一毫所隔約華嚴宗有十種無礙一性相無礙二廣狹無礙三一多無礙四相入無礙五相即無礙六隱顯無礙七微細無礙八帝網無礙九十世無礙十主伴無礙今於事法上辯此十無礙例餘法准知一性相無礙者如經云此蓮華葉即具此十義謂此華葉即同眞性不礙事相宛然二廣狹無礙即此華葉其必普周無有邊際而恒不捨本位分劑此則分即無分無分即分經云此諸華葉普覆法界三一多無礙即此華葉具無邊德不可言一融無二相不可言多四相入無礙此一華葉舒已徧入一切差別法中復能攝取彼一切法令入己内是故即舒恒攝同時無礙五相即無礙此一華葉必廢己同他舉體全是彼一切法而恒攝他同己令彼一切即是己體是故己即是他己不立他即是己他不存他己存亡同時顯現六隱顯無礙此華葉既徧一切彼一切法亦皆普徧此能徧彼則此顯彼隱彼能徧此則彼顯此隱如是此彼各有隱顯無礙七微細無礙又此華葉中悉能顯現微細刹土炳然齊現無不具足經云一塵中微細國土曠然安住八帝網無礙又此

華葉一一塵中各有無邊諸世界海世界海中復有微塵此微塵内復有世界如是重重不可窮盡非是心識思量境界九十世無礙此一華葉横徧十方竪該九世以時無别體依華以立華既無礙時亦如之十主伴無礙又此華葉理無孤起必攝無量眷屬圍繞經云此蓮華有世界海微塵數蓮華以爲眷屬此經所有眷屬互爲主伴具德圓滿是故見此華葉即是見於無盡法界非是託此别有所表經云此華蓋等皆從無生法忍所起此一華葉既具十種無礙餘一切事亦皆如是斯十玄門不出事理若從事理無礙交參則有因陀羅網門微細相容門純雜具德門等若依事理逆順相融則有具足相應門隱顯俱成門相即自在門等是以一多相入而非一以相資不壞自相各各現故非一以一多相即而非異以一多相攝互泯絶故非異則宗鏡之内凡有一法一塵悉各具此十無礙門如一蓮華葉法爾如是若不見者圓信不成皆局方隅盡爲權漸終不能一多即入心境融通耳記釋蓮華十玄門一同時具足相應門者夫十玄十對凡舉一事必具十玄凡一玄門必收十對泛明一法一一圓收十對者一教義二事理三境智四行位五因果六依正七體用八人法九逆順十感應如一蓮華具兹十對萬法例爾一教義謂見此蓮華能生解故二事理華即是事舉體同眞故三境智華是所觀同智性故四行位是萬行華隨位别故五因果因事之華攬成果故六依正全是所依亦能依故七體用體同眞性用

應機故八人法恒攬爲人攝爲法故九逆順逆同五熱順十度故十感應徧應一切亦能感故如一華既爾餘一切事准以知之如事法既爾餘教義等一切皆然准思可見妙嚴品喻佛身云譬如虛空具含衆像此舉佛身具足諸法也又晉經性起品頌云三世一切劫佛刹及諸法諸根心心所一切虛妄法於一佛身中此法皆悉現是故說菩提無量無有邊亦約佛身心具也又普賢三昧品云能令一切國土所有微塵悉能容受無邊法界據能令之言但以業用總由德相本自具足即是德相令總見之即爲業用下業用准之十行品云此菩薩於其身中現一切刹一切衆生一切諸佛入法界品云善財見普賢一一身分一一毛孔皆有十方一切世界三千界中地水等輪諸山河海人天宮殿種種時劫諸佛菩薩如見現在世界如是前際後際一切世界中悉爾明見乃至十方刹塵中現三世一切境界一切佛刹一切衆生一切佛出與一切菩薩及聞佛菩薩衆會言音斯並是同時具足相應門也二廣狹自在門者先明廣狹後會通純雜先明廣狹者如善財歎樓閣云不動本處而能普詣一切佛刹者之所住處入法界品摩耶夫人云又善男子彼妙光明入我身時我身形量雖不踰本然其實已超過世間所以者何我身爾時量同虛空悉能容受十方菩薩受生莊嚴諸宮殿故如是等文皆廣狹自在也次會通純雜者如云萬行紛披比華開錦上此是諸藏純雜具德門然有二意一者若以契理爲純萬行爲

雜則是事理無礙非事事無礙設如菩薩大悲爲純盡未來際唯見行悲餘行如虛空若約雜門即萬行俱修者此二門異亦不成事事無礙二者如一施門一切萬法皆悉名施所以名純而此施門即具諸度行故名爲雜如是純之與雜不相障礙故名具德者則事事無礙義成而復一中具諸度諸度存即相入門若一即諸度復似相即門故不存之賢首改爲廣狹自在門若華開錦上者意取五綵相宣華色雖異一一之線皆悉通過通喻於純異喻於雜故常通常異名爲無礙不同繡畫但異不通釋曰若異而不通失一性圓融之道若通而不異無萬行莊嚴之門今常異常通無閡無斷則眞體冥寂不礙隨緣大用現前無妨正性可謂比華開錦上猶雲起長空矣又賢首意云萬行純雜有通事理無礙及單約事說故廢之耳謂同一法界故純不壞事相故雜此即事理無礙也一行長行故純不妨餘行故雜此但約事也故昔廢之而立廣狹今欲會取即事同理而徧故純不壞一多故雜則亦有事事無礙義耳如以入門取之則一切皆入入中有多法門故名純雜如妙嚴品說諸衆海各各唯一解脫門純也普賢菩薩得不思議解脫雜也入法界品中慈行童女云我於三十六恒河沙佛所修得此法彼諸如來各以異門令我入是般若波羅蜜普莊嚴門即純雜無礙也又善財童子所求諸善知識各言唯知此法門又云多劫唯修此門者即純門也諸善知識皆推進云如諸菩薩種種知見種種修行種種證得

者此雜門也自言知一推他有多自他雖異然屬一身此亦純雜無礙門也三一多相容不同門者一多無礙等虛室之千光由一與多互爲縁起力用交徹故相涉入是曰相容不壞其相故云不同如一室内千燈並照燈隨盞異一一不同燈逐光通光光涉入常别常入恒異恒融故經頌云一中解無量無量中解一了彼互生起當成無所畏又即如理之徧如理之包舒攝同時若具作者一或唯入以一入一切故二或唯攝以一攝一切故三即入即攝同時無礙故四非入非攝以入即攝故非入攝即入故非攝五或具前四以是解境故六或絶前五以是行境故行起解絶故華嚴經云此菩薩於一毛孔中普能容納一切國土又云一切身中悉能包納盡法界不可説不可説身而衆生界無增無減如一身乃至徧法界一切身悉亦如是故寂照神變三摩地經云於其一切有情身中普能示現一有情身又能於一有情身中普現一切有情之身有情身中能現法身又能於法身中現有情身乃至能以一心隨念悟入一切衆生無際劫數普現所作業果異熟隨其所應開悟有情悉令現見皆得善巧四相即門者廢己同他者是相即義以上相入則此彼互存如兩鏡相照但約力用交徹明耳今此約有體無體故言廢己廢己即己無體也同他即他有體也如經頌云一即是多多即一文隨於義義隨文如是一切展轉成此不退人應爲説旣言展轉成即異體類相望也不思議法品云諸佛知一切佛語即一佛語

此同類相即也初發心品云心以發故即與三世一切諸佛體性平等乃至云眞實智慧等者此顯位上下相即也入法界品云彌勒告大衆言餘諸菩薩經無量百千億那由他劫乃能滿足菩薩行願乃能親近諸佛菩提此長者子於一生內則能淨佛刹等五隱顯門者如八日月者即取明處爲顯暗處爲隱而必同時故云俱成不同十五日唯顯月晦日唯隱又暗處非無明明處非無暗但明顯處暗隱暗處明隱亦得云隱顯俱成故云隱顯俱成似秋空之片月如八日月半顯半隱正顯即隱不同晦日隱時無顯不同望日顯時無隱則明下有晦晦下有明如東方入處即於東起如明下有闇西方起處即於西入如暗下有明故稱祕密俱成亦如夜摩天偈云十方一切處皆謂佛在此或見在人間或見在天宮則見處爲顯不見處爲隱非佛不徧十定品云或見佛身其量七肘或見佛身其量八肘或見佛身其量九肘乃至或見佛身不可說不可說佛刹微塵數世界量則見七肘時七肘顯餘量皆隱也餘顯例然故彼喻云譬如月輪閻浮提人見其形小而亦不減月中住者見其形大而亦不增釋云見其大則大顯小隱見小則小顯大隱而不增減則是祕密俱成餘一切法類可知也如經云摩耶夫人於此一處爲菩薩母三千世界爲母亦然然我此身非一處住非多處住亦隱顯義此處爲母此顯彼隱等非一處住即是一隱例有多顯非多處住即是多隱例有一顯亦是雙奪俱泯之句非隱非顯祕密之義

然若約智幻即業用門約極位成即德相門六微細相容門者經頌云一一毛孔内各現無數刹即業用門又德雲比丘云住微細念佛門於一毛端處有不可説如來出現悉至其所而承事故此通於德相業用判定記云此微細德不同相在德彼約别體别德相望相在此但當法即具一切炳然齊著七因陀羅網門者此帝網觀如一華一塵以稱性故能攝一切餘塵餘法亦皆稱性何有一法而不攝耶應以塵對餘刹以辯重重欲令易見且以一塵望餘塵謂一塵之内所含諸刹彼所含刹亦攬塵成此能成塵亦須稱性塵既稱性亦須含刹第二重内所含諸刹亦攬塵成塵復稱性亦須含刹第三重塵含第四重刹第四重塵含第五重刹重重塵成重重稱性無窮無盡猶如鏡燈以喻帝網若言帝網從喻受名若就法立應名重現無盡門如一珠之内頓現萬像如一塵内頓現諸法但是一重一珠現於諸珠方成重重之義珠皆明淨如塵稱性一珠現於多珠猶如一塵現於多刹塵所現珠影復能現影如塵内刹塵復能現刹重重影明重重互現故言至無盡釋曰重重無盡者即是一一法皆含真如心性無盡之理所以互徧重重如無盡意菩薩經云無盡意言以一念慧成阿耨多羅三藐三菩提我當如是覺了分别舍利弗是名菩薩一道無盡又菩薩瓔珞本業經云佛子法門者所謂十信心是一切行本是故十信心中一信心有十品信心爲百法明門復從是有法明心中一心有百心故爲千法明門復從

千法明心中一心有千心爲萬法明門如是增進至無量明轉勝進上上法故爲明明法門百萬阿僧祇功德一切行盡入此明門釋曰何以入此明門以自心明故能通萬法故名之爲門況帝珠瑩淨影現重重比塵剎性明能含萬法如觀佛三昧海經云佛告阿難善法者所謂一切無量禪定諸念佛法從諸心想生是名功德藏雜華嚴經一乘修行者祕密義記云緣起陀羅尼者一起而一切起見一而見一切故一切諸法不可說不可說一法中有十重重現顯此一法中所顯一切法中亦復如是十重重顯現無盡無盡如摩尼雨寶經十不可說十無盡故以此陀羅尼無盡寶雨一切諸十不可說十無盡寶此所雨寶中又雨十無盡寶乃至無盡無盡故名因陀羅尼此中所明陀羅尼不有餘處不出大日毗盧遮那法界身此身即是一切衆生身總持十不可說十無盡法故名陀羅尼此身中有八種五摩尼若約圓融不問佛衆生皆俱圓融顯現不可具說凡夫不解故不得根五用聖者解故得根五用得根五用者通名二種陀羅尼即根本因陀羅尼緣起陀羅尼八種五摩尼者一者上方體上有五摩尼一眼二耳三鼻四舌五口二者左方有五摩尼一大指二頭指三中指四無名指五小指三者右方五種摩尼即右手五指四者下方足亦五摩尼一大指二頭指三中指四無名指五小指五者下右方五摩尼義即右足五指六者就全身又五摩尼一頭二左手三右手四左足五右足七者就五大五摩尼一地

二水三火四風五空八者就五内又五摩尼一心二肺三腎四脾五肝辯業用者一眼此雨能徧照分別十方所有善惡法十無盡佛國土微塵數諸佛菩薩聲聞縁覺十不可説體相心行又照見世間種種所有十不可説衆生十無盡苦樂等事此光明寶摩尼王若不善用一刹那中沉苦輪廻無有窮已若善用一刹那中究竟無上菩提如一刹那一切刹那亦爾二耳此雨能分別世間種種苦樂等音聲又無漏聖者音聲此光明寶摩尼王若善用即一刹那中究竟無上菩提若不善用一刹那中招無出期苦三鼻此雨能分別一切世間種種名香凡聖正報身分依報宫殿等香又人間中種種作善作惡念善念惡乃至念無上菩提等香此光明寶摩尼王若善用一刹那中究竟無上菩提若不善用一刹那中招十無盡苦四舌此雨能分別演説十無盡佛刹塵數一切諸佛菩薩等十不可説無漏妙法乃至一切世間善不善身口意業行等此光明寶摩尼王若善用一刹那中究竟無上菩提若不善用一刹那中招無出期苦五口此雨能分別演説十佛刹塵數佛菩薩十不可説三業行十無盡諸衆生所有邪正等法此光明寶摩尼王若善用一刹那中究竟無上菩提若不善用一刹那中招無出期苦二者上左方摩尼一一摩尼周徧十不可説法界能雨十不可説天衣天饌華香等種種莊嚴雲此光明寶摩尼王若善用一刹那中究竟無上菩提若不善用一刹那中招無出期苦三者上右方五摩尼如左方亦

爾四者下方左五摩尼雨能令飛行十方不可說十無盡法界虛空界佛國土海歷事諸佛承給供養以此無礙神足一刹那中徧至十不可說一切衆生界示教利喜廻向佛道無疲無猒此光明寶摩尼王若善用一刹那中究竟無上菩提若不善用一刹那中招無出期苦五者下方右五摩尼雨無盡寶如左亦爾如上所說一一身分中法界法爾十重重十無盡不可窮極如不思議品云一切法界虛空等世界悉以毛端周徧度量一一毛端處於一一念中化不可說不可說佛刹微塵等身乃至一一法中說不可說不可說佛刹微塵等名句文身充滿法界一切衆生無不聞者盡一切未來際劫常轉法輪等此則處以毛端該於法界時以刹那盡於劫海謂於此處頓起業用謂於此時常起業用此亦不待因緣諸佛法爾六者全身五摩尼者若善用名金剛輪若不善用名地獄猛火輪上方摩尼者名日月星宿摩尼若善用不起風雷雲霧若不善用現種種不吉祥事其餘四摩尼總名拒敵劒輪七者五大五摩尼總名莊嚴佛國土成就衆生八者五內摩尼此有十義一名因陀羅網體備五珠者重重無盡義二名錠光玻瓈如玻瓈鏡頓現萬像故三名圓鏡普現諸法無分別義此二鏡二名一義四名滿月清涼解脫義息煩惱焰故五名烈火令無遺餘義如劫火故六名金剛杵拒敵義破煩惱軍故七名閻浮金無鑛無價義八名無價摩尼雨寶無量亦無類義九名無畏印如持世間大王印隨所至處得無畏故

十名大日如來奪千電列宿百千億十不可說日月光明義又因陀羅網者約喻說網主即天主由宿世十不可說劫歷事供養諸釋梵王是故得此果報以此寶網莊嚴天宮殿以化諸天衆悉令知一切善惡業報諸天衆見此事已皆悉不放逸令勤行精進乃以此網令類知十無盡重重法界法門故顯其體德備五珠者如是無盡五珠五五爲部其數無量何故得如是依報莊嚴者由一念中如是以十無盡戒定慧解脫解脫知見五分法身等乃至演說十不可說十無盡法門海熏修自身心故得如是十無盡依報所有世界海中十不可說諸天衆皆悉流入大日毗盧遮那果海中如一念一切中亦如是不可窮盡此皆去情思之是名體德備五珠也五珠者白珠赤珠青珠黄珠黑珠一爲本法攝餘四珠如舉一爲本法餘四隨舉爲本法亦如是又白珠中餘四現及本白影影又影現如白珠現影中又影現一切珠亦如是如是十重重十無盡不可具說又諸衆生所造作業影現善惡無記現又無漏聖人所證因果上中下位分於中皆具現如天珠中現一切宫殿樓閣杜楹梠桷亦如是是時諸天見此事已深起慈悲心救護心三業中不作惡心勤行精進不敢放逸又此五色珠中隨衆生業影現白中天清淨業現赤中無記業現青中餓鬼畜生業現黄中人間種種輪轉不相捨離世善業現黑中地獄種種苦業現乃至十方諸佛八相成道靡不於中重重影現心等五色珠因陀羅網亦如是於中有業識細相

轉識中相現識麤相目見可貪色時眼脉走黄黄熏隨色摩尼黄色現是名貪業現五道業作目見可瞋色時目脉走青青熏隨色摩尼青色現是名瞋業現五道業作目見可善可惡不識不知色時目脉走黒黒熏隨色摩尼黒色現是名癡業現五道業作純白色時此諸天業現表而可知約實而言一一業中皆具一切如是重重無盡即德用自在門是根本因陀羅尼並是實義非變化成此是如理智中如量境界也皆是法性實德法爾如是十重重藏十無盡藏此約圓教法以十數顯重重亦以十數顯無盡又此天網能現一切影即是意業能兩一切寶即是身業能出一切音聲即是口業然一切諸法皆從果海中出然還無不歸於果海中約實而言至意此中在者正此果海之文處此中有三一德用自在如珠喻二知根海三如根五用如前已辯此知根海一種能知者有三種人一佛二菩薩聲聞縁覺三凡夫云何根海謂大日毗盧遮那智藏海此海中有三種波此上三種人次第能知此海本來寂云何生波浪由忽爾念無明風起於波浪云何波相此無明風動智藏海中生波浪譬如以鐺盛清水初置火邊初時細動有如粒子漸大動有如細流漸大動有如涌騰然此自然隨風之色或得破種種穀破諸草木或滋萌五穀成熟一切果實若欲起此風時最初雲霞於外顯現然後起大風若此拔草木根栽及諸五穀海上起黒雲若此破五穀一切果實不拔草木根栽海上起青雲若此成熟五穀滋萌一切

華草海上起白黃雲若此非善非惡海上起慶色赤雲由此三種能知若此極細一船師所知若此中二船師所知若此極麤相於上現凡夫所知如是毗盧遮那智藏海中有三風三波祕密難知良以一切衆生自心處内有八辦普面切即一切衆生心腹内有八辦爲草五藏其八辦相狀一似牛黄也和合成蓮華此蓮華中有正徧知海是名毗盧遮那智藏亦名蓮華藏莊嚴世界海此海有三種波者一業相二轉相三現相然此蓮華藏海有二種門一大藏金剛門二差別金剛門然凡夫華未開發聖者華已開發此未開發華蕚上有九孔名差別金剛門此華莖上有一大孔是名大藏金剛門凡衆生業將起從大藏門風起飄動心海乃至涌出差別門中已後眼等五根面上乃至諸根中周流不知手舞足踏手擎足擾動初發微細是名業相諸佛境界次漸麤涌出差別門未現面貌是名轉相諸菩薩聲聞縁覺境界後於諸根貌面中顯現善惡相極麤是名現相諸凡夫境界若諸佛現在一刹那中了知十世九世無礙如一刹那一切刹那亦爾是名知根海又若網所張處謂諸宫殿若配法者宫殿即是支末因陀羅無盡五體德備五珠即是根本因陀羅若祕密釋者此天主因陀羅乃是一切衆生身中實性往昔由與毗盧遮那如來俱同一因及諸釋師子俱同一善根故又此十不可說一切諸天衆此皆謂諸十不可說同類十無量異類清淨縁慮心是也其餘一切不可說所現雜染業影一切皆欲界一切雜染心是也又云圓融國土差別世界

海等種種境界不在心外此有師子臆中五華藏互交涉入十重重十無盡由逆順成十華藏猶如因陀羅網互現影故又云五華藏者過多不六減少不四一切五部准此可知類八五相亦復如是五華藏者即五色蓮一白蓮二赤蓮三青蓮四黄蓮五黒蓮是五蓮華皆悉由無生法忍所起從大悲胎藏所生此華相色即師子臆中五種色大蓮華此即經中所説師子勝相國是也一約世間之五行方處釋色相者一者肺華三葉白色似半月二者心華赤色有三角三者肝華八葉青色具五色四者脾華一葉黄色有四隅五者腎華八葉黒色二約五大者一風黒色似半月二火赤色三角三空青色具五四地黄色四方五水白色圓問何故所配初後相違耶

答肺名金金者西方白良由肺内有息風故名風腎名水水者北方黒良由有腎爲水能形物體性不相違也此五華藏若異體謂諸華各各差别若同體謂住一徧應故諸華中各皆由一華徧應多華故各多華全爲其一華是故能有多箇一華然彼多一華由本一華應多華故雖有多一華然彼多一華與本一華體無差别故是故名同體以諸縁起門内有三義故一不相由義謂具自德故二相由義謂差别故三無礙義不可説故乃至由此縁起是法界家實德故普賢境界具德自在無障礙故即是圓滿教主大日毗盧遮那如來以如是圓滿鎔融廣大身於此圓滿鎔融廣大蓮華藏莊嚴世界海中攝其餘樹形等圓滿鎔融廣大世界海以如是圓滿鎔融

廣大十不可説法界海爲境界坐如是圓滿鎔融廣大蓮華藏半月形摩尼師子座示如是圓滿鎔融廣大無盡攝生威儀身雲差别業用無邊無邊如是重重無盡無盡而如來無來往無功用此皆海印三昧中炳然顯現故亦法界法爾故能如是如摩尼雨寶天鼓出音雖無功用所作得成就如是所現雖廣大而論時不過一刹那論處不出一塵如是一切皆一刹那所現如一刹那一切刹那中亦如是如一塵一切塵中亦如是也故知是心大海中有大菩提心龍無邊無盡是心所有一切法無邊無盡故名閻浮提中人之力所不能受持如海雲比丘所持性起一品雖須彌山聚筆四天下塵數四海墨不能書者良由是心性無盡故智者不須遠求矣問何故蓮唯八葉答謂三乘果德體同照而用未周故云八葉耳若化周塵道中德滿十方乃名十葉今約少分四攝四無量故名取八又一葉表一實五葉表五乘又心内辦正八和合爲蓮華體故名八葉又一切凡夫心處雖未能自了其内心亦自然而有八辦合成蓮華形今但視照此心令其開敷即是三昧實故若視此心八葉之華即得與理相應此八葉者四方即是表四攝四隅即表如來四智此華本來無生即是菩提心當知一切法門皆是從心而所有也若解是者心華自然開能見佛如云心開意解即此義也開心者即入無生門也又心内有四種摩尼一者月藏即是聲聞人月者清涼義由有息煩惱焰暑氣故名戒月藏二者日藏即緣覺日即慧義

以大利慧能乾十二因緣大河故名慧日藏三者萎華寶即菩薩三藏總持辯才無邊可得佛果寶故菩薩如愚如朴凡夫不知爲知如新淨華菩薩知爲不知如萎華故名萎華寶四者寶淨即諸佛是也摩尼寶清淨光明成就故名寶淨此中諸寶凡夫愚癡不實實不能知須試而後能知實寶也譬如有伽陀羅等四種炭火投於其中可試以月藏投火中雖不出出俱變色以此當知非真寶又以日藏投火中火中則變出則歸本色以此當知非寶又以萎華寶投火中雖不出出俱不變假使不變猶雨寶有失以此當知非勝寶又以寶淨摩尼寶投火中雖不出出俱不變又雨寶無盡初二寶爲下寶中一寶爲中寶後一寶爲勝寶如是心内四種真摩尼試實不實何以得知有無量四魔以聲聞投小叫喚地獄中已雖不出出俱生疲猒心以此當知下劣性又以緣覺投大叫喚地獄中已於其中則生疲猒心出則得本心又以菩薩投火燒熱地獄中雖不出出俱不變而恭敬善知識處漸有闕由是當知雖不變少有失乎又以佛投阿鼻大地獄中雖不出出俱不變亦無怖畏心亦復供養善知識度諸衆生示現八相而不休息常於諸道中代一切衆生受諸苦惱無疲猒心譬如輪王寶馬一刹那周行四天下而復於一切時中一切刹那中周行塵方不生疲厭又云一切諸衆生從本以來同一實性相覺時不增迷時不減不問凡聖唯此一大日毗盧遮那之善巧性相及妄念時不改凡夫時善惡無記種種一切煩

惱妄想所見種種一切諸法國土山河沙石瓦礫樹木叢林羣獸雌雄卵鷇强弱互相食噉牝牡婬欲窟穴相奪人間男女偷盜劫掠貪財貪色貪名貪利互相殺奪乃至巳生當生現生一切惡法性相乃至一切諸善法巳作當作現作乃至璧玉金銀赤白銅鐵珠珍珂貝一切華香旛蓋宮殿樓閣凡一切諸所用物像皆此大日毗盧遮那度生德用全此法界身雲何以故若離此相巳外諸佛以何方便化度一切衆生類是故法界一法皆諸佛法然一切凡夫遇諸差别相起種種異見由不知忽爾無明計種種異見如經中所説依正論釋但是一善巧方便盤廻屈曲成所依華藏於一一華葉中顯十佛令知相雖萬差皆是毗盧遮那十身所作十身差别機感多端耳又緣起陀羅尼有二一淨緣起如清渚起波二染緣起猶濁河鼓浪清濁雖異濕性無差如淨緣返流聖地之中染緣隨流凡境之内凡聖雖别一心湛然此猶約迷悟似分若直了一心全成性起無復凡聖之號曷有清濁之文問所云五根作用皆稱光明寶摩尼王悉能雨寶凡夫根器亦如是耶荅經云六自在王常清淨所以稱王王是自在義是以眼根任運觀色自在無礙經云譬如眼光照了前境其光圓滿得無憎愛又常在現量本性不遷豈非如王常得自在所稱摩尼者是雨寶義如云應眼時若千日萬像不能逃影質豈非雨寶義又云眼門放光照破山河大地豈非放光義則玄鑒無遺幽微洞察五根隨用亦復如是乃至意根一念千里無

有障礙如云應意時絶分別照燭森羅終不歇透過山河石壁間要且照時常寂滅故知六根不惡還同正覺智者無爲愚人自縛可謂身之寶藏心之明珠不說不知空沉苦海先聖悲愍意在於斯矣又所陳法喻爲未信之人此是世間摩尼況我心之雨寶如將大海比我心之宏深且摩尼是質礙之色法豈同丹臺無盡之法財大海是有限之波瀾寧等靈源不窮之性水乃略況於少分可謂天地懸殊尋萬丈而未得毫釐指百分而纔言一二切忌自屈不肯承當耳八託事顯法生解門者華嚴經云百千億那由他不可說先住兜率宮諸菩薩衆以從超過三界法所生離諸煩惱行所生周徧無礙心所生甚深方便法所生無量廣大智所生堅固清淨信所增長不思議善根所起阿僧祇善巧變化所成就供養佛心之所現無作法門之所印釋曰此上併出因也又云出過諸天諸供養具供養於佛者即說多果也次一因成一果經云以從波羅蜜所生一切寶蓋於一切佛境界清淨所生一切華帳無生法忍所生一切衣乃至解諸法如夢歡喜心所生佛所住一切寶宮殿旣以無生忍唯生於衣等故云一因一果後一因成多果謂但舉無生爲因總生諸果故經云無著善根無生善根所生一切寶蓮華雲一切堅固香雲一切無邊色華雲等隨一事即是無盡況一事皆是稱性故皆即是無盡法界但隨一義以名目之如顯可重圓明即名爲寶若云自在即稱爲王若爲潤益即名雲等故金色世界即是本性彌

勒樓閣即是法門勝熱婆羅門火聚刀山即是般若無分別智等皆其事也故一一事即具無盡之法故立具足無盡之德不出於此九十世隔法異成門者以時無別體依華以立一念該攝十世融通所以如見華開知是芳春茂盛結果知是朱夏彫落爲秋收藏爲冬皆因於物知四時也又一念九世成十世者九約於義一約實體體用相融故常九常一無有障礙體用相奪離九一相故同果海今時融通無礙自在略有四重一相泯俱盡二相與兩存三相隨互攝四相是互即初中以本從末唯事而無理以末歸本唯理而無事二中全事之理非事故一相無時全理之事非理故九世不亂三中由隨事之理故令一時能容一切時由隨理之事故令一切時隨理入一時中多一反上互入可知四中由即理之事故令一時即一切時由即事之理故令一切時即一時故唯理無物可相即入唯事相礙不可即入要以事理相從無礙方有即入思之可見又如善財一生能辦多劫之行者如眦目仙人執手既善友力瞬息之間或有佛所見經不可說不可說佛刹微塵數劫修行不倦何得一生不經多劫仙人之力長短自在故如世王質遇仙人棊令斧柯爛三歲尚謂食頃既能以長爲短亦能以短爲長如周穆隨於幻人雖經多年實唯瞬息故知世法佛法俱不可思議世法尚不可量何況佛法不應以長短之時廣狹之處定其旨也十主伴圓明具德者華嚴現相品云眉間出勝音菩薩與無量諸眷屬俱出即人眷

屬佛放眉間光明無量百千億光明以爲眷屬即光明眷屬又法界修多羅以佛刹微塵數修多羅而爲眷屬即法眷屬故隨一一皆有眷屬若以餘經望但爲眷屬不爲主伴今言眷屬者約當經中事以爲眷屬眷屬即伴故證主伴此華事十玄例於餘事舉華既爾一塵等事亦然華上十門唯約事説謂華事上一切事同時具足事廣狹無礙事一多事乃至主伴事此事華既帶同時十義又具餘教義等十門謂事上有教義同時具足教義廣狹教義一多乃至主伴教義又教義至感應各有同時等爲百門以事所依例餘所依謂事法既有百門二教義爲百門乃至感應具百門故有千門如教義等有此千門以所依例能依門亦成千門謂前以所依體事爲首今以能依玄門爲首謂同時門中具同時教義同時事理同時境智乃至同時感應故有十門同時門中具廣狹等其廣狹等有廣狹教義等故成百門二廣狹具百例同時門三相入門具百四相即門具百乃至第十主伴門具百故成千門然其後千不異前千但互舉爲首而成異耳若重重取之至於無盡者結成無盡言重重取者謂如初一門中具十十中取一此一亦須具十具百具千以不相離故如一既爾千門各十亦然則具十千十千之中隨取其一亦具十千如一千錢共爲緣起一錢爲首則具一千錢餘亦如是則有千千千千之中隨取其一亦具千千故至無盡又重重者一事之中亦有多境一智之中復有多智等更相涉入亦無盡也以是具

德無盡法門唯普眼境界上智能入故當勤修必成大益問如何是十玄門安立所以答本是一心眞如妙性無盡之理因體用卷舒性相即入理事包徧緣性依持義分多種略即六相廣乃十玄乃是諸佛菩薩德相業用一行一法皆具十玄悉入宗鏡之中一心無盡之旨如華嚴演義云一同時具足相應門以是總故貫於九門之初二廣狹門別中先辯此者是別門之由由上事理無礙中事理相徧故生下諸門且約事如理徧故廣不壞事相故狹故爲事事無礙之始三由廣狹無礙所徧有多以一望多故有一多相容相容則二體俱存但力用交徹耳四由此容彼彼便即此由此徧彼此便即彼等故有相即門五由互相攝則互有隱顯謂攝他他可見故有相入門攝他他無體故有相即門攝他他雖存而不可見故有隱顯門以爲門別故故此三門皆由相攝而有相入則如二鏡互照相即則如波水相收隱顯則如片月相映六由此攝他一切齊攝彼攝亦然故有微細相容七由互攝重重故有帝網無盡八由既如帝網隨一即是一切無盡故有託事顯法九由上八皆是所依所依之法旣融次辯能依能依之時亦爾十由法法皆然故隨舉其一則便爲主連帶緣起便有伴生門又刋定記分德相業用各有十玄德相十玄者一同時具足相應德二相即德三相在德四隱顯德五主伴德六同體成即德七具足無盡德八純雜德九微細德十因陀羅網德二業用十玄者一同時具足相應用二相即用三相在

用四相入用五相作用六純雜用七隱顯用八主伴用九微細用十因陀羅網用故知無有一法不具無邊性德真如妙用矣是以此重玄門名言路絶隨智所演以廣見聞唯證方知非情所解若親證時悉是現量之境處處入法界念念見遮那若但隨文義所解只是陰識依通當逆順境時還成滯礙遇差別問處皆墮疑情如鹽官和尚勘講華嚴大師云華嚴經有幾種法界對云略而言之有十種法界廣而言之重重無盡師竪起拂子云是第幾種法界當時低頭擬祇對次師訶云思而知慮而解是鬼家活計日下孤燈果然失照出去問諸總持陀羅尼門差別句義數若恒沙云何但於一心悉皆開演答離心無說離說無心舒則恒沙法門卷則一心妙旨

微塵經卷盡大千而未展全文普眼法門竭大海而不書一偈如忉利天鼓演莫測之真詮雷音寶林說無生之妙偈安養國内水鳥皆談苦空華藏海中雲臺盡敷圓旨所以華嚴經云譬如諸天有大法鼓名爲覺悟若諸天子行放逸時於虚空中出聲告言汝等當知一切欲樂皆悉無常虚妄顛倒須臾變壞但誑愚夫令其戀著汝莫放逸若放逸者墮諸惡趣後悔無及放逸諸天聞此音已生大憂怖捨自宫中所有欲樂詣天王所求法行道佛子彼天鼓音無主無作無起無滅而能利益無量衆生阿彌陀經云復次舍利弗彼國常有種種奇妙雜色之鳥白鶴孔雀鸚鵡舍利迦陵頻伽共命之鳥是諸衆鳥晝夜六時出和雅音其音演暢五根五力七菩提分

八聖道分如是等法其土衆生聞如是音已皆悉念佛念法念僧斯則皆是頓悟自心更無餘法此一心法界是諸經通體故如來所說十二分教親從大悲心中之所流出大悲心從後得智後得智從根本智根本智從清淨法界流出即是本原更無所從無有法離於法界而有此一心門是一字中王亦名一語亦名一句思益經云如佛所說汝等集會當行二事若聖說法若聖默然何謂說法何謂默然答言若說法不違佛不違法不違僧是名說法若知法即是佛離相即是法無爲即是僧是名聖默然又善男子因四念處而有所說名聖說法於一切法無所憶念名聖默然斯正說時心契法理即不說耳明非緘口名不說也如入佛境界經云佛言文殊師利諸佛如來無有人見無有人聞無有人現在供養無有人未來供養文殊師利諸佛如來不說諸法一不說諸法多文殊師利諸佛如來不證菩提諸佛如來不依一法得名亦非多法得名文殊師利諸佛如來不見諸法不聞諸法不念諸法不知諸法不覺諸法文殊師利諸佛如來不說一法不示諸法瓔珞經云以一句偈訓誨八萬四千國邑大集經偈云無量智者佛眞子數如十方微塵等於無量劫諮問佛不盡如來一字義又云能以一字入一切法爲衆生說是名般若波羅蜜無涯際總持經云是般若波羅蜜一語能答萬億之心首楞嚴三昧經云文殊言若人得聞一句之法即解其中千萬句義百千萬劫敷演解說智慧辯才不可窮盡是名多聞大

涅槃經云若見如來常不説法是名具足多聞又云寧願少聞多解義理不願多聞於義不了卽是入此宗鏡一解千從雖廣引文只證此義上根一覽巳斷纖疑中下再披方能具信對根故爾非法合然所以勝天王般若經云佛復告善思惟菩薩言賢德天子巳於過去無量百千億劫修習陀羅尼門窮劫説法亦無終盡善思惟菩薩白佛言世尊何等陀羅尼佛言善男子名衆法不入陀羅尼善男子此陀羅尼過諸文字言不能入心不能量内外衆法皆不可得善男子無有少法能入此者故名衆法不入陀羅尼何以故此法平等無有高下亦無出入無一文字從外來入無一字從此法出出又無一字住此法中亦無文字共相見者亦不分别法與非法是諸文字説亦不滅不説無增從本以來無起造者無壞滅者善男子如文字心亦如是如心一切法亦如是何以故法離言語亦離思量本無生滅故無出入是名衆法不入陀羅尼若能通達此法門者辯才無盡何以故通達不斷無盡法故善男子能入虚空者則能入此陀羅尼門華嚴出現品云佛子菩薩摩訶薩應知如來音聲徧至普徧無量諸音聲故應知如來音聲隨其心樂皆令歡喜説法明了故應知如來音聲隨其信解皆令歡喜心得清涼故應知如來音聲化不失時所應聞者無不聞故應知如來音聲無生滅如呼響故應知如來音聲無主修習一切業所起故應知如來音聲甚深難可度量故應知如來音聲無邪曲法界所生故應知如來音聲

無斷絶普入法界故應知如來音聲無變易
至於究竟故佛子菩薩摩訶薩應知如來音
聲非量非無量非主非無主非示非無示疏
釋云收上十聲要不出三約相則廣無量約
體則無主宰約用則有顯示今並雙非以顯
中道謂莫窮其邊故非量隨機隨時有聞不
聞故非無量多緣集故非有主純一法界生
故非無主當體無生故無能示巧顯義理故
非無示更以四句明體用無礙謂一以用從
體由體無不在故能令上十類聲皆徧一切
非唯徧聲亦徧一切時處衆生如來法界等
雖復於色等皆徧恒不雜亂若不等徧則音
非圓若由等徧失其音曲則圓非音今不壞
曲而等徧不動徧而差韻方成圓音二以體
從用其一一音皆具含眞性三用即體故上
十韻聲皆不可得唯第一義永離所執故法
螺恒震妙音常寂名寂靜音如空谷響有而
即虛若不即虛非但失於一音亦不得圓融
自在四體即用故寂而恒宣若天鼓無心而
應一切長風隨竅萬吹不同若不徧同非但
失於能圓亦非眞一故經云一切衆生種種
語言皆悉不離如來法輪何以故言音實相
即法輪故是以衆生言音皆不出虛空性以
性無不在則法輪徧一切處無有間斷止觀
云觀心攝一切教者毗婆沙論云心能爲一
切法作名若無心則無一切名字當知世出
世名字悉從心起若觀心僻越順無明流則
有一切諸惡教起所謂僧佉衛世九十五種
邪見教生亦有諸善教起五行六甲陰陽八
卦五經子史世智無道名教皆從心起云何

出世名教皆從心起寶性論云有一大經卷如三千大千世界大記大千界事如中如小四天下三界等大者皆記其事在一微塵中一塵既然一切塵亦爾一人出世以淨天眼見此大經卷而作是念云何大經在微塵内而不饒益一切衆生即以方便破出此經以益於他如來無礙智慧經卷具在衆生身中顛倒覆之不信不見佛教衆生修八聖道破一切虚妄見已智慧與如來等此約微塵附有爲喻又約空爲喻者發菩提心論云譬如有人見佛法滅以如來十二部經仰書虚空究然具足一切衆生無有知者乆乆之後更有一人遊行於空見經咄嗟云何衆生不知不見即便寫取示導衆生云何寫經謂令衆生修八正道破虚空等修有多種若觀心因緣生滅無常修八正道者即寫三藏之經若觀心因緣即空修八聖道即寫通教之經若觀心分別校計有無量種凡夫二乘所不能測法眼菩薩乃能見之是修無量八正道即寫别教之經若觀心即是佛性圓修八正道即寫中道之經明一切法悉出心中心即大乘心即佛性自見已智慧與如來等又觀心即假即中者即攝華嚴之經若觀心因緣生法生滅者即攝三藏四阿含教如乳之經若觀心即空者即攝共般若如酪之經若其觀心因緣生法即空即假即中者即攝方等生酥之經若但用即空即假即中者即攝大品熟酥之經若用即中觀心者即攝法華開佛知見大事正直醍醐之經若用四句相即觀心即攝涅槃同見佛性醍醐之經又若觀因

緣又觀因緣即是佛性佛性即是如來是名乳中殺人若觀析空又觀析空即是佛性佛性即是如來是名酪中殺人若觀即空又觀即空即是佛性是名生酥殺人若觀假名又觀假名即是佛性是爲熟酥殺人若觀即中又觀即中即是佛性是名醍醐殺人今通言殺人者取二死已斷三道清淨名爲殺人是名止觀攝不定教又心攝諸教有二一者一切衆生心中具足一切法門如來明審照其心法按彼心說無量教法從心而出二者如來往昔曾作觀心偏圓具足依此心觀爲衆生說教化弟子令學如來破塵出卷仰寫空經故云一切經教一心止觀攝盡華嚴經頌云若欲三千大千界教化一切諸群生如雲廣布無不及隨其根欲悉令喜毛端佛衆無有數衆生心樂亦無極悉應其心與法門一切法界皆如是華嚴演義云至聖垂誥鏡一心之玄極大士弘闡燭微言之幽致雖忘懷於詮旨之域而浩汗於文義之海蓋欲寄象繫之迹窮無盡之趣矣故知非言無以立其文非文無以廣其義非義無以窮其玄夫得其玄者則宗鏡無盡之旨矣旨既無盡不說不知今爲未知者言不爲已知者說脫或諸宗異執見解差殊或空有相非大小各諍斯乃不窮理本强說異同入宗鏡中勝負俱息如析金杖段段俱金猶截瓊枝寸寸是寶問信入此法還有退者不答信有二種一若正信堅固諦了無疑理觀分明秉戒兼急如此則一生可辦誰論退耶二若依通之信觀力麤浮習重境强遇緣即退如華嚴論云如涅

槃經聞常住二字尚七世不墮地獄如華嚴經云設聞如來名及所說法不生信解亦能成種必得解脫至成佛故何故經言第六住心及從凡夫信位猶言有退此意若爲和會解云十信之中勝解未成未得謂得便生憍慢不近善友不敬賢良爲慢怠故久處人天惡業便起能成就大地獄業若一信不慢常求勝友即無此失若權教中第六住心可有退位實教中爲稽滯者責令進修如舍利弗是示現聲聞非實聲聞假作方便皆度衆生使令進策如權教中第六住心可說實退何以故爲權教中地前三賢總未見道所修作業皆是有爲所有無明皆是折伏功不强者便生退還若折伏有力亦不退失如蛇有毒爲呪力故毒不能起但於佛法中種於信心謙下無慢敬順賢良於諸惡人心常慈忍於諸勝已者諮受未聞所聞勝法奉行無妄所有虛妄依教蠲除於三菩提道常勤不息夫爲人生之法法合如然但不長惡而生何須慮退華嚴疏云深心信解常清淨者信煩惱即菩提方爲常淨由稱本性而發菩提心本來是佛更無所進如在虛空退至何所

宗鏡録卷第二十八

音釋

分劑 分扶問切劑才詣切分劑限量也　肘 陟柳切二尺也　錠 音定　梠 力舉切楣也　桷 古岳切椽也　鐺 抽庚切釜屬　踏 徒合切踐也　擾 而沼切亂也　臆 於力切胷臆也　萎 於爲切蔫也　牝牡 牝毘忍切畜母也牡莫厚切畜父也　竅 苦弔切穴也　咄嗟 咄當沒切嗟咨語也嗟子邪切歎也　瓊 渠縈切赤玉也

宗鏡録卷第二十九

宋慧日永明妙圓正修智覺禪師延壽集

夫既法輪徧一切處無有間斷常恒說者云何更逐會結集說處不同如華嚴九會之文法華三周之說答廣略不等皆為對機以一顯多令入無盡如華嚴指歸云謂於一剎那中則徧無盡之處頓說如此無邊法海問云准此所說說華嚴會總無了時何容有此一部經教答為下劣衆生於無盡說中略取此等結集流通故有此部令其見聞方便引入無際限中如覩牖隙見無際虛空當知此中道理亦爾視此一部見無邊法海故知若提綱撮要一塵尚含法界一字即演無邊豈況九會三周之說乎如是解者則一時一切時一說一切說又問若此多劫常恒說者何故如來有涅槃耶答說此經佛本不涅槃法界品中開梅檀塔見三世佛無涅槃者又以攝化儀之中涅槃亦是說法攝生與成道說法無差別故復次舍那佛常在華藏恒時說法元無涅槃常住故乃知出世涅槃皆是衆生自見諸佛本不出世亦不涅槃故入宗鏡中自然二見俱絕問法唯心說者云何教立五時聽分四衆答諸佛無有色聲功德唯有如如及如如智獨存凡有見聞皆是衆生自心影像則說唯心說聽唯心聽離心之外何處有法如思益經云梵天言何故說不聽法者乃為聽經文殊言眼耳鼻舌身意不漏是聽法也所以者何於內六入不漏色聲香味觸法乃為聽經乃至梵天問得忍菩薩汝等豈不聽是經耶答如我等聽以不聽為聽古德

云如來演出八辯洪音聞者託起自心所現如依狀貌變起毫端本質已無影像如在群賢結集自隨見聞依所聞見結集自語良以離自心原無有外境離境亦無內心可得諸傳法者非授與他但爲勝緣令自得法自解未起無以悟他自解不從他來他解寧非自起是故結集及傳授者皆得影像不得本質無有自心得他境故是知結集乃是自心所變之經至傳授者傳授自心所變之法得影非質思而可知若能常善分別自心所現能知一切外性非性此人知見可與佛同所說之法與佛無異悟入自覺聖智樂故寶性論偈云天妙法鼓聲依自業而有諸佛說法者衆生自業聞如妙聲遠離功用處身心令一切衆生離怖得寂靜佛聲亦如是離功用身心令一切衆生得證寂滅道又偈云譬如虛空中雨八功德水到鹹等住處生種種異味如來慈悲雲雨八聖道水到衆生心處生種種解味釋曰如天鼓聲應諸天所知之量猶龍王雨隨世間能感之緣證自法而不同成異味而有別法亦如是隨見差殊於一乘而開出諸乘從一法而分成多法華嚴探玄記云緣起唯心門者此上一切差別教法無不皆是唯心所顯是故俱以唯識爲體然有二義一本影相對二說聽全收初中通辯諸教總有四句一唯本無影如小乘教以無唯識義故達摩多羅等諸論師多立此義二亦本亦影如大乘始教衆生心外有佛微妙色聲等法由聞者善根增上緣力擊佛利他種子爲因於佛智上文義相生爲本性相教由佛

此教增上緣力擊聞法者有流善根種子聞者識上文義相生爲影像相教三十唯識論頌云展轉增上力二識成決定護法論師等悉立此義三唯影無本如大乘終教離衆生心佛果無有色身音聲事相功德唯有如如及如如智大悲大願爲增上緣彼所化根熟衆生心中顯佛色聲說法是故聖教唯是衆生心中影像故經偈云一切諸如來無有說佛法隨其所應化而爲演說法又偈云如來法身不思議無色無相無倫疋示現色像爲衆生十方受化靡不見如是非一龍軍堅慧諸論師等並立此義四非本非影如頓教中非直心外無佛色等衆生心內所顯之佛亦當相空以唯是識無別影故色等性離無所有故一切無言無言亦無故是故聖教即是無教之教如經頌云如來不出世亦無有涅槃又密嚴經明佛常在法界無出世等龍樹等宗多立此義此有四說總爲一教圓融無礙皆不相妨以各聖教從淺至深攝衆生故思之可見第二說聽全收者亦四句一離佛心外無所化衆生況所說教是故唯是佛心所顯此義云何謂諸衆生無別自體攬如來藏以成衆生然此如來藏即是智證爲自體是故衆生舉體總在佛智心中經頌云諸佛悉了知一切從心轉又云如來菩提身中悉見一切衆生發菩提心成等正覺乃至見一切衆生皆已寂滅亦復如是皆悉一性以無性故又頌云三世一切劫佛刹及諸法諸根心心法一切虛妄法於一佛身中此法皆悉顯是故離佛心智無一法可得二總在衆生

心中以離衆生無別佛德故此義云何謂佛證於衆生心中眞如成佛亦以始覺同本覺故是故總在衆生心中從體起用應化身時即是衆生心中眞如用大更無別佛三隨一聖教全唯二心以前二說不相離故謂衆生心內佛爲佛心中衆生說法佛心中衆生聽衆生心中佛說法如是全收說聽無礙是謂甚深唯識道理四或彼聖教俱非二心以兩俱形奪不並顯故雙融二位無不泯故謂佛心中衆生無聽者故衆生心中佛無說者故兩俱雙辯二相盡故經云夫說法者無說無示其聽法者無聞無得又經頌云衆生所生不是生亦無流轉生死中又經頌云如來不說法亦不度衆生等是故此四於一聖教圓融無礙方爲究竟華嚴演義問云生佛約體雖同相用自別豈得全同釋云從體起用用不異體體既衆生之體用豈離於衆生故依體起用即是衆生心中眞如用大更無別佛若爾起信論中已有此義何以獨明華嚴爲別教耶釋云起信雖明始覺本覺不二體相用三大攸同而是自心各各修證不言生佛二互全收是則用起信之文成華嚴之義又說聽全收生佛相在者略舉二喻一者如一明鏡師弟同對說聽以師取之即是師鏡弟子取之是弟子鏡鏡喻一心師弟喻生佛是謂弟子鏡中和尚爲和尚鏡中弟子說法和尚鏡中弟子聽弟子鏡中和尚說法諸有知識請詳斯喻此喻猶恐未曉又如水乳和同一處而互爲能和所和且順說聽以能和爲說所和爲聽且將水喻於佛乳喻衆生應言

乳中之水和水中之乳水中之乳受乳中之水雖同一味能所宛然雖能所宛然而互相在相徧相攝思以准之又衆生心中佛者此明衆生稱性普周而佛不壞相在衆生心内言爲佛心中衆生説法者此明佛心稱性普周而衆生不壞相在佛心内也更無别理但説聽之異耳是知一切衆生語言皆法輪正體若離衆生言説即佛無所説先德云若離方言佛則無説聖人無心以萬物心爲心聖人無身亦以萬物身爲身即知聖人無言亦以萬物言爲言矣華嚴論云一切凡聖境界莊嚴果報以爲教體此乃見境發心不待説故見惡猒之見善樂之總能起善故又一切法無非佛事故又以一切法自性清淨以爲教體以觀察力心契自相應故不待説故又以行住坐卧四威儀以爲教體見敬發心不待語故肇論云爲莫之大故乃反於小成施莫之廣故乃歸於無名何謂小成通百千恒沙之法門在毛頭之心地何謂無名形教徧於三千無名相之可得故須宗説雙通方成師匠所以經偈云宗通自修行説通示未悟真覺大師云宗亦通説亦通定慧圓明不滯空宗通是定説通是慧則宗説兼暢定慧雙明二義相成闕一不可如法華經云定慧力莊嚴以此度衆生又昔人頌云説通宗不通如日被雲朦宗通説亦通如日處虚空故知若先了宗説則無過故法華序品偈云又見諸菩薩知法寂滅相各於其國土説法求佛道又凡有詮表形於言教者皆是明心不詮餘法或言廣大自在此約德相以明心或言

寂滅無爲此約離過以明心乃至或說事是心之事或說理是心之理故云千經萬論皆是言心豈止宗鏡耶如法華經云爲一大事因緣故出現於世凡言大者莫越於心於五大之中虛空最大尚爲心之所含故首楞嚴經云空生大覺中如海一漚發又云寂照含虛空此大非對數量稱大又非形待稱大故云一大事又此一非一如法句經頌云森羅及萬像一法之所印一亦不爲一爲欲破諸數是知諸佛出世祖師西來皆明斯旨非爲別事矣起信鈔云一心該於萬有萬有不出一心者此但意在出體不在收於萬法恐存物外之見故總該之然諸教中皆說萬法一心而淺深有異今約五教略而辯之一愚人法聲聞教假說一心謂世出世間染淨等法皆由心造業之所感故若推徵則一心之義不成以立前境故云假說二大乘權教明異熟賴耶以爲一心三界萬法唯識變故三終教說如來藏以爲一心識境諸法皆如夢故四頓教泯絕染淨以說一心爲破諸數假名故五圓教總該萬有以爲一心事理本末無別異故如上所說前淺後深淺不至深深必該淺所以宗鏡雖備引五教一心證明唯指歸圓教一心總攝前故又如鈔云一心爲如來所說法之根本者蓋緣如來依此一心而成就故是則信解行證皆依此心從微至著未嘗離此若離於心得成佛者無有是處離此有說者皆外道教也所以起信論云所言法者謂衆生心是心則攝一切世間出世間法依於此心顯示摩訶衍義疏釋云辯法功

能以其此心體相無礙染淨同依隨流返流唯轉此心是故若隨染成於不覺則攝世間法若不變之本覺及返流之始覺則攝出世間法此猶約生滅門中辯若約眞如門者則鎔融含攝染淨不殊如上所指盡理無過然一切染淨之法法無自立唯心所轉是知因心成法法豈非心所依既全是心能依何得有異以能依從所依起故如波從水起器自金成本末皆同體用無際法苑義林云徧詳諸教所說一切唯識不過五種一境唯識阿毗達磨經頌云鬼傍生人天各隨其所應等事心異故許義非眞實如是等文但說唯識所觀境者皆境唯識二教唯識由自心執著等頌皆教唯識三理唯識三十頌云是諸識轉變分別所分別由此彼皆無故一切唯識如是成立唯識道理皆理唯識四行唯識菩薩於定位等頌四種尋思如實等皆行唯識五果唯識佛地經言大圓鏡智諸處境識皆於中現又如來功德莊嚴經頌云如來無垢識是淨無漏界解脫一切障圓鏡智相應如是諸說唯識得果皆果唯識此中所說境教理行果等五種唯識總攝一切唯識皆盡然諸教中就義隨機於境唯識種種異說或依所執以辯唯識楞伽經頌云由自心執著心似外境現以彼境非有是故說唯心但依執心虛妄現故或依有漏以明唯識華嚴經云三界唯心就於世間說唯識故或依所執及隨有爲以辯唯識三十頌云由假說我法有種種相轉彼依識所變依識自體起或依有情以辯唯識無垢稱經云心清淨故有情清

淨心雜染故有情雜染或依一切無有諸法以辯唯識解深密經云諸識所緣唯識所現或隨指事以辯唯識阿毗達磨論引契經頌云鬼傍生人天各隨其所應隨指一事辯唯識故如是等說無量教門類攝諸教理義盡者唯第五教總說一切爲唯識故乃至辯名離合會釋者離者別也合者同也諸經論各各別說諸觀等名今合解云但是唯識之差別義非體異也一名有三十二類華嚴等經中遮境唯識名爲唯心辯中邊論遮邊執路名爲中道般若經中明簡擇性名爲般若法華經中明究竟運載名曰一乘此之四名通能所觀若約眞俗境觀者正智唯眞加行後得並通眞俗若言證者後得唯俗勝鬘經中遮餘虛妄名一實諦顯法根本亦名一依由空而證又是空性亦名爲空彰異出纏顯攝佛德佛從中出名如來藏明體不染眞實法性名自性清淨心功德自體亦名法身能出四乘能入二乘亦名一乘與法華一乘別無垢稱經遮理有差別名不二法門大慧經中表無起盡亦名不生不滅涅槃經中彰法身因多名佛性離縛解脫亦名涅槃楞伽經中表離言說名不思議瑜伽等中顯不可施設名非安立攝大乘等顯此徧常等名圓成實對法論等明非妄倒名曰眞如此之十五類名唯所觀理唯眞智境恐文繁廣略舉爾所非更無也謂諸法界法性不虛妄性不變異性平等性離生性法定法住法位眞際虛空界無我勝義不思議界等乃至瑜伽論中施設非施設淺深異故名爲安立非安立諦即

勝鬘經有作四聖諦無作四聖諦涅槃經中亦名勝義世俗二諦乃至解深密等顯一切法有無事理種類差別名爲三性顯三俱無徧計所執亦名三無性又瑜伽等中明離繫之方便亦名三解脫門表印深理名三無生忍大智度論顯示差別名四悉檀諸論以後觀細亦名四如實智仁王經中位別印可亦名五忍如是一切雖異名說皆是此中唯識境智差別名也又或說因果體俱一識作用成多一類菩薩義或因果俱說一決擇分中有心地說謂本識及轉識或唯因說二辯中邊論頌云識生變似義有情我及了或因果俱說三三十唯識論云謂異熟思量及了別境識多異熟性故偏說之阿陀那名理通果或唯果說四佛地經等說四智品或因果俱說（此處闕第五義諸本皆無）大隨順小乘經中說六識或因果俱說七諸教說七心界或因果俱說八謂八識或因果合說九楞伽經第九頌云八九種種識如水中諸波此依無相論同性經中彼取眞如爲第九識眞一俗八二合說故今取淨位第八本識以爲第九染淨本識各別論故所依本故第九復名阿末羅識故第八染淨別說以爲九也如是所說諸識差別一往而論依成唯識論云八識自性不可言定異因果性故無定性故如水波故亦非定一行相所依緣相應異故起滅異故熏習異故楞伽經頌云心意識八種俗故相有別眞故相無別相所相無故如是一切識類差別名爲唯識此幻性識若加行觀唯共非自若後得觀自相觀一一依他各各證故如上所

引是知諸佛所證菩薩所修若教若理若因若果若行若位乃至世間出世間一切萬法無有纖毫一法不是心者宗鏡大旨見聞信向之者如實印所印明鏡所照可永絕纖疑矣但一切毛道異生或居不定聚者習性易染猶如白絲如孟子云人性猶湍水決東則東決西則西猶如尺蠖食黃而身黃食蒼而身蒼且八識藏中十法界種子具有隨所聞法即發起現行若聞宗鏡之文即熏起佛乘種子然須染神入心窮原見性不徒耳入口出但記浮言如荀卿子云君子之學入乎神著乎心布乎四支動靜皆可爲法小人之學入乎耳出乎口口耳之間則四寸耳何足美七尺之軀者也問十方諸佛無盡教海廣大無邊云何於十帙之中而言搜盡答若歷事廣分言過無窮之教海若撮其妙旨理盡百卷之要文一言已達其原況乎十帙以無量經教皆是一心所以法華經云種種言詞演說一法如傅大士行路難云君不見心相微細最奇精非作非緣非色名雖復恬然非有相若凡若聖已之靈此靈無形而常應雖復常應實無形心性無來亦無去緣慮流轉實無停正覺覺此眞常覺方便鹿苑制尊經又云能知此心無隔礙生死虛妄不能羈而此一心皆悉具八萬四千諸律儀思益經云譬如大火一切諸焰皆是燒相如是諸善男子所說法皆入法性故知一切凡聖所有言說皆入宗鏡之中終無異法所以經偈云麤言及細語皆歸第一義乃至前後横豎之說廣略之文一一皆爲引入第一義中若實入其

中則佛法皆平現不用記一字念盡一切經不用解一法會盡無邊義不用說一句常轉正法輪不用舉一步徧參法界友何者若記得是想邊際若解得落意根中若說得是辯才門若參得墮外學地並不干自己事宗鏡中不收如手撮虛空徒勞心力所以迎之不見其首隨之不見其後存之一一皆空亡之處處咸有故志公和尚云佛祖言外邊事取著元來還不是作意搜求實無蹤生死魔來任相試先德云第一不得於一機一教邊守文作解實無有定法如來可說我宗門中不論此事但知自心即休不更用思前慮後又偈云千般比不得萬種況不成智者不能知上賢亦不識問既談無言之道絕相之真云何徧引言詮廣明行相答非言何以知乎無言非相何能顯乎無相華嚴經偈云了法不在言善入無言際而能示言說如響徧世間淨名經云夫說法者無說無示不言不說故云當如法說又云無離文字說解脫也法華經偈云諸法寂滅相不可以言宣以方便力故爲五比丘說又偈云又見菩薩安禪合掌以千萬偈讚諸法王斯皆以無言顯言言顯無言也又華嚴經頌云佛以法爲身清淨如虛空所現衆色像令入此法中又偈云色身非是佛音聲亦復然亦不離色聲見佛神通力金剛經云若見諸相非相則見如來斯皆以相顯無相也則無言不礙言無相不礙相故知無言即言會無別體相即無相豈有異形故經偈云無中無有二無二亦復無三界一切空是則諸佛見且諸佛見中寧立有無

同異見耶故先德云是以佛證離言流八音於聽表演大藏於龍宮故知至趣非遠功行得之則甚深言象非近虛懷體之而目擊言絶之理而非絶繁興玄籍而非興故即言亡言也所以無言之言橫分教海非有之有高立義天如唯識䟽序鈔釋云䟽云無言之言風警非有之有波騰此四句䟽文前二句顯佛本質教後二句顯聞者影像教何者謂佛説之教離心無體名爲無言從心現故名之爲言此爲能擊發如似風警即佛於利他後得智上有三乘十二分教蔟然顯現即與衆生爲增上緣欲令聞者識上有文義相生故云無言之言風警也非有之有波騰者即聞者識上文義相生因質起教故有似波騰離心無體名爲非有從心現故名之爲有又云悟之者得理忘言迷之者執文遺旨證之者言理一心是知若入宗鏡無旨外之文可執無文外之旨可尊理事雙消悟迷俱絶問從禪定而發慧因靜慮以證眞何不令息念澄神冥宗照體故云禪能洗根情之欲垢摧結使之高山滅覺觀之猛風遮煩惱之毒箭曷乃廣論總別説佛説心惑亂初機有違正典答夫禪有四種一作異計忻上猒下而修者是外道禪二信正因果亦以忻猒而修者是凡夫禪三了生空理證偏眞之道而修者是小乘禪四達人法二空而修者是大乘禪若背教而唯成闇證只爲已眼不明守黙而但坐癡禪所以慧心弗朗徒興邪行空濫眞修入道之初教觀須具執觀門而棄教旨終成上慢之愚徇他説而背自心實招數寶之誚

所以華嚴明成就無生之慧先賴多聞佛藏說速入涅槃之門皆因聽法如佛藏經頌云百千啞羊僧無慧修靜慮設經百千劫無一得涅槃聰敏智慧人能聽法說法斂念須臾頃必速至涅槃此頌是自利入道也又經頌云假使頂戴塵沙劫身爲牀座徧三千若不傳法利衆生決定無能眞報者斯頌乃利他報恩也華嚴明菩薩證無生慧光皆因善巧多聞又聞有助觀起信之功能圓自行說有斷疑成佛之力可以化他故華嚴經頌云譬如闇中寶無燈不可見佛法無人說雖智不能了是以說圓頓教印衆生心開大施之門成無邊之益若不以此示人雖有利他而不盡善所益既尠用力尤多若直指自心全提家寶如傾囊倒藏大施無遮徹果該因究竟常樂所以輔行記云若以權法化人法門雖開不名傾藏今於一心開利物門傾祕密藏示眞實珠心既不窮藏亦無量藏既無量珠則無邊含一切法故名爲藏理體無缺譬之以珠是則開示衆生本有覺藏非餘外來維摩經云法施會者無前無後一時供養一切衆生是名法施之會什法師云若一起慈心則十方同緣施中之最莫先於此故曰無前後也肇法師云夫以方會人不可一息期以財濟物不可一時周是以會通無隅者彌綸而不漏法澤冥被者不易時而同覆故能即無疆爲一會而道無不潤虛心懷德而物自賓曷爲存濡沫之小慧捨江海之大益置一時之法養而設前後之俗施乎夫財養養身法養養神養神之道存乎冥益何則群生流

轉以無窮爲塵路冥冥相承莫能自返故大士建德不自爲身一念之善皆爲群生以爲羣生故行願俱果行果則已功立願果則群生益已功立則有濟物之能群生益則有返流之分然則菩薩始建德於内群生已蒙益於外矣何必待哺養啓導然後爲益乎菩提者弘濟之道也是以爲菩提而起慈者一念一時所益無際矣則是承宗鏡之光徧法界之照寧有遺餘乎如首楞嚴疏鈔云心靈萬變者坐禪在定時魔境千差俱不識昔有禪師在山坐見一孝子擎一死屍來向禪師前著便哭云何故殺我阿母禪師知是魔思云此是魔境我將斧斫却可不得解脫便於柱上取斧遂斫一斧孝子走去後覺股上濕便看乃見血不期自斫斯乃正坐禪時心中起見遂感外魔來入行人心不知皆由自心或自歌舞等元是自心影像故知若了唯心諸境自滅何處心外別有境魔耶又昔有禪師坐時見一猪來在前禪師將是魔則綬擎把猪鼻拽唱呌把火來乃見和尚自把鼻唱呌明知由心變但修正定何有魔事如經云汝心不明認賊爲子五十重魔境皆由妄心爲賊子盜汝法界中法財智寶處三界往來貧窮孤露之苦問世間染法有貪瞋癡爲所治出世淨法有戒定慧爲能治則眞俗互顯能所對治行相分明理事具足云何但說一心之旨能袪萬法乎答古德云至道本乎其心心法本乎無住無住心體靈知不昧則萬法出生皆依無住一心爲體離心之外無別有法如羣波依水離水無波萬像依空離空無

像大莊嚴論偈云遠離於法界無別有貪法是故諸佛說貪出貪餘爾如佛先說我不說有異貪之法能出於貪瞋癡亦爾由離法界別法無體故是故貪等法性得貪等名此說貪等法性能出貪等此義是經旨趣又頌云於貪起正思於貪得解脫故說貪出貪瞋癡出亦爾釋曰離貪之外無別有法以貪法界故則一切法趣貪是趣不過何者若於貪趣正思了貪無自性則於貪得解脫若於貪起邪想迷貪生執著則於貪被繫縛繫縛解脫遂成眞俗二門於眞俗二門則收盡染淨諸法貪一法旣爾餘瞋癡等八萬四千煩惱塵勞門亦然一一徧含法界故斯乃是諸經旨趣之門亦可全證宗鏡大意矣若迷方便貪諸義門則疑焰水以漂人望乾城而投足憑虛自失得實何憂此一心之旨萬德攸歸若善若惡皆能迴轉若逆若順悉使善成所以十玄門中有唯心迴轉善成門古釋云所言唯心迴轉者前諸義門等並是如來藏性清淨眞心之所建立若善若惡隨心所轉故云迴轉善成心外無別境故言唯心也若順轉即名涅槃經云心造諸如來若逆轉即是生死經云三界虛妄皆一心作生死涅槃皆不出心是故不得定說性是淨及與不淨也故涅槃經云佛性非淨亦非不淨淨與不淨皆唯心故離心更無別法也楞伽經偈云唯心無境界無塵虛妄見故知逆順唯由人轉苦樂自逐緣分一念無住眞心塵劫未曾改變但隨智分別所見不同涅槃疏云若言心性本淨爲惑所覆猶屬教道且順權說若云本

心清淨衆生聞者起於邪見謂心即是不肯修道爲令衆生斷除貪等方見佛性故云終不定說等若依實理心性本來未淨猶如無始唯氷無水雖全是氷則不得云氷不是水衆生心性亦復如是雖本是無明則不得云非是三德祕藏是故圓人唯觀無始三道即三德故不同權人却覆方見金剛三昧經云梵行長者言諸法一味云何三乘其智有異佛言長者譬如江河淮海大小異故深淺殊故名字別故水在江中名爲江水在淮中名爲淮水在河中名爲河水俱在海中唯名海水法亦如是俱在眞如唯名佛道是以縱橫幻境在一性而融眞寂滅靈空寄森羅而顯相如華嚴經頌云譬如一心力能生種種心如是一佛身普現一切佛華手經偈云若欲以一念徧知一切心是心無形色如幻不堅固賢劫定意經云見於證明三界如幻一切本元無所違失是曰一心又云以是名號爲無所有有所覩見見一切本是曰一心如經偈云廣博諸世界無量無有邊知種種是一知一是種種何者一是萬法之一以心爲自性故所以古頌云萬法由心生心清萬法清五通無障礙心王如眼睛月燈三昧經云爾時世尊知月光童子心所黙念而作偈問告月光童子言若菩薩與一法相應皆悉能獲最勝功德速成阿耨多羅三藐三菩提何謂一法童子若菩薩於一切法體性如實了知乃至偈言諸法但說一所謂法無相是智者所說如實而了知若說如是法菩薩了知者彼得無礙辯說億脩多羅導師所加護顯示

於實際不分別假名曾無有所説以一知一切以一切知一雖有種種説而不起於慢其心能了知一切法無名隨順學諸名而演説眞實釋曰若如實了知一切法體性即自心體性觀一切法悉皆無名無相以假名相説演其眞實令歸無相之眞原無名之實際則入脩多羅教海辯説無窮又如經云童子其心無性又無形色不可覩見童子如是心體性即是佛功德體性如是佛功德體性即是一切諸法體性以是義故童子若菩薩説一切法體性一義如實知者名爲菩薩寂滅於心善解三界出離善根如實了知如實知見能如實説無有異説乃至善解離文字法善解分別字智善解離語言法等入楞伽經偈云不生現於生不退常現退同時如水月萬

億國土現一身及無量然火及霔雨心心體不異故説但是心心中但是心心無心而生種種色形相所見唯是心又偈云心中無斷常身資生住處唯心愚無智無物而見有又偈云佛子見世間唯心無諸法種類非身作得力自在成何以故若得心王一切自在要成即成非他所礙如持地菩薩云我常於一切要路津口田地險隘有不如法妨損車馬我皆平填乃至遇毗舍如來摩頂謂我當平心地則世界地一切皆平何以故由心不平其地即不平如舍利弗心有高下見丘陵坑坎是知提綱撮要莫越觀心見道不隔剎那取證猶如反掌陳文帝法華懺文云理無二極趣必同歸但因業因心稟萬類之識隨見隨著異羣生之相梁武帝金剛懺云得之於

心然後爲法是以無言童子妙得不言之妙不說菩薩深見無說之深所云理無二極趣必同歸者則一法標宗異途泯跡不言之妙無說之深者若不親證自心曷乃洞其深妙則言思道斷㝠合斯宗矣唐德宗皇帝云夫萬有之法本緣於心心生法生心滅法滅故以心觀心心外無法心性常住道其遠乎如先德云夫修道之體自識常身本來清淨不生不滅無有分別自性圓滿清淨之心此是本師故知自眞心自然而有不從外來於三界中所有至親莫過於心問生佛同體何故苦樂有殊答諸佛悟達法性皆自然了心原妄想不生不失正念我所心滅故不受生死即究竟常寂滅以寂滅故萬樂自歸一切衆生迷於眞性不達本心種種妄想不得正念故即憎愛以憎愛故心器破壞即受生死故諸苦自現欲知法要守心第一若一人不守眞心得成佛者無有是處故云制心一處無事不辦一切萬法不出自心八萬法門三乘位體一切賢聖論其宗教莫非自心是本文句䟽云若尋教迹迹廣徒自疲勞若尋理本本高高不可極日夜數他寶自無半錢分但觀己心之高廣扣無窮之聖應機成致感逮得已利故用觀心釋當知種種聲教若微若著若權若實皆爲佛道而作筌罤大經偈云麤言及軟語皆歸第一義此之謂也法華方便品偈云我本立誓願普令一切衆亦同得此道如我等無異又偈云正直捨方便但說無上道此正不指世間爲正不指螢光析智爲正不指燈炬體法智爲正不指星月道種

智爲正乃指日光一切種智爲正此流通非爲楊葉木牛木馬而作流通非流通半字非流通共字非流通别字純是流通圓滿脩多羅滿字法也如宗鏡一光更無餘照不唯位高行滿亦乃因深果圓巧拙頓殊遲速莫等如大智度論云譬如治病苦藥針灸痛而得差如有妙藥名穌陀扇陀病人眼見衆疾皆愈除病雖同優劣法異聲聞菩薩教化度人亦復如是苦行頭陀初中後夜勤心禪觀苦而得道聲聞教也觀諸法相無縛無解心得清淨菩薩教也是以了心實相悟在刹那積行而成因賒果遠但有一毫之善悉隨喜迴向實相之心乃至四威儀中觸途成觀念念契旨步步入玄不令一塵而失眞智如箭射地無不中者故論云復次正迴向菩薩應作是念如十方三世諸佛所知用無上智慧知諸善根相一切智人中佛第一勝佛所知諸善根必是實根如佛所知我亦用如是善根相迴向譬如射地無不著時若射餘物或著或不著如諸佛所知隨喜如射地無不著若用餘道隨喜如射餘物或著或不著如是迴向是爲不謗諸佛故知信解實相心入宗鏡内舉念皆是無往不眞方順佛所知不謗三寶若得實相智慧所麾一切萬行悉皆成就如大鵬影覆其子令子增長如今學人但自直下内了自心莫疑外境心若得了外境皆虛一法纔通萬像盡歸心地一輪有阻千車悉滯脩途明明而只在自知念念而無非眞實外麤巨鑒不慮他疑内密難窮唯應親證如龐居士偈云中人樂寂靜下士好威儀菩

薩心無礙同凡凡不知佛是無相體何須有相持但令心了事遮莫外人疑如人渴飲水冷暖自心知又如外書中云有威名於世者若呼其名則可以止兒啼魏略云張遼爲孫權所圍遼復入權衆破走由是威震江東兒啼不止其父母以遼名恐之便止又燉煌實録云宋質真破虜有威名兒啼恐之即止且孩兒未識其人聞名即能止啼者全證唯心矣乃至如念觀音名號火不能燒等此託觀音爲增上縁並是自心所感致茲靈驗災祥成敗榮辱昇沉無不由心者矣所以融大師頌云亦不從天生亦不從地出但是空心性照世間如日若如日照世間何光明而不透則觸目寓情無非我心矣皆成法寶盡作家珍自利利他用而無盡傅大士三諫詞云捨世榮捨世榮華道理長努力慇懃學三諫諫我身心還本鄉諫意意根莫令起諫口口根莫説彰諫手手根莫鞭杖三諫三王王自香虚空自得到仙堂仙堂不近亦不遠徘徊只是衆中央若欲行住仙堂裏不用匍匐在他鄉若欲求念彌陀佛東西南北是西方西方彌陀觸處是面前背後七重行或黄或赤或紅白或大或小或短長天蓋正是彌陀屋木孔木穿彌陀房天上空中彌陀路草木正是彌陀鄉日夜前後嘈嘈閙正是彌陀口放光若欲禮拜彌陀佛不用思想强干忙若不誑人是禮拜若不求人是道場努力自使三功作慇懃肆力種衣粮山河是家無盡藏草木是人常滿倉泥水是人常滿庫藤蘿是人無底囊多作功夫自成就自行手脚熟嚴裝若

欲往生安樂國只是箇物是西方又謌云諸佛村鄉在世界四海三田徧滿生佛共衆生同一體衆生是佛之假名若欲見佛看三郡田宅園林處處停或飛虛空中擾擾或擲山水口轟轟或結群朋往來去或復孤單而獨行或使白日東西走或使暗夜巡五更或烏或赤而復白或紫或黑而黃青或大或小而新養或老或少舊時生或身胥上有燈火或羽翼上有琴箏或遊虛空亂上下或在草木亂縱橫或無言行自出宅或入土坑暫寄生或攢木孔爲鄉貫或徧草木作窠城或轉羅網爲村巷或卧土石作階廳諸佛菩薩家如是只箇名爲舍衛城

宗鏡録卷第二十九

音釋

鬘莫班切　湍他端切激湍也　尺蠖蠖憂縛切尺蠖蟲名　帙直一切書卷編次也　撮七活切取也　羈居宜切縻也　蔟千木切攢也　忻許斤切與欣同　徇私閏切從也　霔之戍切霖霔也　荃罤荃取緣切取魚器也罤桂我切兎涼也　輭而兖切柔也　燉煌燉徒渾切煌胡光切　匍匐匍薄胡切匐蒲北切匍匐盡力奔趨也　嘈昨勞切聲也　窠助交切

宗鏡録卷第三十

宋慧日永明妙圓正修智覺禪師延壽集

夫菩薩欲報佛恩皆須不惜身命護持如來正法云何唯述一心能報慈化答覺王最後慈勑唯令於念處修眞首祖當初所傳只但指人心是佛若能信受是眞報恩示他則不負前機自究則剋成大事如智者觀心論偈云大師將涅槃慈父有遺囑四念處修道當依木叉住我等非佛子不念此遺囑乗緩内無道戒緩墮三塗由不問觀心令他信漸薄烏鵄不施食豈報白鵄恩非但田不良無平等種子法雨若不降法種必焦枯各無來世粮失三利致苦大法將欲頽哀哉見此事爲是因縁故須造觀心論平等眞法界無行亦無到若能問觀心能行亦能到即是四念處能依木叉住乗急内有道戒急生人天此是眞佛子不乖慈父囑天龍皆慶喜一切豈不忻能報白鵄恩普施烏鵄食旣有好良田有平等種子法雨應時降法種皆生長各有未來資俱獲三利樂爲是因縁故須造觀心論諸來求法者欲聞無上道不知問觀心聞慧終不發諸來求法者欲思無上道不知問觀心思慧終不生諸來求法者欲修無上道不知問觀心修慧終不成諸來求法者勤修四三昧不知問觀心困苦無所獲諸來求法者多聽得言語不知問觀心未得眞實樂諸來求法者修三昧得定不知問觀心盲禪無所見諸來求法者欲懺悔衆罪不知問觀心罪終難得脫諸來求法者意欲離煩惱不知問觀心煩惱終不滅諸來求法者本欲利益他

不知問觀心退轉令他謗諸來求法者欲與顯佛法不知問觀心退還大汙損如此衆得失非得可具傳有此諸得失無人覺悟者爲是因緣故須造觀心論末世修觀心得邪定發見辯才無窮盡自謂人間寶無智者鼻齅野狐氣衝眼舉尾共却行次第墮坑殞爲是因緣故須造觀心論守鼻隅安般及修不淨觀安般得四禪不免泥犂苦不淨謂無學覆鉢受女飯設得隨禪生墮長壽天難爲是因緣故須造觀心論依事法用心無慧發鬼定顯異動物心事發壞佛法命終生鬼趣九十六眷屬像法決定明三師破佛法爲是因緣故須造觀心論内心不爲道邪諂念名利詐現坐禪相得名利眷屬事發壞他信毁損佛正道此是扇提羅死墮無間獄爲是因緣故須造觀心論説法得解脱聽法衆亦然不知問觀心如貧數他寶説者問觀心無説亦無示聽者問觀心無聞亦無得爲是因緣故須造觀心論戒爲制心馬雖持五部律不知問觀心心馬終不調律住持佛法解外不解内淨名訶上首乃名眞奉律爲是因緣故須造觀心論誦經得解脱非爲世財利若能問觀心破一微塵中出大千經卷受持讀誦者聞持無遺忘心開得解脱爲是因緣故須造觀心論勸化修供養興顯安行人密心爲自利倚託以資身壞他吉苦捨善駝驢以償人若能問觀心即如駝驃也爲是因緣故須造觀心論諸道各有法了不自尋研忽窺窬釋教動經十數年非但彼法拙亦有謀壞心此是迦毗梨仙聖豈聽説爲是因緣故須造觀心論

富貴而無道多增長憍逸若能問觀心得眞法富貴雖高而不危雖滿而不溢不著世富貴心常在道法爲是因縁故須造觀心論貧賤多姧諂竊窬造衆惡現被王法治死墮三惡道若能問觀心即安貧養道有道即眞實無爲即富樂爲是因縁故須造觀心論四衆皆佛子無非是法親因執善法諍遂結未來怨若能問觀心和合如水乳皆師子之子悉是栴檀林爲是因縁故須造觀心論年衰身帶疾眼闇耳漸聾心惛多忘漏年不如一年死王金翅鳥不乆吞命根一旦業繩斷氣絶豈能言爲是因縁故須造觀心論稽首十方佛深慈觀心者勸善諦觀察發正覺妙樂稽首十方法深悲觀心者善勸諦觀察得眞免諸苦稽首十方僧大衆和合海若能善觀察

歡喜心無量稽首龍樹師令速得開曉亦加捨三心令承三寶力起三十六問其間諸細問對事難可數若觀一念心能答此問者當知心眼開得入清涼池不能答此問柰何盲瞑也必義尚不見那能行大道哀哉末法中無復行道人設令有三數寧别此問也故生悲愍心歸命禮三寶作此問心論令觀者開朗願諸見聞者莫生疑謗心信受勤修習必獲大法利乃至偈問云問觀自生心云何四不說離戲論執諍心淨如虛空問觀自生心云何是魔行業煩惱所繫三界火宅燒問觀自生心云何是外道諸見煩惱業流轉於六道問觀自生心云何是三業拙度斷見思出三界火宅問觀自生心云何是巧度三乘不斷結得入二涅槃問觀自生心云何是別教

求大乘常果菩薩斷別惑問觀自生心云何圓教乘不破壞法界住三德涅槃問觀自生心云何爲涅槃修四種三昧得眞無生忍問觀自生心云何巧成就二十五方便調心入正道問觀自生心云何知自心起十種境界成一心三智問觀自生心云何知十境各成十法乘遊四方快樂問觀自生心云何不住法入初發心住及四十二位問觀自生心云何六度成能得諸三昧及諸陀羅尼問觀自生心云何得六通用四攝行化四辯無罣礙問觀自生心云何得相好成眞應二身對緣如鏡像問觀自生心云何具十力及四無所畏內外照用圓問觀自生心云何於觀心能得十八種不共世間法問觀自生心云何得大慈大悲三念處愍衆無異想問觀自生心云何巧方便成就諸衆生嚴淨一切刹問觀自生心云何於此心莊嚴菩提樹建清淨道場問觀自生心云何降魔怨能制諸外道令衆悉歸敬問觀自生心云何坐道場現四種成佛赴機無差殊問觀自生心云何轉四教清淨妙法輪一切得甘露問觀自生心云何現四佛四種涅槃相究竟滅無餘問觀自生心云何知依正四土天器同而飯色有異問觀自生心云何於此心是一切根緣通達無罣礙問觀自生心云何知悉檀無形無所說現形廣說法問觀自生心云何知漸頓祕密不定教一音說此四問觀自生心云何知四教各開出四門及一切法門問觀自生心云何於四教四門十六門作論通衆經問觀自生心云何住滅定普入十法界廣利諸衆生

問觀自生心云何知四土用教有增減普利一切衆問觀自生心云何知此心具一切佛法無一法出心問觀自生心云何知此心即平等法界佛不度衆生問觀自生心云何知此心法界如虛空畢竟無所念問觀自生心云何無文字一切言語斷寂然無言說令約觀一念自生心略起三十六問外觀心人及久相逐眷屬行四種三昧者彼觀心者若能一一通達當生心如佛想親近受行如四依也門徒眷屬若於此無滯是真同行是真法王子孫紹三寶種使不斷絶若不能觀於一念自生心一一答此問者即是天魔外道眷屬爲彼之所驅馳方處三界牢獄未有出離之期若心不愜欲求挽出者必墮二乘三惡道坑自斷法身慧命誅滅菩提眷屬是破佛

法國土大乘家哀哉哀哉可柰何也若觀自生心得失如此觀他生共生無因生心亦然也釋曰此觀心三十六問上等十方諸佛之慈心無恩不報下及法界群生之悲仰有感皆從乃至修行妙門度生儀軌教觀融攝理事圓通徹果該因自他兼利十身徧應四土包含但觀自一心無不悉備如論偈云烏鵶不施食豈報白鵶恩非但田不良無平等種子法雨若不降法種必焦枯各無來世粮失三利致苦者釋云此偈明不修念處之觀即是無平等種子不依木叉而住即非良田何者夫觀大乘念處者觀生死五陰之身非枯非榮即大寂定涅槃經云色解脱涅槃乃至識解脱涅槃若修此念處觀即是觀一切六道衆生即是常樂我淨大涅槃具足佛之知

見如常不輕圓信成就經云施城中最下乞人與難勝如來等是則豈可分別是田非田可施不可施耶故念處觀即平等種子若不修則見生死涅槃有異凡聖有殊聖是敬田則崇仰而施凡是悲田則猒賤而不捨故言無平等種子今取王爲喻者喻無平等種子也昔有王但借白鵄以喻聖人烏鵄以喻凡人王喻衆生不修念處不修念處平等種子之人也故簡悲敬兩田然内無平等種子圓觀之道外則不能弘宣化大乘豈能報佛恩又破如來禁戒則無良田是故偈云法雨若不降法種則焦枯此兩句明四衆無戒慧之機聖則不應何者涅槃經云純陀自云我今身有良田無諸荒穢唯希如來甘露法雨雨我身田令生法芽而今四衆不依念處修道則無慧種不依木叉而住則無良田既無種則衆生無感聖之機豈能招聖法雨之應衆生佛性之芽何得不枯也乃至内無善機外無聖應法種之芽又枯是則失現在未來涅槃三利之樂乃更招三塗之苦又偈云能報白鵄恩普施烏鵄食者釋云此偈明有平等種子復有良田能施烏鵄食能報白鵄恩何者然佛聖人能覺悟衆生不令爲三毒諸煩惱蛇毒所傷即是聖人於衆生有恩如白鵄覺悟於王不爲毒蛇所害經云依教修行名報佛恩而今行者依念處觀慧依木叉而住即是依教修行名報佛恩復能以已之行化導一切衆生即是普施一切烏鵄食能報白鵄之恩又偈云守鼻隅安般及修不淨觀安般得四禪不免泥犂苦不淨謂無學覆鉢受

女飯設得隨禪生墮長壽天難爲是因緣故須造觀心論者釋云此明事相修禪之倒也鼻隅安般一句標修有漏四禪章門及修不淨觀一句標修無漏事禪章門守鼻隅者安心在鼻也安般者數息也以數息故能得四禪八定昔有比丘得四禪謂阿羅漢臨終謗佛墮於地獄也昔有比丘學不淨觀少時伏心欲想不起自謂聖人後出聚落乞食見女送飯欲心即發情迷心醉覆鉢受於女飯然數息得禪設不起謗及不墮地獄而隨禪受生墮長壽天難故知若於一心四念處修道不忘慈父囑眞孝順之子孫但入宗鏡中無恩而不報是以心若正萬法皆正心若邪萬法亦邪若離自心外欲破他邪則立自立他見邪見正如卸甲入陣棄火焚畬欲破敵下種無有是處但能守護自心即是護持正法亦是普念十方一切如來自心護法旣爾轉化他心亦然則正外無邪云何說破邪外無正云何說持如是通明眞護正法乃至圓滿具足一切法門所以首楞嚴經偈云將此深心奉塵刹是則名爲報佛恩大集經云眼識於色是名非法若能遠離是名護法故知善攝諸根不爲六塵所侵者可謂眞護法矣法集經云菩薩不須守護諸法世尊若菩薩但能善護自心是菩薩善護自心故則能成就諸佛妙法乃至見自心如幻如是見諸法如幻而心非內非外二中間可得如是見一切法見即如心無於色相不可得示不可得見無於形礙不可執捉不照不住見一切諸法其相如是若能如是見者是菩薩則能得於

平等之心以得平等心故如是菩薩不復更得於法以平等外無差别法了差别法即平等故若入此平等法門則知一切法皆悉性空不生愛著即是無非捨身命處耳亦是成道處亦是轉法輪處亦是度生處亦是入滅處亦是究竟報恩處亦是成滿大願處亦是萬行具足處何者如云萬物得地而生萬行得理而成者理即心也或行孝思或輸忠烈靡不由心者哉如則天朝孟景休丁母憂哀毀迨至滅性有弟景禕在襁褓景休自乳之乳爲之溢又畢搆爲吏部尚書初丁繼母蕭氏憂盧氏二妹俱在襁褓搆親乳之乃至成長斯則孝行之所感乳出於心非定男女之體也○問八萬四千法門門門解脫云何偏取一心門以爲眞趣答此一心門是眞性解脫古佛慈勑諸佛解脫只令於衆生心行中求不於餘處求何以故只謂衆生心是諸佛心諸佛解脫是衆生解脫隨緣轉變自號衆生緣性常空眞佛不動如氷元是水結若欲求水應當就氷氷水雖殊濕性不壞時節有異體性無虧如是信入名眞解脫其餘法門非無進趣若比斯宗頓漸天隔但明佛慧唯接上機所以法華會上世尊親囑累諸大菩薩若說此經直入佛慧能廣開示眞報佛恩其有不信受者當於餘深法中示教利喜即是演餘解脫法門今宗鏡中唯論不思議解脫如台教問何意不斷煩惱而入涅槃方是不思議解脫答須彌入芥小不障大大不即小故云不思議耳今有煩惱惑不障智慧涅槃智慧涅槃不礙煩惱結惑乃名不思議又

約思議解脱無色無心以明解脱無體也若不思議觀色心即是法性之色心則色心不生不滅而得解脱故知真善妙色妙心之體也又妙色湛然常安住又色解脱涅槃若無色者如死人那得解脱也乃至黄蜂作蜜蜘蛛作網皆不可思議皆有心數法之解脱也是知直了此心無行不足以一心具足萬行無一行而非心故且如云布施者大菩薩行施等時能觀唯識知境是心即心外無法三輪體空是稱真施持戒者謂證唯心離念常淨無明垢盡即成佛戒但佛心中具諸功德離過義邊則名爲戒忍辱者觀衆生唯識妄見知本心外無法可瞋精進者如來精進若據自行常觀唯識故攝論云如來常不出觀故寂靜禪定者大菩薩定謂觀唯識不見境時心無緣念則是真定智慧者大菩薩皆觀自心意言分别以爲境界從初發心乃至成佛皆作此觀豈止四等六度成佛化生乃至欲託質蓮臺永抛胎藏生極樂等諸佛國土遊戲神通者皆能了達自心無不化往又復豈止一行一願凡有一切希求無不從意故如來不思議境界經云三世一切諸佛皆無所有唯依自心菩薩若能了知諸佛及一切法皆唯心量得隨順忍或入初地捨身速生妙喜世界或生極樂淨佛土中金剛般若論偈云智習唯識通如是取淨土起信論云初信大乘心人諸佛皆攝生淨土諸法無行經云若能教化三千大千世界中衆生令行十善不如菩薩如一食頃一心靜處入一相法門大般若經云佛告善現當知甚深般若波

羅蜜多是諸善法所趣向門譬如大海是一切水趣向門楞伽經偈云一切諸度中佛心爲第一所以一切諸乘中斯乘爲究竟台教云諸佛解脱於衆生心行中求者若觀衆生心行入本性清淨智窮衆生心原者即顯諸佛解脱之果若見衆生心空即見佛國空即是心行中求得三種解脱衆生心性即眞性解脱癡愛即實慧解脱諸不善行即是方便解脱是知此一心眞性解脱能空煩惱繫縛九結十使等如一栴檀樹改四十由旬伊蘭林悉香能令煩惱即菩提故又若斷惑懺罪比餘漸教如氎華千斤不如眞金一兩故云若欲懺悔者端坐念實相則直了無生之心當處解脱金光明經疏云毗盧遮那徧一切處若行若住若明若暗皆得不離見佛世尊六根所對無非佛法耆婆攬草無非藥者普能愈病釋摩男所執一切砂礫皆變爲寶阿那律空器悉滿甘露若能如是者所觀之罪非復是罪罪即實相所觀之福福即非福福即實相純是實相是名大懺悔也觀普賢菩薩行法經云觀心無心從顛倒想起如此想心從妄想起如空中風無依止處如是法相不生不没何者是罪何者是福我心自空罪福無主一切諸法皆亦如是無住無壞如是懺悔又夫有罪可露非眞懺悔有善可見非眞隨喜有法可趣非眞廻向有事可求非眞發願若入宗鏡諦了自心則無處無方一切清淨如甚深大廻向經云佛言有三種廻向何等爲三謂過去空當來空現在空無有廻向者亦無廻向法亦無廻向處菩薩摩訶薩

當作是迴向作是迴向時三處皆清淨以此清淨功德與一切衆生共迴向阿耨多羅三藐三菩提作是迴向者無有凡夫及凡夫法乃至亦無有佛及向佛者何以故法性無緣不生不滅無所住故法集經云菩薩摩訶薩於一切法不求究竟處何以故是菩薩於一切法無非究竟故是菩薩不求解脱一切諸法本性寂滅無非解脱是菩薩不樂一法亦不猒一法是菩薩於諸佛法非是自法亦非他法不取一法不捨一法法華經云爾時佛告上行等菩薩大衆諸佛神力如是無量無邊不可思議若我以是神力於無量無邊百千萬億阿僧祇劫爲囑累故說此經功德猶不能盡以要言之如來一切所有之法如來一切自在神力如來一切祕要之藏如來一切甚深之事皆於此經宣示顯說故知三世覺王十六大士一切所有諸佛之法一切神通攝化之門一切宗旨祕要之藏一切甚深因果之事皆於此心無不圓足故云於無量無邊阿僧祇劫囑累此法讃歎此心無作之功無比之德猶不能盡豈可率爾頃刻而措言乎此宗鏡録是大智所行上根能受絶投巖癡狂之見捨草庵下劣之心非限量之懷輙可希冀持螺何以酌海折草焉能量天若遇大機入不可行於小徑須依宗鏡直示本心如經云無以穢食置於寶器無以大海内於牛跡是知於此生信者甚爲希有何者信果佛則易如十方諸佛信因佛則難如現今衆生故起信鈔云信過去釋迦當來彌勒等是佛則爲易有今信衆生心中真如是凡聖

通依迷之則六趣無窮悟之則三寶不斷此為希有如信皇后王胎則易信貧女聖孕則難是以染法淨法俱是心苗本地發生更無餘孕如無著菩薩大乘莊嚴經論偈云自界及二光癡共諸惑起如是諸分別二實應遠離釋曰自界謂自阿賴分種子二光謂能取光所取光此等分別由共無明及諸餘惑故得生起如是諸分別二實應遠離二實謂所取實及能取實如是二實染淨應求遠離釋曰此亦攝末歸本義論云求唯識人云能取及所取此二唯心光貪光及信光二光無二法釋曰求唯識人應知能取所取此之二種唯是心光如是貪等煩惱光及信等善法光如是二光亦無染淨二法何以故不離心光別有貪等信等染淨法故二光亦無相偈曰種種心光起如是種種相光體非體故不得彼法實釋曰種種心光即是種種事相或異時或同時起者謂貪光瞋光等同時起者謂信光進光等光體等者如是也染位心數淨位心數唯有光相而無光體是故世尊不說彼為眞實之法是知萬法之體不出遮那心原萬善之門靡越普賢行海云何不出遮那心原如華嚴經頌云佛刹微塵數如是諸刹土能於一念中一一塵中現云何靡越普賢行海如阿僧祇品頌云於一微細毛端處有不可說諸普賢如一毛端一切爾如是乃至徧法界此遮那心即菩提心此普賢行即菩提行如華嚴經頌云欲見十方一切佛欲施無盡功德藏欲滅衆生諸苦惱宜應速發菩提心昔人云菩提心即萬行之本即此發心

便名爲行問若獨取一心解脱其餘非者則一不收一切法界義不圓乖此廣乘失其徧理答若圓修頓悟之機則舉一蔽諸無復方便只爲不入者方便開三乃至八萬雖即開三本明一道所以金剛三昧經云如如之理具一切法善男子住如理者過三苦海入楞伽經偈云有無是二邊以爲心境界離諸境界法平等心寂靜賢劫定意經云若復棄捐一切所有在於所有而無所有是曰一心法句經云人壽百歲情欣放逸不如一日歸心空寂傅大士頌云諸佛不許外求名達本眞心即爲正故知萬法歸心則道全矣如庚桑子道全篇云魯公卑辭以問之庚桑子曰吾能聽視不用耳目非易耳目之用所告者過也公曰孰如是寡人增異矣其道若何寡人早願聞之庚桑子曰我體合於心心合於氣氣合於神神合於無其有介然之有唯然之音雖遠際八荒之表邇在眉睫之內來干我者吾必盡知之廼不知爲是我七竅手足之覺五藏六腑心慮之所知其自知而已矣何璨注云心形泯合神氣冥符洞然至心與無同體然後心彌靜而智彌遠神愈默而照愈彰理極而自通不思而玄覽非夫至神至聖其孰能與於此哉斯乃靈眞之要樞重玄之妙道者也是以內外指歸須冥符心體則洞照無遺矣遂能和光萬有體納十方夫言和者非有能所二法相順名和如古德云凡聖各別不得名和心體離念不得衆生相法界即我我即法界名和首楞嚴經云觀世音菩薩白佛言世尊我從聞思修入三摩地初於

聞中入流亡所所入既寂動靜二相了然不生如是漸增聞所聞盡盡聞不住覺所覺空空覺極圓空所空滅生滅既滅寂滅現前忽然超越世出世間十方圓明獲二殊勝一者上合十方諸佛本妙覺心與佛如來同一慈力二者下合十方一切六道衆生與諸衆生同一悲仰斯乃能所跡消眞俗冥合非從事行因異而同但了心無自他萬法自然一體外書亦云心和即言和言和即言滿天下無口過以身心和故行滿天下無怨惡既與萬法體和則不共物諍如華手經云佛告舍利弗是故菩薩發菩提心應當觀察是心空相舍利弗何等是心云何空相舍利弗心名意識即是識陰意入意界心空相者心無心相亦無作者何以故若有作者則有彼作而此人受若心自作則自作自受舍利弗是心相空無有作者無使作者若無作者則無作相若人戲論是心相者則與無礙空無相諍若與無礙空無相諍是人則與如來共諍若與如來共諍當知是人則墜深坑是知若入宗鏡海中已攝餘一切法門如登法性山悉見諸無邊境界如大涅槃經云譬如有人在大海浴當知是人已用諸河泉池之水菩薩摩訶薩亦復如是修習如是金剛三昧當知已爲修習其餘一切三昧又云譬如高山有人登之遠望諸方皆悉明了金剛定山亦復如是菩薩登之遠望諸法無不明了故知自心無能過者所以教中亦名甚深法亦名最上乘是以一法指南萬途歸順但有名字差別終無異體別陳如有頌云諸色心現時如金

銀隱起金處異名生與金無前後且如金銀隱起功德之形但有異名金體不動例似一心現出凡聖之道雖立别號心性無生達此名空見法如鏡自然息意冥合眞宗矣

宗鏡録卷第三十

音釋

殞于敏切歿也　窺窬窺去規切窬羊朱切窺窬私視也　愜苦協切快也　挽無遠切引也　卸司夜切解也　畬詩遮切火種田也　禕雨非切　襁褓襁居兩切負兒衣也褓博抱切小兒被也　虧去為切缺也　㲲徒協切　冀几利切望也　睫即葉切目旁毛也　璨蒼案切　樞昌朱切門樞也

宗鏡録卷第三十一

宋慧日永明妙圓正修智覺禪師延壽集

夫諸佛境界唯趣不思議一心解脫之門何謂不思議解脫以一切法非有而有有而非有非定量之所知故稱不思議旣以非有而有即不住於無有而非有即不住於有有無不住即於諸法悉皆解脫以一切法不出有無故是知一心解脫之中無有文字則無生死無煩惱無陰界無衆生無憂喜無苦樂無繫縛無往來無是無非無得無失乃至無菩提無涅槃無眞如無解脫以要言之一切世出世間諸法悉皆無有如首楞嚴經云知見立知即無明本知見無見斯即涅槃無漏眞淨云何是中更容他物如上所說世間生死出世涅槃等無量差別之名皆從知見文字所立若無知見文字名體本空於妙明心中更有何物如六祖偈云菩提本無樹明鏡亦非臺本來無一物何處惹塵埃融大師云至理無詮非解非纏靈通應物常在目前目前無物無物宛然不用人致體自虛玄又云無物即天眞天眞即大道寒山子詩云寒山居一窟窟中無一物淨潔空堂堂皎皎明如日糲食資微軀布裘遮幻質任汝千聖現我有天眞佛所以大涅槃經中佛說一百句解脫況百斤金即諸佛無上之珍涅槃祕密之寶是以句句皆云眞解脫者即是如來夫如來者即一心眞如自性中來故云如來又如者不變不異不失自性故名爲如來者即眞如不守自性隨緣顯現故名爲來斯乃是不來之來以眞如性徧一切處實無去來從心所

感無出没故又經云如來者即是法也故起信論云所言法者即衆生心所以古德云心本清淨亦無淨相方見我心故知一百句解脱中句句明心心心解脱末有一文一字不是宗鏡之指南如經云爾時迦葉菩薩復白佛言世尊唯願哀愍重垂廣説大涅槃行解脱之義佛讃迦葉善哉善哉善男子眞解脱者名曰遠離一切繋縛若眞解脱離諸繋縛則無有生亦無和合譬如父母和合生子眞解脱者則不如是是故解脱名曰不生迦葉譬如醍醐其性清淨如來亦爾非因父母和合而生其性清淨所以示現有父母者爲欲化度諸衆生故眞解脱者即是如來如來解脱無二無别譬如春月下諸豆子得煖氣已尋便出生眞解脱者則不如是又解脱者名曰虚無虚無即是解脱解脱即是如來如來即是虚無非作所作凡是作者猶如城郭樓觀却敵眞解脱者則不如是是故解脱即是如來又解脱者即無爲法譬如陶師作已還破解脱不爾眞解脱者不生不滅是故解脱即是如來如來亦爾不生不滅不老不死不破不壞非有爲法以是義故名曰如來入大涅槃不老不死有何等義老者爲遷變髮白面皺死者身壞命終如是等法解脱中無以無是事故名解脱如來亦無髮白面皺有爲之法是故如來無有老也無有老故則無有死又解脱者名曰無病所謂病者四百四病及餘外來侵損身者是處無故故名解脱無疾病者即眞解脱眞解脱者即是如來如來無病是故法身亦無有病如是無病即是如

來死者名曰身壞命終是處無死即是甘露是甘露者即眞解脫眞解脫者即是如來如來成就如是功德云何當言如來無常若言無常無有是處是金剛身云何無常是故如來不名命終如來清淨無有垢穢如來之身非胎所汙如分陀利本性清淨如來解脫亦復如是如是解脫即是如來是故如來清淨無垢又解脫者諸漏瘡疣永無遺餘如來亦爾無有一切諸漏瘡疣又解脫者無有鬬諍譬如飢人見他飲食生貪奪想解脫不爾又解脫者名曰安靜凡夫人言夫安靜者謂摩醯首羅如是之言即是虛妄眞安靜者畢竟解脫即是如來又解脫者名曰安隱如多賊處不名安隱清夷之處乃名安隱是解脫中無有怖畏故名安隱是故安隱即眞解脫眞

解脫者即是如來如來者即是法也又解脫者無有等侶有等侶者如有國王有隣國等夫解脫者則無如是無等侶者謂轉輪聖王無有能與作齊等者解脫亦爾無有等侶無等侶者即眞解脫眞解脫者即是如來轉輪法王是故如來無有等侶有等侶者無有是處又解脫者名無憂愁有憂愁者譬如國王畏難強隣而生憂愁夫解脫者則無是事譬如壞怨則無憂慮解脫亦爾是無憂畏無憂畏者即是如來又解脫者名無憂喜譬如女人止有一子從役遠行卒得凶問聞之愁苦後復聞活便生歡喜夫解脫中無如是事無憂喜者即眞解脫眞解脫者即是如來又解脫者無有塵垢譬如春月日没之後風起塵霧夫解脫中無如是事無塵霧者喻眞解脫

真解脱者即是如來譬如聖王髻中明珠無有垢穢夫解脱性亦復如是無有垢穢無垢穢者喻真解脱真解脱者即是如來如真金性不雜沙石乃名真寶有人得之生於財想夫解脱性亦復如是如彼真寶彼真寶者喻真解脱真解脱者即是如來譬如瓦瓶破而聲鷩金剛寶瓶則不如是夫解脱者亦無鷩破金剛寶瓶喻真解脱真解脱者即是如來是故如來身不可壞其聲鷩者如蓖麻子盛熱之時置之日曝出聲震爆夫解脱者無如是事如彼金剛真寶之瓶無鷩破聲假使無量百千之人悉共射之無能壞者無鷩破聲喻真解脱真解脱者即是如來如貧窮人負他物故爲他所繫枷鎖策罸受諸苦毒夫解脱中無如是事無有負債猶如長者多有財寶無量億數勢力自在不負他物夫解脱者亦復如是多有無量法財珍寶勢力自在無所負也無所負者喻真解脱真解脱者即是如來又解脱者名無逼切如春涉熱夏日食甜冬日冷觸真解脱中無有如是不適意事無逼切者喻真解脱真解脱者即是如來又無逼切者譬如有人飽食魚肉而復飲乳是人則爲近死不久真解脱中無如是事是人若得甘露良藥所患得除真解脱者亦復如是甘露良藥喻真解脱真解脱者即是如來云何逼切不逼切也譬如凡人我慢自高而作是念一切衆中誰能害我即便携持蛇虎毒蟲當知是人不盡壽命則爲横死真解脱中無如是事不逼切者如轉輪王所有神珠能伏蜣蜋九十六種諸毒蟲等若有聞是

神珠香者諸毒消滅眞解脱者亦復如是皆悉遠離二十五有毒消滅者喻眞解脱眞解脱者即是如來又不逼切者譬如虛空解脱亦爾彼虛空者喻眞解脱眞解脱者即是如來又逼切者如近乾草然諸燈火近則熾然眞解脱中無如是事又不逼切者譬如日月不逼衆生解脱亦爾於諸衆生無有逼切無有逼切喻眞解脱眞解脱者即是如來又解脱者名無動法猶如怨親眞解脱中無如是事又不動者如轉輪王更無聖王以爲親友若更有親則無是處解脱亦爾更無有親若有親者亦無是處彼王無親喻眞解脱眞解脱者即是如來如來者即是法也又無動者譬如素衣易受染色解脱不爾又無動者如婆師華欲令有臭及青色者無有是處解脱亦爾欲令有臭及諸色者亦無是處是故解脱即是如來又解脱者名爲希有譬如水中生於蓮華非爲希有火中生者是乃希有人見之便生歡喜眞解脱者亦復如是其有見者心生歡喜彼希有者喻眞解脱眞解脱者即是如來其如來者即是法身又希有者譬如嬰兒其齒未生漸漸長大然後乃生解脱不爾無有生與不生又解脱者名曰虛寂無有不定夫不定者如一闡提究竟不移犯重禁者不成佛道無有是處何以故是人若於佛正法中心得淨信爾時即便滅一闡提若復得作優婆塞者亦得斷滅於一闡提犯重禁者滅此罪已則得成佛是故若言畢定不移不成佛道無有是處眞解脱中都無如是滅盡之事又虛寂者墮於法界如法界性

即眞解脫眞解脫者即是如來又一闡提若盡滅者則不得稱一闡提也何等名爲一闡提耶一闡提者斷滅一切諸善根本心不攀緣一切善法乃至不生一念之善眞解脫中都無是事無是事故即眞解脫眞解脫者即是如來又解脫者名不可量譬如穀聚其量可知眞解脫者則不如是譬如大海不可度量解脫亦爾不可度量不可量者即眞解脫眞解脫者即是如來又解脫者名無量法如一衆生多有業報解脫亦爾有無量報無量報者即眞解脫眞解脫者即是如來又解脫者名爲廣大譬如大海無與等者解脫亦爾無能與等無與等者即眞解脫眞解脫者即是如來又解脫者名曰最上譬如虛空最高無比解脫亦爾最高無比高無比者即眞解脫眞解脫者即是如來又解脫者名無能過譬如師子所住之處一切百獸無能過者解脫亦爾無有能過無能過者即眞解脫眞解脫者即是如來又解脫者名爲無上譬如北方諸方中上解脫亦爾爲無有上無有上者即眞解脫眞解脫者即是如來又解脫者名無上上譬如北方之於東方爲無上上解脫亦爾無有上上無上上者即眞解脫眞解脫者即是如來又解脫者名曰恒法譬如人天身壞命終是名曰恒非不恒也解脫亦爾非是不恒非不恒者即眞解脫眞解脫者即是如來又解脫者名曰堅住如佉羅栴檀沉水其性堅實解脫亦爾其性堅實性堅實者即眞解脫眞解脫者即是如來又解脫者名曰不虛譬如竹葦其體空疎解脫不爾當知解

脱即是如來又解脱者名不可汙譬如牆壁未見塗治蚊蝱在上止住遊戲若以塗治彩畫雕飾蟲聞彩香即便不住如是不住喻眞解脱眞解脱者即是如來又解脱者名曰無邊譬如村落皆有邊表解脱不爾譬如虛空無有邊際解脱亦爾無有邊際如是解脱即是如來又解脱者名不可見譬如空中鳥跡難見如是難見喻眞解脱眞解脱者即是如來又解脱者名甚深何以故聲聞緣覺所不能入不能入者即眞解脱眞解脱者即是如來又甚深者諸佛菩薩之所恭敬譬如孝子供養父母功德甚深功德甚深喻眞解脱眞解脱者即是如來又解脱者名不可見譬如有人不見自頂解脱亦爾聲聞緣覺所不能見不能見者即眞解脱眞解脱者即是如來又解脱者名無屋宅譬如虛空無有屋宅解脱亦爾言屋宅者喻二十五有無有屋宅喻眞解脱眞解脱者即是如來又解脱者名不可取如阿摩勒果人可取持解脱不爾不可取持不可取持即眞解脱眞解脱者即是如來又解脱者名不可執譬如幻物不可執持解脱亦爾不可執持不可執持即眞解脱眞解脱者即是如來又解脱者無有身體譬如有人體生瘡癩又諸癰疽癲狂乾枯眞解脱中無如是病無如是病喻眞解脱眞解脱者即是如來又解脱者名爲一味如乳一味解脱亦爾唯有一味如是一味即眞解脱眞解脱者即是如來又解脱者名曰清淨如水無泥澄靜清淨解脱亦爾澄靜清淨澄靜清淨則眞解脱眞解脱者即是如來又解脱者名

曰一味如空中雨一味清淨一味清淨喻眞解脱眞解脱者即是如來又解脱者名曰除却譬如滿月無諸雲曀解脱亦爾無諸雲曀無諸雲曀即眞解脱眞解脱者即是如來又解脱者名曰寂靜譬如有人熱病除愈身得寂靜解脱亦爾身得寂靜身得寂靜即眞解脱眞解脱者即是如來又解脱者即是平等譬如野猫毒虵鼠狼俱有殺心解脱不爾無有殺心無殺心者即眞解脱眞解脱者即是如來又平等者譬如父毋等心於子解脱亦爾其心平等心平等者即眞解脱眞解脱者即是如來又解脱者無有異處譬如有人唯居上妙清淨屋宅更無異處解脱亦爾無有異處無異處者即眞解脱眞解脱者即是如來又解脱者名曰知足譬如飢人值遇甘膳食之無厭解脱不爾如食乳糜更無所須更無所須喻眞解脱眞解脱者即是如來又解脱者名曰斷絶如人被縛斷縛得脱解脱亦爾斷絶一切疑心結縛如是斷疑即眞解脱眞解脱者即是如來又解脱者名到彼岸譬如大海有此彼岸解脱不爾雖無此岸而有彼岸有彼岸者即眞解脱眞解脱者即是如來又解脱者名曰黙然譬如大海其水泛漲多諸音聲解脱不爾如是解脱即是如來又解脱者名曰美妙譬如衆藥雜訶梨勒其味則苦解脱不爾味如甘露味如甘露喻眞解脱眞解脱者即是如來又解脱者除諸煩惱譬如良醫和合諸藥善療衆病解脱亦爾能除煩惱除煩惱者即眞解脱眞解脱者即是如來又解脱者名曰無窄譬如小舍不容多

人解脫不爾多所容受多所容受即真解脫真解脫者即是如來又解脫者名滅諸愛不雜婬欲譬如女人多諸愛欲解脫不爾如是解脫即是如來如來如是無有貪欲瞋恚愚癡憍慢等結又解脫者名曰無愛愛有二種一者餓鬼愛二者法愛真解脫者離餓鬼愛憐愍衆生故有法愛如是法愛即真解脫真解脫者即是如來又解脫者離我我所如是解脫即是如來如來者即是法也又解脫者是滅盡離諸有貪如是解脫即是如來如來者即法也又解脫者即是救護能救一切諸怖畏者如是解脫即是如來如來者即是法也又解脫者即是歸處若有歸依如是解脫不求餘依譬如有人依恃於王不求餘依雖復依王則有動轉依解脫者無有動轉無動轉者即真解脫真解脫者即是如來如來者即是法也又解脫者名爲屋宅譬如有人行於曠野則有險難解脫不爾無有險難無險難者即真解脫真解脫者即是如來又解脫者是無所畏如師子王於諸百獸不生怖畏解脫亦爾於諸魔衆不生怖畏無怖畏者即真解脫真解脫者即是如來又解脫者無有窄狹譬如隘路乃至不受二人並行解脫不爾如是解脫即是如來又有不窄譬如有人畏虎墮井解脫不爾如是解脫即是如來又有不窄如大海中搭壞小船得堅牢船乘之渡海到安隱處心得快樂解脫亦爾心得快樂得快樂者即真解脫真解脫者即是如來又解脫者拔諸因緣譬如因乳得酪因酪得酥因酥得醍醐真解脫中都無是因無是因

者即眞解脫眞解脫者即是如來又解脫者能伏憍慢譬如大王慢於小王解脫不爾如是解脫即是如來如來者即是法也又解脫者伏諸放逸謂放逸者多有貪欲眞解脫中無有是名無是名者即眞解脫眞解脫者即是如來又解脫者能除無明如上妙酥除諸滓穢乃名醍醐解脫亦爾除無明滓生於眞明如是眞明即眞解脫眞解脫者即是如來又解脫者名爲寂靜純一無二如空野象獨一無侶解脫亦爾獨一無二獨一無二即眞解脫眞解脫者即是如來又解脫者名爲堅實如竹葦蓖麻莖幹虛空而子堅實除佛如來其餘人天皆不堅實眞解脫者遠離一切諸有流等如是解脫即是如來又解脫者名能覺了增益於我眞解脫者亦復如是如是

解脫即是如來又解脫者名捨諸有譬如有人食已而吐解脫亦爾捨於諸有捨諸有者即眞解脫眞解脫者即是如來又解脫者名曰決定如婆師華香七葉中無解脫亦爾如是解脫即是如來又解脫者名曰水大譬如水大於諸大勝能潤一切草木種子解脫亦爾能潤一切有生之類如是解脫即是如來又解脫者名曰爲入如有門戶則通路入金性之處金則可得解脫亦爾如彼門戶修無我者則得入中如是解脫即是如來又解脫者名曰爲善譬如弟子隨逐於師善奉教勑得名爲善解脫亦爾如是解脫即是如來又解脫者名出世法於一切法最爲出過如衆味中酥乳最勝解脫亦爾如是解脫即是如來又解脫者名曰不動譬如門閫風不能動

眞解脫者亦復如是如是解脫即是如來又解脫者名無濤波如彼大海其水濤波解脫不爾如是解脫即是如來又解脫者譬如宮殿解脫亦爾當知解脫即是如來又解脫者名曰所用如閻浮檀金多有所任無有能說是金過惡解脫亦爾無有過惡即眞解脫眞解脫者即是如來又解脫者捨嬰兒行譬如大人捨小兒行解脫亦爾除捨五陰除捨五陰即眞解脫眞解脫者即是如來又解脫者名曰究竟如被繫者從繫得脫洗浴清淨然後還家解脫亦爾畢竟清淨畢竟清淨即眞解脫眞解脫者即是如來又解脫者名無作樂無作樂者貪欲瞋恚愚癡吐故喻如有人悞飲蛇毒爲除毒故即服吐藥既得吐已毒即除愈身得安樂解脫亦爾吐於煩惱諸結縛毒身得安樂名無作樂無作樂者即眞解脫眞解脫者即是如來又解脫者名斷四種毒蛇煩惱斷煩惱者即眞解脫眞解脫者即是如來又解脫者名離諸有滅一切苦得一切樂永斷貪欲瞋恚愚癡拔斷一切煩惱根本拔根本者即眞解脫眞解脫者即是如來又解脫者名斷一切有爲之法出生一切無漏善法斷塞諸道所謂若我無我非我非無我唯斷取著不斷我見我見者名爲佛性佛性者即眞解脫眞解脫者即是如來又解脫者名不空空空空者名無所有無所有者即是外道尼揵子等所計解脫而是尼揵實無解脫故名空空眞解脫者則不如是故不空空不空空者即眞解脫眞解脫者即是如來又解脫者名曰不空如水酒酪酥蜜等瓶雖

無水酒酪酥蜜時猶故得名爲水等瓶如是瓶等不可說空及以不空若言空者則不得有色香味觸若言不空而復無有水酒等實解脫亦爾不可說色及以非色不可說空及以不空若言空者則不得有常樂我淨若言不空色受是常樂我淨者以是義故不可說空及以不空空者謂無二十五有及諸煩惱一切苦一切相一切有爲行如瓶無酪則名爲空不空者謂眞實善色常樂我淨不動不變猶如彼瓶色香味觸故名不空是故解脫喻如彼瓶彼瓶遇緣則有破壞解脫不爾不可破壞不可破壞即眞解脫眞解脫者即是如來又解脫者名曰離愛譬如有人愛心希望釋提桓因大梵天王自在天王解脫不爾若得成於阿耨多羅三藐三菩提已無愛無疑無愛無疑即眞解脫眞解脫者即是如來若言解脫有愛疑者無有是處又解脫者斷諸有貪斷一切相一切繫縛一切煩惱一切生死一切因緣一切果報如是解脫即是如來如來者即是涅槃一切衆生怖畏生死諸煩惱故故受三歸譬如群鹿怖畏獵師既得免離若得一趓則喻一歸如是三趓則喻三歸以三趓故得受安樂衆生亦爾怖畏四魔惡獵師故受三歸依三歸依故則得安樂受安樂者即眞解脫眞解脫者即是如來如來者即是涅槃涅槃者即是無盡無盡者即是佛性佛性者即是決定決定者即是阿耨多羅三藐三菩提釋曰上來一百句解脫文現不繁更釋大意只明一心眞性解脫以實慧解脫顯此眞性然後成方便慧解脫故能自

覺覺他名之爲佛即是平等法身天眞之佛所以經云當知解脱即是如來如來之性即是解脱解脱如來無二無别是以如來之性即衆生性衆生之性即一切法性一切法性即是心性以心性徧一切處故則一切處悉是不思議解脱以不見自性故則隨處貪著著即被縛若了斯宗縛脱俱寂所以云離即著著即離幻化門中生實義亦無離亦無著何處更求無病藥又此一百句解脱委曲披陳是最後指歸究竟垂示則涅槃之秘藏祖佛之正宗所以具録全文證明宗鏡請不厭繁覽所冀于細明心斯乃解縛之原迷悟之本若心解則一切解與眞性而相應若心縛則一切縛與塵勞而共處出要之道於此絶言方便之門更無過上此不思議眞性解脱法門一入全眞眞外無法意消能所情斷是非此非誦文法師湊其智海闍證禪伯了此慧燈准除眞見性人一乘道種方能悟入頓了無疑此圓頓教門唯一無分别法耳無有際畔不涉一多以即邊而中故無法可比以即妄而眞故無法可待豈更佛法待於佛法唯一絶待如來法界故出法界外無復有法無所可待亦無所絶唯證相應不在言説如大集經云不待莊嚴了知諸法以得一總得餘故所以云一葉落天下秋一塵起大地收一華開天下春一事寂萬法眞則上根一覽終不再疑中下之機寧無方便如孤寂吟云舉一例諸足可知何用喃喃説引詞只見餓夫來取飽不聞漿逐渴人飛○問衆生法身與佛平等云何不起報化之用耶答雖本平

等隱顯有殊隱名如來藏顯名法身起信疏云但衆生迷自眞理起於妄念是時眞如但現染相不顯其用鈔問云衆生心與佛體既同衆生迷時何不起用答以無明有力起於九相眞如無力被隱故不能現用如水爲風所擊但起波瀾而不能現像石壁鈔云論云本覺常起用者有其二意一約内熏即自體相熏習義故論云從無始來具無漏法備有不思議業作境界之性依此二義恒常熏習二約應化不起者但以妄染覆之非謂本覺無此應用亦非固心抑令不起斯則過在於妄迷而不知何關於覺以本覺常具常熏故如脩竹有龍鳳之音塵鏡有照膽之用是知靈臺絶妙衆生莫知若暫返照迴光無有不得之者如地中求水鑛裏求金唯慮不肯承當沉埋心寶宗鏡委細意囑於斯普勸後賢直須知有

宗鏡録卷第三十一

音釋

糲盧達切脱粟也　皺側救切皮縮也　瘡疣瘡初良切痏也疣羽求切瘤也　醯呼雞切　⿱斯瓦先稽切瓦器破聲也　蓖麻蓖邊迷切　爆北教切火裂聲　蜣蜋蜣去羊切蜋呂張切蜣蜋轉糞土丸蟲也　癩落蓋切疥癩也　癰於容切癤也　疽七余切癰也　癲都年切狂病也　曀於計切陰霾也　膳時戰切美食也　糜靡爲切粥也　療力弔切治病也　窄狹窄側華切狹胡夾切　滓側氏切澱也　揵渠建切　獵良涉切逐禽也　趒他弔切越也　膽都感切連肝府也　鑛古猛切金樸也

宗鏡録卷第三十二

宋慧日永明妙圓正修智覺禪師延壽集

夫華嚴經是圓滿教所明一法纔起皆有眷屬隨生今此何故唯論絶待答所言眷屬者皆是理内眷屬衆生如佛如一如無二如理性相關故稱如來爲世間之父一切衆生爲諸佛之子若法門眷屬者約自證法則禪定爲父般若爲母而生眞淨法身若化他法則方便爲父慈悲爲母而生應化佛身從般若眞性起同體大悲所有萬行莊嚴皆是性起功德必無心外法而爲主伴如般若經云欲爲佛親侍者及内眷屬等應學般若般若即心靈之性故是以諸佛菩薩凡有施爲皆是内秘外現不捨道法現凡夫事如華嚴入法界品云復次善男子菩薩以般若波羅蜜爲母方便善巧爲父檀那波羅蜜爲乳母尸羅波羅蜜爲養母忍辱波羅蜜爲莊嚴具精進波羅蜜爲養育者禪那波羅蜜爲浣濯人善知識爲教授師一切菩提分爲伴侶一切善法爲親屬一切菩薩爲兄弟菩提心爲家如理修行爲家法諸地善法爲家處得諸忍法爲家族大願現前爲家教以清淨智滿足諸行爲順家法勸發勤修不斷大乘爲紹家業法水灌頂一生所繫菩薩爲王太子成就廣大眞實菩提爲淨家族鴦崛魔羅經云佛言一切衆生有如來藏一切男子皆爲兄弟一切女人皆爲姊妹乃至女有佛藏男亦如是云何一性而自染著以一性故是故如來淨修梵行住於自地不退轉地得如來地維摩經偈云智度菩薩母方便以爲父一切衆導

師無不由是生法喜以爲妻慈悲心爲女善心誠實男畢竟空寂舍弟子衆塵勞隨意之所轉道品善知識由是成正覺諸度法等侣四攝衆妓女歌詠誦法言以此爲音樂總持之園苑無漏法林樹覺意淨妙華解脱智慧果八解之浴池定水湛然滿布以七淨華浴此無垢人象馬五通馳大乘以爲車調御以一心遊於八正路相具以嚴容衆好飾其姿慚愧之上服深心爲華鬘富有七財寶教授以滋息如所説修行迴向爲大利四禪爲牀座從於淨命生多聞增智慧以爲自覺音甘露法之食解脱味爲漿淨心以澡浴戒品爲塗香摧滅煩惱賊勇健無能踰降伏四種魔勝幡建道場崇福蹠云實德內資長養如母方便外攝度生稱父內證深法悅已智心喜樂盈懷故名爲妻肇師云慈悲之心虛而外適其性柔弱隨物不違故如女也善心力大滅惡盡原眞證相應故名爲男所證二空之理爲其舍宅外障六塵風雨內去三毒之蟲又有非眞要時復暫遊空爲理宗以爲常宅故云畢竟空寂舍能轉塵勞衆生以成佛法昔無明郎主恩愛魔王今化令隨道名爲弟子故云弟子衆塵勞隨意之所轉乃至三十七品之知識六度萬行之法侶爲眞實道伴助成菩提四攝廣被令人喜悅如妓女讚誦法言令人愛味如音樂以總持爲苑能攝諸法以無漏爲林能除熱惱以七覺淨妙之華成八解智慧之果湛然定水恒開覺華用一乘爲車五通爲馬御之以一心遊行八正道乃至妙相嚴容衆好飾體慚愧爲服深心爲

鬘具七聖之財踞四禪之座入多聞寶藏從淨命而生飲解脫一味之漿得甘露究竟之食破八萬煩惱成五分法身降四種魔軍圓三菩提道若主若伴若因若緣皆是宗鏡卷舒心之體用未曾一法建立從外而生天台淨名疏問那忽處處對法門約觀心作如此等說佛意必如此也答曰若言經中無對法門解釋義者此經佛道品普現色身菩薩問維摩詰言居士父母妻子親戚眷屬等悉爲是誰大士偈答言智度菩薩母等淨名既是在家菩薩何容無有父母妻子家宅而不依事答悉約内行法門答者當知諸佛菩薩不起道法現凡夫事雖現凡事皆内表道法也如佛般涅槃處在雙樹四枯四榮豈可直作樹木之解且如來誡說皆表半滿枯榮今在毗耶菴羅樹園欲說不思議解脫法門不捨道法現迹同凡住毗耶離豈不表極地所住法門也華嚴經明十城十園豈止是世間城園也此經下文菩薩行品云諸佛威儀有所進止無非佛事何得俱作事解都不尋思諸佛菩薩不思議教善權秘密表發之事又法華經云欲說是經應入如來室著如來衣坐如來座如來室者乃是大慈悲心如來衣者即是柔和忍辱如來座者即是一切法空○問曰華嚴頓教大乘可得約行明諸法門此方等經及小乘教何得亦約觀行明義答曰此經既云諸佛解脫當於衆生心行中求若不約觀行豈稱斯文若不以毗耶離菴羅樹園對諸法門則不得約觀心解釋何得於衆生心行中求諸佛解脫若不於心行求解脫

者云何得住不思議解脫若不住不思議解脫云何於一毛孔見諸佛土變現自在如不思議品所明也復云何得如法華經明身根清淨一切十方國土皆於身中現又豈得如華嚴經頌說無量諸世界悉從心緣起無量諸佛國皆於毛孔現也如前問言小乘不得約觀心解釋者何故聲聞經中佛爲牧牛人說十一法皆一一內合比丘觀心如是等例豈非方等及三藏經對諸法門觀心明義也故知了義教不了義教皆是了義以唯一心故所以云圓機對教無教不圓理心涉事無事非理又云根羸則法劣器廣則道圓故○問此宗玄奧性自天眞非生因之所生唯了因之所了云何廣述諸有差別行門答夫妙達殊倫則法法齊旨巧通異道乃物物咸如

夫言了因者乃是於眞心中性德顯了故名了因生因者亦是信心中能生六度萬行故名生因生了俱心理行非外若不了此取捨萬端纔入斯宗自無高下夫三界之有是菩提之用本末相稱空有融通豈同豁爾之無塊然之有如大智度論云空有二種一者善空熾然修一切行而了性空二者惡空恣行惡法而欲撥令空今論不可得空此空不離諸法諸法不離此空當知一切法趣空如瓶處空十方界空不異瓶空故十方空皆趣瓶空華嚴論云若也但修空無想法身即於智不能起用若但一向生想不見無相法身即純是有爲又云如是大悲如是智慧如是萬行皆爲長養初發心住初生佛家之智慧大悲令慣習自在故時亦不改法亦不異智亦

不遷猶如竹葦依舊而成初生與終無有麤細亦如小兒初生而後長爲大無異大也是知差别行門皆入畢竟空中無有分别如龍樹菩薩問曰若菩薩知佛是福田衆生非福田是非菩薩法菩薩以何力故能令佛與畜生等答曰菩薩以般若波羅蜜力故一切法中修畢竟空心是故於一切法無分别如畜生五陰十二入十八界和合生名爲畜生佛亦如是從諸善法和合叚名爲佛若人憐愍衆生得無量福德於佛著心起諸惡因緣得無量罪是故知一切法畢竟空故不輕畜生不著心貴佛復次諸法實相是一切法無相是無相中不分别是佛是畜生若分别即是取相是故等觀故經偈云一切諸法中皆以等觀入大法炬經云涅槃義者本來自有非人所爲故名涅槃又真涅槃者所謂一切世間乃至若有若無如是一切悉名涅槃若取相分别則非涅槃是以若見一法異則失唯心第一義門便成魔事故大集經云於衆生生異想是爲魔業厭有爲功德是爲魔業故天台淨名疏云住此觀心不見慳相施相而能慈悲利益衆生所有財物拯濟貧乏興諸福業供養三尊修故造新隨喜獎善若是長者一村行施因施説法是則一村貧民四衆受施之徒感恩慕德非但歸心受化慳悋之心漸漸微薄亦復學是施主捨財修福也若在一縣令長官司住正觀心所有資財能如是財施法施者則一縣貧民四衆受施之徒皆亦歸心受化慳心自然休息捨財修福利益興顯乃至一管一國人主官僚天王帝主

住正觀心不見慳施所有資財慈愛貧民恩惠分施因爲善巧說四教法州管國内所有貧民四衆荷恩慕德敬仰歸心承事親近受道因是慳心漸薄皆能惠施修諸福業轉相教化行恩布德正道居懷是則諸州諸管舉國人民有善有惡有智有道譬如一燈然百千燈本燈湛然餘燈徧滿冥者皆明明終不絶是爲四衆長者官司國主住檀波羅蜜無盡燈法門攝一切衆生也是諸所攝衆生未來在家出家還爲眷屬或爲親戚或爲臣民或爲弟子同生淨土依報巍巍七珍無量值佛聞經道心開發是諸施主若得無生法忍住不思議解脱昔布施所攝衆生得道時至是諸施主即於有因緣之國示成正覺昔布施所攝衆生皆來其國一切能捨修三乘道若聞法華開佛知見之說即同入大乘乘此寶乘遊於四方嬉戲快樂此即淨名大士何處更往毗耶離別覓維摩詰耶故知若能了此眞如一心無盡之理則一切六度四攝萬行皆無有盡轉示他心亦同無盡乃至重重涉入遞出無窮如無盡燈布影分光徧周法界非唯淨名是我實乃千聖同儔純行救度之心則觀音出現常運大慈之意則彌勒下生乃觸途皆證法門寓目盡成願海髙低嶽瀆共轉根本法輪大小鱗毛普現色身三昧是以從體起用用自徧周以性成行行無邊際如還原觀從自性之體分其二用一海印森羅常住用謂眞如本覺也妄盡心澄萬像齊現猶如大海因風起浪若風止浪息海水澄清無像不現二法界圓明自在用即華嚴

三昧也謂廣修萬行稱理成德普周法界而證菩提何故分其二用前海印用是本用亦名理行亦名性德後華嚴用是修成亦名事行亦名修德此二相假成其大用謂因修顯性以性成修若無性修亦不成若無修性亦不顯是以離性無修離修無性故云萬法顯必同時一際理無前後斯則二而不二又不二而二何者以海印用本具是所現謂眞如自性有徧照法界義故華嚴用是能現以修成契理能成萬行故能所有異本末似分則非一非異能成妙行○問既以心爲宗教中云何又說破色心論且何心可宗何心可破答心有二種一隨染緣所起妄心而無自體但是前塵逐境有無隨塵生滅唯破此心雖云可破而無所破以無性故百論破情品云譬如愚人見熱時焰妄生水想逐之疲勞智者告言此非水也爲斷彼想不爲破水如是諸法自性空衆生取相故著爲破是顛倒故言破實無所破二常住眞心無有變異即立此心以爲宗鏡識論云心有二種一相應心謂無常妄識虛妄分別與煩惱結使相應二不相應心所謂常住第一義諦古今一相自性清淨心今言破者是相應心不相應心立爲宗本是以一切自行履踐之路無邊化他方便之門皆以心爲本本立而道生萬法浩然宗一無相欲舉一蔽諸指鹹知海者即此常住不動眞心也○問衆生覺性天眞自然何假因緣文義開析本自無瘡勿傷之也答若執此性決定是自然者應須現推有自然之理且如本性以何法爲自體如首楞嚴經

云佛告阿難我今如是開示方便真實告汝汝猶未悟惑爲自然自須甄明有自然體汝且觀此妙明見中以何爲自此見爲復以明爲自以暗爲自以空爲自以塞爲自阿難若明爲自應不見暗若復以空爲自體者應不見塞如是乃至諸暗等相以爲自者則於明時見性斷滅云何見明故知恒常之性不逐緣生若隨明暗幻化之法以爲自體者明暗等法緣散之時此性應隨斷滅○問本性既非自然應是因緣之性答此性若是因緣爲體者今推以何法爲因何法爲緣應須確定真實體性如經云阿難言必此妙見性非自然我今發明是因緣性心猶未明諮詢如來是義云何合因緣性佛言汝言因緣吾復問汝汝今因見見性現前此見爲復因明有見因暗有見因空有見因塞有見阿難若因明有應不見暗如因暗有應不見明如是乃至因空因塞同於明暗復次阿難此見又復緣明有見緣暗有見緣空有見緣塞有見阿難若緣空有應不見塞若緣塞有應不見空如是乃至緣明緣暗同於空塞當知如是精覺妙明非因非緣亦非自然非不自然無非不非無是非是離一切相即一切法汝今云何於中措心以諸世間戲論名相而得分別如以手掌撮摩虚空只益自勞虚空云何隨汝執捉阿難白佛言世尊必妙覺性非因非緣世尊云何常與比丘宣説見性具四種緣所謂因空因明因心因眼是義云何佛告阿難我説世間諸因緣相非第一義阿難吾復問汝諸世間人説我能見云何名見云何不見

阿難言世人因於日月燈光見種種相名之爲見若復無此三種光明則不能見阿難若無明時名不見者應不見暗若必見暗此但無明云何無見阿難若在暗時不見明故名爲不見今在明時不見暗相還名不見如是二相俱名不見若復二相自相陵奪非汝見性於中暫無如是則知二俱名見云何不見是故阿難汝今當知見明之時見非是明見暗之時見非是暗見空之時見非是空見塞之時見非是塞四義成就汝復應知見見之時見非是見見猶離見見不能及云何復說因緣自然及和合相汝等聲聞狹劣無識不能通達清淨實相吾今誨汝當善思惟無得疲怠妙菩提路故知說因緣自然皆屬世間言論談有無眞俗悉是分別識心當見性之時豈留觀聽在發明之際焉落言思○問此妙明性既非因緣自然則無有一法不從和合而生如無所證之眞如何由發能證之妙智則境智和合能成見性答若智外有眞如則可爲所證眞如外有智則可爲能證今智外無如如外無智欲將何法以爲和合非和合耶如經云佛告阿難汝雖先悟本覺妙明性非因緣非自然性而猶未明如是覺元非和合生及不和合阿難吾今復以前塵問汝汝今猶以一切世間妄想和合諸因緣性而自疑惑證菩提心和合起者則汝今者妙淨見精爲與明和爲與暗和爲與通和爲與塞和若明和者且汝觀明當明現前何處雜見見相可辯雜何形像若非見者云何見明若即見者云何見見必見圓滿何處和明若明

圓滿不合見和見必異明雜則失彼性明名字雜失明性和明非義彼暗與通及諸羣塞亦復如是復次阿難又汝今者妙淨見精爲與明合爲與暗合爲與通合爲與塞合若明合者至於暗時明相已滅此見即不與諸暗合云何見暗若見暗時不與暗合與明合者應非見明既不見明云何明合了明非暗彼暗與通及諸羣塞亦復如是阿難白佛言世尊如我思惟此妙覺元與諸緣塵及心念慮非和合耶佛言汝今又言覺非和合吾復問汝此妙見精非和合者爲非明和爲非暗和爲非通和爲非塞和若非明和則見與明必有邊畔汝且諦觀何處是明何處是見在見在明自何爲畔阿難若明際中必無見者則不相及自不知其明相所在畔云何成彼暗與通及諸羣塞亦復如是又妙見精非和合者爲非明合爲非暗合爲非通合爲非塞合若非明合則見與明性相乖角如耳與明了不相觸見且不知明相所在云何甄明合非合理彼暗與通及諸羣塞亦復如是乃至佛告富樓那汝雖除疑餘惑未盡吾以世間現前諸事今復問汝汝豈不聞室羅城中演若達多忽於晨朝以鏡照面愛鏡中頭眉目可見瞋責己頭不見面目以爲魑魅無狀狂走於意云何此人何因無故狂走富樓那言是人心狂更無他故佛言妙覺明圓本圓明妙既稱爲妄云何有因若有所因云何名妄自諸妄想展轉相因從迷積迷以歷塵劫雖佛發明猶不能返如是迷因因迷自有識迷無因妄無所依尚無有生欲何爲滅得菩提者

如寤時人説夢中事心縱精明欲何因緣取夢中物況復無因本無所有如彼城中演若達多豈有因緣自怖頭走忽然狂歇頭非外得縱未歇狂亦何遺失富樓那妄性如是因何爲在汝但不隨分別世間業果衆生三種相續三緣斷故三因不生則汝心中演若達多狂性自歇歇即菩提勝淨明心本周法界不從人得何藉劬勞肯綮修證乃至佛告阿難即如城中演若達多狂性因緣若得滅除則不狂性自然而出因緣自然理窮於是阿難演若達多頭本自然本自其然無然非自不自然因緣故怖頭狂走若自然頭因緣故狂何不自然因緣故失本頭不失狂怖妄出曾無變易何藉因緣本狂自然本有狂怖未狂之際狂何所潛不狂自然頭本無妄何爲狂走

若悟本頭識知狂走因緣自然俱爲戲論是故我言三緣斷故即菩提心菩提心生生滅心滅此但生滅滅生俱盡無功用道若有自然如是則明自然心生生滅心滅此亦生滅無生滅者名爲自然猶如世間諸相雜和成一體者名和合性非和合者稱本然性本然非然和合非合合然俱離離合俱非此句方名無戲論法菩提涅槃尚在遥遠釋曰若悟本頭識知狂走因緣自然俱爲戲論者若實發明悟了本頭一靈眞性非動非靜非得非失非生非滅非合非離則知無始已來三界伶俜六趣狂走是迷是倒是妄是虚皆是情想結成識心鼓動則知本覺眞性非因非緣亦非自然非不自然非和非合非不和合盡成戲論悉墮邪思且無住眞心豈存名相及

與處所若欲以識心圖度句義詮量而求眞實者如繫風捕影理可然乎所以祖師云非自然非因緣妙中之妙玄中玄森羅萬像光中現尋之不見有根原如上剖析此爲末識本頭不知狂走之人令離句絶非言思道斷此方始除世間分別戲論之法於自見性大道之中尚猶賖遠應須親到不俟更言似鏡照容直須心眼相似如人飲水方能冷煖自知故云唯證乃知難可測未到之者徒自狂迷○問法門無量皆有破執顯道之功何故偏讚一心以爲綱骨答此是起惑之初發眞之始迷悟之本染淨之由故云至妙靈通目之曰道則心外無道道外無心微妙甚深凡小非分菩薩分知唯佛窮了以彼二乘但覺四住不了無明故此無明所起之識非其境也菩薩十信之初創發心時即觀本識自性緣起因果之體得成正信攝論云菩薩初起應先觀諸法如實因緣此之謂也如實因緣莫非一心本識斯則發眞之始也起信論云以不覺一法界故心不相應無明分別生諸染心一法界者即無二眞心爲一法界此非筭數云一謂如理虛融平等不二故稱爲一斯則起惑之初也又因不識無明作衆生了此無明成諸佛斯則迷悟之本也又一法界舉體全作生滅門舉體全作眞如門順法界則出離解脫違法界則繫縛輪迴斯乃染淨之由也是以千聖仰之爲毋爲師羣賢歸之如王如導諸經綱骨萬法指南撮要言之罔逮於茲矣故經云心爲法本心作天堂心作地獄若離衆生心更有何眞俗等事以一切

法但如影響故如向居士云影由形起響逐聲來弄影勞形不知形之是影揚聲止響不識聲是響根除煩惱身而求涅槃者喻去形而覓影離衆生心而求佛道者喻默聲而尋響故知迷悟一途愚智非别無名作名因其名則是非生矣無理作理因其理則諍論起矣幻作非眞誰非誰是虛妄非實何有何空將知得無所得失無所失矣故知但了一心則萬法皆寂如華嚴經解脫長者告善財言我若欲見安樂世界阿彌陀如來隨意即見我若欲見栴檀世界金剛光明如來妙香世界寶光明如來蓮華世界寶蓮華光明如來妙金世界寂靜光如來妙喜世界不動如來善住世界師子如來鏡光明世界月覺如來寶師子莊嚴世界毗盧遮那如來如是一切悉皆即見然彼如來不來至此我身亦不往詣於彼知一切佛及與我心悉皆如夢知一切佛猶如影像自心如水知一切佛所有色相及以自心悉皆如幻知一切佛及以已心悉皆如響我如是知如是憶念所見諸佛皆由自心善男子當知菩薩修諸佛法淨諸佛刹積集妙行調伏衆生發大誓願入一切智自在遊戲不可思議解脫之門得佛菩提現大神通徧往一切十方法界以微細智普入諸劫如是一切悉由自心是故善男子應以善法扶助自心應以法水潤澤自心應於境界淨治自心應以精進堅固自心應以忍辱坦蕩自心應以智證潔白自心應以智慧明利自心應以佛自在開發自心應以佛平等廣大自心應以佛十力照察自心疏釋云心

該萬法謂非但一念觀佛由於自心菩薩萬行佛果體用亦不離心亦去妄執之失謂有計云萬法皆心任之是佛驅馳萬行豈不唐勞令明心雖即佛久翳塵勞故以萬行增修令其瑩徹但說萬行由心不說不修爲是又萬法即心修何礙心故云卷舒變化唯心所在壽殀得喪唯心所宰故詩三百一言可蔽矣教五千一心能貫之實入道之要津修行之玄鏡實謂深談佛旨妙達眞空低頭舉手而盡入圓因發念興心而皆同本果掘凡夫之乾土見諸佛之水泉抽二乘之焦芽結常樂之果實變毒藥而成甘露轉酥酪而作醍醐定父子而全付家珍拂權迹而頓開寶藏今宗鏡所録唯窮祖佛正宗若欲見道修行無出自身心之内如華嚴經頌云身爲正法藏心爲無礙燈照了諸法空名曰度衆生故知身爲法聚無一法出我身田心爲慧光無一智離我心海若迷之者則身爲苦聚病原心作無明怨賊先須察所治過患之迹方立能治功德之門則一切衆生所造過患莫越身心若欲對治唯戒以慧若修身戒則戒急而妙行成若修心慧則乘急而眞性顯故得乘戒兼急理行俱圓正助相資方入宗鏡内外朗鑒一道清虛如大涅槃經云復次不修身者不能觀身雖無過咎而常是怨善男子譬如男子有怨常逐伺求其便智者覺已繫心愼護若不愼護則爲所害一切衆生身亦如是常以飲食冷煖將養若不如是將護守愼即當散壞善男子如婆羅門奉事火天常以香華讚歎禮拜供養奉事期滿百年若一

觸時尋燒人手是火雖得如是供養終無一念報事者恩一切衆生亦復如是雖於多年以好香華瓔珞衣服飲食卧具病痩醫藥而供給之若遇内外諸惡縁即時滅壞都不憶念往日供給衣服之恩善男子譬如有王畜四毒蛇置之一篋以付一人仰令瞻養是四蛇中悞一生嗔則能害人是人恐怖常求飲食隨時守護一切衆生四大毒蛇亦復如是若一大嗔則能壞身善男子如人久病應當至心求醫療治若不勤求必死不疑一切衆生身亦如是常應攝心不令放逸若放逸者則便滅壞善男子譬如坏瓶不耐風雨打擲椎壓一切衆生身亦如是不耐飢渴寒熱風雨打繫惡駡善男子如癰未熟常當善護不令人觸設有觸者則大苦痛一切衆生身亦如是善男子如騾懐姙自害其軀一切衆生身亦如是内有風冷身則受苦善男子譬如芭蕉生實則枯一切衆生身亦如是善男子亦如芭蕉内無堅實一切衆生身亦如是善男子如蛇鼠狼各各相於常生怨心衆生四大亦復如是善男子譬如鵝王不樂塚墓菩薩亦爾於身塚墓亦不貪樂善男子如旃陀羅七世相繼不捨其業是故爲人之所輕賤是身種子亦復如是種子精血究竟不淨以不淨故諸佛菩薩之所輕訶善男子是身不如魔羅耶山生於栴檀亦不能生優鉢羅華分陀利華瞻婆羅華摩利迦華婆師迦華九孔常漏膿血不淨生處臭穢醜陋可惡常與諸蟲共在一處善男子譬如世間雖有上妙清淨園林死屍至中則爲不淨衆共捨之不

生愛著色界亦爾雖復淨妙以有身故諸佛菩薩悉共捨之善男子若有不能作如是觀不名修身不修戒者善男子若不能觀戒是一切善法梯隥亦是一切善法根本如地悉是一切樹木所生之本戒是諸善根之導首也如彼賈主導諸賈人戒是一切善法勝幢如天帝釋所立勝幢戒能永斷一切惡業及三惡道能療惡病猶如藥樹戒是生死險道資糧戒是摧結惡賊鎧仗戒是滅結毒蛇良呪戒是度惡業行橋梁若有不能如是觀者名不修戒不修心者不能觀心輕躁動轉難捉難調馳騁奔逸如大惡象念念迅速如彼電光躁擾不住猶如獼猴如幻如燄乃是一切諸惡根本五欲難滿如火獲薪亦如大海吞受衆流如曼陀山草木滋多不能觀察生死虛妄耽惑致患如魚吞鉤常先引導諸業隨從猶如貝母引導諸子貪著五欲不樂涅槃如駝食蜜乃至於死不顧蒭草深著現樂不觀後過如牛貪苗不懼杖楚馳騁周徧二十五有猶如疾風吹兜羅毦所不應求求無厭足如無智人求無熱火常樂生死不樂解脫如稔婆蟲樂稔婆樹迷惑愛著生死臭穢猶如獄囚樂獄卒女亦如厠猪樂處不淨若有不能如是觀者名不修心不修慧者不觀智慧有大勢力如金翅鳥能壞惡業壞無明暗猶如日光能拔陰樹如水漂物焚燒邪見猶如猛火慧是一切善法根本佛菩薩母之種子也若有不能如是觀者名不修慧乃至若有修集身戒心慧如上所說能觀諸法同如虛空不見智慧不見智者不見愚癡不見

愚者不見修集及修集者是名智者如是之人則能修集身戒心慧是人能令地獄果報現世輕受是人設作極重惡業思惟觀察能令輕微作是念言我業雖重不如善業譬如氎華雖復百斤終不能敵眞金一兩如恒河中投一升鹽水無鹹味飲者不覺如巨富者雖多負人千萬寶物無能繫縛令其受苦如大香象能壞鐵鎖自在而去智慧之人亦復如是然上雖觀身不淨爲破凡夫執此毒身以爲苦本不種菩提之果唯陷五欲之泥不能自利兼他所以訶破若乃假茲業迹以續正因不入煩惱大海之中難求覺寶非處塵勞糞壤之地奚生淨華是以華嚴經云不厭生死苦方成普賢行又如大寶積經云佛告優波離聲聞乘人乃至不應起於一念更受後身是名聲聞持清淨戒然於菩薩名大破戒乃至菩薩摩訶薩修行大乘能於無量阿僧祇劫堪忍受身不生厭患是名菩薩持清淨戒於聲聞乘名大破戒今宗鏡所録總諸大乘經了義妙旨只爲悟宗行菩薩道故闡觀音普門之慧迹任方圓入普賢無盡之宗運心無際

宗鏡録卷第三十二

音釋

浣濯 浣胡管切濯直角切 崛 其月切 踞 居御切大坐也 羸 力追切劣弱也 拯 之肯切救也 奬 即兩切勸也 詰 去吉切 遞 特計切更迭也 確 苦角切堅確也 諮 即移切訪問也 撮 子括切兩指撮也 魑魅 魑丑知切魅彌二切老精物也 寤 五故切寐覺也 綮 去挺切肯綮結會處也

伶傳伶郎丁切傳滂丁切伶傳孤單貌啚同都切與圖同剖拼剖普
后切判也拼先擊切分也賒式車切遠也創初亮切始造也逮徒耐切及
也瑩熒定切潔也殀於兆切少殁也坏鋪杯切燒瓦器擲直炙
切投也椎直追切擊也壓烏夾切鎮壓也姙汝鴆切孕也梯隥
隥都鄧切登陟之道也躁則到切不靜也耽都甘切過樂也毦而志切羽
毛飾也氎徒協切細毛布也

宗鏡録卷第三十三

宋慧日永明妙圓正修智覺禪師延壽集

夫道無可修法無可問纔悟大旨萬事俱休故云言語道斷心行處滅既云宗鏡何乃廣引身戒心慧之文法華經云三藏學者尚不許親近既違大乘之經教何成後學之信門

答經中所斥三藏學者即是小乘戒定慧戒則但持身口斷四住枝葉之病苗定則形同枯木絶現外威儀之妙用慧則唯證偏空失中道不空之圓理故稱貪所樂法墮下劣之乘爲淨名所訶是愚人之法令此圓宗定慧尚不同大乘初教無相之空及大乘別教偏圓之理豈與三藏灰斷定慧之所論乎此宗鏡録戒定慧乃至一事一行一一皆入法界具無邊德是無盡宗趣性起法門無礙圓通實不思議如台教云如鏡有像瓦礫不現中具諸相但空即無微妙淨法身具相三十二觀和尚云凡聖交徹即凡心而見佛心理事雙修依本智而求佛智古德釋云禪宗失意之徒執理迷事云性本具足何假修求但要亡情即真佛自現法學之輩執事迷理何須孜孜修習理法合之雙美離之兩傷理行雙修以彰圓妙休心絶念名理行與功涉有名事行依本智者本覺智此是因智此虛明不昧名智成前理行亡情顯理求佛智者即無障礙解脱智此是果智約圓明決斷爲智成前事行以起行成果故此則體性同故所以依之相用異故所以求之但求相用不求體性前亡情理行即是除染縁起以顯體性與功事行即是發淨縁起以成相用無相宗云

如上所説相用可然但依本智情亡則相用自顯以本具故何須特爾起於事行圓宗云性詮本具亡情之時但除染分相用自顯眞體若無事行彼起淨分相用無因得生如金中雖有衆器除礦但能顯金若不施功造作無因得成其器豈金出礦已不造不作自然得成於器若亡情則不假事行佛令具修豈不虛勞學者是以八地已能離念佛勸方令起於事行知由離念不了所以經頌云法性眞常離心念二乘於此亦能得不以此故爲世尊但以甚深無礙智此勸皆是事行故是知果佛須性相具足因行必須事理雙修依本智如得金修理行如去礦修事行如造作求佛智如成器也又華嚴演義云若執禪者則依本智性無作無修鏡本自明不拂不瑩若執法者須起事行求依他勝緣以成已德並爲偏執故辯雙行依本智者約理無漏智性本具足故而求佛智者約事無所求中吾故求之心鏡本淨久翳塵勞恒沙性德並埋塵沙煩惱是故須以隨順法性無慳貪等修檀等六波羅蜜故諸佛已證我未證故又理不礙事不妨求故事不礙理求無求故若此之修修即無修爲眞修矣如上開示本末無遺理備行周因圓果滿可謂其車高廣又多僕從而侍衛之方能入此一乘歸於宗鏡若初心入已須冥合眞空雖在心行非從口說直下步步著力念念相應如大死人求絶餘想若非懇志曷稱丈夫但有虛言終成自誑如天台拾得頌云東洋海水清水清復見底靈源流法泉斫水刀無痕我見頑愚士燈心

拄須彌寸樵煮大海足抹大地石蒸砂成飯無磨甎將爲鏡說食終不飽直須著力行恢恢大丈夫堂堂六尺士枉死埋塚下可惜孤標物龐居士詩云讀經須解義解義即修行若依了義學即入涅槃城如其不解義多見不如盲尋文廣占地心牛不肯耕田田總是草稻從何處生故知須在心行忍力成就忍有二種一生忍二法忍若於法忍觀行易成以了唯心故內外平等如大智度論云法忍者於內六情不著於外六塵不受能於此二不作分別何以故內相如外外相如內二相俱不可得故一相故因緣合故其實空故一切法相常清淨故何謂一切法相常清淨以同導一道故所以華嚴䟽云一道甚深者亦名一乘佛佛皆同一眞道故佛佛所乘同觀心性萬行齊修自始至終更無異徑故爲一道○問眞心常住偏一切處者即萬法皆眞云何而有四時生滅答了眞心不動故則萬法不遷即常住義若見萬法遷謝皆是妄心以一切境界唯心妄動心若不起外境本空以從識變故若離心識則尚無一法常住豈況有萬法遷移問如今現見物像榮枯時景代謝如何微細披剥明見不遷之旨答但當見性自斷狐疑余曾推窮似信斯理不遷論云旋嵐偃嶽而常靜江河競注而不流野馬漂鼓而不動日月歷天而不周䟽云前風非後風故偃嶽而常靜前水非後水故競注而不流前氣非後氣故漂鼓而不動前日非後日故歷天而不周鈔云然自體念念不同則初一念起時非第二念時乃至最後吹著山

時非初起時則無前念風體定從彼來吹其山也且山從初動時以至倒卧地時其山自體念念不同則初一念動時非第二念動時乃至最後著地時非初動時則無初動山體定從彼來至著地時斯皆風不至山嶽不著地雖旋嵐偃嶽未曾動也以此四物世爲遷動然雖則倒嶽歷天皆不相知相到念念自住各各不遷且如世間稱大莫過四大四大中動莫越風輪以性推之本實不動如義海云鑒動寂者爲塵隨風飄颻是動寂然不起是靜而今靜時由動不滅即全以動成靜也今動時由靜不滅即全以靜成動也由全體相成是故動時正靜靜時正動亦如風本不動能動諸物若先有動則失自體不復更動今觀此風周徧法界湛然不動寂爾無形推此動由皆從緣起且如密室之中若云有風風何不動若云無風遇緣即起或徧法界拂則滿法界生故知風大不動動屬諸緣若於外十方虛空中設不因人拂或自起時亦是龍蜃鬼神所作以鬼神屬陰至晚則風多故乃至劫初劫末成壞之風並因衆生業感世間無有一法不從緣生緣會則生緣散則滅若執自然生者只合常生何得緊緩不定動靜無恒故知悉從緣起又推諸緣和合成事各各不有和合亦無緣緣之中俱無自性但是心動反推自心心亦不動以心無形故起處不可得即知皆從眞性起眞性即不起方見心性徧四大性體合眞空性無動靜以因相彰動因動對靜動相既無靜塵亦滅故首楞嚴經云性風眞空性空眞風又不遷之宗

豈離動搖之境無生之旨匪越生滅之門故金剛三昧經云因緣所生義是義滅非生滅諸生滅義是義生非滅是以起恒不起不起恒起如此通達不落斷常可正解一心不遷之義矣如先德云夫物性無差悟即眞理眞即不變物自湛然常情所封於不動中妄以爲動道體淵黙語路玄微日用而不知者物不遷也事像可觀稱之爲物物體各住故號不遷不遷故隨流湛然清淨爲物故與四像而所相依故知無生不生無形不形處性相而守一者其爲不遷論焉所以不遷論云是以如來因羣情之所滯即方言以辯惑乘莫二之眞心吐不一之殊教乖而不可異者其唯聖言乎故談眞有不遷之稱導俗有流動之說雖復千途異唱會歸同致矣而徵文者

聞不遷則謂昔物不至今聆流動者而謂今物可至昔既曰古今而欲遷之者何耶是以言往不必往古今常存以其不動稱去不必去謂不從今至古以其不來不來故不馳騁於古今不動故各性住於一世然則羣籍殊文百家異說者苟得其會豈文言能惑之哉是以人之所謂住我則言其去人之所謂去我則言其住然則去住雖殊其致一也故經云正言似反誰當信者斯言有由矣何者人則求古於今謂其不住吾則求今於古知其不去今若至古古應有今古若至今今應有古今而無古以知不來古而無今以知不去若古不至今今亦不至古事各性住有何物而可去來然則四像風馳旋機電卷得意毫微雖速而不轉也是以如來功流萬世而常

存道通百劫而彌固成山假就於始簣修途託至於初步者果以功業不可朽故也功業不可朽故雖在昔而不化不化故不遷不遷故則湛然矣故經云三災彌綸而行業湛然信其言也何者夫果不俱因因因而果因因而果因昔不滅果不俱因因因不來今不滅不來則不遷之致明矣復何惑於去留躊躇於動靜之間哉然則乾坤倒覆無謂不靜洪流滔天無謂其動若能契神於即物斯不遠而可知矣古釋云前言古今各性住於一世不相往來者則壯老不同一色定爲嬰兒無匍匐時乃至老年則無相續失親屬法無父無子應唯嬰兒得父餘則匍匐老年不應有分則前功便失有斷滅過從此便明功流始簣初步因果等相續不失不斷不常不一不異不來不去故圓證不遷理也乘莫二之眞心吐不一之殊教者諸聖依一心之正宗逗機演差別之教跡雖九流八教不等而不遷一念無虧故云雖千途異唱會歸同致矣而隨文迷旨者但執權門生滅之言妄見世相去來之事因此以爲流動隨境輪迴殊不知生死去來畢竟無性所以中觀論破三時無去一已去無去者去法已謝二未去無去者去法未萌三去時無去者正去無住又以去者去法二事俱無若無去者即無去法亦無方所去者即是人以法因人致離人無有法離法無有人故鈔云觀方知彼去去者不至方者明三時無去來以辯不遷也如人初在東方卓立不動即名未去未去故未去不得名爲去若動一步離本立處反望本立處名已

去已去故已去不得名爲去惑人便轉計云動處則有去此中有去時非已去未去是故去時去龍樹便以相待破云若有已去未去則有去時若無已去未去則無去時故偈云離已去未去去時亦無去如因兩邊短即有中間長若無兩邊短即無中間長也青目即以相違破何者去時者謂半去半未去名曰去時則一法中有二墮相違去義不成是故去時亦無去故偈云已去無有去未去亦無去離已去未去去時亦無去也如一人從東方行至西方時望其從東至西如似有去故言知彼去然步步中三時無去則無去法既無去法即無去人從此至彼故言去者不至方也去者謂人也以上一經一論皆明三時無去以標宗辯不遷也此來去因果不遷即會中道八不意也如論偈云不生亦不滅不常亦不斷不一亦不異不來亦不去能說是因緣善滅諸戲論我稽首禮佛諸說中第一今以因果會釋八不義言不生者如二十時爲因三十時爲果若離二十有今三十可言有生若離二十則三十不可得是故不生故中論云離劫初穀今穀不可得是故不生不滅者則二十時不無故不滅若二十時滅今不應有三十時中論云若滅今應無穀而實有穀是故不滅也不常者則三十時無二十時是故不常中論云如穀芽時種則變壞是故不常不斷者因二十有三十相續是故不斷中論云如從穀有芽是故不斷若斷不應相續不一者二十不與三十同體各性而住故不一中論云如穀不作芽芽不作穀是故

不一不異者不離二十有三十若二十姓張三十不異中論云若異何故分別穀芽穀莖穀葉是故不異不來者二十不至三十時是故不來不去者二十時當處自寂不復更生故不去也達此理者則離一切戲論契會中道則真諦矣是知於真諦中無一法可得豈有去來如大涅槃經云爾時世尊問彼菩薩善男子汝爲到來爲不到來瑠璃光菩薩言世尊到亦不來不到亦不來我觀是義都無有來世尊諸行若常亦復不來若是無常亦無有來若人見有衆生性者有來不來我今不見衆生定性云何當言有來不來有憍慢者見有去來無憍慢者則無去來有取行者見有去來無取行者則無去來若見如來畢竟涅槃則有去來不見如來畢竟涅槃則無去來不聞佛性則有去來聞佛性者則無去來般若燈論問汝爲已行名初發爲未行名初發爲行時名初發耶三皆不然如偈曰已去中無發未去亦無發去時中無發何處當有發釋曰已去中無發者謂去作用於彼已謝故未去亦無發者謂未行無去去則不然去時中無發者謂已去未去等皆無去義云何可說去時有去如是三種俱無初發是故偈言何處當有發又偈云無已去未去亦無彼去時於無去法中何故妄分別釋云妄分別者如瞖目人於虚空中或見毛髮蠅等皆無體故又偈云是故去無性去者亦復然去時及諸法一切無所有又偈云未滅法不滅已滅法不滅滅時亦不滅無生何等滅釋曰第一句者以滅空故譬如住第二句者如人

已死不復更死第三句者離彼已滅及未滅法更無滅時有俱過故是故定知滅時不滅第四句者其義云何一切諸法皆不生故言無生者生相無故無生有滅義則不然如石女兒乃至復次汝言滅者爲有體滅耶爲無體滅耶二俱不然如偈曰法若有體者有則無滅相釋曰以相違故譬如水火由如是故偈曰一法有有無於義不應爾復次偈曰法若無體者有滅亦不然如無第二頭不可言其斷是以旣無來去之法亦無住止之時以因法明時亦因時辯法法旣無有時豈成耶如中觀論偈云時住不可得時去亦叵得時若不可得云何說時相因物故有時離物何有時物尚無所有何況當有時釋曰如上引證直指世間皆即事辯眞從凡見道目前現證可以絶疑去法旣然乃至六趣輪迴四時代謝皆是不遷常住一心之道然則群籍殊文百家異說苟得其會豈文言能惑者哉若達萬法唯我一心觀此心性尚未曾生云何說滅尚不得靜云何說動如楞嚴會上即時如來於大衆中屈五輪指屈已復開開已又屈謂阿難言汝今何見阿難言我見如來百寶輪掌衆中開合佛告阿難汝見我手衆中開合爲是我手有開有合爲復汝見有開有合阿難言世尊寶手衆中開合我見如來手自開合非我見性自開自合佛言誰動誰靜阿難言佛手不住而我見性尚無有靜誰爲無住佛言如是乃至云何汝今以動爲身以動爲境從始洎終念念生滅遺失眞性顚倒行事性心失眞認物爲已輪迴是中自取流

轉故知見性不遷理周法界但是認物爲巳背覺合塵若以動爲身以動爲境則顛倒行事性心失眞境實不遷唯心妄動可謂雲駛月運舟行岸移矣故論云是以言往不必往古今常存以其不動稱去不必去謂不從今至古以其不來不來故不馳騁於古今不動故各性住於一世此乃是法法各住眞如之位無有一物往來亦未曾一念暫住皆不相待豈非不遷乎若能如是通達巳眼圓明何似有之幻塵一期之異說而能惑我哉又古釋云百家異說豈文言之能惑者此明於三教不惑各立其宗儒有二十七家若契五常之理即無惑也黄老有二十五家若契虛無亦無惑也釋有十二分教若了本心亦無惑也然則三教雖殊若法界收之則無別原矣若孔老二教百氏九流總而言之不離法界其猶百川歸於大海若佛教圓宗一乘妙旨別而言之百家猶若螢光寧齊巨照如大海不歸百川也然則四像風馳旋機電卷得意毫微雖速而不轉者四像則四時也旋機者北斗七星也雖寒來暑往斗轉星移電轉風馳剎那不住若得意者了於一心毫微之密旨則見性而不動也果不俱因因因而果者譬如爲高山初覆一簣之土爲因直至壘土成山此初一簣土雖未成山初不至後而亦不滅又終因此一簣土成山故云果不俱因因因而果因因而果因不昔滅果不俱因因不來今不滅不來則不遷之致明矣又如千里之程起於初步雖未即到果不俱因然全因初步之功能達千里之路則因因而果故

云成山假就於始簣修途託至於初步又如初發一念菩提善心之因究竟成就無上妙覺之果即最初一念不亡若初一念已滅則不能成佛果故云是以如來功流萬世而常存道通百劫而彌固以其不滅不來成功成業因不虛棄事不唐捐則知萬法俱不遷矣豈更猶豫於動靜之間哉若能觸境而明宗契神於即物假使天翻地覆海沸山崩尚不見動靜之兆朕況其餘之幻化影響乎○問一切真俗等法有相有用有因有緣云何一向作觀心釋耶答若不迴觀自心則失佛法大旨高推諸聖不慕進修枉處沉淪於已絶分如不傚觀心進道者如抱石沉淵夜行去燭則於佛智海必死無疑向涅槃城故難措足是以十方諸佛起教之由唯說一切衆生佛性大般涅槃一心秘密之藏若凡若聖悉入其中如世尊言此大般涅槃是十方諸佛放捨身命之處安置諸子悉入其中我亦自住其中何者以覺自心性故名爲佛性以從性起無漏功德自行化他法利無盡故稱爲藏以難信難知故云秘密以法性幽奥故名涅槃可謂無量法寶之所出生猶四大海一切萬法之所依處如十方空若不遇之大失法利有暫聞者功德無邊如大般涅槃經中所讚佛告迦葉菩薩善男子如是微妙大涅槃經乃至一切法之寶藏譬如大海是衆寶藏是涅槃經亦復如是即是一切字義秘藏善男子如須彌山衆藥根本是經亦爾即是菩薩戒之根本善男子譬如虛空是一切物之所住處是經亦爾即是一切善法住處善

男子譬如猛風無能繫縛一切菩薩行是經者亦復如是不爲一切煩惱惡法之所繫縛善男子譬如金剛無能壞者是經亦爾雖有外道惡邪之人不能破壞善男子如恒河沙無能數者如是經義亦復如是無能數者善男子是經典者爲諸菩薩而作法幢如帝釋幢善男子是經即是趣涅槃城之賓主也如大導師引諸賓人趣向大海善男子是經能爲諸菩薩等作法光明如世日月能破諸暗善男子是經能爲病苦衆生作大良藥如雪山中微妙藥王能治衆病善男子是經能爲一闡提杖猶如羸人因之得起乃至善男子是經即是金剛利斧能伐一切煩惱大樹即是利刀能割習氣即是勇健能摧魔怨即是智火焚煩惱薪即因緣藏出辟支佛即是聞藏生聲聞人即是一切諸天之眼即是一切人之正道即是一切畜生依處即是餓鬼解脫之處即是地獄無上之尊即是一切十方衆生無上之器即是十方過去未來現在諸佛之父母也是知了此一心總持涅槃秘密之藏如上所讚衆德攸歸所有一毫之功隨眞如無盡之理力齊法界福等虛空皆能成就菩提無作妙果若未悟斯旨設有進修但成有爲終不得道任經多劫勤苦修行唯成拙度之門終無勝報之事如大智度論云如舍利弗弟子羅頻周比丘持戒精進乞食六日而不能得乃至七日命在不久有同道者乞食持與鳥即持去時舍利弗語目揵連汝大神力守護此食令彼得之即時目連持食往與時欲向口變成爲泥又舍利弗乞食持

與而口自合最後佛來持食與之以佛福德無量因緣故令彼得食是比丘食巳心生歡喜倍加信敬佛告比丘有爲之法皆是苦相爲說四諦即時比丘漏盡意解得阿羅漢道故知信一乘之福福等眞如持四句之功功齊大覺所以楞伽經云佛告大慧此是過去未來現在如來應供等正覺性自性第一義心以性自性第一義心成就如來世間出世間上上法眞心之德以第一義心究竟獲世出世等菩提勝果之福○問萬法唯識者於諸識中何識究竟答唯阿摩羅識此云無垢淨識無有變異可爲究竟三無性論云識如如者謂一切諸行但唯是識此識二義故稱如如一攝無倒者謂十二入等一切諸法但唯是識離亂識外無別餘法故一切諸法皆爲識攝此義決定故稱攝無倒如如二無變異者明此亂識即是分別依他似塵識所顯由分別性永無故依他性亦不有此二無所有即是阿摩羅識唯有此識獨無變異故稱如如又云一切世出世間境不過唯識是如量境界此唯識由外境成外境既無唯識亦無境無相識無生是一切諸法平等通以如理故以理量二門一切性相收盡以識相妙有是如量門以識性眞空是如理門若理量雙消則唯眞性又阿摩羅識有二種一所緣即是眞如二本覺即眞如智能緣即不空如來藏所緣即空如來藏十二門論明唯識眞實辯一切諸法唯有淨識無有能疑亦無所疑唯識有二一方便謂先觀唯有阿賴耶識無餘境界現得境智二空除妄識巳盡名爲

方便唯識二正觀唯識遣蕩生死虛妄識心及以境像一切皆淨盡唯有阿摩羅清淨心也○問萬法唯識佛住識不答若阿賴耶此云藏識能藏一切雜染品法令不失故我見愛等執藏以爲自內我故此名唯在異生有學阿陀那此名執持執持種子及色根故此名通一切位我執若亡即捨賴耶名阿陀那持無漏種則妄心斯滅眞心顯現則佛住無垢淨識故經云心若滅者生死盡即是妄心滅非心體滅所以起信論云復次分別心生滅相者有二種別一麤謂相應心二細謂不相應心麤中之麤凡夫智境麤中之細及細中之麤菩薩智境此二種相皆由無明熏習力起然依因依緣因是不覺緣是妄境因滅則緣滅緣滅故相應心滅因滅故不相應心滅問若心滅者云何相續若相續者云何言滅答實然今言滅者但心相滅非心體滅如水因風而有動相以風滅故動相即滅非水體滅若水滅者動相應斷以無所依無能依故以水體不滅動相相續衆生亦爾以無明力令其心動無明滅故動相即滅非心體滅若心滅者則衆生斷以無所依無能依故以心體不滅心動相續釋曰論明麤細二種心境皆由無明熏習力起然依因依緣因是不覺緣是妄境者只謂不覺自心妄生外境故知境無自性從心而生和合而起故云心生即法生因滅則緣滅矣以水體不滅動相相續者此況眞心自體非動非止因無明風起生死動搖若妄風息時心之動相即滅非心體滅以心體是所依萬法是能依若無所依

能依非有故知一心之體爲羣有之依猶如太虛作萬像之體又本識有二義一妄染義凡夫所住二眞淨義入地所住佛地單住眞如但名無垢識○問諸佛單住眞如名無垢識者無垢淨識即是常住眞心爲復諸佛決定有心決定無心答據體則言亡四句意絶百非約用則唯智能明非情所及華嚴經云佛子如來心意識俱不可得但應以智無量故知如來心古釋云如來心意識俱不可得者約體遮詮也但應以智無量故知如來心者寄用表詮也一師云識等有二一染二淨佛地無有漏染心及心所而有淨分心及心所果位之中智強識劣故於心王上以顯無染約彼智所以明無量若必無王所智依何立經云如來無垢識是淨無漏界解脫一切障圓鏡智相應則有心王明矣一師云以無積集思量等義故說心等叵得就無分別智以顯無量非無心體上之三解俱明心意識有又云佛果實無心意意識及餘心法云不可得唯有大智故言智無量故知如來心經云唯如如及如如智獨存佛地論中五法攝大覺性唯一眞法界及四智菩提不言更有餘法此二說約無若依前有未免增益亦不能通不可得言若依後無未免損減亦不能通知佛心言既云知如來心不可言無心可知明非無心矣又心既是無智何獨立亦違涅槃滅無常識獲常識義若有無二義雙取未免相違若互泯雙非寧逃戲論若後宗言唯如智者以心即同眞性故曰唯如照用不失故云如智豈離心外而別有如是則唯如

不乖於有前宗以純如之體故有淨心心旣是如有之何失是知即眞之有與即有之眞一義相成有無無礙正消經意者言不可得者以心義深玄言不及故寄遮顯深言但以智知如來心者託心所寄表顯深云何深玄欲言其有同如絕相欲言其無幽靈不竭欲謂之情無殊色性欲謂無情無幽不徹是知佛心即有即無即王即數心中非有意亦非不有意意中非有心亦非不有心數非依於王亦非不依王一一皆爾圓融無礙清涼記釋云言佛無心有智成相違過心王最勝尚說爲無智無所依豈當獨立如無君主何有臣下今先別會二宗後通合二宗先會法性宗意云心即是如智即如智離心無如則知有如已有心矣況即體之用稱如智即用之體即是眞如如一明珠珠體即如明即如智豈得存如亡於心矣前宗以純如下會法相宗意云即如之有有豈乖如如鏡即虛則有心無失是知即眞之有遍會二宗即眞之有是法相宗即有之眞是法性宗兩不相離方成無礙眞佛心矣又心中非有意亦復非無意者非有是不即義二相別故亦非不有是不離義無二體故又非有者以無二體互攝盡故亦非不有者二相不壞力用交徹故

宗鏡録卷第三十三

音釋

礦古猛切金樸也　翳於計切障也　斫之若切斬也　痕戶恩切瘢也　甎職緣切甓也　恢苦回切志大也　剝北角切割也　嵐盧甘切　蜃市忍切蛇化爲蜃似蛟無足　緊縵緊居忍切急也縵莫晏切繒也　簣求位切土籠也　躊躇躊直由切躇直魚切躊躇猶豫也　滔他刀切水漫漫大貌

匍匐匍薄胡切匐蒲北切匍匐小兒以手行也逗徒候切投合也駛疎士切疾也壘力軌切猶疊也眣直引切目兆也傚胡教切倣傚也賨式羊切通財齎貨曰賨

宗鏡録卷第三十四

宋慧日永明妙圓正修智覺禪師延壽集

夫境識俱遣衆生界空諸佛究竟成得何法答一切異生因識對境於生死中妄生執著起常等四倒二乘之人於涅槃中妄求解脫起無常等四倒諸佛如來因境識俱空能離八倒成得眞常樂我淨四波羅蜜寶性論云依二種法如來法身有淨波羅蜜一者本來自性清淨以同相故二者離垢清淨以勝相故有二種法如來法身有我波羅蜜一者遠離諸外道邊以離虛妄我戲論故二者遠離諸聲聞邊以離無我戲論故有二種法如來法身有樂波羅蜜一者遠離一切苦二者遠離一切煩惱習氣有二種法如來法身有常波羅蜜一者不滅一切諸有爲行以離斷見邊故二者不取無爲涅槃以離常見邊故勝鬘經云世尊見諸行無常是斷見非正見見涅槃常是常見非正見妄想見故作如是見所以如來唯證四德涅槃秘密之藏○問旣經云見諸行無常是斷見非正見見涅槃常是常見非正見者云何教中或說無我又說於我豈不相違耶答夫說常與無常我與無我但形言跡皆是方便所以肇論云菩薩於計常之中演非常之教以佛初出世便欲說圓常之妙門眞我之佛性爲一切外道皆妄執神我徧十方界起於常見若說眞常樂我淨恐濫邪解且一時拂下情塵故云無常無樂無我無淨又二乘及權假菩薩不知諸佛秘旨執方便門忽忽取證皆住無我之理以爲究竟世尊又愍不達遂乃具說常樂我淨

若有於此究竟之說明見眞我佛性人木蟲塵分明無惑尚不住於中道豈更見有常無常我無我二見之所亂乎或若雖聞常樂我淨之名只作常樂我淨之解隨語生見昧自眞心則我無我之藥成我無我之病故知眞我難辯非證不明如大涅槃經云譬如二人共爲親友一是王子一是貧賤如是二人互相往反是時貧人見是王子有一好刀淨妙第一心中貪著王子後時捉持是刀逃至他國於是貧人後於他家寄卧止宿即於眠中寱語刀刀傍人聞之收至王所時王問言汝言刀者何處得耶是人具以上事答王王今設使屠割臣身分張手足欲得刀者實不可得臣與王子素爲親厚先與一處雖曾眼見乃至不敢以手撐觸況當故取王復問言卿

見刀時相貌何類答言大王臣所見者如羖羊角王聞是已欣然而笑語言汝今隨意所至莫生憂怖我庫藏中都無是刀況汝乃於王子邊見時王即問諸羣臣言汝等曾見如是刀不言已崩背尋立餘子紹繼王位復問輔相卿等曾於官藏之中見是刀不諸臣答言臣等曾見覆復問言其狀何似答言大王如羖羊角王言我庫藏中何處當有如是相刀次第四王皆檢校求索不得却後數時先逃王子從他國還來至本土復得爲王既登王位復問諸臣汝見刀不答言大王臣等皆見覆復問言其狀何似答言大王其色清淨如優鉢羅華復有答言形如羊角復有說言其色紅赤猶如火聚復有答言猶如黑蛇時王大笑卿等皆悉不見我刀眞實之相善男

子菩薩摩訶薩亦復如是出現於世說我眞相說已捨去喻如王子持淨妙刀逃至他國凡夫愚人說言一切有我有我如彼貧人止宿他舍寐語刀刀聲聞緣覺問諸衆生我有何相答言我見我相大如拇指或言如米或如稗子有言我相住在心中熾然如日如是衆生不知我相喻如諸臣不知刀相菩薩如是說於我法凡夫不知種種分別妄作我相如問刀相答似羊角是諸凡夫次第相續而起邪見爲斷如是諸邪見故如來示現說於無我喻如王子語諸臣言我庫藏中無如是刀善男子今日如來所說眞我名曰佛性如是佛性我佛法中喻如淨刀善男子若有凡夫能善說者即是隨順無上佛法若有善能分別隨順宣說是等當知即是菩薩相貌○

問平等空門一心大旨旣美惡無際凡聖俱圓何乃受潤有差苦樂不等答萬事由人自召唯心一理無虧美惡但自念生果報焉從他得如傳奧法師云但以內有惡業則外感邪魔若內起善心則外值諸佛斯則善惡在已而由人乎哉是以西施愛江嫫母嫌鏡實爲癡也且君子尚求諸已而不怨天尤人況菩薩歟若能深信斯談則可以虛心絕想頓入法空矣故起信論云或有衆生無善根力則爲諸魔外道鬼神之所惑亂若於坐中現形恐怖或現端正男女等相當念唯心境界則滅終不爲惱是知聖者正也心正即聖故云心正可以辟邪如日月正當天草木無邪影故知此心是凡聖之宅根境之原只爲凡夫執作賴耶之識成生死苦惱之因聖者達

爲如來藏心受涅槃常樂之果若云阿賴耶識則有名無體以情執有不究竟故當證聖時其名即捨若云如來藏心則有名有體以本有非執故至未來際不斷故如以金作鐶鐶相虛金體露現如來藏作賴耶賴耶相虛藏性現今衆生以隨情執重故多認賴耶不信有如來藏以不信故自旣輕慢又毁滅他人謗法之愆無過此失念念眛如來法界之性步步造衆生業果之因惡業日新苦緣無盡於安隱處生衰惱心向解脱中成繫縛果受餤口針喉之體經劫而飢火焚燒作披毛戴角之身觸目而網羅縈絆或墮無間獄抱劇苦而常處火輪或生脩羅宫起鬭諍而恒雨刀劒或暫居人界刹那而入苦交煎或偶處天宫倏忽而五衰陷墜長沉三障不出四魔皆爲不知如來藏心失唯識妙性背眞慈父傭賃外方捨大智王依投他國是以諸佛驚入火宅祖師特地西來指眞歸而不歸示正見而弗見都爲藏識熏處無始堅牢執情厚而如萬疊冰崖疑根深而似千重闇室今者廣搜玄奥不厭文繁和會千聖之微言洞達百家之秘説無一法不順能成孝義之門無一念不和盡爲無諍之道則六入空聚畢竟無人五陰舍中豁然虛寂是以内無所作外無所依外無所依萬有不能絆内無所作千慮不能馳遂得靜佛邊疆絶一塵而作亂匡法國土無一境而不降可謂會天性於此時更無異種定父子於今日唯我家風如鴦崛魔羅經云常受人天一切快樂族姓殊勝悉皆具足斯由聞知一切衆生悉有如來常

住藏故乃至若彼衆生去來現在於五趣中支節不具輪轉生死受一切苦斯由輕慢如來藏故○問但了一心不求諸法紹隆三寳自行化他得圓滿妙覺位不荅覺心無易則開佛知見佛知見開無幽不矚不二之相佛眼所見一實之道佛智所知照窮法界之邊洞徹眞原之底上成諸佛下化衆生靡不由玆自他俱利夫欲正修行者不歸宗鏡皆墮邪修或滯權小此宗鏡正義過去十方一切諸佛於此圓修已成現在一切諸佛現成未來一切諸佛當成過去一切菩薩已學現在一切菩薩現學未來一切菩薩當學所以起信論明須先正念眞如之法石壁鈔云謂一切行門皆從眞如所起以是行原故非眞流之行無以契眞何有契眞之行不從眞起此乃是所信法中之根本故所以萬緣所起起自眞如會緣所入入於眞如菩薩發心先念眞如菩薩起信亦先信眞如菩薩所行亦契會眞如又問云何是信眞如之相荅不信一切法是信眞如之相以眞如理中本無諸法若見諸法爲有是信諸法不信眞如是以無夙植廣大菩提一乘種子之因緣者卒難起信故祖師頌云大緣與信合或得入宗鏡者是知非小緣矣如楞伽經云爾時世尊告大慧菩薩攝受大乘者則攝受諸佛菩薩緣覺聲聞攝受諸佛菩薩緣覺聲聞者則攝受一切衆生攝受一切衆生者則攝受正法攝受正法者則佛種不斷佛種不斷者則能了知得殊勝入處知得殊勝入處菩薩摩訶薩常得化生建立大乘十自在力現衆色像通達

衆生形類希望煩惱諸相如實說法如實者不異如實者不來不去相一切虚僞息是名如實又云佛言但覺自心現量妄想不生安隱快樂世事永息安隱快樂者則寂靜妙常世事永息者則攀縁已斷可謂遇圓滿寳藏頓絶希求到常樂涅槃更無所至是凡聖之際如達家鄉爲迷悟之依已窮根本大涅槃經云金剛寳藏無所鈌減華嚴經偈云種種變化無量力一切世界微塵等欲悉了達從心起菩薩以此初發心寳藏論本際品云是以本際無名名於無名本際無相名於無相名相既立妄惑遂生真一理沉道宗事隱是以無名之朴徧通一切不可名目過限量界一體無二故經云森羅及萬像一法之所印即本際也然本際之理無自無他非一非異包含一氣該入萬有若復有人自性清淨含一而生中無妄想即謂聖人然實際中亦無聖人法如微塵許而有異也若復有人自性清淨含一而生中有妄想自然濁亂則謂凡夫然實際中亦無凡夫法如微塵許而有異也故經云佛性平等廣大難量凡聖不二一切圓滿咸備草木周徧螻蟻乃至微塵毛髮莫不含一而生故云能了知一萬事畢也是以衆生皆乘一而生故云一乘若迷故則異覺故則一故云前念是凡後念即聖又云一念知一切法也是以一即一切一切即一故云以一之法功成萬像故經云一切若有心即迷一切若無心即徧十方故真一萬差萬差真一譬如海涌千波千波即海一切皆無有異也乃至萬物含一而生即彼萬物亦爲

一也何以故以本一故末則無異譬如檀生檀枝非椿木也故法華經偈云十方佛土中唯有一乘法一乘者即一心也一切萬有十方虚空皆從眞如一心之種子所現如檀生檀枝蘭生蘭葉乃至本末中邊更無異相故云一即一切一切即一若能如是何慮不畢若能如是究竟圓通此外更無不了之法則無理而不明無事而不盡以一法能成一切法故如華嚴疏云若入此觀法則智與心相應是以因由心學果是心成境由心現解由心起分位神通是心力用造作是心現起分别是心決擇所得是心乃至尋求知識造詣佛土並皆是心心外無得何所疑耶故知心垢則娑婆現相心淨則華藏含空廻轉而恒起識輪交羅而匪離心網故海幢不起寂定

廣作十方佛事之門善財不出道場徧歷一百十城之法是以文殊即自心能證之妙慧善財至彌勒一心佛果滿後却令見文殊因位將極令返照心原更無有異末始動念故再訪文殊不見其身者但了自心空般若故是眞見文殊普賢是自心所證法界無盡妙行善財雖徧法界叅諸善友欲見普賢不假别指便於初會始成之處如來座前而起念求隨念即見普賢在如來前初無動移此正顯觀心即見希奇之相見聞證入由覩前相即是見心故以普賢身相如虚空徧一切處故以普眼菩薩等入百千三昧求覓普賢不見只謂離念入定厭境求眞不知塵塵是文殊念念即普賢故是以善財一人運悲智而横廣十方修願行而竪窮三際從初至後因

滿果圓明顯一心以爲牓樣總攝一切始行菩薩諸觀行人皆倣此修離此觀心別無殊勝乃至六度萬行若不了自心皆成權漸果歸生滅報在人天若能運心福智無盡如大智度論云菩薩摩訶薩知諸法實相無取無捨無所破壞行不可得般若波羅蜜以大悲心還修福行福行初門先行布施菩薩行般若波羅蜜智慧明利能分別施福施物雖同福德多少隨心優劣如舍利弗以一鉢飯上佛佛即迴施狗而問舍利弗汝以飯施我我以飯施狗誰得福多舍利弗言如我解佛法義佛施狗得福多舍利弗者於一切人中智慧最上而佛福田最爲第一不如佛施狗惡田得福極多以是故知大福從心生不在田也如舍利弗千萬億倍不及佛心問曰如汝說福田妙故得福多而舍利弗施佛不得大福答曰良田雖復得福多而不如心所以者何心爲內主田是外事菩薩本緣經偈云若行慧施時福田雖不淨能生廣大心果報無有量故知福從心生不因田出別請五百阿羅漢不如依次一凡僧何者以平等心福勝取捨心福微則勝劣由心豈在田乎施法既爾六度萬行亦然所以清涼鈔云因該果海果徹因原以極果由於始信信依本智而起今不離本智故斯則以因成果攝果酬因然因有二種一約本有恒沙性德信解行願等無不具故二約修起謂依本信德而起信心依本解德而起解心如起信論云以知法性無慳貪故隨順修行檀波羅蜜等故一一修起皆帶本有俱來至果無間道中一時頓圓

解脱道中因果交徹名爲得果果亦有二一者本有菩提涅槃一切佛性本覺具故二者修起令證菩提始覺悟故始覺同本無復始本之異名究竟覺則二果無礙然二因本從本覺體上起來則二因與本果無礙始覺既同本覺則果全同於二因則二因與二果交徹故因該果海果徹因原又初發心時便成正覺因該果也雖得佛道不捨菩薩行果徹因也華嚴論云善財一念發心頓無能所了三世性性絶古今自覺自心本來是佛不成正覺不證菩提身心性相無證修者不成不壞本來如是隨緣動寂不壞有無所行諸行皆唯智起斯宗鏡旨是善巧智之所知廣大心之所信如華嚴經云知一切衆生種種所緣唯是一相悉不可得一切諸法皆如金剛

善巧智是以上至妙覺極聖之位中及大權菩薩修行之門下至底下凡夫生死之地皆同一心無有高下迷之自墮悟之即昇迷悟似殊眞心靡易古德云不鏡方寸虚負性靈又云自巳不明則是空受他物如此開示不負前機持王庫之眞刀得雪山之正味證解信入之者直紹寶王見聞隨喜之人能成佛種斯恩難報莫等尋常任肩負頂戴盡塵沙劫中亦不能報一句之恩仰思曠古求法之人釋迦文等投身大火翹足深林析骨剜身剥皮刺血乃至常啼東請善財南求藥王燒手普明刎頭皆是知恩報德之人爲法忘軀之士今勸後學生殷重心勿得自輕虚擲光景○問妙明眞心覺王秘旨理雖圓頓正解難成更希善巧之門重證將來之信答前已

引法說今更將喻明此宗鏡一心是諸法自性如一珠有八萬四千孔入一孔全收珠體似一月影現一切水一一影不離月輪又若分白栴檀片片而本香無異猶布青陽令處處而春色皆同是則一法明心萬緣指掌皎然法喻可以收疑○問凡曰提宗直陳正義何須引喻廣具繁文答為未直下頓悟之人不無方便如方便心論云若就喻者凡聖同解然後可說如言是心動發猶如迅風一切凡夫知風動故便得決了心為輕躁若不知者不得為喻問曰何故不但說正義而說喻也答曰凡說喻者為明正義又云凡欲立義當依四種知見何等為四一者現見二者比知三以喻知四隨經教又法華經云智者可以譬喻得解今但取正解圓明非論法說喻說若不悟道徒執絕言今所言者皆是提宗唱道之言極妙窮原之說如云萬句浮言不及一句妙理千般魚目不及徑寸明珠夫一句妙理者即宗鏡之言也斯言不可辯而自通不可解而自釋所以云善言不辯辯言不善○問佛旨開頓漸之教禪門分南北之宗今此敷揚依何宗教答此論見性明心不廣分宗判教單提直入頓悟圓修亦不離筌第而求解脫終不執文字而迷本宗若依教是華嚴即示一心廣大之文若依宗即達磨直顯衆生心性之旨如宗密禪師立三宗三教和會祖教一際融通禪三宗者一息妄修心宗二泯絕無寄宗三直顯心性宗教三種者一密意依性說相教二密意破相顯性教三顯示真心即性教先叙禪宗初息妄修心宗

者說衆生雖本有佛性而無始無明覆之不見故輪迴生死諸佛已斷妄想故見性了了出離生死神通自在此知凡聖功用不同外境由心故各有分限故須背境觀心息滅妄念念盡即覺無所不知如鏡昏塵塵盡明現須修禪觀遠離喧雜調息調身心注一境等二泯絕無寄宗者說凡聖等法皆如夢幻都無所有本來空寂非今始無即此達無之智亦不可得平等法界無佛衆生法界亦是假名心既不有誰言法界無修不修無佛不佛設有一法勝過涅槃我說亦如夢幻無法可拘無佛可作凡有所作皆是迷妄如了達本來無事心無所寄方免顛倒始名解脫三直顯心性宗者說一切諸法若有若空皆唯眞性無相無爲體非一切謂非凡非聖然即體之用謂能凡能聖等於中指示心性復有二類一云即今能言語動作貪嗔慈忍造善惡受苦樂等即汝佛性即此本來是佛除此無別佛了此天眞自然故不可起心修道道即是心性如虛空不增不減但隨時隨處息業養神自然神妙此爲眞悟二云諸法如夢諸聖同說妄念本寂塵境本空空寂之心靈知不昧即此空寂之知是汝眞性任迷任悟心本自知不藉緣生不因境起知之一字衆妙之門若頓悟此空寂之知知且無念無形誰爲我相人相覺諸相空心自無念念起即覺覺之即無修行妙門唯在此也此上兩說皆是會相歸性故同一宗次佛教三種一密意依性說相教者佛說三界六道悉是眞性之相但是衆生迷性而起無別自體故云依性

然根鈍者本難開悟故且隨他所見境相說法漸漸度之故云說相說未彰顯故云密意此一教中自有三類一人天因果教說善惡業報令知因果二斷惑滅苦教說三界無安皆如火宅之苦令斷業惑之集修道證滅等三將識破境教說上生滅等法不關真如但各是衆生無始已來法爾有八種識於中第八識是其根本頓變根身器界種子轉生七識各能變現自分所緣此八識外都無實法問如何變耶答我法分別熏習力故諸識生時變似我法六七二識無明覆故緣此執爲實我法如患夢者患夢力故心似種種外境相現夢時執爲實有外物寤來方知唯夢所變我此身相及外世界亦復如是唯識所變迷故執有我及諸境既悟本無我法唯有心識遂依此二空之智修唯識觀及六度四攝等行漸漸伏斷煩惱所知二障證二空所顯真如十地圓滿轉八識成四智菩提真如障盡成法性身大涅槃之果此第三將識破境與禪門息妄修心宗而相扶會以知外境皆空故不修外境事相唯息妄修心也息我法之妄修唯識之心二密意破相顯性教者據真實了義則妄執本空更無可破無漏諸法是真性隨緣妙用永不斷絶又不應破但爲一類衆生執虛妄相障真如實性難得玄悟故佛且不揀善惡垢淨性相一切訶破以真性及妙用不無而且云無故云密意又意在顯性語乃破相意不形於言中故云密也此教說前教中所變之境既皆虛妄能變之識豈獨真實心境互依空而似有且心不孤起

託境方生境不自生由心故現心如境謝境滅心空皆假衆緣無自性故是以一切諸法無不是空凡所有相皆是虛妄是故空中無五陰六根因緣四諦無智亦無得生死涅槃平等如幻此教與禪門泯絶無寄宗全同三顯示眞心即性教直示自心即是眞性不約事相而示亦不約破相而示故云即性不是方便隱密之意故云示也此教說一切衆生皆有空寂眞心無始本來性自清淨明明不昧了了常知盡未來際常住不滅名爲佛性亦名如來藏亦名心地達磨所傳是此心也問既云性自了了常知何須諸佛開示答此言知者不是證知意說眞性不同虛空木石故云知也非如緣境分別之識非如照體了達之智直是眞如之性自然常知起信論云眞如者自體眞實識知華嚴經云眞如照明爲性又問明品說智與知異智局於聖不通於凡知即凡聖皆有通於理智覺首等諸菩薩問文殊師利菩薩何等是佛境界智何等是佛境界知文殊頌答云諸佛智自在三世無所礙如是慧境界平等如虛空又頌云非識所能識亦非心境界其性本清淨開示諸羣生既云本淨不待斷障即知羣生本來皆有但以惑翳而不自知故法華中開示令得清淨者即是寳性論中離垢清淨也此心雖自性清淨終須悟修方得究竟經論所明有二種清淨二種解脫或只得離垢清淨解脫故毁禪門即心即佛或只知自性清淨解脫故輕於教相斥於持律坐禪調伏等行不知必須頓悟自性清淨自性解脫漸修令得離

垢解脫離障解脫成圓滿清淨究竟解脫若身若心無所壅滯同釋迦佛問云何佛境界智此問證悟之智云何佛境界知此問本有眞心答智云諸佛智自在三世無所礙答知云非識所能識亦非心境界識是分別分別非眞知唯無念方見又若以智證之即屬所詮之境眞知非境界故瞥起照心即非眞知故非心境界以不起心爲玄妙以集起名心起心看即妄想故非眞知是以眞知必虛心遺照言思道斷矣比宗看心是失眞旨若有可看即是境界也寶藏論云知有有壞知無無敗其知之智有無不計既不計有無即自性無分別之知是以此眞心自體之知即無緣心不假作意任運常知非涉有無永超能所水南和尚云即體之用曰知即用之體爲寂如即燈之時即是光即光之時即是燈燈爲體光爲用無二而二也又云知之一字衆妙之門如是開示靈知之心即是眞性與佛無異故名顯示眞心即性教全同禪門第三直顯心性之宗既馬鳴標心爲本原文殊揀知爲眞體如何破相之黨但云寂滅不許眞如說相之家執凡異聖不許即佛今約教判定正爲斯人故西域傳心多兼經論無二途也但以此方迷心執文以名爲體故達磨善巧揀文傳心標舉其名心是名也默示其體知是心也喻以壁觀令絕諸緣絕諸緣時問斷滅不答雖絕諸念亦不斷滅問以何證驗云不斷滅答了了自知言不可及師即印云只此是自性清淨心更勿疑也若所答不契即但遮諸非更令觀察畢竟不與他先言知

字直待他自悟方驗真實是親證其體然後印之令絶餘疑故云默傳心印所言默者唯默知字非總不言六代相傳皆如此也至荷澤時他宗競起欲求默契不遇機緣又思惟達磨懸絲之記達磨云我法第六代後命若懸絲恐宗旨滅絶遂言知之一字衆妙之門問悟此心已如何修之還依初說相教中令坐禪不答若惛沉厚重難可策發掉舉猛利不可抑伏貪嗔熾盛觸境難制者即用前教中種種方便隨病調伏若煩惱微薄慧解明利即依本宗一行三昧如起信論云若修止者住於静處端身正意不依氣息形色乃至唯心無外境界法句經偈云若學諸三昧是動非是禪心隨境界流云何名爲定即不起滅定現行坐之威儀不於三界現攀緣之身意然此教中以一真心性對染淨諸法全揀全收全揀者如上所說但剋體直指靈知即是心性餘皆虚妄故云非法非心非境非智乃至非性非相非佛非衆生離四句絶百非也全收者染淨諸法無不是心心迷故妄起惑業乃至四生六道雜穢國土心悟故從體起用四等六度乃至四辯六通妙身淨刹無所不現既是此心現諸法故法法全即真心如人夢所現事事事皆人如金作器器器皆金如鏡現影影影皆鏡故華嚴經云知一切法即心自性成就慧身不由他悟起信論云三界虚僞唯心所作離心則無六塵境界乃至一切分别皆分别自心心不見心無相可得故云一切法如鏡中像楞伽經云寂滅者名爲一心一心者名如來藏能徧興造一切

趣生造善造惡受苦受樂果與因俱故知一切無非心也全揀門攝前第二破相教全収門攝前第一說相教將前望此此則迥異於前將此望前前則全同於此深必該淺淺不至深深者直顯出真心之體方於中揀一切収一切也如是収揀自在性相無礙方能於一切悉無所住唯此名為了義上之三教攝盡一代經論之所宗三義全殊一法無別就三義中第一第二空有相對第三第一性相相對皆迢然易見唯第二第三破相與顯性相對講者禪者俱迷爲同是一宗一教皆以破相便爲真性故今廣辯空宗性宗有其十異空宗唯破相性宗唯顯性權實有異遮表全殊不可以遮詮遣蕩排情破執之言爲表詮直示建立顯宗之教又不可以逗機誘引一期權漸之說爲最後全提見性真實之門如上判教分宗言約義豐最爲殊絕初則歷然不濫後則一味融通可釋羣疑能歸宗鏡

十異者一法義真俗異者空宗未顯真性但以一切差別之相爲法法是俗諦照此諸法無爲無相無生無滅爲義義是真諦性宗以一真之性爲法空有等種種差別爲義經云無量義者從一法生華嚴經云法者知自性義者知生滅二心性二名異者空宗一向目諸法本原爲性性宗多目諸法本原爲心起信論云一切諸法從本已來唯是一心良由所說本性不但空寂而乃自然常知故應目爲心三性字二體異者空宗以諸法無性爲性性宗以虚明常住不空之體爲性性字雖同而體異也四真智真知異者空宗以分別

爲知無分别爲智智深知淺性宗以能證聖理之妙慧爲智以該於理智通於凡聖之眞性爲知知通智局華嚴經云眞如照明爲性起信論云眞如自體眞實識知五有我無我異者空宗以有我爲妄無我爲眞性宗以無我爲妄有我爲眞故涅槃經云無我者名爲生死我者名爲如來六遮詮表詮異者遮謂遣其所非表謂顯其所是又遮者揀却諸餘表者直示當體如諸經所說眞如妙性每云不生不滅不垢不淨無因無果無相無爲非凡非聖非性非相等皆是遮詮遣非蕩跡絶想祛情若云知見覺照靈鑒光明朗朗昭昭堂堂寂寂等皆是表詮若無知見等體顯何法爲性說何法不生不滅等必須認得現今了然而知即是我之心性方說此知不生不滅等如說鹽云不淡是遮云鹹是表說水云不乾是遮云濕是表空宗但遮性宗有遮有表今時人皆謂遮言爲深表言爲淺故唯重非心非佛無爲無相乃至一切不可得之言良由只以遮非之詞爲妙不欲親自證認法體故如此也又若實識我心不同虛空性自神解非從他悟豈藉緣生若不對機隨世語言於自性上尚無表示眞實之詞焉有遮非方便之說如今實未親證見性之人但倣依通情傳意解唯取言語中妙以遮非泯絶之文而爲極則以未見諦故不居實地一向託空隨言所轉近來尤盛莫可遏之若不因上代先賢多聞廣學深入教海妙達禪宗何能微細指陳始終和會顯出一靈之性剔開萬法之原是以具録要文同明宗鏡七認名認

體異者謂佛法世法一一皆有名體且如世間稱大不過四物如智論云地水火風是四物名堅濕煖動是四物體今且說水設有人問每聞澄之即清混之即濁堰之即止決之即流而能溉灌萬物洗滌羣穢此是何物舉功能義用而問之答云是水舉名答也愚者認名謂已解智者應更問云何者是水徵其體也答云濕即是水剋體指也佛法亦爾設有人問每聞諸經云迷之即垢悟之即淨縱之即凡修之即聖能生世出世間一切諸法此是何物此舉功能義用問也答云是心舉名答也愚者認名便爲已識智者應更問何者是心徵其體也答知即是心指其體也此一言最親最的餘字餘説皆疎如云非性非相能言能語等是體縁慮動用等是心即何異他之所問也以此而推水之名體名唯一字餘皆義用濕之一字貫於清濁等萬用萬義之中心之名體亦然知之一字亦貫於貪瞋慈忍善惡苦樂萬用萬義之處直須悟得水是名不是水濕是水不是名即清濁凝流無義不通也以例心是名不是心知是心不是名即真妄善惡無義不通也空宗相宗爲對初學及淺機恐隨言生執故但標名而遮其非唯廣義用而引其意性宗爲對久學及上根令忘言認體故一言直示達磨云指一言以直示即是知字一言若言即心是佛此乃四言矣若領解不謬親照靈知之性方於體上照察義用故無不通矣入二諦三諦異者空宗唯二諦性宗攝一切性相及自體總爲三諦以縁起色等諸法爲俗諦縁無自性

諸法即空爲真諦一真心體非空非色能空能色爲中道第一義諦九三性空有異空宗說有即徧計依他空即圓成性宗即三法皆具空有之義徧計即情有理無依他即相有性無圓成即情無理有十佛德空有異空宗說佛以空爲德無有少法是名菩提性宗一切諸佛自體皆有常樂我淨十身十智相好無盡性自本有不待機緣十異歷然二門奐矣故須先約三種佛教證三宗禪心然後禪教雙亡佛心俱寂俱寂即念念皆佛無一念而非佛心雙亡即句句皆禪無一句而非禪教如此則自然聞泯絕無寄之說知是破我執情聞息妄修心之言知是斷我習氣執情破而真性顯即泯絕是顯性之宗習氣盡而佛道成即修心是成佛之行頓漸互顯空有相成若能如是圓通則爲他人說無非妙方聞他人說無非妙藥藥之與病只在執之與通故先德云執則字字瘡疣通則文文妙藥如上依教依宗撮略和會挑抉宗旨之本末開析法義之差殊校量頓漸之異同融即真妄之和合對會遮表之迴互褒貶權實之淺深可謂卷教海之波瀾湛然掌內簇義天之星象奐若目前則頓釋羣疑豁然妙旨若心外立法立境起鬬諍之端俔識上變我變人爲勝負之由漸遂乃立空破有寘有非空崇教毀禪宗禪斥教權實兩道常爲障礙之因性相二宗永作怨讎之見皆爲智燈燄短心鏡光昏終不能入無諍之門履一實之道矣

宗鏡録卷第三十四

音釋

寱 牛制切寐語也 撐 抽庚切距也 羖 公戶切牡羊也 稗 蒲拜切 嫫 蒙晡切嫫母黃帝妃貌甚醜 縈絆 縈於盈切繞也絆博漫切縶也 劇 奇逆切甚也 矚 之欲切視也 㓷 一九切刻削也 刺 七迹切穿也 刎 武粉切斷也 筌罤 筌比緣切魚笱也罤杜奚切兔弦也 暼 匹蔑切過目也 惛 呼昆切心不明了也 掉 徒弔切搖也 溉灌 溉古代切灌古玩切 滌 亭歷切蕩滌也 挑抉 挑吐凋切抉於決切 褒貶 褒博毛切揚美貶悲檢切抑損也

宗鏡録卷第三十五

宋慧日永明妙圓正修智覺禪師延壽集

夫說此法門是無始終說不定方所亦無時分以無時之時理無間斷無處之處說徧十方故一切佛法爾皆於無盡世界常轉如是無盡法輪令諸衆生反本還原窮未來際無有休息華嚴疏云夫心冥至道則渾一古今法界無生本亡時分故經頌云諸佛得菩提實不計於日又云此圓教法門以會緣入實體者有二一以本收末以諸聖教從眞流故不異於眞二會相顯性謂彼一切差別教法從緣無性即是眞如是故虛相本盡眞性本現如來言說皆順於如故金剛三昧經云如我說者義語非文衆生說者文語非義又理事無礙體者謂一切教法雖舉體即眞不礙十二分等事相宛然顯現雖眞如舉體爲一切不礙一味湛然平等夫一乘三乘一性五性就機則三約法則一新熏則五本有無二若入理雙拂則三一兩亡若約佛化儀則能三能一是故競執是非違無違諍大集五部雖異不離法界本原涅槃各說身因佛許無非正說此宗鏡機是圓教攝則圓根所對大小俱含故先德云教海宏深包含無外色空交映德用重重語其橫收五教乃至人天總無不包方顯深廣其猶百川不攝大海大海必攝百川雖攝百川同一鹹味故隨一滴迴異百川前之四教不攝於圓圓必攝四雖攝於四圓以貫之故十善五戒亦圓教攝今依宗鏡若約教唯依一心而說則何教非心何心非教諸經通辯皆以一心眞法界爲體如

來所說十二分教親從大悲心中之所流出大悲心從後得智後得智從根本智根本智從清淨法界流出即是本原更無所從無有法離於法界而有華嚴經頌云未曾有一法得離於法性即一切衆生迷悟本若不迷此即不成迷以無顛倒執著輪廻生死故若不悟此即不成悟以無如法修行證窮果故所以眞如一心爲迷悟依夫立教之本無出意言以意詮量從言開演故基師云至理澄寂是非之論息言般若幽玄一異之情絶慮息情慮故非識非心絶言論故非聲非說法非聲說說徧塵沙理無識心心該法界心該法界斯乃非心作心說徧塵沙此亦無說爲說非心作心心開二種無說爲說說乃兩門心開二種者一心生滅門二心眞如門釋生滅門者只如三界循環斯皆妄識四生盤泊並是惑心榮辱迅譬石光古今駛過拍毱此則生滅門也釋眞如門者只如摩羅淨識湛若太虛佛性明珠皎同朗月隱顯雖異膚內更明染淨緣分法身澄止此則眞如門也言說乃兩門者一大機受法則教說滿乘二小聖聞思則藏開半字神鍇和尚云教起所由者如來一代說法欲令衆生悟佛知見佛知聖者所謂平等眞心諸法無二無二之法即者實性實性之體離有離無不生不滅理自見眞不由觀智所顯道常顯露實無翳障平等眞心者若法相宗眞即是智將智證眞三乘無別即是眞家之心依主釋也若法性宗眞即是心體同名別眞心即平等持業釋也故經云泥洹眞法寶衆生從種種門入種種之

門是能通所通唯一道又云經說門不同或文字爲門大品經明四十二字門是也或觀行爲門釋論明菩薩修三三昧緣諸法實相是也或智慧爲門法華經云其智慧門難解難入是也或理爲門大品經云明無生法無來無去即是佛也依教門通觀依觀門通智依智門通理理爲門復通何處教觀智等諸門悉依於理能依是門所依何得非門雖無所通究竟徧通是妙門也則衆妙之門一眞心之所依也華嚴經云譬如日出先照高山日譬於佛光譬說教日即無緣之慈非出而出隨衆機之所扣非照而照說華嚴如高山說方等如食時說般若如禺中說法華如正中說涅槃如平地若菩薩大人蒙般若光諸法之用二乘之人既無此用譬如七日嬰兒若視日輪令眼失光以無明全在喪一切智明故外道闇證譬如夜遊以未承正教之照故菩薩利他譬如日中作務施運役之功然平地高山同承日照小根大器咸禀教光約能照則無淺深對所照自分前後如大車等賜一雨普霑道絶始終理無偏黨若得宗鏡一乘之光平等大慧自他兼利更無差別故大涅槃經云譬如有人以新毒藥塗大鼓於衆中擊令出聲雖無心欲聞若有聞者遠近皆死唯除一人不横死者謂一闡提纔聞即能破無明惑名爲近死聞未即益作後世因名爲遠死止觀釋云一切衆生心性正因譬之如乳聞了因法名爲置毒正因不斷如乳四微五味雖變四微恒存是故毒隨四微味味殺人衆生心性亦復如是正因不壞了因

之毒隨正奢促處處得發或理發教行證發如辟支佛利根根熟出無佛世自然得悟理發亦爾久植善根今生雖不聞圓教了因之毒任運自發若聞華嚴日照高山即得悟者此是教發聞已思惟思惟即悟是爲觀行發若是六根淨位進破無明是相似證發若見道損生亦是證發今依華嚴立五教天台立四教乃至八教且華嚴一心立五教約識而論者一如小乘教但有六識賴耶但得其名二大乘始教但得一分生滅之義以其眞理未能體通但說凝然不作諸法第三大乘終教於此賴耶得理事通體不生滅與生滅和合非一非異以許眞如隨緣而作諸法以同賴耶識所熏淨法與能熏染法各差別故非一能熏所熏但一心作無有他故非異始教約法相差別門說終教約法體相容門說爲第一義眞心謂如來藏性依此有諸趣等第四頓教即一切法唯一眞心差別相盡離言絕慮不可說也以一切染淨相盡無有二法可以體會故不可說如淨名所顯入不二門也第五圓教約性海圓明法界所起唯一法界性起心即具十德問云何一心約就諸教得有如是差別義耶答約法通收由此甚深所起一心具五義門隨以一行攝化衆生一小乘攝義從名門二始教攝理從事門三終教理事無礙門四頓教事盡理顯門五圓教性海具德門五義相顯唯一心轉秘密義記云佛子善聽譬如暗家寶人不知故無燈明故於彼撲觸誤謂爲蛇所毒由誤故毒氣入身其身脖脹受種種苦智者見已即將燈明

示以利寶其所螫人即見此寶身内毒氣即能除愈以得此寶故飛行無礙見人恭敬諸惡者皆以慈心相向惡心消滅由無怨讎故得無所畏無所畏故安隱快樂行者亦爾由不知法性家内實德寶故爲八萬四千塵勞由知親近善友聞法故返塵勞垢爲八萬四千道品法除自然執又知因緣空又知佛性常住又知言語道亡心行處滅又開悟法界緣起由是一切諸法從一地不至一地會是淨心中是故諸煩惱及諸淨心不從他方來一手反覆耳智者不須疑也又前所譬暗家實寶即是顯清淨法門爲對治染法對治有五一者小乘教即對治外道不依因緣起自然執二初教即對治小乘由於因緣有執巳前總名有爲緣起三者終教即對治初教一切諸法無常苦空無我執此名無爲緣起由眞如隨緣名爲無爲緣起四者頓教即對治終教念念紛紛起有言說即自體緣起窮源盡性一念不生故爲自體五者圓教即對治頓教寂默言說心行處滅一切歸寂源不能一即一切一切即一自在等此法界緣起動靜具足故名性起圓融無礙取捨都盡即三毒即佛故若小乘雖隨起對治唯知第六識不知由心有諸法故言心者即八識心王又小乘不知常樂我淨心萬法主故不可得故如虛空故不可治雖有如是法以不知所因故不知由心有萬法故不覺心源故唯取小果皆滅色取空若不滅色取空知色即是空即得入初教次初教人如上諸次第所起法皆言識變有識外不有識者即第八識約識

性亦不可得纔證此心即知諸法因緣生緣生無自性雖證此法猶有刹那生滅故名有爲證凝然眞如故次終教人云一切諸法不出一心是一心譬如大海濕性依一心所有諸法如大海波瀾雖攝波入水而不滅波浪雖波瀾紛紛起而不減寂水如是雖攝萬境入一心而不滅萬境雖萬境紛紛起而不減一心何以故一心所有故是故眞該妄末妄達眞源性相融通本末平等雖自性無生不失業果雖不失業果自性無生雖得一心不得無盡故不得重重故名一實諦自此已前諸教依漸次階位即名漸教次頓教者一念不生即是佛也何以故一切諸法從本以來常自寂滅相下自衆生上盡諸佛一切所作事不遺一毛諸皆如夢故成佛度生猶此夢

攝不明一中多多中一一即多多即一等次圓教所明以十十無盡顯其義以十十重重辯其相隨舉爲主萬法爲伴由主不妨伴伴不妨主俱周徧法界○問如上所說重重無盡者且何物重重何物無盡何法廣大何法圓融何法包含何法秘密答則是一切凡聖心相重重心性無盡是心廣大是心圓融是心包含是心秘密若無此一心爲宗則教門無一法可與諸佛無一字可說既全歸心旨廣備信根圓解已周纖疑不起不可唯憑口說密在心行但以定水潛澄慧燈轉耀若一向持文求理執教談宗如入海筭塵砂仰空數星宿終不親見去道尤賒昔人云如天地終日轟轟不及眞理是故學人去文取理端坐凝情以心眼自看是名專住一境修定勝

因也又圓教義者本末融通理事無礙說真妄則凡聖昭昭而交徹語法界則理事歷歷而相收佛知見一偈開示而無遺大涅槃一章必盡其體用如華嚴經云無有智外如爲智所入亦無如外智能證於如又云無有少法與法同止以舉心攝境則無心外之境舉境攝心則無境外之心以性無二相即性故相隨性融隨一皆攝是以性外無相則何法不融理中立事則何門不入可謂觸目菩提一念圓證所以無量義經云無量義者從一法生其一法者所謂無相古人云此是出生義法華經云究竟至於一切智地此是收入之法則三乘萬化從實相生究竟還歸一實相則初後不離一心本末咸居正位如法華經云心相體信入出無難可以知大乘家業紹佛種位又初則一出無量後乃無量歸一令無量非無量一亦非一即證法華三昧又先德目爲教海者以含衆法喻如大海傍無邊涯遠天一色空徹海底海映空天即是圓教總攝諸教歸真並皆空淨理事無礙如交映色空色不礙空空不礙色德用重重即唯明唯深具十玄門重重無盡即事事無礙如海十德互相周徧即心海包容深廣無際矣所以守護國界主陀羅尼經偈云一字演說一切法多劫無有窮盡時一一字門亦復然此住寶篋真言地生法師釋法華經一毫之善舉手低頭皆已成佛言無非佛流即涅槃意乃至外道典籍亦佛法流況内法耶大小等教皆從如來大悲所流故是知無有一法不從心原性空而出如源出水似空出雲以

十方如來證心成佛佛即是心所有萬善萬德悲智願行無不從此流矣又約金師子章論五教者一此師子雖是因緣之法念念生滅實無師子可得名愚人法是聲聞教二即此緣生諸法各無自性徹底唯空名大乘初教三雖復徹底唯空不礙幻法宛然緣生幻有二相雙存名大乘終教四即此師子與金二相互奪兩亡情謂不存俱無有力空有雙泯名言路絶栖心無寄名大乘頓教五即此情盡體露之法混成一塊繁興大用起必全眞萬像紛然參而不雜一切即一皆同無性一即一切因果歷然力用相收卷舒自在名一乘圓教此名最上乘也次天台立四教者一藏教明因緣生滅四諦理正教小乘傍化菩薩二通教三人同禀明因緣即空無生四眞諦正爲菩薩傍通二乘教理智斷行位因果皆空三人同證此藏通二教俱不識常住眞心皆以滅心爲極果三別教是不共之名明因緣假名無量四聖諦理約化菩薩不共二乘若教別者具演恒沙佛法別爲菩薩若理別者藏識有恒沙俗諦之理乃至智斷行位因果俱與三教事別雖知一心不空無盡之理即今未具猶待次第生起執教道而不融據行布而成別四圓教明不思議因緣無作四諦教理正說中道即一切法圓理不偏智圓則一成一切成斷圓則不斷而斷行圓則一心具足萬行位圓則一地具足一切地因圓則雙照二諦自然流入薩婆若海果圓則妙覺不思議三德之果即一念心圓具法界約觀心明四教者淨名疏云今但論即心

行用識一切教門皆從初心觀行而起四教既攝一切經教若一念觀心分明能分別一念無明因緣所生之心四辯歷然則一切經教大意皆約觀心通達就此即爲四意第一約觀心明三藏教相者即是觀一念因緣所生之心生滅析假入空約觀門起一切三藏教也若觀生滅四諦入道即是修多羅藏故增一阿含云佛告諸比丘謂一切法者只是一法何等爲一法心是一法離心無一切法也智度論云從初轉法輪經至大涅槃結修多羅藏此只是約心生滅說四聖諦即是法歸法本之義也觀心出一切毗尼藏者佛制戒時問諸比丘汝何心作若有心作即是犯戒有犯故有持也若無心作則不名犯犯義不成不說持也故從心發戒無心則不發戒若言從心出阿毗曇藏者四卷略說名毗曇心達磨多羅處中而說名爲雜心如此皆是約心而辯毗曇無比法者分別諸心心數法一切法不可比也第二約觀心明通教者觀心因緣所生一切法心空則一切法空是爲體假入空一切通教所明行位因果皆從此起也第三約觀心明別教者觀心因緣所生即假名具足一切恒沙佛法依無明阿賴耶識分別無量聖諦一切別教所明行位因果皆從此起也第四約觀心明圓教者觀心因緣所生具足一切十法界法無所積聚不縱不横不思議中道二諦之理一切圓教所明行位因果皆從此起如輪王頂上明珠是則四教皆從一念無明心起上來數引華嚴經明破微塵出三千大千世界經卷義意在此

也又約頓漸不定秘密通前四教總立八教一頓教如華嚴無聲聞乘故名爲頓二漸教即三藏及方等般若漸引入圓教三不定教謂一音異解或說大而得小果或說小而得大道故名爲不定四秘密教此有二種一顯露秘密謂同席異聞不得道果互不相知故名秘密二秘密秘密唯佛能證密令衆生而得開悟不可指示總前四教而成八教又教分五味釋論云旃延子明六度限劑而滿者此調雜血衆生爲乳也大品云菩薩發心與薩婆若相應者此欲調乳入酪也大品云菩薩發心遊戲神通淨佛國土又如淨名中得不思議解脫者皆能變身登座而復能受屈被訶者此欲調酪爲生酥就熟酥也大品云菩薩發心即坐道樹成正覺轉法輪度衆生者是調熟酥爲醍醐也此乃從一開一接引酥酪之機後即會一歸一成熟醍醐之衆終無別法更有卷舒本迹相收機應冥合又分半滿之教小乘爲半大乘爲滿又三乘爲半一乘爲滿如涅槃經明半字及滿字等說半字故半字即顯滿字即隱今日說滿字者滿字即顯半字即隱此即約緣而說隱顯又如月喻品此方見半他方見滿而彼月性本無虧盈隨緣所見故有增減此即是大乘宗中說也如智儼法師依華嚴一乘宗辯者不待說與不說常半而常滿隱顯無別時如彼月性常滿而常半增減無異路正同宗鏡所録法門隱則一心無相顯則萬法標形不壞前後而同時常居一際而前後當舒即卷當卷即舒故知以教照心以心明教諸佛所說悉

是自心輔行記引華嚴經頌云諸佛悉了知一切從心轉若能如是解彼人眞見佛實性論云有神通人見佛法滅以大千經卷藏一塵中又華嚴云善哉善哉云何如來在於身中而不覺知故明四諦十二因緣境八萬四千法門不出一心若得此意八年廣演法華在乎一念經五十劫詎動刹那例一代逗機居于心性十方佛事宛然矚目乃至涅槃三德在一心中則大經一部全標方寸無邊教法攝一刹那千枝萬葉同宗一根衆籍羣經咸詮一法如上所引五味八教半滿等文然雖分判一代時教皆是一心融攝一理全收分而非多聚而非一散而不異合而不同恒沙義門無盡宗趣皆於一乘圓教宗鏡中現所以古德云契之於心然後以之爲法在心爲法形言爲教法有自相共相教有遮詮表詮故知就事雖分約理常合乃至開爲恒沙法門究竟不離一心之旨若從一心中方便開示成其教迹者即不可定其權實時分前後以是如來逗機一期方便切不得自生決定解也有乖正法如法華玄義云約五味半滿相成者若直論五味猶同南師但得方便若直論半滿猶同北師但得其實今明五味不離半滿半滿不離五味五味有半滿則有慧方便解半滿有五味則有方便慧解權實俱遊如鳥二翼雖復俱遊行藏得所若華嚴頓滿大乘家業但明一實不須方便唯滿不半於漸成乳三藏客作但是方便唯半不滿於漸成酪若方等彈訶則半滿相對以滿斥半於漸成生酥若大品領教帶半論滿半則

通爲三乘滿則獨爲菩薩於漸成熟酥若法華付財廢半明滿若無半字方便調熟鈍根則亦無滿字開佛知見於漸成醍醐如來慇懃稱歎方便者半有成滿之功意在此也次約觀分別者唯識宗立二種觀華嚴宗立四觀天台教立三觀普賢門立十觀唯識二觀者一唯心識觀二眞如實觀進趣大乘方便經云若依一實境界修信解者應當學習二種觀道一唯心識觀二眞如實觀學唯心識觀者所謂於一切時一切處隨身口意所有作業悉當觀察知唯是心乃至一切境界若心住念皆當察知勿令使心無記攀緣不自覺知於念念間悉應觀察隨心所有緣念當使心隨逐彼念令心自知知已內心自生想念非一切境界有念有分別也所謂內心自生長短好惡是非得失衰利有無等見無量諸想而一切境界未曾有想起於分別當知一切境界自無分別想故即自非長非短非好非惡乃至非有非無離一切相如是觀察一切法唯心想生若使離心則無一法一相而能自見有差別也眞如實觀者思惟心性無生無滅不住見聞覺知永離一切分別之想華嚴四觀者此約一心眞如法界就理事行布圓融成四種法界對此法界爲四種觀門此四觀門法本如是故依法而觀故名爲觀一事觀謂迷悟因果染淨歷然二理觀謂我法俱空平等一相三理事無礙觀謂彼此相徧隱顯成奪同時無礙四事事無礙觀謂觀事法以理融故相即相入重重無盡若依此一心無礙之觀念念即是華嚴法界念念

即是毗盧遮那法界經云若與如是觀行相應於諸法中不生二解一切佛法疾得現前台教三觀者三觀義云夫三寸之管氣序不衰一尺之表朝陽可測是知得其道者豈遠乎哉三觀詣理之妙門今明此義故借爲喻也仰佛法遐蹤神功浩曠求兹非遠寄以一心體之有原總乎三智若其假方便以致殊會歸一道寂然而雙照三觀之名出自瓔珞經云從假入空名二諦觀從空入假名平等觀雙照二諦心心寂滅自然流入薩婆若海也天台疏問曰三觀俱照二諦有何等殊答曰前觀雖照二諦破用不等次觀亦照二諦破用平等既不見中道但是異時平等第三觀者得見中道雙照二諦即是一時平等也若修觀心還用前二觀雙亡雙照之方便也

雙亡方便者初觀知俗非俗即是俗空次觀知眞非眞即是眞空非眞非俗即是中道因是二空觀入中道第一義諦觀今明一心三觀者一明所觀不思議之境者即是一念無明心因緣所生十法界以爲境也此心神微妙一念具一切三世諸心諸法譬眠法覆心一念之内夢見一切諸心諸事若正眠夢之時謂經無量如法華經説夢見初發心乃至成佛無量諸事比其覺時反觀只是一念眠心也心譬自性清淨心眠法覆心譬於無明無量夢事譬恒沙無知覆一切恒沙佛法夢事不實善惡憂喜譬見思惑覆眞空也若不細尋夢譬不思議之疑終無決理故諸大乘經多説十喻但諸法師不圓取譬意止偏得虚僞空邊不見譬無量無明法性邊也故三

諦之境義不成也二明能觀者若觀此一念無明之心非空非假一切諸法亦非空非假而能知心空假即照一切法空假是則一心三觀圓照三諦之理不斷癡愛起諸明脫若水澄清珠相自現此即觀行即也三明證成者若證一心三觀即是一心三智五眼也若得六根清淨名相似證即十信位也若發真無漏名分證真實即此是初住也經云一念知一切法是道場成就一切智故大品經云有菩薩從初發心即坐道場當知是菩薩爲如佛也智度論云三智其實一心中得佛欲分別爲人說令易解故所以次第說耳又總明三種三觀一者別相三觀二者通相三觀三者一心三觀一別相三觀者歷別觀三諦若從假入空但得觀真尚不得觀俗豈得觀中道也若從空入假但得觀俗尚未得觀中道若入中道正觀方得雙照二諦二通相三觀者則異於此從假入空非但知俗假是空真諦中道亦通是空也若從空入假非但知俗假是假真空中道亦通是假若入中道正觀非但知中道是中俗真通是中也是則一空一切空無假無中而不空一假一切假無中無空而不假一中一切中無假無空而不中但以一觀當名解心無不通也三一心三觀者知一念心不可得不可說而能圓觀三諦也即淨名經云一念知一切法是道場成就一切智故是以在境爲一諦而三諦在心爲一觀而三觀在果爲一智而三智如一圓珠珠相喻有珠徹淨喻空圓明喻中三無前後此喻一諦而三諦若以明鏡照之珠上三

義一時頓現即喻一觀而三觀若就鏡中觀珠珠之與鏡非一非異則喻心境二而不二爲真覺也妙觀者觀一念心爲所緣境返觀此心從何處來去至何所淨若虛空名空觀觀境歷歷分明名假觀雖歷歷分明而性常自空而境觀歷然名中觀即三而一即一而三語默行住不生不滅不常不斷不一不異不來不去不有不無不住不著不垢不淨不愛不取不虛不實不縛不脫皆不生不滅之異名義無別也即空不住空即假不住假即中不住中是名中何以故爲即空空有何可住即假幻化影復何可住二邊既無可住豈有中可住故曰三諦無住是名爲中當須如此空中無空只勿空假中無假只勿假中中無中只勿中當如是照照中無照只勿照若見如是理即見萬物而自虛也此三觀若是不思議境若闕一觀境智不成故云不思議備收一切法一切雖多十法界收盡既其鎔融一則具十成百法界一界又具十如一如又具三種世間謂五陰衆生國土千如則有三千世間名不思議假此假即空即中若無中攝理不徧若無十界收事不盡若無十如因果不具若無三種世間依正不足故知實相悉總諸法重重無盡融融無礙猶如帝網名不思議境也凡聖同有此理故云已之三千徧彼三千彼彼三千互徧亦爾故得依正終日炳然無所分別法界洞朗爲顯此境故云觀不思議境也如三觀頌云空觀如性不可得假觀相含法界邊中觀體等理無二即一而三常宛然又空觀了諸法無自性故二

假觀此空處具諸法故三中觀空假無別體故唯一眞心故以空是心之性即是眞空非是但空以假是心之相即是妙假非是偏假性相分三而非三眞心冥一而非一非一而三觀宛然非三而一心不動又即一而三相不同如鏡體一有光明影像差別之相即三而一體無異如影像光明俱同一鏡又古釋三觀義云一念心起起無起相徹底唯空三際寂然了不可得無見聞覺知相無眼耳鼻舌身意相空觀也一念心起有三千世間相國土世間一千山河大地日月星辰是也五陰世間一千染淨一切色心是也衆生世間一千六凡四聖假質是也一念心起三千性相一時起一念心滅三千性相一時滅也念外無一毫法可得法外無一毫念可得也此心性圓明一而能多小而能大染而能淨因而能果有而能無故一一色一一香一一念介爾有心即具三千也一處見多多處見一一念即多劫多劫即一念重重互現喻天帝珠網此假觀也一念心起起而無起三際寂然無起而起三千性相非空非假雙照空假此中觀也說即有三名字照時不作三一解只念念見自心性任運非三非一亦不用破除身心亦不要安立境觀念想斷處一切時中任運心常三觀也人無圓機自謂我是凡穢我多煩惱我智慧劣我是生死人此乃瞖眼見空華空實無華也圓人觀明觸事全同古佛非分同也何以故法性圓理三德三身只是一念不可分故此圓理亦無次位爲人未能任運常觀觀有斷續我性未破破而未

盡故分六即四十二位黜空接引令至無修耳或謂凡人但有佛法身性未有報化德用此乃別教中解圓觀惑業苦三本自無性全是三德三德本無住處住惑業苦中三身三道悉是假名畢竟空中了不可得無惡可捨無道可證纔見有一毫理可依泊者便是妄境牽生心三觀不明也學人嫌惡貪瞋癡作意斷除殊不知此嫌惡心自是惑也若纔覺起即照此起處自無性不可取捨三觀明也若別作對治別作眞如實相解別作佛菩薩想別運身心偏法界想並非圓意圓人即念無念耳若謂能覺知識別者是心此是心苗非心性也故云動是法王苗寂是法王根心性者三觀明時是也三觀明時不見有情無情佛與衆生若罪若福在我觀内在我觀外在我觀中皆不可也若不明三觀妄情計佛性在身中計徧草木上經中喚作徧計所執性外道所宗四教所不攝況圓人解乎夫中觀難明圓解微妙凡言中者有二種中一但中二圓中如首楞嚴經明八還義若析前塵見無還處見性獨妙但中也見與見緣元是菩提妙淨明體云何於中有是非是此圓中也又空假即中但中也中即空假不但中也即是圓中如藏通二教是但空即析色體塵歸徹底自性之空如別圓二教是不可得空具中道佛性不空之理傅大士頌云獨自精其實離聲名三觀一心融萬品荆棘叢林何處生釋曰若能内觀返照獨精自心何言詮所及故云其實離聲名了此一念心起處不可得是名空觀即於空處見縁生法似有現

顯故云一切法是一切法非於無性無像而有性有像是名假觀求空不得空尋假不得假非空非假全是一心是名中觀念念具三觀之法塵塵成佛智之門故云三觀一心融萬品則煩惱荆棘五陰叢林生死根株我慢原阜更從何處而起故云荆棘叢林何處生普賢觀云止觀十門者一心行稱理攝散名止二止不滯寂不礙觀事三由理事交徹而必俱遂使止觀無礙而雙運四理事形奪而俱盡故止觀兩亡而絶寄五絶理事無礙之境與泯止觀無礙之心二而不二故不礙心境而一味不二而二故不壞一味而心境六由即理之事收一切法故即止之觀亦見一切七由此事即是彼事故令止觀見此心即是彼心八由前中六則一多相入而非一七則一多相是而非異此二不二同一法界止觀無二之智頓見即入二門同一法界而無散動九由事則重重無盡止觀亦普眼齊照十即此普門之智爲主故頓照普門法界時必攝一切爲伴無盡無盡

宗鏡録卷第三十五

音釋

麴渠竹切皮毛之丸也 鍇口駭切 禺牛俱切日在巳曰禺中 胮脹胮匹絳切脹知亮切 螫施隻切行毒也 讎市流切仇也 纖息廉切細也 轟虎横切車聲 劑在詣切限劑分量也 鎔餘封切銷鎔也 炳兵永切明也 瞖於計切目疾

宗鏡録卷第三十六

宋慧日永明妙圓正修智覺禪師延壽集

夫觀門略有二種一依禪宗及圓教上上根人直觀心性不立能所不作想念定散俱觀內外咸等即無觀之觀靈知寂照二依觀門觀心似現前境雖權立假相悉從心變如觀經中立日觀水觀等十六觀門上生經中觀兜率天宫彌勒內院等諸章鈔釋云言觀一字理有二種一觀矚二觀察初觀矚者如前五識緣五塵境矚對前境顯現分明無推度故現量性境之所攝故次觀察者向自識上安模建立伺察推尋境分劑故今立觀門即當第二觀察約能觀之心出體有四一剋性出體唯別境慧此慧能揀去散亂染無記等擇留善淨所變境故二能所引體定引慧故三相應體五蘊除色四蘊屬體并色五蘊問相應四蘊心王心所取其何者爲能觀察答先辯心王次明心所若八識心王唯取第六問前五七八俱能緣慮何以不取答且前五識有漏位中唯現量緣實五塵境第八唯現量緣三境故種子根身器世間境性唯無記第七有漏位中常緣第八見分爲境非量所收令能觀心因教比知變起相分比量善性獨影境攝故唯第六有此功能問第六心王有其幾種答義說有四一明了意識與前五識同緣五塵分明顯了二定中意識引得上定定中所起三獨散意識不與前五同緣爲揀明了故立獨名又非定中所起故名爲散獨於散位而生起故四夢中意識於睡眠位起此識故問四中何者是能觀心答得上定

者定中意識現量觀故未得定者獨散意識能爲觀體次明心所者有五十一法總分六位目通辯諸識有漏位中相應者前五識各有三十四心所相應謂徧行五別境五善十一根本煩惱三貪嗔癡中隨二大隨八第六識三界三性定散通論具與五十一心所相應第七識與十八心所相應謂徧行五根本煩惱四我癡我見我慢我愛大隨八別境中慧第八識唯與徧行心所相應此八種識若成無漏唯與二十一心所相應謂徧行別境善法今明能觀心但唯善性第六識其相應心所隨心王說定中心所唯二十一謂徧行五別境五善十一或尋伺中隨取一法即二十二尋麤伺細不俱起故淺深推度思慧爲體若與散位心王相應即二十法於前善中除輕安故輕安一法是定引故有定資身方得調暢有輕安義或二十一於尋伺中隨取一故問能觀心於三境之中此何境答定散二位皆獨影境變假相故此假相分從能緣見分種生自無其種故名獨影不同性境是實色心各有種生如眼識緣色等又不同帶質境心緣心時定有質故中間相分從質見起言獨影境自有二類一有質即此觀心託彼爲質二無質緣龜毛等問既有彼質何非帶質答帶質有二一眞帶質以心緣心如第七緣第八第六緣餘識二似帶質心緣色故即此所觀帶彼質故通似帶質問定散二位託彼質緣熏得何種答唯熏能觀心心所見分種子相分是假不熏有漏觀心不熏無漏質種問三量之中此是何量答定位現量收

散位比量攝不通非量非正觀故問三性何性答唯善性故問四緣何緣答四緣皆具第六心王并實心所皆從種生是因緣假相分是所緣爲緣即前念引後念是等無間緣增上有二一順二違順增上有二一有力順作此觀時諸緣有力隨順能觀名有力增上二無力順作此觀時不障餘法雖無力能不違他故名無力增上二違增上亦有二種一違背作此觀時而能違背散亂心心所又能違背無記性等二違損作此觀時而能違損諸染法故問於三依中此是何依答三依皆具一因緣依能觀心等有自種子爲因緣依現依種故亦名種子依二俱有依謂六根處能與諸心心所爲依故今能觀第六用七八二識爲所依故亦名增上緣依三開導依謂前念心心所開闢引導後念心心所取前念心王名開導依後念必依前念生故即現在心望後念心假名前念亦名等無間緣依問五果之中此是何果答一能觀心體非異熟果唯第八識是眞異熟二等流果此能觀心心所從自種生種現俱善流類齊等三離繫果此有漏觀未斷障染繫縛法故非離繫果四士用果有二一人士用此人能作此觀人爲士用因觀心成就即士用果二法士用作此觀時諸緣法等有力如世士夫力用成就觀心即士用果五增上果前四果中有不攝法但於觀心有隨順義即爲其因觀心成就即增上果問此能觀心等具幾緣生答具五緣生一作意警心故二種子生現法三根即第七識四境假相分五根本即第八識

若加等無間即六緣生如上理事雙明方圓觀法○問若境本無生心常不住又何煩立觀背自天眞答爲未達本無生而欲向外妄修者令自內觀冥合眞性如永嘉集云誡其踈怠者然渡海先須上船非船何以能渡修心必須入觀非觀何以明心心尚未明相應何日此觀守愚空坐不慕進修者如欲渡關津非船靡濟將窮生死無智焉明又云妙契玄原者夫悟心之士寧執觀而迷旨達教之人豈滯言而惑理理明則言語道斷何言之能議旨會則心行處滅何觀之能思心言不能思議者可謂妙契寰中矣斯乃得旨之人奚須言觀即屆實所終不問程已見玉蟾寧當執指故般若吟云見月休觀指歸家罷問程即心心是佛何佛更堪成輔行記問云四句推檢貪欲泯然但有妙觀無復貪欲何得復云而起而照答防於起時理須照起不起俱照照不照俱亡亡不亡咸泯泯不泯湛然如是方成入空之觀故云不見起照起照宛然如上所說諸觀門一心之旨義理昭彰解雖分明行須冥合因解成行行成解絕不可一向執解背道迷宗行解相應方明宗鏡如首楞嚴經所明全爲見性修行不取多聞知解所以如來訶阿難言非汝歷劫辛勤修證雖復憶持十方如來十二部經清淨妙理如恒河沙只益戲論汝雖談說因緣自然決定明了人間稱汝多聞第一以此積劫多聞熏習不能免離摩登伽難乃至阿難白佛言世尊我今雖承如是法音知如來藏妙覺明心徧十方界含育如來十方國土清淨寶嚴妙

覺王剎如來復責多聞無功不逮修習我今猶如旅泊之人忽蒙天王賜與華屋雖獲大宅要因門入唯願如來不捨大悲示我在會諸蒙闇者捐捨小乘畢獲如來無餘涅槃本發心路令有學者從何攝伏疇昔攀緣得陀羅尼入佛知見是以佛告阿難汝常聞我毗柰耶中宣説修行三決定義所謂攝心爲戒因戒生定因定發慧是則名爲三無漏學阿難云何攝心我名爲戒若諸世界六道衆生其心不婬則不隨其生死相續汝修三昧本出塵勞婬心不除塵不可出縱有多智禪定現前如不斷婬必落魔道上品魔王中品魔民下品魔女乃至汝以婬身求佛妙果縱得妙悟皆是婬根根本成婬輪轉三塗必不能出如來涅槃何路修證必使婬機身心俱斷斷性亦無於佛菩提斯可希冀若不斷殺修禪定者譬如有人自塞其耳高聲大叫求人不聞此等名爲欲隱彌露若不斷偷修禪定者譬如有人水灌漏巵欲求其滿縱經塵劫終無平復若不斷大妄語者如刻人糞爲栴檀形欲求香氣無有是處乃至造十習因受六交報十習因者一者婬習是故十方一切如來色目行婬同名欲火菩薩見欲如避火坑二者貪習是故十方一切如來色目多求同名貪水菩薩見貪如避瘴海三者慢習是故十方一切如來色目我慢名飲癡水菩薩見慢如避巨溺四者瞋習是故十方一切如來色目瞋恚名利刀劍菩薩見瞋如避誅戮五者詐習是故十方一切如來色目姦僞同名讒賊菩薩見詐如畏豺狼六者誑習是故

十方一切如來色目欺詐同名刧殺菩薩見誑如踐蛇虺七者怨習是故十方一切如來色目怨家名違害鬼菩薩見怨如飲鴆酒八者見習是故十方一切如來色目惡見同名見坑菩薩見諸虛妄徧執如入毒壑九者枉習是故十方一切如來色目怨謗同名讒虎菩薩見枉如遭霹靂十者訟習交諠發於覆藏是故十方一切如來色目覆藏同名陰賊菩薩觀覆如戴高山履於巨海六交報者一者見報二者聞報三者齅報四者味報五者觸報六者思報此六識造業所招惡報從六根出各各招引惡果臨終神識墮無間獄見受明暗二苦相聞受開閉二苦相齅受通塞二苦相味受吸吐二苦相觸受合離二苦相思受不覺覺知二苦相一一受苦無量具在

經文是以阿難已悟妙覺明心知宗不昧方乃重告善逝密請修行故知先悟後修應須理行冥合若但取一期知解不慕進修欲證究竟菩提無有是處故經云縱得妙悟皆是婬根以生死根本不斷故直須保護浮囊方渡業海如大涅槃經云爾時海中有羅刹者貪等煩惱各别現行名一羅刹全乞喻索交合也乞半喻求摩觸也三分之一喻索行事也手許喻共坐等也微塵許喻衣相觸也若俱破四重禁等者合全乞浮囊也破僧殘者合乞其半也犯偷蘭者合三分之一也犯捨墮及波逸提者合乞手許也二罪同篇共合手許也破突吉羅者合乞微塵也故知微細須持方全戒體如雖乞微塵之許終壞浮囊豈況全半乎是以若犯此篇其過尤重非唯

有障大道不出塵勞以惡業相酬果牽地獄十習因既作六交報寧亡皆是一念惡覺心生顛倒想起對境作因成之假隨情運相續之心不以智眼正觀遂陷凡夫業道雖則一期徇意罔思萬劫沉身是以一切如來同宣審冝刻骨十方菩薩皆懼實可驚心所以華嚴經云爾時文殊師利菩薩問法首菩薩言佛子如佛所說若有衆生受持正法悉能除斷一切煩惱何故復有受持正法而不斷者隨貪瞋癡隨慢隨覆隨忿隨恨隨嫉隨慳隨誑隨諂勢力所轉無有離心能受持法何故復於心行之內起諸煩惱時法首菩薩以頌答曰佛子善諦聽所問如實義非但以多聞能入如來法如人水所漂懼溺而渴死於法不修行多聞亦如是如人設美饍自餓而不食於法不修行多聞亦如是如人善方藥自疾不能救於法不修行多聞亦如是如人數他寶自無半錢分於法不修行多聞亦如是如有生王宮而受餒與寒於法不修行多聞亦如是如聾奏音樂悅彼不自聞於法不修行多聞亦如是如盲績衆像示彼不自見於法不修行多聞亦如是譬如海船師而於海中死於法不修行多聞亦如是如在四衢道廣說衆好事内自無實德不行亦如是大寶積經云佛言迦葉若有趣菩薩乘善男子善女人等適聞此法不能生於如實深信終不能得阿耨多羅三藐三菩提何以故由修學故證彼菩提非不修學而能得證若不修習得菩提者猶兎等類亦應證得無上菩提何以故不正行者不能證得無上覺故何以故

若不正行得菩提者音聲言說亦應證得無上菩提作如是言我當作佛我當作佛以此語故無邊衆生應成正覺永嘉集云心與空相應譏毀讚譽何憂何喜身與空相應刀割香塗何苦何樂依報與空相應施與劫奪何得何失心與空不空相應愛見都忘慈悲普救身與空不空相應內同枯木外現威儀依報與空不空相應永絶貪求資財給濟心與空不空非空非不空相應實相初明開佛知見身與空不空非空非不空相應一塵入正受諸塵三昧起依報與空不空非空非不空相應香臺寶閣嚴土化生是以若不斷四重深愆欲求一乘妙果如塞耳大叫難免他聞徒灌漏卮終無滿日又若所行非所說所說非所行心口自違相應何日以盲畫衆像如聾奏樂音但悅彼情於已無益故知聞之不證解之不行雖處多聞寶藏如王宮凍死虛遊諸佛智海猶水中渴亡比況可知應須改轍不生懃悔焉稱智乎○問此宗鏡録於頓漸兩教真緣二修云何悟入如何修行答今宗鏡中依無作三昧觀真如一心念念冥真念念圓滿如台教明修無作三昧觀真如實相不見緣修作佛亦不見真修作佛亦不見真緣二修合故作佛亦不離真緣二修而作佛若無四修即無四作是無作三昧豈同爾相州北道明緣修作佛南土大小乘師亦多用緣修亦不同相州南道用真修作佛問偏用何過答道無諍何得諍同水火今明用三昧修中道第一義諦開無明顯法性忘真緣離諍論言語法滅無量罪除清淨心一水若

澄清佛性寶珠自然現也見佛性故即住大涅槃問曰若爾者今云何說答曰大涅槃經云不生不生名大涅槃以修道得故故不可說豈如諸大乘論師偏執定說今以因緣故亦可得說者若解四悉檀意如前四種說則無咎次明證成者若觀無明見中道者即是入不二法門住不思議解脫故入不思議法門品云若知無明即是明明亦不可得是為入不二法門若入中道即能雙照二諦自然流入薩婆若海今依四悉普為群機於眞緣二修中是無作眞修頓漸四句中若約上上根是頓悟頓修若約上根或是頓悟漸修○問如何是眞緣二修答若約緣修用智成佛眞如但是境故約緣修以明自也眞修正用眞如一心為佛萬行及智但是福智莊嚴故用眞如一心為自一切福智為他若直了眞如心即成佛者是圓頓宗若不了此心妄有修證者是藏通等教灰斷之果若依此心發行別修者是別教大乘與圓教即心便具者所有行位功程日劫相倍故云即心是者疾發心行者遲○問既即心是何用更修答只為是故所以修如鐵非金即不可鍛成妙器○問如何是頓漸四句答一漸修頓悟二頓悟漸修三漸修漸悟四頓悟頓修楞伽經中有四漸四頓經云大慧白佛言世尊云何淨除自心現流為頓為漸答中先明四漸後說四頓漸經云佛告大慧漸淨非頓一如菴羅果漸熟非頓如來漸除衆生自心現流亦復如是漸淨非頓二如陶家作器漸成非頓三如大地漸生非頓四如習藝漸就非頓上之

四漸約於修行未證理故下之四頓約已證理故一明鏡頓現喻經云譬如明鏡頓現一切無相色像如來淨除一切衆生自心現流亦復如是頓現無相無所有清淨法界二日月頓照喻經云如日月輪頓照顯示一切色像如來爲離自心現習氣過患衆生亦復如是頓爲顯示不思議勝智境界三藏識頓知喻經云譬如藏識頓分別知自心現及身安立受用境界彼諸報佛亦復如是頓熟衆生所處境界以修行者安處於彼色究竟天四佛光頓照喻經云譬如法佛所作依佛光明照耀自覺聖趣亦復如是於彼法相有性無性惡見妄想照令除滅今取頓悟漸修深諧教理首楞嚴經云理雖頓悟承悟併消事在漸修依次第盡如大海猛風頓息波浪漸停猶孩子諸根頓生力量漸備似曦光之頓出霜露漸消若印文之頓成讀有前後或頓悟頓修正當宗鏡如華嚴宗取悟如日照即解悟證悟皆悉頓也又如磨鏡一時徧磨明淨有漸今論明是本明漸爲圓漸明是本明者恐謂拂鏡非頓明鏡本來淨何用拂塵埃此是六祖直顯本性破其漸修今爲順經明其漸證隨漸漸明皆本明矣故云明是本明即無念體上自有真知非别有知知即心體也漸爲圓漸者即天台智者意彼云漸漸非圓漸圓圓非漸圓謂漸家亦有圓漸圓家亦有圓漸漸家漸者如江出岷山始於濫觴漸家圓者如大江千里圓家漸者如初入海雖則漸深一滴之水已過大江况濫觴耶圓家圓者如窮海涯底故今云漸是圓家漸尚過漸

家之圓況漸家之漸禪原集云頓門有二一逐機頓二化儀頓一逐機頓者遇凡夫上根利智直示眞法聞即頓悟全同佛果如華嚴中初發心時即得阿耨菩提圓覺中觀行即成佛二化儀頓者謂佛初成道爲宿世緣熟上根之流一時頓說性相事理衆生萬惑菩薩萬行賢聖地位諸佛萬德因該果海初心即得菩提果徹因原位滿猶同菩薩此唯華嚴一經名爲頓教其中所說諸法是全一心之諸法一心是全諸法之一心性相圓融一多自在又約機頓漸不同有云先因漸修功成而豁然頓悟如伐木片片漸斫一時頓倒亦如遠詣皇城步步漸行一日頓到有云先因頓修而後漸悟如人學射頓者箭箭直注意在的漸者久始漸親漸中此說運心頓修不言功行頓畢有云漸修漸悟如登九層之臺足履漸高所見漸遠已上皆證悟也有云先須頓悟方可漸修此約解悟若約斷障說者如日頓出霜露漸消若約成德說者如孩初生即具四支六根長即漸成志氣功用如華嚴經云初發心時即成正覺三賢十聖次第修證若未悟而修非眞修也良以非眞流之行無以稱眞何有飾眞之行不從眞起經云若未聞此法多劫修六度萬行竟不證眞有云頓悟頓修者此說上上智根性樂欲俱勝一聞千悟得大總持一念不生前後際斷若斷障說如斬一籰絲萬條頓斷若修德說如染一籰絲萬條頓色荷澤云見無念體不逐物生又云一念與本性相應八萬波羅蜜行一時齊用又頓悟者不離此生即得解脫

如師子兒初生之時是眞師子即修之時即入佛位如竹春生筍不離於春即與毋齊何以故心空故若除妄念永絶我人即與佛齊經云不壞世間而超世間不捨煩惱而入涅槃不修頓悟猶如野干隨逐師子經百千劫終不得成師子故知若不直了自心豈成圓頓隨他妄學終不成眞此宗鏡録是圓頓門即之於心了之無際更無前後萬法同時所以證道謌云是以禪門了却心頓入無生慈忍力又若用悟而修即是解悟若因修而悟即是證悟又頓教初如華嚴海會於逝多林中入師子嚬呻三昧大衆皆頓證法界無有別異後乃至將欲滅度在拘尸那城娑羅雙樹間作大師子孔顯常住法決定說言一切衆生皆有佛性凡是有心定當作佛究竟涅槃常樂我淨皆令安住秘密藏中以此教法本從世尊一眞心體流出亦只是凡聖所依一心眞體隨緣流出展轉徧一切處一切衆生身心之中只各於自心靜念如理思惟即如是如是顯現於宗鏡中了然明白起此無涯之一照徧法界無際之虛空無一塵而不被光明凡一念而感承照燭斯乃般若無知之照照豈有邊涅槃大寂之宗宗何有盡故如般若無知論云放光云般若無所有相無生滅相道行云般若無所知無所見此辯智照之用而曰無相無知者何也果有無相之知不知之照明矣何者夫有所知則有所不知以聖心無知故無所不知不知之知乃曰一切知故經云聖心無知無所不知信矣是以聖人虛其心而實其照終日知未嘗知也

故能默耀韜光虛心玄鑒閉智塞聰而獨覺冥冥者矣然則智有窮幽之鑒而無知焉神有應會之用而無慮焉神無慮故能獨王於世表智無知故能玄照於事外智雖事外未始無事神雖世表終日域中所以俯仰順化應接無窮無幽不察而無照功斯則無知之所知聖神之所會也然其爲物實而不有虛而不無存而不可論者其唯聖智乎何者欲言其有無狀無名欲言其無聖以之靈聖以之靈故虛不失照無狀無名故照不失虛照不失虛故渾而不渝虛不失照故動以接麤是以聖智之用未始暫廢求之形相未始可得故寶積曰以無心意而現行放光曰不動等覺而建立諸法所以聖迹萬端其致一而已矣是以般若可虛而照眞諦可亡而知萬動可即而靜聖應可無而爲斯則不知而自知不爲而自爲矣復何知哉復何爲哉問曰夫聖人眞心獨朗物物斯照應接無方故動與事會物物斯照故知無所遺動與事會故會不失機會不失機故有會於可會知無所遺故必有知於可知有知於可知故聖不虛知有會於可會故聖不虛會既知既會而曰無知無會者何耶若夫忘知遺會者則是聖人無私於知會以成其私耳斯可曰不自有其知安得無知而已哉答曰夫聖人功高二儀而不仁明逾日月而彌昏者豈曰木石瞽其懷其於無知而已哉誠以異於人者神明故不可以事相求之耳子意欲令聖人不自有知而聖人未嘗不有知無乃乖於聖心失於文旨者乎何者經云眞般若者清淨如虛

空無知無見無作無緣斯則知自無知矣豈待反照然後無知哉若有知性空而稱淨者則不辯於惑智三毒四倒皆亦清淨又何獨尊淨於般若若以所知美般若所知則非般若所知自常淨般若未甞淨亦無緣致淨歎於般若然經云般若清淨者將無以般若體相眞淨本無惑取之知無惑取之知不可以知名哉豈唯無知名無知知自無知矣是以聖人以無知之般若照彼無相之眞諦眞諦無兎馬之遺般若無不窮之鑒所以會而不差當而無是寂怕無知而無不知者矣難曰夫物無以自通故立名以通物物雖非名果有可名之物當於此名矣是以即名求物物不能隱而論云聖心無知又云無所不知意謂無知未甞知知未甞無知斯則名教之所

通立言之本意也然論者欲一於聖心異於文旨尋文求實未見其當何者若知得於聖心無知無所辯若無知得於聖心知亦無所辯若二都無得無所復論哉答曰般若義者無名無說非有非無非實非虛斯無名之法故非言所能言也言雖不能言然非言無以傳是以聖人終日言而未甞言也今試爲子狂言辯之夫聖心者微妙無相不可爲有用之彌勤不可爲無不可爲無故聖智存焉不可爲有故名教絶焉是以言知不爲知欲以通其鑒不知非不知欲以辯其相辯相不爲無通鑒不爲有非有故知而無知非無故無知而知是以知即無知無知即知無以言異而異於聖心也難曰夫眞諦深玄非智不測聖智之能在茲而顯故經云不得般若不見

真諦真諦則般若之緣也以緣求智智則知矣答以緣求智知非知也何者放光云不緣色生識是名不見色又云五陰清淨故般若清淨般若即能知也五陰即所知也所知即緣也夫知與所知相與而有相與而無相與而無故物莫之有相與而有故物莫之無物莫之無故爲緣之所起物莫之有故緣所不能生緣所不能生故照緣而非知爲緣之所起故知緣相因而生是以知與無知生於所知矣何者夫知以所知取相故名知真諦自無相真智何由知所以然者夫所知非所知所知生於知所知既生知知亦生所知所知既相生相生即緣法緣法故非真非真故非真諦故中觀曰物從因緣有故不真不從因緣有故即真今真諦曰真真則非緣真非緣故無物從緣而生也故經云不見有法無緣而生是以真智觀真諦未甞取所知智不取所知此智何由知然智非無知但真諦非所知故真智亦非知而子欲以緣求智故以智爲知緣自非緣於何而求知乎難曰論云不取者爲無知故不取爲知然後不取耶若無知故不取聖人則冥若夜遊不辯緇素之異也若知然後不取知則異於不取矣答曰非無知故不取又非知然後不取知則不取故能不取而知難曰論云不取者誠以聖心不物於物故無惑取耶無取則無是無是則無當誰當於聖心而云聖心無所不知耶答曰然無是無當者夫無當則物無不當無是則物無不是物無不是故是而無是物無不當故當而無當故經云盡見諸法而無所見者

也難曰聖心非不能是誠以無是可是雖不是是故當是於無是矣是以經云眞諦無相故般若無知者誠以般若無有有相之知若以無相爲無相又何累於眞諦耶答曰聖人無無相也何者若以無相爲無相無相即爲相捨有而之無猶逃峯而赴壑俱不免於患矣是以至人處有而不有居無而不無雖不取於有無然亦不捨於有無所以和光塵勞周旋五趣寂然而往怕爾而來恬淡無爲而無不爲者也難曰聖心雖無知然其應會之道不差是以可應者應之不可應者存之然則聖心有時而生有時而滅可乎答曰生滅者生滅心也聖人無心生滅焉起然非無心但無心心耳又非不應但是不應應耳是以應會則信若四時之質直以虛無爲體斯不可得而生不可得而滅也難曰聖智之無惑智之無俱無生滅何以異之耶答曰聖智之無者無知惑智之無者知無其無雖同所以無者異也何者夫聖心虛靜無知可無可曰無知非謂知無惑智有知故有知可無可謂知無非曰無知也無知即般若之無也知無即眞諦之無也是以般若之與眞諦言用即同而異言寂即異而同同故無心於彼此異故不失於照功是以辯同者同於異辯異者異於同斯則不可得而異不可得而同也何者內有獨鑒之明外有萬法之實萬法雖實然非照不得內外相與以成其照功此聖所不能同用也內雖照而無知外雖實而無相內外寂然相與俱無此則聖所不能異寂也是以經云諸法不異者豈曰續鳧截鶴夷嶽

盈豁然後無異哉誠以不異於異故雖異而不異耳故經曰甚奇世尊於無異法中而說諸法異又云般若與諸法亦不一相亦不異相信矣難曰論云言用則異言寂則同未詳般若之内則有寂用之異乎答曰用即寂寂即用用寂體一同出而異名更無無用之寂主於用也是以智彌昧照逾明神彌靜應逾動豈曰明昧動靜之異哉故成具曰不爲而過爲寶積曰無心無識無不覺知斯則窮神盡智極象外之談也即之明文聖心可知矣

釋曰般若無知者是一論之宏綱乃宗鏡之大體微妙難解所以全引證明夫般若者是智用無知者是智體用不離體知即無知體不離用無知即知若有知者是取相之知即爲所知之相縛不能徧知一切故論云夫有所知則有所不知若是無相之知不被所知之相礙即能徧知一切故論云以聖心無知故無所不知以要言之但是理事無礙非即非離如論云神無慮故能獨王於世表智無知故能玄照於事外者不即事也智雖事外未始無事神雖世表終日域中者不離事也理非即非離如事亦然是以理從事顯理徹於事事因理成事徹於理理事交徹般若方圓故能有無齊行權實雙運豈可執有執無迷於聖旨乎所以論云欲言其有無狀無名欲言其無聖以之靈何者此有是不有之有曷有其名斯無是不無之無寧虧其體有無但分兩名其性元一不可以有爲有以無爲無故論云非有故知而無知者以知自無性豈待亡知然後無知乎論云非無故無知而

知者以無相之知非同木石無而失照此靈知之性雖無名相寂照無遺如論云考之玄籍本之聖意豈復眞僞殊心空色異照耶是以照無相不失撫會之功覩變動不乖無相之旨造有不異無造無不異有未甞不有未甞不無故曰不動等覺而建立諸法以此而推寂用何妨如何謂覩變之知異無相之照乎又論云知即無知無知即知無以言異而異於聖心也故知若云有之與無同之與異皆是世間言語但有虛名而無實體豈可以不定之名言而欲定其無言之妙性也今總結大意般若無知者但是無心自然靈鑒非待相顯靡假緣生不住有無不涉能所非一非異而成其妙道也所以先德云夫聖心無思名言路絶體虛不可以色取無慮不可以心求色法界而不大處毫端而不微寂寥絶於生滅應物無有去來鑒徹天鏡而無鑒照之勤智周十方而不生二相森羅萬像與之同原大哉妙用而無心者其唯般若無知之謂乎鈔云然無知之興爲破邪執有四論文一一破之一者或執有知爲常見二者或執無知爲斷見三者亦知亦無知爲相違見四者非有知非無知爲戲論見第一破常見者惑人聞說般若者智慧也智則知也慧則見也則謂聖人同於凡夫有心取相知見墮於常見不了般若論主便則斥云聞聖有知謂之有心爲破此執故云般若無知也斯則照俗不執相照眞不著空無執無著即四句本亡無種不知而未甞分別以無緣之知照實相之境智則雖照而無知境則雖實而無相

境智冥一故相與寂然能所兩亡故云般若無知也故云是以眞智觀眞諦未甞取所知智不取所知此智何由知又云將無以般若體相眞淨本無惑取之知不可以知名哉又云夫陳有無者夫智之生也極於相内法本無相聖智何知故中論云若使無有有云何當有無有無旣已無知有無者誰此上並破有知之常見也第二破無知之斷見者惑人聞經云眞般若者無知無見無作無緣便謂般若同於太虛無情之流墮於斷見旣乖般若論主破之故云世稱無知者謂木石太虛無情之流靈鑒幽燭形于未兆道無隱機寧曰無知所以論題無知者爲明聖心無有取相之知故云無知非謂則無眞知也何者般若靈鑒無種不知不同太虛一向無知也然則斷見無知略明有十一種論中略言三種十一種者一者太虛一向空故二者木石謂無情故三者聾瞽謂根不具無見聞故此上三種是論所破四者愚癡謂無智慧於境不了故五者癲狂惡鬼惑心失本性故六者心亂境多惑心不能決斷故七者悶絶心神闇黒如死人故八者惛醉爲藥所迷故九者睡眠神識困熟故十者無想定外道伏惑心想不行故十一者滅盡定二乘住寂心智止滅故此上並是惑倒非般若無知也第三破亦有知亦無知者則是學人聞經所明或說般若有知或說無知不能正解便生異執論主而復破之異執有三種一者反照故無知則是學人謂聖人實是有知但以知物之時忘却知心不自言我能知此只成不私自作知

解非都不知也二者以般若性空故無知者則是學人謂言般若實自有知但以知性空故則無知此只成性空故無知而未是無惑取之無知第三眞諦境淨故歎美般若無起何者學人則謂般若能知眞諦之境因境淨無相故則歎美般若無知此只成境是無知般若常是有知也此上三見並衆亦有亦無知俱乖聖智論主所以破之也第四破非有知非無知者則是惑人聞經云眞般若者非有非無無起無滅不可說示人不能亡言會其玄旨則謂般若唯是非有非無便作非有非無之解此並心量乖乎眞智論主破之故云言其非有者言其非是有非謂是非有言其非無者言其非是無非謂是非無非有非非有非無非非無此絶言之道知何以傳此破非有知非無知也論若如此則破四執之理昭然今題目但云無知者蓋是舉一隅而三隅反所以智人聞說無則不取無不取亦有亦無非有非無斯則離四句絶百非可謂眞無知也論中分明破其四執人自不見故云是以聖人處有不有此破有知也居無不無此破無知也雖不取於有無此破亦有知亦無知也然亦不捨於有無此破非有知非無知也然上四破說雖前後辯之不同論意只於一句中則四句理圓何者處有不有即是居無不無即是不取有無即是不捨有無斯則聖心能亡四句離諸現量可謂無知言偏理圓故云無知也今更依宗本義意以釋般若無知亦是一家美也論明般若無知者則權實二智平等大慧也今則以略攝廣言

約義豐但云般若則會二智矣故宗本云漚和般若者大慧之稱也何者若唯般若觀於實相而無權智涉有者則沉滯於空若唯權智涉有而無般若達空者則涉有之時染於塵累若能二智圓明者則真智觀真諦而不取空權智化物而不著有故論云智有窮幽之鑒而無知焉者此則真智照真不取於無也神有應會之用而無慮焉者此則權智涉俗不取於有也神無慮故獨王於世表智無知故能玄照於事外者此謂二智俱能照真則權中有實也智雖事外未始無事神雖世表終日域中矣者謂二智俱能照俗則實中有權也然則權實自在事理混融處有不取於塵居無不沉於寂真俗雙泯空有兩亡何實何權誰境誰智儻然靡據蕭散縱橫不取不捨可謂平等大慧故云般若無知也如起信論云所言覺義者謂心體離念離念相者等虛空界無所不徧法界一相即是如來平等法身依此法身說名本覺離念者即是此論之無知無知之真知即是本覺本覺即是佛一切智也無所不徧者即無所不知也夫一切境界只於一念心中一時頓知無有遺餘真俗並照不墮有無也故論云知即無知無知即知無以言異而異於聖心也知即無知即是真智徧知名一切智也無知即知即是無種不知名一切種智也聖心不殊以心無二故唯只一智但隨境照說有二也二既不二一亦非一若約天台即言直緣中道名一切智雙照二諦名一切種智又佛智照空如二乘所見名一切智照假如菩薩所見名

道種智佛智照中皆見實相名一切種智故言三智一心中得一心即般若無知之智也以心不屬有無常照中道即是自性有大智慧光明義徧照法界義眞實識知義故云斯則不知而自知矣即不假作意故不知也自性明照故而自知也以神解之性自然寂而常照不依他發起也故信心銘云虛明自照不勞心力又云若體自無取相之知故言無知不是前念起知至後念妄却知想然後名無知若然者則成無記之心何名般若無知耶蓋是無緣之智照無相之境眞境無相眞智無知境智冥一理無不盡鑒無不窮可謂佛智見性也又夫有取相之知則心有間礙不能垢淨同如有無一旨照空迷於辯有知俗乖乎了眞不能圓照萬法故云有所不知

也永嘉集云若以知知寂此非無緣知如手執如意非無如意手若以自知知亦非無緣知如手自作拳非無不拳手亦不知知寂亦不自知知不可爲無知自性了然故不同於木石手不執如意亦不自作拳不可爲無手以手安然故不同於兎角乃至今言知者不須知知但知而已則前不接滅後不引起前後斷續中間自孤當體不顧應時消滅知體旣已滅豁然如托空寂爾少時間唯覺無所得即覺無覺無覺之覺異乎木石觀和尚云此上無緣之知斯爲禪宗之妙以彼但顯無緣眞智以爲眞道若奪之者但顯本心不隨妄心未有智慧照了心原故須能所平等等不失照爲無知之知此知知於空寂無生如來藏性方爲妙耳然上依教方便雖分頓漸

不離一心如有偈云諸論各異端修行理無
二競執有是非違者無違諍

宗鏡録卷第三十六

音釋

嚋直由切曩也　瘴之亮切癘也　豻古閑切僞也　讒鋤咸切譖也
豺士皆切狼屬　虺許委切蝮蛇也　鴆直禁切毒鳥名　諠況袁切譁也
齅許救切鼻擥氣也　徇松閏切從也　餒奴罪切飢也　繢胡封切畫也
鍛丁貫切鍊也　曦許羈切日光也　岷眉巾切山名　觴式羊切盃觴泛觴也
篗王縛切收絲具也　嚬毗真切　韜土刀切藏也　渝羊朱切越也
瞽公戶切目但有眹也　恬徒兼切恬淡安靜也

宗鏡録卷第三十七

宋慧日永明妙圓正修智覺禪師延壽集

夫萬行教法總約心解者只如諸佛所說經教皆以名句文身詮表方成法義云何但明一心而已答今且先約古德機應合說質影雙明佛言自從光耀終至鶴林不說一字汝亦不聞此是佛密意說約本眞法體離言詮故不說一字即諸法寂滅相不可以言宣又但是佛不說心外一字法教體者護法云如來既實現身實說法者即通用說者聽者正兼聲名句文而爲教體教體通有漏無漏影像本質即是合宜聞者根性已熟遂感激如來識上有文義相生佛以慈悲本願緣力即爲衆生說三乘法所有聲名句文是正無漏本質教若是三乘五性衆生佛邊聽法不能親聞自變相分而緣所有聲名句文即取有漏無漏是影像兼教即以質教爲本能現影像故影像教爲末依質有故由此取本質教爲正教體影像教爲兼教體無性菩薩難云我宗但取衆生識上影像相分爲教體者即不違唯識汝護法若取佛本質聲名句文爲教體者即是心外有法何成唯識護法答唯識之宗約親相分衆生聽時變起相分而緣非取他質以爲自性然他本質即佛菩薩亦成唯識故不相違問何不唯取本質爲正教體即休答緣衆生不能親聞無漏質故必資影像問若爾何不唯取影像爲教體是親聞故答雖即親聞必假本質是以唯識論云展轉增上力二識成決定言展轉增上力者即佛與衆生互爲增上緣言二識成決定者即

衆生根決定如來悲決定謂衆生根熟合聞法決定如來即有悲決定決定與衆生說法爲增上緣故又諸師影質有無不同應須四句分別一唯質無影即小乘有部等二唯影無質即龍軍無性三俱句即護法親光四俱非即龍猛清辯謂彼計勝義門中不辯教體全撥菩提涅槃爲空故巳上約四句料簡門中質影雙通護法爲勝然若約名句文身解釋詮表皆是意言分別凡有詮量不出心識乃至能說所說並屬見聞覺知心含善惡諸心數等無有一法出於心外當知此心諸法之都顯事合理心可軌持故稱曰經豈止於心乃至一切六塵悉皆是經以心徧一切處故如法華玄義云歷法明經者若以經爲正翻何法是經舊用三種一用聲爲經如佛在金口演說但有聲音詮辯聽者得道故以聲爲經大品云從善知識所聞也二用色爲經若佛在世可以聲爲經今佛去世紙墨傳持應用色爲經大品云從經卷中聞三用法爲經故云修我法者證乃自知又塵爲經若於此土耳識利者能於聲塵分別取悟則聲是其經於餘非經若意識利者自能研心思惟取決法是其經於餘非經眼識利者文字詮量而得道理色是其經於餘非經此方用三塵而巳餘三識鈍鼻齅紙墨則無所知身觸經卷亦不能解舌噉文字寧別是非若他土亦用六塵六徧用一塵如淨名曰以一食施一切於食等者於法亦等於法等於食亦等此即偏用舌根所對爲經或有國土以天衣觸身即得道此偏用觸爲經或見佛光明得

道此偏用色爲經或寂滅無言觀心得道此偏用意爲經如衆香土以香爲佛事此偏用香爲經他方六根識利六塵得爲經此土三根識鈍鼻不及驢狗鹿等云何於香味觸等能得通達問根利故於塵是經鈍者塵則非經耶答六塵是法界體自是經非根利取方乃是經何者大品云一切法趣色是趣不過此色能詮一切法如墨黑色一劃詮一二劃詮二三劃詮三竪一劃則詮王足右劃則詮丑足左劃則詮田出上詮由出下詮申如是廻轉詮不可盡或一字詮無量法無量字共詮一法無量字詮無量法一字詮一法於黑墨小小廻轉詮量大異左廻詮惡右廻詮善上點詮無漏下點詮有漏殺活與奪毀譽苦樂皆在墨中更無一法出此墨外略而言之黑墨詮無量教無量行無量理黑墨亦是教本行本理本黑墨從初一點至無量點從點至字從字至句從句至偈從偈至卷從卷至部又從一字句中初立小行後著大行又從點字中初見淺理後到深理是名黑色教行義三種微發乃至當知黑字是諸法本青黃赤白亦復如是非字非非字雙照字非字不可說非不可說不可見非不可見何所簡擇何所不簡擇何所攝何所不攝何所弃何所不棄是則俱是非則悉非能於黑色通達一切非於一切非通達一切是通達一切非非非是一切法邪一切法正若於黑色不如是解則不知字與非字青黃赤白有對無對皆不能知若於黑色通達知餘色亦如是此即法華經意以色爲經也聲塵亦如是或一聲

詮一法耳根利者即解聲愛見因縁即空即假即中知脣舌牙齒皆不可得聲即非聲非聲亦聲非聲非非聲聲爲教行義本種種等義皆如上說是即通達聲經香味觸等亦復如是經云一切世間治生産業皆與實相不相違背即此意也外入皆經周徧法界内入亦如是内外入亦如是經云非内觀得解脱亦不離内觀得解脱等又云能觀心性名爲上定心是體夫有心者皆當得三菩提心是宗制心一處無事不辦心是用三界無別法唯是一心作覺觀心是語本以心分別於心證心是教相故云華香雲樹即法界之法門刹土衆生本十身之正體故華嚴經云知一切法是正思惟藏○問若心外無法唯聽無說者云何佛言我巳所說法如手中葉又佛皆自說我成佛來不說一字等答古釋云林中葉喻據爲其縁令諸有情識變法解名我巳說如手中葉未爲作縁衆生自心未起法解名我未說如林中葉約爲增上名說未說又唯識鏡問云此中既云佛皆自說何故乃言佛不說法豈非自語相違過耶答此亦是可聞者自識變生佛實不說但爲增上也衆生識上變此言故故引爲證○問但了一心能成深觀者若無位次皂白何分須合教乗以袪訛濫教觀雙辯方契佛心答誠如所言闕一不可圓教觀心須明六即以三觀故免數他寶以六即故無增上心然心非數量豈有四六之文理合幽玄誰分淺深之位但爲證入有異俄分四教之門昇進亦殊故列六即之位此出台教止觀正文簡慢濫於初心

證究竟於後位止觀云約六即顯是者問爲初心是後心是答如論云焦炷非初不離初非後不離後若智信具足聞一念即是信故不謗智故不懼初後皆是若無信高推聖境非已智分若無智起增上慢謂已均佛初後俱非爲此事故須知六即謂理即名字即觀行即相似即分真即究竟即此六即者始凡終聖始凡故除疑怯終聖故除慢大理即者一念心即如來藏理如故即空藏故即假理故即中三智一心中具不可思議三諦一諦非三非一一色一香一切法一切心亦復如是名爲理即菩提亦是理即止觀即寂名止即照名觀名字即者理雖即是日用不知以未聞三諦全不識佛法如牛羊眼不解方隅或從知識或從經卷聞上所説一實菩提於名字中通達解了知一切法皆是佛法是爲名字即菩提亦是名字止觀若未聞時處處馳求既得聞已攀覓心息名止但信法性不信其諸名爲觀觀行即者若但聞名口説如蟲食木偶得成字是蟲不知是字非字既不通達寧是菩提必須心觀明了理慧相應所行如所言所言如所行華首云言説多不行我不以言説但心行菩提此心口相應是觀行菩提釋論云四句評聞慧具足如眼得日照了無僻觀行亦如是雖未契理觀心不息如首楞嚴中射的喻是名觀行菩提亦名觀行止觀恒作此想名觀餘想息名止相似即菩提者以其逾觀逾明逾止逾寂如射鄰的名相似觀慧一切世間治生産業不相違背所有思想籌量皆是先佛經中所説如六根

清淨中説圓伏無明名止似中慧名觀分眞即者因相似觀力入銅輪位初破無明見佛性開寶藏顯眞如名發心住乃至等覺無明微薄智慧轉著如從初月至十四日月光垂圓闇垂盡若人應以佛身得度者即八相成道應以九法界身得度者以普門示現如經廣説是名分眞菩提亦名分眞止觀分眞智斷究竟即菩提者等覺一轉入于妙覺智光圓滿不復可增名菩提果大涅槃斷更無可斷名果果等覺不通唯佛能通過荼無道可説故名究竟菩提亦名究竟止觀古德約四教明六即者若藏教執色爲有施拙度破析之因成但空灰斷之果通教執色心是空了縁生無性之宗失中道不空之理別教從心生十法界心但有能生十界之理性未即便具十界之因果如從地生一切草木但從一心次第生十界也圓教心具十法界不待能所生亦無前後際只一念是十界只十界是一念一切時一切處一切法念念中體常圓滿塵沙萬德不欠少一分八萬惑業不除斷一分不謂佛是果頭極聖我未證得不謂凡是底下穢濁我應捨離總覽法界在一念心頭如一圓珠瑩徹明白圓解更無覺觀進修亦不見有凡聖取捨分別妄念悉盡也以初圓信人未得純淨煩惱有厚薄習氣有淺深分別難忘攀縁易起心浮觀淺惑重境強於對治之中故分六即是以凡夫心性本體實齊上聖但凡夫未能常用本隨境生心分別計校千差萬別雖在人道心多不定或發地獄心或發餓鬼畜生心何況人天善道何況

三乘聖道無始妄習何能頓遣雖有見解未能常照故是凡也若生死即涅槃煩惱即菩提是理即若能暫照諦理即坐佛座證佛身用佛法當此一念圓現時不見十方佛異我此身此念也解而未修是名字即念有分數名觀行即念以於境名相似即境入於念名分眞即無境無念名究竟即雖六常一何凡何聖雖一常六凡聖天絶又六而常一故言即一而常六故初後不齊當觀念時非一非六又譬如不離貧女家得金即也貧女得金即富可喻衆生即佛取金有次第豈非六乎耘除草穢觀行伏惑也掘土近金似見物未分明豈非相似妝得一分豈非分眞盡得受用女人歡喜豈非究竟耶是以頓悟宗已復須言行相應既得本清淨又須離垢清淨如大集經偈云遠離一切諸煩惱清淨無垢猶眞實其心能作大光明是名寶炬陀羅尼又云若有不覺一切境界及自境界如是之人則能調伏○問如來無密語迦葉不覆藏則衆生心常自明現何須教觀開示廣論橫竪答只爲佛之知見蘊在衆生心雖然顯現而迷者不知以客塵所覆妄見所障雖有如無似世間寶藏爲物所覆莫有知者是以須的示其寶處令親得見遂獲其寶利濟無窮此亦如是因斯方便之門得見心寶遂以緣了資發親得現前智藏豐隆法財具足有玆勝利教跡非虛如大涅槃經云譬如大海雖同一鹹其中亦有上妙之水味同於乳喻如雪山雖復成就種種功德多生諸藥亦有毒草諸衆生身亦復如是雖有四大毒蛇之種其

中亦有妙藥大王所謂佛性非是作法但爲煩惱客塵所覆若剎利婆羅門毗舍首陀能斷除者即見佛性成無上道所以古德云開物性原者良以衆生性含智海識洞眞空但衣蔽明珠室埋祕藏要假開示令其悟入須憑觀慧以契無生今欲廣其義用須明横竪法門竪唯一心横徧一切心非横竪横竪是心隱顯同時卷舒無礙念念相即法法融通將竪約横則無横而不竪一一法皆至心原將横約竪則無竪而不横具一切句及一一句皆廣等法界所以義海云體無別異舉則全鋒理不殊途談皆頓顯良由二邊相盡差别體融隨智卷舒應機屈曲是故言起即起詮云路之不通舉多即多孰談法之無在故知立教皆爲對機機宜不同教分多種且如觀色一法五教證入不同初小乘見是實色不說性空初教見此色法從緣所成必無自性即空無所有如波歸水終教見色空無礙以眞空不守自性隨緣成色即是幻色遂賴空成即此賴空之色虛相無體恒自性盡而空現是故色即空而常泯空即色而常存要由自盡之色方是空色成色之空乃是眞空舉體互融無有障礙如水入波頓教一色法無非眞理所收是故此色即眞理一味等更無別法而可說如水波雙絶圓教起即全收一多互攝同時成立一塊圓明隨舉即色隨舉即空義味自在隨智取用何以故隨舉一門無不顯現古德云皆本一心而貫諸法夫一心者萬法之總也分而爲戒定慧開而爲六度散而爲萬行萬行未嘗非一心一心未

嘗違萬行然則一心者萬法之所生而不屬於萬法得之者則於法自在矣見之者則於教無礙矣本非法不可以法説本非教不可以教傳豈可以軌跡而尋哉故知但研精一法内照分明自然柔輭入神順法界之性無心合道履一際之門所以大智度論云以人心多散如狂如賊如醉一心敬慎是諸功德初門攝心得禪便得實智慧得實智慧便得解脱得解脱便得盡苦如是等事皆從一心得華嚴私記云無縛無著迴向者只了一切皆如故所以無縛著耳知一切皆無縛脱一法既爾一切法皆然所以一切法即一法一法即一切法若一切法皆無性即是分身佛集寶塔出現須彌入芥耳如是洞達一解千從則知佛向無所有中出生法於畢竟空中建立以無生無性故迴轉由心遂得集散同時大小即入所以森羅義趣報化影像乃至無量德業廣大神通於宗鏡中一時顯現且如龍蜃等類全是業果生死之身尚現不思議之力用何況悟根本心具如實智而不能現廣大之神用乎如華嚴經云佛子如羅睺阿脩羅王本身長七百由旬化形長十六萬八千由旬於大海中出其半身與須彌山而正齊等佛子彼阿脩羅王雖化其身長十六萬八千由旬然亦不壞本身之相諸蘊界處悉皆如本心不錯亂不於變化身而作他想於其本身生非巳想本受生身恒受諸樂化身常現種種自在神通威力佛子阿脩羅王有貪恚癡具足憍慢尚能如是變現其身何況菩薩摩訶薩能深了達心法如幻一切世

間皆悉如夢一切諸佛出興於世皆如影像一切世界猶如變化言語音聲悉皆如響見如實法以如實法而爲其身知一切法本性清淨了知身心無有實體其身普住無量境界以佛智慧廣大光明淨修一切菩提之行乃至如有幻師隨於一處作諸幻術不以幻地故壞於本地不以幻日故壞於本日菩薩摩訶薩亦復如是於無國土現有國土於有國土現無國土於有衆生現無衆生於無衆生現有衆生無色現色色現無色初不亂後後不亂初菩薩了知一切世法悉亦如是同於幻化知法幻故知智幻知智幻故知業幻知智幻業幻已起於幻智觀一切業如世幻者不於處外而現其幻亦不於幻外而有其處菩薩摩訶薩亦復如是不於虛空外入世間亦不於世間外入虛空何以故虛空世間無差別故住於世間亦住虛空菩薩摩訶薩於虛空中能見能修一切世間種種差別妙莊嚴業於一念頃悉能了知無數世界若成若壞亦知諸劫相續次第能於一念現無數劫亦不令其一念廣大菩薩摩訶薩得不思議解脫幻智到於彼岸住於幻際入世幻數思惟諸法悉皆如幻不違幻世盡於幻智了知三世與幻無別決定通達心無邊際如諸如來住如幻智其心平等菩薩摩訶薩亦復如是知諸世間皆悉如幻於一切處皆無所著無有我所如彼幻師作諸幻事雖不與彼幻事同住而於幻事亦無迷惑菩薩摩訶薩亦復如是知一切法到於彼岸心不計我能入於法亦不於法而有錯亂○問只如自心

如何觀耶答性該始終之際體非起盡之緣體徧迷悟之中性非解惑之事又云夫心原本淨無爲無數非一非二無色無相非徧非圓雖復覺知亦無覺知若念未念四運檢心畢竟叵得豈可次第不次第偏圓觀耶猶如虚空等無有異此之心性畢竟無心有因緣時亦得明心既有論心即有方便正觀之義譬如虚空亦有陰陽時雨心亦如是雖無偏圓亦論漸頓若觀心具有性得三諦性得三觀及一切法無前無後無有次第一念具足十法界法若觀心非空非有則一切從心生法亦非空非有如是等一切諸法在一心中當知觀此心原與如來等若作如此圓觀其人行住坐卧皆應起塔生如來心如此觀心名觀佛心也輔行記云心造即是心具故引心造之文以證心具華嚴經偈云心如工畫師造種種五陰一切世界中無法而不造如心佛亦爾如佛衆生然心佛及衆生是三無差别若人欲求知三世一切佛應當如是觀心造諸如來不解今文如何消偈心造一切三無差别言心造者不出二意一者約理造即是具二者約事不出三世三世又三一者過造於現過現造當如無始來及以現在乃至造於盡未來際一切諸業不出十界百界千如三千世間二者現造於現即是現在同業所感遂境心變名之爲造以心有故一切皆有以心空故一切皆空如世一官所見不同是畏是愛是親是怨三者聖人變化所造亦令衆生變心所見並由理具方有事用今欲修觀但觀理具俱破俱立俱是法界任運

攝得權實所現又問此不思議亦約次第以釋十法界與思議何別答其實無別思議乃作從心生說不思議作一心具說若能如上信解福德無量佛親比校萬行難偕如法華經偈云若人求佛慧於八十萬億那由他劫數行五波羅蜜於是諸劫中布施供養佛及緣覺弟子并諸菩薩衆珍異之飲食上服與卧具栴檀立精舍以園林莊嚴如是等布施種種皆微妙盡此諸劫數以迴向佛道若復持禁戒清淨無缺漏求於無上道諸佛之所歎若復行忍辱住於調柔地設衆惡來加其心不傾動諸有得法者懷於增上慢爲此所輕惱如是亦能忍若復勤精進志念常堅固於無量億劫一心不懈息又於無數劫住於空閑處若坐若經行除睡常攝心以是因緣故能生諸禪定八十億萬劫安住心不亂持此一心福願求無上道我得一切智盡諸禪定際是人於百千萬億劫數中行此諸功德如上之所說有善男女等聞我說壽命乃至一念信其福過於彼文句疏釋云一念信解者謂隨所聞處豁爾開明隨語而入無有罣礙信一切法皆是佛法又信佛法不隔一切法不得佛法不得一切法而見一切法亦見佛法即一而三即三而一亦是行於非道通達佛道行於佛道通達一切道不得佛道一切道而通達佛道一切道無所有而有而有無所有非所有非無所有如門前路通達一切東西南北劃無壅礙眼耳鼻舌身意凡有所對悉亦如是無疑曰信明了曰解是爲一念信解心也此一念信解心心同佛心信齊

佛信入眞實般若之性到究竟解脫之原所以無量無數劫中修五波羅蜜之功德校量信解宗鏡一念之功萬不及一故云不識玄旨徒勞念靜是以先悟宗鏡然後圓修理行無差方爲契當○問如上觀心如何是所入能入之門答能所之入唯是一心約智而論假分能所所入即所證一心之理能入即能觀一心之智又理是心之體智是心之用猶如日光還照日體以此心光復照心體則二而不二體用冥一不二而二能所似分今約先德依華嚴宗立所入能入二門先明所入者統唯一眞法界謂寂寥虛曠沖深包博總該萬有即是一心體絶有無相非生滅迷之則生死無窮解之則廓然大悟爲總開示不知以何名目強分理事二門而理事渾融無有障礙一事法界二理法界略有二門一性淨門在纏不染性恒清淨雖徧一切不同一切如濕之性徧於動靜凝流不易淨穢恒如二離垢門由對治障盡隨位淺深體雖湛然隨緣有異三事理無障礙法界亦有二門一相即無礙門一心法界含眞如生滅二門互相交徹不壞性相其猶攝水之波非靜攝波之水非動二形奪無寄門謂無事非理故事非事也無理非事故理非理也四雙融俱離性相渾然而有十門一由離相故事壞而即理二由離性故理泯而即事三由離相不壞相故事即理而事在以非事爲事四由離性不泯性故理即事而理在以非理爲理五由離相不異離性故事理雙奪迥超言念六由不壞不異不泯故有初事理二界俱存爛然

可見七由不壞不泯不異離相離性故爲一事理無礙法界使超視聽之妙法無不恒通見聞絶思議之深義未甞礙於言念八由以理融事令無分劑如理之徧一入一切如理之包一切入一故緣起之法一一各攝法界無盡九由因果法各全攝故令普賢身中佛佛無盡佛毛孔内菩薩重重十因果法界差別之法無不恒攝法界無遺故隨一一門一一位各攝重重故廣刹大身輕塵毛孔皆無盡相以其後一總融前九爲渾融門夫法界者即一心之總名萬行之歸趣如華嚴論云從信住行迴向十地十一地及佛果總以法界爲果體文殊爲法界理普賢爲法界智理智妙用爲一佛門以此一門爲化羣蒙分爲二法若也逐根隨俗法門無盡若論實理不

離無法界之中一法一多無礙名爲普賢始接童蒙達無性理中妙簡正邪入無生慧名號文殊亦名童子菩薩能同苦際興行利生治佛家法名爲普賢二人恭體名之爲佛本來自在名爲法界從初徹後總此法界爲體更無別法此品爲一切諸佛因果之大都亦是衆聖賢所行之大路無出此也亦是自心一切智王之所遊觀之大宅也亦是一切衆生之所依故名法界二能入門有二一果海離於説相二因門可寄言説今且略明無分別智證理法界以爲五門一能所歷然謂以無分別智證無差別理如日合空雖不可分而日非空空非日光二能所無二以知一切法即心自性以即體之智還照心體舉一全收舉理收智智非理外舉智收理智體即寂

如一明珠珠自有光光還照珠三能所俱泯由智即理故智非智以全同理無自體故由理即智故理非理以全同智無自立故如波即水動相便虛如水即波靜相亦隱動靜兩亡性相齊離四存泯無礙離相離性則能所雙泯不壞性相能所歷然如波與水雖動靜兩亡不壞波濕五舉一全收上列四門欲彰義異理既融攝曾無二原如海一滴具百川味又所入境者即不思議解脫境界何名不思議心言罔及故何法不思議即解脫境界解脫有二一作用解脫作用自在脫拘礙故二離障解脫具足二智脫二障故二障者即煩惱所知二障煩惱障事所知障理一切衆生不證眞心皆爲二障所纏由内離障外用無羈二義相成總名解脫境界有二一分劑境如國疆域各有分劑佛及普賢德用分劑無能及故二所知境界事理無邊唯佛普賢方究盡故由證所知無邊之境故成德用無有邊涯二亦相成總爲境界此二不二故不思議又能入者即普賢行願又人與法俱稱普義若約人即普賢若約法即普法所言入者能所契合泯絶無寄一入全眞方爲眞入又不入而入以智體即如如外無法而可攀緣故無可入心行處滅寂然無入不失照用故恒以一如而觀諸法故名而入此二無礙方爲眞入又佛境入無所入有三一約一切衆生即如來藏更何所入翻迷之悟故云證入二約理非即非異故云入無所入三約心境心冥眞境故説爲入若有所入境智未亡豈得稱入實無所入方名眞入又入不入二

義上約縁起相由門今法性融通門者即性之一字夫法性融通要不壞相而即真性入則壞縁起者無可相入不入則壞性者則性不偏一切法故由不壞性相方是法性融通義也二又要由不入方能入耳者亦通二門唯就相說若約縁起門要由諸縁歷然不入方得相資徧相入耳若約法性融通門者要由事相歷然方隨理融入一切法故說若唯約理無可即入若雙約性相上第一義相即不入性即能入若獨相獨性俱不能入要二相融方能入又若約體空則無來無入若唯約性無可即入若約相不壞如本無差者或唯約事不能即入以性融相故得互入是顯正入義謂不異理之一事全攝法性時令彼不異理之多事隨所依理皆於一中現等一事攝理既爾多事攝理亦然則一事隨所依理皆於多中現故得互入是法性融通門以此一門能入萬法故法華疏云以實相入真決了聲聞法是諸經之王實相入俗一切治生產業皆與實相不相違背實相入中諸法無非佛法若入此三觀即是入一切法以諸法不出三諦故○問十住菩薩證入之時唯一真如無有境界云何復說分劑二種境界答此是不思議境界非同情執或存或泯或總合或俱離不出一心而論舒卷若存非立心外之法是存其全理之事若泯非壞全事之理是泯其體外之見則不礙心境而一味不壞一味而心境故華嚴經頌云如來甚深境其量等虛空一切衆生入而實無所入○問若正觀成時以有心成以無心成答夫入

此宗不可以有無求不可以能所辯若以有念析歸無念此念還成有若以無心作空無會者即成斷滅皆落意地不出見知又若逆之則不合事理若順之又成能所只可以妙會不可以事求所以華嚴會意云並須除念會意無間相續順法修行若動念起心即入魔網以法不動念故順法即念除我見是妄心違法故生死是知法無動念不可以有念求又非無念不可以無心得應可玄會取其意耳如說有不有無不無等但動心即寂是彼法故名順法也若以心順於法即有能所非順法也故維摩經云法離一切觀行肇師云法本無相非觀行之所能見見之者其唯無觀乎如赤水求於玄珠罔象而得之故云藏於身不藏於川在於心不在乎水故莊子云黃帝遊於赤水之北登崑崙之丘南望遺其玄珠使智索之而不得使離婁索之而不得乃因罔象得之黃帝曰異哉罔象乃可得之夫真不可以定求故無心以得之如弄珠吟云罔象無心却得珠能見能聞是虛偽然雖不落見聞又非無知覺如融大師信心銘云惺惺了知見網轉彌寂寂無見闇室不移惺惺無妄寂寂寥亮寶印真宗森羅一相所以無念者即念而無念以念無自性緣起即空又緣起者皆是真性中緣起豈屬有無乃至即生無生即滅無滅亦復如是故寶藏論云若言其生無狀無形若言其滅今古常靈又云是以斬首灰形其無以損生金丹玉屑其無以養生故真生不滅真滅不生可謂常滅可謂常生其有愛生惡滅者斯不悟常滅

愛滅惡生者斯不悟常生永嘉集云故知妙道無形萬像不乖其致真如寂滅衆響靡異其原迷之則見倒惑生悟之則順違無地間寂非有緣會而能生峩巍非無緣散而能滅滅既非滅以何滅滅生既非生以何生生滅既虚實相常住矣華嚴䟽云生之無生真性湛然無生之生業果宛然是知若即念存有念即是常見離生求無生即是斷見皆不達實相無生無滅之理若正了無生則無生無不生豈定執有生無生之二見乎所以云誰無念誰無生若實無生無不生喚取機關木人問求佛施功早晚成若以息念歸無念如同寒木死灰與木人何别豈有成佛之期耶斯乃尚未知即念而無念寧知一念頓圓乎如有問言夫妙行者統唯無念今見善見惡願離願成疲役身心豈當爲道答若斯見者離念求於無念尚未得於真無念也況念無念之無礙耶又無念但是行之一也豈成一念頓圓此一念頓圓之旨非意解所知唯忘情可以契會如悟玄序云夫玄道者不可以設功得聖智者不可以有心知真諦者不可以存我會至功者不可以營事爲忘言者可以道合虚懷者可以理通冥心者可以真一遺智者可以聖同雖云道合無心於合合者合焉雖云聖同不求於同同者同焉無心於合則無合無散不求於同則無異無同超非於百非之外非所不能非焉忘是於萬是之前是所不能是焉是所不能是則無是矣非所不能非則無非矣無異無同則怨親不二無非無是則毀讚常一是以忘言者捨筌

罤也虚懷者離取著也冥心者不已見也遺智者泯能證也若運心合道則背道若起念求同則失同若爲是所是則没是若爲非所非則沉非以要言之但得直下無心則同異俱空是非咸泯斯泯亦泯兹空亦空此猶寄言因跡對待若得絶待頓悟一心唯契相應不俟更説

宗鏡録卷第三十七

音釋

鸖下各切與鶴同 劃胡麥切筆畫也 祛去魚切攘却也 籌直由切筭也

輭而兖切柔也 爛郎肝切爤爛也 閴苦臭切寂靜也 嶷魚力切山貌

宗鏡録卷第三十八

宋慧日永明妙圓正修智覺禪師延壽集

夫初後之位不離本覺能所之化唯是一心若悟本稱覺則本不可得若不可得行位徒施得與不得其旨如何答得而不得始本之覺無差不得而得妙證之時玄會如金剛三昧經云佛言善男子五位一覺從本利入若化衆生從其本處舍利弗言云何從其本處佛言本來無本處於無處本際入實發菩提而當成聖道何以故善男子如手執彼空不得非不得論釋云舉疑發起云若本處應得入若得入非無本處爲遣是疑故引喻釋手執彼空者手執喻能入之行處空喻所入之本不得者虛空無形可握故非不得者握内不無虛空故本利亦爾本來無本處性故不可得無本之本不無故非不可得也斯則悟本稱得非向外求若有所求即是失本又若有所得不得菩提以無得故出生菩提故又無得之法非在得外要求一切法方盡無得之原如發菩提心論云於無法中說諸法相於無得中說有得法如是之事諸佛境界然雖求一切法以了無得故即無所依無所求中吾故求之耳故大寶積經云佛問文殊依何正修行文殊曰正修行者爲無所依釋曰凡有言教所詮並證一心之義若心外見法是邪修行則有所依故若正修行不依一物所依既寂能依亦亡能所俱空邪正雙泯即正修行矣無生義云經言法離眼耳鼻舌身意是故六根不能取故言學者無取大智度論言譬如蚨蛛蟲處處能集唯不能集火中

衆生意識亦復如是凡是可聞見法悉皆能緣而不能緣般若故知般若性離意不能取又能取之人性復自空故不能取若以眼取如經言眼性復空若以耳取耳性又空若以手取手性又空若以意取意性又空人與法共是一如如不能取得如也空不能取得空即是學者無取故言無得又一念心起有二種覺一約有心者察一念纔起後念不續即不成過所以禪門中云不怕念起唯慮覺遲又云瞥起是病不續是藥以心生即是罪生時故是以初心攝念爲先是入道之階漸如諸經要集云攝心一處便是功德叢林散慮片時即名煩惱羅刹所以曇光釋子降猛虎於膝前螺髻仙人宿巢禽於頂上乃至森羅不能自觸要須因倚諸根内想感發何以知然今有心感於内事發於外或緣於外起染於内故知内外相資表裏遞用君臣心識不可備捨故經云心王若正則六臣不邪識意惛沉則其主不明今悔六臣當各慚愧制禦六根不令馳散也法句經心意品云昔佛在世時有一道人在河邊樹下學道十二年中貪想不除走心散意但念云欲目色耳聲鼻香口味身受心法身靜意遊曾無寧息十二年中不能得道佛知可度化作沙門往至其所樹下共宿須臾月明有龜從河中出來至樹下復有水狗飢行求食與龜相逢便欲噉龜龜縮其頭尾及其四脚藏於甲中不能得噉水狗小遠復出頭足行步如故不能柰何遂便得脱於是道人問化沙門此龜有護命之鎧水狗不能得其便化沙門答言吾念世

人不如此龜不知無常放恣六情外魔得便形壞神去生死無端輪轉五道苦惱百千皆意所造宜自勉勵求滅度安於是化沙門即說偈言藏六如龜防意如城慧與魔戰勝則無患是以意地若息則六趣俱閑一切境魔不能爲便如龜藏六善護其命起信論云若後念覺知前念此雖名覺猶爲不覺故約有心說以是初行凡夫故二約無心者知初起時即無初相不待後念更滅以正生一念之時畢竟不可得故如五十校計經云菩薩問佛言罪生復滅何以故我了不見佛問諸菩薩汝曹心寧轉不諸菩薩報佛言我心轉生設我心不轉生亦不能與佛共語佛問諸菩薩言若心生時寧還自覺心生不諸菩薩言我但識見因緣時不覺初起生時佛言如汝所說尚不能知心初生時何能無罪故知不察最初一念因成之假寧免後念相續成事之過乎以一切生死煩惱皆因不覺故若智爲先導咎何由生又若了心外無法則情想不生不用加功直入不思議地如清涼鈔云經明十地法體心言路絕釋不思議謂言語道斷心行處滅據法望情名不思議以其法外本無情故其義云何情相之興原由妄想妄想故便有相生以依相故復起心想隨名取實即是覺觀依此覺觀便起言說依言說已復起妄心想取所說法此即言語以之爲道心以爲行於是相想熾然不息今契法實滅除妄想相即不生相不生故立名心滅名心滅故名即不生名不生故覺觀不起覺不起故言說隨亡言說亡故不復依言取於所

說不取說故言語道斷心行處滅心行滅故名不思議以法出情心言不及故不思議是知妄想心亡境界緣滅如灸病得穴求斷病原可謂覺寶之良醫矣○問諸法所生唯心所現者若從心現即自性癡若執緣生即他性癡若心緣和合而生即共性癡若非心非緣而生即無因癡如何通明免墮四執答若論四性實智於自相門中俱不可說若以四悉檀智於共相門中亦可得說如止觀問心起必託緣爲心具三千法爲緣具爲共具爲離具若心具者心起不用緣若緣具者緣具不關心若共具者未共各無共時安有若離具者既離心離緣那忽心具四句尚不可得云何具三千法耶答地人云一切解惑眞妄依持法性法性持眞妄眞妄依法性也攝大乘論云法性不爲惑所染不爲眞所淨故法性非依持言依持者阿賴耶是也無没無明盛持一切種子若從地師則心具一切法若從攝師則緣具一切法此兩師各據一邊若法性生一切法者法性非心非緣非心故而心生一切法者非緣故亦應緣生一切法何得獨言法性是眞妄依持耶若言法性非依持賴耶是依持離法性外別有賴耶依持則不關法性若法性不離賴耶賴耶依持即是法性依持何得獨言賴耶是依持又違經經言非内非外亦非中間亦不常自有又違龍樹龍樹云諸法不自生亦不從他生不共不無因更就譬檢爲當依心故有夢依眠故有夢眠法合心故有夢離心離眠故有夢若依心有夢者不眠應有夢若依眠有夢者死人

如眠應有夢若眠心兩合而有夢者眠人那有不夢時又眠心各有夢合可有夢各既無夢合不應有若離心離眠而有夢者虚空離二應常有夢四句求夢尚不得云何於眠夢見一切事心喻法性夢喻賴耶云何偏據法性賴耶生一切法當知四句求心不可得求三千法亦不可得既横從四句生三千法不可得者應從一念心滅生三千法耶心滅尚不能生一法云何能生三千法耶若從心亦滅亦不滅生三千法者亦滅亦不滅其性相違猶如水火二俱不立云何能生三千法耶若謂心非滅非不滅生三千法者非滅非不滅非能非所云何能生三千法耶亦縱亦横求三千法亦不可得非縱非横求三千法亦不可得言語道斷心行處滅故名不可思議境大涅槃經云生生不可説生不生不可説不生生不可説不生不生不可説即此義也當知第一義中一法不可得況三千法世諦中一心尚具無量法況三千耶如佛告德女無明内有不不也外有不不也内外有不不也非内非外有不不也佛言如是而有大涅槃經云有因緣故亦可得説謂四悉檀因緣也雖四句冥寂慈悲憐愍於無名相中假名相説或作世界説心具一切法聞者歡喜如言三界無別法唯是一心造即其文也或説緣生一切法聞者歡喜如言五欲令人墮惡道善知識者是大因緣所謂化道令得見佛即其文也或言因緣共生一切法聞者歡喜如偈言水銀和真金能塗諸色像功德和法身應現處處往即其文也或言離生一切法

聞者歡喜如言十二因緣非佛作非天人脩羅作性自爾即其文也此四句即世界悉檀說心生三千一切法云何爲人悉檀如言佛法如海唯信能入信則道原功德母一切善法由之生汝但發三菩提心是則出家禁戒具足聞者生信即其文也或說緣生一切法如言若不值佛當於無量劫墮地獄苦以見佛故得無根信如從伊蘭出生栴檀聞者生信即其文也或說合生一切法如言心水澄清珠相自現慈善根力見如此事聞者生信即其文也或說離生一切法如言非內觀得是智慧乃至非內外觀得是智慧若有住著先尼梵志小信尚不可得況捨邪入正聞者生信即其文也是爲爲人悉檀四句說心生三千一切法也云何對治悉檀說心治一切法如言得一心者萬邪滅矣即其文也或說緣治一切惡如說得聞無上大慧明心定如地不可動即其文也或說因緣和合治一切惡如言一分從思生一分從師得即其文也或說離治一切惡我坐道場時不得一法空拳誑小兒誘度於一切即其文也是爲對治悉檀心破一切惡云何第一義悉檀心得見理如言心開意解豁然得道或說緣能見理如言須臾聞之即得究竟三菩提或說因緣和合得道駛馬見鞭影即得正路或說離能見理如言無所得即是得已是得無所得是名第一義四句見理何況心生三千法耶佛旨盡淨不在因緣共離即世諦是第一義諦也又四句俱皆可說說因亦是緣亦是共亦是離亦是若爲盲人說乳若貝若粖若雪若

䖵盲聞諸說即得解乳即世諦是第一義諦當知終日說終日不說終日不說終日說終日雙遮終日雙照即破即立即立即破經論皆爾天親龍樹内鑒泠然外適時宜各權所據而人師偏解學者苟執遂興矢石各保一邊大乖聖道也若得此意俱不可說俱可說若隨便宜者應言無明法法性生一切法如眠法法心則有一切夢事心與緣合則三種世間三千相性皆從心起一性雖少而不無無明雖多而不有何者指一爲多多非多指多爲一一非少故名此心爲不思議境也若解一心一切心一切心一心非一非一切乃至徧歷一切皆是不可思議境已上依台教所說今依華嚴無礙法界自性緣起說不思議境界者如華嚴入法界品中善財童子於毗盧遮那莊嚴藏大樓閣前五體投地暫時斂念思惟觀察以深信解大願力故入徧一切處智慧身平等門普現其身在於一切如來前一切菩薩前一切善知識前一切如來塔廟前一切如來形像前一切諸佛諸菩薩住處前一切法寶前一切聲聞辟支佛及其塔廟前一切聖衆福田前一切父母尊者前一切十方衆生前皆如上說尊重禮讃盡未來際無有休息等虚空無邊量故等法界無障礙故等實際徧一切故等如來無分別故猶如影隨智現故猶如夢從思起故猶如像示一切故猶如響緣所發故無有生遞興謝故無有性隨緣轉故又法定知一切諸報皆從業起一切諸果皆從因起一切諸業皆從習起一切佛興皆從信起一切化現諸供養

事皆悉從於決定解起一切化佛從敬心起一切佛法從善根起一切化身從方便起一切佛事從大願起一切菩薩所修諸行從迴向起一切法界廣大莊嚴從一切智境界而起離於斷見知迴向故離於常見知無生故離無因見知正因故離顛倒見知如實理故離自在見知不由他故離自他見知從緣起故離邊執見知法界無邊故離徃來見知如影像故離有無見知不生滅故離一切法見知空無生故知不自在故知願力出生故離一切相見入無相際故知一切法如種生芽故如印生文故知質如像故知聲如響故知境如夢故知業如幻故了世心現故了果因起故了報業集故了知一切諸功德法皆從菩薩善巧方便所流出故善財童子入如是智端心潔念於樓觀前舉體投地慇懃頂禮不思議善根流注身心清涼悅懌從地而起一心瞻仰目不暫捨合掌圍遶經無量帀作是念言此大樓閣是解空無相無願者之所住處是於一切法無分別者之所住處是了法界無差別者之所住處是知一切衆生不可得者之所住處是知一切法無生者之所住處是不著一切世間者之所住處是不著一切窟宅者之所住處是不樂一切聚落者之所住處是不依一切境界者之所住處是離一切想者之所住處是知一切法無自性者之所住處是斷一切分別業者之所住處是離一切想心意識者之所住處是不入不出一切道者之所住處是入一切甚深般若波羅蜜者之所住處是能以方便住普門法

界者之所住處是息滅一切煩惱火者之所住處是以增上慧除斷一切見愛慢者之所住處是出生一切諸禪解脫三昧通明而遊戲者之所住處是觀察一切菩薩三昧境界者之所住處是安住一切如來所者之所住處是以一劫入一切劫以一切劫入一劫而不壞其相者之所住處是以一剎入一切剎以一切剎入一剎而不壞其相者之所住處是以一法入一切法以一切法入一法而不壞其相者之所住處是以一衆生入一切衆生以一切衆生入一衆生而不壞其相者之所住處是以一佛入一切佛以一切佛入一佛而不壞其相者之所住處是於一念中而知一切三世者之所住處是於一念中往詣一切國土者之所住處乃至爾時善財童子恭敬右遶彌勒菩薩摩訶薩已而白之言唯願大聖開樓閣門令我得入時彌勒菩薩前詣樓閣彈指出聲其門即開命善財入善財心喜入已還閉見其樓閣廣博無量同於虛空乃至自見其身徧在一切諸樓閣中具見種種不可思議自在境界彌勒三生行菩薩行入相成道之事爾時彌勒菩薩摩訶薩即攝神力入樓閣中彈指作聲告善財言善男子起法性如是此是菩薩知諸法智因緣聚集所現之相如是自性如幻如夢如影如像悉不成就乃至譬如幻師作諸幻事無所從來無所至去雖無去來以幻力故分明可見彼莊嚴事亦復如是無所從來亦無所去雖無來去然以慣習不可思議幻智力故及由往昔大願力故如是顯現釋曰彈指出聲其

門即開者創發明處豁見性時名之爲開入已還閉者所悟如本非從新得故云還閉或云慈氏菩薩彈指出聲其門即開者明聲是震動啓發之義彈指者去塵之義塵亡執去法門自開善財入已其門還閉者以迷亡智現名之爲開智無内外中間無出無入無迷無證名爲還閉見其樓閣廣愽無量同於虚空者智境界也如是自性如幻如夢如影如像悉不成就者總上一切不思議無邊佛事境界以眞如之性法爾隨緣雖即隨緣法爾歸性以隨緣時似有顯現如看幻法不有而有猶觀夢境不見而見若水中之影非出非入似鏡裏之像不内不外以無性隨緣故理不成就以隨緣無性故事不成就若理事不成即一切法俱不成故云悉不成就但如是如是顯現如是如是證知了了分明還同宗鏡光光涉入影影相含如十玄門重重無盡十玄門者一同時具足相應門智儼師釋云此約相應無前後説此十玄門一一皆具十法同時具足一教義二理事三境智四行位五因果六依正七體用八人法九逆順十感應隨有一處即具此十法悉皆同時具足令且據因果同時若小乘説因果即轉因以成果因滅始果成若大乘因果亦得同時而不彰無盡如似舍緣以成舍因果同時成而不成餘物以因有親踈故所以成有盡也若一乘宗明因果同時者舉踈緣以入親是故如舍成時一切法界皆一時成也若有一法不成此舍亦不成如似初步若到一切步皆到若有一步非到者一切步皆非到也故經云

雖成等正覺不捨初發心所以一成一切成爲一際法門也二因陀羅網境界門此約譬說如帝釋殿上珠網一一珠中互現一切影像無盡一寶珠内千光萬色重重交映歷歷區分況此一心法界中一切人法境智重重涉入以眞如性畢竟無盡故重重復重重無盡復無盡也論云帝網有別者唯智能知非眼所見帝網者此網乃是衆寶絲縷所共合成其善住法堂縱廣四十由旬亦是衆寶所共合成其網一一絲孔之中皆有明珠其珠體瑩淨寶網交羅互相映現一一珠網之中皆有珠網全身及四十由旬寶殿各各全身於中互相顯現如珠及網所有影現其殿一一梁棟一一椽柱一一牆壁一一栱枓一一鏡像之中皆有全身殿網珠影重重互相映現故云如天帝網重重無盡今此法門亦復如是一一位中一一法中一一塵中一一境像中一一名字中及以九世十世一一互周法界並以眞俗二智互體交參周徧法界如法界品中云善財所叅始於文殊末至彌勒普賢五十二善知識其中比丘比丘尼優婆塞優婆夷童男童女仙人外道婆羅門長者居士天神地神夜神晝神國王王妃諸大菩薩等各各處大道場互爲主伴同說舍那境界若佛出世若不出世此法界法爾常住無有變異又如善財至彌勒佛所初登一閣入已見其閣中廣博無量同於虛空別有不可說樓閣布列其中一一亦等虛空一一閣中皆聞彌勒菩薩轉一生菩薩所有法門一一閣内境像之中會三世事無有前後彌勒是

當來成佛善財即始發心一念之間而能相會此乃依於法界智乘成佛非論前後以古印今以今通古融合無二又以一閣是總一智含其萬善多閣爲别體用重重自在無礙此是善財乘本不動智乘從凡入聖至此樓閣中與三世佛會同無二總别同異帝網之門一切衆生有能發心乘者亦復如是未見普賢起等虛空廣大心即聞普賢名字便見自身入普賢身觀普賢一一毛孔中皆有廣大刹土地水火風輪咸在其中於一念中舉不可説不可説步一步過不可説不可説佛刹如是念念經過不可説劫不能盡其一毛孔之邊際反觀自身一一毛孔普賢亦在其中一一毛孔悉同虛空不相障礙斯乃法爾之門恒眞法界行依理現用稱體周即是善

財常行普賢行滿如華嚴經十定品云佛子此菩薩摩訶薩有一蓮華其華廣大盡十方際以不可説葉不可説寶不可説香而爲莊嚴其不可説寶復各示現種種衆寶清淨妙好極善安住其華常放衆色光明普照十方一切世界無所障礙眞金爲網彌覆其上寶鐸徐揺出微妙音其音演暢一切智法此大蓮華具足如來清淨莊嚴一切善根之所生起吉祥爲表神力所現有十千阿僧祇清淨功德菩薩妙道之所成就一切智心之所流出十方佛影於中顯現世間瞻仰猶如佛塔衆生見者無不禮敬從能了幻正法所生一切世間不可爲喻菩薩摩訶薩於此華上結跏趺坐其身大小與華相稱一切諸佛神力所加令菩薩身一一毛孔各出百萬億那由

他不可說佛刹微塵數光明一一光明現百萬億那由他不可說佛刹微塵數摩尼寶皆名普光明藏種種色相以爲莊嚴無量功德之所成就衆寶及華以爲羅網彌覆其上散百千億那由他殊勝妙香無量色相種種莊嚴復現不思議寶莊嚴蓋以覆其上一一摩尼寶悉現百萬億那由他不可說佛刹微塵數樓閣一一樓閣現百萬億那由他不可說佛刹微塵數蓮華藏師子之座一一師子座現百萬億那由他不可說佛刹微塵數光明一一光明現百萬億那由他不可說佛刹微塵數色相一一色相現百萬億那由他不可說佛刹微塵數光明輪一一光明輪現百萬億那由他不可說佛刹微塵數毗盧遮那摩尼寶華一一華現百萬億那由他不可說佛刹微塵數臺一一臺現百萬億那由他不可說佛刹微塵數佛一一佛現百萬億那由他不可說佛刹微塵數神變一一神變淨百萬億那由他不可說佛刹微塵數衆生衆一一衆生衆中現百萬億那由他不可說佛刹微塵數諸佛自在一一自在雨百萬億那由他不可說佛刹微塵數佛法一一佛法有百萬億那由他不可說佛刹微塵數修多羅一一修多羅說百萬億那由他不可說佛刹微塵數法門一一法門有百萬億那由他不可說佛刹微塵數金剛智所入法輪差別言詞各別演說一一法輪成熟百萬億那由他不可說佛刹微塵數衆生界一一衆生界有百萬億那由他不可說佛刹微塵數衆生於佛法中而得調伏佛子菩薩摩訶薩住此三昧示

現如是神通境界無量變化悉知如幻而不染著夫蓮華者則表因果同時清淨無染況自性清淨心能起普賢無盡之因門圓滿舍那無作之果海理事交徹舒卷同時起盡隨緣而無染著又十定品云譬如有人爲鬼所持其身戰動不能自安鬼不現身令他身然菩薩摩訶薩住此三昧亦復如是自身入定他身起他身入定自身起佛子譬如死屍以呪力故而能起行隨所作事皆得成就屍之與呪雖各差別而能和合成就彼事菩薩摩訶薩住此三昧亦復如是同境入定異境起異境入定同境起佛子譬如比丘得心自在或以一身作多身或以多身作一身非一身歿多身生非多身歿一身生菩薩摩訶薩住此三昧亦復如是一身入定多身起多身入定一身起佛子譬如大地其味一種所生苗稼種種味別地雖無差別然味有殊異菩薩摩訶薩住此三昧亦復如是無所分別然有一種入定多種起多種入定一種起乃至譬如妙光大梵天王所住之宮名一切世間最勝清淨藏此大宮中普見三千大千世界諸四天下天宮龍宮夜叉宮乾闥婆宮阿脩羅宮迦樓羅宮緊那羅宮摩睺羅伽宮人間住處及三惡道須彌山等種種諸山大海江河陂澤泉原城邑聚落樹林衆寶如是一切種種莊嚴盡大輪圍所有邊際乃至空中微細遊塵莫不皆於梵宮顯現如於明鏡見其面像菩薩摩訶薩住此一切衆生差別身大三昧知種種刹見種種佛度種種衆證種種法成種種行滿種種解入種種三昧起種種神

通得種種智慧住種種刹那際又入法界品云爾時善財童子發是念已即詣喜目觀察衆生夜神所見彼夜神在於如來衆會道場坐蓮華藏師子之座入大勢力普喜幢解脫於其身上一一毛孔出無量種變化身雲隨其所應以妙言音而爲說法普攝無量一切衆生皆令歡喜而得利益乃至又出一切世界微塵數身雲普詣一切衆生之前念念中示普賢菩薩一切行願念念中示清淨大願充滿法界念念中示嚴淨一切世界海念念中示供養一切如來海念念中示入一切法門海念念中示入一切微塵數世界海念念中示於一切刹盡未來劫清淨修行一切智道念念中示入如來力念念中示入一切三世方便海念念中示往一切刹現種種神通變化念念中示諸菩薩一切行願令一切衆生住一切智如是所作恒無休息所以漩洑頌云時處帝網現重重一切智通無罣礙如上帝網之行無盡之宗若以緣起相由門則隱顯互興一多相入若以法性融通門則空有鎔融理事相即乃至一切自在神通之慧出入妙定之門皆不離無盡眞心致兹無礙須歸宗鏡法爾照明更以六相十玄該之歷然可見三秘密隱顯俱成門此約緣說是以如來於一念中八相成道不出刹那際以降生時即是成道時即是度人時即是入滅時何以故以一切法同時俱成故一成一切成所以稱秘密是故隱則一心無相顯則萬法標形性相同時空有無礙四微細相容安立門此就相說微細有二一所容微細以毛孔

稱性能容諸刹諸刹存相既不能徧是以所容微細也二能容微細以一塵一毛即能容故一切理事主伴一多染淨等皆從一心中齊現若諸門隱映互相顯發重重復重重成其無盡者即是帝網門中攝若諸門一時炳然齊現猶如束箭齊頭顯現不相妨礙者即是此微細門中攝如經明一微塵中見不可說差別淨穢國土又云無盡佛國不出一塵五十世隔法異成門此約三世說如是十世以緣起力故相即復相入而不失三世前後短長之相故云隔法一切教義理事等十法相即復相入而不失始終差別故名異成十世者三世遞相即入即成九世束爲一念一念即是平等世合前九爲十世如五指成拳不失五指十世一念不壞短長華嚴經頌云

無量無數劫解之即一念知念亦無念如是見世間無量諸國土一念悉超越經於無量劫不動於本處不可說諸劫即是須臾頃莫見短與脩究竟刹那法心住於世間世間住於心於此不妄起二非二分别又迴向品頌云有數無數一切劫菩薩了知即一念於此善入菩提行常勤修習不退轉六諸藏純雜具德門此約諸行說如似就一施門説者則一切萬法皆悉名施則是純而此施門即具諸度等萬行名雜如是純雜不相妨礙故名具德以純雜義緣毫不濫主伴互立能所相生具德圓融資攝無礙七一多相容不同門此約理說如是一多緣起皆是法界中實德法性海印力用故得如然非是方便緣修所成故隨湛寂則論一義隨智用則顯多門非

一非多恒不失體而多而一豈礙隨緣此大緣起陀羅尼法若無一即一切不成所言一者非自性一緣起成故乃至十者皆非自性十由緣成故是故一切緣起皆無自性隨去一緣即一切不成是故一中即具多者方名緣起一耳是以一中多多中一相容無礙仍不相是問一多義門爲一時圓具爲前後不同耶答即圓具即前後逆順同體德用自在問所明來去即入之義其相如何答自位不動而恒去來何以故去來不動即一物故但爲生智顯理故説去來等義問爲由智耶法如是耶答同時具足故以一入多多入一故名相容即體無前後而不失一多之相故曰不同又一與多互相生起且一依多起則一是所起而無力也多是能起故有力也以多有力能攝一以一無力入於多是故此一恒是多多依一起准上知之是則此多恒在一中也以俱有力及俱無力各不並故無彼不相在也以一有力一無力不相違故有此恒相在也緣起法界理數常爾如大涅槃經云爾時樹林其地狹小以佛神力如針鋒處皆有無量諸佛世尊及其眷屬等坐而食所食之物亦無差別入諸法相即自在門此約用説若帝網門即互映重現若微細門即一時審現若此相即門就三世間圓融無礙自在即入而成無盡如彌勒閣中現三世之事如上自在法門即是其法界緣起如理實德非是變化對緣方便故説也若是大乘宗所明者即言神力變化故大小得相入或云菩薩力故入又云不一故入不同此一乘實教所

説問若此宗明即入不論神力乃言自體常如此者斯則渾無疆界無終無始何緣得辯因果教義等十法耶答只以隨智差別故舉一爲主餘皆爲伴猶如帝網舉一孔爲首衆孔現中一孔既爾一切孔現亦如是又如諸方菩薩皆來證誠同其名號一切十方證誠皆亦如是所以成其無盡復無盡而不失因果先後次第而體無增減故經云一切衆生成佛佛界不增衆生界不減九唯心迴轉善成門此約心説一切義門無盡等諸理事並是如來藏性清淨眞心之所建立顯現無礙若善若惡若凡若聖隨心所轉世尊所説華嚴身徧七處九會乃至十方法界虚空界一切塵中毛道皆不離最初成道處經云雖復七處九會而不離寂滅道場又云不離菩提樹而昇忉利天此則萬境萬緣皆不出一眞心矣如迴向品頌云如是一切人中主隨其所有諸境界於一念中皆了悟而亦不捨菩提行又頌云一切諸佛刹佛子悉充徧平等共一心所作皆不空一切毛端處一時成正覺如是等大願無量無邊際虚空與衆生法界及涅槃世間佛出興佛智心境界問若一切染淨萬法皆由心成者如人先見障外有物别有人去物時心猶謂有爾時物實無何名由心成耶答若隨虚妄心中轉此障外物亦隨心之有無此亦心隨去物不失物而轉矣若論如來藏性眞實淨心説者此物不動本處體應十方性常不轉縱移到他方而常不動本處也又迷時境攝心悟時心攝境何者迷時但隨境轉境正心正境邪心邪著邪

正之緣成善惡之業若悟時知唯我心心有境有心空境空不定空有之緣豈成物我之別則非空非有能有能空一一皆自在轉也所以淨名經云天魔外道皆吾侍也此猶約對治教中為被物轉者方便言轉若直見心性之人既無所轉之物亦無能轉之智總上十玄門皆於此唯心迴轉門成就不出一心之義以平等心是一義差別心是多義以一心即一切心是相即義是同時相應義以一切心入一心是相入義以一心攝一切心是隱義以一切心資一心是顯義以不壞差別心而現平等心是多中一義以不隱平等心而現差別心是一中多義又微細心不礙廣大心廣大心不礙微細心是一多不同義以一實心是純差別心是雜差別心即一實心

雜恒純一實心即差別心純恒雜即諸藏純雜義以一心帶一切心還入一心是帝網義因心現境見境識心是託事顯法義長劫短劫延促時量皆從積念而成一心所現是十世義因一心正義演難思法門究竟指歸言亡慮絕即唯心迴轉義自心既爾彼心亦然涉入交羅重重無盡十託事顯法生解門此約智說以智觀照則萬法如鏡能生正解不起邪倒如經最初舉金色世界顯始起於實際之心所見法界中一切幢一切蓋等事皆顯無生智行如善財所見樓觀園林皆入法界如上十玄門自在無礙皆是緣起相由具有力無力有體無體即入相持似有顯現此宗鏡是法界大緣起門皆因即入二義得有諸門成就顯此一心無礙以體用二法成其

即入二義一據體有空不空皆同體故有相即義二約用則有有力無力互相交徹有力持無力故有相入義又以用收體更無別體故有相入以體收用入無別用故唯相即以體用無二故常相即入又體即是理用即是事無分是理分即是事分與無分皆無障礙各有四句先理四句一無分限以徧一切處故二非無分以一法中無不具故三具分無分謂分無分一味故以全體在一法而一切處恒滿故如觀一塵中見一切處法界故四俱非以自體絕待故事四句者一有分以隨自事相有分劑故二無分以全體得理故大品云色前後際不可得三具分無分二義無礙是故具此二義方是事故四俱非以一義融故以一切緣起不出理事以事故非一以理故非異於無差之性隨有差之相則性隨相異此是不異而異於有分之事隨無分之理則事隨理一此是不一而一不一而一方成其一不異而異方成其異又理事諸法由不異方得不一何者若異即妄有體不依眞立不依眞故即不有妄今有妄者由不異故得成不一以妄無自體故全依眞成明妄成故與眞不一如波依水由不異水遂得成波以成波故與濕不一又不一方成不異由有能依所依故交徹不異如有波故說波即濕由有濕故說水即波是故一異無性全體相收不壞大小之形而成即入之勢以理事各無性故互相成立以事無定體故長非長相短非短相既無長短即不用壞以即相無相故所以長劫即短劫短劫即長劫以無相即

相故大塵入小塵小塵入大塵以即故理同以入故事異以理即事故非異即是非一以事即理故非一即是非異由非一即非異故令此事法不離一處而全徧十方由非異即非一故全徧十方而不動一位一無性理自在義成微細相容無礙安立如上理事融通非一非異非有非無不墮邊邪方能悟入如理無分限總曰無邊事有分限故名有邊若依理成事理性全隱則無邊即邊若會事歸理事相全盡則邊即無邊今則不爾不失理而事現云無邊之邊不壞事而理顯云邊之無邊若定言一異非一非異非非一非非異等盡同戲論不契眞如三無性論云復次無戲論故名爲眞實無戲論者於相等離一異虛妄故乃至若眞如與相等異即有三過失一者此眞如則非相等實體二者修觀行則不依相等爲方便得通達眞如三者覺眞如已則應未達相等諸法不相關故也若眞如與相等是一亦有三過一者眞如既無差別相等亦應無差別二者若見相等即見眞如三者若見眞如不能清淨如見相等則無有聖人無得解脫無有涅槃世出世異是故由離一異等無戲論故無變異無變異故即是眞實性也是知非一非異非有非空此宗鏡奥旨自在圓融謂欲一則一欲異則異欲存即存欲泯便泯異不礙一泯不礙存方爲自在常一常異常存常泯名爲圓融又如弄珠鈴之者其珠不住空中不落地上不在手裏既不在三處亦不住一處不住空中即喻不住空觀不落地上即喻不住假觀不在手裏

即喻不住中觀既不住三亦不成一則非一非三而三而一斯爲妙矣若未偶斯旨所有見聞皆墮斷常不成玄妙若入宗鏡無往不眞昔所不知而今得知昔所不見如今得見如大涅槃經云於一心中則具足現五趣身所以者何以得如來大涅槃經之勢力故是則名爲昔所不得而今得之乃至於一念中徧知六趣衆生之心是名菩薩昔所不知而今得知

宗鏡録卷第三十八

音釋

握 於角切持也 蚨蛛 蚨蛛篇韻無考相承以太末二音呼之 秣 莫割切米骨也 鶻 胡谷切鳥名 椽 直攣切桷也 栱枓 拱斗二音 歿 莫勃切猶死也 陂 波爲切池也

宗鏡録卷第三十九

宋慧日永明妙圓正修智覺禪師延壽集

夫覺王明勑大教指歸末法比丘須於四念處修道其旨如何答此出大般涅槃經最後垂示總前教迹同此指歸以四念處即是宗鏡所明一切衆生身受心法如經云佛告阿難如汝所問佛涅槃後依何住者阿難依四念處嚴心而住觀身性相同於虛空名身念處觀受不在內外不住中間名受念處觀心但有名字名字性離名心念處觀法不得善法不得不善法名法念處阿難一切行者應當依此四念處住又云譬如國王安住巳界身心安樂若在他界則得衆苦一切衆生亦復如是若能自住於巳境界則得安樂若至他界則遇惡魔受諸苦惱自境界者謂四念處他境界者謂五欲也華手經云佛告跋陀婆羅於爾時世一切善人應作是念我等當自依四念處四念處者於聖法中一切諸法皆名念處何以故一切諸法常住自性無能壞故一切諸法皆名念處者故知即法是心即心是法皆同一性豈能壞乎若有二法則能相壞大寶積經偈云得無動處者常住於無處無動處者則自心境界此境界即無處所如金剛三昧經云心無邊際不見處所論釋云心無邊際者歸一心原心體周徧徧十方故無邊周三世故無際雖周三世而無古今之殊雖徧十方而無此彼之處故言不見處所大法炬陀羅尼經云夫念處者云何念義當知是念無有違諍隨順如法趣向平等遠離邪念無有移轉及諸别異唯是一心入

不動定若能如是名爲念義如天台智者廣述眞詮大小兼弘教觀雙辯末後唯説觀心論章意亦如是亦如祖師馬鳴菩薩廣釋經造論末後唯製一卷略論名大乘起信論云有摩訶衍能起大乘信根立心眞如心生滅二門總論一心別開體用若了此一心大旨即是起一切衆生大乘信根若未信者設經無量億劫廣大修行不入祖佛正宗皆是假名菩薩以此一論之要義總攝諸部之廣文以源攝流有何不盡亦是諸聖製作大意亦是宗鏡本懷乃諸佛所知群賢所證衆德所備萬行所弘妙義所詮究竟所趣此四念處破八顛倒一不淨中作淨想二苦中作樂想三無常中作常想四無我中作我想此是外道凡夫四倒又一淨中作不淨想二樂中作苦想三常中作無常想四我中作無我想此是二乘四倒共成八倒是以修四念處觀破八顛倒於中而般涅槃是十方諸佛出世本懷究竟指歸秘密藏中最後放捨身命之處正當宗鏡大旨一心法門輔行記云四念處觀者一一念處皆悉先明空假破倒次以中道結成秘藏自他俱滿義兼大小言俱破者既以中道顯秘密藏故四念處咸皆破倒何者以即空故破常倒義兼於小以即假故破無常倒義兼於大中道爲正故曰義兼大小以即中故雙照大小雙非大小即是雙照雙破八倒三諦相即兼無前後破無次第即破即立即照即遮四榮四枯者大涅槃經云東方雙者喻常無常南方雙者喻樂無樂西方雙者喻我無我北方雙者喻淨不淨四方各

雙故名雙樹方面皆悉一枯一榮榮喻於常等枯喻無常等如來於中北首而卧入般涅槃表非枯非榮榮即表假枯即表空即是於其空假中間而入秘藏後分經云東方一雙在於佛後西方一雙在於佛前南方一雙在於佛足北方一雙在於佛首入涅槃已東西二雙合爲一樹南北二雙亦合爲一二合皆悉垂覆如來其樹慘然皆悉變白常無常等二即不二常樂我淨徧覆法界故二合垂覆如來即是如來契於秘藏亦是念處無非寂滅白者即是衆色之本常等稱本故名爲變白言北首者增一阿含云表於佛法久住北天長阿含第三云佛告阿難安我頭北首面向北則使佛法久住不滅況涅槃終極不表秘藏耶然一代教門凡諸所表文義顯著莫過雙樹以四念處能爲大小觀行初門是故爾也殷勤遺囑意在於斯又但凡夫謂身爲淨言受是樂執心是常計法爲我由斯四倒而起貪愛無明而有諸行乃至老死苦集浩然八萬四千煩惱火燒於五陰舍宅故法華經云四面俱時欻然火起即喻四倒若小乘觀人即觀身不淨破於淨倒觀受是苦破於樂倒觀心無常破於常倒觀法無我破於我倒是則由前迷心顛倒謂身是常樂我淨故起貪愛諸煩惱今既觀知身是不淨乃至苦無常無我則不起貪愛無明行識乃至老死滅則生死河傾涅槃海滿即是競共推排爭出火宅到無畏處爲是因緣勸爲小行之人令依念處修道也大乘四念處者觀生死五陰之身非枯非榮即大寂定涅槃經云色解

脫涅槃乃至識解脫涅槃若修此念處觀即是觀一切六道衆生即是常樂我淨大涅槃具足佛之知見如常不輕圓信成就經云施城中最下乞人與難勝如來等是則豈可分别是田非田可施不可施耶故念處觀即平等種子若不修則見生死涅槃有異凡聖有殊聖是敬田即崇仰而施凡是悲田則厭賤而不捨若入一心平等法界念處法門則無分别夫四念處者念即觀慧之心處即智照之境能所冥合唯是一心今依天台四念處觀略明四教四念處四句分别者若非苦非樂結成生滅苦樂乃至非我非無我結成無我是三藏意若非苦非樂結成無苦無樂之苦樂屬通教攝淨名經云五受陰洞達空無所起是苦義結受念處觀如大品不淨觀即是摩訶衍皆不可得故以是不淨心觀色自念我身未脫是法未免三界生猶應受百千生死故言未脫引廣乘品成身念處觀諸法不生不滅是無常義結成心念處觀於我無我而不二是無我義結成法念處觀是通教意若作非常非無常結成常非垢非淨結成淨非苦非樂結成樂非我無我結成我即成别教常樂我淨斷惑歷别求證也若作非垢非淨雙照垢淨非苦非樂雙照苦樂非常非無常雙照常無常非我非無我雙照我無我結成圓教圓心修習不斷煩惱而入涅槃又前三教藏通别等非今所用是以略引今重廣引圓四念處文助成後信四念處觀云四念處者念是觀慧大論云念想智皆一法異名初緣心名念次習行名想後成辨名智處

者境也皆不離薩婆若能觀之智照而常寂名之爲念所觀之境寂而常照名之爲處境寂智亦寂智照境亦照一相無相無相一相即是實相實相即是一實諦亦名虛空佛性亦名大般涅槃如是境智無二無異如如之境即如如之智智即是境說智及智處皆名爲般若亦例云說處及處智皆名爲實諦是非境之境而言爲境非智之智而名爲智亦名心寂三昧亦名色寂三昧亦是明心三昧亦是明色三昧請觀音經云身出大智光如燒紫金山大涅槃經云光明者即是智慧金光明經云不可思議智境不可思議智照此諸經皆明念只是處處只是念色心不二二而不二爲化衆生假名二說耳此之觀慧只觀衆生一念無明心此心即是法性爲因緣所生即空即假即中一心三心三心一心此觀亦名一切種智此境亦名一圓諦一諦三諦三諦一諦諸佛爲此一大事因緣出現於世欲令衆生佛知見開諸佛出世事足大涅槃經云王道夷坦無量義經云行大直道無留難故法華經云具足道雖言三智其實一心爲向人說令易解故而說爲三若教道爲言所斷煩惱如翻大地河海俱覆似崩大樹根枝悉倒用此智斷惑亦復如是通別塵沙無明一時清淨無量功德諸波羅蜜萬行法門具足無減佛法祕藏悉現在前大品經云諸法雖空一心具足萬行大涅槃經云發心畢竟二不別法華經云本末究竟等等故名妙覺平等道當知此慧即法界心靈之原三世諸佛無上法母以法常故諸佛亦常樂我

淨等亦復如是亦名寶所亦名秘藏佛及一切之所同歸前三藏隘路不得並行通教共稟共行共入入不能深別教紆迴歷別遥遠即不能達今此念處曠若虛空際於無際猶如直繩直入西海故名圓教四念處耳張衡曰翔鵾仰而不逮況青鳥與黃雀當知前三念處所不能及唯圓念處孤飛獨運淩摩絳霄無上無等無等等竪無高蓋故言無上橫無儔例故言無等以等於十方三世諸佛言無等等也欲重說此義更引天親唯識論唯是一識復有分別識無分別識分別識者是識識無分別者似塵識一切法界所有瓶衣車乘等皆是無分別識龍樹云四念處即摩訶衍摩訶衍即四念處一切法趣身念處即是一性色得有分別色無分別色分別色者如言光明即是智慧是也無分別色即是法界四大所成色皆是無分別等是色心不二彼既得作兩識之名此亦作兩色之說若色心相對離色無心離心無色若不得作此分別色無分別色云何得作分別識無分別識耶若圓說者亦得唯色唯聲唯香唯味唯觸唯識若合論一一法皆具足法界諸法等故般若等內照既等外化亦等即是四隨逐物情有難易大智度論云一切法併空何須更用十喻答空有二種一難解空二易解空十喻是易解空今以易解空喻難解空唯識意亦如是但約唯識具一切法門而衆生有二種一多著外色一少著內識如上界多著內識下二界著外色多著內識少如學問人多得外解若約唯識論者破外向內令觀明白

法界法皆是一識識空十法界空識假十法界假識中十法界亦中專以内心破一切法若外觀十法界即見内心當知若色若識皆是唯識若識若色皆是唯色今雖說色心兩名其實只一念無明法性十界即是不可思議一心具一切因緣所生法一句名爲一念無明法性心若廣說四句成一偈即因緣所生心即空即假即中故般若經云受持一四句偈與十方虛空等法華經云聞一偈亦與菩提記一句亦然三句亦如是今只觀此一心即不可思議十界恒現前入心地法門故能不起寂場現身八會只是一句一句中有無量無量中只一句是爲不思議故如心諸佛爾如佛衆生然心佛與衆生是三無差別諸佛解脱當於衆生心中求衆生心亦於諸佛解脱中求始是般若究竟等未了者一切法正一切法邪不以心分別即一切法正若以心分別一切法邪心起想即癡無想即泥洹此不思議非青黃赤白方圓長短無名無相究竟寂滅唯當心知口不能說若有因緣善方便用四悉檀亦可得說爲衆生無量劫自性心不爲煩惱所染而染難可了知迷妄名染染即覆心不見淨性所以久處生死不能返本還原原實難解二乘尚不聞其名何況凡夫今佛爲作習因如大通佛所繫珠至釋迦時方成果實令此種子漸漸積習後遇聲光發此種子轉凡入聖漸積功德具足大悲心皆已成佛道若不爾者無明覆法性出十法界五陰重迷積沓若能超悟起二乘五陰乃至佛陰華嚴經頌云心如工畫師造種

種五陰一切世間中無不由心造諸陰只心作耳觀無明心畢竟無所有而能出十界諸陰此即不思議如法華經云一念夢心行因得果在一念眠中無明心與法界性合起無量煩惱尋此煩惱即得法性問別圓俱作此譬云何有異答別則隔歷圓則一念具如芥子含須彌山故名不思議一微塵中有六千經卷智人開塵出經是一念無明心有煩惱法有智慧法煩惱是惡塵善塵無記塵開出法身般若解脫法華經云如是性相等一界十界百千法界究竟皆等今觀此無明心從何而生爲從無明爲從法性爲共爲離若自若他四皆叵得名空解脫門只觀心性爲有爲無爲共爲離若常若斷四倒不可得名無相解脫門只此心性爲眞爲緣爲共爲離非四句所作名無作解脫門無生而說生是十法界性相也無明性即是實性亦言無明即是明明亦不可得是爲入不二法門但衆生迷倒不見心之無心明成無明爾又大涅槃經云其後不久王復得病醫占王病定應服乳王者八倒衆生也其後病者初倒伏後倒起故言不久也定服乳者應授四榮之術也正是今之念處意耳又譬有人以毒塗鼓衆中打之近者死遠者未死後打毒鼓近遠俱死初塗四枯止枯分段故言未死今塗四榮無明根斷故近遠俱死亦是今四念處意也又云如鳥出籠纔得離網今二鳥俱飛高翔遠逝去住自在正是今四念處意也又云初枯生死不能照明佛法不能開悟衆生於佛法無功夫於衆生無利益故言枯雙樹今圓

顯佛法大益衆生夫有心者皆當作佛八千聲聞得見佛性如秋收冬藏成大果實故言四禁莊嚴雙樹大涅槃經云不令噉酒糟麥麨不與特牛同共一群不在高原亦不下濕下濕者凡邪四倒也高原者偏曲四倒也酒糟是愚癡麥麨是嗔恚特牛是貪欲選擇中原安處其子法華經云正直捨方便但說無上道又諸佛法久後要當說眞實眞實者非生死非涅槃無邪無偏無僻無倒咄哉丈夫示昔繫珠咄哉去來寶處在近是故從本垂迹與法身眷屬隱實揚權藏高設下共化衆生開示正道内秘外現開顯令得入妙正是此四念處也所言四者不可思議數也一即無量無量即一一一皆是法界三諦具足攝一切法出法界外更無有法法界無法界具足法界雖無法具足諸法是不思議數也華嚴中云一微塵具一切塵及一切法於一念具一切念及一切法塵即是色念即是心色心即念處之異名耳大品經云四念處即摩訶衍摩訶衍即四念處者於一念處與三念處無二無別一切法趣四念處是趣不過念處尚不可得云何當有趣不趣此亦不思議意同也普賢觀經云觀心無心法不住法名大懺悔觀心既然觀色亦爾大涅槃經云佛性者亦一非一非一非非一亦一者一切衆生悉一乘故非一者說三乘故非一非非一者數非數不決定是故當知於四數不可決定即不思議之四也乃至若不依宗鏡中四念處行道設有智解修行皆成外道所以云若無念慧一切行法皆非佛法非行道人皆

空剃頭如放牧者空著染衣如木頭幡雖執鉢錫如病人乞具雖讀誦經書如盲人誦賦雖復禮拜如碓上下雖復興造媒衒客作種樹貨易沉淪生死蠶繭自纏無解脫期捨身命財但得名施非波羅蜜雖復持戒不免雞狗雖復精進精進無秀媚雖復坐禪如彼株杌雖復知解狂顛智慧常在此岸不到彼岸不降愛見不破取相不得入道品非賢聖位不成四枯樹非波羅蜜何以故無念慧故以念慧能破邪顯正大涅槃經云舊醫乳藥其實是毒如蟲食木偶成字耳是蟲不知是字非字更有新醫從遠方來曉八種術謂四枯四榮以新四枯破其舊乳法華經云大火從四面而起即斯意也是以八種異術破八倒之迷途一心妙門入一乘之種智○問此平等法性一乘妙心一切衆生聲聞縁覺菩薩諸佛悉皆共稟云何於異生界等此一靈性念念處輪迴於聲聞乘同共一法中而不得此事答如黃石中金以福德爐火因縁成就若大福人得金中福人得銀下福人得銅此亦如是凡夫人唯得煩惱無明聲聞人但證無常生滅唯佛菩薩究竟常樂涅槃如大集經云如然燈器金則黃光銅則赤光其色雖異燈無差別法界亦爾諸佛然之智光無邊聲聞然之智光有邊而法界性實無差別且心之一法微妙幽玄見有淺深智分優劣須憑廣學以至法原法華經云其不習學者不能曉了此外書云玉不琢不成器人不學不知道但堅志節常聞未聞熏修而觀力轉深磨鍊而行門益淨常起難遭之想道業恒新

長懷慶幸之心終無退轉所以華嚴經云菩薩日夜唯願聞法喜法樂法依法隨法解法順法到法住法行法菩薩如是勤求佛法所有珍財皆無悋惜不見有物難得可重但於能說佛法之人生難遭想是故菩薩於內外財爲求佛法悉能捨施無有恭敬而不能行無有憍慢而不能捨無有承事而不能作無有勤苦而不能受若聞一句未曾聞法生大歡喜勝得三千大千世界滿中珍寶若聞一偈未聞正法生大歡喜勝得轉輪王位若得一偈未曾聞法能淨菩薩行勝得帝釋梵王位住無量百千劫若有人言我有一句佛所說法能淨菩薩行汝今若能入大火坑受極大苦當以相與菩薩爾時作如是念我以一句佛所說法淨菩薩行故假使三千大千世界大火滿中尚欲從於梵天之上投身而下親自受取況小火坑而不能入然我今者爲求佛法應受一切地獄衆苦何況人中諸小苦惱菩薩如是發勤精進求於佛法如其所聞觀察修行此菩薩得聞法已攝心安住於空閑處作是思惟如說修行乃得佛法非但口言而可清淨又普賢行願品頌云智海廣難量不測反增謗牛飲水成乳蛇飲水成毒智學成菩提愚學爲生死如是不了知斯由少學過大涅槃經偈云或有服甘露傷命而早夭或有服甘露壽命得長存或有服毒生有緣服毒死無礙智甘露所謂大乘典如是大乘典亦名雜毒藥如酥醍醐等及以諸石蜜服消則爲藥不消則爲毒方等亦如是智者爲甘露愚不知佛性服之則成毒又如木

中火性乳中酪性緣若未具有亦同無衆生佛性亦復如是不學不知非不成佛如金剛三昧經云地藏菩薩言尊者知有非實如陽燄水知實非無如火性生如是觀者是人智耶論釋曰如經云若說法有一如燄水迷倒若見於法無如盲無日倒故知實非無非無之義如火性生謂如木中有火性分析求之不得火相而實不無木中火性鑽而求之火必現故一心亦爾分析諸相不得心性而實不無諸法中心修道求之一心顯故是以含識界中從無始來內爲五陰所纏外爲六塵所梏觸途現境寓目生情如獼猴而五處俱黏類蛺蝶而諸塵盡泊所以見不超於色界聽不出於聲塵若投網之魚猶處籠之鳥進退俱阻如羝羊之觸籓驚懼齊臨似乳鸛之巢幕若能知塵是識了物唯心不爲延促之所拘豈令大小之所轉即能隨緣應跡赴感徇機不動道場分身法界常在此而恒在彼不居方而不離方入此宗門廣大如是會差別之迹徹平等之原如金剛山純現金光似師子王師子圍遶猶摩梨山內盡出栴檀若瞻蔔林中唯聞香氣比須彌南面靡現雜形如金沙大河無復迴曲同金剛之斧力欲擬皆空等無翳之日光所臨俱朗如入法界品中逝多林中所現境界頌云汝應觀此逝多林以佛威神廣無際一切莊嚴皆示現十方法界悉充滿一切諸國土無邊品類大莊嚴於其座等境界中色像分明皆顯現又如慈行童女毗盧遮那藏殿內一一壁中一一柱中一一鏡中一一相中一一形中一一

摩尼寶中一一莊嚴具中一一金鈴中一一寶樹中一一寶形像中一一寶瓔珞中悉見法界一切如來從初發心修菩薩行成滿大願具足功德成等正覺轉妙法輪乃至示現入於涅槃如是影像靡不皆現如淨水中普見虛空日月星宿所有衆像又如法寶髻長者宅中得菩薩無量福德寶藏解脫門其宅廣博十層八門善財入已次第觀察見最下層施諸飲食見第二層施諸寶衣見第三層布施一切寶莊嚴具乃至見第十層一切如來充滿其中從初發心修菩薩行超出生死成滿大願及神通力淨佛國土道場衆會轉正法輪調伏衆生如是一切悉使明見釋曰逝多林之無際遮那藏之顯現寶髻宅之廣博皆是不思議之心融攝無礙十層則十波羅蜜八門則八正道分乃至一切莊嚴具中示現佛事盡是一心法門體用周徧重重顯道一一提宗以昧之者不悟不明以執之者爲緣爲對如盲不見非無五色之紋似聾不聞豈絕五音之響又如若逝多林褁聲聞不知恒河水中餓鬼不見皆是自業所障非法隱藏今勸未省之人觀聽直入猶谷中聞響終無異音似鏡裏見形更非他質分明可驗自絕思量現證無疑復誰前後可謂聖遠乎哉體之即神道遠乎哉觸事而真矣○問既以真心爲宗爲本如何辯其功能湛然常住盡未來際答此心法妙故如神不可測無依無住非古非今只是有而不可見聞非是一向空寂蘊無盡之妙用不斷不常具莫測之靈通非隱非顯古德云因雖涅槃求寂而智

體不無不爾將何窮未來際故知此之心神凡聖之本盡未來際無有斷絶諸佛常正念此法祖師唯的指此宗斯乃無相之眞眞何有盡無爲之道道何有窮如幽谷之風相續而微聲不斷若洪鍾之響隨扣而清韻常生寶藏論云唯道無根靈照常存唯道無體微妙恒眞唯道無事古今同貴唯道無心萬物圓備釋曰夫有根則有住住即入於闇室如穿針不見天拾針不見地無根則無住如日月光明照見種種色乃靈照常存矣夫有體則差别質礙無體則一性常通乃微妙恒眞矣夫有事則爲相所局無事則心地坦然乃古今同貴矣夫有心則分别各取無心則逆順同歸乃萬物圓備矣旣達此常住宗體自然盡未來際不休息佛業即是佛德普賢純是利他無始無終無盡之行所以寶性論有自然不休息佛業偈云佛體如鏡像如彼瑠璃地又非不有聲如天妙法鼓非不作法事如彼大雲雨非不作利益而地非不生種種諸種子如梵天不動而非不純淑如彼大日輪非不破諸暗如彼如意寶而非不希有猶如彼聲響非不因緣成猶如彼虛空非不爲一切衆生作依止猶如彼大地而非不住持一切種種物以依彼大地荷負諸世間種種諸物故依諸佛菩提出世間妙法成就諸白業諸禪四無量及以四空定諸如來自然常住諸世間有如是諸業一切非前後作如是妙業無生義云若無有妙神一向空寂者則不應有佛出世說法度人故知本地有妙神不空不斷乃至師子吼言佛性者名第一義

空第一義空名爲智慧智慧即是妙神故云因滅是色獲得常住解脱之色故知如中含有妙色五陰常住不動神不滅篇云夫神者何耶精極而爲靈者也精極則非封像之所圖故聖人以妙物而爲言雖有上智猶不能定其體狀窮其幽致神也者圓應無主妙盡無名感物而動假數而行感物而非物故物化而不滅假數而非數故數盡而不窮有情則可以物感有識則可以數求數有精麤故其性各異智有明昧故其照不同推此而論則知化以情感神以化傳情爲化之母神爲情之根情有會物之道神有冥移之功但悟徹者反本惑理者逐物耳乃至或聚散於一化不思神道有妙物之靈而謂精麤同盡不亦悲乎如火之傳於薪猶神之傳於形深惑者見形朽於一生便以爲神情俱喪猶覩火窮於一木謂終斯都盡耳故知緣謝形枯眞靈不墜如薪盡火滅火性常然此緣雖滅於今生彼緣復與於異世故般若吟云百骸雖潰散一物鎮長靈可謂眞心湛然常住矣如華嚴經云知一切幻心所緣法無量故佛子如如意珠隨有所求一切皆得求者無盡意皆滿足而珠勢力終不匱止菩薩摩訶薩亦復如是入此三昧知心如幻出生一切諸法境界周徧無盡不匱不息何以故菩薩摩訶薩成就普賢無礙行智觀察無量廣大幻境猶如影像無增減故佛子譬如凡夫各別生心已生現生及以當生無有邊際無斷無盡其心流轉相續不絶不可思議菩薩摩訶薩亦復如是入此普幻門三昧無有邊際不可

測量何以故了達普賢菩薩普幻門無量法故佛子譬如難陀摩那斯龍王及餘大龍降雨之時滴如車軸無有邊際雖如是雨雲終不盡此是諸龍無作境界又云於一念中盡知一切心非心地境界之藏於非心處示生於心遠離語言安住智慧同諸菩薩所行之行以自在力示成佛道盡未來際常無休息一切世間衆生劫數妄想言說之所建立神通願力悉能示現釋曰盡知一切心非心地境界之藏者識行於境名之曰心智行於境名曰非心故楞伽經云得相者識不得相者智故知菩薩隨順妄縁不捨世法於方便中悉能示現隨增減劫任長短縁乘大願風相續不斷供佛利生無有休息如華嚴論云十一地等覺位菩薩以大慈悲心行赴俗濟生之門表自出世道滿無更求解脫離染離淨之心但以乘法性船張大慈悲帆以大智爲船師順本願風吹諸波羅蜜網常遊生死海漉一切衆生有著之魚安置無依普光明之智岸常生一切幻住萬行功德法界無礙寶堂如下慈氏所居樓閣是

宗鏡録卷第三十九

音釋

慽七感切感也　欻許勿切猶忽也　紆於于切曲也　鶻古渾切鶻鵰鳥名　絳古巷切赤也　沓徒合切重沓也　爇與力切　碓都内切杵臼也　衒熒絹切衒鬻也　蠚蘭蠚眨舍切蘭居偃切　株杌杌五忽切杌木無枝也　縻忙皮切繫也　梏古沃切桎梏也　黏尼占切相著也　籓方煩切籬也　瞻蔔梵語也此云黃華今之梔子花也蔔鼻墨切　淑神六切清湛也　漉盧谷切撈漉也

宗鏡録卷第四十

宋慧日永明妙圓正修智覺禪師延壽集

夫真心無相云何知有不空常住湛然之體答以事驗知因用可辯事能顯理用能彰體如見波生知有水體十八空論云不捨離空菩薩修學此定止爲功德善根無盡何以故一切諸佛於無餘涅槃中亦不捨功德善根門有流果報巳盡功德善根本爲化物故恒有此用如來雖入涅槃猶隨衆生機緣現應化兩身導利含識即是更起心義故衆生不盡應化之用亦不盡故言雖入無餘而不捨功德善根也若二乘入滅無更起心以慈悲薄少不化衆生若佛入無餘而更起心者以諸佛菩薩三身利物無窮故如來法身即是一切無流法之依處故言不捨離功德也所以得知涅槃之中猶有法身者以用證體既覩應化之用不盡故知此身之體常自湛然永無遷壞如毗婆沙師説無涅槃無有自相而可言無何以故爲能顯事用故若不依涅槃不成智慧智慧不成則煩惱不滅涅槃既能生道道能滅惑即是涅槃家事既見有事則知應有體故不得言無也○問有何勝義廣集一心正宗於末學進修得疾入道不答若以宗鏡示人直至道場疾證菩提更無迂曲法華經偈云演揚實相義開闡一乘法廣導諸衆生令速成菩提如有頌云行自境界中獲得所應得行他境界中如魚墮陸地是以若行自境内如同巳物取復何難若行他境中即不自在如王失國似鳥離空足可知之此是千聖入道之門諸佛登真之路若有

入者一入全眞博地凡夫位齊諸佛法華經云乘此寶乘直至道場可謂頓入頓超諸乘匪及以三乘之人不知諸塵唯是識故執心外實有境界凡夫二乘雖有發心趣向解脫而猶計有生死可厭涅槃可欣不了唯心道理若知一切法唯是識量捨彼事識外計分別既了唯心趣理速疾異前漸悟故論云速趣涅槃又凡夫二乘不覺賴耶但依分別事識資持力故而發心修行以不達本故向大菩提踈而且遠故云漸也菩薩既了賴耶本識則依此識資持力故而發心修行以了本故向大菩提親而且近故云速也此宗鏡中開示大意唯論自心妙達何待他文爲末蕩者假以文言示令親悟纔聞便入自擊道存故止觀云直聞其言病即除愈如經云佛告菩提樹神過去有佛名曰寶勝滅後有長者名曰持水善知醫方救諸病苦持水有子名曰流水是時國內天降災變流水見已自思惟言我父年邁不能至彼城邑聚落便至父所問醫方已因得了知一切方術徧至城邑作如是言我是醫師我是醫師善知方藥療治一切一切衆生聞許治病直聞是言所患即除此譬聞妙境得入初住以不思議境本自圓成長時顯現上根纔覽直進無疑不待舉明重加指示如華嚴迴向品頌云諸佛隨宜所作業無量無邊等法界智者能以一方便一切了知無不盡是以若入此宗鏡已眼圓明一一皆照自心決定不從他學法藏而全開身聚智燈而高挂靈臺步步現無盡法門念念成六波羅蜜如首楞嚴三昧經云佛

告堅意菩薩住首楞嚴三昧六波羅蜜世世自知不從他學舉足下足入息出息念念常有六波羅蜜何以故堅意如是菩薩身皆是法行皆是法堅意譬如有王若諸大臣百千種香擣以爲末若有人來索中一種不用餘香共相熏雜堅意如是百千種衆香末中可得一種不雜餘不不也世尊堅意是菩薩以一切波羅蜜熏身心故於念念中常生六波羅蜜堅意菩薩云何於念念中生六波羅蜜堅意是菩薩一切悉捨心無貪著是檀波羅蜜心善寂滅畢竟無惡是尸波羅蜜知心盡相於諸塵中而無所傷是羼提波羅蜜勤觀擇心知心離相是毗梨耶波羅蜜畢竟善寂調伏其心是禪波羅蜜觀心知心通達心相是般若波羅蜜堅意菩薩住首楞嚴三昧如是法門念念皆有六波羅蜜○問依此寂滅無爲之道即入絶學絶待之門莫不沉空成於斷見不答未入玆門觸途虛幻待眞立俗對色明空纔證斯宗萬緣俱寂如異色之鳥投須彌而純變金光猶三十三天入雜林而更無分別是以諸法無體相待而成皆無待而成待若執有法互相待成則不成待以有自體各定不假相待故如中觀論偈云若法有待成未成云何待若成已有待成已何用待若法因待成是法先未成未成則無無則云何有因待若是法先已成已成何用因待是二俱不相因待是知未成已成俱無有待若悟入宗鏡之時了知虛空尚是幻生豈更有法可爲對待如首楞嚴經云若一人發眞歸原此十方空一時消殞菩薩瓔珞經云佛

告天子如吾昔求道從無數劫分別本末未能究盡一法定意云何爲一法所謂無念也菩薩得無念者觀一切法悉皆無形天子吾今成佛由此一行得成無上正眞之道旣萬法無形對何稱有有旣不有曷得云常空復何空憑誰稱斷若心外有法即成斷常若法外無心孰言空有所以傅大士云君不見自心非斷亦非常普在諸方不入方亦復不依前後際又復非圓非短長寂然無生亦無滅非黒非白與青黃雖復念慮知諸法而實不住念中央衆生入而無所入雖趣六境實無傷智者分明了知此是故號曰法中王故思益經云若有於法生見則於其人佛不出世世尊若有決定見涅槃者是人不度生死所以者何涅槃名爲除滅諸相遠離一切動念戲論是以若論成壞有空皆徇世間名字不出外道諸見如狗逐塊豈達自宗則知名字如塊眞理如人無明癡犬逐名言塊種智師子得理亡名故知言語從覺觀生息覺觀則名言絶言思絶則待絶亡中觀論疏云盡不盡門者若念念遷滅滅無可成若念念無續續非始成若念念遷滅滅無始壞若念念相續續不可壞故盡不盡俱無成壞又諸法日夜中念念常滅盡過去如水流不住是則名盡是事不可取不可說如野馬無決定性云何可分別說有成又念念生滅常相續不斷故名不盡云何可分別說言今是成時是故盡亦無成不盡亦無成旣無成亦無壞是以一切諸法尚無有成云何說斷皆以實際爲定量則無有變異如經問何等是眞智慧答

言無變異相如衆生無變異相眞智慧亦無變異又問云何是衆生相答假名字畢竟離是衆生相如是相則無變異乃至如虛空無變異相一切諸法亦無變異相云何無變異以無二故亦無無二方成眞智但云無有二非是有無二如華嚴經頌云常於諸法不作二亦復不作於不二於二不二並皆離知其悉是語言道是知一切言語皆從覺觀而生纔有覺觀便形文彩發萌芽於境上起兆眹於心中心境對治便爲質礙若入宗鏡自絶言思妙旨潛通了無所得又若一切修行趣佛乘人但先得旨之後方可以佛知見治諸餘習以正定水瑩淨禪支用多聞慧助生觀力乃至習誦熏修萬行嚴飾若未入宗鏡不了自心縱多聞習誦俱不成就如善星受持讀誦十二部經獲得四禪不達無生返墮地獄又如阿難多聞不明實相遭婬席所縛爲文殊所訶應須先入正宗後修福智如瑠璃之含寶月似摩尼之置高幢方得通透無瑕能雨衆寶自他兼利豈虛搆哉又此絶待無作眞心非是斷空但空若衆生一切妄心世間一切幻法以情識分別不及故目之爲空如洞山和尚偈云世間塵事亂如毛不向空門何處消若待境緣除蕩盡古人那得喻色蕉龐居士偈云識樂衆生樂緣繩妄走作智樂菩薩樂無繩亦無縛若有發心者直須學無作莫道怕落空得空亦不惡見礦不識金入爐始知錯黄蘗和尚云無人敢入此門怨畏落空盡望涯而退證道謌云嗟末法惡時世衆生薄福難調制去聖遠兮邪見深魔強

法弱多寃害闡説如來頓教門恨不滅除如瓦碎作在心殃在身不須怨訴更尤人欲得不招無間業莫謗如來正法輪○問悟此心宗修行之人得圓滿普賢行不答一切理智無邊行願皆不出普賢一毛孔若實入此宗鏡中乃至凡聖之身一一毛孔皆能圓滿普賢之行如華嚴經海幢比丘入般若波羅蜜境界清淨光明三昧經行地側結跏趺坐入于三昧離出入息無别思覺身安不動從其身分出十法界身雲一切供具雨無量法雨等又如善見比丘告善財言我經行時一念中一切十方皆悉現前智慧清淨故一念中一切世界皆悉現前經過不可説不可説世界故又如喜目觀察衆生夜神入大勢力普喜幢解脱門於其身上一一毛孔出無量種

變化身雲隨其所應以妙言音而爲説法普攝無量一切衆生皆令歡喜而得利益又如善財重觀普賢一一身分一一毛孔悉有三千大千世界風輪水輪地輪火輪大海江河及諸寶山須彌鐵圍村營城邑宫殿園苑一切地獄餓鬼畜生閻羅王界天龍八部人與非人欲界色界無色界處日月星宿風雲雷電晝夜月時及以年劫諸佛出世菩薩衆會道場莊嚴如是等事悉皆明見如見此世界十方所有一切世界悉如是見如見現在十方世界前際後際一切世界亦如是見各各差别不相雜亂如説海幢身分之上善見一念之中普賢毛孔之内盡十方法界虚空界所有一切凡聖境界淨穢國土靡所不現可證宗鏡無外無法不含如卷大海之波瀾收

歸一滴猶攝十方之刹土指在一塵如古德云以遮那之境界衆妙之玄門知識說之而不窮善財酌之而不竭文殊體之而寂寂普賢證之以重重何者以文殊是自心如理之體體常湛然以普賢是自心如量之用用周法界所以寶性論明有二種修行一如實修行了如理一味二徧滿修行備知一心有恒沙法界是以悟此眞如無盡之心成得普賢無盡之行亦云梵行已立已事已辦如不了此而妄有所修非唯不具普賢行門乃至三歸五戒等一切修進之門悉不成就以不達本故所以法華經云若不能得見聞讀誦書持供養是法華經者當知是人未善行菩薩道以自他所隔但爲愛見之心未達一乘豈成同體之行又云此經難持若暫持者我則歡喜諸佛亦然如是之人諸佛所歎是則勇猛是則精進是名持戒行頭陀者則爲疾得無上佛道故知見性修行性周萬行如華嚴經云菩薩行即如來性如來性即菩薩行若明見此旨方稱圓修權教罔思下位天隔讃一念隨喜福尚無量何况正念修行爲人開示所以文句䟽釋一念隨喜者自未有行但隨喜法及人功報尚多况行到耶隨喜心有二若聞開權顯實即於一念心中解非權非實之理信佛知見又雙解權實事理圓融雖具煩惱性能知如來秘密之藏此即竪論隨喜又若聞開權顯實之意即於一心廣解一切心又一切法皆是佛法無有障礙若欲分别辯說無窮月四月至歲旋轉不盡雖未得眞隨喜心能如此解法旣如此人亦如是此

約橫論隨喜即橫而竪即竪而橫故大涅槃經云寧願少聞多解義味即此意也故知纔聞一心能生隨喜則洞了諸法無有遺餘可謂一聞千悟得大總持於凡夫心能生圓信格量功德唯佛方知若外道得五通者能移山竭海而不伏見愛不及煖法人二乘無學子果俱脫猶被涅槃縛不知其因果俱權通教人修因雖巧發心不識五百由旬得果止除四住別人雖勝一乘修因則偏其門又拙非佛所讚皆不及初隨喜一念圓信之人又止觀云能如是入唯心觀者則具一切法門該括周備規矩初心送行人到彼薩雲蓋如來積劫之所勤求道場之所妙悟正在茲乎故知萬途雖別一性無差若未歸此自心之性終非究竟凡有所作心境不亡皆隨輪迴不入眞實如大智度論云復次如水性下流故會歸於海合爲一味諸法亦如是一切總相別相皆歸法性同爲一相是名爲法性如金剛在山頂漸漸穿下至金剛地際到自性乃止諸法亦如是智慧分別推求已到如中從如入自性如無本末生滅諸法戲論是名爲法性又如犢子周章鳴喚得母乃止諸法亦如是種種別異取捨不同得到自性乃止無復過處是名法性如一切菩薩求道修行若未到宗鏡心終不止所以宗鏡略有二意一爲頓悟知宗二爲圓修辦事如首楞嚴經云佛責阿難言非汝歷劫辛勤修證雖復憶持十方如來十二部經清淨妙理如恒河沙只益戲論汝雖談說因緣自然決定明了人間稱汝多聞第一以此積劫多聞熏習不能

免離摩登伽難何須待我佛頂神呪摩登伽心婬火頓歇得阿那含於我法中成精進林愛河乾枯令汝解脫是故阿難汝雖歷劫憶持如來秘密妙嚴不如一日修無漏業遠離世間憎愛二苦如摩登伽宿爲婬女由神呪力消其愛欲法中今名性比丘尼與羅睺母耶輸陀羅同悟宿因知歷世因貪欲爲苦一念熏修無漏善故或得出纏或家授記如何自欺尚留觀聽乃至阿難等既開悟後重請妙修行路如經云世尊我今雖承如是法音知如來藏妙覺明心徧十方界含育如來十方國王清淨寶嚴妙覺王刹如來復責多聞無功不逮修習我今猶如旅泊之人忽蒙天王賜以華屋雖獲大宅要因門入唯願如來不捨大悲示我在會諸蒙闇者捐捨小乘畢獲如來無餘涅槃本發心路乃至佛告阿難汝等若欲捐捨聲聞修菩薩乘入佛知見應當審觀因地發心與果地覺爲同爲異阿難若於因地以生滅心爲本修因而求佛乘不生不滅無有是處以是義故汝當照明諸器世間可作之法皆從變滅阿難汝觀世間可作之法誰爲不壞然終不聞爛壞虛空何以故空非可作由是始終無壞滅故釋曰詳夫諸大乘經祖佛正意凡從今日去紹佛乘人先須得本悟自真心不生不滅爲因然後以無生之旨徧治一切所以華嚴論云若有習氣還以佛知見治之若不入佛知見設有修行但成折伏終不能入諸佛駛水之流如法華明開示悟入佛之知見只是於衆生心中而論開示以佛知見蘊在衆生心故若宗門

中從上亦云先須知有然後保任又云頭尾須得相稱不可理行有闕心口相違入我宗中無有是處若未悟自心無生之理唯以生滅心爲因欲求無生之果如蒸砂作飯種苦求甘因果不同體用俱失邪修妄習猶九十六種揑目生華趣寂執權似三乘道人勞神費力若入宗鏡理行俱圓可謂二見之良醫釋眞之皎日矣故大涅槃經云譬如霧露勢雖欲住不過日出日既出已消滅無餘善男子是諸衆生所有惡業亦復如是住世勢力不過得見大涅槃日是日既出悉能除滅一切惡業夫未遇宗鏡正法之日一心實智之海歸前所有一切修行三昧諸行皆是無常不成上善以未究竟故如經云佛言善男子雖修一切契經諸定未聞如是大涅槃經咸言一切悉是無常聞是經已雖有煩惱如無煩惱即能利益一切人天何以故曉了已身有佛性故是名爲常復次善男子譬如衆流皆歸于海一切契經諸定三昧皆歸大乘大涅槃經何以故究竟善說有佛性故所以纔知有佛性自然解行相應如結網而終是取魚裹糧而必須前進如云若唯解而無行同沙井之非潤專虛而不實似空雲而無雨是以此録全爲修習菩薩道圓滿普賢門遂乃廣集了義金文先德遺肯皆令信順與道相應該括始終自他兼利以眞如一心性無盡故法爾如是順性而行無有匱息自然圓滿一切智慧一切慈悲一切三昧一切神通一切行願一切因果一切理事一切權實一切行布一切圓融所以華嚴論云經明法雲地

菩薩隨心念力廣大微細自他相入一多大小互參神通德用自在皆隨自心念所成故如一切衆生作用境界皆是自心執業所成人天地獄畜生餓鬼善惡等報果一依心造如此十地菩薩以無作法身大智之力隨所心念莫不十方一時自在皆悉知見以普光明智爲體爲智體無依稱性遍周法界與虚空量等周滿十方世界以無性智大用隨念以不忘失智隨念皆成以具總别同異成壞俱作以廣狹大小自在智化通無礙以與一切衆生同體智能變一切衆生境界純爲淨土之刹以自他無二智一身而作多身多身而作一身以法身無大小離量之智能以毛孔廣容佛刹以等虚空無邊無方之智而一念現生滿十方而無去來以如響智而能響應對現等衆生應形以是具足圓滿福德智而恒居妙刹常與一切衆生同居若非聖所加持力而衆生不見如華嚴經云佛子譬如有人以摩尼寶置色衣中其摩尼寶雖同衣色不捨自性菩薩摩訶薩亦復如是成就智慧以爲心寶觀一切智普皆明現然不捨於菩薩諸行何以故菩薩摩訶薩發大誓願利益一切衆生度脱一切衆生承事一切諸佛嚴淨一切世界安慰衆生深入法海爲淨衆生界現大自在給施衆生普照世間入於無邊幻化法門不退不轉無疲無厭佛子譬如虚空持衆世界若成若住無厭無倦無羸無朽無散無壞無變無異無有差别不捨自性何以故虚空自性法應爾故菩薩摩訶薩亦復如是立無量大願度一切衆生心無厭倦

乃至佛子菩薩摩訶薩以此開示一切如來無差别性此是無礙方便之門此能出生菩薩衆會此法唯是三昧境界此能勇進入薩婆若此能開顯諸三昧門此能無礙普入諸刹此能調伏一切衆生此能住於無衆生際此能開示一切佛法此於境界皆無所得雖一切時演說開示而恒遠離妄想分别雖知諸法皆無所作而能示現一切作業雖知諸佛無有二相而能顯示一切諸佛雖知無色而演說諸色雖知無受而演說諸受雖知無想而演說諸想雖知無行而演說諸行雖知無識而演說諸識恒以法輪開示一切雖知法無生而常轉法輪雖知法無差别而說諸差别門雖知諸法無有生滅而說一切生滅之相雖知諸法無麤無細而說諸法麤細之相雖知諸法無上中下而能宣說最上之法雖知諸法不可言說而能演說清淨言詞雖知諸法無内無外而說一切内外諸法雖知諸法不可了知而說種種智慧觀察雖知諸法無有眞實而說出離眞實之道雖知諸法畢竟無盡而能演說盡諸有漏雖知諸法無違無諍然亦不無自他差别雖知諸法畢竟無師而常尊敬一切師長雖知諸法不由他悟而常尊敬諸善知識雖知法無轉而轉法輪雖知法無起而示諸因緣雖知諸法無有前際而廣說過去雖知諸法無有後際而廣說未來雖知諸法無有中際而廣說現在雖知諸法無有作者而說諸作業雖知諸法無有因緣而說諸集因雖知諸法無有等比而說平等不平等道雖知諸法無有言說而決

定説三世之法雖知諸法無有所依而説依善法而得出離雖知法無身而廣説法身雖知三世諸佛無邊而能演説唯有一佛雖知法無色而現種種色雖知法無見而廣説諸見雖知法無相而説種種相雖知諸法無有境界而廣宣説智慧境界雖知諸法無有差別而説行果種種差別雖知諸法無有出離而説清淨諸出離行雖知諸法本來常住而説一切諸流轉法雖知諸法無有照明而恒廣説照明之法釋曰譬如虛空持衆世界若成若住無厭無倦者以普賢智了一切法皆如虛空性故虛空之性即凡聖身只爲衆生不了迷爲生死變作根塵菩薩故能對現色身隨應説法故云普賢身相如虛空又偈云心聞洞十方生于大因力又偈云空生大覺中如海一漚發是知若法若行皆我之心性猶如虛空豈有厭倦乎若不了一切法同虛空性執有前境相狀可觀隨相發心緣塵起行不達同體之旨悉墮有爲盡成愛見之悲終成厭倦若依宗鏡如説修行所有一毫之功畢趣菩提之果是以無緣之緣顯無化之化謂衆生眞心稱理不可得故若無緣即無所化若眞心隨緣不壞緣起則亦有所化如是則非眞流之行無以契眞非起行之眞不從行顯良以體融行而因圓行該眞而果滿理行兼備因果同時圓解圓修方成宗鏡又此普賢之行全是佛智佛智即是眞心如華嚴經頌云佛智廣大同虛空普徧一切衆生心悉了世間諸妄想不起種種異分別則全佛智是衆生心世間妄想皆從衆生心變能

變之心既是佛智所變之境豈成實耶則了世間妄想皆空終不起於異見分別謂凡謂聖謂有謂無等又了世間妄想即如量智不起異分別即如理智如量觀俗如理了眞又即體之相包含是如量智即相之體一味是如理智若理量雙消方冥佛智是以若欲眞俗雙照因果俱圓不出如理如量之二智如佛性論云此理量二智有二種相一者無著二者無礙言無著者見衆生界自性清淨名爲無著是如理智相無礙者能通達觀無量無邊境界故是名無礙是如量智相又此二智有二義如理智爲因如量智爲果言如理爲因者能作生死及涅槃因如量爲果者由此理故知於如來眞俗等法具足成就又如理智者是清淨因如量智者是圓滿因清淨因者由如理智三惑滅盡圓滿因者由如量智三德圓滿故知成佛皆由二智如理智者即一心之體爲因如量智者即一心之用爲果所以體用相即因果同時初後卷舒悉於一心圓滿乃至法界顯於塵内寶刹現於毛端皆是如理智中如量境界若但證如理之旨普賢大用不得現前若唯行如量之宗文殊正智不能究竟具此二門方明宗鏡所以善財一生能辦多劫之行古釋云善財既因毗目仙人善友力瞬息之間或有佛所見經不可說不可說佛刹微塵數劫修行不倦何得一生不經多劫仙人之力長短自在故如世王質遇仙之碁令斧柯爛三歲尚謂食頃既能以長爲短亦能以短爲長如周穆隨於幻人雖經多年實唯瞬息故不應以長短之

時廣狹之處定其旨也故知隨心轉變不定
長短心長則長心短即短延促是心非干時
分一切萬法皆是心成離心計度皆失宗旨

宗鏡録卷第四十

音釋

挂古賣切 檮都皓切舂也 羼提梵語也此云忍辱羼初限切 殞于敏切沒也 構古候切合集也 檗博陌切 括古活切包括也 泊旁各切旅泊客寓也 匱求位切竭也 瞬舒閏切目動也

宗鏡録卷第四十一

宋慧日永明妙圓正修智覺禪師延壽集

夫此宗如何投湊即得相應答向之即背近之即離取而復失急而復遲千聖拱手而無計校一門深入而忘覺知此是心中自證法門非待問答而得如法華經偈云我意難可測亦無能問者無問而自說稱歎所行道所以先德云諸祖共傳諸佛清淨自覺聖智眞如妙心不同世間文字所得若有悟斯眞實法性此人則能了知三世諸佛及一切衆生同一法界本來平等常恒不變先曹山和尚偈云從緣薦得相應疾就體消歸道却遲暫起本來無處所吾師暫說不思議故知千聖皆目此一念心起時了不可得是眞不思議離此決定別無殊勝如是了者豈非疾乎何待消融方能見道若不直見其事欲以意解情求如將兎角之弓駕龜毛之箭以無手之者擬射碎須彌之山似傾壓沙之油點無煙之火貯漏巵之内欲照破鐵圍之闇徒役狂心無有是處故思益經云問以何法修道答言不以見聞覺知法不以得不以證於一切法無相無示名爲修道華嚴疏云頓教者總不說法相唯辯眞性無有八識差別之相者釋云八識心王尚無差別況心所變豈當有耶心生則種種法生心滅則種種法滅故起信論云一切諸法唯依妄念而有差別若離心念則無一切境界之相是故一切法從本已來離言說相離名字相離心緣相畢竟平等無有變異唯是一心故名眞如以一切言說假名無實但隨妄念不可得故所以疏云

一切所有唯是妄想一切法界唯是絶言故起信論云言眞如者亦無有相謂言說之極因言遣言此眞如體無有可遣以一切法悉皆眞故亦無可立以一切法皆同如故當知一切法不可說不可念故名眞如以一切法性皆離言故亦通四種法界皆不可說名無得物之功物無當名之實理本無言故事理交徹不可作事理說事事相即不可作一多說如楞伽雖明五法名相妄想正智如如五皆空寂何者謂迷如以成名相妄想是生悟名相之本如妄便稱智則無名相妄想唯如智矣智因如立智體亦空如假智明本來常寂故並空矣況八識約事皆緣生性空因有我法說二無我我尚叵得無我寧存故中論偈云諸佛或說我或說於無我諸法實相中無我無非我故雙遣也疏云訶教勸離毀相泯心者訶教者謂以心傳心不在文字故勸離者令離法法雖無量不出色心離心心如離色色如故令皆離則契心體離念矣毀相約境凡所有相皆是虛妄故泯心約智了境相空假稱爲智相旣不有智豈有眞心境兩亡則皆泯絶心無心相即是安心故說生心即妄不生即佛言生心者非但生於餘心縱生菩提涅槃觀心見性亦曰生心並爲妄想念相都寂方曰不生寂照現前豈不名佛故達磨碑云心有也曠劫而滯凡夫心無也刹那而登正覺言心無者非了心空不生於了耳故韋侍御問仰山和尚了心之旨答云若欲了心無心可了無了之了是爲眞了華嚴經頌云一切法不生一切法不滅若能如是

解諸佛常現前言如是解者如不生解而無解相非謂空解於不生耳䟽云無佛無不佛無生無不生者重拂前迹爲迷衆生言即心即佛既無衆生何曾有佛故經偈云平等眞法界無佛無衆生執佛言無佛非謂是無佛故云無不佛矣則遣之又遣之若少有所得皆是妄想故佛藏經云於法少有所得則與佛諍者與佛諍者皆入邪道非我弟子又只諂無佛以爲眞佛故言無不佛耳故經頌云性空即是佛不可得思量若有生心生心是妄故説不生佛尚不有何有無生作無生解還被無生之所纏縛故云無不生矣又一切法不生則般若生故云無不生矣則生與不生反覆相違亦反覆相成唯亡言者可與道合虛懷者可與理通矣若亡言則止止不須説豈强起言端乎若虛懷則我法妙難思寧妄生知解乎又夫入宗鏡法爾亡言非智所知唯信所及如讃般若偈云若人見般若論義心皆絶猶如日出時朝露一時失故祖師云論即不義義即不論若欲論義終非義論昔梁武帝於華林園重雲殿集四部衆自講三慧般若經時傅大士在會太子遣問大士何不論義答曰皇帝菩薩所説非長非短非廣非狹非有邊非無邊如如正理復有何言劉中丞又問大士何不往復衆所願聞答曰日月停景四時和適又中天竺有出家外道馬鳴世智辯才善通言論唱言若諸比丘能與我論義者可打揵椎如其不能不足公鳴揵椎受人供養時長老脅到彼國言但鳴揵椎設彼來者吾自對之即鳴揵椎外道即問

今日何故打此木耶答言北方有長老沙門來鳴揵椎外道問言欲論義耶答言然於是廣備論場大衆雲集而至長老脅言吾既年邁故從遠來又先在此坐理應先語外道言亦可爾耳現汝所說吾盡當破長老脅即言當令天下太平大王長壽國土豐樂無諸災患外道黙然不知所言論法無對即墮負處伏爲弟子剃除鬚髪度爲沙彌受具足戒又有學人請忠國師和尚立義師云立了也學人罔措被師喝出非公境界故知若入宗鏡玄鑒豁然如臨鏡中自見面像見即便見更俟發言耶所以月上女經云時舍利弗復問女言衆生界者復有幾許其女報言如彼過去未來現在諸佛境界舍利弗言若如此者汝說何事是何解釋其女報言依尊者問我還依答時舍利弗復問女言我問何義其女答言問文字也舍利弗言彼文字滅無有足跡其女答言尊者舍利弗如是滅相一切法中如有問者如有答者二俱滅相不可得也華手經云佛告跋陀婆羅善哉善哉如汝所說如來道場所得法者是法非法亦非非法我於此智不能行目不能見無有行處慧所不通明不能了問無有答於此法中無受無取無垢無淨若我說是自所得法若以行相行是法者則皆迷悶佛藏經云佛言舍利弗於聖法中計得寂滅皆墮邪見何況言說何況說者如是空法以何可說舍利弗佛何以故說諸語言皆名爲邪不能通達一切法者是則皆爲言說所覆是故如來知諸語言皆爲是邪乃至少有言語不得其實舍利弗諸

佛阿耨多羅三藐三菩提皆無想無念何以故如來於法不得體性亦不得念大法炬陁羅尼經云佛告毗舍佉應當先爲說彼六波羅蜜次第修已然後爲說空解脫門若爲衆生說此空法或有得聞或有思惟或能證者是亦不應但有言說何以故如是空法不可惟以心想知故若彼空法但以心想能證知者一切衆生未修道時亦應即是阿羅漢也毗舍佉彼空法者亦不可說相貌形體若可說者則是作相若有作相則有願求若有願求則是三世何以故毗舍佉無相法中一切三世皆不可得所以者何過去未來現在等事皆寂滅故云何起願復次應觀是色作無相想云何觀色作無相想當知此色生滅輪轉念念不停毗舍佉如是色相不可眼見當知彼是心識境界唯意所知是故不可以眼得見毗舍佉一切衆生所有心意不可言說唯佛智知雖可慮知而不可見念念不住猶如幻化云何可取而可得見如是毗舍佉不可以彼衆生心識取心眞相既不可取云何可說何以故以愛憎事違平等故毗舍佉若欲滅除愛憎想者當勤精進觀一切法悉皆空寂無有取著○問豈無今時學路何乃頓斷方便之門答中下之機不無學路童蒙之訓豈斷今時故楞伽經云宗通爲菩薩說通爲童蒙助觀之門深有利益若一向背已徇文執學而辯則對木人而待語期石女以生兒空歷塵沙終無得理設爾外學得成皆非眞實如云寫月非眞月圖龍失本龍如今若要眞成但能淨意内觀則了然寂現猶臨明

鏡自見其形若以見聞妄求如撈水月豈有得時所以真覺謌云淨五眼得五力唯證乃知難可測鏡裏看形見不難水中捉月爭拈得盤山和尚云向上一路千聖不傳學者勞形如猿捉月龐居士偈云行學非真道徒勞神與軀千生尋水月終是枉功夫○問如何即是答是則第二頭非則第三手心智路絶限量情消所以文殊般若經云不可解者即般若般若非可解非不可解肇論云玄道在於絶域故不得以得之妙智存乎物外故不知以知之大象隱於無形故不見以見之大音匿於希聲故不聞以聞之唯信入之時自然洞鑒若洞徹圓明了達之際尚不因於心念何況就他人而求自法取彼眼而作圓通數寶終不濟貧說食焉能得飽但自親到頓入絶學之門唯在發明方達無爲之旨若能如是如是入理思惟則能如是如是了然顯現自然二際冥合物我無差契萬境以虛玄同一心之憺怕皆依空而立抱一而生是以雲融曳而緩清霄山幽隱而閑緑野喬松倚巖而自長脩竹拂徑而長新內則襟懷憺然外則道性常爾故心要牋云若一念不生則前後際斷照體獨立物我皆如直造心原無知無得不取不捨無對無修然迷悟更依真妄相待若求真去妄似棄影勞形若體妄即真似處陰滅影故無心於忘照則萬累都捐若任運以寂知則衆行爰起放曠任其去住靜鑒覺其源流語默不失玄微動靜未離法界靈叟吟云我欲學菩提輸他釋迦先我欲學闡提落他調達後不涉二家風未免中途

走設使總不是憑何而開口開口不開口切忌犯靈叜若會箇中意望南觀北斗傳大士頌云人道行路難我道行路易入山數載餘長伸兩脚睡行路易路易莫思量刹那心不異何處不天堂如上雖廣引先達誠言纔入宗鏡之中法爾言思道斷識智齊泯勝負俱亡四辯莫窮羣賢罔測故淨名私記云淨名默然從前已來至此究竟實智滿足亦如善財值彌勒入樓觀方得究竟今默無言即樓觀體大集經云光明寂靜無諍三句法竟釋迦默然而住與今無異又如西天韻陀山中有一羅漢名冨樓那馬鳴往見端坐林中志氣眇然若不可測神色謙退似而可屈遂與言曰沙門說之敵有所明要必屈汝我若不勝便刎頸相謝沙門默然容無負色亦無勝顏扣之數四曾無應情馬鳴退自思惟我負矣彼勝矣彼安無言故無可屈吾以言之雖知言者可屈自吾未免於言眞可愧矣遂投出家○問若如上說道體自然則祖佛何煩出世答古教云不得一法疾與授記祖師云不得一法號曰傳心了煩惱性空即佛出世故經云貪瞋癡出即是佛出但令衆生絕凡聖之情無出沒之相閑居靜住無所施爲達斯法門是眞佛出說如斯事是眞實慈○問既無心念木石何殊又絕見聞如何覺悟答只謂强覺妄知而能障道唯當脫黏內伏發自靈知根塵既消光明頓發釋摩訶衍論云以一切法本來唯心實無於念者即是自宗正理所謂法性從無始來唯是一心無一法而非心故而有妄心不覺起念見諸境界故

說無明若一心之性寂滅無起即是本覺慧明如論云心性無起即是大智慧光明義又妄心起見一向唯轉虛妄境中不能通達眞實境界所以者何眞僞相違不契當故如論云若心起見則有不見之相眞實知見離能所之邊見如論云心體若離見即是徧照法界義又若心有動轉相即是無明熏習氣故心性寂靜無有喧動正直無有顛倒之解即是實智之照如論云若心有動非眞識知若一心有動轉相更有前境可緣者能見之心所見之境二差別故本覺功德則不圓滿而本性德雖過恒沙唯一心量終無二體所以者何如是諸德悉皆各各不分其體於一法界其量等故首楞嚴經云佛告阿難如是六根由彼覺明有明明覺失彼精了黏妄發光是以汝今離暗離明無有見體離動離靜元無聽質無通無塞齅性不生非變非恬甞無所出不離不合覺觸本無無滅無生了知安寄汝但不循動靜合離恬變通塞生滅暗明如是十二諸有爲相隨拔一根脫黏內伏伏歸元眞發本明耀耀性發明諸餘五黏應拔圓脫不由前塵所起知見明不循根寄根明發由是六根互相爲用阿難汝豈不知今此會中阿那律陀無目而見跋難陀龍無耳而聽殑伽神女非鼻聞香驕梵鉢提異舌知味舜若多神無身覺觸如來光中映令暫現既爲風質其體元無諸滅盡定得寂聲聞如此會中摩訶迦葉久滅意根圓明了知不因心念阿難今汝諸根若圓拔已內瑩發光如是浮塵及器世間諸變化相如湯消氷應念化

成無上知覺阿難如彼世人聚見於眼若令急合暗相現前六根黯然頭足相類彼人以手循體外繞彼雖不見頭足一辯知覺是同緣見因明暗成無見不明自發則諸暗相永不能昏根塵既消云何覺明不成圓妙○問如上所說並約大根如初日照高山駛馬見鞭影若中機下品不可孤然未入之人以何方便答亦須自省開發信心若未發時直須靜慮以時研究永斷攀緣身心一如以悟爲限或因聞入或從境明豁爾意消真心自現○問境識俱無自體者境從識生識從何起答識從真性起○問真性從何而起答真性則無所起○問若無所起云何顯現答無起即起起即無起非起不起是不思議起○問如何是不思議起答紅埃飛碧海白浪涌青岑○問修習此宗聞解信人得何法利獲何勝報答此是第一之說無等之詮學而不得福猶勝於人天聞而不信尚結菩提之種十方金口同共稱揚諸大乘經無不具載法華經云一念隨喜皆記無上菩提一句受持悉同如來供養古釋華嚴出現品云此品文旨宏奧能頓能圓究衆生之本原罄諸佛之淵海根本法輪之內更處其心生在金輪種中復爲嫡子妙中之妙玄中之玄並居凡類之心小功而能速證安得自欺不受今聞解能欣尤須自慶故知慕斯法者起信樂心纔舉念時已作如來真子始迴向際便成無上菩提與少學而齊上賢施微功而獲大果促三祇於一念圓萬德於小成猶長者得摩尼之珠盡未來施而不盡似小國獲輪王之寶徧

法界用而無窮妙德藥王獻香華而侍立釋迦多寶同歡喜而證明隨所至方接足而如逢善逝説一偈處起塔而堪作寶坊法利何窮功德無盡華嚴論云修信解力者常信自他凡聖一體同如無所依住無我無我所心境平等無二相故一切凡聖本唯法界無造作性依眞而住住無所住與一切諸佛衆生同一心智住性眞法界所有分別是一切諸佛本不動智凡聖一眞共同此智全信自心是佛種智及一切智不於心外别有信佛之心亦不於自心之内見自心有佛相故信如斯法自力未充以此是人獲得人中一切勝報衣服飲食隨念而至又不唯正報依報具足乃至有情無情悉皆歸順以得法界根本更有何事而不從乎如華嚴經云時大光王告言善男子我淨修菩薩大慈幢行我滿足菩薩大慈幢行乃至善男子此妙光城所住衆生皆是菩薩發大乘意隨心所見不同或見此城其量狹小或見此城其量廣大或見土沙以爲其地或見衆寶而以莊嚴或見聚土以爲垣牆或見寶墻周帀圍繞或見其地多諸瓦石高下不平或見無量大摩尼寶間錯莊嚴平坦如掌或見屋宅土木所成或見殿堂及諸樓閣階墀牕闥軒檻户牖如是一切無非妙寶善男子若有衆生其心清淨曽種善根供養諸佛發心趣向一切智道以一切智爲究竟處及我昔時修菩薩行曽所攝受則見此城衆寶嚴淨餘皆見穢善男子此國土中一切衆生五濁世時樂作諸惡我心哀愍而欲救護入於菩薩大慈爲首隨順世

間三昧之門入此三昧時彼諸衆生所有怖畏心惱害心怨敵心諍論心如是諸心悉自消滅何以故入於菩薩大慈爲首順世三昧法如是故善男子且待須臾自當現見時大光王即入此定其城内外六種震動諸寶地寶墻寶堂寶殿臺觀樓閣階砌户牖如是一切咸出妙音悉向於王曲躬敬禮妙光城内所有居人靡不同時歡喜踊躍俱向王所舉身投地村營城邑一切人衆咸來見王歡喜敬禮近王所住鳥獸之屬互相瞻視起慈悲心咸向王前恭敬禮拜一切山原及諸草樹莫不迴轉向王敬禮陂池泉井及以河海悉皆騰溢流注王前釋摩訶衍論云自所作之功德迴向三處一者眞如二者一心法三者本覺佛性是名爲三以何義故迴向三處謂爲欲自所作功德令平等故迴向眞如或爲欲自所作功德令廣大故迴向一心或爲欲自所作功德令明了故迴向本覺應如是知應如是觀如是迴向有何利益謂衆多故此義云何譬如用一微塵置大地中所置微塵與彼大地等無差別迴向法門亦如是故又譬如用一注水置大海中所置注水與彼大海等無差別迴向法門亦如是故又譬如破一小有即便與大虚空等無差別迴向法門亦如是故已説展舒功德令廣門次説施於衆生普利門言普利一切衆生界者即是施於衆生普利門謂舉廣大圓滿功德周徧利益衆生界故頌云歡喜大士志心勸無量佛子衆海中我已超毛頭三角過於生華之四根第一無數粗滿訖第二僧祇始入無如是

汝等諸佛子以於左右之兩手捧於本識之明鏡臨七識散慮之面見六塵境界之垢洗法執人我之咎汝等佛子若如是法身應化之三身如舒伊字圓現前常樂我淨之四德如入達池具出生我從四王自在處下入大海龍宮殿隨分窺諸契經海總有一百洛叉數如是諸經眞實法無量無邊差別義摩訶衍論立義中該攝安立具足說有善男子善女人若自手捧斯經卷名捧百洛叉經者若口自誦經本分名誦百洛叉經者此人所得之功德十方世界微塵數諸佛及大菩薩衆各出微塵數舌相如是微塵劫數中不息稱說不能盡何況觀察其義理思惟文下之所詮是以若人於此宗鏡之中或介爾起心或瞥然舉意或偶得手觸或暫以目觀皆成入道之緣盡結一乘之種以是祖佛正訣經論本宗高布涅槃之天深窮般若之海又此中文包義富宗贍理圓搜之而句句盡徹根原編之而一一徧含旨趣何況信解悟入止念修行書寫受持開演傳布格量功果唯佛乃知非筭數之可量豈讚揚之所及○問唯心之體前已略明唯識之相如何指示性相雙辯方顯正宗理事俱通始袪邪執答欲顯正宗先除邪執者故須因事明理會妄歸眞眞是依妄之眞因情說會事是從理之事破執言明無執而理事俱虛離情而眞妄雙絶瞥消而空華自謝念息而幻境俄沉今依諸聖於衆生界中抱教迷宗蓋非一二撮其樞要無先二空以迷人空故起我見之愚受妄生死以迷法空故違現量之境障淨菩提所以

我法俱空唯從識變今立第一心法能變識有三一第八異熟識變二第七思量識變三第六了別境識變旣唯識變我法皆虛因此二空故契會玄旨以我空故煩惱障斷以法空故所知障消煩惱障斷故證眞解脫所知障斷故獲大菩提然後行滿因門心冥果海則境識俱寂唯一眞空○問從上宗乘唯令絶學單刀直入教外別傳何假智慧多聞廣論性相言繁理隱水動珠昏答顯宗破執權拂學路討論達旨融通非離文字解脫法華經云若有利根智慧明了多聞强識乃可爲說大凡叅玄之士須具二眼一已眼明宗二智眼辨惑所以禪宗云單明自已不了目前如此之人只具一眼理孤事寡終不圓通隻翼單輪豈能飛運若執只要單刀直入不用廣叅者則善財初見妙德發明之後不合徧叅法界故知初後心等理行同時所以善財至彌勒佛果圓後却指再見初友文殊如先德云文殊之妙智宛是初心普賢之玄門曽無別體是則理事冥齊於一旨本末匪越於刹那曷乃守一疑諸頓迷法界捨此取彼寧割虛空又若以智慧爲非則大智文殊不應稱法王之子若以多聞是過則無聞比丘不合作地獄之人應須以智慧合其多聞終不執詮而認指以多聞而廣其智慧免成孤陋而面牆所以云有智無行國之師有行無智國之用有智有行國之寶無智無行國之賊是以智應須學行應須修闕智則爲道之讎無行乃國之賊當知名相關鎖非智鑰而難開情想勾牽匪慧刀而莫斷應須責躬省已

策發進修是以履圓通之人豈墮絶言之見發菩提之者不生斷滅之心若能直了自心即是單刀直入最爲省要以一解千從攝法無餘故亦是教外别傳離此别無奇特又此宗鏡大意以妙悟見諦爲期不取依通齊文作解法既眞實行須契同唯在心知不俟言説爲未了者亦不絶言究竟相應終須親省此是十方諸佛同證同説古今不易一際法門如經云我不見有一佛國土其中如來不説此法是以佛佛道同心心理合故知離宗鏡外無法可説以凡有言教俱不出平等性故終無有二所以經云如大師子殺香象時皆盡其力殺兎亦爾不生輕想諸佛如來亦復如是爲諸菩薩及一闡提演説法時功用無二仰唯聖旨鑒誡昭然豈可於平等至教之中起差别解耶於一眞衆生界中生勝劣見耶若入宗鏡之中自免斯咎今所録者一一皆是古佛聖教於無量億劫捨無數身命普爲一切衆生求此難得阿耨多羅三藐三菩提法付囑諸大菩薩爲末代求無上菩提之人千途異説共顯一心云何負恩不生信受如智度論云諸摩訶衍經皆名爲法此中求法者書寫讀誦正憶念如是等治衆生心病故集諸法藥不惜身命如釋迦文佛本爲菩薩時名曰樂法時世無佛不聞善語四方求法精勤不懈了不能得爾時魔變作婆羅門而語之言我有佛所説一偈汝能以皮爲紙以骨爲筆以血爲墨書寫此偈當以與汝樂法即時自念我世世喪身無數不得是利即自剥皮曝之令乾欲書其偈魔便滅身是

時佛知其志心即從下方踊出爲説深法即得無生法忍又如薩陀波崙苦行求法如釋迦文菩薩五百釘釘身爲求法故又如金堅王割身五百處爲燈炷投巖入火如是等種種難行苦行爲衆生求法故知善知識者難得遭逢譬如梵天投一芥子安下界針鋒之上猶易值明師道友得聞正法甚難如西天九十六種外道皆求出離因遇邪師反沉生死是以涅槃經云具四因緣能證涅槃之道一者親近善友二者聽聞正法三者如理思惟四者如説修行若不遇善友不得聞正法何者因聞正法則能思惟信入正念修行有如是法利應須殷重生難遭想摧我慢心乃至遇經卷得聞或因人舉示如有悟入之處皆是我師況此宗鏡唯録要文可謂端拱坐紊不出門而知天下易辦成現弗動足而到龍宫是以華嚴經云善男子善知識者如慈母出生佛種故知慈父廣大利益故如乳母守護不令作惡故如教師示其菩薩所學故如善導能示波羅蜜道故如良醫能治煩惱諸病故如雪山增長一切智藥故如勇將殄除一切怖畏故如濟客令出生死瀑流故如船師令到智慧寶洲故善男子常當如是正念思惟諸善知識復次善男子汝承事一切善知識應發如大地心荷負重任無疲倦故應發如金剛心志願堅固不可壞故應發如鐵圍山心一切諸苦無能動故應發如給侍心所有教令皆隨順故應發如弟子心所有訓誨無違逆故應發如僮僕心不猒一切諸作務故應發如養母心受諸勤苦不告勞故

應發如傭作心隨所受教無違逆故應發如除糞人心離憍慢故應發如已熟稼心能低下故應發如良馬心離惡性故應發如犬車心能運重故應發如調順象心恒伏從故應發如須彌山心不傾動故應發如良犬心不害主故應發如旃陀羅心離憍慢故應發如㹀牛心無威怒故應發如舟船心往來不倦故應發如橋梁心濟渡忘疲故應發如孝子心承順顏色故應發如王子心遵行教命故是以因人聞法因法悟道因道修行因行成佛豈可憍慢而不順旨乎故世尊言我今得成佛最初皆因遇善友因緣且如外道須跋陀最後若不遇釋迦何由捨邪歸正故大涅槃經云佛言須跋陀仁者若受苦行便得道者一切畜生悉應得道是故先當調伏其心不調伏身以是因緣我經中說斫伐此林莫斫伐樹何以故從林生怖不從樹生欲調伏身先當調心心喻於林身喻於樹須跋陀言世尊我已先調伏心佛言善男子汝今云何能先調心須跋陀言世尊我先思惟欲是無常無樂無淨觀色即是常樂清淨作是觀已欲界結斷獲得色處是故名爲先調伏心復次觀色色是無常如癰如瘡如毒如箭見無色常清淨寂靜如是觀已色界結盡得無色處是故名爲先調伏心次復觀想即是無常癰瘡毒箭如是觀已獲得非想非非想處是非想非非想即一切智寂靜清淨無有墜墮常恒不變是故我能調伏其心佛言善男子汝云何能調伏心也汝今所得非想非非想定猶名爲想涅槃無想汝云何言獲得涅槃

善男子汝已先能訶責麤想今者云何愛著細想不知訶責如是非想非非想處故名爲想如癰如瘡如毒如箭善男子汝師鬱頭藍弗利根聰明尚不能斷如是非想非非想處受於惡身況其餘者世尊云何能斷一切諸有佛言善男子若觀實想是人能斷一切諸有須跋陀言世尊云何名爲實想善男子無想之想名爲實想世尊云何名爲無想之想善男子一切法無自相他相及自他相無無因相無作相無受相無作者相無受者相無法非法相無男女相無士夫相無微塵相無時節相無爲自相無爲他相無爲自他相無有相無無相無生相無生者相無因相無因因相無果相無果果相無晝夜相無明暗相無見相無見者相無聞相無聞者相無覺知相無覺知者相無菩提相無得菩提者相無業相無業主相無煩惱相無煩惱主相善男子如是等相隨所滅處名眞實想善男子一切諸法皆是虛假隨其滅處是名爲實想是名法界名畢竟智名第一義諦名第一義空

宗鏡録卷第四十一

音釋

湊倉奏切趣也 瞥匹列切暫也 貯知呂切盛也 泯武盡切滅也 揵椎梵語也此云磬亦云鐘又凡法器皆曰揵椎揵巨寒切椎音槌 邁蒲拜切老也 撈盧高切沉水下取也 肇治小切肇法師名也 曳餘制切引也 刎武粉切割也 頸居郢切頸莖也 黏女廉切著也 殑伽梵語也此云天堂來河名也殑其陵切 闥他達切門也 瞖於計切目病也 曝步水切日乾也 傭餘封切雇也 牸疾二切牝牛也

宗鏡録卷第四十二

宋慧日永明妙圓正修智覺禪師延壽集

夫大乘圓頓識智俱亡云何却述緣生反論因果答經云深信大乘不謗因果又云深入緣起斷諸邪見夫唯識之旨不出因果正因相者由識變故諸法得生以識爲因正果相者由種識故生諸分別法體之果及異熟等分位之果所以上至諸佛下及衆生皆因果所收何得撥無墮諸邪網只爲一切外道不達緣生唯執自然撥無因果二乘眇目但證偏空滅智灰身遠離因果世間業繫無聞凡夫五欲火燒執著因果盡成狂解不體圓常皆背法界緣起之門悉昧般若無生之旨今所論因果者唯以實相爲因還用實相爲果但了平等一心故終不作前後同時之見若能如是信入一心皆成圓因妙果如賢劫定意經云指長吉祥見者悅然無不吉利此者皆是一心之執又云其演光明無所不照多所安隱是一心報又云威光巍巍無見頂相是一心報華手經偈云汝等觀是心念念常生滅如幻無所有而能得大報又偈云是心不在緣亦不離衆緣非有亦非無而能起大果顯揚論頌云由彼心果故生已自然滅後變異可得念念滅應知論曰彼一切行是心果故其性纔生離滅因緣自然滅壞又復後時變異可得當知諸行皆剎那滅云何應知諸行是心果耶頌曰心熏習增上定轉變自在影像生道理及三種聖教論曰由道理及聖教證知諸行是心果性道理者謂善不善法熏習於心由習氣增上力故故行得生又

脫定障心清淨者一切諸行隨心轉變由彼意解自在力故種種轉變又由定心自在力故隨其所欲定心境界影像而生是名道理聖教者謂三種聖言如經中偈云心將引世間心力所防護隨心生起已自在皆隨轉又說是故苾芻應善專精如正道理觀察於心乃至廣說又說苾芻當知言城主者即是一切有取識蘊是名聖教是知福隨心至患逐心生如響應聲似影隨質如阿那律供辟支佛之一食甘露而常盈空器金人而用盡還生阿那律者此翻無貧賢愚經云弗沙佛末世時飢饉有辟支佛利吒行乞空鉢無獲有一貧人見而悲悼白言勝士能受稗不即以所噉奉之食已作十八變後更採稗有兔跳抱其背變爲死人無伴得脫待暗還家委地即成金人拔指隨生用脚還出惡人惡王欲來奪之但見死屍而其金寶九十劫果報充足故號無貧其生已後家業豐溢日夜增益父母欲試之蓋空器皿往送發看百味具足而其門下日日常有一萬二千人六千取債六千還直出家已後隨所至處人見歡喜欲有所須如已家無異又如金色王施辟支佛一飯後滿閻浮提於七日內唯雨七寶一切人民貧窮永斷當知此七寶不從餘處來皆從彼王供養心中出因起自心中果不生異處如阿那律金人自作自受所以福者見爲金寶惡人觀是死屍故知轉變從心前塵無定又如未開空器甘露本無隨福所生百味具足善惡之境皆是自心故唯識論云境隨業識轉是故說唯心則無有一法不歸宗鏡

已上是世間因果次論諸佛因果者如華嚴論云顯佛果有三種不同一亡言絶行獨明法身無作果二從行積修行滿功成多劫始成果三創發心時十住初位體用隨緣所成果初亡言絶行所明法身無作果者即涅槃無行等經是隱身不現萬事休息又云羅刹爲雪山童子説諸行無常是生滅法生滅滅已寂滅爲樂是無作果不具行故二從行積修行滿多劫方成果者即權教之中說從行修成三僧祇劫行滿所成佛果是也此以不了無明十二有支本是法身智慧猒而以空觀折伏現行煩惱忻別淨門三從凡十信初心創證隨緣運用所成果者即華嚴經是也十住終心即以方便三昧達無明十二有支成理智大悲即具文殊普賢體用法界法門

又如化佛所施因果教行定經三僧祇中所有功德總是修生百劫修相好業然燈得光明不殺得長壽布施得資財忍辱得端正一一因果屬對相似具足仍對治種種法門始得見性成佛如華嚴經即不然一念頓證法界法門身心性相本唯法體施爲運用動寂皆平任無作智即是佛也爲一切佛法應如是無長無短始終畢竟法皆如是於一眞法界任法施爲悉皆具足恒沙德用即因即果以此普門法界理智諸障自無無別對治別修別斷不見變化變與不變無異性相故普觀一切無非法門無非解脱但爲自心强生繫著爲多事故沉潛苦流故勞聖說種種差别於所説處復生繫著以此義故聖説不同或漸或圓應諸根器如此經教頓示圓乘人

所應堪受設不堪受者當須樂修究竟流歸畢居此海是故餘教先因後果不同此教因果同時爲法性智海中因果不可得故爲不可得中因果同時無有障礙也可得因果即有前後有所得者皆是無常非究竟說也若先因後果者因亦不成故果亦壞也緣生之法不相續故即斷滅故自他不成故如數一錢不數後錢無後二者一亦不成爲刹那不相續刹那因果壞多刦不相續多刦因果壞待數後錢時前一始成因果亦爾要待一時中無間者因果始成若爾者如數兩錢同數無前無後誰爲一二如豎二指誰爲因果如二指等隨心數處爲因後數爲果若是有前有後即有中間者還有刹那間斷有間斷者不成因果若同時者如豎二指無先無後誰爲因果亦皆不成如此華嚴經因果同時者俱無如是前後因果及同時情量繫著妄想有無俱不俱常無常等繫著因果但了法體非所施設非因果繫名爲因果非情所立同時前後之妄想也如是者何異楞伽漸教之說此則不然乃至楞伽中唯論破相但救顯理無繫著故不論緣起如緣起法界者法界不成不破但知了法如是故是故楞伽經云先示相似物後當與眞實又云得相者是識不得相者智如此經中無有假法諸法總眞純眞無假更無相似存眞存假經云衆生界即佛界也如文殊以理會行普賢以行會理二人體用相徹以成一眞法界前後相收品品之中互相該括前後相徹文義更收一法門中具多法也是故經偈云於多法中爲一

法於一法中爲衆多然此心是法界之都無法不攝非但凡聖因果乃至逆順善惡同歸若一一悟是自心則事事無非正理如經云提婆達多不可思議所修行業皆同如來六羣比丘實非弊惡所行之法皆同佛行有修善者地獄受果惡行之人天上受報如不達斯文則逆順分岐焉能美惡同化然初章之内已述正宗若上上機人則一聞千悟斯皆宿習見解生知若是中下之根須憑開導因他助發方悟圓成爲此因縁微細纂集所以云若有一微塵處未了此猶有無明在以不了處爲障翳故何況自身根門之内日用之中有無量應急法門全未明一如生盲人每日喫一百味飯雖然得喫品饌何分若言無分又每日得喫若言有分設問總不知若欲爲未了之人憑何剖析只成自誑反墮無知自眼未開焉治他目是以善財首見文殊已明根本智入聖智流中然後徧叅道友爲求差別智道習菩薩行門遇無猒足國王如幻法門見勝熱婆羅門無盡輪解脫尚乃迷宗失旨對境茫然故知佛法玄微非淺智所及何乃將蚊子足擬窮滄溟之底用蜘蛛絲欲懸妙高之中益抱慚顔須伸懺悔是以般若海闊入之者方悟無邊法性山高昇之者乃知彌峻伏自大雄應世諸聖發揚至像法初則有馬鳴龍樹等五百論師大弘至教及像法中復有護法陳那等十大菩薩廣解深經辯空有之宗立唯識之理悉是賢劫千佛十刹能仁同酬本願之懷共助無縁之化何乃持螢光而干日馭捧布鼓而近雷門不揆寡

聞退慚劣解牛跡豈將大海齊量腐草焉與靈椿等榮今此持論爲成法器深心好樂大乘之者如大寶積經云佛言若有求大利益善男子善女人信我教者後滓濁世極覆藏時善人難得時聞如是等甚深法已應爲如理者說不爲不如理者爲信者說非不信者我今亦爲如理者說非不如理者爲信者說非不信者又識者愛者貴若珠珍不識不愛賤同泥土仰惟叅玄之士願稟佛言深囑慕道之賢同遵祖意○問依上標宗甚諧正脉何用更引言詮廣開諸道答馬鳴祖師雖標唯心一法開出眞如生滅二門達磨直指一心建立隨緣無礙四行詳夫宗本無異因人得名故云祖師頓悟直入名禪宗諸佛果德根本名佛性菩薩萬行原宄名心地衆生輪迴起處名識藏萬法所依名法性能生般若名智海不可定一執多生諸情見是以金光明經云法性甚深無量無量者非別有一法名爲無量毗盧遮那徧一切處一切諸法皆是佛法甚深者亦非別有一法名爲甚深即事而眞無非實相可謂一中之多當存而正泯多中之一在卷而亦舒如華嚴經云菩薩摩訶薩知三界唯心三世唯心而了知其心無量無邊是爲無等住又先德云言雖不能言然非言無以傳是以聖人終日言而未甞言也以終日言故不絕漚和之心而未甞言故靡失般若之性以漚和故不違大化之門以般若故不見言象之迹又經云諸佛常依二諦說法若不得世諦不得第一義以了俗無性即是眞門何乃逐物隨情橫生異見局

方隅之遠近定器量之淺深如蚇蠖尋條安前足而進後足似癡猴得樹放高枝而捉低枝若能除器觀空自亡方圓長短知心是境豈有高下是非且如世諦門中有八萬四千塵勞煩惱於諸凡夫妄想中唯生死一法最大以有生死心境並生若無生死人法俱寂故知了存今日不可因循夫業繫四生身居九有得人身者如爪上之塵失人身者猶大地之土處三塗地而永埋塵劫居四空天而沍沒禪支設暫生人中千般障難或機鈍而難省或根利而信邪或身器不完或遮障俱重皆不可化無由證眞如大智度論云當知人身難得佛世難值好時易過一墮諸難永不可治若墮地獄燒炙屠割何可教化若墮畜生共相殘害亦不可化若墮餓鬼飢渴熱惱亦不可化若生長壽天十萬佛過著禪定味故皆不覺知如安息國諸邊地生者皆是人身愚不可教化雖生中國或六情不具或四支不完或盲聾瘖瘂或不識義理或時六情具足諸根通利而深著邪見言無罪福不可教化故爲說好時易過墮諸難中設無諸難煩惱業深仍爲八苦火燒五濁所亂夫言苦者無量或三苦五苦八苦乃至瑜伽一百一十苦及八萬四千塵勞之苦皆不出流轉之苦及行苦等而凡夫甘處曾不覺知如俱舍論頌云如以一睫毛置掌人不覺若置眼睛上爲苦極不安凡夫如手掌不覺行苦睫智者如眼睛緣極生猒怖故知生老病死之苦誰能免乎四山常來切人如先德云故賢與不肖豪强羸弱同爲四遷一無脫者梵王

帝釋貧窮下賤堯舜桀紂三皇四凶併歸灰壞皆爲苦依夫八苦者生苦則衆苦積聚之因六趣受身之本如食糞中之果猶飡毒樹之根取甘露而墮坑買上食而致死功德黑闇二女相隨有智主人二俱不受對法論云生苦者衆苦所依故衆苦逼迫故九月十月處胎藏間如在糞穢坑中長受寒熱等種種衆苦生熟藏間如兩山迫逼趣産門時其苦難堪乍出風飄如刀割錐刺不覺失聲癡忘已前所有事業名爲生苦老苦者時分變異故苦身分沉重諸根熟昧皮膚緩皺行步傴曲寢膳不安起坐呻吟喘息氣逆所爲緩緩爲人所輕世情彌篤世事皆息名爲老苦又老者忘若嬰兒狂猶鬼著以危脆衰熟之質當易破爛壞之時落日西垂萎華欲謝如甘蔗之滓無三種出家禪誦之味劫勇力而全因老賊擒壯色而將付死王猶蓮遭雹而摧殘似車折軸而無用若枯河乏水不利於人如殘炷無油勢寧得久病苦者四大變易乖違故苦百節酸疼四支苦楚能壞一切安隱樂事由此經言如人壯美王妃竊愛遣信私通王便捉獲挑其眼目截其耳鼻刖其手足形容頓改爲人惡賤病苦所逼以是難堪爲人所惡亦復如是爲苦惱愁憂之本作死亡怖畏之由如雹壞苗似怨所逼劫奪正命摧滅壯容減福力而退大菩提增放逸而失真善本此名病苦死苦者壽命變壞故苦風刀解支節無處不苦痛張口歎息手足紛亂翻睛沮沫捫摸虛空汗液交流便溲零落昔雖假以澡浴必歸不淨昔雖假以塗熏必歸臭

穢昔時王位財寶榮盛親族婦妾萬億于時頓捨獨往後世無一相隨卧置牀枕橫尸偃仰父毋妻子槌胷哽咽衆人號慕披髮拍頭雖生戀仰之悲終致永分之痛或埋殯墳陵肉消骨腐或有露尸以施身肉禽獸螻蟻交橫摣掣或以火焚臭煙熢焞四面充塞人所傷嗟悲慟絶聲咸歸故里唯餘灰糞獨從風土平生意氣觸處陵雲一旦長辭困沾霜月是知禄命盡處臨死之時如劫風吹散猶瀑布漂流往無所遮到不能脫向深遠處怖境常驚於幽闇中孤䰟獨逝怨臣恒逐曾不覺知死王所追無能免者大涅槃經云夫死者於嶮難處無有資粮去處懸遠而無伴侶晝夜常行不知邊際深邃幽闇無有燈明入無門户而有處所雖無痛處不可療治往無遮止到不得脫無所破壞見者愁毒非是惡色而令人怖敷在身邊不可覺知釋云於嶮難處者二十五有恐畏之世無有資粮者無善法以自資去處懸遠者生死無窮也而無伴侶者䰟靈自逝也晝夜常行不知邊際者隨業漂流循環無際深邃幽闇無有燈明者死是後相一入死分昏沉難出生死長夜故名深邃死已多入三塗大黑闇處故云無有燈明入無門户而有處所者死入身內不因門户即身辯死名有處所雖無痛處者臨欲死時雖有五根無有知覺也不可療治者報終必死世醫拱手也往無遮止到不得脫者業盡報終時至必遷自業所追無人繫縛無所破壞見者愁毒者報色雖滅膚體不毀而見悲瘐莫不愁毒非是惡色而令人怖者無恐

人相貌而見者惶懼數在身邊不可覺知者此明人死在身最後邊然不能知死之時節也又諸識昏昧六腑空虛餘息淹淹心魂愀愀無常經偈云命根氣欲盡支節悉分離衆苦與死俱此時徒歎恨兩目俱翻上死刀隨業下意想並慞惶無能相救濟所以先德云人命無常一息不追千載長往幽途綿邈無有資粮苦海攸深船筏安寄聖賢訶棄無所恃怙年事稍去風刀不賒豈可晏然坐待痠痛譬如野干失耳尾牙詐眠望脫忽聞斷頭心大驚怖遭生老病尚不爲急死事不賒那得不怖怖心起時如履湯火六塵五欲不暇貪染如阿輸柯王弟大帝王聞旃陀羅朝朝振鈴一日已盡六日當死雖有五欲無一念受行者怖畏苦到懺悔不惜身命如野干決絶無所思念如彼怖王是知萬禍之因衆苦之本皆從一念結構而生應須密護根門常防意地無令妄起暫逐前塵如佛垂般涅槃略說教誡經云此五根者心爲其主是故汝等當好制心心之可畏甚於毒蛇惡獸怨賊大火越逸未足喻也動轉輕躁但觀於蜜不見深坑譬如狂象無鉤猨猴得樹騰躍踔躑難可禁制當急挫之勿令放逸縱此心者喪人善事制之一處無事不辦是故比丘當勤精進折伏汝心故知生死難出應須兢慎且如一乘聖人及自在菩薩俱出三界之外尚有變易之身四種生死何況三界之內現行煩惱業繫凡夫分段死乎四種生死者則是一切阿羅漢辟支佛大地菩薩由四種障不得如來四德一方便生死二因緣生死三有

有生死四無有生死無上依經云佛告阿難於三界中有四種難一者煩惱難二者業難三者生報難四者過失難無明住地所起方便生死如三界内煩惱難無明住地所起因緣生死如三界内業難無明住地所起有有生死如三界内生報難無明住地所起無有生死如三界内過失難應如是知阿難四種生死未除滅故三種意生身無有常樂我淨波羅蜜果唯佛法身是常是樂是我是淨波羅蜜汝等應知愛別離苦者大涅槃經云因愛生憂因愛生怖若離於愛何憂何怖法華經云諸苦所因貪欲爲本淨名經云從癡有愛則我病生怨憎會苦者大涅槃經云觀於五道一切受生悉是怨憎合會大苦若未了無生於所生之處無非是怨無非是苦何者爲境所縛不得自在故求不得苦者有其二種一者所希望處求不能得二者多役功力不得果報五陰盛苦者生苦老苦病苦死苦愛別離苦怨憎會苦求不得苦是故名爲五陰盛苦以執陰是有爲陰所籠便成陰魔衆苦所集五濁者一劫濁四濁增劇聚在此時瞋恚增劇刀兵起貪欲增劇飢餓起愚癡增劇疾疫起三災起故煩惱倍隆諸見轉熾麤弊色心惡名穢稱摧年減壽衆濁交湊如水奔昏風波鼓怒魚龍攪擾無一聊賴時使之然如劫初光音天墮地地使有欲如忉利天入麤澁園園生鬭心是名劫濁相煩惱濁者貪海納流未曾飽足瞋凾吸毒燒諸世間癡闇頑嚚過於漆墨慢高下視陵忽無度疑網無信不可告實是爲煩惱濁相見濁者無人

謂有人有道謂無道十六知見六十一見等猶如羅網又似稠林纏縛屈曲不能得出是見濁相衆生濁者攬於色心立一宰主譬如黐膠無物不著流浪六道處處受生如貧如痤名長名富是爲衆生濁相命濁者朝生暮殞晝出夕没波轉烟迴眴息不住是命濁相居此濁亂之時遮障增劇境飄識飈燒盡善根業動心風吹殘白法著瞋魑魅之鬼趣墮癡羅刹之網中爲貪愛王之拘留被魔怨主之驅役孰能頓省傚此圓修既得在中華又難逢佛世今須慶幸得遇遺文況收宗鏡之中前後無非眞實言言可以悟道字字唯是標宗直須曉夜忘疲兢兢研究忽從聞省悟我眞心頓爲得道之人永紹菩提之種若未見道念念緣差一失人身萬劫不復所以古教云一息有四百生滅性命在呼吸之間若未得道之人只有輪迴生死命若懸絲若得朝聞夕死可矣故提謂經云如有一人在須彌山上以纖縷下之一人在下持針迎之中有旋嵐猛風吹縷難入針孔人身難得甚過於是又菩薩處胎經偈云盲龜浮木孔時時猶可值人一失命根億劫復難是海水深廣大三百三十六一針投海底求之尚可得又偈云吾從無數劫往來生死道捨身復受身不離胞胎法計我所經歷記一不記餘純作白狗形積骨億須彌以利針地種無不值我體何況雜色狗其數不可量吾故攝其心不貪著放逸伏自祖教西至賢聖交馳皆爲明心決擇生死生死所起不出根塵因不覺而妄念忽生迷法界而幻境潛現從此執人執

法立自立他隨對待而逆順牽情逐分別而愛憎關念遂乃跉跰五趣匍匐四生今欲反究妄原須明起處故首楞嚴經云佛告阿難如汝所說真所愛樂因于心目若不識知心目所在則不能得降伏塵勞譬如國王為賊所侵發兵討除是兵要當知賊所在使汝流轉心目為咎故知心為群妄之原目是諸見之本是以生死之始起惑之初因迷自心而作外塵為執妄識而為內我由我而强為主宰從想而建立自他抱幻憑虛遂成顛倒顛倒之法略說有三一心顛倒二見顛倒三想顛倒心如停賊主人見是賊身想如賊脚根塵是賊媒內外搆連劫盡家寶是以見劫眼根善聲劫耳根善香劫鼻根善味劫舌根善觸劫身根善法劫意根善法財傾竭智藏空虛如怨詐親誰有知者如或識賊賊無能為若了境識心終不更為外塵所侵內結能縛且如心王八法乃至六種無為撮要一百法門並是衆生日用無一時而不具無一念而不生以此校量故非閑事若不能深濟生死危苦急難則往聖古賢虛煩製作為有深益方可施為聖不誑凡真為惑偽今所録者略證此宗尋萬丈而未得毫釐指百分而纔言一二請不猒繁息志子細披尋覽之如登寶山信之似遊海藏又此雖假文言一一示其真實不可隨語生著昧我正宗如經云刀輪害閻浮人頭其失猶少有所得心說大乘者其罪過彼也大智度論云執有與無諍乃至非有非無與有無諍如牛皮龍繩俱不免患中觀論云諸佛說空法本為化於有若有著

於空諸佛所不化若定言諸法非有非無者是名愚癡論若失四悉檀意自行化他皆名著法若得四悉檀意自他俱無著也又論云佛法中不著有不著無有無亦不著非有非無非非有非非無亦不著不著亦不著如是則不容難譬如以刀斫空終無所傷爲衆生故隨縁説法自無所著故般若燈論序云觀明中道而存中失觀空顯第一而得一乖空然則司南之車本示迷者照膽之鏡爲鑒邪人無邪則鏡無所施不迷則車不爲用斯論破申其由此矣若如斯者寧容執教隨言語之所轉乎是以若未遇宗鏡大録祖佛微細正意内得見性但外學多聞者則身雖出家心不入道故大涅槃經云佛言汝諸比丘身雖得服袈裟染衣其心猶未得染大乘清淨之法汝諸比丘雖行乞食經歷多處初未曾乞大乘法食故云雖有勝意之通善星之辯若不知實相之理者不免没魂於裂地之患如首楞嚴經云如第四禪無聞比丘妄言證聖天報已畢衰相現前謗阿羅漢身遭後有墮阿鼻獄又云善星妄説一切法空生身陷入阿鼻地獄故知若未入宗鏡先悟實相眞心假饒大辯神通長劫禪誦終不免斯咎若達此旨凡所施爲舉足下足自然不離一心涅槃之道如月上女經云舍利弗告月上女言汝於今者欲何所去月上女報言汝問今欲向何所去者我今亦如舍利弗去作如是去耳舍利弗報月上女言我今欲入毗耶離城汝於今者乃從彼出云何報言我今乃如舍利弗去作如是去爾時月上女復報舍利

佛言然舍利弗舉足下足凡依何處舍利弗言我舉足下足並依虛空女報言我亦如是舉足下足悉依虛空而虛空界不作分別是故我言亦如舍利弗去作如是去耳女言舍利弗此事且默今舍利弗行何行舍利弗言我向涅槃如是行也月上女言舍利弗一切諸法豈不向涅槃行也我今者亦向行也舍利弗問月上若一切法向涅槃者汝今云何不滅度月上女言舍利弗若向涅槃即不滅度何以故其涅槃行不生不滅不可得見體無分別無可滅度者釋曰其涅槃行不生不滅者即自心無生之義縱千途出沒靡離涅槃之門任萬法縱橫豈越無生之道故法華經偈云佛子住此地即是佛受用常在於其中經行及坐卧如上所述似如逆耳本之正意皆是擊發之心猶石中之火若無人扣擊千年萬年只成頑石終不成火用如孔子家語云孔子曰良藥苦口而利於病忠言逆耳而利於行湯武以諤諤而昌桀紂以唯唯而亡君無諍臣父無諍子兄無諍弟士無諍友無其過者未之有也故曰君失之臣得之父失之子得之兄失之弟得之士失之友得之是以國無危亡之兆家無悖亂之惡父子兄弟無失而交友無絶也今宗鏡内雖廣引苦切之言皆爲後學成器普令悛惡從善慕道進修使法國土無背道之臣令大乘家絶邪見之子是以菩薩雖能自利又乃識他常爲衆生不請之友故勝鬘經云以攝受折伏故令佛法久住是以溈山有警策之文無非苦口淨名垂訶責之力盡破執心若佛法中有

諍友則學般若道侶保無過失故書云道吾惡者是吾師道吾好者是吾賊又云三人同行必有我師焉況佛法内學出世良因寧不依師匠乎今若於初機助道門中此宗鏡文深資觀力言下現證修慧頓成如云爲道日損爲學日益損者損於情欲益者益於知見不同外道邪師及學大乘語者口雖說空不損煩惱此非善達正法皆是惡取邪空唯法器圓機方能信受堪嗟邪見垢重之人聞亦不信如愨䟽云歷千佛而不驚炷萬燈而莫曙釋云十方無量世界衆生佛向身中出家成道說法度生衆生皆不覺知都由無明迷本覺性不知如來藏中出現如來藏即衆生第八識故云歷千佛而不驚以不知即心是佛故又如一室中有一醉客有百千盞燈照而不醒喻聞法不識其理不能染神都無省悟故云炷萬燈而莫曙曙者明也何者爲燈即方便智爲燈照見心境界

宗鏡録卷第四十二

音釋

吒陟嫁切 稗蒲拜切草似穀 跳田聊切躍也 纂作管切絲集也 揆求癸切度也 滓側氏切澱也 蚇蠖蚇昌石切蠖烏縛切蚇蠖虫名 睫即葉切目傍毛也 傴於武切俯也 疼徒冬切痛也 刖魚厥切 捫摸捫莫奔切摸慕各切 摣掣摣側加切以手取物也掣昌列切引也 焞蒲没切烟起貌 痠素官切痠疾也 愀七小切 踔躑踔敕教切踸踔不常貌躑直炙切躅者跳躍貌 虺許委切 嚚語巾切口不道忠信之言爲嚚 黐膠黐丑知切黏也膠古肴切黏膏也 痤昨禾切病也 殞于敏切 眴舒閏切目動也 竛竮竛盧丁切竮普丁切竛竮行不正也 匍匐匍薄胡切匐蒲北切匐盡力奔趨也 氂吕支切十毫曰氂 悛此緣切止也 潙圻為 諤逆各切直言也

宗鏡録卷第四十三

宋慧日永明妙圓正修智覺禪師延壽集

夫初祖西來唯傳一心之法二祖求緣慮不安之心不得即知唯一眞心圓成周徧當下言思道斷達磨印可遂得祖印大行迄至今日云何著於言說違背自宗義學三乘自有階等荅前標宗門中已唯提大旨若決定信入正解無差則舉一例諸言思路絶竊見今時學者唯在意思多著言說但云心外無法念念常隨境生唯知口說於空步步恒遊有内只總舉心之名字微細行相不知若論無量法門廣說窮劫不盡今所録者爲成前義終無別旨妄有披陳此一心法門是凡聖之本若不先明行相何以深究根原故須三量定其是非眞修匪濫四分成其體用正理無虧然後十因四緣辯染淨之生處三報五果鑒眞俗之所歸則能斥小除邪剗情破執遂乃護法菩薩正義圓明西天大行教傳此土佛日沉而再朗慧雲散而重生遂得心境融通自他交徹不一不異觸境冥宗非有非空隨緣合道若不達三量眞妄何分若不知四分體用俱失故知浪說心之名字微細行相懵然不知終不免心境緣拘自他見縛目下狐疑不斷臨終津濟何憑所以般若是送神符臨終能令生死無滯只爲盲無智眼教觀不明從無始已來不能洞曉違現量而失自心體逐比非而妄認外塵終日將心取心以幻緣幻似狗齩枯骨自噤其津如象鼻取水還沐已體必無前境而作對治自從受身含識已來居三界塵勞之内猶熱病見鬼於非

怨處認怨若瞖眼生華向無愛中起愛妄生妄死空是空非都不覺知莫能暫省今更不信復待何時生死海深匪慧舟而不渡塵勞網密非智刃而莫揮其四分三量諸多義門下當廣辯○問祖佛大意貴在心行採義徇文只益戲論所以文殊訶阿難云將聞持佛佛何不自聞聞爭如一念還原深諧遺旨答此爲未知者説不爲已知者言爲未行者言不爲已行者説若已知已行之者則心迹尚亡何待言説今只爲初學未知者已眼不開圓機未發須假聞慧以助初心爲未行者但執依通學大乘語如蟲食木猶奴數錢乃至塵沙教門皆爲此之二等因茲見諦如説而行且智慧之光如日普照多聞之力猶膏助明以劣解衆生從無始來受無量劫洞然之苦只爲迷正信路失妙慧門狂亂用心顛倒行事何乃盲無智照翻嫌眞實慧光貧闕法財更祛多聞寶藏如華嚴經云欲度衆生令住涅槃不離無障礙解脱智無障礙解脱智不離一切法如實覺一切法如實覺不離無行無生行慧光無行無生行慧光不離禪善巧決定觀察智禪善巧決定觀察智不離善巧多聞是以因聞顯心能辯決定觀察之禪因禪發起無行無生之慧因慧了達諸法如實之覺因覺圓滿無礙解脱之智斯皆全因最初多聞之力成就菩提若離此宗鏡別無成佛之門設有所修皆成魔外之法大智度論偈云有慧無多聞是不知實相譬如大暗中有目無所見多聞無智慧亦不知實相譬如大明中有燈而無目多聞利智慧是所説

應受無聞無智慧是名人身牛且如有慧無多聞者況如大暗中有目而無所見雖有智眼而不能徧知萬法法界緣起諸識熏習等如處大暗之中一無所見是以實相徧一切法一切法即實相未曾有一法而出於法性若不徧知一切法則何由深達實相故云亦不知實相多聞無智慧者況如大明中有燈而無目雖有多聞記持名相而無自證眞智圓解不發唯墮無明大信不成空成邪見如大明中雖有日月燈光無眼何由覩見雖聞如來寶藏一生傳唱聽受無疲已眼不開但數他寶智眼不發焉辯教宗如是之人故是不知實相聞慧具足方達實相之原聞慧俱無如牛羊之眼豈辯萬法性相總別之方隅耶夫學般若菩薩不可受人牛之誚紹佛乘大士寧甘墮蟲木之譏若乃智人應須三省是以未知心佛之寶甘處塵勞纔聞性覺之宗便登聖地如賢劫定意經云喜王菩薩宴坐七日過七日已詣佛啓請行何三昧能悉通達八萬四千諸度法門佛告喜王有三昧門名了諸法本菩薩行時便能通達諸度法門諸度法門者諸佛有三百五十功德一一德各修六度爲因釋曰諸法本者即衆生心若隨善心成六度門若隨惡心作三塗道當樂土而爲苦境皆是心成處地獄而變天堂悉由心轉或即刹那成佛或即永劫沉淪只在最初一念之力故云法無定相但隨人心如天意樹隨天意轉可謂變通立驗因果現前不動絲毫徧窮法界如牖隙之內觀無際之空似徑尺鏡中見千里之影有斯奇特昧

者不知如見金爲蛇悮執寶成礫故密嚴經偈云譬如殊勝寶野人所輕賤若用飾冕旒則爲王頂戴如是賴耶識是清淨佛性凡位恒雜染佛果常保持如美玉在水苔衣所纏覆賴耶處生死習氣縈不現於此賴耶識有二取生相如蛇有二頭隨樂而同往賴耶亦如是與諸色相俱一切諸世間取之以爲色惡覺者迷惑計爲我我所若有若非有自在作世間賴耶雖變現體性恒甚深於諸無智人悉不能覺了是以若能覺了即察動心萬境萬緣皆從此起若心不動諸事寂然入如實門住無分別如入楞伽經偈云但有心動轉皆是世俗法不復起轉生見世是自心來者是事生去者是事滅如實知去來不復生分別又若執經論無益翻成諸聖虛功則西

土上德聲聞徒勞結集此方大權菩薩何假翻經如抱沉痾之人不須妙藥似迷險道之者曷用導師良醫終不救無病之人導師亦不引識路之者嘉餚美膳豈可勸飽人之餐異寶奇珍未必動廉士之念見與不見全在心知行之不行唯關意審實不敢以巳妨於上上機人但一心爲報佛恩依教略而纂録如漏管中之見莫測義天似偷壁鋳之光焉裨法日今遵慈勅教有明文法爾沙門須具三施三施之內法施爲先此入識心王性相分量上至極聖下至凡夫本末推窮悉皆具足只於明昧得失似分諸聖了之成眞如妙用盡未來際建佛事門衆生昧之爲煩惱塵勞從無始來造生死事於日用中以不識故莫辯心王與心所寧知內塵與外塵如有目

之人處闇室之内猶生盲之者居寶藏之中無般若之光何由辯眞識僞闕智眼之鑒焉能別寶探珠遂乃以妄爲眞執常爲斷不應作而作投虚妄之苦輪不應思而思集顛倒之惡業只爲不遇出世道友未聞無上圓詮任自胷襟縱我情性取一期之暫樂積萬劫之餘殃以日繼時罔知罔覺從生至老不省不思以無明俱時而生以無明俱時而死從一闇室投一闇室出一苦輪入一苦輪歷劫逾生未有休日此身他世幾是脫時宗鏡本懷正爲於此是以照之如鏡何法而不明歸之如海何川而不入若千年闇室破之唯一燈無始塵勞照之唯一觀此具足詮旨信入而不動神情成現法門諦了而匪勞心力若更不信徒抱昏迷深囑後賢無失法利故法華經偈云不求大勢佛及與斷苦法深入諸邪見以苦欲捨苦爲是衆生故而起大悲心爲不依正覺廣大威勢之力及正念一心法威德力於心外取法成諸邪見以生滅爲因以生滅爲果本出生死重增生死爲是等故而起大悲拔其妄苦以生死是衆苦之本雖年百歲猶若刹那如東逝之長波似西垂之殘照擊石之星火驟隙之迅駒風裏之微燈草頭之懸露臨崖之朽樹爍目之電光若不遇正法廣大修行則萬劫沉淪虚生浪死如大涅槃經云復次菩薩修於死想觀是壽命常爲無量怨讎所遶念念損減無有增長猶山瀑水不得停住亦如朝露勢不久停如囚趣市步步近死如牽牛羊詣於屠所迦葉菩薩言世尊云何智者觀念念滅善男子譬如

四人皆善射術聚在一處各射一方俱作是念我等四箭俱發俱墮復有一人作是念言如是四箭及其未墮我能一時以手接取善男子如是之人可説疾不迦葉菩薩言如是世尊佛言善男子地行鬼疾復速是人有飛行鬼復速地行四天王疾復速飛行日月神天復速四天王堅疾天復疾日月衆生壽命復速堅疾善男子一息一眴衆生壽命四百生滅智者若能觀命如是是名能觀念念滅也善男子智者觀命繫屬死生我若能離如是死生則得永斷無常壽命復次智者觀是壽命猶如河岸臨峻大樹亦如有人作大逆罪及其受戮無憐愍者如師子王大飢困時亦如毒蛇吸大風時猶如渴馬護惜水時如大惡鬼瞋恚發時衆生死生亦復如是善男子智者若能作如是觀是則名爲修集死想善男子智者復觀我今出家設得壽命七日七夜我當於中精勤修道護持禁戒説法教化利益衆生是名智者修於死想復以七日七夜爲多若得六日五日四日三日二日一日一時乃至出息入息之頃我當於中精勤修道護持禁戒説法教化利益衆生是名智者善修死想又梁朝有高僧奉帝請百大德試有道者請至朝門嚴備一百甲兵旌旗耀日怖百大德九十九人悉皆驚走唯有一大德而無驚怖王問和尚何故不怕僧答云怕何物我初生孩童之時剎那剎那念念已死故知諸佛苦心菩薩誓志爲救衆生如是悲切應須遞相警策不可倏爾因循且三界受身未脫死地新新生滅念念輪迴直饒天帝

五欲之榮輪王七寶之富泰來運合賞悅暫時報盡緣終悲憂長久物極則返因果相酬處業繫中誰能免者故法界箴云莫言無畏其禍鼎沸勿言無傷其禍猶長爭如一念還原紹隆佛種念念不忘利物步步與道相應究竟同歸莫先宗鏡所以華嚴經云佛子此菩薩摩訶薩復於一切衆生生利益心安樂心慈心悲心憐愍心攝受心守護心自已心師心大師心作是念言衆生可愍墮於邪見惡慧惡欲惡道稠林我應令彼住於正見行眞實道又作是念一切衆生分別彼我互相破壞鬬諍瞋恨熾然不息我當令彼住於無上大慈之中又作是念一切衆生貪取無猒唯求財利邪命自活我當令彼住於清淨身語意業正命法中又作是念一切衆生常隨三毒種種煩惱因之熾然不解志求出要方便我當令彼除滅一切煩惱大火安置清涼涅槃之處又作是念一切衆生爲愚癡重闇妄見厚膜之所覆故入蔭翳稠林失智慧光明行曠野險道起諸惡見我當令彼得無障礙清淨智眼知一切法如實相不隨他教又作是念一切衆生在於生死險道之中將墮地獄畜生餓鬼入惡見網中爲愚癡稠林所迷隨逐邪道行顛倒行譬如盲人無有導師非出要道謂爲出要入魔境界惡賊所攝隨順魔心遠離佛意我當拔出如是險難令住無畏一切智城又作是念一切衆生爲大瀑水波浪所沒入欲流有流無明流見流生死洄澓愛河漂轉湍馳奔激不暇觀察爲欲覺恚覺害覺隨逐不捨身見羅剎於中執取將

其求入愛欲稠林於所貪愛深生染著住我慢原阜安六處聚落無善救者無能度者我當於彼起大悲心以諸善根而爲救濟令無災患離染寂靜住於一切智慧寶洲又作是念一切衆生處世牢獄多諸苦惱常懷愛憎自生憂怖貪欲重械之所繫縛無明稠林以爲覆障於三界内莫能自出我當令彼永離三有住無障礙大涅槃中又作是念一切衆生執著於我諸蘊窟宅不求出離依六處空聚起四顛倒行爲四大毒蛇之所侵惱五蘊怨賊之所殺害受無量苦我當令彼住於最勝無所著處所謂滅一切障礙住無上涅槃所以如上經云我當令彼住於正見行眞實道又云令彼安置清涼涅槃之處又云令彼知一切法如實相不隨他教又云令住無畏一切智城又云住於一切智慧寶洲又云令彼住於最勝無所著處故知句句悉皆指歸宗鏡何者若悟自心即是正見離顛倒故楞伽經云心外見法名爲外道若悟自心即是涅槃離生死故論云心外有法生死輪迴若了一心生死永絶若悟自心即是實相離虚妄故法華經云唯此一事實餘二即非眞若悟自心即是智城離愚癡故思益經云愚於陰界入而欲求菩提陰界入即是離是無菩提若悟自心即是寶洲具法財故華嚴論云寶洲在何處即衆生心是若悟自心即是最勝無所著處離住相故若心外立法則隨處生著法華經云拔出衆生處處貪著金剛經云若菩薩心不住於法而行布施如人有目日光明照見種種色是知心目開明智日普

照光吞萬像法界洞然豈更有一纖塵而作障翳平如是則空心不動具足六波羅蜜何者若不見一塵則無所取若無所取亦無可與是布施義是大捨義故經云無可與者名曰布施如是則慳施同倫取捨平等不歸宗鏡何以裁之如一鉢和尚誦云慳時捨捨時慳不離内外及中間亦無慳亦無捨寂寂寥寥無可把又證道誦云默時說說時默大施門開無壅塞有人問我解何宗報道摩訶般若力又若不見一塵則無持無犯故云若見戒三毒瘡痍幾時差辱境如龜毛忍心不可得精進心不起無法可對治内外心不生定亂俱無寄悉入無生忍皆成般若門○問本宗大旨舉意便知何待敷揚勞神述作答一切施爲無非佛事盡堪悟道皆是入門所以普賢佛國以瞪目爲佛事南閻浮提以音聲爲佛事乃至山海亭臺衣服飲食語默動靜異相施爲一一提宗皆入法界但隨緣體妙遇境知心乃至見色聞聲俱能證果華飛釧動盡可栖神如論云有國王觀華飛葉動得辟支佛釧動者禪經云有國王令宮女摩身爲鐶釧鬧令漸漸減釧乃至唯一則不復聲因思此聲從因緣生悟辟支佛亦如獮猴見辟支佛坐禪後於餘處見諸外道種種苦行乃教外道跏趺而坐手捻其口令合其眼諸外道歎云必有勝法外道受教皆證辟支佛故知但遵教行者依法不依人無不證果唯除不信人千佛不能救如華嚴經中說信爲手如人有手至珍寶所隨意採取若當無手空無所獲如是入佛法者有信心手隨意採

取道法之寶若無信心空無所得如昔人云人之無道猶車之無軸車無軸不可駕人無道不可行又云君子無親非道不同何得一向略虛不勤求至道此宗鏡録是珍寶聚能得諸佛無上大菩提法寶一切不可思議功德故是清淨聚無六十二之邪見垢八萬四千之煩惱濁故能滿一切衆生願能淨一切衆生心如大智度論云是般若波羅蜜乃至畢竟空亦不著不可思議亦不著是故名清淨聚爾時須菩提應作是念是般若波羅蜜是珍寶聚能滿一切衆生願所謂今世樂涅槃樂阿耨多羅三藐三菩提樂愚癡之人而復欲破壞是般若波羅蜜清淨聚如如意寶珠無有瑕穢如虛空無有塵垢般若波羅蜜畢竟清淨聚而人自起邪見因縁欲作留難破壞譬如人眼瞖見妙珍寶謂爲不淨故知空華生病眼空本無華邪見起妄心法本無見又若以不信惡心欲毀壞宗鏡般若正義但自招謗罪妙旨何虧如人以手障矛但自傷其手矛無所損夫般若說則福大謗亦罪深若隨情謬解乃至不信等皆成謗如大涅槃經云我今爲諸聲聞弟子等說毗伽羅論所謂如來常存不變若有說言如來無常云何是人舌不落地若能正信圓解無差徧境徧空皆同妙證楞嚴會上佛告阿難十方如來於十八界一一修行皆得圓滿無上菩提於其中間亦無優劣但汝下劣未能於中圓自在慧故我宣揚令汝但於一門深入入一無妄彼六知根一時清淨是以憍陳那因聲悟道優波尼沙陁因色悟道香嚴童子因香

悟道乃至虛空藏菩薩因空悟道則知自性徧一切處皆是入路豈局一門而專以蚑蟜之愚翻恃鷦鷯之量且法無遲速見有淺深遮障之門各任輕重是以文殊菩薩頌云歸元性無二方便有多門聖性無不通順逆皆方便初心入三昧遲速不同倫此宗鏡録中並是十方諸佛大威德不思議法門猶赫赫日輪豈嬰孩之所視高高法座非矬陋之能昇唯文殊大人普賢長子上上根器方堪能爾如華嚴論云大光王入菩薩大慈爲首三昧顯所行慈心業用饒益自在令後學者倣之以明無依之智入一切衆生心與之同體無有別性有情無情皆悉同體入此三昧所感業故令一切衆生及以樹林涌泉悉皆歸流悉皆低枝悉皆稽首夜叉羅刹悉皆息惡以明智隨一切衆生皆與同其業用一性無二如世間帝王有慈悲於人龍神順伏鳳集麟翔何況人焉而不歸仰況此大光王智徹眞原行齊法界慈心爲首神會含靈與衆物而同光爲萬有之根本如摩尼寶與物同色而本色不違如聖智無心以物心爲心而物無違也明同體大慈悲心與物同用對現色身而令發明故山原及諸草樹無不迴轉向王禮敬陂池泉井及以河海悉皆騰溢注王前者以智境大慈法合如此若衆生情識所變之境即衆生不能爲之如蓮華藏世界中境界盡作佛事以是智境非情所爲故聖者以智歸情令有情衆生報得無情草木山泉河海悉皆隨智迴轉以末爲本故如世間有志孝於心冰池涌魚冬竹抽筍尚自如斯況

眞智從慈者歟故知得法界之妙用用何有盡從眞性中緣起起無不妙則理無不事佛法即世法豈可揀是除非耶事無不理世法即佛法寧須斥俗崇眞耶但是未入宗鏡境智未亡興夢念而異法現前發畿想而殊途交應致玆取捨違背圓常所以不能喧靜同觀善惡俱化者未聞宗鏡故耳○問何不依自禪宗躡玄學正路但一切處無著放曠任緣無作無修自然合道何必拘懷局志徇義迷文可謂弃靜求喧猒同好異答近代相承不看古教唯專己見不合圓詮或稱悟而意解情傳設得定而守愚闇證所以後學訛謬不禀師承先聖教中已一一推破如云一切處無著者是以阿難懸知末法皆墮此愚於楞嚴會中示疑起執無上覺王以親訶破首楞嚴經云阿難白佛言世尊我昔見佛與大目連須菩提富樓那舍利弗四大弟子共轉法輪常言覺知分別心性既不在内亦不在外不在中間俱無所在一切無著名之爲心則我無著名爲心不佛告阿難汝言覺知分別心性俱無在者世間虚空水陸飛行諸所物像名爲一切汝不著者爲在爲無無則同於龜毛兔角云何不著有不著者不可名無無相則無非無則相相有則在云何無著是故應知一切無著名覺知心無有是處又所言放曠任緣者於圓覺中猶是四病之數圓覺經云善男子彼善知識所證妙法應離四病云何四病一者作病若復有人作如是言我於本心作種種行欲求圓覺彼圓覺性非作得故說名爲病二者任病若復有人作如

是言我等今者不斷生死不求涅槃涅槃生死無起滅念任彼一切隨諸法性欲求圓覺彼圓覺性非任有故說名爲病三者止病若復有人作如是言我今自心永息諸念得一切性寂然平等欲求圓覺彼圓覺性非止合故說名爲病四者滅病若復有人作如是言我今永斷一切煩惱身心畢竟空無所有何況根塵虛妄境界一切永寂欲求圓覺彼圓覺性非寂相故說名爲病離四病者則知清淨作是觀者名爲正觀若他觀者名爲邪觀如上所說不唯作無著任緣之解墮於邪觀乃至起寂然冥合之心皆存意地如有學人問忠國師云不作意時得寂然不答若見寂然即是作意所以意根難出動靜皆落法塵故知並是執見修禪說病爲法如蒸砂作飯緣木求魚費力勞功枉經塵劫且經中佛語幽玄則義語非文不同衆生情見麤浮乃文語非義又若執任緣無著之事盡落邪觀得悉檀方便之門皆成正教是以藥病難辯取捨俱非但且直悟自心自然言思道斷境智齊泯人法俱空向衆生三業之中開佛知見就生死五陰之內顯大菩提則了義金文可爲繩墨實地知識堪作眞歸故得智炬增輝照耀十方之際心華發艷榮敷法界之中又若深達此宗不收不攝即想念而成智當語默而冥眞出入之定難親忻猒之懷莫及故云忻寂不當放逸還非如華嚴論云普眼等諸菩薩以出入三昧不得見普賢三業及座境界故舉幻術文字中種種幻相無所住處喻明幻術文字之體了無處所如何所求不

可將出入三昧處所求之去彼沉寂生滅却令想念明想念動用體自徧周用而常寂非更滅也以是普賢以金剛慧普入法界於一切世界無所行無所住知一切衆生身皆非身無去無來得無斷盡無差別自在神通此明任物自眞稱之爲神不爲不思不定不亂不來不去任智徧周利生自在知根應現名之爲通萬法如是無出入定亂方稱普賢所行三業作用及座如十地菩薩座體但言滿三千大千世界之量此普賢座量量等虚空一切法界大蓮華藏故明知十地菩薩智量猶隅以此來鼎此位如許乖宜入出如許不可說三昧之門猶有寂用有限障未得十地果位後普賢菩薩大自在故故三求普賢三重鼎進却生想念方始現身及說十三昧境界之事意責彼十地猶有求於出世間生死境界未得等於十方任用自在以此如來教令却生想念去彼十地中染習出世淨心故此明十地緣眞俗出世餘習氣惑故已上意明治十地菩薩緣眞俗二習未亡寂亂二習未盡於諸三昧有出入習故未得常入生死猶如虚空無作者而常普徧非限量所收一切衆生及以境界以之爲體普賢之智猶如虚空一切衆生以爲生體有諸衆生自迷智者名爲無明普賢菩薩隨彼迷事十方世界對現色身以智無體猶如虚空非造作性無有去來非生非滅但以等虚空之智海於一切衆生處啓迷智無體相能隨等法界虚空界之大用故豈將十地之位諸菩薩以出入三昧有所推求云何得見是故如來爲諸菩

薩說幻術文字求其體相有可得不求幻之心尚不可得如何有彼幻相可求是故將出入三昧及以求心而求普賢大用無依善巧智身了無可得是故教諸菩薩却生想念殷勤三禮普賢菩薩方以神通力如應現身明智身不可以三昧處所求爲智體無所住無所依故若想念願樂即如應現化無有處所依止故猶如谷響但有應物之音若有求即無有處所可得佛言普賢菩薩今現在此道場衆會親近我住初無動移者明以根本智性自無依名爲現在此道場故爲能治有所得諸見蘊故以無礙總別同異普光明智與十方一切諸佛大用體同名爲衆會故無邊差別智海一時等用不移根本智體無依住智名爲親近我住初無移故

宗鏡録卷第四十三

音釋

懵武亘切不明也 齩五巧切齧也 嚥於甸切呑也 誚才笑切以言相責也 譏居依切誹也 隙綺戟切孔隙也 礫郎擊切小石也 冕旒冕亡辨切冠也旒力求切垂玉也 痾烏何切病寖深也 罅呼訝切罅隙也 裨補移切益也 爍書藥切灼爍也 膜慕各切 洄洑洄户恢切洑房六切洄洑旋流也 湍他官切急瀨也 激古歷切蕩激也 壅於隴切障也 痍弋支切瘍也 瞪直耕切直視貌 鐶獲頑切指鐶也 捻奴協切指捻也 蚊蚋蚊無分切蚋而銳切 鷦鷯鷦即消切鷯力昭切鷦鷯鳥名 矬昨禾切短也 躡躡尼輒切踐也 訛謬訛五禾切舛也謬靡幼切誤也

宗鏡録卷第四十四

宋慧日永明妙圓正修智覺禪師延壽集

夫若談心佛唯唱性宗者則舉一攝諸不論餘義今何背已述教迷宗答夫論至教皆爲未了之人從上稟承無不指示如忠國師臨終之時學人乞師一言師云教有明文依而行之即無累矣吾何言哉如斯殷勤眞實付囑豈局已見生上慢心終不妄斥如來無上甘露不可思議大悲所熏金口所宣難思聖教如云依而行之者且依何旨趣不可是依文字語句而行不可是依義路道理而行直須親悟其宗不可輒生孟浪若決定信入者了了自知何須他説聞甚深法如清風届耳今只爲昧性徇文之者假以言詮方便開示直指出六根現用常住無生滅性與佛無異親證現知分明無惑免隨言語之所轉不逐境界之所流今於六根之中且指見聞二性最爲顯現可驗初心疾入圓通同歸宗鏡且見性者當見之時即是自性以性徧一切處故不可以性更見於性分明顯露絲毫不隱古教云摩尼殿有四角一角常露祖師云眼門放光照破山河大地又謌云應眼時若千日萬像不能逃影質凡夫只是未曾觀何得自輕而退屈是知顔貌雖童耄見性未曾虧明暗自去來靈光終不昧則是現今生滅中指出不生滅性方知窮子衣中寶乃輪王髻裏珠貧女室中金是如來藏中物何假高推極聖自鄙下凡一向外求不能内省枉功多劫違背已靈空滞行門失本眞性所以首楞嚴經云佛告阿難若汝見時是汝非我見性

周徧非汝而誰云何自疑汝之眞性性汝不眞取我求實故知明暗差別是可還之法眞如妙性乃不遷之門若隨物觀局大小之所在若約性見絶器量之方圓見性即成如來於一毛端建十方之實刹徇物即爲凡庶向眞空裏現六趣之狴牢變易在人一性無異迷悟由已萬法不遷如經云波斯匿王起立白佛我昔未承諸佛誨勑見迦旃延毗羅胝子咸言此身死後斷滅名爲涅槃我雖值佛今猶狐疑云何發揮證知此心不生滅地今此大衆諸有漏者咸皆願聞佛告大王汝身現在今復問汝汝此肉身爲同金剛常住不朽爲復變壞世尊我今此身終從變滅佛言大王汝未曾滅云何知滅世尊我此無常變壞之身雖未曾滅我觀現前念念遷謝新新不住如火成灰漸漸消殞殞亡不息決知此身當從滅盡佛言如是大王汝今生齡已從衰老顏貌何如童子之時世尊我昔孩孺膚腠潤澤年至長成血氣充滿而今頹齡迫於衰耄形色枯悴精神昏昧髮白面皺逮將不久如何見比充盛之時佛言大王汝之形容應不頓朽王言世尊變化密移我誠不覺寒暑遷流漸至於此何以故我年二十雖號年少顏貌已老初十歲時三十之年又衰二十于今六十又過于二觀五十時宛然強壯世尊我見密移雖此殂落其間流易且限十年若復令我微細思惟其變寧唯一紀二紀實爲年變豈惟年變亦兼月化何直月化兼又日遷沉思諦觀刹那刹那念念之間不得停住故知我身終從變滅佛言大王汝見變化

遷改不停悟知汝滅亦於滅時知汝身中有不滅耶波斯匿王合掌白佛我實不知佛言我今示汝不生滅性大王汝年幾時見恒河水王言我生三歲慈母携我謁耆婆天經過此流爾時即知是恒河水佛言大王如汝所說二十之時衰於十歲乃至六十日月歲時念念遷變則汝三歲見此河時至年十三其水云何王言如三歲時宛然無異乃至于今年六十二亦無有異佛言汝今自傷髮白面皺其面必定皺於童年則汝今時觀此恒河與昔童時觀河之見有童耄不王言不也世尊佛言大王汝面雖皺而此見精性未曾皺皺者爲變不皺非變變者受滅彼不變者元無生滅云何於中受汝生死而猶引彼末伽梨等都言此身死後全滅王聞是言信知身後捨生趣生與諸大衆踊躍歡喜得未曾有又如衆生八識之中前眼耳鼻舌身等五根及第八識俱緣現量得諸法之自性不帶一切名言又無二種計度分別隨念分別即現前不生滅若六七二識落在比非二量及具計度隨念分別即念念常生滅亦是於生滅中有不生滅性已上經文此是因匿王示疑寄破外道斷見有此方便分別生滅不生滅二性若不執斷常見性之人則八識心王同一真性皆是實相無有生滅如大智度論云當知色生時但是空生色滅時但是空滅中觀論偈云無物從緣起無物從緣滅起唯諸緣起滅唯諸緣滅故知萬法既不從緣生亦不非緣生又不空亦不生空亦不生何者若一切法是不空者即無有生以無自性空故

方能隨緣成諸幻有若一切法是空者亦無有生以無自體故無有生相既無有生亦無有滅如論偈云果不空不生果不空不滅以果不空故不生亦不滅果空故不生果空故不滅以果是空故不生亦不滅但隨心現畢竟無生如首楞嚴經云佛言善男子我常說言色心諸緣及心所使諸所緣法唯心所現汝身汝心皆是妙明真精妙心中所現物云何汝等遺失本妙圓妙明心寶明妙性認悟中迷晦昧爲空空晦昧中結暗爲色色雜妄想想相爲身聚緣内揺趣外奔逸昏擾擾相以爲心性一迷爲心決定惑爲色身之内不知色身外洎山河虛空大地咸是妙明真心中物譬如澄清百千大海弃之唯認一浮漚體目爲全潮窮盡瀛渤汝等即是迷中倍人如我垂手等無差別如來說爲可憐愍者如上所說見性周徧湛然似鏡常明如空不動萬像自分出沒一性未曾往還但隨生滅之緣遺此妙明之性是以一切祖教皆指見性識心不從生因之所生唯從了因之所了相麤易辯性密難明隨轉處而莫知在照時而方了如今不見者皆被三惑心牽六塵境換不知境元是我翻成主被客迷但能隨流得性之時自然無惑復有云般若唯以心神契會以心傳心方成密付不可以言迹事相而求者此是爲未入人顯宗破執恐取相背心情求意解故有是說若融會而論則隨緣體妙即相恒真且如正見相時是誰見相以六塵鈍故名不自立相不自施以六根利故强自建立而爲緣對若能了境本寂識自無生

則入平等眞空方稱究竟見性耳故云見性周徧非汝而誰聞性者即今聞性具三眞實文殊簡出現證可知觀音入門圓通立驗非從行得不墮有爲豈假功成本來如是首楞嚴經偈云譬如人靜居十方俱擊鼓十處一時聞此則圓眞實目非觀障外口鼻亦復然身以合方知心念紛無緒隔垣聽音響遐邇俱可聞五根所不齊是則通眞實音聲性動靜聞中爲有無無聲號無聞非實聞無性聲無既無滅聲有亦非生生滅二圓離是則常眞實釋曰此是直說如今一切衆生日用現行聞性三眞實之理一圓眞實二通眞實三常眞實一圓眞實者以聞性徧一切處十方聲塵應時無有前後以同時周徧一一皆不出自性如水起波波不離水以聲處全聞聞外無法即是本聞自具圓通之性非待證聖方有斯事故法華經偈云父母所生耳清淨無瑕穢以此常耳聞三千世界聲又云持是法華者雖未得天耳但用所生耳功德已如是二通眞實者且眼根見性雖即洞然能觀前而不觀後鼻舌身等三根皆以合中知因能所而生起若意知根所緣不定念念遷移故五根所不齊唯耳根圓通無礙聽響之際任隔礙而遠近俱聞妙應之時無揀擇而大小咸備故高城和尚歌云應耳時若幽谷大小音聲無不足十方鐘鼓一時鳴靈光運運常相續則處凡身而不減居聖體而非增常現常通塵勞不能匿其神彩非間非斷天魔不能挫其威光不壞緣生之耳根圓具一靈之妙性三常眞實者音聲性動靜者動靜是

音聲之體性於聞中似有似無若無聲時號無聞非實聞無性以聞性常在若聞性隨聲塵滅則前聲滅時後聲不合更聞故知聲塵自無聞性非滅聲塵自有聞性非生又非唯聞性無生返觀聲塵亦無生滅以從緣而起自體全無如華嚴論云一切諸法猶如谷響楞嚴疏鈔云如谷中無聲無聲即無響法界中皆無聲一切聲皆是妄心妄心不動時皆無妄想以有差別心執受即有聲四大如枯木即本無聲皆緣執故諸大菩薩不以音聲聽法是知聲塵本無皆因執有情消執喪萬法本虛有無既虛生滅何有則知我性與如來性無異一切世間法即是佛法故經云是法住法位世間相常住如憍陳那因聲悟道妙音密圓古釋云若有能所未得名密悟四諦理推能聞及所聞皆是自心心即是本覺光明圓照法界始覺智心亦圓照法界即是因聲得悟一切衆生依此觀亦得解脫若聞聲可意不可意生憎愛便被聲縛但觀心海中是聲出處以心海元無有相心雖含聲聲亦無相無相即於一切聲中而得解脫故知無法不心無心不法如是明達則於一切諸法不合不散無縛無脫矣故佛告阿難汝學多聞未盡諸漏心中徒知顛倒所因眞倒現前實未能識恐汝誠心猶未信伏吾今試將塵俗諸事當除汝疑即時如來勑羅睺羅擊鐘一聲問阿難言汝今聞不阿難大衆俱言我聞鐘歇無聲佛又問言汝今聞不阿難大衆俱言不聞時羅睺羅又擊一聲佛又問言汝今聞不阿難大衆又言俱聞佛問阿難汝

云何聞云何不聞阿難大衆俱白佛言鐘聲若擊則我得聞擊久聲消音響雙絶則名無聞如來又勑羅睺羅擊鐘問阿難言爾今聲不阿難言聲少選聲消佛又問言汝今聲不阿難大衆答言無聲又頃羅睺羅更來撞鐘佛又問言爾今聲不阿難大衆俱言有聲佛問阿難汝云何聲云何無聲阿難大衆俱白佛言鐘聲若擊則名有聲擊久聲消音響雙絶則名無聲佛語阿難及諸大衆汝今云何自語矯亂大衆阿難俱時問佛我今云何名爲矯亂佛言我問汝聞汝則言聞又問汝聲汝則言聲唯聞與聲報答無定如是云何不名矯亂阿難聲消無響汝説無聞若實無聞聞性已滅同于枯木鐘聲更擊汝云何知知有知無自是聲塵或無或有豈彼聞性爲汝有無聞實云無誰知無者是故阿難聲於聞中自有生滅非爲汝聞聲生聲滅令汝聞性爲有爲無汝尚顛倒惑聲爲聞何怪昏迷以常爲斷終不應言離諸動靜閉塞開通説聞無性如重睡人眠熟牀枕其家有人於彼睡時擣練舂米其人夢中聞舂擣聲別作他物或爲擊鼓或復撞鐘即於夢時自怪其鍾爲石木響於時忽寤遄知杵音自告家人我正夢時惑此舂音將爲鼓響阿難是人夢中豈憶靜搖開閉通塞其形雖寐聞性不昏縱汝形消命光遷謝此性云何爲汝消滅楞嚴疏云擊鐘以辯眞妄者即聞性而可眞舉聲塵而辯妄若因聲有聞此聞不離聲若離聲有聞此是眞聞汝今但執隨聲之聞此聞不離於聲只合是聲不合是聞若眞聞性如水不

滅聲塵如風鼓水成波故有聞相聲塵不起聞相即無而聞性不滅以性不滅聲塵若來還有聞相如水不滅若風動時即有波相如色真性徧十方界隨心感現則有色相此之聞性亦復如是故知不認自體恒常之聞性却徇聲塵生滅之聞相遂乃聞讚而生喜聞毀而起瞋以迷本聞故隨聲流轉故文殊云衆生迷本聞循聲故流轉阿難縱强記不免落邪思豈非隨所淪旋流獲無妄又云旋汝倒聞機返聞聞自性性成無上道圓通實如是如今以聲爲聞背心循境豈不是倒聞之機若能旋聲塵之有流復本聞之無妄則是返聞自性得本歸原内滅翳根外消塵境能所既脱本覺道成寂照圓通真實如是所以佛告阿難以諸衆生從無始來循諸色聲逐念流轉曾不開悟性淨妙常不循所常逐諸生滅由是生生雜染流轉若弃生滅守於真常常光現前根塵識心應時消落想相爲塵識情爲垢二俱遠離則汝法眼應時清明云何不成無上知覺是以若了聞性即成正覺於是心境雙融動靜俱泯如觀音言彼佛教我從聞思修入三摩地初於聞中入流亡所所入既寂動靜二相了然不生如是漸增聞所聞盡盡聞不住覺所覺空空覺極圓空所空滅生滅既滅寂滅現前忽然超越世出世間十方圓明獲二殊勝一者上合十方諸佛本妙覺心與佛如來同一慈力二者下合十方一切六道衆生與諸衆生同一悲仰是以初從聞性入時先亡動靜聲塵之境次亡能聞所聞之心既心境俱亡又不住無心境及

能覺所覺之智則覺智俱空此空亦空方成圓覺故云空覺極圓空所空滅始盡生滅之原到寂滅本妙覺心之地如起信論云一切諸法皆由妄念而有差別若離妄念則無境界差别之相故知妄念空而根境謝識想消而塵垢沉則法眼應時清明常光了然頓現見聞本性既爾諸根所現亦然故經云六自在王常清淨故又首楞嚴經偈云一根既返原六根成解脫見聞如幻翳三界若空華聞復翳根除塵消覺圓淨淨極光通達寂照含虛空却來觀世間猶如夢中事但以未覺悟前於染淨中有一毫見聞取捨之處皆在三界無明長夜生死夢中纔得見性便同覺後自覺覺他故名爲佛又此自心之性徧一切處隨處得入非獨見聞或意消香界而入圓通或心開塵境而證法忍或入水觀而達性或審風力而悟宗或剌足疼痛而純覺遺身或了心無際而入佛知見或觀暖觸而成火光三昧或演法音而降伏魔怨當此大悟之時終不見有一境可生一言可執今只爲迷性徇文背心求道者假以言說指歸自心從此一向內觀捨詮究理斯則豈不是因言悟道藉教明宗爲此之人不無利益遂使初心學者信有所歸便能息外馳求迴光反照頓見自己了了明心如正飲醍醐親開寶藏方悟隨言之失深懃背己之愆故阿難等因世尊開示自性之後發自慶言消我億劫顛倒想不歷僧祇獲法身故能不動塵勞現身成佛祖佛言教有如是不可思議之力爲是廣大無邊法利故所以具引全文佛語爲證云

何反有背巳之言論文之誚乎若不觀心内證法律禪師等各有十種過患如像法決疑經云三師破壞佛法略各有十過法師十過者一但外求文解而不内觀修心釋論云有論而無慧所説不應受二不融經息諍趣道但執巳非他我慢自高不識見心苦集三不遵遺囑不依念處修道不依木义住非佛弟子四經云非禪不慧偏慧不禪一翅一輪豈能遠運五法本無説説破貪求名利弘宣寧會聖旨六貴耳入口出何利於巳經云如人數他寶自無半錢分七無行而宣何利於他八又多加水乳無道之教教誤後生九四衆失眞法利轉就澆漓十非但不能光顯佛法亦乃破於佛法也禪師十過者一經云假名阿練若納衣在空閑自爲行眞道好説我等過二者恃行陵他不識戒取苦集煩惱三無慧修定盲禪無目寧出生死者也四不遵遺囑不依念處修道不依木义而住非佛弟子五無慧之禪多發鬼定生破壞佛法死墮鬼道六名利坐禪如扇提羅死墮地獄七設證得禪即墮長壽天難八如水乳禪教授學徒紹三塗種子九四衆不霑眞法之潤轉就澆漓十非止不能光顯三寶亦乃破佛法也律師十過者一但執外律不識内戒故被淨名訶二執律名相諍計是非不識見心苦集三然戒定慧相資方能進道但律不慧不禪何能進道四弘在名譽志不存道果在三塗五不遵遺囑不依念處修道不依木义而住六執律方便小教以爲正理而障大道七師師執律不同弘則多加水乳八不依聖教傳授

誤累後生九四衆不霑眞法轉就澆漓十非止不能光顯三寳亦乃破佛法也是知若不觀心具如上之大失如大智度論云菩薩摩訶薩若欲不空食國中之施者當學般若波羅蜜又寳梁經云若學大乘佛法者受施主摶食如須彌山受施主衣可敷大地如不學者若未隨僧數十方無唾地處維摩經亦云敬學如師纔起學心便有爲人天之分或聞宗鏡一句定成佛無疑故法華經云若有聞是法無一不成佛唯除未聞者盲冥不信人若已聞者皆是曩因既受衣珠曾親佛會不可放逸須志披尋忽遇緣差空無所得所以瑜伽論云不緩加行中又能如是勇猛精進謂我今定當趣證所應證得不應慢緩何以故我有多種横死因緣所謂身中或風或熱或痰發動或所飲食不正消化住在身中或宿食病或爲於外虵蠍蚰蜒百足等類諸惡毒蟲之所蛆螫或復爲人非人類等之所驚恐因斯夭沒於如是等諸横死處恒常思惟修無常想住不放逸由住如是不放逸故恒自思惟我之壽命儻得叓經七日六日五日四日三日二日一日一時半時須臾或經食頃或從入息至於出息或從出息至於入息乃至存活經爾所時於佛聖教精勤作意修習瑜伽剎爾所時於佛聖教我當決定多有所作如是名爲不緩加行○問義學多樂聽讀禪宗唯精内觀然教觀二門闕一不可若但觀心而不尋教墮闇證上慢之愚若但尋教而不觀心受執指數寳之誚有不達者迺相是非今宗鏡廣捜祖教意是請爲微細開

析以決深疑答教觀難明須分四句如云一教門非理門教是能通理是所通能所異故二理門非教門吾聞解脫之中無有言說故三教門即理門文字即解脫故四理門即教門解脫即文字故又以門對教四句分別一得教不得門文字法師是二得門不得教觀慧禪師是三得門復得教聞慧法師是四門教俱不得假名阿練若是又或隨方便之詮則執權害實若達圓頓之教則了實開權執權則教觀兩分了實則人法一旨人法一旨則境智俱冥教觀兩分則信法雙現信法雙現則有觀有聞境智俱冥則無內無外斯乃隨根利鈍有此開遮若能就旨圓融自無取捨則塵塵合道信行同法行之機念念歸宗教門等觀門之旨如是則無一心可照誰執觀門無一法可聞孰論教道方入宗鏡與此相應未達斯門終成隔礙且教中具述有二種修行人一是信行二是法行薩婆多明此二人位在見道因聞入者是爲信行因思入者是爲法行曇無德云位在方便自見法少憑聞力多後時要須聞法得悟名爲信行憑聞力少自見法多後時要須思惟得悟名爲法行止觀云若論利鈍者法行利內自觀法故信行鈍藉他聞故又信行利一聞即悟故法行鈍歷法觀察故或俱利或俱鈍信行人聞慧利修慧鈍法行人修慧利聞慧鈍已上且約三師所說自然不可偏執觀心與教道定據聽學與坐禪今若得一心萬邪滅矣則何心而非教若一聞千悟獲大總持則何教而非心何教而非心則心外無法何心而非

教則法外無心更約智者大師對法行二人以止觀安心隨四悉檀意以逗機宜俱令入道師即問言汝於定慧為志何等其人若言我聞佛說善知識者如月形光漸漸圓著又如梯隥漸漸增高巧說轉人心得道大因緣志欣渴飲如犢逐母當知是則信行人也若言我聞佛說明鏡若不動色像自分明淨水無波魚石自現欣捨惡覺如弃重擔當知是則法行人也既知根性於一人所八番安心咄善男子無量劫來歆狂散毒馳逐五塵昇沉三界猶如猛風吹兜羅毦大熱沸鑊煑豆昇沉從苦至惱從惱至苦何不息心達本以一其意意若一者何事不辦苦集得一則不輪迴無明得一不至於行乃至不至老死摧折大樹畢故不造新六弊得一則度彼岸唯此為快善巧方便種種因緣種種譬喻廣讚於止發悅其情是名隨樂欲以止安心也又善男子如天亢旱河池悉乾萬卉燋枯百穀零落娑伽羅王七日構雲四方霔雨大地霑洽一切種子皆萌芽一切根株皆開發一切枝葉皆鬱茂一切華果皆敷榮人亦如是以散逸故應生善不復生已生善還退失禪定河乾道品樹滅萬善燋枯百福殘悴因華道果不復成熟若能閑林一意內不出外不入靜雲興也發諸禪定即是降雨也功德叢林暖頂方便眼智明覺信忍順忍無生寂滅忍乃至無上菩提悉皆尅獲善巧方便種種緣喻廣讚於止生其善根是名隨便宜以止安心也又善男子夫散心者惡中之惡如無鉤醉象蹋壞華池穴鼻駱駝翻倒負䭾疾於掣

電毒逾蛇舌重沓五翳埃謁曜靈睫近霄遠俱皆不見若能修定如密室中燈能破巨闇金鎞抉膜空色朗然一指二指三指皆了大雨能淹囂塵大定能靜狂逸止能破散虛妄滅矣善巧方便種種緣喻廣讚於止破其睡散是名對治以止安心也又善男子心若在定能知世間生滅法相亦知出世不生不滅法相如來成道猶尚樂定況諸凡夫有禪定者如夜見電光即得見道破無數億洞然之惡乃至得成一切種智善巧方便種種緣喻廣讚於止即會眞如是名隨第一義以止安心也其人若言我聞寂滅都不入懷若聞分別聽受無猒即應爲說三惡燒然駝驢重楚餓鬼飢渴不名爲苦癡闇無聞不識方隅乃是大苦多聞分別樂見法法喜樂以善攻惡樂無著阿羅漢是名爲最樂從多聞人聞甘露樂如教觀察知道遠離坑埳直去不迴善巧方便種種緣喻廣讚於觀發悅其情是名隨樂欲以觀安心又善男子月開蓮華日與作務賣應隨主彩畫須膠坏不遇火無須臾用盲不得導一步不前行無觀智亦復如是一切種智以觀爲根本無量功德之所莊嚴善巧方便種種緣喻廣讚於觀生其功德是名隨便宜以觀安心又善男子智者識怨怨不能害武將有謀能破强敵非風何以卷雲非雲何以遮熱非水何以滅火非火何以除闇析薪之斧解縛之刃豈過智慧善巧方便種種緣喻廣讚於觀使其破惡是名對治以觀安心又善男子井中七寶闇室瓶盆要待日明日既出已皆得明了須智慧眼觀知諸

法實一切諸法中皆以等觀入般若波羅蜜最爲照明善巧方便種種緣喻廣讚於觀令得悟解是名第一義以觀安心如是八番爲信行人說安心也其人若云我樂息心默以復默損之又損之遂至於無爲不樂分別坐馳無益此則法行根性當爲說止汝勿外尋但内守一攀覺流動皆從妄生如旋火輪輟手則息洪波鼓怒風靜則澄淨名經云何謂攀緣謂有三界何謂息攀緣謂心無所得瑞應經云其得一心者則萬邪滅矣龍樹云實法不顛倒念想觀已除言語法皆滅無量衆罪除清淨心常一如是尊妙人則能見般若夫山中幽寂神仙所讚況涅槃澄靜賢聖尊崇佛話經云比丘在聚身口精勤諸佛咸憂比丘在山息事安卧諸佛皆喜況復結跏束手緘脣結舌思惟寂相心原一止法界洞寂豈非要道唯此爲貴餘不能及善巧方便種種因緣種種譬喻廣讚於止發悅其心是名隨樂欲以止安心其人若云我觀法相只增紛動善法不明當爲說止止是法界平正良田何法不備止捨攀緣即是檀止體非惡即是戒止體不動即是忍止無閒雜即是精進止則決定即是禪止法亦無止者亦無即是慧因止會非止非不止即是方便一止一切止即故願止止愛止止見即是力此止如佛止無二無別即是智止具一切法即是秘藏但安於止何用別修諸法善巧方便種種緣喻令生善根即是隨便宜以止安心也若言我觀法相散睡不除者當爲說止大有功能止是壁定八風惡覺不能入止是淨水蕩於

貪婬八倒猶如朝露見陽則晞止是大慈怨親俱愍能破恚怒止是大明呪癡疑皆遣止即是佛破除障道如阿伽陀藥徧治一切如妙良醫呪枯起死善巧方便種種緣喻令其破惡是名對治以止安心其人若言我觀察時不得開悟當爲說止止即體眞照而常寂止即隨緣寂而常照止即不止止雙遮雙照止即佛母止即佛父亦即父即母止即佛師佛身佛眼佛之相好佛藏佛住處何所不具何所不除善巧方便種種緣喻廣讚於止是爲第一義以止安心彼人言止狀沉寂非我悦樂當爲說觀推尋道理七覺中有擇覺支八正中有正見六度中有般若於法門中爲主爲導乃至成佛正覺大覺徧覺皆是觀慧異名當知觀慧最爲尊妙如是廣讚是爲隨樂欲以觀安心若勤修觀能生信戒定慧解脫解脫知見知病識藥化道大行衆善普會莫復過觀是爲隨便宜以觀安心觀能破闇能照道能除怨能得寶傾邪山竭愛海皆觀之力是爲隨對治以觀安心若觀法時不得能所心慮虛豁朦朧欲開但當勤觀開示悟入是爲用第一義以觀安心是爲八番爲法行人說安心也復次人根不定或時迴轉薩婆多明轉鈍爲利成論明數習則利此乃始終論利鈍不得一時辯也今明衆生心行不定或須臾而鈍須臾而利任運自爾非關根轉亦不數習或作觀不徹因聽即悟或久聽不解暫思即決是故更論轉根安心若法行轉爲信行逐其根轉用八番悉檀而授安心若信行轉成法行亦逐根轉用八番悉檀而

授安心得此意廣略自在説之轉不轉合有三十二安心也自行安心者當察此心欲何所樂若欲息妄令念相寂然是樂法行若樂聽聞徹無明底是樂信行樂寂者知妄從心出息心則衆妄皆靜若欲照知須知心原心原不二則一切諸法皆同虛空是爲隨樂欲自行安心其心雖廣分别心及諸法而信念精進毫善不生即當凝停莫動諸善功德因靜而生若凝停時彌見沉寂都無進忍當計校籌量策之令起若念念不住如汗馬奔逸即當以止對治馳蕩若靜默然無記與睡相應即當修觀破諸昬塞修止既久不能開發即應修觀觀一切法無礙無異怗怗明利漸覺如空修觀若久闇障不除宜更修止止諸緣念無能無所所我皆寂空慧將生是爲自修法行八番善巧布歷令得心安信行安心者或欲聞寂定如須彌不畏八動即應聽止欲聞利觀破諸煩惱如日除闇即應聽觀聽觀多如日燋芽即應聽止潤以定水或聽定淹久如芽爛不生即應聽觀令風日發動使善法現前或時馳覺一念叵住即應聽止以治散心或沉昬濛濛坐霧即當聽觀破此睡熟或聽止豁豁即專聽止或聞觀朗朗即專聽觀是爲自修信行八番巧安心也若法行心轉爲信行信行心轉爲法行皆隨其所宜巧鑽研之自行有三十二化他亦三十二合爲六十四安心也復次信法不孤立須聞思相資如法行者隨聞一句體寂湛然夢妄皆遣還坐思惟心生歡喜又聞止已還更思惟即生禪定又聞於止還即思惟妄念皆破又

聞止已還更思惟朗然欲悟又聞觀已還更思惟心大歡喜又聞觀已還更思惟生善破惡欲悟等准前可知此乃聽少思多名爲法行非都不聽法也信行端坐思惟寂滅欣踊未生起已聞止歡喜甘樂端坐念善善不能發起已聞止信戒精進倍更增多端坐治惡惡不能遣起已聞止散動破滅端坐即真真道不啓起已聞止豁如悟寂是爲信行坐少聞多非都不思惟前作一向根性今作相資根性就相資中復論轉不轉亦有三十二安心化他相資亦有三十二安心合六十四合前爲一百二十八安心也夫心地難安違苦順樂今隨其所願逐而安之譬如養生或飲或食適身立命養法身亦爾以止爲飲以觀爲食藥法亦爾或丸或散以除冷熱治無明病以止爲丸以觀爲散如陰陽法陽則風日陰則雲雨雨多則爛日多則燋陰如定陽如慧定慧偏者皆不見佛性八番調和貴在得意一種禪師不許作觀唯專用止引偈云思思徒自思思徒自苦息思即是道有思終不覩又一師不許作止專在於觀引偈云止止徒自止昏闇無所以止止即是道覩覩得會理兩師各從一門入以己益教他學者不見意一向服乳漿猶難得況復醍醐若一向作解者佛何故種種說耶天不常晴醫不專散食不恒飯世間尚爾況出世耶今隨根隨病迴轉自行化他有六十四若就三番止觀即三百八十四又一心止觀復有六十四合五百一十二三悉檀是世間安心世醫所治差已復生一悉檀是出世安心如來所治畢

竟不發世出世法互相成顯若離三諦無安心處若離止觀無安心法若心安於諦一句即足如其不安巧用方便令心得安一目之羅不能得鳥得鳥者羅之一目耳衆生心行各各不同或多人同一心行或一人多種心行如爲一人衆多亦然如爲多人一人亦然須廣施法網之目捕心行之鳥耳如是委細種種安心利鈍齊收自他兼利若有聞者頂戴修行

宗鏡録卷第四十四

音釋

耄莫報切八十九十日耄　狴傍禮切牢獄也　腠倉奏切膚理也　殂昨胡切　洎几利切　瀛渤上以成切下蒲沒切　撞直降切　擣都晧切　舂書容切　遄市緣切　蛆螫蛆七余切螫施隻切　儻他朗切　隥都鄧切　毦人志切　蹋徒合切　鎞邊迷切　抉一穴切　坑埳坑苦莖切埳苦感切　鑽研鑽借官切研五堅切

宗鏡録卷第四十五

宋慧日永明妙圓正修智覺禪師延壽集

夫已上是引台教明定慧二法安心次依華嚴宗釋華嚴經云於眼根中入正定於色塵中從定出示現色性不思議一切天人莫能知於色塵中入正定於眼起定心不亂說眼無生無有起性空寂滅無所作䟽釋云定慧雖多不出二種一事二理制之一處無事不辦事定門也能觀心性契理不動理定門也明達法相事觀也善了無生理觀也諸經論中或單說事定或但明理定二觀亦然或敵體事理止觀相對或以事觀對於理定如起信論云止一切相乃至心不可得爲止而觀因緣生滅爲觀或以理觀對於事定此經云一心不動入諸禪了境無生名般若是也或俱通二此經云禪定持心常一緣智慧了境同三昧是也或二俱泯非定非散或即觀之定但名爲定如觀心性名上定是也或即定之觀但名爲觀如以無分別智觀名般若是也或說雙運謂即寂之照是也所以局見之者隨矚一文互相非撥偏修之者隨入一門皆有尅證然非圓暢今此經文巧顯無礙略分五對第一對根境無礙謂觀根入定應從根出而從境出者爲顯根境唯是一心緣起無二理性融通是故根入境出耳境入根出亦然第二對理事二定無礙謂分別事相應入事定而入理定欲觀性空應入理定而入事定以契即事之理而不動故入理即是入事制心即理之事而一緣故入事即是入理而經文但云入正定不言事理及乎出觀境

中即云分別色相斯事觀也根中即云性空寂者理觀也亦合將根事對於境理以辯無礙第三對事理二觀無礙謂欲分別事相應從事觀起而反從理觀起以所觀之境旣眞俗雙融法界不二故分別事智即是無生之智二觀唯是一心故亦應將境事理對根事理以辯無礙第四出入無礙以起定即是入定故起定而心不亂若以事理相望應成四句謂事入事起事入理起理入理起理入事起若以根境相望又成四句謂根事入境事起等一一思之皆有所由又或以理觀對於事止謂契理妄息也或事觀對於理寂謂無念知境也或事觀對於事寂謂觀於一境心不動搖也或理觀對於理寂亡心照極也如百門義海云明出入定者謂見塵性空十方一切眞實之理名爲入定也然此見塵無性空理空時乃是十方之空也何以故由十方之心見於一塵是故全以十方爲塵定亦不礙事相宛然是故起與定俱等虛空界但以一多融通同異無礙是故一入多起多入一起差別入一際起一際入差別起皆悉同時一際成立無有別異當知定即起起即定一與一切同時成立出入無礙也第五對二利體用無礙謂於深根起定心不亂是體也自利也而不礙理舒於廣境是用也人天不能知利他也良以體用無二故自利即是利他此上十義同爲一聚法界緣起相即自在菩薩善達作用無礙又經且約根境相對亦應境境相對謂色塵入正受聲香三昧起復應根根相對謂眼根入正受耳根三昧起等云

色性難思等者即色等總持是色陀羅尼自在佛等亦應云分别眼性難思有眼陀羅尼自在佛等又眼中云性空寂滅即眼之度門眼等本淨亦應云色等度門色等本淨不唯取相爲染無心爲淨而已也又以智論三觀束之分别色相等是假名觀也性空寂滅是空觀也此二不二色性難思中道觀也三無前後皆是一心上來無礙深妙難思始學之流如何趣入今當總結但能知事理無礙根境一如念慮不生自當趣入是以事中即理何曾有礙心外無境念自不生如是則入宗鏡之一心成止觀之雙運方能究竟定慧莊嚴自利利他圓無盡行又若心不安人在三界内未入止觀門非習學之者情牽萬境意起百思投五欲旋火之輪未曾略暇陷五濁狴牢之處何省暫離塵網千重密密而常籠意地愛繩萬結條條而盡繫情田聳高阜於慢山横遮法界洶長波於貪海吞盡欲流若蟻聚蜂攢攀緣役役如鼠偷狗竊結搆營營八苦之燄長燒二死之河恒没輪迴生滅苦惱縈纏皆是不能自安心耳今爲於生死長夜無明塵勞三界大夢之中獨覺悟人剖開愛網欲透苦原將求如來大寂滅樂者如前所述安心之門直下相應無先定慧定是自心之體慧是自心之用定即慧故體不離用慧即定故用不離體雙遮則俱泯雙照則俱存體用相成遮照無礙此定慧二法修行之要祖佛大旨經論同詮所以法華經云以禪定智慧力得法國土又云定慧力莊嚴以此度衆生華嚴經頌云衆生惑見恒隨縛無始

稠林未除翦與志共俱心並生常相羈繫不斷絕但唯妄想非實物不離於心無處所禪定境界仍退轉金剛道滅方畢竟大涅槃經云定慧等學明見佛性又云先以定動後以智拔大智度論云禪定爲父智慧爲母能生一切導師又云以業力故入生死以定力故出生死故云禪非智無以窮其寂智非禪無以發其照何者謂禪無智但是事定若得智慧觀於心性即爲上定若智不得禪乃爲散善分別慧若有定如密室燈寂而能照離動分別成實慧故若定慧雙運動寂融通則念念入三昧之門寂寂運無涯之照如上種種開示種種證明如是調停如是剖析削繁簡要去僞存真以無數萬億諸方便門皆令一切含生盡入此宗鏡如囊中有寶不探示之誰有知者猶室中金藏未遇智人何由發掘若珠蔽內衣裏弗因親友所示爭致富饒似窮子之家珍非長者之誘引曷能承紹設或明了信入無疑更在當人尅己成辦鍊磨餘習直取相應一切時中不得忘照自量生熟各逐便宜此是修定時此是修慧時若掉散心須行三昧若惛沉意宜啓慧門若處見修位中此是行時非是證時若居究竟即內此是證時非是行時不可如二乘忽忽取證沉實際之海溺解脫之坑又不可傚無聞比丘妄指無生求昇反墜似苦行外道唯投見網期悟遭迷斯定慧門是真修路照宗門之皎日泛覺海之迅航駕大白牛車之二輪昇第一義天之兩翼等學而明見佛性莊嚴而可度衆生爲法國土之王因茲二力出生死海

之底全假雙修散妄亂而似風吹雲破愚闇而如日照世動邪見之深刺拔無明之厚根爲大覺海之陰陽作實華王之父母備一乘之基地堅萬行之垣牆以此相應能入宗鏡前據台教明五百皆安心法門皆爲逗機對病施藥今依祖教更有一門最爲省要所爲無心何者若有心則不安無心則自樂故先德偈云莫與心爲伴無心心自安若將心作伴動即被心謾法華經云破有法王出現世間淨名經云除去所有唯置一牀即是除妄心之有外境本空以心有法有心空境空故起信論云是故當知一切世間境界之相皆依衆生無明妄念而得建立如鏡中像無體可得唯從虛妄分別心轉心生則種種法生心滅則種種法滅故是以但得無心境自不現既無對待逆順何生以逆境故生瞋惱强賊干懷以順境故牽愛情華箭入體能令心動故稱不安今若無心坦然無事則萬機頓赴而不撓其神千難殊對而不干其慮所以阿難執有而無據七處茫然二祖體無而自安言下成道若不直了無心之旨雖然對治折伏其不安之相常現在前若了無心觸途無滯絕一塵而作對何勞遣蕩之功無一念而生情不假忘緣之力又無心約教有二一者澄湛令無二者當體是無澄湛令無者則是攝念安禪蠲消覺觀虛襟靜慮漸至微細當體是無者則直了無生以一念起處不可得故經云一念初起無有初相是眞護念實藏論云夫離者無身微者無心無身故大身無心故大心大心故則智周萬物大身故則

應備無窮是以執身爲身者則失其大應執心爲心者則失其大智故千經萬論莫不說離身心破於執著乃入眞實譬如金師銷鑛取金方爲器用若有身者則有身礙有身礙故則法身隱於形穀之中若有心者則有心礙有心礙故則眞智隱於念慮之中故大道不通妙理沉隱六神内亂六境外緣晝夜惶惶無有止息矣夫不觀其心者而不見其微不觀其身者而不見其離若不見其離微者則失其道要故經云佛說非身是名大身心亦如是此謂破權歸實會假歸眞譬如金師銷鑛取金方爲器用滅相混融以通大冶大冶者謂大道此大道冶中造化無窮流出萬宗若成若壞體無增減故經云有佛無佛性相常住所言混融相者但爲愚夫著相畏無相也所以說相者爲彼外道著於無相畏有相所以說中道者欲令有相無相不二也此皆破執除疑言非盡理若復有人了相無相平等不二無取無捨無彼無此亦無中間則不假聖人言說理自通也如上所述皆爲有心成障若乃無心自然合道即是離其妄心眞心不動如釋摩訶衍論云離心緣相者心量有十一者眼識心二者耳識心三者鼻識心四者舌識心五者身識心六者意識心七者末那識心八者阿賴耶識心九者多一識心十者一一識心如是十中初九種心不緣眞理後一種心得緣眞理而爲境界今據前九作如是說離心緣相本有契經中作如是說甚深眞體非餘境界唯自所依緣爲境界故楞伽經云非心之心量我說爲心量者謂

以非心量爲遣心量若以非心量爲是斯即心量今謂非心量即不思議之心量者不礙心量故如華嚴經云菩薩住是不思議即非心量於中思議不可盡即之心量以二相即奪故思與非思俱寂滅又云於非心處示生於心者人多誤解情作非情非情作情若執於非心處示生於心是非情爲情者既言示生非眞無情爲有情矣大寳積經云佛言文殊汝入不思議三昧耶文殊師利言不也世尊我即不思議不見有心能思議者云何而言入不思議三昧我初發心欲入是定而今思惟實無心相而入三昧如人學射久習則巧後雖無心以久習故箭發皆中我亦如是初學不思議三昧繫心一縁若久習成就更無心想恒與定俱又先德云一念妄心纔動即具世間諸苦如人在荆棘林不動即刺不傷妄心不起恒處寂滅之樂一念妄心纔動即被諸有刺傷故經云有心皆苦無心乃樂當知妄心不起始合法身寂滅樂也問本自無心妄依何起答爲不了本自無心名妄若知本自無心即妄無所起眞無所得問何故有心即妄無心即無妄答以法界性空寂無主宰故有心即有主宰有主宰即有分劑無心即無主宰無主宰即無分劑無分劑即無生死問無心者爲當離心是無心即心得無心答即心得無心問即心是有心云何得無心答不壞心相而無分別問豈不辯知也答即辯知無能所是無心也豈渾無用始是無心譬如明鏡照物豈有心耶當知一切衆生恒自無心心體本來常寂寂而常用用而常

寂隨境鑒辯皆是實性自爾非是有心方始用也只謂衆生不了自心常寂妄計有心心便成境以即心無心故心恒是理即理無理故理恒是心理恒是心故不動心相心恒是理故不得心相不得心相故即是衆生不生不動心相故即是佛亦不生以生佛俱不生故即凡聖常自平等法界性也純一道清淨更無異法當知但有心分別作解之處俱是虚妄猶如夢中若未全覺所見纖毫亦猶是夢中事但得無心即同覺後絶諸境界但有一微塵可作修證不思議解處俱不離三界夢中所見經云無有少法可得佛即授記無生義云不退轉天子言此佛土未曾思惟分別於我見與不見我亦不思惟佛土見與不見故知諸見從有心而生佛土無心故不見天子天子有心而不生念故言不見佛土便成不異故知有心無心俱空融大師云鏡像本無心説鏡像無心從無心中説無心人説有心説人無心從有心中説無心有心中説無心是未觀無心中説無心是本觀衆生計有身心説鏡像破身心衆生著鏡像説畢竟空破鏡像若知鏡像畢竟空即身心畢竟空假名畢竟空亦無畢竟空若身心本無佛道亦本無一切法亦本無本無亦本無若知本無亦假名假名佛道佛道非天生亦不從地出直是空心性照世間如日智論問曰若知心不可見佛何以故説如實知不可見心答曰有坐禪人憶想分別見是心如清淨珠中縷觀白骨人中見心次第相續生或時見心在身或見在緣如無邊識處但見識無量無

邊破如是等虛妄故佛言如實知衆生心衆生心自相空故無相相復次佛以五眼觀此心不可得肉眼天眼緣色故不見慧眼緣涅槃故不見初學法眼分別知諸法善不善有漏無漏等是法眼入實相中則無所分別如先說一切法無知者無見者是故不應見佛眼觀寂滅相故不應見乃至不如凡夫人憶想分別見復次五眼因緣和合生皆是作相虛誑不實佛不信不用是故言不以五眼見又問曰舍利弗知心相常淨何以故問答曰以菩薩發阿耨多羅三藐三菩提心深入深著故雖聞心畢竟空常清淨猶憶想分別取是無心相以是故問是無心相心爲有爲無若有云何言無心相若無何以讚歎是無等等心當成佛道須菩提答是無心相中畢竟清淨有無不可得不應難舍利弗復問何等是無心相須菩提答畢竟空一切諸法無分別是名無心相此無心相是即心無心非待斷滅如經云若有衆生能觀一切妄念無相則爲證得如來智慧又且無心者不得作有無情見之解若將心作無此即成有若一切處無心如土木瓦礫此成斷滅皆屬意根强知妄識邊事是以稱不思議定者以有無情見不及故又澄湛是事當體是理事有顯理之功亦有覆理之義理有成事之力亦有奪事之能各取則兩傷並觀則俱是何謂顯理若妙性未發須假事行助顯莊嚴如水澄清魚石自現何謂成事若功行未圓必仗理觀引發開導何謂覆理若一向執事坐禪反迷已眼未識玄旨徒勞念靜何謂奪事若天眞

頓朗如日消氷何須調心收攝伏捺故經偈云若學諸三昧是動非是禪心隨境界流云何名爲定是以不可執一執二定是定非但臨時隨用圓融得力自諳深淺若也歸宗順旨則理事雙消心境俱亡定慧齊泯如永嘉集云以奢摩他故雖寂而常照以毗婆舍那故雖照而常寂以優畢叉故非照而非寂照而常寂故說俗而即眞寂而常照故說眞而即俗非寂而非照故杜口於毗耶斯則不唯言語道斷亦乃心行處滅所以圓覺經云有作思惟從有心起皆是六塵妄想緣氣非實心體已如空華用此思惟辯於佛境猶如空華復結空果展轉妄想無有是處○問既不得作有無之解如何是正了無心答石虎山前鬬蘆華水底沉○問前標宗不言法相云何已下更用廣說諸識種現熏習差別義理瑜伽唯識百法五位事相法門答祖佛大意唯說二空證會一心眞如本性所以百法論云如世尊言一切法無我云何一切法所謂心法云何二無我所謂人無我法無我若一切衆生但得人法俱空知一切法即心自性復更有何異法而敷演乎如瑜伽論是無著菩薩請彌勒所說論云無著菩薩位登初地證法光定得大神通事大慈尊請說此論理無不窮事無不盡文無不釋義無不詮疑無不遣執無不破行無不修果無不證正爲菩薩令於諸乘境行果等皆得善巧勤修大行證大菩提廣爲有情常無倒說乃至瑜伽中行觀無少法欲令證得及欲現觀或說究竟清淨眞如名爲瑜伽理中最極一切功德共

相應故是以智者大師於淨名疏中問云今依龍樹之學何意用天親之義答龍樹天親豈不同入不二法門乎今本爲佛教隨義有所開而用釋何得取捨定執也若分別界外結惑生死及諸行名義當細尋天親所作若觀門遣蕩安心入道何過龍樹若不取地論攝大乘論相映望者他或謂於非義理多端强說也故知菩薩製作一一關於聖典故非出自胷襟廣引證明令生聞慧宗鏡纂集大意亦同若不先明識論天親護法等剖析根塵微細生死又焉得依龍樹觀門遣蕩如無差別無可圓融若不先診候察其病原何以依方施其妙藥只如淨名居士位臨等覺尚有原品無明實因疾未盡現受後有生死實果疾猶存如淨名疏問實報業障礙土何得猶有煩惱四分之因疾答開菩薩自體法界緣集即有四分所以然者取自體一實諦即是貪愛捨二邊生死即是瞋斷迷一實諦無明未盡故猶有癡也三分等取即是等分此即是根本之三毒故請觀音經云淨於三毒根成佛道無疑何況業繫凡夫分段生死之病然今時多不就已仔細推尋及廣披聖典教觀俱昧理行全虧唯尚隨語依通一時遣蕩拂迹而迹不泯歸空而空不亡以不出法塵全爲影事殊不識心王心所種現根隨微細根塵生滅起處心心流注念念現行如醉如癡懵無知者智燈既闇定水全枯未審何門能得清淨但學成現高茆之語名標衆聖之前都無正念修行之門跡陷羣邪之後今普使知病識藥令得服行淨三毒之根見一

心之性且如馬鳴龍樹皆是西天傳佛心印祖師馬鳴製大乘起信論廣說阿賴耶等三細識六麤相一心眞如生滅二門龍樹製摩訶衍論引一百本大乘經證說八識心王性相微細等義云何末學不紹先賢可謂綆短而不匃深泉翅弱而弗能高逝又若不先論其事相之表何以辯其體性之原如世間法未見其海爭識其波未見其山寧諳其土今欲總別雙辯理事具陳不達事而理非圓不了理而事奚立故云理隨事現一多緣起之無邊事得理融千差涉入而無礙又從總出別因別成總不得別而何成總不因總而豈稱別則理事總別一際無差只爲今時但唯執總滯理見解不圓法眼將明而不明疑心欲斷而非斷皆是理事成礙總別不通故四弘誓願云法門無邊誓願學佛道無上誓願成何乃虛擲寸陰頓違本願守愚空坐辜負四恩若愚癡人不分菽麥似牛羊眼罔辯方隅現今對境尚不圓明臨終遇緣焉能甄別直須達事通理徹果窮因無一法而不明無一塵而不照則見聞莫能惑境界不能拘故法華經云佛所成就第一希有難解之法唯佛與佛乃能究盡諸法實相所謂諸法如是相如是性如是體如是力如是作如是因如是緣如是果如是報如是本末究竟等故知一心實相悉是諸法諸法所生皆從現行善惡熏習第八識含藏種子爲因發起染淨差別報應爲果若不微細剖析問答決疑則何由到一心總別之原徹入識性相之際古德云提綱意在張網不可去網存綱擧領意在

著衣不可棄衣取領若秖集而不叙如無綱之網若秖叙而不集如無網之綱故知理事雙明方通圓旨教觀齊運始達一乘且如等覺菩薩妙果將圓却入幻網門倒學凡夫事習世間三昧具工巧神通今之所宗且明大旨須先立後破以洗情塵然即破立同時而無所破不同權教定執教相之有門寧比小乘唯證析法之空理今則以别成總將偏顯圓别成總而一際無差偏顯圓而萬法齊旨開合自在隱顯無方若執之成萬有之瘄疵若定之爲四魔之根蔕此百法明門大乘菩薩初地方了乃至十方諸佛本後二智俱證俱緣若不證唯識之性不成根本智無成佛之期若不了唯識之相百法明門不成後得智闕化他之行此唯識百法者乃是有爲無爲眞俗一切法之性相根本所以經云若不證眞如焉能了諸行若不證唯識眞如之性焉能了唯識百法之行相故云根本智證百法性後得智緣百法相大乘起信論云信成就發心略說有三一發正直心如理正念眞如法故二發深重心樂集一切諸善行故三發大悲心願拔一切衆生苦故問一切衆生一切諸法皆同一法界無有二相據理但應正念眞如何假復修一切善行救一切衆生答不然如摩尼寶本性明潔在礦穢中假使有人勤加憶念而不作方便不施功力欲求清淨終不可得眞如之法亦復如是體雖明潔具足功德而被無邊客塵所染假使有人勤加憶念而不作方便不修諸行欲求清淨終無得理是故要當集一切善行救一切衆

生離彼無邊客塵垢染顯現眞法起信疏云一直心正念眞如法者即心平等更無別岐何有迴曲即是二行之根本二深心者是窮原義若一善不備無由歸原歸原之來必具萬行故言樂集諸善行故即是自利之行本也大悲心者是普濟義故言欲拔衆生苦故即是利他之行本也又此初一直心唯正念眞如之法是宗是本因此起深重心大悲心是行又開此直心爲十心一廣大心謂誓願觀一切法悉如如故二甚深心謂誓願觀眞如要盡原底故三方便心謂推求簡擇趣眞方便故四堅固心謂設逢極苦樂受此觀心不捨離故五無間心謂觀此眞理盡未來際不覺其久故六折伏心謂若失念煩惱暫起即便覺察折伏令盡使觀心相續故七善巧心謂觀眞理不礙隨事巧修萬行故八不二心謂隨事萬行與一味眞理融無二故九無礙心謂理事既全融通不二還令全理之事而相即入故十圓明心謂頓觀法界全一全多同時顯現無障無礙故即此十心理行具足且無理不能導行無行不能成理可謂即眞如之理成眞如之行無有一法能出唯識之性相矣是知一心爲萬法之性萬法是一心之相相即性之相是一中之多性即相之性是多中之一若不了性亦不了相其相即妄若不識相亦不識性其性即孤應須性相俱通方得自他兼利如首楞嚴經云幻妄稱相其性眞爲妙覺明體是以若偏執相而成妄定據性而沉空今則性相融通眞妄交徹不墮斷常之見能成無盡之宗故知若欲深

達法原妙窮佛旨者非上智而莫及豈下機而能通所以法華經偈云如是大果報種種性相義我及十方佛乃能知是事又見解圓明是目行解相應是足目足更資理行扶助可趣涅槃之域能到清涼之池若定慧未熏如摩尼之匿礦性相不辯猶古鏡之未磨欲望雨寶鑒容無有是處若意珠既淨心鏡纔明更以萬行熏修轉加光潔如華嚴經云佛子譬如金師善巧鍊金數數入火轉轉明淨調柔成就隨意堪用菩薩亦復如是供養諸佛教化衆生皆爲修行清淨地法所有善根悉以迴向一切智地轉轉明淨調柔成就隨意堪用然雖萬行磨鍊皆是自法所行如先德云一切佛事無邊化門皆依自法融轉而行即自心中有眞如體大今日體解引出法身由心中有眞如相大今日了達引出報身由身中有眞如用大今日修行引出化身乃至十波羅蜜一切塵沙萬行但是自心中引出未曾心外得一法行一行若言更有從外新得者即是魔王外道說○問信入此法還有退者否答信有二種一若正信堅固諦了無疑理觀分明乘戒兼急如此則一生可辦誰論退耶二若依通之信觀力麤浮習重境强遇緣即退如華嚴論云如涅槃經聞常住二字尚七世不墮地獄如華嚴經云設聞如來名及所說法不生信解亦能成種必得解脫至成佛故何故經言第六住心及從凡夫信位猶言有退此意若爲和會解云十信之中勝解未成未得謂得便生憍慢不近善友不敬賢良爲慢怠故久處人天惡業便起能

成就大地獄業若一信不慢常求勝友即無此失若權教第六住心可有退位實教中爲稽滯者責令進修如舍利弗是示現聲聞非實聲聞所作方便皆度衆生使令進策如權教中第六住心可說實退何以故地前三賢總未見道所修作業皆是有爲所有無明皆是折伏功不强者便生退還若折伏有力亦不退失如蛇有毒爲呪力故毒不能起但於佛法中種於信心謙下無慢敬順賢良於諸惡人心常慈忍於諸勝已者諮受未聞所聞勝法奉行無妄所有虛妄依教蠲除於三菩提道常勤不息夫爲人生之法法合如然但不長惡而生何須慮退華嚴疏云深心信解常清淨者信煩惱即菩提方爲常淨由稱本性而發菩提心本來是佛更無所進如在虛空退至何所

宗鏡録卷第四十五

音釋

矚之欲切　洶許拱切　攢胙官切　羈居宜切　逗田候切　蠲古玄切　鑛古猛切　㲉苦角切　劑在詣切　菽式竹切　疣羽求切　蔕都計切　礦古猛切

宗鏡録卷第四十六

宋慧日永明妙圓正修智覺禪師延壽集

夫欲顯正宗先除邪執者約外道小乘諸古師等謬解唯識正理凡有幾種答不達唯識眞性邪執蓋多宗鏡所明正爲於此如唯識論云復有迷謬唯識理者或執外境如識非無或執内識如境非有或執諸識用別體同或執離心無別心所古德云或執外境如識非無者此即有宗依十二處教執心境俱有是第一義論云或執内識如境非有者釋曰此即清辯依密意空教撥識亦無論云或執識用別體同者釋曰即大乘一類菩薩言八識體唯是一也如一水鏡多波像生論云或執離心無別心所者釋曰此即經部覺天所計以經言士夫六界染淨由心無心所故雖於蘊中亦有心所但於識上分位假立無別實有慈恩大師釋護法菩薩唯識論中略有四種一清辯順世有境無心二中道大乘有心無境三小乘多部有境有心四邪見一說都無心境又四句分別一有見無相謂正量師不作相分而緣境也二有相無見謂清辯師三相見俱有餘部及大乘等四相見俱無即安慧等大乘起信論云對治邪執者一切邪執皆依我見若離於我則無邪執是我見有二種云何爲二一者人我見二者法我見人我見者依諸凡夫說有五種云何爲五一者聞修多羅說如來法身畢竟寂寞猶如虛空以不知爲破著故即謂虛空是如來性云何對治明虛空相是其妄法體無不實以對色故有是可見相令心生滅以一切色法本

來是心實無外色若無色者則無虛空之相所謂一切境界唯心妄起故有若心離於妄動則一切境界滅唯一眞心無所不徧此謂如來廣大性智究竟之義非如虛空相故二者聞修多羅說世間諸法畢竟體空乃至涅槃眞如之法亦畢竟空從本已來自空離一切相以不知爲破著故卽謂眞如涅槃之性唯是其空云何對治明眞如法身自體不空具足無量性功德故三者聞修多羅之藏無有增減體備一切功德之法以不解故卽謂如來之藏有色心法自相差別云何對治以唯依眞如義說故因生滅故染義示現說差別故四者聞修多羅說一切世間生死染法皆依如來藏而有一切諸法不離眞如以不解故謂如來藏自體具有一切世間生死等法云何對治以如來藏從本已來唯有過恒沙等諸淨功德不離不斷不異眞如義故以過恒沙等煩惱染法唯是妄有性自本無從無始世來未曾與如來藏相應故若如來藏體有妄法而使證會永息妄者則無是處故五者聞修多羅說依如來藏故有生死依如來藏故得涅槃以不解故謂衆生有始以見始故復爲如來所得涅槃有其終盡還作衆生云何對治以如來藏無前後際故無明之相亦無有始若說三界外更有衆生始起者卽是外道經說又如來藏無有後際諸佛所得涅槃與之相應則無後際故法我見者依二乘鈍根故如來但爲說人無我以說不究竟見有五陰生滅之法怖畏生死妄取涅槃云何對治以五陰法自性不生則無有滅本

來涅槃故復次究竟離妄執者當知淤法淨法皆悉相待無有自相可說是故一切法從本已來非色非心非智非識非有非無畢竟不可說相而有言說者當知如來善巧方便假以言說引導衆生得其旨趣者皆爲離念歸於眞如以念一切法令心生滅不入實智故但是不了正因緣皆成外道所執有四一不知有情業緣執之爲道或執自然二不知共業所感空劫執爲渾沌之氣三不知空後成劫執爲清濁兩分四不知上界有情下生執爲天地變化故知見網難出邪解易生如止觀細推觀諸見境者非一曰諸邪解稱見又解知是見義推理不當而偏見分明作決定解名之爲見夫聽學人誦得名相齊文作解心眼不開全無理觀據文者生無證者死夫習禪人唯尚理觀觸處心融闇於名相一句不識誦文者守株情通者妙悟兩家互闕論評皆失大約邪見有三一佛法外外道者本原有三一迦毗羅外道此翻黃頭計因中有果二漚樓僧佉此翻休留計因中無果三勒沙婆此翻苦行計因中亦有果亦無果又入大乘論迦羅所說有計一過作者與作一相與相者一分與有分一如是等名爲計一優樓佉計異迦羅鳩馱計一異若提子計非一非異一切外道及摩迦羅等計異皆不離此四從三四外道派出枝流至佛出時有六大師所謂富蘭那迦葉姓也計不生不滅末伽梨拘賒梨子計衆生苦樂無有因緣自然而爾刪闍夜毗羅胝子計衆生時熟得道八萬劫苦盡自解脫如縷丸綿盡自止阿耆多

翅舍欽婆羅欽婆羅鹿衣也計罪報之苦以投巖拔髮代之迦羅鳩馱迦旃延計亦有亦無尼犍陀若提子計業所作定不可改二附佛法外道者起自犢子方廣自以聰明讀佛經書而生一見附佛法起故得此名犢子讀舍利弗毗曇自制別義言我在四句外第五不可說藏中云何四句外道計色即是我離色有我色中有我我中有色四陰亦如是合二十身見大論云破二十身見成須陀洹即此義也今犢子計我異於六師復非佛法論諸皆推不受便是附佛法邪人法也或云三世及無爲法爲四句也又方廣道人自以聰明讀佛十喻自作義云不生不滅如幻如化空幻爲宗龍樹斥云非佛法理方廣所作亦是邪人法也三學佛法成外道執佛教門而生煩惱不得入理大論云若不得般若方便入阿毗曇即墮有中入空即墮無中入毘勒墮亦有亦無中中論云執非有非無名愚癡論倒執正法還成邪人法也若學摩訶衍四門旣失般若意爲邪見火所燒四成邪人法乃至若於觀支忽解無明轉即變爲明明具一切法或謂無明不可得變爲明明何可得此不可得亦具一切法或謂法性之明亦可得亦不可得非可得非不可得一門即三門三門即一門此解明利所破無不壞所存無不立無能踰勝亦復自謂是無生忍如此解者是圓教四門見發也又大乘四門皆成見者實語是虛妄生語見故涅槃是生死起貪著故多服甘露傷命早夭失方便門墮於邪執故稱內邪見也又此土震旦亦有其義周

弘正釋三玄云易判八卦陰陽吉凶此約有明玄老子虛融此約無明玄莊子自然約有無明玄自外枝派祖原出此今且約此以明得失如莊子云貴賤苦樂是非得失皆其自然若言自然是不破果不辯先業即是破因禮制仁義衞身安國若不行用滅族亡家但現世立德不招後世報是爲破果不破因若言慶流後世幷前則是亦有果亦無果也約一計即有三行一謂計有行善二計有行惡三計有行無記如玄理分應爾富貴不可企求貧賤不可怨避生無足欣死何勞畏將此虛心令居貴莫憍處窮不悶貪恚心息安一懷抱以自然訓物作入理啡觓此其德也德有多種若言常無欲觀其妙無何等欲忽王璧棄公相洗耳還牛自守高志此乃棄欲界之欲攀上勝出之妙即以初禪等爲妙何以得知莊子云皇帝問道觀神氣見身內衆物以此爲道似如通明觀中發得初禪之妙若言諸苦所因貪欲爲本若離貪欲即得涅槃此無三界之欲此得滅止妙離之妙又法名無染若染於法是染涅槃無此染欲得一道微妙妙此諸欲欲妙皆無汝得何等尚不識欲界欲初禪妙況後欲妙耶若與權論乃是逗機漸引覆相論欲妙不得彰言了義而說但息誇企之欲觀自然之妙諂詖之行既除仁讓之風斯在此皆計有自然而行善也又計自然任運恣氣亦不運御從善亦不動役作惡若傷神和不會自然雖無取捨而是行無記行業未盡受報何疑若計自然作惡者謂萬物自然恣意造惡終歸自然斯乃背無

欲而恣欲違於妙而就麤如莊周斥仁義雖防小盜不意大盜揭仁義以謀其國本以自然息欲乃揭自然而爲惡此義可知也已上外道及内道執見有二竝決眞僞者一就所起法竝決二就所依法竝決今一通從外外道四句乃至圓四門外道見通韋陀乃至圓門三念處三解脱名數是同所起見羅縶縛無異譬如金鐵二鎖又從外道四句乃至圓門四見名雖清美所起煩惱體是汙穢譬如玉鼠二璞又從外道四句乃至圓門四見雖同研鍊有成不成譬如牛驢二乳又從外道四句乃至圓門四見有害不害譬如迦羅鎮頭二果所計神我乃是縛法非自在我各執已是餘爲妄語互相是非何關如實自謂眞道翻開有路望得涅槃方況生死自言諦當終成邪僻愛處生愛瞋處生瞋雖起慈悲愛見悲耳雖安塗割乃生滅强忍雖一切智世情推度雖得神通根本變化有漏變化所讀韋陀世智所説非陀羅尼力非法界流雖斷鈍使如屈步蟲世醫所治差已更發八十八使集海浩然三界生死苦輪無際沉著有漏求無出期皆是諸見幻僞豈可爲眞實之道也二約所依法異者一切諸見各依其法三外外道是有漏人發有漏法以有漏心著於著法著法著心體是諍競非但因時捉頭拔髮發諸見已謂是涅槃執成見猛毒增鬭盛所依之法非眞所發之見亦僞也此雖邪法若客得意以邪相入正相如華飛葉動藉少因緣尚證支佛何況世間舊法然支佛雖正華葉終非正教外外客悟而其法門但通諸

見非正法也皆由著心於著法因果俱鬪諍𡚁是邪法生邪見也若三藏四門是出世聖人得出世法體是清淨滅煩惱處非唯佛經是正法五百所申亦能得道妙勝定云佛去世後一百年十萬人出家九萬人得道二百年時十萬人出家一萬人得道當知以無著心不著無著法發心眞正覺悟無常念念生滅朝不保夕志求出要不封門生染而起戲論譬如有人欲速見王受賜拜職從四門入何暇盤停諍計好醜知門是通途不須諍計如藥爲治病不應分别速出火宅盡諸苦際眞明發時諡究竟道畢竟無諍無諍則無業無業則無生死但有道滅心地坦然因果俱無鬪諍俱滅唯有正見無邪見也復次四門雖是正法若以著心著此四門則生邪見見四門異於修因時多起鬪諍譬如有人久住城門分别瓦木評薄精麤謂南是北非東巧西拙自作稽留不肯前進非門過也著者亦爾分别名相廣知煩惱多謂道品要名聚衆媒衒求達打自大鼓豎我慢幢誇耀於他互生鬪諍捉頭拔髮八十八使瞋愛浩然皆由著心於正法門而生邪見所起煩惱與外外道更無有異論所計法天地懸殊方等云種種問橋智者所訶人亦如是爲學道故修此四門三十餘年分别一門尚未明了功夫纔著年已老矣無三種味空生空死唐弃一期如彼問橋有何利益此由著心著無著法而起邪見次通教四門體是正法近通化城前曲此直巧拙雖殊通處無别如天門直華餘門曲陋不住二門俱得通進若數瓦木二俱

邐迤若不稽留法門若因若果俱無諍著是名無著心不著無著法不生邪見也復次以著心著此直門亦生邪見或爲名爲衆爲勝爲利分别門相瞋愛慢結因此得生譬如以毒内良藥中安得不死以見著毒入正法中增長苦集非如來咎利根外道以邪相入正相令著無著成佛弟子鈍根内道以正相入邪相令無著有著成邪弟子豈不悲哉别圓四門巧拙利鈍俱通究竟涅槃因不住著果無鬬諍若封門起見則生煩惱與漚樓佉等以此而觀如明眼人臨於涇渭豈容迷名而不識清濁也輔行記釋云金鐵二鎖者大智度論云譬在囹圄桎梏所拘雖復蒙赦更繫金鎖人爲愛繫如在囹圄雖得出家更著禁戒如繫金鎖今借譬此内外生著在獄鐵鎖如外計逢赦金鎖如内計金鐵雖殊被縛義等佛法雖勝見繫無差玉鼠二璞者璞者玉也鄭重玉璞若有得者與其厚賜周人聞之規其厚賜周人風俗名死鼠爲玉璞乃將詣鄭鄭人笑之其人悟已答鄭人曰楚人鳳凰其實山鷄以楚王重鳳有不識鳳者路見擔山鷄者問之曰此何鳥擔者知其不識乃戲曰鳳凰其人謂實便問擔者販耶答販問幾錢答萬錢用價買之擬欲上王得已便死楚王聞之愧而召問王亦謂實乃以十萬錢賜之故知周鄭之體淨穢永殊無著如鄭起見如周名同體異此之謂也有於三藏乃至圓教四門之名義如璞起於見愛其如死鼠牛驢二乳者又論云餘處或有好語亦從佛經中出若非佛法初聞似好久則不妙譬如驢

乳其色雖同抨但成糞故佛法外道語同有不殺慈悲之言搜窮其實盡歸虛妄今此亦爾外計雖有有無等言研覈無實盡是虛妄佛法大小一十六門雖云有無但破執心自歸正轍故云有成不成於外起計如驢乳藏等起計如牛乳乳名雖同其體永別見名雖等所執各異外雖除執無理可成藏等離著自入正轍又大智度論云謂佛教如牛乳修得解脱如抨得酪生熟酥等外道教猶彼驢乳本非出酪之物外道之教無解脱味故抨驢乳但成屎尿依外道教行但招苦果無所成益迦羅鎮頭二果者大涅槃經云善男子如迦羅林其樹衆多唯有一株鎮頭迦樹二果相似是果熟時有一女人悉皆拾取鎮頭迦果唯有一分迦羅迦果乃有十分女人不識持來詣市凡愚不識買迦羅迦噉已命終有智人輩聞是事已問是女人汝於何處得是果來女人示處諸人即言彼方多有無量迦羅迦樹唯有一株鎮頭迦樹諸人知已笑而捨去經譬僧伽藍清濁二衆今借以譬內見外見二見名同有害不害如外見發説無因果歸於邪無若內見起猶執大小經論所詮害謂損其善根故知或名同體異不可雷同或名異體同應須甄別邪正既辯玉石俄分不濫初修深禪後學又華嚴演義云此方儒道玄妙不越三玄周易爲眞玄老子爲虛玄莊子爲談玄老子道德經云道生一一生二二生三三生萬物注云一者沖和之氣也言道動出沖和妙氣於生物之理未足又生陽氣陽氣不能獨生又生陰氣積沖氣之一

故云一生二又積陽氣之二故云二生三陰陽含孕沖氣調和然後萬物阜成故云三生萬物次下又云萬物負陰而抱陽沖氣以爲和上來皆明萬物自然生也莊子宗師篇云在太極之先而不爲高在六合之下而不爲深先天地生而不爲久長於上古而不爲老注云言道之無所不在也故在高爲無高在深爲無深在久爲無久在老爲無老無所不在所在皆無也又云知天之所爲知人之所爲注云知天之所爲者自然也意云但有知有爲皆不爲而爲故自然也今斷云若以自然爲因者斷義也即老子意由道生一道是自然故以爲因是邪因也又若謂萬物自然而生即莊子意則萬物自然無使之然故曰自然即無因也如烏之黒即莊子文涅槃經

意周易云一陰一陽謂之道陰陽不測謂之神釋云一謂無也無陰無陽乃謂之道一得爲無者無是虛無虛空不可分別唯一而已故以一爲無也若有境則有彼此相形有二有三不得爲一故在陰之時而不見爲陰之功在陽之時而不見爲陽之力自然而有陰陽自然無所營爲此則道之謂也今斷云若以陰陽變易能生即是邪因又一者無也即是無因若計一爲虛無自然則皆無因也則人自然生應常生人不待父母等衆緣菩提自然生則一切果報不由修得又易云寂然不動感而遂通天下之故禮云人生而静天之性也感物而動性之欲也後儒皆以言詞小同不觀前後本所建立致欲渾和三教但見言有小同豈知義有大異是知不入正宗

焉知言同意別未明已眼寧鑒名異體同所以徇語者迷據文者惑恐參大旨故錄示之且如外道說自然以爲至道不成方便仍壞正因佛教亦說自然雖成正教猶是悉檀對治未爲究竟以此一例其餘可知又直饒見超四句始出單四句猶有複四句具足四句且單四句者一有二無三亦有亦無四非有非無複四句者一有有有無二無有無無三亦有亦無無有亦有亦無無四非有非無有非有非無無而言複者四句之中皆說有無具足四句者四句之中皆具四故第一有句具四者謂一有有二有無三有亦有亦無四有非有非無第二無句中具四者一無有二無無三無亦有亦無四無非有非無第三亦有亦無具四者一亦有亦無有二亦有亦無無三亦有亦無亦有亦無四亦有亦無非有非無第四非有非無具四者一非有非無有二非有非無無三非有非無亦有亦無四非有非無非有非無上四一十六句爲具足四句第四絶言四句者一單四句外一絶言二複四句外一絶言三具足四句外一絶言有三絶言上諸四見一一皆有八十八使相應是見即外道見故若約佛法歷四教四門各生四見又一種四門各一絶言如是一一亦各有八十八使六十二見百八等惑百法鈔云破邪執者即二邊之邪執總有三種二邊一外道斷常二邊如有外道一向執常即四徧常論等是此即常見邊又有外道一向執斷即七斷滅論是此即斷見邊第二小乘假實二邊或有小乘一向執假即一說部等執一

切法但有假名而無實體即是著假邊又有小乘一向執實即薩婆多及犢子部等執諸法皆實即是著實邊第三大小乘空有二邊即小乘有部等執心外有法是著有邊大乘清辯菩薩等撥菩提涅槃悉無即是著空邊顯中道者有二一假施設中道二眞實中道眞實中道有三一者能證淨分依他是其妙有智起惑盡名曰眞空妙有眞空正處中道二者能證有爲是其妙有所證眞理名曰眞空妙有眞空正處中道三者唯於法身上說本來實性名爲妙有即此實性便是眞空妙有眞空正處中道二假施設中道者即佛於後得智中而假施設亦有三種一者不斷不常中道謂佛經中說有異熟識爲總報主此陰纔滅彼陰便生即不是斷此破外道斷常二邊又說生滅不定名曰無常即是不常二者不假不實中道者謂佛經中說一切色心從種而生者即是不假依此分位或有相形即是不實稱實而談正處中道此破小乘假實二邊三者不有不無中道即經說我法徧計即是不有依圓妙有即是不無離有離無正處中道此破大小乘空有二邊是以欲執二邊之情即背中道之理纔作四句之解便失一乘之門須知非離邊有中亦非即邊是中若離邊求中則邊見未泯若即邊是中中解猶存是以難解難知唯深般若執之如大火聚四邊不可觸之了之若清涼池諸門皆可入矣故知法無定相迴轉隨心執即成非達之無咎如四句法通塞猶人在法名四句悟入名四門妄計名四執毁法名四謗是知

四句不動得失空生一法無差昇沉自異又唯心訣破一百二十種見解云或和神養氣而保自然或苦質摧形而爲至道或執無著而樁立前境或求靜慮而伏捺妄心或剗情滅法以凝空或附影緣塵而抱相或喪靈原之眞照或殞佛種之正因或純識凝神受報於無情之地或澄心泯色住果於八難之天或著有而守乾城或撥無而同兔角或絶見而居闇室或立照而存所知或認有覺是眞佛之形或傚無知同木石之類或執妄取究竟之果如即泥是瓶或忘緣趣解脱之門似撥波求水或外騁而妄興夢事或内守而端居抱愚或宗一而物像同如或見異而各立法界或守愚癡無分别而爲大道或尚空見排善惡而作眞修或解不思議性作頑空或體眞善妙色爲實有或修沉機絶想同有漏之天或學覺觀思惟墮情量之域或不窮妄性作冥初之解或昧於幻體立空無之宗或認影像而爲眞或捨虚妄而求實或詺見聞性爲活物或指幻化境作無情或起意而乖寂知或斷念而虧佛用或迷性功德而起色身之見或據畢竟空而生斷滅之心或執大理而頓弃莊嚴或迷漸説而一向造作或據體離緣而堅性執或忘泯一切而守巳愚或定人法自爾而墮無因或執境智和合而生共見或執心境混同亂能所之法或著分别眞俗縛智障之愚或守一如不變而墮常或定四相所遷而沉斷或執無修而袪聖位或言有證而背天眞或躭依正而隨世輪迴或猒生死而喪眞解脱或迷眞空而崇因著果

或昧實際而欣佛猒魔或著隨宜所說而守語爲眞或失音聲實相而離言求默或宗教乘而猒自性之定或弘禪觀而斥了義之詮或闘奇特而但顧出身俄沉識海或作淨潔而唯求玄密反墮陰城或起殊勝知解而剜肉爲瘡或住本性清淨而執藥成病或尋文採義而飲客水或守靜居閑而坐法塵或起有得心談無相大乘或運圖度想探物外玄旨或廢說起絕言之見或存詮招執指之譏或認動用而處生滅根原或專記憶而住識想邊際或安排失圓覺之性或縱任虧入道之門或起身心精進而滯有爲或守任眞無事而沉慧縛或專計念勤思而失於正受或傲無礙自在而放捨修行或隨結使而恃本性空或執纏蓋而妄加除斷或保重而生法愛或輕慢而毀佛因或進求而乖本心或退墮而成放逸或語證相違而虧實地或體用各據而乖佛乘或欣寂而住空失大悲之性或泯緣而猒假違法爾之門或著我見而昧人空或迷現量而堅法執或解不兼信而滋邪見或信不具解而養無明或云人是而法非或稱境深而智淺或取而迷物性或捨而乖即眞或離而違因或即而亡果或非而謗實或是而毀權或惡無明而背不動智門或憎異境而壞法性三昧或據同理而起增上慢或貶別相而破方便門或是菩提而謗正法輪或非衆生而毀眞佛體或著本智而非權慧或迷正宗而執化門或滯理溺無爲之坑或執事投虛幻之網或絕邊泯迹違雙照之門或保正存中失方便之意或定慧偏習

而燋爛道芽或行願孤興而沉埋佛道或作無作行修有爲菩提或著無著心學相似般若或趣淨相而迷垢實性或住正位而失俗本空或立無相觀而障翳真如或起了知心而違背法性或守真詮而生語見服甘露而早終或敎圓理而起著心飲醍醐而成毒巳上略標一百二十種見解並是迷宗失旨背湛乖真揑目生華迷頭認影若敲冰而索火如緣木以求魚畏影逃空捫風捉電苦非甘種砂豈飯因皆不能以法性融通一旨和會盡迷方便悉入見纏不達正宗皆投見網綿密難出如曲木曳於稠林勢猛力强猶瀉河漂於香象所以天魔外道本無其種修行失念遂泒其原故知但有所重所依立知立解絲毫見處不亡皆成外道如華嚴經頌云以法無性故無有能了知如是解諸法究竟無所解以法無自體憑何作解如辯兎角之大小了龜毛之短長理事俱虛可取笑於天下情塵自隔實喪道於目前如華嚴論云見在即凡情亡即佛祖師云不用求真唯須息見法華經云此法非思量分別之所能解圓覺經云若以思惟心測度如來圓覺境界如將螢火燒須彌山終不能著斯皆是有作世俗之心豈能探無作出世之旨如先德云俗務者非但執耒運斤名爲俗務坐馳五塵六欲即是世務又專念空無相願亦是世務又念蒼生塗炭慈悲慰拔亦是世務若能念念於無念非念非無念一心中覺方非世務是以若實悟宗之人尚不得無見無解豈可更隨言執意而起有見有解乎如大法鏡經云若

諸菩薩隨言取義不如正理思擇法故便生二十八不正見謂初相見者謂聞大乘經中所說一切諸法皆無自性無生無滅本來寂靜自性涅槃等言不善密意但隨此言義便生勝解謂佛所說一切諸法定無自性定無生等執著如是無性等相是名相見彼執著如是無性等相時便謗三自性謂徧計所執自性依他起自性圓成實自性等是知若謗此三性則撥眞俗二諦等一切法所以有無二見爲諸見本若能斷於諸見自然與宗鏡相應華手經云爾時世尊告舍利弗所言正見爲何謂也舍利弗其正見者無高無下等觀諸法乃至又正見者無一切見何以故諸有所見皆是邪見無一切見即是正見佛藏經云佛言一切諸見皆從虛妄緣起舍利弗若作是念此是正見是人即是邪見舍利弗於聖法中拔斷一切諸見根本悉斷一切諸語言道如虛空中手無觸礙諸沙門法皆應如是又云佛言舍利弗諸佛阿耨多羅三藐三菩提唯是一義所謂離也何等爲離離諸欲諸見欲者即是無明見者即是憶念何以故一切諸法憶念爲本所有念想即爲是見見即是邪是以若能離見即成諸佛十方稽首萬類歸依如中觀論云瞿曇大聖主憐愍說是法悉斷一切見我今稽首禮又夫遠離二邊住於中道者約華嚴經釋略舉四種以等一切一者染淨約惑二者縛脫通惑業三者有無通事理四者一異約心境何以有此謂成菩提旣離細念妄惑盡已顯現法身智慧純淨若爲此見未免是邊故經云若有見

正覺解脱離諸漏不著一切世此非證道眼今了於惑體性本空復無所淨故離二邊又染淨交徹故無住著是曰離邊縛脱者謂昔常被惑業繫縛流轉無窮今謂菩提釋然解脱若爲此見即是住邊菩薩智了本自無縛於何有解無縛無解則無苦樂故得離耳有無通事理者若昔謂惑有今了惑空昔謂心空今知妙有又眞樂本有失而不知妄苦本空得而不覺今日始知空者妄苦有者涅槃若如是知並未離邊又煩惱業苦本有今無菩提佛身本無今有等皆三世有法菩提之性不屬三世故三世有無皆是邊攝眞智契理絶於三世故離有無之二邊等一異有二一者心境不了則二契合則一亦成於邊二者生佛有異今了一性亦名爲邊今正覺了此中無有二亦不有無二若善見者如理安住故離此邊今一契菩提一切都寂故云遠離義淨禪師云瑜伽則眞有俗無以三性爲本中觀乃眞無俗有實二諦爲先般若大宗含斯兩意致使東夏則道分南北西方乃義隔有空如上所說或諸凡夫執有著空情見非一四倒八邪之執五謗二見之愚或諸賢聖判教分宗智解亦別三時八教之道五性十宗之科未顯圓文或得或失若入宗鏡正解分明體用相含心境交涉空具德而徹萬有之表事無礙而全一理之中又若究竟欲免斷常邊邪之見須明華嚴六相義門則能任法施爲自亡能所隨緣動寂不壞有無具大總持究竟無過矣此六相義是辯世間法自在無礙正顯縁起無分別理若善見者得

智總持門不墮諸見不可廢一取一雙立雙亡雖總同時繁與不有縱各具別冥寂非無不可以有心知不可以無心會詳法界内無總別之文就果海中絶成壞之旨今依因門智照古德略以喻明六相義者一總相二別相三同相四異相五成相六壞相總相者譬如一舍是總相椽等是別相椽等諸緣和同作舍各不相違非作餘物故名同相椽等諸緣迺互相望一一不同名異相椽等諸緣一多相成名成相椽等諸緣各住自法本不作故名壞相又椽即是舍爲椽獨能作舍若離椽舍即全不成故者得椽時即得舍故所以椽非是少力共成皆是全力故舍旣即是椽餘瓦木等總並是椽若却椽即舍無故舍壞故不名瓦木等是故瓦木等即是此椽也若不即椽者舍即不成椽瓦木等皆不成今旣並成故知相即耳椽即瓦木等一椽旣爾餘一切緣例然是故一切緣起法不成即已成也別相者椽等諸緣別於總故若不別者總義不成由無別時即無總故以因別而得總故是故別者以總爲別也如椽即舍故名總相即是椽故名別相若不即舍不是椽若不即椽不是舍例如若不即總不名別若不即別不名總問若相即者云何說別答只由相即是故成別若不相即者總在別外故非總也別在總外故非別也同相者椽等諸緣和同作舍不相違故皆名舍緣非作餘物故名同相總相唯望一舍說今此同相約椽木等諸緣說雖體各別成力義齊故名同相若不同者椽等諸緣互相違故皆不同作舍舍不

得有故即是斷也若相違不作舍而執有舍者無因有舍故即是常也異相者椽等諸緣隨自形類相差別故問若異者應不同耶答只由異故所以同耳今既舍成同名緣者當知異也又因同不異故方說於諸法異耳是以經云奇哉世尊能於無異法中而說諸法異前別相者俱椽等諸緣別於一舍故今異相者椽等諸緣遞互相望各各異故若不異者壞本緣法不成舍故即是斷若壞緣不成舍而執有舍無因有者即是常也成相者以諸緣各住自法本不作故舍義得成若椽作舍即失本椽法故舍義不得成壞相者椽等諸緣各住自法本不作故是壞義若椽作即失椽法失椽法故舍即無椽不得有舍是斷也若失椽法而有舍者無椽即無因無因而有舍即是常也是故眞如一心爲總相能攝世出世間一切法故約攝諸法得總名能生諸緣成別號法法皆齊爲同相隨相不等稱異門建立境界故稱成不動自位而爲壞又云一總相者一合多德故二別相者多德非一故三同相者多義不相違故四異相者多義不相似故五成相者由此諸義緣起成故六壞相者諸緣各住自性不移動故此上六相義門是菩薩初地中觀通世間一切法門能入法界之宗不墮斷常之見若一向別逐行位而乖宗若一向同失進修而墮寂所以位位即佛階降宛然重重鍊磨本位不動斯則同異俱濟理事不虧因果無差迷悟全別欲論大旨六相還同夢裏渡河若約正宗十地猶如空中鳥跡若約圓修斷惑對治習氣

非無理行相資闕一不可是以文殊以理印行差別之道無虧普賢以行會理根本之門不廢如上微細擇見眞實識心可謂教觀相應境智冥合正助齊運目足更資則定可以繼先德之後塵紹覺王之末裔矣

宗鏡録卷第四十六

音釋

佉丘伽切 胤羊晋切 企詰利切 譣詖譣虚儉切詖彼義切 揭居謁切 竝蒲迥切 衒黄絢切 囹圄囹郎丁切圄魚巨切 桎梏桎之日切梏古沃切 抨補庚切 覈下革切 轍直列切 樁株江切 捺奴曷切 刳苦胡切 騁丑郢切 詺彌正切 祛去魚切 斥昌石切 剜烏歡切 貶必歛切 濬私閏切 椽直攣切

宗鏡録卷第四十七

宋慧日永明妙圓正修智覺禪師延壽集

夫言正唯識義約有幾種識答經論通辯有八種識一眼識二耳識三鼻識四舌識五身識六意識七末那識八阿賴耶識正文出護法菩薩唯識論十卷此論釋天親菩薩唯識三十頌文慈恩大師製疏釋論此頌文初爲居士所掌後有樂觀者輸金一兩慈恩成唯識論掌中樞要云世親菩薩樂博綜於三乘乃徧遊於諸部知小教而非極遂迴趣於大乘因聞誦華嚴十地品阿毗達磨攝大乘品遂悔謝前非謗法先見持刀截舌用表深衷其兄無著菩薩止其自割説以利害汝雖以舌謗法豈截舌而罪除應讚釋大乘以悔先犯菩薩敬從兄諾因歸妙理遂製十地論攝大乘論故此二論菩薩創歸大乘之作既而久藴玄宗情恢奥旨更爲宏論用暢深極採撮幽機提控精邃著唯識三十頌以暢大乘之妙趣也萬像含於一字千訓備於一言道超羣典譽光衆聖略誦既畢廣釋方陳機感未符杳從冥往復有護法等菩薩賞翫頌文各爲義釋雖分峯崐岫竦榦瓊枝而獨擅光輝頡標芬馥者其唯護法一人乎菩薩果成先劫位克今賢撫物潛資隨機利見春秋二十有九知息化之有期猒無常以禪習誓不離於菩提樹以終三載禪禮之暇注裁斯釋文邁旨遠智贍名高執破畢於一言紛解窮於半頌文殊水火則會符膠漆義等江湖乃疏成清濁平郊弭弭聳層峯而接漢堆阜峨峨夷穹窿以坦蕩俯鑽邃而無底仰尋高而

靡際踈文淺義泒演不窮浩句宏宗陶甄有極功逾千聖道合百王時有玄鑒居士識鳳鵷之歛羽委麟龍之潛跡每罄所資恒爲供養深誠固志物竭積年菩薩誘接多端荅遺兹釋而誠之曰我滅之後凡有來觀即取金一兩脫逢神潁當可傳通終期旣漸奄絶玄導菩薩名振此州論釋聲超彼土有靈之類誰不懷歡朝聞夕殞豈悋金璧若市趨賢如丘疊貨五天鶴望未輒流行大師叡發天資識假循謁無神迹而不瞻禮何聖教而不披諷聞斯妙理殷俯諦求居士記先聖之遺言必令賢之是囑乃奉兹草本并五蘊論釋大師賞翫猶覩聖容每置掌中不殊真説自西霏玉牒東馳素象雖復廣演微詮賞之以爲祕訣及乎神棲別館景阻炎輝清耳目以徵

思蕩心靈而繹妙乃曰今者方怡我心耳宣尼云我有美玉韞匵藏之誰爲善價我今沽諸基夙運單竔九歲丁艱自爾志託煙霞加每庶幾緇服浮俗塵賞幼絶情分至年十七遂預緇林別奉明詔得爲門待自粲預三千即欣規七十必諧善願福果函丈不以散才之質遂得隨伍譯僚即事操觚餐受此論初功之際十譯別翻昉尚光基四人同受潤飾執筆檢文纂義旣爲令範務各有司數朝之後基求退迹大師固問基慇懃請曰自夕夢金容晨趨白馬英髦間出靈智肩隨聞五分以心祈攬八藏而遐望雖得法門之糟粕然失玄源之淳粹今東土榮賁並目擊玄宗幸復擢秀萬方穎超千古不立功於參糅可謂失時者也況羣聖制作各馳譽於五天雖文

具傳於貝葉而義不備於一本情見各異禀者無依況時漸人澆命促慧舛討支離而頗究攬殊指而難悟請錯綜羣言以爲一本楷定眞謬權衡盛則久而遂許故得此論行焉大師理遣三賢獨授庸拙此論也括衆經之祕包羣聖之旨何滯不融無幽不燭仰之不極俯之不測遠之無智近之有識其有隱括五明搜揚八藏幽關每擁玄路未通嚼猶毫氂丘盈投之以炎爍霜冰凋積沃之以旻景信巨夜之銀輝昬旦之金鏡矣雖復本出五天然彼無兹糅釋直爾十師之别作鳩集猶難況更攟此幽文誠爲未有斯乃此論之因起也○問此八種識行相如何答經論成立自有明文此八種識具三能變一異熟能變即第八識二思量能變即第七識三了别能變即前六識唯識論云識所變相雖無量種而能變識類别唯三一謂異熟即第八識多異熟性故二謂思量即第七識恒審思量故三謂了境即前六識了境麤相故論頌曰初阿賴耶識異熟一切種不可知執受處了常與觸作意受想思相應唯捨受是無覆無記觸等亦如是恒轉如瀑流阿羅漢位捨初能變識大小乘教名阿賴耶此識有能藏所藏執藏義故謂與雜染互爲緣故有情執爲自内我故古釋一能藏者即能含藏義猶如庫藏能含藏寶貝得藏名此能含藏雜染種故名爲藏亦即持義二所藏者即是所依義猶如庫藏是寶等所依故此識是雜染法所依處故三執藏者堅守不捨義猶如金銀等藏爲人堅守執爲自内我故名爲藏此識爲染

末那堅執爲我故名爲藏起信鈔釋云第八能藏所藏義者且所藏義謂此識體藏也是根身種子器世間所藏處也以根身等是此識相分故如藏中物像如身在室內欲覔賴耶識只在色心中欲覔摩尼珠只在青黃內次能藏義謂根身等法皆藏在識身之中如像在珠內欲覔一切法總在賴耶中欲覔一切像總在摩尼內與前義互爲能所瑜伽論云以八種義證本識有一依止執受相二最初生起相三有明了性相四有種子性相五業用差別相六身受差別相七處無心定相八命終時分相又古德依論解釋證有第八識者論云此第八識非是世間現量所見之境唯憑聖言量及以眞正道理而知有之引七本經證之阿毗達磨經有二頌初頌云無始時來界一切法等依由此有諸趣及涅槃證得無始時來界者言界者是因義爲第八識從無始至今能持一切漏無漏色心等諸法種子又能與漏無漏種子力令生現行即第八與一切種子爲依持生起二因一切法等依者依是緣義爲第八識能變爲身器作有情依與一切漏無漏現行法而爲所依以能執受五色根身與前七識現爲俱有依故即第八識能與一切現行色心等法爲增上緣依也由此有諸趣及涅槃證得者此第八識不唯獨與有漏流轉法爲依持用兼能與一切無漏順還滅法爲依持用第二頌云由攝藏諸法一切種子識故名阿賴耶勝者我開演者即第八識自證分能持種故名種子識解深密經頌云阿陀那識甚深細一切種

子如瀑流我於凡愚不開演恐彼分别執爲我阿陀那者此云執持爲此識能執持諸法種子及能執受色根及根依處亦能執取結生相續故說此識名阿陀那一切種子如瀑流者謂第八識中一切種子若遇緣鼓擊便生轉識現行或種子有生住異滅不停如似瀑流楞伽經頌云譬如巨海浪斯由猛風起洪波鼓溟壑無有斷絶時藏識海常住境界風所動種種諸識浪騰躍而轉生又小乘增一阿含經云有根本識是諸識所依此根本識即是第八識以第八識能發起前六轉識故二上座部說有有分識便是第八識此有分識體常不間斷徧三界有有謂三有分者因義即三有之因皆由此識三化地部中說有窮生死蘊緣此第八徧三界九地恒常有故但有生死處即常徧爲依直至大乘金剛心末煩惱盡時方捨故名窮生死蘊若諸轉識即無此功能以第六識體多間斷故入五位無心時六識皆間斷不行此時應不名有情以無識任持故即應爛壞四一切有部說此識名阿賴耶有愛樂欣喜四種阿賴耶愛是總句總緣三世爲境餘三是别句别緣三世樂是現在欣是過去喜是未來即此第八識是諸有情常執爲自内我是眞愛著處故名阿賴耶眞正理有十一者持種心唯識論云謂契經說雜染清淨諸法種子之所集起故名爲心若無此識彼持種心不應有故謂諸轉識在滅定等有間斷故根境作意善等類别易起故如電光等不堅住故非可熏皆不能持種非染淨種所集起故二異熟心唯

識論云如契經說有異熟心善惡業感若無此識彼異熟心不應有故者即第八識謂前世中以善不善業爲因招感得今生第八異熟心是果論云定應許有眞異熟識酬牽引業徧而無斷變爲身器作有情依身器離心理非有故三界趣生體唯識論云契經說有情流轉五趣四生若無此識彼趣生體不應有故須信有第八識爲三界九地五趣四生之體若無此識即一切有情不應得有四有執受唯識論云又契經說有色根身是有執受若無此識彼能執受不應有故其有色界中有情有五色根及內五塵是第八親相分唯第八識能執受若是餘識即無此能五壽煖識三證有第八識唯識論云又契經說壽煖識三更互依持得相續住若無此識能持壽煖令久住識不應有故六生死時有心證有第八識唯識論云又契經說諸有情類受生命終必住散心非無心定若無此識生死時心不應有故又將死時由善惡業上下身分冷觸漸起若無此識彼事不成第七引緣起依證有第八識唯識論云又契經說識緣名色名色緣識如是二法展轉相依譬如束蘆俱時而轉若無此識彼識自體不應有故小乘云我將六識爲名色依何要第八論破云眼等轉識攝在名中此識若無說誰爲識論主云眼等六識已攝在名中爲識蘊故須得第八爲名外識支與名色爲依又如此界人生時中有初念心執取結生時由未有前六識爲名中識蘊名色唯具三蘊此三蘊名色一念間依何而住故知信有第八識是名

外識支與名色爲依八引識食證有第八識唯識論云又契經説一切有情皆依食住若無此識彼識食體不應有故所以佛告外道言所爲一切有情皆依食住此是正覺正説餘不能知汝外道自餓已身終無有益食是資益義任持義九引滅定有心證有第八識唯識論云又契經説住滅定者身語心行無不皆滅而壽不滅亦不離煖根無變壞識不離身若無此識住滅定者識不離身不應有故論主云入滅定聖人身語心行無不皆滅即出入息是身加行受想是心加行尋伺是語加行此三加行與第六識相應在滅定中皆悉滅故而壽不滅者即第八識種上有連持一報色心不斷功能名壽言亦不離識者煖觸是第八識相分即此二法皆不離第八識既在滅定中六識身語心加行皆悉不行而有壽煖在者明知即是第八識與壽煖爲依十引染淨心證有第八唯識論云又契經説心雜染故有情雜染心清淨故有情清淨若無此識彼染淨心不應有故謂染淨法以心爲本因心而生依心而住受彼熏持彼種故以心爲本者即一切染淨有爲無爲法皆以第八識爲根本依心而住者即前七現行皆依第八識而住言受彼熏者即第八識受彼前七識熏言持彼種者即第八能持前七三性染淨種子所以密嚴經云是身如起屍亦如熱時焰隨行因緣轉非妄亦非實爲愛之所牽性空無有我意等識所識與心而共生五識復更依意識而因起如是一切時大地而俱轉賴耶爲於愛所熏而增長既自增

長巳復增於餘識展轉不斷絶猶如井輪以有諸識故衆趣而生起於是諸趣中識復得增長識與世間法更互以爲因譬如河水流前後而不斷亦如芽與種相續而轉生各各相差別分別而顯現識行亦如是既三和合巳而復更和合差別相而生如是而流轉常無有斷絶内外一切法皆因此而起愚不了唯心汝等勤觀察華嚴經云善男子諸業虚妄積集名心末那思量意識分別眼等五識了境不同愚癡凡夫不能知覺怖老病死求入涅槃生死涅槃二俱不識於一切境妄起分別又由未來諸根五塵境界斷滅凡愚之人以爲涅槃諸佛菩薩自證悟時轉阿頼耶得本覺智善男子一切凡愚迷佛方便執有三乘不了三界由心所起不知三世一切佛法自心現量見外五塵執爲實有猶如牛羊不能知覺生死輪中無由出離善男子佛説諸法無生無滅亦無三世何以故如自心現五塵境界本無有故有無諸法本不生故聖者自悟境界如是善男子愚癡凡夫妄起分別無中執有有中執無取阿頼耶種種行相墮於生滅二種見中不了自心而起分別善男子當知自心即是一切佛菩薩法由知自心即佛法故則能淨一切剎入一切劫是以藏識頓變根身器世間故爲甚深之義現量比量俱不能量又過量無量故如經偈云法界非有量亦復非無量牟尼悉超越有量及無量故知識性淺智難明究竟窮通唯佛能了是以宗鏡廣引斯文爲微密難知故○

問唯識正義爲破我法二執顯二空理證一

眞心云何世間及諸聖教說有我法答但是假說唯依識變如唯識頌云由假說我法有種種相轉彼依識所變此能變唯三謂異熟思量及了別境識世間聖教說有我法但由假立非實有性我謂主宰法謂軌持乃至云何應知實無外境唯有內識似外境生實我實法不可得故如何實我不可得耶諸所執我略有三種一者執我體常周徧量同虛空隨處造業受苦樂故二者執我其體雖常而量不定隨身大小有卷舒故三者執我體常至細如一極微潛轉身中作事業故初且非理所以者何執我常徧量同虛空應不隨身受苦樂等又常徧故應無動轉如何隨身能造諸業乃至中亦非理所以者何執我體常住不應隨身而有舒卷既有舒卷如槖籥風應非常住乃至後亦非理所以者何我量至小如何速巡身如旋火輪以轉動故則所執我非一非常諸有往來非常一故又所執我復有三種一者即蘊二者離蘊三者與蘊非即非離初即蘊我理且不然我應如蘊非常一故又內諸色定非實我如外諸色有質礙故心心所法亦非實我不恒相續待衆緣故餘行餘色亦非實我如虛空等非覺性故中離蘊我理亦不然應如虛空無作受故後俱非我理亦不然許依蘊立非即離蘊應如瓶等非實我故又既不可說有爲無爲亦應不可說是我非我故彼所執實我不成乃至如是所說一切我執自心外蘊或有或無自心內蘊一切皆有是故我執皆緣無常五取蘊相妄執爲我然諸蘊相從緣生故是如幻有

妄所執我橫計度故決定非有故契經說苾芻當知世間沙門婆羅門等所有我見一切皆緣五取蘊起○問若離心外無實我及實法者則假法亦無以假法依真而建立故答夫假法者但是虛假似有而轉必不依真如唯識論云有作是難若無離識實我法者假亦應無謂假必依真事似事共法而立乃至答云又假必依真事立者亦不應理真謂自相假智及詮俱非境故謂假智詮不得自相唯於諸法共相而轉亦非離此有別方便施設自相爲假所依然假智詮必依聲起聲不及處此便不轉能詮所詮俱非自相故知假說不依真事由此但依似事而轉似謂增益非實有相聲依增益似相而轉故不可說假必依真○問此第八識有幾能變令諸識生長顯現答有二能變一因能變二果能變唯識論云能變有二種一因能變謂第八識中等流異熟二因習氣等流習氣由七識中善惡無記熏令生長異熟習氣由六識中有漏善惡熏令生長二果能變謂前二種習氣力故有八識生現種種相等流習氣因緣故八識體相差別而生名等流果果似因故異熟習氣爲增上緣感第八識酬引業力恒相續故立異熟名感前六識酬滿業者從異熟起名異熟生不名異熟有間斷故即前異熟及異熟生名異熟果果異因故此中且說我愛執藏持雜染種能變果識名爲異熟○問第八識廣容周徧爲萬法根原經論同推故稱第一微細體性如何指陳答此體不可說微妙最難知周徧法界而無住心任持一切而

不現相如空中飛鳥雖往來騫翥而跡不可尋似眼裏童人任照矚森羅而眼終不見若月合一色徧分萬像之形等日耀千光普照四天之下類摩尼無思而雨寶廣濟羣生猶磁石無覺而轉移周迴六趣密嚴經偈云藏識持於世猶如線穿珠亦如車有輪隨於業風轉陶師運輪杖器成隨所用藏識與諸界共力無不成内外諸世間彌綸悉周徧譬如衆星象布列在虛空風力之所持運行常不息如空中鳥跡求之不可見然鳥不離空頡頏而進退藏識亦如是不離自他身如海起波濤如空含萬像藏識亦如是蘊藏諸習氣譬如水中月及以諸蓮華與水不相離不爲水所著藏識亦復然習氣莫能染如目有童子眼終不自見藏識住於身攝藏諸種子徧持壽煖識如雲覆世間業用曾不停衆生莫能見又云諸仁者一切衆色皆阿賴耶與色習相應變似其相非別有體同於愚夫妄所分別諸仁者一切衆生若坐若卧若行若立惛醉睡眠乃至狂走莫不皆是賴耶識乃至如磁石力令鐵轉移雖無有心似有心者阿賴耶識亦復如是爲生死法之所攝持往來諸趣非我似我如水中有物雖無思覺而隨於水流動不住阿賴耶識亦復如是雖無分別依身運行乃至若有於此能正觀察知諸世間皆是自心是分別見即皆轉滅又頌云能持世間因所謂阿賴耶第八丈夫識運動於一切如輪轉衆瓶如油徧在麻鹽中有鹹味亦如無常性普徧於諸色○問此識周徧凡聖境通爲當離此別有眞性爲復即是答

非一非異得此識名不合而合成其藏義此阿賴耶識即是眞心不守自性隨染淨緣不合而合能含藏一切眞俗境界故名藏識如明鏡不與影像合而合影像此約有和合義邊說若不和合義者即體常不變故號眞如因合不合分其二義本一眞心湛然不動若有不信阿賴耶識即是如來藏別求眞如理者如離像覓鏡即是惡慧以未了不變隨緣隨緣不變之義而生二執○問第八識變義如何答變謂識體轉似二分釋云論明諸識體即自證分轉似相見二分而生此說識體是依他性轉似相見二分非無亦依他起依此二分執實二取聖說爲無非謂依他中無此二分論說唯二依他性故此緣眞智緣於眞如無相分故餘皆有相不爾如何名他心智後得智等不外取故許有相見二體性故說相見種或同或異若同種者即一識體轉似二分相用而生如一蝸牛變生二角此說影像相見離體更無別性是識用故若言相見各別種者見是自體義用分之故離識更無別種即一識體轉似見分別用而生識爲所依轉相分種似相而起以作用別性各不同故相別種生於理爲勝故言識體轉似二分此依他起非有似有實非二分似計所執二分見相故立似名相別有種何名識變不離識故內識變時相方生故此顯能變相見二分用體別有何故又說識似二分生論說相見俱依自證起故若無自證二定不生如無頭時角定非有及無鏡時面影不起皆於識上現相貌故故說二分依識體生又非唯

相見二分依識體生乃至凡聖之身淨穢之土皆從識現如彌勒菩薩云日月燈明如來教我修習唯心識定入三摩地歷劫已來以此三昧事恒沙佛求世名心歇滅無有至然燈佛出現於世我乃得成無上妙圓識心三昧乃至盡空如來國土淨穢有無皆是我心變化所現世尊我了如是唯心識故識性流出無量如來今得授記次補佛處佛問圓通我以諦觀十方唯識識心圓明入圓成實遠離依他及徧計執得無生忍斯爲第一是以十方法界淨穢國土皆是我心中變出總是我屋宅眞妄隨心巧拙由智對大菩薩闡彼淨方逗劣衆生現斯穢土十方如來皆是我心中流出者古釋云如海上漚各各不同時由差別心觀即有彼此但水體是一即知一佛出現時即一切佛土現離自他相故但衆生有處十方如來爲種種身而助化之非但如來含於一義一切衆生亦是我流出○問轉變變現其義同別答古釋云有唯轉變非變現者轉變之言通於種現現能熏種種能生種種生現行皆名轉變變現之言唯現心等能起見相名之爲變不通於種相分色等○問第八本識與所生果爲復是一是異答非一非異論云本識中親生自果功能差別此與本識及所生果不一不異體用因果理應爾故釋云本識是體種子是用種子是因所生是果此之二法理應如是不一不異本識望種於出體中攝相歸性故皆無記種從現行望於本識相用別論故通三性若即是一不可說爲有因果法有體用法若一向異

應穀麥等能生豆等以許因果一向異故不爾法滅應方有用以許體用一向異故用體相似氣勢必同因果相似功能狀貌可相隨順非一向異○問阿賴耶識與幾心所相應答識論云常與觸作意受想思相應阿賴耶識無始時來乃至未轉於一切位恒與此五心所相應以是徧行心所攝故一觸者論云謂三和分別變異令心心所觸境爲性受想思等所依爲業釋云以此五種體是徧行心所攝故決定相應雖復不增亦不可減定俱生滅名徧行故觸謂三和者即根境識體異名三不相乖返更相交涉名爲隨順根可爲依境可爲取識二所生可依於根而取於境此三之上皆有順生一切心所功能作用名爲變異分別之用是觸功能謂觸之上有似前三順生心所變異功能說名分別分別即領似異名如子似父名分別父問何故三和唯根獨勝答一由主故有殊勝能名之爲主二由近故能近生心及心所故三由徧故不唯生心所亦能生心故四由續故常相續有境識不爾故境體雖能生心心所以非主故又非近故徧闕二義不名爲勝心雖是主近生心所不能生心不自在故非徧也徧闕一義故非勝境識皆不續識有境生故俱闕續義非得勝名唯根獨勝問觸自性是實是假答此觸數定是實有四食性故二作意者論云作意謂能警心爲性於所緣境引心爲業釋云作意警心有二功力一者令心未起而起二者令心起已趣境故言警覺應起心種引令趣境三受者論云受謂領納順違俱非

境相爲性起愛爲業四想者論云想謂於境取像爲性施設種種名言爲業謂要安立境分劑相方能隨起種種名言釋云此中安立取像異名謂此是青非青等作分劑而取其相名爲安立由此取像便起名言此是青等性類衆多故名種種五思者論云思謂令心造作爲性於善品等役心爲業謂能取境正因等相驅役自心令造善等此五即是徧行所攝故與藏識決定相應此觸等五與異熟識行相雖異而時依同所緣事等故名相應此識行相極不明了不能分別逆順境相微細一類唯與捨受相應又此相應受唯是異熟隨先引業轉不待現緣任善惡業勢力轉故唯是捨受苦樂二受是異熟生非眞異熟待現緣故非此相應又由此識常無轉變有情恒執爲自內我若與苦樂二受相應便有轉變寧執爲我故此但與捨受相應釋曰此觸等五與異熟識行相雖異而時依同所緣事等故名相應者由四等故說名相應謂事等處等時等所依等今約見分爲行相影像相分爲所緣自體名事等者相似義體雖各一境相相似故所緣事皆名爲等以觸等五相託本識相生所緣既相似故名爲等唯識爲宗不約本質名爲所緣亦非影像名爲行相時謂剎那定同一世依謂根俱無有間唯與捨受相應者此有五義一極不明了是捨受相若苦樂受必明了故受總有五一憂二喜三苦四樂五捨此中憂喜入苦樂中依三受門分別不言憂喜二不能分別順違境相取中容境是捨受相若是餘受取違順境故

三由微細若是餘受行相必麤四由一類若是餘受必是易脫此行相定故成一類五相續而轉若是餘受必有間斷此恒相續故唯捨受若能分別違順境相非眞異熟異熟者取境定故若麤動者如餘心非異熟主顯行相難知異餘識也由此五義必其有故便能受熏持種相續又解此識極不明了曾無慧念慧念行相極明了故不能分別違順境相顯唯捨受非苦樂俱及簡不與善染等並相續而轉顯無有欲令有希望方有欲起此相續故無有欲也由此五義第二義正顯唯捨受所由所餘四義因簡別境等故唯與捨受俱○問此識既與捨受相應如何亦是惡業異熟答論云捨受不違苦樂品故如無記法善惡俱招釋云無記既寂靜何爲惡業果捨雖寂靜不違二故得爲惡果不同禪定寂靜此無所能爲故通惡業感餘七轉識設起苦樂此識皆俱以捨不違苦樂品故若或苦樂不俱於人天中應不受苦果以相違故三惡趣中應不受樂果亦相違故此中苦樂皆是別招故捨不違○問本識云何不與別境等五心所相應答論云互相違故謂欲希望所樂事轉此識任業無所希望勝解印持決定事轉此識懵昧無所印持念唯明記曾習事轉此識昧劣不能明記定能令心專注一境此識任運剎那別緣慧唯簡擇得等事轉此識微昧不能簡擇故此不與別境相應此識唯是異熟性故善染汙等亦不相應惡作等四無記性者有間斷故定非異熟釋云定能令心專注一境此識任運剎那別緣者定雖

影像相分刹那新起至加行時所觀本質前後相續但專注境此識任運不作加行專注本質恒緣現在影像所緣但新新起且定行相一一刹那深取專注趣向所緣此識浮踈行相不爾故非定位言任運者是隨業轉惡作等定非異熟者非眞異熟不遮異熟生亦由惡作等非一切時常相續故非此相應故知第八眞識常如捨相以任運之緣合恒常之道不爲垢法之所染寧爲淨法之所治非生死之所羈豈涅槃之能寂是以稱爲識主故號心王迺後因一念無明起七識波浪遂生心所失本心王皆因强覺覺明分能立所起明了之解心境歷然運分別之情自他宛爾因茲有情心內逐憎愛而結怨親無情境中隨想念而標形礙遂使外則桑田變海海變桑田內則親作怨由怨爲親種互爲高下反覆相酬從茲業果恒新苦緣不斷是以首楞嚴經云佛告富樓那明妄非他覺明爲咎所妄旣立明理不踰以是因緣聽不出聲見不超色乃至唯殺盜婬三爲根本以是因緣業果相續富樓那如是三種顛倒相續皆是覺明明了知性因了發相從妄見生山河大地諸有爲相次第遷流因此虛妄終而復始是故若欲還原反本旋妄冥眞但一念不生前後際斷分別心滅輪迴業亡根盡枝枯因空果喪無始之情塵識垢應念全消本來之佛眼常身隨眞頓現

宗鏡録卷第四十七

音釋

綜子宋切 裒陟弓切 截昨結切 翫五換切 竦息拱切

潁余頃切 弭綿婢切 穹窿穹丘弓切窿力中切 鴛於元切

叡以芮切 繹羊益切 匵徒沃切 舛昌兗切 觚古胡切

昉分兩切 髦莫高切 賚落代切 糅女救切 毳昌稅切

摭之石切 橐籥上他各切下以灼切 騫翥上去乾切下章恕切

頡頏上胡結切下下浪切 磁疾移切 蝸古哇切

宗鏡録卷第四十八

宋慧日永明妙圓正修智覺禪師延壽集

夫三性法門該通萬法於第八識何性所攝約有幾位答論云諸有漏種與異熟識體無別故無記性攝因果俱有善等性故亦名善等諸無漏種非異熟識性所攝故因果俱是善性攝故唯名爲善釋云此有漏種與本第八識體無別故性類是同唯是無記若能所生法皆通善等三性謂此種子本能熏習現行之因及後所生現行之果皆通三性故言因果俱善等性即是功能差別門說非依體門性唯無記此約有漏種說若無漏種非異熟性所攝故故非無記體性不順本識體故體既不同不可相即又性類別能治所治漏無漏殊不可相即問無漏既不從識名無記性此爲何性答因果俱是善性攝故唯名爲善法爾一切無漏之法順理違生無惡無記又攝論云然第八識總有二位一有漏位無記性攝唯與觸等五法相應但緣前說執受處境二無漏位唯善性攝與二十一心所相應謂遍行別境各五及善十一與一切心恒相應故常樂證知所觀境故於所觀境恒印持故於曾受境恒明記故世尊無有不定心故於一切法常決擇故極淨信等常相應故無染汙故無散動故此亦唯與捨受相應任運恒時平等轉故以一切法爲所緣境鏡智遍緣一切法故○問本識於一切時中爲有間斷爲無間斷定緣於內定緣於外答此識從初至末無有刹那間斷內外俱緣瑜伽論云阿賴耶識於一切時無有間斷內外俱緣

譬如燈燄生時内爇膏炷外發光明如是阿賴耶識緣内執受緣外器相生起道理應知亦爾又緣境無廢時無變易從初執受剎那乃至命終一味了別而轉○問阿賴耶識與諸轉識爲復作因爲復作果答互爲因果經偈云諸法於識藏識於法亦爾更互爲果性亦常爲因性攝大乘論說阿賴耶識與雜染法互爲因緣如炷與燄展轉生燒又如束蘆互相依住釋云諸法於識藏能攝藏也爲與諸識作二緣性一爲彼種子二爲彼所依識於法亦爾所攝藏也爲諸轉識與阿賴耶亦爲二緣一於現法長養彼種二於後法轉攝植彼種互相生故如燈炷束蘆者舉增上緣喻因緣義如燈炷與燄展轉生燒内炷生燄如種生現外燄燒炷如現熏種又如束蘆相依爲俱有因類顯二法爲喻喻因緣義○問種子識與阿賴耶識爲一爲異答非一非異攝論云是不淨品法種子在阿賴耶識中爲有別體故異爲無別體故不異二俱有失須明不一不異此阿賴耶識與種子如此共生雖有能依所依不由別體故異乃至能是假無體所是依是實有體假實和合異相難可分別以無二體故此識先未有功能熏習生後方有功能故異於前前識但是果報不得名一切種子後識能爲他生因說名一切種子前識但生自相續後識能生自他相續故勝於前譬如麥種生於自芽有功能故說麥是芽種子麥若陳久或爲火所損則失功能麥相不異以功能壞故不名種子此識亦爾若有生一切法功能由與功能相應說名一

切種子此功能若謝無餘但說名果報識非一切種子是故非不異○問種子有幾答攝論云種子有二一外種子但是假名以一切法唯有識故二內種子則是真實以一切法以識爲本此二種子念念生滅刹那刹那先生後滅無有間故此法得成種子何以故常住法不成種子一切時無差別故復次云何外種子如穀麥等無熏習得成種子由內外得成是故內有熏者外若成種子不由自能必由內熏習感外故成種子何以故一切外法離內則不成是故於外不成熏習一由內有熏習得成種子又第八識從種子生故稱果報識能攝持種子故亦名種子識又本識是集諦故名種子是苦諦故名果報二果俱有謂與所生現行果法俱現和合方成種子釋云謂此種子要望所生現行果法俱時現有現者一顯現二現在三現有三義名現由此無性人第七識不名種子果不顯現故即顯現言簡彼第七現在簡前後現有簡假法體是實有方成種子故顯現唯在果現有唯在因現在通因果和合簡相離○問種子爲是本有爲新熏生答唯識論云一切種子皆本性有不從熏生由熏習力但可增長如契經說一切有情無始時來有種種界如惡叉聚法爾而有界即種子差別名故又經偈云無始時來界一切法等依界是因義瑜伽亦說諸種子體無始時來性雖本有而由染淨新所熏發諸有情類無始時來若般涅槃法者一切種子皆悉具足不般涅槃法者便闕三種菩提種子如是等文誠證非一契經

說心性淨者謂心空理所顯眞如眞如是心眞實性故或說心體非煩惱故名性本淨非有漏心性是無漏故名本淨由此應信諸有情無始時來有無漏種不由熏習法爾成就後勝進位熏令增長無漏法起以此爲因無漏起時復熏成種有漏法種類此應知釋云心性者眞如也眞如無爲非心之因亦非種子能有果法如虛空等故非有漏心性是無漏名本性淨也又若取正義本有新熏合生現行非有前後一本有者謂無始時異熟識內法爾而有生藴處界功能差別世尊依此說諸有情無始時來有種種界如惡叉聚法爾而有一切種子與第八識一時而有從此能生前七現行現行頭上又熏種子二新熏者謂無始時來數數現行熏習而有名新熏故世尊依此說有情心染淨諸法所熏習故無量種子之所積集故護法意云有漏無漏種子皆有新熏本有合生現行亦不雜亂若新熏遇緣即從新熏生若本有遇緣即從本有生若偏執唯從新熏或偏執但是本有二俱違教若二義俱取善符教理古德問此總未聞熏時此本有從何而生答謂從無始時來此身與種子俱時而有如外草木等種又古德解熏種義諸法雖有新舊二種當生現時或從新生或從舊生名爲二種非謂二種於一念中同生一現若爾即有多種共生一芽之過以此准知色等相分種並同於此又問八識之中旣具本有新熏之義何識是能熏因所熏果答依經論正義即是前七現行識爲能熏因緣之因熏生新熏種子第八識

是前七現行識所熏生因緣之果又問本識等雖無力能熏自種而能親生自種故現行本識等得自生種爲因緣者旣不熏自種如何能生自種又熏與生何別答熏者資熏擊發之義生者生起從因生出之義謂本識等雖無力資熏擊發自種之義而有親生自種之義如有種性者法爾本有無漏種子雖有生果之能若不得資加二位有漏諸善資熏擊發即不能生現須假有漏諸善資熏方能生現又如本識中善染等種能引次後自類種子雖有生義無自熏義如穀麥等種雖有生芽之能若不得水土等資熏擊發亦不能生其現行本識雖有生種之能然自力劣須假六七與熏方生由是義故本識等雖非能熏而能生種故與親種得爲因緣五根塵等諸根分亦應然此解今依因位現行望自親所熏種能爲二緣即是因緣增上緣唯除第八及六識中極劣無記非能熏故今按此文現於親種得爲因緣中旣除第八及六識中極劣無記非能熏故望自親種無因緣義若言本識及六識中極劣無記能生自種得爲因緣者便犯異熟有能熏過違聖教失又問如前六識所變五塵相分不能自熏新種須假能變心緣方能熏自種故五塵相分得爲能熏其極劣無記亦假能變心緣何故不同五塵相分得爲能熏答今按有爲法分爲三品一者上品如七轉識及相應等一分能緣慮彼力最强悉有力自熏二者中品如五塵相分等雖有熏力而力稍微假心與力彼方自熏三者下品即極劣無記如極羸病無力

之人不能自起縱人與力扶持亦不能起本識等類亦復如是本無熏力謂心與力亦不能熏由是義故極劣無記一向無力故非能熏與五塵相分不同彼自有力但力稍劣不能獨熏假心相助自有半力故是能熏由是義故今正解者第八識聚及此所變異熟五根相分并異熟浮根等及異熟前六識等並無新種以其極劣非能熏故從本有舊種所生其長養五根及此浮根及等流五塵等相分前六識所變者皆可各有新本二種○問淨法種子從聞熏生於本識中與不淨種子熏發之義有何同別答染淨種子皆具熏義則增減有殊若淨法熏損本識若染法熏增本識如攝論云轉依名法身由聞熏四法得成一信樂大乘是大淨種子二般若波羅蜜是大我種子三虛空器三昧是大樂種子四大悲是大常種子此聞熏習及四法爲四德種子四德圓時本識都盡四德本來是有不從種子生從因作名故稱種子此聞熏習非爲增益本識故生爲欲減損本識力勢故生能對治本識與本識性相違故不爲本識性所攝若不淨種子則熏習生增益本識與淨種有異○問熏習以何爲義答熏者發也或猶致也習者生也近也數也即發致果於本識內令種子生近生長故熏有二種一習熏謂熏心體成染淨等事二資熏謂現行心境及諸惑相資等楞伽經云大慧不思議熏及不思議變是現識因取種種塵及無始妄想熏是分別事識因是以無明能熏眞如成其染法本覺能熏無明起其淨用此皆不可熏

處而能熏名不思議熏不可變異而變異云不思議變勝鬘經云不染而染難可了知染而不染難可了知顯識論云分別識者若起安立熏習力於第八識中熏習力故譬如燒香熏習衣香體滅而香氣猶在衣中名爲熏衣此香不可言有香體滅故不可言無香氣在故如六識起善惡留熏習力於本識中能得未來報名爲種子○問能熏所熏各具幾義能成熏習答各具四義令種子生長故名熏習衣識論云先所熏四義者一堅住性二無記性三可熏性四和合性古釋云即此四義各有所簡論云一堅住性若法始終一類相續能持習氣乃是所熏此遮轉識及聲風等性不堅住故非所熏釋云夫爲所熏識者且須一類堅住相續不斷能持習氣乃是所熏今前六轉識若五位無心時皆間斷故旣非堅住非是所熏此亦遮經部師將色心更互持種論主云且如於無色界入滅定時色心俱間斷此時將何法能持種又如五根五塵皆不通三界亦非堅住如何堪爲所熏性又第七識在有漏位雖不間斷在十地位中亦有解脫間斷謂得無漏時不能持有漏種以有漏無漏體相違故以第八識雖是有漏以在因中體無解脫唯無覆性即不妨亦能持無漏種得名所熏應立量云前七轉識是有法非所熏宗因云不堅住故同喻如電光聲風等○問若言有堅住性即是所熏者只如佛果第八亦是堅住性應名所熏答將第二義簡論云二無記性若法平等無所違逆能容習氣乃是所熏此遮善染勢力强盛無

所容納故非所熏釋云夫爲所熏者須唯是一類無記即不違善惡性方受彼熏今佛果第八既是善性即不容不善及無記性非是所熏以佛果圓滿故如似沉麝不受臭穢物熏若不善性者即是煩惱又不容信等心所熏互不相容納故其所熏性如寬心捨行之人能容納得一切善惡事若惡心性人即不中第八識似寬心捨行之人能容一切習氣有此義故方名所熏若如來第八無漏淨識唯在因中曾所熏習帶此舊種非新受熏以唯善故違於不善等又云善染如沉麝韮蒜等故不受熏無記如素帛故能受熏如善不容於惡猶白不受於黑若惡不容於善如臭不納於香唯本識之含藏同太虛之廣納矣

○問若言有堅住性及無記性二義便名所熏者且如第八五心所同心王具此二義應是所熏又如無爲亦有堅住性義爲所熏何失答將第三義簡論云三可熏性 若法自在性非堅密能受習氣乃是所熏此遮心所及無爲法無爲堅密故非所熏言自在者正簡難陀許第八五心所受熏論主云心所不自在故依他生起非所熏性言性非堅密者即簡馬鳴菩薩眞如受熏論主云無爲體堅密如金石等而不受熏夫可熏者且須體性虛踈能容種子方得馬鳴救云我言眞如受熏者以眞如是性第八是相性相不相離若熏著相時兼熏著性或攝相歸性故眞如受熏何失如將金石作指鐶等護法破云熏相不熏性如火燒世界不燒虛空今唯是第八心王體性虛踈方可受熏如衣服虛踈方能受

香等熏○問若言有堅住性無記性及可熏性三義即是所熏者應可此人第八識受他人前七識熏以此人第八是可熏性故答將第四義簡論云四與能熏等和合性若與能熏同時同處不即不離乃是所熏此遮他身刹那前後無和合義故非所熏唯異熟識具此四義可是所熏非心所等釋云今將此人第八望他人前七無同時同處和合義故非是所熏亦遮經部師將前念識體熏後念識相不同時亦非所熏次能熏四義者一有生滅二有勝用三有增減四與所熏和合此四義亦各有所簡且外人問無爲法得名能熏不答將第一義簡論云一有生滅若法非常能有作用生長習氣乃是能熏此遮無爲前後不變無生長用故非能熏釋云今前七識有生滅有生長作用乃是能熏○問若爾者且如業感異熟生心心所及色法不相應行等皆有生滅亦有作用應是能熏答將第二義簡論云二有勝用若有生滅勢力增盛能引習氣乃是能熏此遮異熟心心所等勢力羸劣故非能熏釋云其業感異熟生心心所等劣弱無强盛作用能熏色法雖有强盛又無縁慮勝用不相應行二用俱闕此非能熏又勢用有二一能縁用即簡諸色爲相分熏非能縁熏二强盛用爲不任運起即異熟心等有縁慮用無强盛用爲相分熏非能縁熏内色等有强盛用無能縁用異熟心等有能縁用無强盛用不相應法二俱無皆非能熏即縁勢用可致熏習如强健人能致功劾故○問若有生滅及有勝用即名能熏者且如

佛果前七識亦具此二義應是能熏答將第三義簡論云三有增減若有勝用可增可減攝植習氣乃是能熏此遮佛果圓滿善法無增無減故非能熏彼若能熏便非圓滿前後佛果應有勝劣○問若言具有生滅有勝用有增減三義即名能緣者且如他人前七識亦有上三義應與此人第八熏得種不答將第四義簡論云四與所熏和合而轉若與所熏同時同處不即不離乃是能熏此遮他身剎那前後無和合義故非能熏唯七轉識及彼心所有勝勢用而增減者具此四義可是能熏如是能熏與所熏識俱生俱滅熏習義成令所熏中種子生長如熏苣藤故名熏習釋云攝論云苣藤本來是炭多時埋在地中便變爲苣藤如苣藤與華俱生俱滅內熏習故生香氣又種子是習氣之異名習氣必由熏習而有舉喻如麻香氣華熏故生即胡麻中所有香氣必假華熏方得香也西方若欲作塗身香油先以華香取於苣藤子聚爲一處淹令極爛後取苣藤壓油油遂香氣芬馥此來胡麻中無香氣因華熏故生熏習義者要俱生滅熏習義成非如種生芽異時故不同生滅故以爲喻○問若言須與所熏和合一處方名能熏者且如先亡父母及先亡子孫等後人爲作功德此亦是熏他識以獲福故如何不許答此有二解一云此但爲增上令亡者自發心非熏他識二云七分之中許獲一分難只此所獲一分功德便是此人造福他人受果應乖唯識義答有五力唯識不判一定力二通力三借識力四大願力五法

威德力○問七能熏中熏第八四分之中約熏何分答前五轉識能熏阿頼相分種子第六意識能熏第八相見分種子第七末那唯熏第八見分種子○問前七識四分何分能熏答見相二分能熏種以此二分有作用故○問相分是色何能熏種答但是見分與力令相分熏種如梟附塊而成卵轂又見分是自證分與力○問前五識與第八熏相分種者其第八相分有三境令熏何相分種答但熏內身及外器實五塵相分種餘即不熏以不能緣故○問五識於一切時爲皆熏三種爲有不爾答皆熏三種縱異界相緣時五識須託自第八相而熏本質種又如二禪已上借初禪三識緣上地三境時亦各熏三種其相質種二禪已上收見分種即屬初禪繫以越界地地法無故言借若得諸根互用緣自他五塵境皆熏三種子以是性境收本質同是第八相分故若第六緣第八見分時熏得見質二種皆是心種即與第八熏得見分種又自熏得第六見分種中間相分即不熏若第六緣第八相分時或熏三種子爲自熏得能緣見分種若現量時亦自熏得相分五塵種又與第八熏得五根塵本質種多分只熏見質二種○問第六緣第八三境相分時皆與熏得三境種不答只熏根身器界種緣種子境即不熏種恐犯無窮過故其第六緣五根及種子境時皆是獨影境有說是性境者即須相分是實便有兩重五根現行犯有情界增過故知不可○問第六能緣第八四分何言唯熏見相分種答以內二分與見分同

是心種故於見分中攝○問第六緣一百法時皆熏本質種不答若緣無爲并不相應行及心所中一分假者皆不熏本質種實者即熏以緣假法時但是獨影境故亦不熏相分種其能緣見分種即熏若第七識緣第八見分熏種者但熏見質二種定不熏相分種其中間相分但從兩頭合起仍通三性一半從本質上起者是無覆性一半從能緣見分上生者是有覆性○問如前第三所熏中護法難馬鳴眞如受熏義夫熏習之義熏相不熏性如火燒世界不燒虛空此眞如受熏之義如何會通答大能所之熏約有二宗一法相宗二法性宗前護法是依法相宗所難今馬鳴是依法性宗今法性宗亦七識等而爲能熏八爲所熏其第八中以如來藏隨緣成立含有生滅不生滅義故今言熏者是不熏之熏不變之變即熏生滅門中眞如隨緣之相若眞如門中即不熏此熏變義俱不可思議以不染而染故如起信論云復次以四種法熏習義故染淨法起無有斷絕一淨謂眞如二染謂無明三妄心謂業識四妄境謂六塵熏習義者如世衣服非臭非香隨以物熏則有彼氣眞如淨法性非是染無明熏故則有染相無明染法實無淨業眞如熏故說有淨用云何熏習染法不斷所謂依眞如故而起無明爲諸染因然此無明即熏眞如既熏習已生妄念心此妄念心復熏無明以熏習故不覺眞法以不覺故妄境相現以妄念心熏習力故生於種種差別執著造種種業受身心等衆苦果報妄境熏義有二種別一增長

分別熏二增長執取熏妄心熏義亦二種別一增長根本業識熏令阿羅漢辟支佛一切菩薩受生滅苦二增長分別事識熏令諸凡夫受業繫苦無明熏義亦二種別一根本熏成就業識義二見愛熏成就分別事識義云何熏習淨法不斷謂以眞如熏於無明以熏習因緣力故令妄念心猒生死苦求涅槃樂以此妄心猒求因緣復熏眞如以熏習故則自信巳身有眞如法本性清淨知一切境界唯心妄動畢竟無有以能如是如實知故修遠離法起於種種諸隨順行無所分別無所取著經於無量阿僧祇劫慣習力故無明則滅無明滅故心相不起心不起故境界相滅如是一切染因染緣及以染界心相都滅名得涅槃成就種種自在業用妄心熏義有二種別一分別事識熏令一切凡夫二乘猒生死苦隨巳堪能趣無上道二意熏令諸菩薩發心勇猛速疾趣入無住涅槃眞如熏義亦二種別一體熏二用熏體熏者所謂眞如從無始來具足一切無量無漏亦具難思勝境界用常無間斷熏衆生心以此力故令諸衆生猒生死苦求涅槃樂自信巳身有眞實法發心修行用熏者即是衆生外緣之力有無量義略說二種一差別緣二平等緣差別緣者謂諸衆生從初發心乃至成佛蒙佛菩薩等諸善知識隨所應化而爲現身等平等緣者謂一切諸佛及諸菩薩以平等智慧平等志願普欲拔濟一切衆生任運相續常無斷絶以此智慧熏衆生故令其憶念諸佛菩薩或見或聞而作利益入淨三昧隨所斷障得

無礙眼於念念中一切世界平等顯現見無量諸佛及諸菩薩華嚴記云是則眞如亦爲能熏亦能受熏故楞伽經云不思議熏不思議變是現識因謂不可熏而熏故名不思議熏眞如不變而隨緣成法名不思議變亦即不染而染也藏法師云妄心通業識及事識今據其本言業識耳言熏習故有染相者眞如本無相隨熏現相又顯妄法無體故但云相此釋經中如來藏爲惡習所熏等上即生滅門中眞如言有淨用者此是生滅門中本覺眞如故有熏義眞如門中則無此義由此本覺内熏不覺令成猒求反流順眞故云用也此釋經中由如來藏故能猒生死苦樂求涅槃也涅槃經云闡提之人佛性力故還生善根彼言佛性力者即此本覺内熏之力耳良以一識含此二義更互相熏徧生染淨也此中佛者是覺性者是本故名本覺○問佛種從緣起者即是熏習義約法報化三身中是何佛種從緣起答是報身佛由熏成故以智爲種法身是無爲斷惑所顯不從種子生以法報具足能起化現即化身是法報之用唯報佛性即是一切衆生聞熏種子且如世間甘露葉上霧露潤濕滴入土中一滴成一連珠又更濕潤生長芽莖報佛性亦爾我等第六識見分及耳識見分如同甘露葉如來大乘教法如似霧露耳識第六識熏得大乘種子似潤濕落在第八識中如入土中生得連珠後數資熏至成自受用報身似更遇濕潤生起芽莖故知佛種全自熏成初學之人爭不仗於聞法之力且衆生雖有正因性須

假緣因發起如大智度論云如經中說二因緣發起正見一者外聞正法二者内有正念又如草木内有種子外有雨澤然後得生若無菩薩衆生雖有業因緣無由發起然欲弘揚佛法剖析圓宗應須性相雙明總別俱辯故法華經偈云如是大果報種種性相義我及十方佛乃能知是事今宗鏡本意要理事分明方顯一心體用具足若有體而無用如有身而無手足若有用而無體如有手足而無身若無身手人相不具若無體用法身不圓釋摩訶衍論云自性清淨無漏性德從無始來一向明白亦無垢累亦無染汙而以無明而熏習故即有垢累無明藏海從無始來一向闇黒亦無智明亦無白品而以本覺而熏習故即有淨用如是染淨但是假立染非實染淨非實淨皆是幻化無實自性故知染淨無體隨熏所成若離熏習之緣決定無法可得若無第八識所熏之體萬法不成以前衆多義門成就唯識即知無有一法不從心化生隨善惡以熏成因修習而爲種似裛香之紙染芬馥以騰馨如繫魚之繩近鯹羶而作氣況異熟本識堅住眞心聞善法熏則淨種子增長因惡法發則染種子圓成是以内則爲因雖然本有外爲緣助須仗新熏遂能起果酬因爲凡作聖故經云佛種從緣起故知無法不熏成是以多聞熏習之功須親道友積學鍊磨之力全在當人不可虚度時光不勤妙行如木中火性是火正因未遇人工不成火用如身中佛性是佛正因不偶淨緣難成妙用○問心識無形無對云何說受熏

之義答經明若熏若變俱不思議約隨緣鼓動彰熏變之相以根本無明熏本覺時即本覺隨動故說爲熏又本覺之體理雖不變由隨緣故故說爲變雖然熏變染而不染雖不熏變不染而染莫可以心意測故云不思議熏靡可以文句詮故云不思議變

宗鏡録卷第四十八

音釋

韭蒜 韭舉有切 蒜蘇貫切　苣蕂 苣其呂切 蕂詩證切

宗鏡録卷第四十九

宋慧日永明妙圓正修智覺禪師延壽集

夫一切情識因執受得名只如第八種子根身器等爲有執受爲無執受答種子器世即第八緣而不執受執受各具二義且執二義者一攝義二持義言攝者即攝爲自體言持者即持令不散受二義者一領義二覺義且領者即領以爲境言覺者即令生覺受安危共同根身具執受四義一攝爲自體同是無記性故二持令不散第八能任持此身令不爛壞三領以爲境此根身是第八親相分四令生覺受安危共同若第八危五根危第八安五根安若器世間量但緣非執受即受二義中領以爲境又言非執受者而無攝爲自體持令不散令生覺受三義不似他根身名非執受即無受四義中領以爲境一義問何以器界不似根身第八親執受答以與第八遠故所以不攝爲自體又器界損時第八亦不隨彼安危共同所以不執受若髮毛爪齒膀胱宿水等雖近已同外器攝所以第八亦不執受由此第八或持或緣應具四句一持而不緣即無漏種二緣而不持即器界現行三俱句即內身根塵四俱非即前七現行問第八何不緣前七現行答有多過故不緣若變影緣即第八犯緣假過若親緣即犯唯識義不成過親取他心故西明云若變影緣即有情界增過以變起前七現行故而有兩重第七等又解以心法要種而生今異熟第八微劣設緣得前七亦不能熏種故不緣也問第八何不緣長等答是假故不緣問無爲是

實第八何故不緣答若實無爲因位不證若假無爲又非彼境三量分别者散位心心所若具四義即名現量一任運緣二不帶名言三唯性境四無計度分别今第八四義既足極成現量假實分别者因中第八見分定不緣假唯因緣變故因緣變具二義一任運義二種子義爲境從種生識任運緣名因緣變今第八所緣境定以見分别種生是因緣變問第八與前五皆因緣變何故前五緣境有本質第八便無答前五非根本識緣境即須藉本質今第八是根本識故不假本質忽若離自三境外更有法與第八爲質者即心外有法然第八若望緣定果色及他人浮塵異界器即有本質不遮故知第八緣三境唯實非假問識中無漏種子具此三義不答一切有漏種子即具三義若是無漏種子不隨第八成無記唯是善性即第八不領爲境以相違故不妨持而不緣三義中但具一義問若不領以爲境應是心外有法答但持令不散不離識故亦是唯識問無漏種子既不離識中有如何不緣答具三義故所以不緣一能對治故即無漏然對治有汙法亦能破壞有漏法二體性異故以第八唯無記無漏種子唯善性三不相順故以無漏種子不順有漏第八識故無漏善性不順無記性故所以不緣問無漏種子是相分不答有二一云第八不緣非是相分攝二云亦是相分因雖不緣是果中之相分流類故問種子與自證分既不離第八見分如何不緣自證分答種子雖與自證不相離若見分緣時但緣種子不緣

自證分若緣自證分即犯因中內緣過喻如水中鹹味色裏膠青○問此第八識有幾執受答有二種攝論云一切種子心識成熟展轉和合增長廣大依二執受一者有色諸根及所依執受二者相名分別言說戲論習氣執受○問前說第八具四義故成現量未審三量行相如何又八識各具幾量答古德釋云現量者現謂顯現即分明證境不帶名言無籌度心親得法體離妄分別名之爲現言量者量度是楷定之義謂心於境上度量楷定法之自相不錯謬故名量比量者比謂比類量即量度以比類量度而知有故名爲比量非量者謂心緣境時於境錯亂虛妄分別不能正知境不稱心名爲非量顯揚論云現量者有三種相一非不現見相二非思構所成相三非錯亂所見相一非不現見相者復有四種應知謂由諸根不壞作意現前時同類生異類生無障礙不極遠同類生者謂欲塵諸根於欲塵境上地諸根於上地境已生等若生若起是名同類生異類生者謂上地諸根於下地境若已生等是名異類生無障礙者復有四種一非覆障所礙二非隱障所礙三非映障所礙四非惑障所礙覆障所礙者謂黑闇無明闇不澄淨色之所覆隔隱障所礙者謂或藥草力或呪術力或神通力之所隱蔽映障所礙者謂少爲多物之所映奪故不可見或飲食等爲諸毒藥之所映奪或髮毛端爲餘麤物之所映奪如是等類無量無邊且如小光爲大光所映不可得見所謂日光映星月等又如能治映奪所治令不可

得謂不淨觀映奪淨相無常苦無我觀映奪常樂我相無相觀力映奪衆相惑障所礙者謂幻化所作或相貌差别或復相似或内所作目眩惛夢悶亂酒醉放逸癲狂如是等類名爲惑障若不爲此四障所礙名無障礙不極遠者謂非三種極遠一處極遠二時極遠三推析極遠如是總名非不現見由非不現見故名現量二非思搆所成相者謂建立境界取所依境纔取便成非思搆之所成故名爲現量三非錯亂所見相者當有七種一想錯亂二數錯亂三形錯亂四顯錯亂五業錯亂六心錯亂七見錯亂想錯亂者謂於非彼相起彼相想如於陽燄鹿渴相起於水想數錯亂者謂於少數起多增上慢如瞖眩者於一月處見多月象形錯亂者謂於餘形起餘形增上慢如於旋火見彼輪形顯錯亂者謂於餘顯色起餘顯色增上慢如爲迦末羅病損壞眼根於非黄色悉見黄相業錯亂者謂於無業起有業增上慢如執拳馳走見樹奔流心錯亂者謂卽於五種所錯亂義心生喜樂見錯亂者謂卽於五種所錯亂義忍受顯說安立寶重妄想堅執若非如是錯亂所見名爲現量又云現量者如五塵色法是第八識所變相分前五轉識幷明了意識緣此之時最初遇境未起分别不帶名言能緣之智親證境體得法自性名爲現量得自相也若前五識及第八識於一切時皆是現量得法自相不簡因果漏無漏位一切皆爾若第六識緣彼五塵境時於彼法體生分别心而起言說言說所及不能親證以是假智所緣名

得共相不簡因中果位但於境體起分別心及起言詮之時皆名得於共相及佛後得智緣事境時起分別故起言說故亦是假智非是得彼共相法體但是得彼共相之義也因此更依因明解現量義准因明疏略有二解一現之量謂前五識依所依根於現在世緣現有境根亦與識同照前境有發識用根義顯勝得顯現名雖照於境以體是色無緣慮用不能量度但有現義不得量名唯心心所量度於境緣慮用增體具現義亦有量境之能令從能發之根顯所發識名現之量依士釋也二現即量謂明了意識一分除餘散意識及獨頭起者并取定意識及第八識能緣見分親緣現境作用顯現而彼所依意根界體非顯現故故不取之但就能緣見分現即是量持業釋也又古師問若准前說假智所詮但得共相之義不得共相法體如口說色時口應被礙以彼色體以質礙爲自相故既不被色礙故知不得彼體但得彼義者且如第八識及與眼識并明了意識現量智起緣火之時既言現量得法自相寧不燒心若不被燒應不得於火之自相何名現量境耶若許被燒即世間現見火時眼不被損便有世間現量相違過答曰雖不被燒亦得自相名爲現量所以者何以心細色麤故心細無狀色麤有形故緣彼火時雖得自相然不被燒亦名現量又彼麤色實亦不能壞於細色何況心法如火災起時欲界火災但燒欲界然不能燒色界定地殊妙細色故彼色界自起火災燒於自地問既言心細色麤心緣火時

心不被燒者如阿羅漢化火焚身心智隨滅此如何通答曰化火焚身但燒浮根之塵非燒五種清淨色根及彼心智其五種清淨色根及彼心智以無所依浮塵緣闕不生得非擇滅雖是定火亦不能燒麤細異故定火對世火雖是細妙對心猶麤以是色法有形質故比量者此復五種一相二體三業四法五因果一相比量者謂隨其所有相貌相屬或由現在及先所推度境界如以見幢故比知有車以見煙故比知有火等二體比量者由現見彼自體性故比類彼物不現見體或現見彼一分自體比類餘分如以現在比類去來等三業比量者謂以作用比業所依如見遠物無有動搖鳥集其上如是等事比知是杌若有動搖等事比知是人等四法比量者謂於一切相屬著法以一比餘如屬無常比知有苦以屬苦故比空無我以屬生故比有老法以屬老故比有死法等五因果比量者謂因果相比如見物行比有所至見有所至比先有行若見有人如法事王比知當獲廣大祿位見大祿位比知先已如法事王等三量八識分別者前五轉識唯是現量以前五識顯現證境不作行解心得法自性任運轉故第六意識徧通三量有二一明了意識與五同緣通三量初念得五塵自性是現量第二念至作解心時若量境不謬是比量若心所不稱境知即是非量二獨頭意識有三一散位獨頭亦通三量多是比非若緣現量此得前五識引起獨散意識爲於第一念緣前來五識所緣五塵之境得其自性名現量二

定中獨頭唯是現量三夢中獨頭唯是非量若見分唯非量內二分是現量第七末那約有漏位中唯是非量妄執第八見分爲我爲法故本來第八見分是白淨無記然非是我今被第七妄執爲我不稱境知故名非量若第七內二分唯現量第八賴耶同五現量如前巳解○問眞似現量如何分別答古釋現量有二一眞二似眞現量者體即五識身五俱意諸自證分諸定心兼第八識此等諸心心所有六義名現一現有簡龜毛等二現在簡過未三顯現簡種子無作用故四現離照現名爲現謂能緣之心行相遠離諸分別故謂離隨念計度名言種類諸門等分別心故因明論云此中現量謂無分別釋云即顯能緣行相不籌不度任運因循照符前境故也五現謂明現謂諸定心澄湛隨緣何境皆明證故即明證衆境名爲現量六現謂親現即親冥自體若一切散心若親於境明冥自體皆名現量第五明現第六親現此二種義簡諸邪智等如病眼見空華毛輪等雖離分別任運而緣然不能明證衆境親冥自體故非現量也似現量者准理而言有五種智皆名似現量一散心緣過去二獨意緣現在三散意緣未來四緣三世疑智五緣現在諸惑亂解此等諸心能緣行相有籌度故皆不以自相爲境故又隨先所受分別轉故名似現量然有二種一無分別心謂愚癡人類及任運見於空華等雖無分別然不分明冥證境故名似現量二有分別心現帶名言不得法之自相妄謂分明得境自體名似現量又云男

女天地等見一合相名似現量此以衆緣合故如攬衆微以成於色合五陰以成於人名一合相如是見者是有分別智於義異轉故名似現量眞現量者如一合相相不可得金剛經云如來說一合相即非一合相以從緣合即無性故無性之性是所證理如是知者是正智生是自相處轉名眞現量又拂能所證跡爲眞現量謂若有如外之智與如合者猶有所得非眞實證能所兩亡方爲眞現唯識論云若時於所緣智都無所得爾時住唯識離二取相故經云亦無如外智能證於如乃是爲眞現量也是以諸佛施爲悉皆現量如守護國界主陀羅尼經云如來悉知彼諸衆生出息入息種種飲食種種資具種種相貌種種根器種種行解種種心性死此生彼刹那流注生滅相續如來悉知如是一切現量所得非比量知云何現量謂不動念如實而知非流注心入於過去如是知時智慧具足隨衆生心種種說法問本識變似根身器世間等爲是自變爲是共變答此有四句一共中共變二共中不共變三不共中不共變四不共中共變識論云所言共變者謂異熟識由共相種成熟力故變似色等器世間相即外大種及所造色雖諸有情所變各別而相相似處所無異如衆燈明各徧似一釋云此義意言由自種子爲因緣故本識變爲器世間相唯外非情此即能造及所造色在外處故言外大種非心外法且諸種子總有二種一是共相二不共相何爲共相多人所感故雖知人人所變各別名爲唯識然有相似

共受用義說名共相實非自變他能用之若能用者此即名緣心外法故然彼此總爲增上緣令多人同共受用名共如山河等不共相者若唯識理唯自心變名不共相一切皆是他變是他物自不能用亦名不共相然今且約自身能用他不得用名爲不共如奴婢等又釋云共中有二一共中共如山河等非唯一趣用他趣不能用又唯識義鏡云共中共者多識同變名之爲共變已同用重名爲共人唯識鈔云謂多趣有情識所變色同在一處互相涉入其相相似同共受用名共中共初之共字約所緣緣後之共字約增上緣即無主山河等是若有主者即共中不共所攝二共中不共如已田宅及鬼等所見猛火等物人見爲水餘趣餘人不能用故不共相中亦有二種一不共中不共如眼等根唯自識依用非他用故二不共中共如自浮塵根他亦受用故此言共相應者即共中共如衆燈明各徧似一者此釋共果同在一處不相障礙謂外器相如衆燈明共在一室各各徧室一一自別而相相似處所無異此如何知各各徧也一燈去時其光常徧若共爲一是則應將一燈去已餘明不徧又相涉入不相隔礙故見似一置多燈已人影亦多故又云一不共中不共變如眼等五根唯自第八於中有末心第一念託父母遺體時變名不共唯自第八變故又唯自受用復名不共如眼識唯依眼根發眼識乃至身識依身根等二不共中共變即内浮塵根初唯自第八變名不共變生已後他人亦有受用義復名爲共

問若許受用他人浮塵者何名唯識心外取法答受用他人浮塵時自識先變一重相分在他人身上若受用時還受用自相分心外無法得成唯識問若言受用自相分因何殺他人得地獄罪以殺自相分故答自相分與他相分同在他身處殺自相分亦能令他五根相分斷滅故得罪也三共中共變如山河大地衆人共業力變又共得受用問多人共變名共者如有一樹二十人共變有二十重相分忽被一人斫却此樹自相分無可名唯識餘十九人相分亦無應非唯識以自不斫故答一人所斫相分是所隨餘十九人相分是能隨能隨相分必依所隨有故所隨既無能隨亦滅由此義邊亦名唯識故瑜伽論云相似業生隨順業轉即衆人共業變時得名相似業其多人相分被一人受用即名隨順業轉又共變共受用故四共中不共變者如田宅妻子多人第八共變得名爲共若受用時唯自前六受用不通他人即名不共又如一水應四心隨業各異見○問諸識各變自根還變他根不答唯變似他根依處他根於已都無用故論頌云識生變似義有情我及了此境實非有境無故識無釋云八識生變似義者即是五塵義之言境以依他法似實有故變似有情者即是五根衆生數法情即是根名薩埵故變似我者是末那能變及了者六識緣了即第八緣根塵二色第七緣我六識緣六塵所了法義論云有義唯能變似依處他根於已非所用故似自他身五根現者說自他識各自變義者此唯變他根依處

他根於已都無用故若無用亦變何不變七識無緣慮用而得緣故若爾説自他根現文如何通所説自他阿賴耶識各自變爲根非自變他根一則無用不變他根二由不定説言自身本識變他根故不可爲證○問色從識變者無色界無色云何説變答下界衆生所見是業果色無色界現境即定果色俱不離心慈恩云由定中變異他身者瑜伽論云色無色天變身萬億共立毛端是平等心無色既無通力即唯是定力華嚴經説菩薩鼻根聞無色界宫殿之香阿含經云舍利弗入涅槃時色無色天宫中淚下如春細雨波闍波提入涅槃時色無色天佛邊側立及實色中定境者是所變境力爲相續爲間斷若内身多續少分間斷由有生一念即便命終故或如蜉蝣等生已即死故若變外器多分長時隨業勢力任運變故○問本識定緣何法答唯緣實法不緣假法慈恩問云本識豈不緣極略等四色答以假故不緣如不相應法對法論云極略極逈但是第六意識可析爲極微故第八不緣受所引色中若定道共色即此不緣唯以現行思爲體故徧計所起色唯是鏡像水月此亦不緣唯第六識徧計起故又定所生色中如十一切處觀亦不緣假想色故故此論文但緣實色不緣假故第八所緣必有用故彼無實用第八不緣然諸法體一者有法二者無法第八何故不緣無法此任運緣非分別故無籌度故後得智等有籌度故諸六識等有分別故由此故知第八識體不緣我也第八識變變必有用故不緣

無用無用故不緣我等以無體用故於有法中略有二種一者有爲二者無爲何故此識不緣無爲若實無爲因未證故若假無爲無體用故皆不得緣○問有漏識變有幾種變答略有二種一因緣變二分別變識論云有漏識變略有二種一隨因緣勢力故變二隨分別勢力故變釋云因緣變者謂由先業及名言實種即要有力唯任運心非由作意其心乃生即五八識隨其增上異熟因爲緣名言種爲因故變於境分別變者謂作意生心是籌度心即六七識隨自分別作意生故由此六七緣時影像相分無有實體未必有用初隨因緣變必有實體用即五八等所變之境後隨分別變但能爲境非必有用即第七識等又解初唯第八異熟生故所熏處故能持種故變必有用後餘七識所變色觸等皆無實用似本質用如鏡中光於三境中性境不隨心因緣變攝獨影帶質皆分別變又論云異熟識變但隨因緣所變色等必有實用若變心等便無實用相分心等不能緣故者顯變色等從實種生故所變法必有體用若相分心心所如化心等故不緣之緣便無用解深密經說諸變化心無自依心有依他心佛地論云無自緣慮實體之心有隨見分所變相分似慮之心如鏡中光此即分別變四句分別者一因緣變非分別變即五識心心所及第八識心王爲所緣相分從自種生故二唯分別變非因緣變即有漏第七識及第八五心所是爲所變相分唯從分別心生故三俱句即有漏第六及無漏八識以能通緣

假實法故四俱非即不相應行是以無實體故不與能緣同種生故○問此識於善不善有覆無記無覆無記四種法中何法所攝答論云此識唯是無覆無記異熟性故異熟若是善染性者流轉還滅應不得成又此識是善染依故若善染者互相違故應不與二俱作所依又此識是所熏性故若善染者如極香臭應不受熏無熏習故染淨因果俱不成立此唯是無覆無記覆謂染法障聖道故又能蔽心令不淨故此識非染故無覆記謂善惡有愛非愛果及殊勝自體可記别故此非善惡故名無記觸等亦如是者如阿賴耶識唯是無覆無記性攝觸作意受想思亦爾諸相應法必同性故釋云異熟若是善染性者流轉還滅應不得成者善趣既是善應不生不善恒生善故即無流轉惡趣之義由業故生死流由苦故生死轉惡趣翻亦然既恒生惡應無還滅由道故還由滅故滅又此識是善染依故者此識既是果報之主既恒是善應不爲惡依是惡亦應不爲善依互相違故若善染者如極香臭應不受熏者此識唯無記性可受熏習既無熏習即無種子種子若無即是無因因既無故其果亦無此唯無覆無記者無記有三一相應無記謂諸無記心心所法二不相應無記謂無記色不相應法三眞實無記謂虚空非擇滅又廣辯四種無記一能變無記即無記心心所法是二所變無記即諸色法及諸種子等是三分位無記即二十四不相應行中有假無記法分位立者是四勝義無記即虚空非擇滅無爲是又

就第一能變無記中更有四種無記一異熟二威儀三功巧四變化異熟無記者異者別異即因果性別因通善惡果唯無記熟者成熟此唯屬果因果合說名爲異熟無記者不能記別當果名爲無記或於善惡中無所記別名無記此業感眞異熟無記即第八識業即善惡二思感者集義招義爲此現行思能造作感集當來總報識等五果種子又能招感當來異熟五蘊現行果故名業感言眞者實也簡命根雖是異熟而且是假又眞者常也體常相續更不間斷徧界地有者名眞異熟無記又若法體是異熟從異熟識起而無間斷徧界地有者名眞異熟亦名異熟生若法體是異熟從異熟識起有其間斷又不徧界地者但名異熟生不得名眞異熟即簡六識體必若體非異熟又有間斷又不徧界地雖從異熟識起不名眞異熟但得名異熟生若威儀功巧變化等雖有能作而不招善惡等果故名無記○問阿賴耶識若常則無轉變若斷則不相續如何會通得合正理答不一不異非斷非常方契因緣唯識正理識論云此識非斷非常以恒轉故恒謂此識無始時來一類相續常無間斷是界趣生施設本故性堅持種令不失故轉謂此識無始時來念念生滅前後變異因滅果生非常一故可爲轉識熏成種故恒言遮斷轉表非常猶如瀑流因果法爾如瀑流水非斷非常相續長時有所漂溺此識亦爾從無始來生滅相續非常非斷漂溺有情令不出離又如瀑流風等擊起諸波浪而流不斷此識亦爾雖遇衆

緣起眼識等而恒相續又如瀑流漂水上下魚草等物隨流不捨此識亦爾與內習氣外觸等法恒相隨轉如是法喻意顯此識無始因果非斷常義謂此識性無始時來剎那剎那果生因滅果生故非斷因滅故非常非斷非常是緣起理故說此識恒轉如流釋云一類者常無記義相續者未曾斷義界趣生本者即是依此識故施設三界五趣四生是引果故識是界趣生之本因滅果生非常一故者因果性故簡非我也有生滅故簡常非自性也常一之法無因果又若無因果即是斷常以是常故如虛空等應不受熏若不受熏即無生死涅槃差別若受熏須具四義一無記二堅住三可熏四非常一是四相應可為轉識熏也○問此識既云恒轉如流定有生滅去來不答此識不守自性隨緣變時似有流轉而實無生滅亦非去來如湛水起漚漚全是水華生空界華全是空識性未常去來虛空何曾生滅如馬祖大師云若此生所經行之處及自家田宅處所父母兄弟等舉心見者此心本來不去莫道見彼事則言心去心性本無來去亦無起滅所經行處及自家父母眷屬等今所見者由昔時見故皆是第八含藏識中憶持在心非今心去亦名種子識亦名含藏識貯積昔所見者識性虛通念念自見名巡舊識亦名流注生死此念念自離不用斷滅若滅此心名斷佛種性此心本是真如之體甚深如來藏而與七識俱傳大士云心性無來亦無去緣慮流轉實無停又心無處所故云無停心體實無來去昔所行

處了了知見性自虛通體無去住不用除滅此心若識此心本是佛體不須怕今有不識心人將此爲妄終日除滅亦不可得滅縱令得滅證聲聞果亦非究竟只如過去諸佛恒沙劫事見如今日眞如之性靈通自在照用無方不可同無情物佛性是生氣物不可兀爾無知但無心量種種施爲如幻如化如機關木人畢竟無有心量於一切處無執繫無住著無所求於一切時中更無一法可得。

問此阿賴耶識既爲一切法因又稱引果只如因果之法爲眞實有爲假施設答皆從識變是假施設論云謂此正理深妙離言因果等言皆假施設觀現在法有引後用假立當果對說現因觀現在法有酬前相假立曾因對說現果假謂現識似彼相現如是因果理趣顯然遠離二邊契會中道諸有智者應順修學釋云今明諸法自相離言謂觀三世唯有現法觀此現法有能引生當果之用當果雖無而現在法有引彼用用者功能行者尋見現法之上有此功用觀此法果遂心變作未來之相此似未來實是現在即假說此所變未來名爲當果對此假當有之果而說現在法爲因此未來果即觀現在法功能而假變也其因亦爾觀此現法有酬前之相即異熟變相等觀此所從生處而能變爲過去實非過去而是現在假說所變爲現法即對此假曾有過去因而說現在爲果而實所觀非因非不因非果非不果且如於因性離言故非實是因有功能故非定不因果亦如是

宗鏡録卷第四十九

音釋

膀胱（膀步光切 胱古黃切）眩（黃絹切）癲（都年切）蜉蝣（蜉縛謀切 蝣以周切）

宗鏡録卷第五十

宋慧日永明妙圓正修智覺禪師延壽集

夫此第八識爲定是眞是假答是眞是假不可定執首楞嚴經云陀那微細識習氣成瀑流眞非眞恐迷我常不開演釋曰梵語阿陀那者此云執持識此識體淨被無明熏習水乳難分唯佛能了以不覺妄染故則爲習氣變起前之七識瀑流波浪鼓成生死海若大覺頓了故則爲無漏淨識執持不斷盡未來際作大佛事能成智慧海眞非眞恐迷者佛意我若一向説眞則衆生不復進修墮增上慢以不染而染非無客塵垢故又外道執此識爲我若言即是佛性眞我則扶其邪執有濫眞修我若一向説不眞則衆生又於自身撥無生斷見故無成佛之期是以對凡夫二乘前不定開演恐生迷倒不達如來密旨以此根本識微細難知故問此第八識於眞俗二諦中俱建立不荅染淨之本眞俗俱存不達眞異熟正唯識人多執俗有眞無强生異見不知諸佛密意執遣相空理以爲究竟此乃破徧計情執是護過遮詮便撥依他圓成悉作空華之相若無依圓本識及一切法皆則無體既非實有成大邪見論云外道毀謗染淨因果亦不謂全無但執非實故若一切皆非實有菩薩不應爲不捨生死精勤修集菩提資粮誰有智者爲除幻敵求石女兒用爲軍旅故應信有能持種心依之建立染淨因果彼心即是此第八識又契經説有異熟心善惡業感若無此識彼異熟心不應有故謂眼等識有間斷故非一切時是業果故如

電光等非異熟心異熟不應斷已更續彼離命根等無斯事故眼等六識業所感者猶如聲等非恒續故是異熟生非眞異熟定應許有眞異熟心酬牽引業徧而無斷變爲身器作有情依身器離心理非有故不相應法無實體故諸轉識等非恒有故若無此識誰變身器復依何法恒立有情釋云外道亦不謂染淨等皆無現所見故但執非實染因不能感惡果善因不能感善果以非實故如空華等因果不無可信此識總立三性若於二諦中分别有無者我眞諦中亦非無法但不可說爲因爲果言語道斷故俗諦之中依他圓成有故徧計所執是無眞異熟心酬牽引業徧而無斷者眞異熟心一切時相續酬牽引業非餘滿業者有間斷者是滿業故餘轉識不能引業但來滿善惡之業果引果之識徧三界有六識不徧無色界無心定等五識及意無故無斷者言恒續故所以經云深信大乘不謗因果但眞諦中以一切法不可得故言語道斷故心智路絶故或言一切法空此是第一義空不可得空非是外道斷空小乘但空等不可起龜毛兔角之心執蛇足鹽香之見問受生命終既依本識生時死時復住何心答夫論生滅之事必住散動之心經云有念即魔網不動即法印魔網立生死之道法印成涅槃之門故知散亂寂靜二途皆依本識而有論云契經說諸有情類受生命終必住散心非無心定若無此識生死時心不應有故謂生死時身心惛昧如睡無夢極悶絶時明了轉識必不現起又此位中六種轉

識行相所緣不可知故如無心位必不現行六種轉識行相所緣有必可知如餘時故眞異熟識極微細故行相所緣俱不可了是引業果一期相續恒無轉變是散有心名生死心不違正理又說五識此位定無意識取境或因五識或因他教或定爲因生位諸因既不可得故受生位意識亦無乃至又將死時由善惡業下上身分冷觸漸起若無此識彼事不成轉識不能執受身故眼等五識各別依故或不行故第六意識不住身故境不定故徧寄身中恒相續故不應冷觸由彼漸生唯異熟心由先業力恒徧相續執受身分捨執受處冷觸便生壽煖識三不相離故冷觸起處即是非情雖變亦緣而不執受故知定有此第八識又契經說識緣名色名色緣識如是一一法展轉相依譬如束蘆俱時而轉若無此識彼識自體不應有故謂彼經中自作是釋名謂非色四蘊色謂羯邏藍等此二與識相依而住如二束蘆更互爲緣恒俱時轉不相捨離眼等轉識攝在名中此識若無說誰爲識亦不可說名中識蘊爲五識身識爲第六羯邏藍時無五識故又諸轉識有間轉故無力恒時執持名色寧說恒與名色爲緣故彼識言顯第八識問一切有情皆依食住即是第八識食約有幾種行相如何答識論云經說食有四種一者段食變壞爲相爲欲界繫香味觸三於變壞時能爲食事由此色處非段食攝以變壞時色無用故二者觸食觸境爲相爲有漏觸纔取境時攝受喜等能爲食事此觸雖與諸識相應屬六識者食

義偏勝觸麤顯境攝受喜樂及順益捨資養勝故三者意思食希望爲相謂有漏思與欲俱轉希可愛境能爲食事此思雖與諸識相應屬意識者食義偏勝意識於境希望勝故四者識食執持爲相謂有漏識由段觸思勢力增長能爲食事此識雖通諸識自體而第八識食義偏勝一類相續執持勝故此四能持有情身命令不壞斷故名爲食段食唯於欲界有用觸意思食雖徧三界而依識轉隨識有無眼等轉識有間有轉非徧恒時能持身命謂無心定熟眠悶絶無想天中有間斷故設有心位隨所依緣性界地等有轉易故於持身命非徧非恒乃至由此定知異諸轉識有異熟識一類恒徧執持身命令不斷壞世尊依此故作是言一切有情皆依食住釋云此觸雖與諸識相應屬六識者食義偏勝者此觸食體皆通八識雖通與諸識相應屬六識者食義偏勝以所觸之境相麤顯故别能攝受喜樂受故能生順益身之捨故是偏勝義七八俱觸境微細故全不能生喜樂受故雖生捨受但不爲損而非益故由此義顯觸生憂苦非順益捨即非食體不資養故增一經云世尊告阿那律曰一切諸法由食而住在眼以眠爲食耳以聲爲食鼻以香爲食舌以味爲食身以細滑爲食意以法爲食涅槃以無放逸爲食爾時佛告諸比丘如此妙法夫飲食有九事人間有四食一段食二更樂食三念食四識食復有五種是出世間食一禪食二願食三念食四八解脱食五喜食是出世間之表當共專念捨除四種之食求

辨出世之食所以維摩經云迦葉住平等法應次行乞食爲不食故應行乞食爲壞和合相故應取摶食爲不受故應受彼食斯皆是破五陰法成涅槃食問住滅定者於八識中滅何等識答但滅六識以第八識持身故論云契經說住滅定者身語心行無不皆滅而壽不滅亦不離煖根無變壞識不離身若無此識住滅定者不離身識不應有故謂眼等識行相麤動於所緣境起必勞慮猒患彼故暫求止息漸次伏除至都盡位依此位立住滅定者故此定中彼識皆滅若不許有微細一類恒徧執持壽等識在依何而說識不離身若謂後時彼識還起如隔日瘧名不離身是則不應說心行滅識與想等起滅同故壽煖諸根應亦如識便成大過故應許識如壽煖等實不離身又此位中若全無識應如瓦礫非有情數豈得說爲住滅定者又異熟識此位若無誰能執持諸根壽煖無執持故皆應壞滅猶如死屍便無壽等既爾後識必不還生說不離身彼何所屬諸異熟識捨此身已離託餘身無重生故又此位無持種識後識無種如何得生過去未來不相應法非實有體已極成故諸色等法離識皆無受熏持種亦已遮故乃至無想等位類此應知又滅定等位稱無心者未必全無成業論云心有二種一集起心無量種子集起處故二種種心所緣行相差別轉故滅定等位闕第二心名無心如一足馬闕一足故亦名無足問小乘入滅盡定云何不能現其威儀答小乘是事滅大乘是理滅如清涼疏云一切法滅盡

三昧智通者謂五聚之法皆當體寂滅故斯即理滅不同餘宗滅定但明事滅唯滅六七心心所法不滅第八等但事滅故不能即定而用證理滅故定散無礙由即事而理故不礙滅即理而事故不礙用是以經云雖念念入而不廢菩薩道等亦非心定而身起用亦不獨明定散雙絶但是事理無礙故七地中云雖行實際而不作證能念念入亦念念起及淨名經云不起滅定現諸威儀皆斯義也又古師云若大乘滅定由具五藴有第八識及第七淨分末那平等性智在而能引起種種威儀小乘唯有色行二藴前六識已滅以小乘所現威儀事須意識始能引起既無意識則無運用之功與大乘有異問大小等乘皆從意識能起威儀以第六意識是滅定所猒即第六意識已無縱有第七平等性智且非起威儀之識第八識雖許持緣亦非能起威儀如何説能引起威儀耶答古釋云正入滅定之時雖無意識然未滅之前加行心中願我入滅之後若有衆生合聞我説法見我威儀我當教化以此願故入定之後擊發本識化相種子生起現行以平等性智而能現起威儀然平等性智雖與第六願樂所現威儀而不相應若欲起於平等之化須平等性智也已上循是約行相分別若就理而論威儀即定定即威儀以色心其已久如故問百法數中雖名義差别窮原究本但唯一識經中云何於命根中説爲三法壽煖識等答雖是一識義别説三論云義别説三如四正勤等釋云謂阿賴耶識相分色法身根所得名

煖此識之種名壽以能持識故現行識是識故言三法義别說之非謂别有體性是則身捨煖時有餘二不必捨如無色界生如餘二捨時煖必隨捨然今此三約義别說但是一體如四正勤已生未生善惡二法義别說爲四體但是一精進數問識種即是命根者以何義爲根答論云然依親生此識種子由業所引功能差别住時決定假立命根釋云言此者簡親生餘識種子言識者簡相應法種唯取識故言種者簡現行不取第八現行爲命根故彼所簡者皆非命根令取親生之名言種上由先世業所引持身差别功能令色心等住時決定依此功能說爲命根非取生現行識義以此種子爲業力故有持一報之身功能差别令得決定若此種子無此功能身便爛壞阿賴耶識現行由此種故能緣及任持於眼等法亦名能持此種正能持於現行之識若不爾者現行之識應不得有及無能持餘根等法由此功能故識持於身現行内種力故生及緣持法不名命根非根本故由種生故此種不由現行有故種爲諸法之根本故又現行識是所持故從所持說能持種識名命根命根之法持體非命根令六處住時決定故故種子爲命根餘現行色心等非命根不恒續故非業所引故然業正牽時唯牽此種子種子方能造生現行非謂現行名命根故唯種是根又夫命根者依心假立命爲能依心爲所依生法師云焚薪之火旋之成輪輪必攬火而成照情亦如之必資心成用也命之依心如情之依心矣問諸心法

等爲有差别爲無差别答法性無差約相有異雖然有異互不相違瑜伽論云如諸心法雖心法性無有差别然相異故於一身中一時俱轉如是阿賴耶識與諸轉識於一身中一時俱轉當知更互亦不相違 如一瀑流有多波浪又如於一清淨鏡面有多影像一時而轉互不相違如是於一阿賴耶識有多轉識一時俱轉當知更互亦不相違又如一眼識於一時間於一事境唯取一類無異色相或於一時頓取非一種種色相及耳鼻舌身識乃至分别意識於一時間或取一境相或取非一種種境相當知道理亦不相違并末那亦恒與阿賴耶識俱轉常與俱生任運我慢等四種煩惱一時相應問淨名經云從無住本立一切法無住本即阿賴耶識云何說此識爲一切法本答此識建立有情無情發生染法淨法若有知有覺則衆生界起若無想無慮則國土緣生因染法而六趣迴旋隨淨法而四聖階降可謂凡聖之本身器之由了此識原何法非悟證斯心性何境不眞可謂絶學之門棲神之地矣瑜伽論云阿賴耶識是一切雜染根本所以者何由此識是有情世間生起根本能生諸根根所依處及轉識等故亦是器世間生起根本由能生起器世間故亦是有情互起根本一切有情相望互爲增上緣故所以者何無有有情與餘有情互相見等時不生苦樂等更相受用由此道理當知有情界互爲增上緣又即此阿賴耶識能持一切法種子故於現在世是苦諦體亦是未來苦諦生因又是現在集諦生因

如是能生有情世間故能生器世間故乃至阿賴耶識所攝持順解脱分及順決擇分等善法種子及眼識等十八界經云惡叉聚喻由於阿賴耶識中有多界故問若成就阿賴耶識亦成就轉識不答應作四句分别瑜伽論云或有成就阿賴耶識非轉識謂無心睡眠無心悶絶入無想定入滅盡定生無想天或有成就轉識非阿賴耶識謂阿羅漢若諸獨覺不退菩薩及諸如來住有心位或有俱成就謂餘有情住有心位或有俱不成就謂阿羅漢若諸獨覺不退菩薩及諸如來入滅盡定處無餘依般涅槃界問至聖垂慈覺王應跡以廣長之舌相出誠實之微言於無名相中布難思之教海以假名相説演無盡之義宗且如第八識心本無名相隨位立號因執得名至何位次之中而捨虚假之稱答唯識論云第八識雖諸有情皆悉成就而隨義别立種種名謂或名心由種種法熏習種子所積集故或名阿陀那執持種子及諸色根而不壞故或名所知依能與染淨所知諸法爲依止故或名種子識能徧任持世出世間法種子故此等諸名通一切位或名阿賴耶識藏一切雜染品法令不失故我見等執藏以爲自内我故此名唯在異生有學非無學位不退菩薩有雜染法執藏義故或名異熟能引生死善不善業異熟果故此名唯在異生二乘諸菩薩位非如來地猶有異熟無記法故或名無垢識最極清淨諸無漏法所依止故此名唯在如來地有菩薩二乘及異生位持有漏種可受熏習未得善淨第八識故

如契經偈說如來無垢識是淨無漏界解脱一切障圓鏡智相應阿賴耶識名過失重故最初捨故此中偏說異熟識體菩薩將得菩提時捨聲聞獨覺入無餘依涅槃時捨無垢識體無有捨時利樂有情無盡時故心等通故隨義應說釋云積集義是心義集起義是心義以能集生多種子故或能熏種於此識中既能積集復起諸法故說此識名爲心義阿陀那者此云執持執持諸種有色根故此通凡聖所知依者即三性與彼爲依名所知依又古德云阿賴耶識名爲藏義良以真心不守自性隨熏和合似一似常故諸愚者以似爲真取爲内我我見所攝故名爲藏又能藏自體於諸法中又能藏諸法於自體内二種我見永不起位即失賴耶名又云第八識名者八地已上無阿賴耶名唯有異熟識第七但執異熟識爲法又第八識本無阿賴耶名由第七執第八見分爲我令第八得阿賴耶名若不報時但名異熟識第八或名爲心者由種種法積集種子故名爲心雖受熏持種積集集起義得名心者唯自證分也喻如倉庫能藏諸物能持一切種子故後令種子生起現行與種子爲依持生起二因也即知第八受熏持種得名心也因中持新舊種子故名爲心果位持舊種一切無漏種子故名心也此亦名持種心或名質多此名有爲心或名牟呼栗多此云貞實心即是真如此是無爲心或名阿陀那此云執持識能執持種子根身生相續義即是界趣生義此通一切位執持有三一執持根身令不爛壞二執持

種子令不散失三執取結生相續者即有情於中有身臨末位第八識初一念受生時有執取結生相續義結者繫也屬也於母腹中一念受生便繫屬彼故亦如磁毛石吸鐵鐵如父母精血二點第八識如磁毛石一刹那間便攬而住同時根塵等種從自識中亦生現行名爲執取結生故在胎五位者初七日内名雜穢狀如薄酪父精母血相和名雜自體不淨名穢二七日内名皰猶如豌豆瘡皰之形表裏如酪未生肉故三七日内名凝結謂稍凝結形如就了血四七日内名凝厚漸次堅硬五七日内名形位内風所吹生諸根形一身四支生差別故用此三十五日盡其五根皆足六七日内名髮毛爪齒位七七日内名具根位以五根圓滿漸次生識即末具

空明等緣或名種子識問此識與心義何別答種子與心義別即取第八識現行亦多種子故但是種能生現行故名種子識此識現行能起前七識即有能生法種功能義邊第八識名種子識前言心者但是積集集起義名心又第八識而隨義別立種種名或名根本識流轉因還滅因界趣生體引果總報主阿賴耶者此云我愛執藏異熟識者此是善惡業果位以善惡業果爲因即招感得此引果故前世業爲因因是善惡今世感第八識是無記異熟即果異於因故名異熟又具四義一實二常三徧四無雜是名眞異熟識問第八眞異熟識如何名引果答爲善惡業爲能引第八爲所引是能引家之果故名引果故是總報主前六識名爲滿果有一分善惡

別報來滿故此滿業所招名異熟生非眞異熟也不具四義唯第八是引果眞異熟識具四義故此通異生至十地皆有異熟識名至金剛心末一刹那間永捨也解脫道中即成無垢識名阿摩羅即果中第八識純一無漏不攝一切染法種子故不與雜染種現爲所依故唯與鏡智相應名無垢識又心之別名有六一集起名心唯屬第八集諸種子起現行故二積集名心屬前七轉識能熏積集諸法種故或初集起屬前七轉識現行共集熏起種故後積集名心屬於第八含藏積集諸法種故此上二解雖各有能集所集之義今唯取能集名心如理應思三緣慮名心俱能緣慮自分境故四或名爲識了別義故五或名爲意等無間故六或名心又廣釋一集起名心者即第八識集諸種子起現行故言集諸種子者即色心人天三界有漏無漏一切諸法種子皆是他第八識能集猶如世間人庫藏言起現行故者爲三界五趣有漏無漏一切色心等現行皆從第八識生起即第八識是能集起一切色心等種子是所集起今但取能集起名心今正取第八心王自證分名集起心相分是色見分是用證自證分落後邊故爲自證分能集諸法種子令不散失復能起諸種現行功能從無始來更不間斷故獨有集起義即知第八自證分與識中種子爲二因便是此中集起二義一爲依持因即是集義二與力令生起因即是起義二積集名心者亦第八識中持諸三界五趣種子故第八得名含藏積集即第八自證分能持

舊種故名積又能集新熏故名集即知積集集起以解心第八識獨名心爲正義故唯識論云能徧任持世出世間諸法種故是藏識義即自證分是能任持能積集一切種子是所任持所積集前七名轉識者轉爲改轉是不定義即三性三量三境易脫不定方名轉識今第八唯是一類無記又唯性境唯現量故名不轉識又集起名心亦屬第七轉識集者謂集前七現行言起者即前七現行各自有力能熏生新種名起且如眼識縁色時必假同時意識共集熏種餘四識亦爾問若明了意識與五同縁可名共集且如獨頭意識縁十八界時不與餘識同縁亦熏起種何有共集之義答由第七爲所依第六方轉熏種亦名共集三縁慮名心者謂能縁慮自分境故即八箇識各能縁慮自分之境縁謂縁持慮即思慮若縁慮以解心是通名前五識唯縁五塵是自分境除諸根互用及佛果位第六識縁十八界及三世法并一切有漏無漏世出世間法爲自分境第七識縁第八見分爲自分境第八識縁三境爲自分境是顯常縁三境以第八是常識境常有故不同前六識有間斷所縁境又非常有其第八正義若欲界繫者即縁欲界根身器界爲自分境若種子即通縁三界爲自分境上二界亦爾只除無漏種不能縁以有漏無漏種不相順故由是但能持而不能縁以持義通縁義狹喻如赤眼人把火亦如頂上戴物但持而不縁只持令不散不離識故四名了別識者即八箇識見分皆能了別自所縁境即眼識能了

別色乃至第八識能了別根身器界種子即了別以解識八識通名識若了別麤境以解識即於六轉名識第五或名爲意者等無間故即前念八識與後念八識爲依止今取前念八識名意若前念心不滅者後念無因得生依前滅處後方得生於等無間自類心不間隔名等無間大乘有二種一思量意即七識二無間意通八識意者是依止義即如第七與第六爲依止故名意若爲等無間以解意八識通名意若思量以解意第七獨名意第六名心者或第八名心第七名意第六名識此第六義是約勝彰名謂積集集起以解心第八獨名心思量以解意第七獨名意了別麤境以解識前六獨名識即於八識各具通別二名謂第八具二義名心一積集集起義二緣慮義第七亦二一思量義二等無間義前六名識亦二一了別義二了別麤境義具四義名麤一易可了知乃至兒童亦知二共許有即三乘共許三行相麤爲了別行相顯故四所緣麤即五塵是麤境又九識中總分四段每識別立十名一第六識十名者一對根得名名爲六識二能籌量是非名爲意識三能應涉塵境名攀緣識四能徧緣五塵名巡舊識五念念流散名波浪識六能辨前境名分別事識七所在壞他名人我識八愛業牽生名四住識九令正解不生名煩惱障識十感報終盡心境兩別名分段死識二第七識十名者一六後得稱名爲七識二根塵不會名爲轉識三不覺習氣忽然念起名妄想識四無間生滅名相續識五障理不明名

無明識六返迷從正能斷四住煩惱名爲解識七與涉玄途順理生善名爲行識八解三界生死盡是我心更無外法名無畏識九照了分明如鏡顯像名爲現識十法既妄起恃智爲懷令真性不顯名智障識三第八識十名者一七後得稱名爲八識二真僞雜間名爲和合識三藴積諸法名爲藏識四住持起發名熏變識五凡成聖名爲出生識六藏體無斷名金剛智識七體非靜亂名寂滅識八中實非假名爲體識九藏體非迷名本覺識十功德圓滿名一切種智識四第九識十名者一自體非僞名爲真識二體非有無名無相識三軌用不改名法性識四真覺常存體非隱顯名佛性真識五性絶虚假名實際識六大用無方名法身識七隨流不染名自性清淨識八阿摩羅識此翻名無垢識九體非一異名真如識十勝妙絶待號不可名目識解節經云佛告廣慧菩薩此識或説名阿陀那何以故由此本識能執持身故或説名阿梨耶識何以故此本識於身常藏隱同成壞故或説名質多何以故此識色聲香味觸等諸塵所生長故廣慧此本識是識聚得生謂眼識乃至意識依有識眼根緣外色塵眼識得生與眼識同一時共境有分別意識起若一眼識生是時一分別意識生與眼識共境此眼識若共二識或三四五共起是時亦有分別意識與五識共緣境生如大水流若有一能起浪因至則一浪起若二若多能起浪因至則多浪起是水常流不廢不斷復次於清淨圓鏡面中若有一能起影因至則一影

起若二若多能起影因至則多影起是圓鏡面不轉成影亦無損滅此本識猶如流水及鏡面等又成業論云心有二種一集起心無量種子集起處故二名種種心所緣行相差別轉故天台淨名疏云一法異名者諸經異名說真性實相或言一實諦或言自性清淨心或言如來藏或言如如或言實際或言實相般若或言一乘或言即是首楞嚴或言法性或言法身或言中道或言畢竟空或言正因佛性性淨涅槃如是等種種異名此皆是實相之異稱故大智論偈云般若是一法佛說種種名隨諸衆生類爲之立異字大涅槃經云如天帝釋有千種名解脫亦爾多諸名字又云佛性者有五種名故皆是赴機利物爲立異名也而法體是一未曾有異如帝釋千名名雖不同終是目於天主豈有聞異名故而言非實相理如人供養帝釋毁憍尸迦供養憍尸迦毁於帝釋如此供養未必得福末代弘法者亦爾或信賴耶自性清淨心而毁畢竟空或信畢竟空無所有毁賴耶識自性清淨心或言般若明實相法華明一乘皆非佛性此之求福豈不慮禍若知名異體一則隨喜之善徧於法界何所諍乎又諸經內逗緣稱機更有多名隨處安立以廣大義邊目之爲海以圓明理顯稱之曰珠以萬法所宗號之曰王以能生一切喻之曰母但是無義之真義多亦不多無心之真心一亦不一故華嚴私記云取決斷義以智言之取能生長以地言之取其高顯以山言之取其深廣以海言之取其圓淨以珠言之此上約有名

尚乃無數更有無名豈可測量如大法炬陀羅尼經云佛告諸菩薩汝等勿謂天定天也人定人也餓鬼定餓鬼也乃至如一事有種種名如一人有種種名如一天乃至餓鬼畜生有種種名亦復如是亦有多餓鬼全無名字於一彈指頃轉變身體作種種形如是衆生於一時間現無量色身云何可得呼其名也若餓鬼等有生處名字受食名字及壽命名字若地獄衆生無有名字生處者則其形亦無定彼中惡業因縁未盡故於一念中種種變身釋曰如地獄中一日一夜之中萬生萬死又無間獄中一一身無間各各盡徧八萬四千由旬地獄之量不相障礙如云清淨妙法身湛然應一切今時人將謂諸佛法身能分能徧不信衆生亦一身無量身以衆生業果不可思議故是以經云佛界不可思議衆生界亦不可思議

宗鏡録卷第五十

宗鏡録卷第五十一

宋慧日永明妙圓正修智覺禪師延壽集

夫因相立名因名顯相名已廣辯識相如何答詮表呼召目之爲名行狀可觀號之曰相第六分別有識是名取境滌心是相第七現識是名無明熏妄心是相第八藏識是名心清淨是相第九眞識是名體性不改是相斯皆是無名之名無相之相何者以名相不出心境故是以心無自性因境而生境無自性因心而有則張心無心外之境强境無境外之心若互奪兩亡心境俱泯若相資並立心境宛然此乃無性而空空而不空無性而有有而不有不有之有有顯一如不空之空空成萬德可謂摧萬有於性空蕩一無於畢竟矣又唯識樞要云起自心相之言有二解一云即影像相二云即所執相雖無實體當情現故諸說心相皆準應知釋曰影像相者萬法是心之影像所執相者諸境無體隨執而生因自心生還與心爲相○問阿賴耶識因何得名爲復自體而生爲復和合而有答若言自生是自性癡若言他生是他性癡若言和合而生是共性癡若言離自他生是無因癡今依世諦悉檀方便而說如法性與無明合而生一切法似眠心與夢合見一切境界之事此根本識從生滅門建立因眞妄和合得名起信論云心生滅門者謂依如來藏有生滅心轉不生滅與生滅和合非一非異名阿賴耶識此識有二種義謂能攝一切法能生一切法復有二種義一者覺義二者不覺義言覺義者謂心第一義性離一切妄念相

離一切妄念相故等虛空界無所不徧法界一相即是一切如來平等法身依此法身說一切如來爲本覺以待始覺立爲本覺然始覺時即是本覺無別覺起立始覺者謂依本覺有不覺依不覺說有始覺又以覺心原故名究竟覺不覺心原故非究竟覺乃至不覺義者謂從無始來不如實知眞如法一故不覺心起而有妄念自無實相不離本覺猶如迷人依方故迷迷無自相不離於方衆生亦爾依於覺故而有不覺妄念迷生然彼不覺自無實相不離本覺復待不覺以說眞覺不覺既無眞覺亦遣古德釋云不生滅心與生滅和合非一非異者以七識染法爲生滅以如來藏淨法爲不生滅不生滅心舉體動故心不離生滅相生滅之相莫非神解故生滅不離心相如是不相離故名和合爲阿賴耶識以和合故非一非異若一即無和合若異亦無和合非一非異故得和合也又如來藏清淨心動作生滅不相離故云和合非謂別有生滅來與眞合謂生滅之心心之生滅無相故心之生滅因無明成生滅之心從本覺起而無二體不相捨離故云和合如大海水因風波動水相風相不相捨離生與無生若是一者生滅識相滅盡之時心神之體亦應隨滅墮於斷邊若是異者依無明風熏動之時靜心之體不應隨緣即墮常邊離此二邊非一非異又上所說覺與不覺二法互熏成其染淨既無自體全是一覺何者由無明故成不覺以不覺義熏本覺故生諸染法又由本覺熏不覺故生諸淨法依此二義徧生一

切故言識有二義生一切法問阿賴耶識以何爲因以何爲緣以何爲體答顯揚論云阿賴耶識者謂先世所作增長業煩惱爲緣無始時來戲論熏習爲因所生一切種子異熟爲體此識能執受了別色根根所依處及戲論熏習於一切時一類生死不可了知又能執持了別外器世界與不苦不樂受等相應一向無覆無記與轉識等作所依因經云無明所覆愛結所繫愚夫感得有識之身此言顯有異熟阿賴耶識○問阿賴耶識當體是自相酬善惡因故是果相受熏持種故是因相第八既是因果相於六因中屬何因向五果中是何果答六因中有四能持種子義邊是持種因若因種子俱時而有即俱有因若望自類種子前後相引即是同類因若望同時心所等即相應因無餘二因者異熟因是善惡性此識是無記若徧行因是染謂見疑無明等此識非染於五果中具四唯除離繫望自種子是等流果望作意等心所是士用果望第七識爲增上果望善惡因即異熟果○問諸心識中何識堅牢不爲諸緣之所飄動答世間無有一法不從緣生緣生之法悉皆無常唯有根本心不從前際生不從中際住不於後際滅實爲萬有之根基諸佛之住處是以喻之如鏡可以精鑒妍醜深洞玄微仰之爲宗猶乎巨浸納川太虛含像密嚴經云心有八種或復有九與無明俱爲世間因世間悉是心心法現是心心法及以諸根生滅流轉爲無明等之所變異其根本心堅固不動世間因緣有十二分若根若境能生所

生剎那壞滅從於梵世至非非想皆因緣起唯有如來離諸因緣內外世間動不動法皆如瓶等壞滅為性又頌云汝等諸佛子云何不見聞藏識體清淨衆身所依止或具三十二佛相及輪王或為種種形世間皆悉見譬如淨空月衆星所環遶諸識阿賴耶如是身中住譬如欲天主侍衛遊寶宮江海等諸神水中而自在藏識處於世當知亦復然如地生衆物是心多所現譬如日天子赫弈乘寶宮旋遶須彌山周流照天下諸天世人等見之而禮敬藏識佛地中其相亦如是十地行衆行顯發大乘法普與衆生樂常讚於如來在於菩薩身是即名菩薩佛與諸菩薩皆是賴耶名佛及諸佛子已受當受記廣大阿賴耶而成於正覺密嚴諸定者與妙定相應能於阿賴耶明了而觀見佛及辟支佛聲聞諸異道見理無怯人所觀皆此識種種諸識境皆從心所變瓶衣等衆物如是性皆無悉依阿賴耶衆生迷惑見以諸習氣故所取能取轉此性非如幻陽燄及毛輪非生非不生非空亦非有譬如長短等離一即皆無智者觀幻事此皆唯幻術未曾有一物與幻而同起幻燄及毛輪和合而可見離一無和合過未亦非有幻事毛輪等在在諸物相此皆心變異無體亦無名世中迷惑人其心不自在妄說有能幻幻成種種物幻師輒瓦等所作衆物類種種若去來此見皆非實如鐵因磁石所向而轉移藏識亦如是隨於分別轉一切諸世間無處不周徧如日摩尼寶無思及分別此識徧諸處見之謂流轉不死亦不生本

非流轉法定者勤觀察生死猶如夢是時即轉依說名爲解脱此即是諸佛最上之教理審量一切法如秤如明鏡又如大明燈亦如試金石遠離於斷滅正道之標相修行妙定者至解脱之因永離諸雜染轉依而顯現○問本識與諸識和合同起同滅至轉依位諸煩惱識滅唯本識在如何分別滅不滅之異答攝大乘論云若本識與非本識共起共滅猶如水乳和合云何本識不滅非本識滅譬如於水鵝所飲乳釋云譬如水乳雖和合鵝飲之時唯飲乳不飲水故乳雖盡而水不竭本識與非本識亦爾雖復和合而一滅一在○問此根本識心既稱爲一切法體又云常住不動只如萬法即此心有離此心有若即此心萬法遷變此心云何稱爲常住若離此心復云何得爲一切法體答開合隨緣非即非離以緣會故合以緣散故開開合但緣卷舒無體緣但開合緣亦本空彼此無知能所俱寂密嚴經偈云譬如金石等本來無水相與火共和合若水而流動藏識亦如是體非流轉法諸識共相應與法同流轉如鐵因磁石周迴而轉移二俱無有思狀若有思覺賴耶與七識當知亦復然習繩之所繫無人而若有普徧衆生身周行諸陰趣如鐵與磁石展轉不相知○問第八藏識當有幾種答釋摩訶衍論云阿賴耶識總有十種所以者何於契經中別別說故一者名爲大攝主阿賴耶識所謂即是總相大識義如前說二者名爲根本無明別立以爲阿賴耶識故十種妄想契經中作如是說剎闍只多提王識直是

妄法不能了達一法界體一切染法阿賴耶識以爲根本出生增長無斷絶時若無提王識黒品眷屬永無所依不能生長故此阿賴耶識當何決擇攝於本論中作如是說所言不覺義者謂不如實知眞如法一故不覺心起而有其念乃至廣說故三者名爲清淨本覺阿賴耶識所謂自然本智別立以爲阿賴耶故本覺契經中作如是說自體淨佛阿賴耶識具足無漏圓滿功德常恒決定無受熏相無變異相智體不動具足白品是故名爲獨一淨識故此阿賴耶識當何決擇攝於本論中作如是說復次覺體相者有四種大義與虛空等猶如淨鏡乃至廣說故四者名染淨本覺阿賴耶識所謂不守自性陀羅尼智別立以爲阿賴耶識故本因緣起契經中作

如是說爾時光嚴童子即白佛言尊者以何因故難入未曾有會中作如是說隨他緣起陀羅尼智名爲楞伽王識云何名爲楞伽王以之爲喻示彼緣起陀羅尼智於是尊者告光嚴言童子此楞伽王常在大海摩羅山中率十萬六千鬼神之衆以爲眷屬如是諸眷屬乘華宫殿遊於諸剎皆悉承賴彼楞伽王方得遊行所謂諸鬼神衆作如是言我等神衆無有威德無有氣力於諸所作無有其能如宜大王我等衆中與堪能力彼楞伽王即隨其時與殊勝力不相捨離而共轉謂楞伽王雖非分身而能徧滿諸神衆中各各令得全身之量於一切時於一切處共轉不離不守自性智亦復如是能受一切無量無邊煩惱染法鬼神衆熏不相捨離而俱轉故以此

因緣故我難入中作如是說隨轉覺智名爲楞伽王識故此阿賴耶識當何決擇攝於本論中作如是說自性清淨心因無明風動心與無明俱無形相不相捨離乃至廣說故五者名爲業相業識阿賴耶識所謂根本業相及與業識別立以爲阿賴耶故本性智契經中作如是說阿賴耶識無能了作無所了作不可分析不可隔別唯由精動隱流義故名爲鍵摩故此阿賴耶識當何決擇攝於本論中作如是說復次依不覺故生三種相與彼不覺相應不離云何爲三一者無明業相以依不覺故心動說名爲業覺則不動動則有苦果不離因故六者名爲轉相轉識阿賴耶識所謂能見境界之相及與轉識別立以爲阿賴耶故大無量契經中作如是說阿賴耶識有見見轉無見見起故此阿賴耶識當何決擇攝於本論中作如是說一者能見相以依動故能見不動則無見故七者名爲現相識阿賴耶識所謂境界之相及與現識別立以爲阿賴耶故實際契經中作如是說別異別異現前地轉相異相具足行轉是故名爲阿賴耶識復次此阿賴耶識眞是異熟無記之法白淨相故或名成就故此阿賴耶識當何決擇攝於本論中作如是說三者境界相以依能見故境界妄現離見則無境界故第八者名爲性眞如理阿賴耶識所謂正智所證清淨眞如別立以爲阿賴耶故故諸法同體契經中作如是說有識是識非識識攝所謂如如阿賴耶識故此阿賴耶識當何決擇攝所謂清淨般若智境眞如攝故九者名爲

清淨始覺阿賴耶識所謂本有清白始覺般若別立以爲阿賴耶故果圓滿契經中作如是說佛告菩提樹王言自然始覺阿賴耶識常當不離清淨本覺清淨本覺常當不離始覺淨識隨是彼有隨是彼有或非同種或非異種故此阿賴耶識當何決擇攝於本論中作如是說本覺義者對始覺者即同本覺故十者名爲染淨始覺阿賴耶識所謂隨緣始覺般若別立以爲阿賴耶故果圓滿契經中作如是說復次樹王如始覺淨識及自本覺說染淨始覺阿賴耶識不守自性緣起本覺亦復如是故此阿賴耶識當何決擇攝於本論中作如是說始覺義者依本覺故而有不覺依不覺故而有始覺又以覺心原故名究竟覺不覺心原故非究竟覺乃至已說藏識剖字別相門次說總識攝生圓滿門此識有二種義能攝一切法生一切法一者覺義二者不覺義者而總顯示大識殊勝圓滿相故此義云何所謂具足二種圓滿故一者功德圓滿二者過患圓滿功德圓滿者覺義字句能攝一切無量無邊過於恒沙不離不斷諸功德故能生一切無量無邊過於恒沙不離不斷諸功德故過患圓滿者不覺義字句能攝一切無量無邊過於恒沙若離若脫諸過患故能生一切無量無邊過於恒沙若離若脫諸過患故○問若不立此第八識有何等過答有大過失一切染淨法不成俱無因故識論云若無此識持煩惱種界地往還無染心後諸煩惱起皆應無因餘法不能持彼種故若諸煩惱無因而生則無三乘學無學果

諸已斷者皆應起故又若無此識持世出世清淨道種異類心後起彼淨法皆應無因又出世道初不應生無法持彼法爾種故初不生故後亦不生是則應無三乘道果若無此識持煩惱種轉依斷果亦不得成謂道起時現行煩惱及彼種子俱非有故染淨二心不俱起故道相應心不持彼種自性相違如涅槃故餘法持種理不成故既無所斷能斷亦無依誰由誰而立斷果若由道力後惑不生立斷果者則初道起應成無學後諸煩惱皆已無因永不生故許有此識一切皆成唯此能持染淨種故證此識有理趣無邊恐猒繁文略述綱要則有此識教理顯然諸有智人應深信受又此眞唯識旨千聖同遵此土西天無有破者如百法鈔云眞唯識量者此量即大唐三藏於中印土曲女城戒日王與設十八日無遮大會廣召五天竺國解法義沙門婆羅門等并及小乘外道而爲對敵立一比量書在金牌經十八日無有一人敢破斥者故因明疏云且如大師周遊西域學滿將還時戒日王王五印土爲設十八日無遮大會令大師立義徧諸天竺揀選賢良皆集會所遣外道小乘競生難詰大師立量無敢對揚者大師立唯識比量云眞故極成色是有法定不離眼識宗因云自許初三攝眼所不攝故同喩如眼識合云諸初三攝眼所不攝故者皆不離眼識同喩如眼識異喩如眼根問何不合自許之言答非是正因但是因初寄言簡過亦非小乘不許大乘自許因於有法上轉三支皆是共故初明宗因後申問答

初文有二初辯宗次解因且初宗前陳言眞故極成色五箇字色之一字正是有法餘之四字但是防過且初眞故二字防過者簡其世間相違過及違教等過外人問云世間淺近生而知之色離識有今者大乘立色不離眼識以不共世間共所知故此量何不犯世間相違過答夫立比量有自他共隨其所應各有標簡若自比量自許言簡若他比量汝執言簡若共比量勝義言簡今此共比量有所簡別眞故之言表依勝義即依四種勝義諦中體用顯現諦立問不違世間非學即可爾又如世尊於小乘阿含經亦許色離識有學者小乘共計心外有其實境豈不違於阿含等教學者小乘答但依大乘殊勝義立不違小乘之教學者世間之失問眞故之言簡世間及違教等過極成二字簡何過耶答置極成言簡兩般不極成色小乘二十部中除一說部說假部說出世部雞胤部等四餘十六部皆許最後身菩薩染汙色及佛有漏色大乘不許是一般不極成色大乘說他方佛色及佛無漏色經部雖許他方佛色而不許是無漏餘十九部皆不許有弁前兩師不極成色若不言極成但言眞故色是有法定不離眼識是宗且言色時許之不許盡包有法之中在前小乘許者大乘不許今若立爲唯識便犯一分自所別不極成亦犯一分違宗之失又大乘許者小乘不許今立爲有法即犯他一分所別不極成及至舉初三攝眼所不攝因便犯自他隨一一分所依不成前陳無極成色爲所依故今具簡此四般故置極

成言問極成二字簡其兩宗不極成色未審三藏立何色爲唯識答除二宗不極成色外取立敵共許餘一切色總爲唯識故因明疏云立二所餘共許諸色爲唯識故宗後陳言定不離眼識是極成能別問何不犯能別不極成過且小乘誰許色不離於眼識答今此是宗依但他宗中有不離義便得以小乘許眼識緣色親取其體有不離義兼許眼識當體亦不離眼識故無能別不極成過問既許眼識取所緣色有不相離義後合成宗體應有相扶過耶答無相扶失今大乘但取境不離心外無實境若前陳後陳和合爲宗了立者即許敵者不許立敵共諍名爲宗體此中但諍言陳未推意許辯宗竟次辯因者有二初明正因次辯寄言簡過且初正因言初三攝者十八界中三六界皆取初之一界也即眼根界眼識界色境界是十八界中初三界也問設不言初三攝但言眼所不攝復有何過答有二過一不定過二違自教過且不定過者若立量云眞故極成色定不離眼識因云眼所不攝喻如眼識即眼所不攝因闊向異喻後五三上轉皆是眼所不攝故被外人出不定過云爲如眼識眼所不攝眼識不離眼識證極成色不離眼識耶爲如後五三亦是眼所不攝後五三定離眼識却證汝極成色定離眼識耶問今大乘言後五三亦不離眼識得不答設大乘許後五三亦不離眼識免犯不定便違自宗大乘宗說後五三定離眼識故故置初三攝半因遮後五三非初三攝故問但言初三攝不言眼所不攝復有何

過答亦犯二過一不定過二法自相決定相違過且不定者若立量云眞故極成色定不離眼識因云初三攝喻如眼識即初三攝因闊向異喻眼根上轉出不定云為如眼識初三攝眼識不離眼識證極成色不離眼識耶為如眼根亦初三攝眼根非定不離眼識證汝極成色非定不離眼識耶問何不言定離而言非定不離答大乘眼根望於眼識非定即離且非離者根因識果以同時故即是非離也又色心各别名非即故今但言非定不離二犯法自相決定相違過者言法自相者即宗後陳法之自相言決定相違者即因違於宗也外人申相違量云眞故極成色是有法非不離眼識宗因云初三攝故喻如眼根即外人將前量異喻為同喻將同喻為異喻問得成法自相相違耶答非眞能破夫法自相相違之量須立者同無異有敵者同有異無方成法自相相違今立敵兩家同喻有異喻有故非眞法自相相違過問既非法自相相違作決定相違不定過得不答亦非夫決定相違不定過立敵共諍一有法因喻各異皆具三相徧是宗法性同品定有性異品徧無性但互不生其正智兩家猶豫不能定成一宗名決定相違不定過今眞故極成色雖是共諍一有法因且是共又各闕第三相故非決定相違不定過問既無此過何以因明疏云犯法自相相違決定過答但是疏主縱筆之勢是前共不定過中分出是似法自相相違決定過非眞有故有此所因故置初三攝眼所不攝更互簡諸不定及相違等過次

明寄言簡過者問因初自許之言何用荅縁三藏量中犯有法差别相違過因明之法量若有過許著言遮今三藏量既有此過故置自許言遮問何得有此過耶荅謂三藏量有法中言雖不帶意許諳含縁去乘宗有兩般色有離眼識本質色有不離眼識相分色若離眼識色小乘即許若不離眼識色小乘不許今三藏量云真故極成色是有法若望言陳自相是立敵共許色及舉初三攝眼所不攝因亦但成立共許色不離於眼識若望三藏意中所許但立相分色不離眼識將初三攝眼所不攝因成立有法上意之差别相分色定不離眼識故因明疏云謂真故極成色是有法自相定不離眼識色是法自相定離眼識色非定離眼識色是有法差别立者意許是不離眼識色問外人出三藏量有法相違過時自許之言如何遮得荅待外人申違量時將自許兩字出外人量不定過外量既自帶過更有何理能顯得三藏量中有法差别相違過耶問小乘申違量行相如何荅小乘云乍觀立者言陳自相三支無過及推所立元是諳含若於有法上意之差别將因喻成立有法上意許相分色不離眼識者即眼識不得爲同喻且如眼識無不離色以一切色皆離眼識故既離眼識不得爲同喻便成異喻即初三等因却向異喻眼識上轉故論云同品無處不成立者之宗異品有處返成敵者相違宗義即小乘不改立者之因申相違量云真故極成色是有法非不離眼識宗因云初三攝眼所不攝故同喻如眼識合云

諸初三攝眼所不攝故者皆非不離眼識同喻如眼識言非者無也小乘云無不離眼識色即遮三藏意許相分色是無也所以三藏預著自許之言句取他方佛色却與外人量作不定過出過云爲如眼識是初三攝眼所不攝眼識非不離眼識色證汝極成色非不離眼識色耶爲如我自許他方佛色亦是初三攝眼所不攝他方佛色是不離眼識色却證汝極成色是不離眼識耶外人相違量既犯共中他不定過明知非眞能破也三藏量却成眞能立也問因中若不言自許空將他方佛色與外人相違量作不定過有何不可答若空將他方佛色不言自許者即他小乘不許犯一分他隨一過他不許此一分他方佛色在初三攝眼所不攝因中故故因明疏云若不言自許即不得以他方佛色而爲不定此言便有隨一過故問何不待外人申違量後著自許言何要預前著耶答臨時恐難所以先防次申問答者一問眞故二字已簡違教過何故前陳宗依上若不著極成言又有違宗之失答眞故二字但簡宗體上違教過不簡宗依上違宗若極成二字即簡宗依上違宗等過也問後陳眼識與同喻眼識何別答言後陳眼識雖同意許各別後陳眼識意許是自證分同喻眼識意許是見分即見不離自證分故如同宗中相分不離自證分也問若爾何不立量云相分是有法定不離自證分是宗因云初三攝眼所不攝故同喻如見分答小乘不許有四分故恐犯隨一等過故但言眼識問此量言陳立得何色耶答

若但望言陳即相質二色皆成不得若將意就言即立得相分色也又解若小乘未徵問前即將言就意立若大乘答後即將意就言立也問既分相分本質兩種色便是不極成故前陳何言極成色耶相分非共許故答若望言陳有法自相立敵共許色故著極成若相分色是大乘意許何關言陳自相寧有不極成乎諸鈔皆云不得分開者非也若爾小乘執佛有漏色大乘佛無漏色等在於前陳若不分開應名極成色耶彼既不爾此云何然○問今談宗顯性云何廣引三支比量之文答諸佛說法尚依俗諦況三支比量理貫五明以破立爲宗言生智了爲體摧凡小之異執定佛法之綱宗所以教無智而不圓木非繩而靡直比之可以生誠信伏邪倒之疑心量之可以定眞詮杜狂愚之妄說故得正法之輪永轉唯識之旨廣行則事有顯理之功言有定邪之力如慈恩大師云因明論者元唯佛說文廣義散備在衆經故地持論云菩薩求法當於何求當於一切五明處求求因明者爲破邪論安立正道劫初足目創標眞似爰曁世親再陳軌式雖紀綱已列而幽致未分故使賓主對揚猶疑立破之則有陳那菩薩是稱命世賢劫千佛之一佛也匿跡巖藪栖巒等持觀述作之利害審文義之繁約于時巖谷震吼雲霞變彩山神捧菩薩足高數百尺唱言佛說因明玄妙難究如來滅後大義淪絕今幸福智攸邈深達聖旨因明論道願請重弘菩薩乃放神光照燭機感時彼南印土按達羅國王見放光明疑入金剛

喻定請證無學果菩薩曰入定觀察將釋深經心期大覺非願小果王言無學果者諸聖攸仰請尊速證菩薩撫之欲遂王請妙吉祥菩薩因彈指謦曰何捨大心方與小志爲廣利益者當轉慈氏所説瑜伽匡正頹綱可製因明重成規矩陳那敬受指誨奉以周旋於是覃思研精乃作因明正理門論正理者諸法本眞之體義門者權衡照解之所由又瑜伽論云云何名因明處爲於觀察義中諸所有事所建立法名觀察義能隨順法名諸所有事諸所有事即是因明爲因照明觀察義故且如外道執聲爲常若不以量比破之何由破執如外道立量云聲是有法定常爲宗因云所作性故同喻如虛空所以虛空非所作性則因上不轉引喻不齊立聲爲常不成若佛法中聲是無常立量云聲是有法定無常爲宗因云所作性故同喻如瓶盆異喻如虛空等是知若無比量曷能顯正摧邪所以實際理地不受一塵佛事門中不捨一法若欲學諸佛方便須具菩薩徧行一一洞明方成大化如上廣引藏識之文祖佛所明經論共立第八本識眞如一心廣大無邊體性微細顯心原而無外包性相以該通攝持種之名作總報之主建有情之體立涅槃之因居初位而總號賴耶處極果而唯稱無垢備本後之智地成自他之利門隨有執無執而立多名據染緣淨緣而作衆體孕一切而如太虛包納現萬法而似大地發生則何法不收無門不入但以迷一眞之解作第二之觀初因覺明能了之心發起内外塵勞之相於一

圓湛析出根塵聚内四大爲身分外四大爲境内以識情爲垢外因想相成塵無念而境觀一如有想而眞成萬别若能心融法界境豁眞空幻翳全消一道明現可謂裂迷途之緻網抽覺戶之重關惛夢醒而大覺常明狂性歇而本頭自現

宗鏡録卷第五十一

音釋

磁疾之切鐵石也　引闍視遮切　鍵渠展切　胤羊晉切　諳烏含切悉也　匿女力切藏也　藪蘇后切　緻直利切密也

宗鏡録卷第五十二

宋慧日永明妙圓正修智覺禪師延壽集

夫第二能變識者識論頌云次第二能變是識名末那依彼轉緣彼思量爲性相四煩惱常俱謂我癡我見幷我慢我愛及餘觸等俱有覆無記攝隨所生所繫阿羅漢滅定出世道無有乃至應知此意但緣藏識見分非餘彼無始來一類相續似常似一故恒與諸法爲所依故此唯執彼爲自內我我語勢故說我所言或此執彼是我之我故於一見義說二義若作是說善順敎理多處唯言有我見故我我所執不俱起故未轉依位唯緣藏識既轉依已亦緣眞如及餘諸法平等性智證得十種平等性故爲諸有情緣解差別示現種種佛影像故釋云此第七識但緣見分非餘相分種子心所等唯緣見分者謂無始時來微細一類似常似一不斷故似常簡境界彼色等法皆間斷故種子亦然或被損伏或時永斷由此遮計餘識爲我似一故簡心所心所多法故何故不緣餘識夫言我者有作用相見分受境作用相顯似於我故不緣餘識自證等用細難知問何不但緣一受等爲我亦常一故答夫言我者是自在義萬物主義與一切法而爲所依心所不然不可爲我唯心王是所依故此第七識恒執爲內我非色等故不執爲外我若唯緣識即唯起我無有我所我語勢故論說我所言非是離我別起我所執唯執第八是我之我前五蘊假者是第六所緣之我後我第七所計或前我前念後我後念二俱第七所計或即一念計此

即是此唯第七所計或前是體後是識用於一我見之上亦義說之爲我及所二言實但一我見多處唯言有我見故者瑜伽論云由此末那我見慢等恒共相應顯揚論云由此意根恒與我見我慢等相應我我所執不俱起故者行相及境二俱別故不可並生無此事故若已轉依位善心等可然彼非執故亦不可例人法二執境是一故若未起對治斷其我執若未轉依唯緣藏識初地已去既轉依已入無漏心亦緣眞如及餘一切法一乘無學等唯緣異熟識證得十種平等性者佛地經云一諸相增上喜愛二一切領受緣起三遠離異相非相四弘濟大慈五無待大悲六隨諸有情所樂示現七一切有情我愛所說八世間寂靜皆同一味九世間諸法苦樂一味十修植無量功德究竟即知十地有情緣解意樂差別能起受用身之影像論云末轉依位恒審思量所執我相已轉依位亦審思量無我相故者第七末那以思量爲自性故攝論云思量是意即自證分前第八識了別是行相今既言意故知即是第七行相即是見分體性難知以行相顯其實思量但是行相其體即是識蘊攝故初地已前二乘有學恒審思量我相知有漏末那已轉依位亦審思量無我相故亦名末那論問如世尊言出世末那云何建立答有二義一名不必如義彼無漏第七不名末那名是假故二能審思量無我相故亦名末那顯通無漏即知此名非唯有漏論云謂從無始至未轉依此意任運恒緣藏識與四根本煩惱相應我癡者

謂無明愚於我相迷無我理故名我癡我見者謂我執於非我法妄計爲我故名我見我慢者謂倨傲恃所執我令心高舉故名我慢我愛者謂我貪於所執我深生耽著故名我愛乃至此四常起擾濁内心令外轉識恒成雜染有情由此生死輪迴不能出離故名煩惱釋云此第七意除四惑外不與餘心所相應者一恒故二内執故三一類境生故所以不作意而向外馳求唯任運而一向内執此第七識於五受中唯捨受相應論云此無始來任運一類緣内執我恒無轉易與變異受不相應故又問末那心所何性所攝論答云此意相應四煩惱等是染法故障礙聖道隱蔽眞心説名有覆非善不善故名無記若已轉依唯是善性密嚴經偈云末那緣藏識如磁石吸鐵如蛇有二頭各别爲其業染意亦如是執取阿賴耶能爲我事業增長於我所復與意識俱爲因而轉謝於身生煖觸運動作諸業飲食與衣裳隨物而受用騰躍或歌舞種種自嬉遊持諸有情身皆由意功力如火輪垂髪乾闥婆之城不了唯自心妄起諸分别身相器世間如動鞦韆勢無力不堅固分别亦復然分别無所依但行於自境譬如鏡中像識種動而見愚夫此迷惑非諸明智者仁主應當知此三皆識現於斯遠離處是即圓成實○問此意有幾種差别答略有三種論云一補特伽羅我見相應二法我見相應三平等性智相應初通一切異生相續二乘有學七地已前一類菩薩有漏心位彼緣阿賴耶識起補特伽羅我見次通一切異生

聲聞獨覺相續一切菩薩法空智果不現前位彼緣異熟識起法我見後通一切如來相續菩薩見道及順道中法空智果現在前位彼緣無垢異熟識等起平等性智○問人法二執俱起何故分位前後不同答人法必依法執起又法我通人我局論云補特伽羅我見起位彼法我見亦必現前我執必依法執而起如夜迷杌等方謂人等故釋云今顯初位必帶後位以初短故人我位必有法我人我必依法我起故人我是主宰作者等用故法我有自性勝用等故即法我通人我局○問此第七識云何離眼等識別有自體出何經文答論云聖教正理爲定量故謂薄伽梵處處經中說心意識三種別義集起名心思量名意了別名識是三別義如是三義雖通八識而隨勝顯第八名心集諸法種起諸法故第七名意緣藏識等恒審思量爲我等故餘六名識於六別境麤動間斷了別轉故如入楞伽頌說藏識說名心思量性名意能了諸境相是說名爲識釋云雖通八識皆名心意識而隨勝顯第八名心爲一切現行熏集諸法種現行爲依種子識爲因能生一切法故是起諸法第七名意者因中有漏唯緣我境無漏緣第八及眞如果上許緣一切法故餘六識名識於六別境體是麤動有間斷法了別轉故易了名麤轉易名動不續名間各有此勝各別得名又論云謂契經說不共無明微細恒行覆蔽眞實若無此識彼應非有謂諸異生於一切分恒起迷理不共無明覆眞實義障勝慧眼如有頌說眞義心當生常

時爲障礙俱行一切分謂不共無明是故契經說異生類恒處長夜無明所蒙惛醉纏心曾無醒覺若異生位有暫不起此無明時便違經義謂異生位迷理無明有行不行不應理故此依六識皆不得成應此間斷彼恒緣故許有末那便無此失釋云如緣起經有四無明一現二種三相應四不相應或有爲二共不共等今說不共者謂此微細常行行相難知覆無我理蔽無漏智名覆蔽眞實眞實有二一無我理二無漏見義有二義一謂境義見分境故二謂義理眞如即理故○問染汙末那常與四惑相應如何說不共無明答論云應說四中無明是主雖三俱起亦名不共從無始際恒內惛迷曾不省察癡增上故乃至謂第七相應無明無始恒行障眞義智

如是勝用餘識所無唯此識有故名不共又不共無明總有二種一恒行不共餘識所無二獨行不共此識非有釋云主是自在義爲因依義與彼爲依故名不共何故無明名爲不共謂從無始際顯長夜常起恒內惛迷明一切時不了空理曾不省察彰恒執我無循反時此意總顯癡主自在義一恒行不共者此識俱是今此所論餘識無也二獨行不共者不與忿等相應起故名爲獨行或不與餘俱起無明獨迷諦理此識非有又不共無明者無明是主故名不共者以主是不共義不共即是獨一之義謂無明是闇義七俱無明恒行不斷是長闇義由長闇故名爲長夜唯此無明爲長夜體餘法皆無長夜之義唯此獨有故名不共除此巳外餘法有一類長相

續義而無闇義或有一類雖有闇義而無長相續義應作四句分別一者有是長而非是夜如七俱令等三及妙平二智相應心品等二者有是夜而非是長如前六識相應無明三是長亦是夜七俱無明是四者非長非夜前六識除無明取餘貪等及因中善等并果中觀察成事二智相應心品等令此七俱無明準此不但不與餘識共兼亦不與自聚貪等三共謂雖與同聚貪等俱起而貪等無長夜闇義貪等以染著等爲義此以長闇爲義與彼不同故名不共此以第七恒時迷闇名不共六識中者無恒時義但有獨起之義名爲不共○問恒行不共無明相應有幾種義答有四義古德云一是主者謂前六識無明是客有間斷故第七無明是主無間斷故二恒行者有漏位中常起現行不間斷故名恒行三不共者不同第六識獨頭名不共第六不共但不與餘九煩惱同起名爲不共若第七名不共者障無漏法勝故又恒行不間斷故四前六識通三性心時此識無明皆起現行謂前六識善性心時於施等不能亡相者皆是第七恒行不共無明内執我令六識等行施時不能達三輪體空又以有不共無明常能爲障而令彼當生無漏智不生此無明與第七識俱有故至今不捨故名俱行又經云眼色爲緣生於眼識乃至意法爲緣生於意識若無此識彼意非有眼根色境爲二緣能發引得眼識乃至意識法境爲二緣能發得意識若無第七識者即應第六識唯有一法境爲緣應無所依根緣也既有俱有根者

明知即是第七識與第六識爲俱有根小乘云我宗取肉團與第六識爲依何要别執有第七識耶論主破云亦不可説第六依於色故第六必依意有説意非是色故又説第六有三分别隨念計度自性分别故若許第六依色而住者即同前五識無隨念計度二種分别救云我宗五識根先識後故即前念五根發後念五識論主破云俱有根者如芽依種起芽種俱時影藉身生身影同有識依根發理必同時無前念根發後念識故旣若五識有俱有根將證第六亦須有俱有根即第七識是也引理證者敎中説有思量者即是第七識小乘云但是第六等無間名思量意何要别説第七爲思量意耶論主破云且如第六意識現在前時念等無間意已滅無體如何有思量用名意耶且如第六識若居現在時雖有思量恒名爲識不名意故要待過去方名意故須信有第七識具恒審思量方得名意意者依止義若等無間意依此第七假得意名俱有依止思量用故又第七識與四惑俱名爲染汙恒審思量名之爲意常有恒行不共無明故名染汙正是有覆性即覆眞緣義蔽淨妙智恒審思量者此揀第八前六識恒者不間斷審者決定執我法故○問第八亦無間斷第六決定有思量何不名意答有四句一恒而非審第八恒無間斷不審思量我法故二審而非恒即第六雖審思量而非恒故不名意也前五俱非非恒非審第七俱攝而恒審故獨名意也○問第七思量何法答執第八見分思量有我法故二乘無

學無我執以思量法我執故名意佛果我法二執俱無恒審思量無我理佛果第七亦名意○問爲第七自體有思量爲第七相應徧行中思名思量意耶答取心所思量者即八識皆有思何獨第七○問若唯取自體有思量者即何用心所中思耶答具二義一有相應思量二亦自體思量今取自體有思量名意○問心所與心王一種是常審思量執第八爲我如何不說心所爲意答言意者依止義心所雖恒審思量非主是劣法非所依止故不名意也二者自體識有思量與餘七識爲所依止唯取心王即名意也○問者言自體有思量名意者即第七有四分何分名思量意答有二解第一見分名思量内二分不名思量但名意見分不名意有思量以是用故思量我無我内二分不能思量我無我但名意以是體故第二見分是思量相相者體相相狀内二分是思量性即内外皆名意三分皆思量但除相分相分是所量境也○問何以得知内外三分總是思量答識論云思量爲性相内二分是體名思量性外見分是思量相是用一種是思量三分皆名意即不取相分名思量以無能緣用故○問見分緣執我法即思量我故得名思量自證分不緣於我相分如何自證分亦名思量答自證分證彼見分思量我執故亦名思量也○問見分思量我是非量攝自證分證彼見分思量我自證分亦是非量耶答見分思量我見分妄執故名非量自證是内證見分妄執故自證體是現量即體用皆是思量即内二分亦

名意亦名識見分亦名意亦名識是意之用故思量是用意是體思量即意持業釋也○問第七識但緣第八見分爲我云何不取相分及內二分等答相分間斷又是外緣內二分作用沉隱難知不執也種子無作用故不執爲我以見分作用顯現故○問第七識三量假實如何分別答古釋三量分別者第七見分是非量境不稱心故其第八見分本非是我今第七妄執爲我即不稱本質又親緣第八見分不著變相分緣相分本非是我第七又執爲我又不稱相分即兩重不稱境故知非量假實分別者第七緣他本質第八見分不著但緣得中間假我相分故境假非實○問中間相分爲定是假爲亦通實答第七中間相分是假無實種生但從兩頭起此相分仍通二性若一半從本質上起者是無覆性即屬本質若一半從自能緣第七見分上起者同見分是有覆性但兩頭心法爍起成一相分今言境假者但約隨妄心我相分以說○問若言第七當情相分但是假從兩頭起通二性者應可第七所緣我相分中一半有覆一半無覆一半是我一半非我答其第八見分上所起無覆性相分與能緣第七妄心徧計相分密合一處若是第七但自執妄起徧計有覆性假相分爲自內我雖密合一處亦不犯所執我中通二性過如水中鹽味但執是水不執於鹽水與鹽元不相離○問第七自有相分如何不自緣相分緣他第八見分爲我耶答古德云今言緣見分者即是踈緣若言親者唯識義何在又問設許踈緣

第八者且第七自識於何法上起執答於自識相分起執又問相見何別答若論外境相見全殊若就心論相見無異相即是見故經云心如相顯現見如心所依○問若無末那有何等過答若無第七則無凡可厭無聖可欣凡聖不成染淨俱失論云是故定應別有此意又契經說無想有情一期生中心心所滅若無此識彼應無染謂彼長時無六轉識若無此意我執便無乃至故應別有染汙末那於無想天恒起我執由斯賢聖同訶厭彼又契經說異生善染無記心時恒帶我執若無此識彼不應有謂異生類三性心時雖外起諸業而内恒執我内執我故令六識中所起施等不能亡相故瑜伽說染汙末那爲識依止彼未滅時相了別縛不得解脫末那滅已相縛解脫言相縛者謂於境相不能了達如幻事等由斯見分相分所拘不得自在故名相縛依如是義有伽陀言如是染汙意是識之所依此意未滅時識縛終不脫釋云於無想天恒起我執由斯賢聖同訶厭彼者有第七於彼起我執是異生故出定已後復沉生死起諸煩惱聖賢訶彼若無第七不應訶彼無過失果由執我故令六識中所起施等不能亡相者此我外緣行相麤動非第七起由第七故第六起此全由七生增明爲論第六識中我執體有間斷通三性心間雜生故第七不緣外境生故已上略録第七末那諸教同詮群賢共釋創入道者此意須明是起凡聖之因宜窮體性乃立解惑之本可究根原迷之則爲人法執之愚悟之則成平等性

之智於諸識内獨得意名向有漏中作無明主不間不斷無想定治而不消常審常恒四空天避而還起雖有覆而無記不外執而内緣常起現行能蔽眞而障道唯稱不共但成染而潤生是以欲透塵勞須知要徑將施妙藥先候病原若細意推尋冥心體察則何塵而不出何病而不消斷惑之門斯爲要矣

宗鏡録卷第五十二

音釋

倨傲（倨居御切不遜也傲五到切慢也）鞦韆（鞦七由切韆倉先切鞦韆繩戲也）杌（五骨切樹無枝也）

宗鏡録卷第五十三

宋慧日永明妙圓正修智覺禪師延壽集

第三能變者唯識論頌云次第三能變差別有六種了境爲性相善不善俱非此三能變是了別境識自證分是了別性見分是了別相有覆有記識以了境爲自性即復用彼爲行相故則了境者是識自性亦是行相行相是用故識論云隨六根境種類異故或名色識乃至法識隨境立名順識義故謂於六境了別名識色等五識唯了色等法識通能了一切法或能了別法獨得法識名故六識名無相濫失○問若心外無實色則眼等五識無有所緣答識論云雖非無色而是識變謂識生時內因緣力變似眼等色等相現即以此相爲所依緣然眼等根非現量得以能發識比知是有此但功能非外所造外有對色理既不成故應但是內識變現釋云眼等雖有所依所緣之色而是識所變現非是心外別有極微以成根境但八識生時內因緣種子力等第八識變似五根五塵眼等五識依彼所變根緣彼本質塵境雖親不得要託彼生實於本識色塵之上變作五塵相現即以彼五根爲所依以彼及此二種五塵爲所緣緣五識若不託第八所變便無所緣緣所緣緣中有親疎故然眼等根非現量得者色等五塵世間共見現量所得眼等五根非現量得除第八識緣及如來等緣是現量得世不共言餘散心中無現量得此但能有發識之用比知是有此但有功能非是心外別有大種所造之色此功能言即是發生五識作用

觀用知體如觀生芽比知種體是有所以密嚴經偈云眼色等爲緣而得生於識猶火因薪熾識起亦復然境轉隨妄心猶鐵逐磁石如乾城陽燄愚渴之所取中無能造物但隨心變異復如乾城人往來皆不實衆生身亦爾進止悉非眞亦如夢中見寤後即非有妄見蘊等法覺已本寂然四大微塵聚離心無所得華嚴經云自在主童子告善財言善男子我復善知十八工巧種種技術幷六十二眷屬明論及内明等一切方法治内煩惱何等名爲内身煩惱有四因緣一謂眼根攝受色境二由無始取著習氣三由彼識自性本性四於色境作意希望由此四種因緣力故藏識轉已識波浪生譬如瀑流相續不斷善男子如眼識起一切根識微塵毛孔俱時出生亦復如是譬如明鏡頓現衆像諸識亦爾或時頓現善男子譬如猛風吹大海水波浪不停由境界風飄靜心海起識波浪相續不斷因緣相作不相捨離不一不異如水與波由業生相深起繫縛不能了知色等自性五識身轉彼阿賴耶終不自言我生七識七識不言從阿賴耶生但由自心執取境相分別而生如是甚深阿賴耶識行相微細究竟邊際唯諸如來住地菩薩之所通達愚法聲聞及辟支佛凡夫外道悉不能知○問眼識等爲復依根發識依境發識答定依根發百法云眼識依根發識乃至意識亦爾若眼根變異眼識必隨變異如眼病所見青色爲黃色此不是壞境但是根損令識取境變爲黃色故知隨根得名問眼識緣青色爲黃豈不是

非量答但是同時亂意識以眼根有損令同時意識緣亂故便變青爲黄其實眼識不作青黄緣也意根損意識亦損如初地我法二執即時成無漏此時意根壞無其二執能緣之識亦能壞却二執也故知依根所發得名眼識但隨根立也護法云六識體性各别但依根境而立其名若執有一識能緣六境者若六境一時到如何一箇意識能一時緣得耶若前後起即不徧故所以隨六根境種類異故依根得名○問眼識等六既依根發識以何爲根答護法通用現種爲根根既然境亦爾瑜伽論亦云皆以現行及種子二法爲眼等根由本熏時心變似色從熏時爲名以四大所造清淨色故對所生之果識假説現行爲功能實唯現色功能生識之義大小共成○問根以何爲義答根者即五根有增上出生義故名之爲根於中有清淨五色根有浮塵五色根若清淨五色根即是不可見有對淨色以爲體性能發生五識有照境用故若浮塵五色根者即扶清淨根能照其境自體即不能照境爲浮塵根是麤顯色故不妨與清淨根爲所依五蘊論云根者最勝義自在義主義增上義是爲根義云何眼根謂以色爲境淨色爲性謂於眼中一分淨色如淨醍醐此性有故眼識得生無即不生乃至身根以觸爲境並淨色爲性無即不生○問末轉依中前五轉識於三量中定是何量答古德云且眼識緣色境相分即各自緣自相分三量分别者是現量現量具三義一現在非過未二顯現非種子三現有簡無體法緣現

量境名現量者不度量也即因修證境不帶名言是任運義即五識緣境得法自相但中間無隔礙故名親緣相分有赤色即得赤色之相分但不分別故任運不帶名言故名得自相也護法云五識唯緣實五塵境即不緣假但任運而緣不作行解不帶名言是現量故且如眼識緣青黃赤白四般實色時長短方圓假色雖不離實色上有眼識但緣實不緣長短假色也眼識定不緣長短色唯意識作長短心而緣也如五識初念與明了意識緣五塵境時唯是現量得五塵之實色若後念分別意識起時即行解心中作長短色緣是比量心緣也即五識唯是現量緣實不緣假故論云無有眼等識不緣實境生即五識唯緣實是自相境如眼識緣青境自相時得青色之自相若後念分別意識起時即非青色解便是共相比量也纔作解心時不實青色之體爲帶名言是在假相也故識論云謂假智詮不得自相唯於諸法共相而轉也言假智者即作行解心名假智也言詮者心上解心名句文及聲上名句文是能詮皆不得所詮自相也又釋云顯假不依眞唯依共相轉即此眞事不說心識實體名眞但心所取法自體相言說不及假智緣不著說之爲眞此唯現量智知性離言說及智分別此出眞體非智詮及如色法等而爲自性水濕爲性但可證知言說不及第六意識隨五識後起緣此智故發言語等但是所緣所說法之共相非彼自相又遮得自相名得共相若所變中有共相法是可得者即得自體應一切法

可說可緣故共相法亦說緣不及然非是執不堅取故如五蘊中以五蘊事爲自相空無我等理爲共相又以理推無自相體且說不可言法體名自相可說爲共相以理而論共既非共自亦非自爲互遮故但各別說說空無我等是共相者從假智說此但有能緣行解都無所緣空實共體入眞觀時則一一法皆別了知非作共解言說若著自相者說火之時火應燒口火以燒物爲自相故緣亦如是緣火之時火應燒心今不燒心及不燒口明緣及說俱得共相若爾喚火何不得水不得火之自相故如喚於水此理不然無始慣習共呼故今緣於青作青解者此比量智不稱前法如眼識緣色稱自相故不作色解後起意識緣色共相不著色故遂作青解遮緣非青之物遂作青解非謂青解即稱青事故唯識頌云現覺如夢等已起現覺時見及境已無寧許有現量此謂假智唯緣共相而得起故法之自相離分別故言說亦爾不稱本法亦但只於共相處轉今大乘宗唯有自相體都無共相體假智及詮但唯得共不得自相若說共相唯有觀心現量通緣自相共相若法自相唯現量得共相亦通比量所得乃至故言唯於諸法共相而轉此之自相證量所知非言說等境故又疏問云何故名自相共相答曰若法自體唯證智知言說不及是爲自相若法體性言說所及假智所緣是爲共相問曰如一切法皆言不及而復乃云言說及者是爲共相一何乖返答曰共相是法自體上義更無別體又此名詮火等法時遮

非火等此義即通一切火上故言共相即其義也非苦空等之共相理若爾即一切法不可言不可言亦不稱理遮可言故言不可言非不可言即稱法體法體亦非不可言故而今乃言名得共相之自性故今應解此非法體其義可然言名等詮共相非謂即得共相體但遮得自相故言名詮共相又自相者即諸法之自體相如火以煖爲自相喚火之時不得煖故不得自相此煖自相唯身識現量證故非名所得共相者此以名下所詮之義名共相共相有二一者共自類相二者共異類相如言火時不該於水等但徧一切火上故名共自類相若言苦空無常等則不唯在一類法上及徧一切水火等法上故名共異類相又自相者唯五根五塵心心所得謂五根是第八現證五塵是五八心心所現量證自體性獨散意識等尚不得自體性何況名詮得自體性也五識緣五塵境時具四義故名得法自相一任運故二現量故三不帶名言故四唯緣現在境故得名自相意識所緣境有二若是獨頭意識所緣境即於法處收若明了意識所緣境即於色處攝且如眼識明了意識初一念率爾同緣色時但緣色之自相後念明了意識分別所緣色上長等假色即是共相雖然長等假色是明了意識所緣境亦在於色處收爲是假故眼識不緣也乃至聲亦耳且如耳識初刹那率爾與明了意識同緣聲時亦是得法自相後念意識起緣於聲上名句文三有分別行解等緣假也今五識既無分別行解所以不緣假也問且

如色有二十五種青黄等四般顯色是實餘是假聲有十二種唯執受不執受聲是實餘是假觸有二十六種四大是實餘是假此中實者五識緣於五塵處攝若假者論主既言五識不緣是意識緣如何不於法處攝耶答第六明了意識緣長等假色有三義故所以不於法處攝一明闇不同二以假從實三以影從質具此三義故於色處攝也若獨頭意識無此三故所以法處攝且第一明闇有異者若明了意識與五識初念率爾心時即是現量不緣其假至後念明了意識分別心生即緣假色五識正緣實色時此意於五識所緣實色而生行解緣其假色故與五識不同時起分別故即此意識即是明也所緣假色等即於色處攝不於法處收若是獨頭意不假五識而生分別但約獨起者即是闇意識即於法處攝二以假從實者以長等假色依他實色上立雖意識緣攝此假色歸於實色總於色處攝也不於法處收三以影從質長等假色是第六識託五塵實色爲質而變起長等假相分緣將此假相分長等色就五塵實色處收總於色處攝也若獨頭意識不必有本質也此有三義故假五塵色總於色收若是獨頭生闇意識所緣之境即法處收○問五根於何教中證是現量答誠證非一圓覺經云譬如眼光照了前境其光圓滿得無憎愛可證五根現量不生分別其眼光到處無有前後終不捨怨取親愛妍憎醜例如耳根不分毀讚之聲鼻根不避香臭之氣舌根不揀甜苦之味身根不隔澁滑之觸以率爾

心時不分別故剎那流入意地纔起尋求便落比量則染淨心生取捨情起○問眼等五根緣境之時當具幾義答緣者是緣藉之義境有二義一所藉義二所照義言所藉者如緣有體境藉彼爲所緣緣故言所照者雖不藉彼爲所緣然是所照矚處亦說爲境如眼等五根照色等境雖非所緣然對此根得名爲境是所照故又眼根照色眼識緣色乃至身根覺觸身識了觸等又古德問五識旣唯緣實色只如長短等依色境現前時眼根不壞此時眼識爲緣爲不緣若言緣者便犯五識緣假之過若不緣者何故閉眼不見開眼乃見耶答此時眼識但得青等實色而同時意識依眼根爲門分明顯了取得長等據意識得合法處收但緣此時意識依眼根取對所依根故色處攝○問前五識具幾業能了前境答前五識具六業瑜伽論云一唯了別自境所緣二唯了別自相三唯了別現在四唯一剎那了別五隨意識轉隨善染轉隨發業轉六能取愛非愛果○問眼識現量稱境而知若眼病之時或見青爲黃豈稱境耶若不稱境何名現量答一師云見青爲黃實是意識謂由根病故引得病眼識由病眼識故遂引非量意識見青爲黃非眼識見青爲黃由病眼識能起見黃識故作是說二師云由病眼根引病眼識雖見青爲黃而不作黃解故是現量如無分別觀佛性真如爲八自在我時雖不稱境而無分別智不作我解故得是現量此亦然也雜集論問云若了別色等故名爲識何故但名眼等識不名色等識耶

答以依眼等五種解釋道理成就非於色等何以故眼中之識故名眼識依眼處所識得生故又由有眼識得有故所以者何若有眼根識定生不盲瞑者乃至闇中亦能見故不由有色眼識定生以盲瞑者不能見故又眼所發識故名眼識由眼變異識亦變異色雖無變識有變故如迦末羅病損壞眼根於青等色皆見爲黄又屬眼之識故名眼識由識種子隨逐於眼而得生故又助眼之識故名眼識作彼損益故所以者何由根合識有所領受令根損益非境界故又如眼之識故名眼識俱有情數之所攝故色則不爾不決定故眼識既然餘識亦爾問爲眼見色爲識等耶答非眼見色亦非識等以一切法無作用故由有和合假立爲見又由六相眼於見色中最勝非識等是故説眼能見諸色何等爲六一由生因眼能生彼故二由依處見依眼故三由無動轉眼常一類故四由自在轉不待緣合念念生故五由端嚴轉由此莊嚴所依身故六由聖教如經中説眼能見色故如是所説六種相貌於識等中皆不可得識動轉者當知多種差别生起○問六根所成各有幾義答古釋云各有二義一是異熟二是長養且如眼根者如過去業招今世眼名異熟眼於今世時因飲食等長小令大養瘦令肥名長養眼餘五根亦然○問若無外境應無現量能覺之心若無現量能覺云何世人作如是覺我今現證如是境耶答古德云現覺如夢者如正起現量五識證色等五境之時但唯能證所證色等境不能覺現量能覺

之心所以者何覺能覺法是意識正隨起五識時必無意識故於此念必不能覺現量之心至第二念正起意識覺前念五識現量時無所覺現量五識及現量所覺之境並已謝滅所以者何以諸識不並生故起意識時現量五識已滅又有爲法刹那滅故現量五識所緣之境此時亦已謝滅若言須有實外境方能生心者且如後念意識緣前念現量五識爲境豈是實有法耶由過去無體故此過去現量五識已滅今雖無體猶能爲境生於意識何必五識須緣心外實境而生耶謂若在睡時正起夢心即不能起覺夢之心至睡惺後起覺夢心時其所覺之夢心已滅其五識現量正起時未能起覺現量意識心及至第二念起得覺現量五識之意識心其所覺現量五識已滅與覺夢心相似故舉爲喻又難定許有現量耶謂正起覺現量之能覺意識時彼所覺五識定有耶答此時所覺已滅雖無體猶生能覺之心何妨外境是無能生識耶然大乘五境雖似有而非心外與凡小不同○問於眼等六識中有幾分別答略有三種一自性分別唯緣現在所緣諸行自相行分別所緣行即五塵也自相行如色以青爲行相眼識緣時亦任運作青行相名自行又自相即能緣行簡共相行如緣青時即緣黃不著二隨念分別於昔曾所受諸行追念行分別唯緣過去三計度分別於去來今不現前思搆行分別即非有計有是非量境然約三世計度不定一世又雜集論於三分別中復有七種分別一謂於緣任運分別謂五

識身如所緣相無異分別於自境界任運轉故二有相分別謂自性隨念二種分別取過現境種種相故三無相分別謂希求未來境行分別四尋求分別五伺察分別六染汙分別七不染汙分別此四分別皆用計度分別以爲自性所以者何以思度故或時尋求或時伺察或時染汙或不染汙種種分別又攝大乘論有十種根境微細分別論云復次總攝一切分別略有十種一根本分別謂阿賴耶識二緣相分別謂色等識三顯相分別謂眼識等并所依識四緣相變異分別謂老等變異樂受等變異貪等變異逼害時節代謝等變異捺落迦等諸趣變異及欲界等諸界變異五顯相變異分別謂即如前所說變異所有變異六他引分別謂聞非正法類及聞正法類分別七不如理分別謂諸外道聞非正法類分別八如理分別謂正法中聞正法類分別九執著分別謂不如理作意類薩迦邪見爲本六十二見趣相應分別十散動分別謂諸菩薩十種分別釋曰根本分別者謂阿賴耶識是餘分別根自性亦是分別故名根本分別緣相分別者謂分別色等有如是緣相顯相分別者謂眼識等并所依識顯現似彼所緣相故緣相變異分別者謂似色等影識變異所起分別老等變異者謂色等識似老等相起諸變異何以故內外色等皆有老等轉變相故等者等取病死變異樂受等變異者由樂受故身相變異如說樂者面目端嚴等者等取苦及不苦不樂受貪等變異者謂由貪等身相變異等者等取瞋癡忿等

如說忿等惡形色等逼害時節代謝等變異者謂殺縛等令身相等生起變異時節代謝亦令內外身樹色等形相改變如說寒等所逼切時身等變異捺落迦等諸趣變異者等即等取一切惡趣彼惡色等變異共了及欲界等諸界變異者等取色界無色界中無似色等影像識故於諸天中及靜慮中亦有有情及器色等種種變異如摩尼珠威神力故種種淨妙光色變異顯相變異分別者謂由眼等所依根故令似色等影像顯現眼識等識種種變異即於此中起諸分別即知如前說老等變異隨其所應而起變異何以故如說眼等根有利鈍識明昧故如無表色所依變異彼亦變異苦樂受等變異亦爾如說樂者心安定故故說苦者心散動故貪等逼害時節代謝亦爾捺落迦等及欲界等依身變異識亦變異如應當知無色界中亦有受等所作變異諸識分別他引分別者謂善惡友親近所起及與聽聞正非正法為因分別即是外道迦毗羅等及正法中諸騷揭多所有分別名不如理如理分別如是二種隨其所應能生邪見正見相應二種分別薩迦邪見為因所起六十二見相應分別即梵網經中前際後際分別謂我過去為曾有耶如是等分別名執著分別言見趣者是品類義散動分別者散亂擾動故名散動此即分別是故說名散動分別此即擾亂無分別智何以故由此擾亂般若波羅蜜多故無分別智即是般若波羅蜜多謂諸菩薩十種分別者謂諸菩薩能發語言他引而轉不稱真理十種分

別何以故證會眞理若正現前不可說故○問前三分別於八識中幾識能具答八識中唯第六識具三分別自第七識唯有自性分別以緣現在故或可末那亦有計度以計度執我故若論體性計度分別以慧爲性隨念以念爲性分別以慧爲性眞法之中旣無虛妄八識所以無此分別又古師於十種分別就八識廣辯問八識中各具幾分別答第六識具廣略十種分別前五識唯自性任運二種分別五識於自境界任運轉故第七識具計度染汙有相三種分別第八識同前五識得有自性任運分別若自性任運分別唯現量若計度染汙無相分別唯比非二量若有相分別一分緣現在者通三量一分緣過去者唯比非二量若隨念分別無漏即是現量若有漏即比非二量○問何故五識無分別執耶答夫言執者須是分別籌度之意方堅執五識雖有慧而但任運不能分別籌度故五無執唯第六也

宗鏡録卷第五十三

音釋

慣古患切習也　盲瞑盲莫耕切目無童子也瞑莫經切目不明也　騷蘇遭切　揭吉列切

宗鏡録卷第五十四

宋慧日永明妙圓正修智覺禪師延壽集

夫意言分別萬有俱空則名義無性一切衆生於見聞中應不成顛倒以名中無義義中無名俱是客故答萬法本空熏習成有於本空中起諸情執顛倒寶性論云問名中無義義中無名二俱客者若人執名異於義義異於名此人既無顛倒則於義中應無僻執不應聞説好惡生憂喜心名義不相關故當知客義是汝顛倒答由久時數習顛倒故有此僻執不關名義相應由名言熏習心故必由此法門生分別心起虚妄僻執如密嚴經偈云是時金剛藏復告大衆言賴耶無始來爲戲論熏習諸業所繫縛輪轉無有窮亦如於大海因風起波浪恒生亦恒滅不斷亦不常由不悟自心隨識境界現若了於自心如火焚薪盡通達於無漏則名爲聖人藏識變衆境彌綸於世間意執我我所思量恒流轉諸識類差別各各了自境積集業爲心徧積集名意了別名爲識五識取現境如瞖見毛輪隨見而迷惑於似色心中非色計於色譬如摩尼珠日月光所照隨其所應現各雨自類物阿賴耶亦爾如來清淨藏和合於習氣變現周世間與無漏相應雨諸功德法譬如乳變異成酪至酪漿藏識亦如是變似於衆色如瞖見毛輪有情亦復爾以惡習氣瞖住藏識眼中於諸非色處此所見諸色猶如於陽燄遠離於有無皆賴耶所現仁者依眼色而生似色識如幻住眼中飄動猶熱燄色皆是藏識與色習相應變似體非有愚夫妄分別

諸惛醉放逸坐卧及狂走頓起諸事業皆是賴耶識猶如盛赫日舒光照於地蒸氣如水流渇獸望之走賴耶亦復爾體性實非色而似於色現惡覺妄生著如磁石吸鐵迅速而轉移雖無於情識似情識而動如是賴耶識爲生死所攝往來於諸趣非我而似我如海中漂物無思隨水流賴耶無分别後身而運動譬如二象鬬被傷者永退賴耶亦如是斷染無流轉譬如淨蓮華離泥而皎潔人天皆受用莫不咸珍敬如是賴耶識出於習氣泥轉依得清淨佛菩薩所重譬如殊勝寳野人所輕賤若用飾冕旒則爲王頂戴如是賴耶識是清淨佛性凡位恒雜染佛果常寳持如美玉在水苔衣所纏覆賴耶處生死習氣縈不現於此賴耶識有二取相生如蛇有二頭隨樂而同往賴耶亦如是與諸色相具一切諸世間取之以爲色惡覺者迷惑計爲我我所若有若非有自在作世間賴耶雖變現體性恒甚深於諸無智人悉不能覺了譬如於幻師幻作種種獸或行而或走似有情非實賴耶亦如是幻作於世間一切諸有情體性無眞實凡愚不能了妄生於取著起微塵勝性有無異分别及與於梵天丈夫等諸見○問眼見色者爲是眼見爲是識見答非眼識境等各有決定見性但以三和合故假名爲見下五根聞齅嘗觸等例爾雜集論云非眼見色亦非識等以一切法無作用故由有和合假立爲見故稱眼能見色又識之於根乍出乍入如鹿在網猶鳥處籠啄一捨一周而復始無暫休息識在根籠亦復如是或在於

耳或在於眼來去無定不可執常雖復無定相續不斷何爲不斷以妙用無間故若凡夫爲色塵所縛不得自在若見一法則被一法礙不能圓通法界是以金剛經云若菩薩心住於法而行布施如人入闇則無所見者楞嚴經云由塵發知因根有相相見無性猶若交蘆由塵發知者即見分因根有相者即相分相見無性者心境互生各無自體心不自立由塵發知境不自生因根有相二虛相倚猶若交蘆知見立知即無明本知見無見斯即涅槃但了了見無可見即通法界見即是涅槃若了了聞無可聞即通法界聞即是涅槃一切諸法本來涅槃以分別心妄見所隔不知自識翻作無明又首楞嚴經云緣見因明暗成無見不明自發若不假明暗等見見色之時則見餘根若離念徧法界見鐵圍山一切相皆不能蔽若六根伏則不得六根相如十人患瞖共見空華一人眼可則不見餘九人還見各各自除妄見則不得一切相物物皆眞又十箇空華一人能見十人眼可餘華總亡但一妄除皆不見諸相一相則一切相爲一切相皆我心起是知一瞖在目千華競飛一妄動心諸塵併起若能離念則當處坐道場轉大法輪俱成佛道○問耳聞說法聲時總具幾識答具三識第八先託佛無漏聲名句文爲本質了耳識緣聲意識同時緣名句文等方得名聞古德問云且如緣佛聲名句文時爲自耳識意識緣得名句文名聞爲先要自第八託佛本質聲變起相分了耳識意識託第八相分爲質變相分緣

方得聞耶答設爾何失難二俱有過若第八不先變佛聲耳意二識便緣名句文者即因中前六劣不能直緣須先假第八變若第八不先變即心外取法唯識不成若許自第八相分爲質緣者第六識所變相分即無名句文既無名句文即意不能生解爲第八識但變得佛本質徑直聲本質徑直聲上且無名句文爲第八不緣故此答云理實第六識緣目第八相分爲境謂佛本質聲及自第八變影像聲合爲一聲世尊本質聲既有名句文等第六識於自耳根緣第八相分聲名句文三不無爲佛本質聲上有名句文例如世間人共看一紙文書若不識書人但見其紙墨黑白色即不能知其義理差别若識書人見紙墨黑白及能知其間義理差别今耳識及第八如不識書人第六如識書人第六既緣實聲亦能緣得名句文故又聲是所依名句文是能依名句文依實聲上有既有實聲其名句文自連帶聲上有故意識爲能分别故自然緣得又聞即比量聽聞名句文三等時向心所上比度生解唯第六識具比量若緣名義便在意中○問夫聞法者既託諸佛悲願爲本質作增上緣衆生但自心識心上所變得影像相分文義此即實無心外法爲執見未信者於世法中事如何引證印成後信入一乘門答世法即佛法佛法即世法云何更舉事立況然爲未決定信者寧無方便若論比知觸目咸是且舉一二略類此宗如西國婆羅門求聰明常供養天神等後於夢中見有天人授與呪論等法然夢中實無天人

爲説聰明法論呪等託天人爲增上緣自識心上變作論呪解令衆生見聞亦爾然於比況中夢喻最親以自夢中實無外境皆是夢心變起可爲現證又此土周暢耕田母欲得子歸其母遂齧指周暢在田下心痛念云是毋喚我及歸果如其言毋雖有喚子之心而不發言如來但有説法之心而不説法自是衆生心上變起故若正解者即諸佛悲願爲應機熟宜聞爲感感應道交非一非異唯心方顯不落斷常不可各取一邊違於中道○問根塵所對現證分明如何圓通得入空理答眼對色塵無而有見異熟業果不可思議唯智所知非情所測諸法實性親證方明有見有聞世俗心量若約眞諦根境俱空且如世俗門中見無自性如眼勝義根如火既能發識又能照境識如人能了別境如物故知無根不能發識無識不能了境無境不能起見三法和合方成見性則見性無從和合非有如思益經偈云悉見十方國一切衆生類而於眼色中終不生二相諸佛所説法一切能聽受而於耳聲中亦不生二相能於一心中知衆生諸心自心及彼心此二不分別廣百門論破根境品云眼等根塵若執實有理心不然所以者何違比量故謂眼非見如耳等根耳亦非聞如眼等根鼻不能齅如舌等根舌不能嘗如身等根身不能覺如上諸根一切皆由造色性故或大種故或業果故又眼等根皆有質礙故可分析悉令歸空或無窮過是故不應執爲實有但是自心隨因緣力虛假變現如幻事等俗有眞無又破情品

云眼爲到色見耶不到色見耶若眼去到色乃見者遠色應遲見近色應速見何以故去法爾故而今近瓶遠月一時見是故知眼不去若不去則無和合復次若眼力不到色而見者何故見近不見遠遠近應一時見故知見性無從諸根例爾如還源集自他觀門云兩身爲自他彼身爲他己身爲自一身復爲自他色身爲他心即爲自心復爲自他心即爲他智即爲自智復有自他有所得智爲他無所得智爲自無所得智復有自他淨智爲他是淨亦淨爲自觀身實相觀佛亦然稽首如空無所依心淨已度諸禪定無住則無本覺此名爲佛假名名爲佛亦無佛可成無成可成無出可出是名佛出無所見了了見了了見無所見但有名字名字性空無所有鏡像如虛空虛空如鏡像色心如虛空虛空如色心色心如鏡像鏡像身無二亦復非是一若能如是解諸佛從中出諸佛唯有名如空應響聲無心究竟道法法自然平平處亦無平無平作平說此中言語斷心行處亦滅眼空保色空色空保眼空兩空自相保則無眼識賊耳空保聲空聲空保耳空兩空自相保則無耳識賊鼻空保香空香空保鼻空兩空自相保則無鼻識賊舌空保味空味空保舌空兩空自相保則無舌識賊身空保觸空觸空保身空兩空自相保則無身識賊心空保法空法空保心空還是一空能保二空亦能保一空是故號空空假名說見諦若知六根淨即無六塵賊若無六塵賊心王自清淨方便持化凡題名寄佛性釋曰是以若眼空色

不空色空眼不空則不可相保以根境異故必爲侵害若同一性即無疑矣如世間作保之人若是忠良人即可忠良人作保若惡行人則不可保以情性異故六種根塵和同既爾一切萬法順旨亦然故首楞嚴經云佛告阿難根塵同源縛脱無二識性虛妄猶如空華阿難由塵發知因根有相相見無性同於交蘆是故汝今知見立知即無明本知見無見斯即涅槃無漏眞淨云何是中更容他物

○問色塵質礙可分析歸空聲性虛通應是實有答聲塵生滅動靜皆空聲不至於耳根根不往於聲所既無一物中間往來則心境俱虛聲不可得如首楞嚴經云復次阿難云何十二處本如來藏妙眞如性阿難汝且觀此祇陀樹林及諸泉池於意云何此等爲是色生眼見眼生色相阿難若復眼根生色相者見空非色色性應消消則顯發一切都無色相既無誰明空質空亦如是若復色塵生眼見者觀空非色見即消亡亡則都無誰明空色是故當知見與色空俱無處所即色與見二處虛妄本非因緣非自然性又推聲處文云阿難汝更聽此祇陀園中食辦擊鼓衆集撞鐘鐘鼓音聲前後相續汝意云何此等爲是聲來耳邊耳往聲處阿難若復此聲來於耳邊如我乞食室羅筏城在祇陀林則無有我此聲必來阿難耳處目連迦葉應不俱聞何況其中一千二百五十沙門一聞鐘聲同來食處若復汝耳往彼聲邊如我歸住祇陀林中在室羅城則無有我汝聞鼓聲其耳已往擊鼓之處鐘聲齊出應不俱聞何況其

中象馬牛羊種種音響若無來往亦復無聞是故當知聽與音聲俱無處所即聽與聲二處虛妄本非因緣非自然性又推香處文云阿難汝又齅此罏中栴檀此香若復然於一銖室羅筏城四十里內同時聞氣於意云何此香爲復生栴檀木生於汝鼻爲生於空阿難若復此香生於汝鼻稱鼻所生當從鼻出鼻非栴檀云何鼻中有栴檀氣稱汝聞香當於鼻入鼻中出香說聞非義若生於空空性常恒香應常在何藉罏中爇此枯木若生於木則此香質因爇成煙若鼻得聞合蒙煙氣其煙騰空未及遙遠四十里內云何已聞是故當知香鼻與聞俱無處所即齅與香二處虛妄本非因緣非自然性推味處文云阿難汝常二時衆中持鉢其間或遇酥酪醍醐名爲上味於意云何此味爲復生於空中生於舌中爲生食中阿難若復此味生於汝舌在汝口中只有一舌其舌爾時已成酥味遇黑石蜜應不推移若不變移不名知味若變移者舌非多體云何多味一舌之知若生於食食非有識云何自知又食自知即同他食何預於汝名味之知若生於空汝噉虛空當作何味必其虛空若作鹹味既鹹汝舌亦鹹汝面則此界人同於海魚既常受鹹了不知淡若不識淡亦不覺鹹必無所知云何名味是故當知味舌與甞俱無處所即甞與味二俱虛妄本非因緣非自然性推觸處文云阿難汝常晨朝以手摩頭於意云何此摩所知誰爲能觸能爲在手爲復在頭若在於手頭則無知云何成觸若在於頭手則無用云何名

觸若各各有則汝阿難應有二身若頭與手一觸所生則手與頭當爲一體若一體者觸則無成若二體者觸誰爲在在能非所在所非能不應虛空與汝成觸是故當知覺觸與身俱無處所即身與觸二俱虛妄本非因緣非自然性今推十二根塵處所旣無則前六根門無處而入後十八界無界而分可驗衆生界中即今現行心境俱空世俗諦中假施設法悉皆無有夫宗鏡所録皆是現證法門一入全眞更無前後如或不信但靜思看若見一念無生自然與經冥合如菩薩念佛三昧經偈云此身常無知如草木瓦礫菩提無形色寂滅恒不生身不觸菩提菩提不觸身心不觸菩提菩提不觸心而能有相觸實爲不思議釋曰故知色不至眼耳不到聲而有見聞是不可思議以自性離中而有顯現故知六根無對皆是無諍法門諸境含虛盡冥不二之道即令衆生境界眞不可思議矣曷用遠求諸聖作用而自鄙劣者哉此宗鏡是照衆生之癡闇同諸佛之光明使法界含生一時圓證如法集經云須菩提白佛言世尊眼色二法無所諍競以不和合故以此二法不相到故夫不合不到法皆無違諍世尊法無有二是故不諍廣百門論破根境品云復次若耳根境合知者不應遠近一時俱聞聲從質來旣有遠近不應一念同至耳根耳無光明不應趣境又聲離質來入耳聞亦不應理鐘鼓等聲現不離質遠可聞故若耳與聲無闇而取如香等不辯方維若耳與聲不合而取應無遠近一切皆聞不合體無相無別

故或應一切皆不能聞是故耳根聲合不合實取自境二俱不成又云心若趣塵體則不徧心常往境我應無心然微細心身中恒有睡眠悶等諸位常行有息等故夢可得故勞倦增故引覺心故任持身故觸身覺故又若内身恒無心者如死屍等害應無愆供應無福則與空見外道應同有執心體不徧不行但用有行亦同此過心用心體不相離故又若心體往趣前塵有觸内身應無覺受應勤思慮不損内心如是諸宗執實根境皆不應理應信非眞又一切世間有情無情諸法義相如依陽燄有水想生誑惑自心亦爲他説由此妄想建立根塵及餘世間諸事差別如顯此想依多法成是假非眞故説想蘊乃至如諸幻事體實雖無而能發生種種妄識眼等亦爾體相皆虚如矯誑人生他妄識想隨此發境豈爲眞根境皆虚猶如幻事大集經偈云至心念法思惟法是故不見色與聲若得入於深法界爾時則無色聲等般若燈論偈云眼不見色塵意不知諸法此名最上實世人不能度是以根境唯心名相俱寂故知世諦眞諦同趣佛乗有情無情咸歸智地以眞無中絶名絶相心智路斷是不可思議以俗有中如幻如化無中顯現是不可思議不可以情識知不可以有無測所以廣百門論明世間法有五種難測頌云世間諸所有無不皆難測根境理同然智者何驚異論曰如一思業能感當來内外無邊果相差別極善工匠所不能爲是名世間第一難測又如外種生長芽莖無量枝條華葉根果形色間雜

嚴麗宛然是名世間第二難測又如華樹名曰無憂婬女觸之衆華競發枝條垂拂如有愛心是名世間第三難測又如華樹名如樂音聞作樂聲舉身摇動枝條褭娜如舞躍人是名世間第四難測又如華樹名好鳥吟聞鳥吟聲即便摇動枝條褭娜如喜抃人是名世間第五難測如是難測世事無邊根境有無方之甚易世俗故有勝義故空諸有智人不應驚異如中觀論偈云以法知有人以人知有法離法何有人離人何有法法者眼耳苦樂等人者是本住汝謂以有法故知有人以有人故知有法今離眼耳等法何有人離人何有眼耳等法復次一切眼等根實無有本住眼耳等諸根異相而分別眼耳等諸根苦樂等諸法實無有本住因眼緣色生眼識以和合因緣知有眼等諸根不以本住故知是故偈中說一切眼耳等根實無有本住眼耳等諸根各自能分別問曰若眼等諸根無有本住者眼等一一根云何能知塵若一切眼耳等諸根苦樂等諸法無本住者今一一根云何能知塵眼耳等諸根無思惟不應有知而實知塵當知離眼耳等諸根更有能知塵者答曰若爾者爲一一根中各有知者爲一知者在諸根中二俱有過何者若諸根各有知者即成多人若一知在諸根中者或眼正緣色時知已屬眼聲塵起時耳應不聞如無言說經偈云内外地界無二義如來智慧能覺了彼無二相及不二一相無相如是知金光女經云文殊師利語彼童女應觀諸界童女答言文殊師利譬如劫燒時三界等亦

爾般若波羅蜜經云彼一切法無知者無見者彼説法師亦不可得不可以心分别不可以意能知佛母經云阿姊眼不見色乃至意不知法如是菩提離故眼色離乃至菩提離故意法離等入楞伽經偈云如水流枯竭波浪則不起如是意識滅種種識不生又偈云此中無心識如虚空陽餤如是知諸法而不知一法究竟一乘寶性論偈云如一切世間依虚空生滅依於無漏界有諸根生滅火不燒虚空若燒無是處如是老病死不能燒佛性地依於水住水復依於風風依於虚空空不依地等如是陰界根住煩惱業中諸煩惱業等住不善思惟不善思惟行住清淨心中自性清淨心不住彼諸法陰入界如地煩惱業如水不正念如風淨心界如空依性起邪念念起煩惱業能起陰界入依止於五陰界入等諸法有諸根生滅如世界成壞淨心如虚空無因復無緣及無和合義亦無生住滅如虚空淨心常明無轉變爲虚妄分别客塵煩惱染又五現識不動唯意識分别如首楞嚴經云佛告阿難識性無源因於六種根塵妄出汝今徧觀此會聖衆用目循歷其目周視但如鏡中無别分析汝識於中次第標指此是文殊此富樓那此目揵連此須菩提此舍利弗等如五現量周圓而視如鏡中鑒像而無分别若第六意根即次第分别非如五現量頓見又經云識動見澄者見澄即五現量識分别爲動又經云本無所從者此識心本來湛然不從修得本來澄寂五現量識亦復如是○問意識緣境多少三境三量如何

分別答古德云第六意識即比量意識能緣三世法三性法三界法一百法等法爾皆是第六意識緣也有二一明了二獨頭且明了者唯於五根門中取五塵境是初念與五同緣時率爾心中唯是現量緣其實五塵境若後念已去不妨通比量非量作行解緣其長等假色即比量或於五塵上起執時便是非量即明了意識前後許通三量三境中若緣五塵實法時是性境若後念行解心緣長等假色時即眞獨影似帶質二獨頭意識有三一夢中獨頭亦緣十八界法唯是獨影境非實此夢中境唯是法處收亦無本質二覺寤獨頭而緣一切法有漏無漏有爲無爲世出世間有體無體空華兎角三世一切法皆悉緣得○問此覺寤意識一念緣十八界時有幾相分幾本質幾見分答本質相分各有十八箇見分唯一問如何有十八相分答十八相分從十八本質起即有十八相分如一面鏡中觀無量人影外邊有十八實人鏡即是一於鏡上現有十八人影像見分亦爾一見分能緣得十八相分若質影有十八以是所緣境則無過若一念有十八見分便有多心過三定中獨頭亦緣十八界一百法過未境及眞如等若假若實皆能緣故三量分別者若是明了意識前後念通三量夢中獨頭唯非量以不稱境故覺寤通三量若緣有體法時緣五境界等通現量故若緣五根界七心界等是比量若緣空華過未境等通比量非量若定中唯是現量雖緣假法以不妄執無計度故唯現量又獨頭意識即獨生散意緣

影像門影像者諸有極微是極迥極略二色皆是假影色也但於觀心析麤色至色邊際假立極微唯觀心影像都無實體

宗鏡録卷第五十四

音釋

瞖於計切目病也　冕旒冕亡辯切冠也旒力求切冕飾垂玉也　齧五結切噬也　撞宜降切擊也　銖市朱切十黍重曰銖　礫郎擊切小石也　褭奴了切與嫋同　娜奴可切褭娜搖曳皃　抃皮變切拊也

宗鏡録卷第五十五

宋慧日永明妙圓正修智覺禪師延壽集

夫論法處之色都有幾種答有五種一極略色二極逈色三受所引色四徧計色五定果色一極略色者以極微爲體但是析彼五根五塵四大定果色至極微位即此極微便是極略色體二極逈色者即空間六般光影明暗等麤色令析此六般麤色至極微位取此細色爲極逈色體又若上下空界所見青黃赤白光影明暗即總名空一顯色及門牕孔隙中所現者即總名逈色三受所引色者受者是領納義所引色者即思種現上有防發功能名所引色意云由於師教處領受爲能引發起思種現上防發功能名所引色即此防發功能不能表示他故亦名無表色即以無表色爲體四徧計色者即妄心徧計五定果色者定中現境已上法處五般色都分爲三門一影像門二無表門三定果門第一影像門者影者流類義像者相似義即所變相分是本質之流類又與本質相似故名影像諸有極微者即是極略極逈二色此但是觀心析麤成細假立極微唯有觀心影像都無實體獨生散意者即簡定中及明了意識今唯取散位獨頭闇意識故此散意識構獲緣五根五塵水月鏡像時當情變起徧計影像相分此是假非實故與極略等同立一影像門問且如水中月鏡中像眼識亦緣如何言假唯意識緣答水月鏡像唯是法境但以水鏡爲緣其意識便妄計有月有像並非眼識之境亦是徧計色収又徧計是妄心極略等

是觀心同是假影像故所以總立第二無表門一律儀有表色者即師前受戒時是由此表色故方熏得善思種子有防發功能立其無表色二不律儀有表色者即正下刀殺生造業時是由此有表色方熏得不善思種子有防發功能立其無表色若處中有表色者即正禮佛行道及毆擊罵詈時是由此有無表色方熏得善惡思種亦有防發功能立其無表色問若水月鏡像是第六意識作解心緣唯是其假長短方圓色收者即是明了意識緣於色塵故如何是獨頭意識緣徧計色收耶答若是智者了此見相形假即於色塵處收若迷者不了妄執爲實變起影像此假相分但徧計色收法處所攝問所云影像是二所緣者何答一親者影像踈者是質也先辯影像者親所緣緣者謂諸相分與能緣見分體不相離即見分所仗託境是所籌量處也即所託名爲緣所慮名所緣緣此二義名所緣緣也即此影像有四名一影像二相分三內所慮託四親所緣緣次辯本質者若與能緣體相離即踈所緣緣以隔相分故即本質上能緣見分相離故名離問既相離如何名所緣緣答爲質能起相分生故以起約相分令見分有所慮故即本質起所緣故亦名所緣緣也以親所緣緣爲增上緣故亦得名所緣緣即起所緣故亦有三名一名本質二名外所慮託三名踈所緣緣即爲本質能起相分別分起見分見分起自證分自證分能起證自證分即爲質能起約自所慮託相分故說本質亦名所緣緣且如法識能了一切

法者即第六意識都有五般皆緣法境一定中獨頭意識緣於定境定境之中有理有事事中有極略極逈及定自在所生法處諸色二散位獨頭緣受所引及徧計所起諸法處色如緣空華兔角鏡像水月構劃所生者並法處攝三夢中獨頭緣夢中境徧計所執法處色四明了意識依五根門與前五識同緣五塵明了取境名明了意識五亂意識是散意識於五根中狂亂而起然不與五識同緣如患熱病見青爲黄非是眼識是此緣故緣徧計所執色又若明了意識於五根門與五同緣五塵境故應以五識爲俱有依除獨頭起獨頭起者總有四種一謂定中獨頭緣於定境不與五識同緣二夢中獨頭緣法塵境夢中諸相亦徧計所起三散位獨頭構劃境相緣徧計所起色四亂意識亦名獨頭可知

○問六識與幾心所相應答論頌云此心所徧行别境善煩惱隨煩惱不定皆三受相應此六轉識總與六位心所相應謂徧行等恒依心起與心相應繫屬於心故名心所如屬我物立我所名心於所緣唯取總相心所於彼亦取别相助成心事得心所名如畫師資作模塡彩瑜伽說識能了别事之總相作意了此所未了相即諸心所所取别相觸能了此可意等相受能了此攝受等相想能了此言說因相思能了此正因等相故作意等名心所法此表心所亦緣總相餘處復說欲亦能了可樂事相勝解亦了決定事相念亦能了慣習事相定慧亦了得失等相由此於境起善染等諸心所法皆於所緣兼取别相六

位差別者謂徧行有五別境亦五善有十一煩惱有六隨煩惱有二十不定有四如是六位合五十一一切心中定可得故餘別別境而得生故唯善心中可得生故性是根本煩惱攝故唯是煩惱等流性故於善染等皆不定故乃至此六轉識易脫不定故皆容與三受相應皆領順違非二相故領順境相適悅身心說名樂受領違境相逼迫身心說名苦受領中容境相於身於心非逼非悅名不苦樂受釋云上三句頌列六位心所總名下一句正解受俱心所行相者心取境之總相但總取而已不別分別如言緣青但總取青不更分別心所於彼取總別相故說亦言如畫師資作模塡彩者師謂博士資謂弟子如師作模畫形既已弟子塡彩彩於模塡不離模故如取總相著彩色時令媚好出如亦取別相心心所法取境亦爾識能了別事之總相不言取別相以是主故若取別相即心所故作意一法獨能了別衆多別相由作意能令心心所取境功力勝故有此總取多法別相瑜伽論云以作意爲初此論以觸爲初和合勝故各據一義觸能取三謂可意不可意俱相違相受中攝受損益俱相違等想能了言說因相者能取境分齊相故謂此是青非青等便起言說故想之相言說因也思了正因邪因俱相違等即是境上正邪等相業之因也一切心中定可得者即徧行不問何心但起必有故餘別別境而得生者五別境也唯善心中可得生故者善十一法唯善心有體是根本能生諸惑即貪等六於善染心皆不

定者即不定四謂於善染無記三性心皆不定故此六轉識易脫不定故者然此六識非如七八體皆易脫恒不定故易脫是間斷轉變義不定是欣慼捨行互起故皆通三受○問如何是六識現起分位答唯識頌云依止根本識五識隨緣現或俱或不俱如濤波依水意識常現起除生無想天及無心二定睡眠與悶絶根本識者阿陀那識染淨諸識生根本故依止者謂前六轉識以根本識爲共親依五識謂前五轉識種類相似故總說之隨緣現言顯非常起緣謂作意根境等緣謂五識身内依本識外隨作意五根境等衆緣和合方得現前由此或俱或不俱起外緣合者有頓漸故如水濤波隨緣多少五轉識行相麤動所藉衆緣時多不具故起時少不起時多第六意識雖亦麤動而所藉緣無時不具由違緣故有時不起第七八識行相微細所藉衆緣一切時有故無緣礙令總不行又五識身不能思慮唯外門轉起藉多緣故斷時多現行時少第六意識自能思慮内外門轉不藉多緣唯除五位常能現起故斷時少現起時多由斯不說此隨緣現釋云依止者謂前六轉識以根本識爲共親依者前六識以根本識爲共依即現行本識也識皆共故親依者即種子識各別種故前五轉識種類相似者有五一謂俱依色根二同緣色境三俱但緣現在四俱現量得五俱有間斷種類相似故總合說如水波濤隨緣多少者解深密經云如大瀑流水若有一浪生緣現前唯一浪轉乃至多浪生緣現前有多浪轉諸識

亦爾如瀑流水依阿陀那故乃至諸識得轉等此以五識喻於濤波本識喻瀑水五識身不能思慮無尋伺故不能自起藉他引故第六意識自能思慮内外門轉唯除無想天無想定滅盡定睡眠悶絶等五位常能現起故又古釋云一者如多波浪以一大海爲依起多浪二者鏡像以一大鏡爲依起多像海鏡二法喻本心識浪像喻於轉識一念之中有四業一了別器業二了別依業三了別我業四了別境業此諸了別刹那刹那倶轉可得是故一識於一刹那有如是等業用差別如密嚴經偈云如奔電浮雲皆僞而非實如匠作瓶等由分別所成仁主應諦聽世間諸有情習氣常覆心生種種戲論末那與意識并諸識相續五法及三性二種之無我恒共而相應如風激瀑水轉起諸識浪浪生流不停賴耶亦如是無始諸習氣猶如彼瀑流爲境風所動而起諸識浪恒無斷絶時八種流注心雖無若干體或隨緣頓起或時而漸生取境亦復然漸頓而差別心轉於舍宅日月與星宿樹枝葉華果山林及軍衆於如是等處皆能漸頓生多令能頓現或漸起差別若時於夢中見昔所更境及想念初生乃至於老死算數與衆物尋思於句義觀於異文彩受諸好飲食於如是境界漸次能了知或有時頓生而能取之者心性本清淨不可得思議是如來妙藏如金處於鑛意生從藏識餘六亦復然識六種或多差別於三界賴耶與能熏及餘心法等染淨諸種子雖同住無染佛種性亦然定非定常淨如海水常住波濤而

轉移賴耶亦復然隨諸地差別修有下中上捨染而明顯如上廣明意根緣境分別最强諸識所以一切善惡意為先導意起速疾意在言前意善即法正意惡即境邪如一氣噏之即温吹之即冷似一水寒之即結暖之即融況一心縱之即凡弘之即聖轉變雖異眞性無虧如鴦崛魔羅經云意法前行意勝意生意法淨信若說若作快樂自追如影隨形我為聲聞乘說此偈意者謂如來藏義若自性清淨意是如來藏勝一切法一切法是如來藏所作及淨信意法斷一切煩惱故見我界故若自淨信有如來藏然後若說若作得成佛時若說若作度一切世間如人見影見如來藏亦復如是是故說如影隨順意法前行意勝意生意法為惡若說若作衆苦自追如輪隨跡此偈說煩惱義意法惡者為無量煩惱所覆造作諸惡故名為惡自性淨心如來藏入無量煩惱義如是躁濁不息故若說若作一切衆苦常隨不絶如輪隨跡者諸惡積聚生死輪迴轉一切衆生於三惡趣中如輪隨跡是故說於福遲緩者心樂於惡法釋曰一念心淨見如來藏性能自度度他受寂滅樂如影順身若一念心惡入塵勞網隨諸趣中受生死苦如輪隨跡以影順喻者即常不離故以輪跡喻者即速疾轉故所以善惡隨心未曾間斷若善見者當處解脫所以大乘理趣經云是故菩薩觀察五蓋何因而起云何遠離菩薩應當先觀色欲猶如水月水動月動心生法生貪欲之心亦復如是念念不住速起速滅大乘本生心地觀經云以清

淨心爲善業根以不善心爲惡業根心清淨故世界清淨心雜穢故世界雜穢我佛法中以心爲主一切諸法無不由心所以如樹提生於猛火之中火不能害佛言是兒業報非我所作故知自心所造他力不移則升沉之路匪遥黑白之報斯在善惡果報雖殊皆從妄想心鏡所現如入楞伽經偈云譬如鏡中像雖見而非有熏習鏡心見凡夫言有二不知唯心見是故分別二如實但知心分別則不生故知若實識心如鏡中自見面像終不更於外塵妄生執取既解相縛業海全枯如賢劫定意經云消滅一切諸所有業覩見一切衆生根源是曰智慧○問意識於五位不起者如何是五位行相能令意識不起答識論云無想天者謂修彼定厭麤想力生彼天中違不恒行心及心所想滅爲首名無想天及無心二定者謂無想定滅盡定倶無六識故名無心無想定者謂有異生伏偏淨貪未伏上染由出離想作意爲先令不恒行心心所滅想滅爲首立無想名令身安和故亦名定滅盡定者謂有無學或有學聖已伏或離無所有貪上貪不定由止息想作意爲先令不恒行恒行染汙心心所滅立滅盡名令心安和故亦名定無心睡眠與悶絶者謂有極重睡眠悶絶令前六識皆不現行至此五位中異生有四除在滅定聖唯後三於中如來自在菩薩唯得有一無睡悶故釋云無想天厭麤想力者謂諸外道以想爲生死之因即偏厭之唯前六識想非第七八故言麤想細想在故滅於六識七八微細彼不能知故不

滅也無想定伏徧淨貪者謂第三禪無第四禪巳上貪猶未伏顯離欲也出離想者顯想即作涅槃想也不恒行等滅者顯所滅識多少也作意伏滦而入定者觀想如病如癰如箭於所生起種種想中厭背而住唯謂無想寂靜微妙於無想中持心而住如是漸次離諸所緣心便寂滅滅盡定者謂有無學等者有學聖者除初二果唯身證不還第三果人有學中除異生故離無所有貪上貪不障定者以滅定唯依非想定起故此依初修二乘者言離善薩伏不離貪即此亦名滅受想定此五位中異生有四等者除滅盡定聖唯有後三佛及八地巳去菩薩唯得有一滅定無睡眠悶絶二以惡法故現似有睡實無有故即二乘無學亦有悶絶也○問滅盡定與無想定俱稱無心二定何別答有四義不同古釋云一約得人異滅盡定是聖人得無想是凡夫得二祈願異入滅盡定者作止息想求功德入無想定作解脫入三感果不感果異無想定是有漏能感無想天别報果滅定是無漏不感三界果四滅識多少異滅盡定滅識多兼滅第七滦分末那無想定滅識少止滅前六識○問且如滅盡無心等位既是無心云何不出三界答無心者但伏前六識麤心亦稱無心七八識心猶在非全無心如成業論云心有二種一集起心無量種子集起處故二種種心所緣行相差别轉故滅定等位闕第二心名無心如一足馬闕一足故亦名無足○問五根四大種而成内外一切諸法何法具大何法具種答古釋四句料簡一

是大而非種即虛空周徧故是大非生故非種二是種非大即五根等能生故名種不徧故非大三亦種亦大即地水等體寬廣故名大與所造色爲依故名種四非大非種即趣寂聲聞○問六根分見聞覺知都具幾量答準瑜伽有三量一證量二比量三至教量論云三量建立六根依證量中眼根心心數法名見依餘耳等五根心心數法名知依比量心心數法名覺依至教量心心數法名聞又云若見若知言說是依現量若覺言說是依比量若聞言說依至教量釋云證量者即境現在前分明證了名證量眼心心數名見耳等五根心心數法於證量中了自境時總名知意根心心數法於比量中了別境界名覺如隔墻見角比知是牛比度推求唯在意根依至教量心心數法名聞即至聖之言教名爲至教量亦云聖言教量西土簡法須具此三量○問四大六根中以何爲主答以心爲主四大等無自體故互無力用因心而有故稱爲主遺教經云此五根者心爲其主此明託胎之始心在諸根之初名之爲主然雖一期爲主亦不定故台教明其心不能控制諸根心爲受總門若身病時心亦隨病寧得是主耶或時更互論主如地具四微則鈍爲水所制水有三微爲火所制火但二微爲風所制風有一微爲心所制心無有微故得爲主復爲四大所惱主義不成故無正主又若四大各守其性者地守堅性不應動水守濕性不應波火守熱性不應餤風守動性不應持失本性故則是不實不實故空請觀音經云

地無堅性水性不住火從緣生風性無礙一一皆入如實之際又心亦不定善惡互奪强熟業牽識論云心意識一法異名對數名心能生名意分别名識又前起爲心次起爲意後了爲識或此世心雖行善先世惡業熟既與時合即受惡報故爲熟業所牽或一生心雖行惡臨終時善心猛盛即隨善上升故爲强業所牽以知世間無一法定有自體但隨緣轉念念不可得故不可定執一門而生取捨既一一法無體用不自在念念不可得則悉入如實之際於實際中名義俱息如四眼入佛眼十智入實智皆失名字如物投窬似川會海一一異味無不甘鹹如萬法歸宗鏡之中同遵一道○問隨境各立六識之名此依五色根未自在說於自在位如何分别答

若自在位中則諸根互用如法華明鼻根即能見色觀心等論云若得自在諸根互用一根發識緣一切境但可隨根無相濫失乃至佛地經說成所作智決擇有情心行差别起三業化作四記等若不偏緣無此能故釋云三業化合有十種佛地經說身化有三一現神通化二現受生化三現業果化語化亦有三一慶慰語化二方便語化三辯物語化意化有四一決擇意化二造作意化三發起意化四領受意化領受化中四記者一謂一向記二分别記三反問記四默置記已上六識之相總成三業之門未轉依中隨流徇境發雜染之種結生死之根唯起蓋纏但縈苦集背清淨之覺性合界處之妄塵立三有之垣墻作四流之波浪至轉依位冥眞返流隨智

慧行成無漏善道諦所攝正理相應現妙觀察心決四生之疑網爲成所作智起三輪之化原若也究之於心塵勞爲菩提之妙用失之於旨常樂作生滅之苦輪故知染淨非他得喪在我似手反覆如人醉醒何者反亦是手覆亦是手要且反時非覆時覆時非反時然俱不離手醉亦是人醒亦是人要且醉時非醒時醒時非醉時然不離醉有醒亦不即醉是醒如迷亦是心悟亦是心要且迷時非悟時悟時非迷時然迷悟非別即時節有異唯在般若轉變臨時一體匪移千差自別迷之枉遭沉没念念成凡悟之本自圓明心心證聖○問一切諸法皆藉緣生八識之中各具幾緣成立答眼具九緣一空緣謂空踈無物障礙於前境故謂無障礙引發生起能緣識故又離中知故二明緣明謂光明離暗相故分明顯了開闢引導能緣識故三根緣謂自眼根爲所依故四境緣與能緣識爲所緣故牽生引發能緣識故五作意緣發作心意能生起故於心種位警令生現於現行位引心至境六根本緣謂第八識與其眼等識而爲根株作元本故與前七識爲所依故七染淨緣謂第七識與前六皆爲染淨所依故八分別緣謂第六識分明了別於前境故九種子緣謂眼識種子能生現故亦名親辦自果緣親實建辦自識現行名爲自果若耳識緣徑直之聲唯具前八緣除前明緣設於暗中亦能聞故若鼻舌身三識緣香味觸時唯具七緣除前空明二緣此三是合中知故不假空緣若第六意識緣一切境時唯具五緣一

根本二根緣三作意四種子五境緣除空明分别淤淨四緣又第六意識四種中若定夢獨散此二即具五緣若明了意隨前五識或七八九等具緣多少故若第七識有漏位中緣第八見分爲我之時唯具三緣一根本緣即第八識二作意三種子若第八識緣種子根身器世間時唯具四緣一境緣即前三境二根緣即第七識三種子四作意若加等無間緣於前八識上更各添一緣眼即具十緣等○問八識於三界中總具不答不具古釋云八識於三界九地具有無者欲界一地具有八種識色界初禪一地只有六識無鼻舌二識從二禪巳上乃至無色界巳來唯有後三識無前五識欲界人天鬼畜四趣皆具八識就地獄趣中無間獄無前五識唯有後三識或兼無第六巳居極重悶位故○問如何是諸識徧計有無答古德云五八識無執以因緣變故唯現量夫爲執者必須强思計度等有執也唯第六第七有徧計分别故即六七二識有執也又四句一徧而非計即第六獨頭意識徧緣一切不計執故二計而非徧即第七識唯緣賴耶起計度故三亦徧亦計第六識因中有周徧計度四非計非徧即五識唯緣五塵無計度故前五識任運證境不帶名言唯現量故第八亦然

宗鏡録卷第五十五

音釋

隙綺戟切罅也 毆烏后切捶也 構劃構古候切合也劃忽麥切作也

分劑分符問切劑在詣切分劑限量也 鑛古猛切金朴也 翕許及切與吸同

鴦崛魔梵語也此云指鬘鴦於良切崛渠勿切 狥私閏切從也

闢毗亦切啓也

宗鏡録卷第五十六

宋慧日永明妙圓正修智覺禪師延壽集

夫三能變中已論八識今依經論更有多門舒則無邊卷唯一道經中又明有九種識以兼識性故或以第八染淨別開故言九識非是依他體有九亦非體類別有九識九識者以第八染淨別開爲二以有漏爲染無漏爲淨前七識不分染淨以俱是轉識攝故第八既非轉識獨開爲二謂染與淨合前七種故成九識○問以何經論證有九識答楞伽經說頌云由虛妄分別是則有識生八九識種種如海泉波浪又金剛三昧經云爾時無住菩薩而白佛言尊者以何利轉而轉衆生一切情識入菴摩羅佛言諸佛如來常以一覺而轉諸識入菴摩羅何以故一切衆生本覺常以一覺覺諸衆生令彼衆生皆得本覺覺諸情識空寂無生何以故決定本性本無有動論釋云一切情識則是八識菴摩羅者是第九識古德云一切唯心造者然其佛果契心則佛亦心造謂四智菩提是淨八識之所造故若取根本即淨第八若依眞諦三藏此佛淨識稱爲第九名阿摩羅識唐三藏云此翻無垢是第八異熟謂成佛時轉第八成無別第九若依密嚴文具說之經云心有八識或復有九又云如來清淨藏亦名無垢智即同眞諦所立第九以出障故不同異熟爲九有又眞諦所翻決定藏論九識品云第九阿摩羅識三藏釋云阿摩羅識有二種一者所緣即是眞如二者本覺即眞如智能緣即不空藏所緣即空如來藏若據通論此二並以

眞如爲體華嚴論明解深密經說九識爲純淨無染識如瀑流水生多波浪諸波浪等以水爲依五六七八等皆以阿陀那識爲依故又云如是菩薩雖由法住智爲依止爲建立故此經意令於識處便明識體本唯眞智故如彼瀑流不離水體而生波浪又如明鏡依彼淨體無所分別含多影像不礙有而常無故如是自心所現識相不離本體無作淨智所現影相都無自他內外等執任用隨智無所分別又經云阿陀那識甚深細深細者引彼凡流就識成智不同二乘及漸始菩薩破相成空不同凡夫繫而實有不同彼故不空不有何法不空爲智能隨緣照機利物故何法不有爲智正隨緣時無性相故無生住滅故華嚴經則不然但彰本身本法界一眞之根本智佛體用故混眞性相法報之海直爲上上根人頓示佛果德一眞法界本智以爲開示悟入之門不論隨妄而生識等如法華經以佛智慧示悟衆生使得清淨出現於世故不爲餘乘若二若三今宗鏡大意亦同此說但先標諸識次第權門然後會同眞智然不即識亦不離識但見唯識實性之時方鑒斯旨似寶鏡普臨衆像若海印頓現森羅萬法同時更無前後又釋摩訶衍論云凡集一代聖說中異說契經總有十種識一者立一種識總攝諸識此中有四一者立一切一心識總攝諸識所謂以一心識徧於二種自在無所不安立故一心法契經中作如是說爾時文殊師利承佛威神之力即白佛言世尊說幾種識體相云何當願爲我分別開示爾

時世尊告文殊言善哉善哉文殊師利爲諸大衆當問此事諦聽諦聽善思念之我當爲汝分別解說於是文殊白佛言善哉世尊願欲樂聞佛告文殊言我唯建立一種識所餘之識非建立爲所以者何一種識者多一一識此識有種種力能作一切種種名字而唯一識終無餘法是故我說建立一種識所餘之識非建立焉二者立阿賴耶識總攝諸識所謂以阿賴耶識具足障礙義無障礙義無所不攝故阿賴耶識契經中作如是說爾時觀自在菩薩即白佛言世尊云何名爲通達總相識以何義故名爲總相佛告觀自在菩薩言通達總相識者即是阿賴耶識此識有礙事及非礙事具一切法備一切法譬如大海爲水波等作總相名以此義故名爲總相

故三者立末那識總攝諸識所謂以末那識具足十一種義無所不攝故顯了契經中作如是說種種心識雖有無量唯末那轉無有餘法所以者何是末那識具足十一義無所不作故總攝餘諸種識四者立一意識總攝諸識所謂以意識有七種轉變自在隨能作其事故七化契經中作如是說譬如幻師唯是一人以幻術力變化七人愚人見之謂有七人而智者見唯有一人無餘七人意識幻師亦復如是唯是一識能作七事凡夫謂之有七事而覺者見唯有意識無餘七事故是名建立同一種識四種契經中作如是說二者立二種識總攝諸識一者阿賴耶識二者意識阿賴耶識者總舉業轉現三識故意識者總舉七種轉識故楞伽經中作如是說大

慧廣說有八種識略說有二種一者了別識二者分別事識乃至廣說故三者立三種識總攝諸識一者阿賴耶識二者末那識三者意識阿賴耶識者總舉三相識故末那識者直意根故意識者總舉六種轉識故慈雲契經中作如是說復次敬首廣說有十種識總說有三種識一者細相性識二者根相性識三者分離識乃至廣說四者立四種識總攝諸識謂前三中加一心識故無相契經中作如是說識法雖無量不出四種識一者所依本一識二者能依持藏識三者意持識四者徧分別識乃至廣說故五者立五種識總攝諸識謂前四中加隨順徧轉識故大無量契經中作如是說復次有識非彼彼識攝徧於彼彼識所謂隨順轉識故六者立六種識總攝諸識所爲眼等五種別識及第六意識故四聖諦契經中作如是說佛告樹王我爲小根諸衆生故以密意趣作如是說但有六識無有餘識而實本意爲欲令知六種識中具一切識於大衆中作如是唱故七者立七種識總攝諸識謂前六識加末那識故法門契經中作如是說復次文殊師利識法有七種所謂六識身及末那識如是七識或一時轉或前後轉復次第七識有殊勝力故或時造作持藏之用或時造作分別之依故八者立八種識總攝諸識謂前七中加阿賴耶識故道智契經中作如是說心王有八一者眼識心王乃至八者異熟執識心王種種識法不出此數故九者立九種識總攝諸識謂前八中加菴摩羅識故金剛三昧契經中作如是

說爾時無住菩薩而白佛言世尊以何利轉而轉衆生一切情識入菴摩羅佛言諸佛如來常以一覺而轉諸識入菴摩羅故十者立十種識總攝諸識謂前九中加一切一心識故法門契經中作如是說心量雖無量而不出十識又攝大乘論明十一種識由本識能變異作十一識本識即是十一識種子分別是識性識性何所分別分別無爲有故言虚妄分別爲因虚妄爲果以此分別性攝一切種子盡諸識差別有十一身識身者識受者識應受識正受識世識數識處識言說識自他差別識善惡兩道生死識身識至言說等九識因言說熏習種子生自他差別識因我見熏習種子生善惡兩道生死識因有支熏習種子生身識謂眼等五界身者識謂染汙

識受者識謂意界應受識謂色等六外界正受識謂六識界世識謂生死相續不斷識數識謂從一至阿僧祇處識謂器世間言說識謂見聞覺知又欲顯虚妄分別但以依他性爲體相虚妄分別即是亂識變異略有四種識一似塵識二似根識三似我識四似識識若不定明一切法唯有識眞實性不得顯現又大乘起信論說三細六麤相三細相者論云復次依於覺故而有不覺生三種相不相捨離一無明業相以依不覺心動爲業覺則不動動則有苦果不離因故二能見相以依心動能見境界不動則無見三境界相以依能見妄境相現離見則無境以有虚妄境界緣故復生六種相一智相謂緣境界生愛非愛心二相續相謂依於智苦樂覺念相應

不斷三執著相謂依苦樂覺念相續而生執著四執名等相謂依執著分別名等諸安立相五起業相謂依執名等起於種種諸差別業六業繫苦相謂依業受苦不得自在是故當知一切染法悉無有相皆因無明而生起故古釋云初無明爲因生三細識後境界爲緣生六麤相以依無明成妄心依妄心起無明三細相者初業相依不覺心動心動名業業有二種一動作故是業義故云依不覺故心動名業覺則不動得始覺時則無動念是知念動只由不覺也動則有苦如得寂靜無念之時是涅槃妙樂故知今動則有生死苦患此動念極微細是精勤隱流之義緣起一相能所不分當阿賴耶識自體分也如無相論問此識相何境界答相及境界不可分別一體無異當知此約賴耶業相義說也心王念法不分能所故次約本識見相二分爲二也能見相即是轉相依前業相轉成能見故言以依動故能見若依性靜門即無能見故云不動即無見反顯能見心必依動義如是轉相雖有能緣以境界微細故猶未辯之如攝論云此識緣境不可知故旣所緣不可知則約能緣以明本識轉相義也三境界相則是現識依前轉相能顯境界故云依見故境界妄現楞伽經云譬如明鏡持諸色像現識處現亦復如是此之現相當在本識此三細相並由根本無明動本靜心成此三細後以境界爲緣生六種麤相則分別事識也如楞伽偈云境界風所動起種種識浪○問三細屬賴耶六麤屬意識何故不說末那答有二

義一前既說賴耶末那必執相應故不別說瑜伽云賴耶識起必第二識相應故又由意識緣外境時必內依末那爲染汙根方得生起是故隨說六麤必自依末那故亦不別說二以義不便故略不說之不便相者以無明住地動本靜心令心起和合成賴耶末那既無此義故前三細中略不說又由外境牽起事識末那無此緣外境義故六麤中亦略不說亦可計內爲我屬前三細計外爲我所屬後六麤故略不論也楞伽亦同此說彼經云大慧略有三義廣說八相何等爲三謂眞識現識分別事識即是六麤又顯識論但說二種識彼論云一切三界但唯有識識有二種一顯識即是本識此本識轉作五塵四大等二分別識即是意識於顯識中分別作人天長短大小男女諸物等分別一切法譬如依鏡影色得起如是緣顯識分別色得起又轉識能迴轉造作無量識法或轉作根或轉作塵轉作我轉作識如此種種不同唯識所作或於自於他互相隨逐於自則轉爲五陰於他則轉爲怨親中人一一識中皆具能所能分別是識所分別是境能即依他性所即分別性由如此義離識之外無別境但唯有識人轉識論明所緣識轉有二轉一轉爲衆生二轉爲法一切所緣不出此二此二實無但是識轉作二相貌也次明能緣識有三種一果報識即是阿賴耶識二執識即是阿陀那識三塵識即是六識果報識者爲煩惱業所引故名果報亦名本識一切有爲法種子所依止亦名宅識一切種子之所栖處亦名藏

識一切種子隱伏之處又此阿賴耶識與五種心所法相應一觸二作意三受四思惟五想以根塵識三事和合生觸心恒動行名爲作意受但是捨受思惟籌量可行不可行令心成邪成正名爲思惟作意如馬行思惟如騎者馬但直行不能避就是非由騎者故令其離非就是思惟亦爾能令作意離漫行也此識及心法但是自性無記念念恒流如水流浪本識如流五法如浪乃至羅漢果此流浪法亦猶未滅是名第一本識依緣此識有第二執識此識以執著爲體即末那與四惑相應此識名有覆無記亦有五種觸等心所法相應前細此麤此識及相應法至羅漢位究竟滅盡及入無心定亦皆滅盡是名第二識第三塵識者識轉似塵更成六種體通三性與十種徧行別境心所法相應及十善惡并大小隨具三種受五識於第六意識及本識執識於此三識中隨因緣或時俱起或次第起以作意爲因外塵爲緣故識得起若先作意欲取色聲二塵後則眼耳二識一時俱起而得二塵若作意欲至某處著色聽聲取香後亦一時三識俱起得三塵乃至一時具五識俱起亦爾或前後次第而起唯起一識但得一塵皆隨因緣是故不同也如是七識於阿賴耶識中盡相應起如衆影像俱現鏡中亦如衆浪同集一水乃至如此識轉不離二義一能分別二所分別所分別既無能分別亦無無境可取識不得生以是義故唯識義得成何者立唯識義意本爲遣境遣心令境界既無唯識又泯即是說唯識義成也已

上能縁三種識亦是三能變又楞伽經云有三種識謂真識現識及分別事識譬如明鏡持諸色像現識處現亦復如是不思議熏不思議變是現識因取種種塵及無始妄想熏是分別事識因又諸識有三種相謂轉相業相真相乃至譬如泥團微塵非異非不異金莊嚴具亦復如是大慧若泥團微塵異者非彼所成而實彼成是故不異若不異者則泥團微塵應無分別如是大慧轉識藏識真相若異者藏識非因若不異者轉識滅藏識亦應滅而自真相實不滅是故大慧非自真相識滅但業相滅若自真相滅者藏識則滅大慧藏識滅者不異外道斷見論議大慧彼諸外道作如是論謂攝受境界滅識流注亦滅若識流注滅者無始流注應斷釋云入楞伽經直明自真相本覺之心不藉妄縁性自神解名自真相是依異義門説又隨無明風作生滅時神解之性與本不異故亦得名爲自真相是依不異義門説又識有二種生謂流注生及相生所言真識是根本無明所熏本覺真心現識是阿賴耶識分別事識是意識經云妙嚴菩薩白佛言世尊麤相意識細相意識以何爲因以何爲縁佛言如是麤細意識以現鏡識而爲其因以六塵境爲縁相續而轉故又三細中麤是現識七識中强是意識第六意識分別六塵必依末那爲所依根意識是能依末那是所依略三細識麤有八相又麤分意識細分末那楞伽經偈云譬如巨海浪斯由猛風起洪波鼓溟壑無有斷絶時藏識海常住境界風所動種種諸識浪騰

躍而轉生青赤種種色珂乳及石蜜淡味衆華果日月與光明非異非不異海水起波浪七識亦如是心俱和合生譬如海水變種種波浪轉七識亦如是心俱和合生爲彼藏識處種種諸識轉謂以彼意識思惟諸相義不壞相有八無相亦無相釋論云依此經文作解釋故起六相文今此經文爲明何義謂欲顯示現識之海性自常住爲彼六塵境界之風所飄動故此七種識現識之體以爲内因六塵境界以爲外緣與盛六種麤重相故如經譬如巨海浪斯由猛風起洪波鼓溟壑無有斷絶時藏識海常住境界風所動種種諸識浪騰躍而轉生云何名爲境界之風其風形狀當如何耶謂青黄等種種顯色能起眼識寶珂等珠出現種種勝妙音聲能起耳識檀乳等香熏布種種芬芳香氣能起鼻識木羅石蜜等諸安觸著和種種善美樂具能起身識甘淡等味隨其所應出種種味能起舌識現在之華未來之果種種法塵隨爲彼識所緣境界能起意識今此文中舉塵取識應審觀察彼末那識即是意微細分位無别體耳如是六塵能動心體令使散亂譬如猛風故名爲風如經青赤種種色珂乳及石蜜淡味衆華果如是七識及與藏識同耶異耶非同非異離二邊故譬如日與光明水與波浪非同非異七識藏識非同非異義亦復如是如經日月與光明非異非不異海水起波浪七識亦如是心俱和合生如是七識從何處所來入藏識作七種數流轉起動無斷絶時如是七轉識不從内來不從外來不從中間

來唯藏識體變作七識譬如海水變作波浪如經譬如海水變種種波浪轉七識亦如是心俱和合生謂彼藏識處種種諸識轉謂以彼意識思惟諸相義如是現識及七轉識八種心識唯有生滅無常相耶亦有實相常住相耶如是八識從無始來三際不動四相不遷眞實常住自性清淨不壞之相具足圓滿無所闕失而如是等一切功德同法界故無有二相無二相故唯是一相唯一相故亦是無相皆以無相故無相亦無相如經不壞相有八無相亦無相此楞伽經凡明幾識即有二門一者略說門二者廣說門如是二門中三本各異說謂一本分流楞伽中作如是說大慧略說有三種識廣說有二相何等爲三謂眞識現識分別事識又一本分流楞伽中作如是說大慧廣說有八種略說有二種何等爲二一者了別識二者分別事識又一本分流楞伽中作如是說大慧略說有四種廣說有七種識云何爲四業識轉識現識分別事識如是三經直是眞說當應歸依初契經中第一眞識直是根本無明所熏本覺眞心第二現識直是現相阿賴耶識第三分別事識直是意識麤分意識細分即末那故中契經中作如是說第一了別識直是現相阿賴耶識第二分別事識直是意識義如前說同說末那後契經中四種識法文相明故且略不說言七識者末那意識總爲一故麤細雖別唯一識故法界法輪契經中作如是說第六意識分別六塵境界持中必依末那爲所依根方得生起是故意識當是能依彼末那

識當是所依也又華嚴論云世尊於南海中楞伽山説法其山高峻下瞰大海傍無門戶得神通者堪能昇往乃表心地法門無心無證者乃能昇也下瞰大海表其心海本自清淨因境風所轉識浪波動欲明達境心空海亦自寂心境俱寂事無不照猶如大海無風日月森羅煥然明白此經意直爲根熟頓說種子業識爲如來藏異彼二乘滅識趣寂者故亦爲異彼般若修空菩薩空增勝者故直明識體本性全眞便明識體即成智用如彼大海無風即境像便明心海法門亦復如是了眞即識成智此經異彼深密經意别立九識接引初根漸令留惑長大菩提故不令其心植種於空亦不令心猶如敗種解深密經乃是入惑之初門楞伽維摩直示惑之本實楞伽即明八識爲如來藏淨名即觀身實相觀佛亦然淨名與楞伽同深密經文與此二部少别當知入胎出胎少年老年乃至資生住處若色若空若性若相皆是自識唯佛能知如顯識論云四有者從識支至六歲是生有從七歲巳上能分别生熟起貪至未捨命是業有死有者唯一念中有即中陰就業有中六識起三種業善不善不動等三業有爲有分識所攝持六識自謝滅由有分識攝持力用在問曰何故立有分識一期生中常緣一境若生人天此識見樓觀等事報若起六識用麤覆障則不覺此識用若生惡道此識但緣火車等報若起六識用強則不覺此識緣也若欲界六識緣欲界凡夫不能覺乃至無色亦然若無色諸識滅此有分識用則顯

如賴耶及意識也是以諸教同詮圓證非一又如入楞伽經云大慧復有餘外道見色有因妄想執著形相長短見虛空無形相分劑見諸色相異於虛空有其分劑大慧虛空即是色以色大入虛空故大慧色即是虛空依此法有彼法依彼法有此法故以依色分別虛空依虛空分別色故大慧四大種性自相各別不住虛空而四大中非無虛空大慧兔角亦如是因牛角有言兔角無大慧又彼牛角析爲微塵分別微塵相不可得見彼何等何等法有何等何等法無而言有耶無耶若如是觀餘法亦然大慧汝當應離兔角牛角虛空色異妄想見等大慧汝亦應爲諸菩薩說離兔角等相大慧汝應當知自心所見虛妄分別之相大慧汝當於諸佛國土中爲諸佛子說汝自心現見一切虛妄境界爾時世尊重說偈言色於心中無心依境見有內識衆生見身資生住處心意與意識自性及五法二種無我淨如來如是說長短有無等展轉互相生以無故成有以有故成無分別微塵體不起色妄想但心安住處惡見不能淨非妄智境界聲聞亦不知如來之所說自覺之境界攝大乘論云又此識皆唯有識都無義故此中以何爲喻顯示應知夢等爲喻顯示謂如夢中都無其義獨唯有識雖種種色聲香味觸舍林地山似義影現而於此中都無有義由此喻顯應隨了知一切時處皆唯有識夫從心現境結業受生不出三細六麤九相之法如石壁釋云唯一夢心喻如有一人忽然睡著作夢見種種事起心分別念念

無間於其違順深生取著爲善爲惡是親是踈於善於親則種種惠利於惡於踈則種種陵損或有報恩受樂或有報怨受苦忽然覺來上事都遣如有一人者即眞如一心也忽然睡著者即不覺無明忽起也作夢者最初三細業識相也見者第二轉識相也種種事者第三現識相也起心分別者最初六麤境智相也念念無間者第二相續相也於其違順深生取著者第三執取相也爲善爲惡是親是踈者第四計名字相也於善於惡得損益者第五起業相也受苦樂報者業繫苦相也忽然覺來上事都遣者即覺唯心得入宗鏡故云佛者覺也如睡夢覺如蓮華開

宗鏡録卷第五十六

音釋

溟壑（溟莫經切壑呼各切溟壑海也）瞰（苦紺切俯視也）

宗鏡録卷第五十七

宋慧日永明妙圓正修智覺禪師延壽集

夫楞伽經所明三種識謂眞識現識及分別事識此中三識於八識中如何分別答眞謂本覺現謂第八餘七俱名分別事識雖第七識不緣外塵緣第八故名分別事眞謂本覺者即八識之性經中有明九識於八識外立九識名即是眞識若約性收亦不離八識以性徧一切處故○問但說賴耶等八識俗諦已顯云何說十一種識又究竟指歸唯一眞實性復云何說廣略等諸識答因相顯性非無所以攝末歸本自有端由攝大乘論云若不定明一切法唯有識眞實性則不得顯現若不具說十一識說俗諦不盡若止說前五識唯得俗諦根本不得俗諦差別義若說俗諦不徧眞識則不明了眞不明了則遣俗不盡是故具說十一識通攝俗諦是以了俗無性即達眞空眞空雖空而不壞相俗有雖有恒常體虛是知隨緣非有之眞諦恒不異事而顯現寂滅非無之俗諦恒不異眞而成立上來所引二識三識八識九識十一識等不出一心宗所以楞伽經云一切諸度門佛心爲第一又云佛語心爲宗無門爲法門所言宗者謂心實處約其眞心之性隨其義開體用二門即同起信立心眞如門心生滅門眞如是體生滅是用然諸識不出體用二心一體心是寂滅心即九識體二用心是生滅心即前八識用體用隱顯說爲二心以用即體故生滅即不生滅以體即用故不生滅即生滅以生滅無性用而不多以寂滅隨緣體而

非一非多非一體用常冥而一而多體用恒現識性是體識相是用體用互成皆歸宗鏡唯識疏鈔云識性識相無不歸心心王心所皆名唯識者謂圓成實性是識性依他起性是識相皆不離心也或可諸無爲法名識性得等分位色等所變是識相皆不離心也識之相應名心所識之自性名心王心王最勝稱之爲主攝所從心名歸心攝得等分位兼色等所變歸於見分等名泯相性相不相離總名唯識也○問境不離識識不離境者何秖云唯識不名唯境答雖互相生境從識變然古釋境由心分別方生由心生故名唯識識不由境分別生不由境故不可名唯境問心是境家增上緣境假心生名唯識境是心家所緣緣心假境生應名唯境答離心執境是虛妄爲遮妄心名唯識悟心無我出沉淪不約二緣名唯境又有境無境皆是自心其心悉生一若緣有境生心者即是自識相分一切實境不離能緣之心於自識外實無其境二若緣無境生心者如獨生散意緣過去未來空華兎角一切無法時心亦起故如百法鈔云舊云緣無不生慮不正問何以不正答如緣空華兎角一切無法時心亦起故何以言緣無不生慮耶故知有獨影境内心相分此相分望見分亦成所緣緣義若無内心相分其心即不生唐三藏云境非眞慮起證知唯有識雖徧計所執相雖即非眞而不無内心相分能牽生心故由此四句分別一無影有質其心不生二有影無質其心得生三影質俱有心生可知四影質俱無心亦得起

即根本智證眞如是唯識論云有境牽生心若眞理爲境能牽生智心若俗諦爲境能牽生識心則未有無心境曾無無境心○問八識之中約因位初地已去幾識成無漏答古德釋云唯六七二識成無漏六即第六識初地門中二十二心所成妙觀察智七即第七識二十二心所成平等性智此二智品相應俱離障染故名無漏若五八等識定是有漏問云何第六得成無漏耶答謂初地入無漏心時斷分别二障種現習氣故無漏問第六能斷惑斷惑成無漏第七不能斷惑何故亦成無漏答謂第七識是第六所依根第六是能依識能依識旣成無漏第七所依亦成無漏謂第六入生法二空觀時第七識中俱生我法二執現行伏令不起故第七成無漏問何故第八是有漏耶答第八是總報主持種受熏若因中便成無漏即一切有漏雜染種子皆散失故即便成佛何用更二劫修行耶問前五旣非是總報主何故不成無漏答前五根是第八親相分能變第八旣是有漏所變五根亦有漏五根是所依尚有漏能依五識亦成有漏也如上依經論分别諸識開合不同皆依體用約體則無差而差以全用之體不礙用故約用則差而無差以全體之用不失體故如舉海成波不失海舉波成海不礙波非有非無方窮識性不一不異可究心原如古德云約諸識門雖一多不定皆是體用縁起本末相收本者九識末者五識從本向末寂而常用從末向本用而常寂寂而常用故靜而不結用而常寂故動而不亂靜而

不結故眞如是縁起動而不亂故縁起是眞如眞如是縁起故無涅槃不生死即八九爲六七縁起是眞如故無生死不涅槃即六七爲八九無生死不涅槃故法界皆生死無涅槃不生死故法界皆涅槃法界皆涅槃故生死非雜亂法界皆生死故涅槃非寂靜生死非雜亂衆生即是佛涅槃非寂靜佛即是衆生是以法界違故説涅槃是生死即理隨情用法界順故説生死是涅槃即情隨理用如此明時説情非理外理非情外情非理外故所以即實説六七爲八九實者體也理非情外故所以即假説八九爲六七假者用也以假實無礙故人法俱空以體用無礙故空無可空人法俱空故説絶待空無可空故言妙用如斯説者亦是排情之言論其至實者不可以名相得至極者不可以二諦辯不可以名相得故非言像能詮不可以二諦辯故非有無能説故云至理無言賢聖默然言語道斷心行處滅正可以神會不可以心求○問覺海澄源一心湛寂云何最初起諸識浪答雖云識浪起處無從無始無生能窮識性只謂不覺忽爾念生猶若澄瀾欻然風起不出不入洶涌之洪浪滔天非内非外顛倒之狂心徧境起信論云以不知眞法一故心不相應忽然念動名爲無明此是現根本無明最極微細未有能所王數差別故云不相應非同心王心所相應也唯此無明爲染法之原最極微細更無染法能爲此本故云忽然念起也無明之前無別有法爲始集之本故云無始則是忽然義非約時節以説忽然而起

無初故也又釋摩訶衍論云不如實知眞如法一故不覺心起者即是顯示根本不覺之起因緣根本不覺何因緣故得起而有因不如故得起而有何等法中而不如耶謂三法中而不如故言不如者當有何義謂違逆義故云何三法一者實知一法二者眞如一法三者一心一法是名爲三實知法者謂一切覺即能達智眞如法者謂平等理即所達境一心法者謂一法界即所依體於此三法皆違逆故無明元起是故說言謂不如實知眞如法一故不覺心起彼三種法皆守一中終不離故通名一又論云以無明熏力不覺心動最初成其業識因此業識復生轉識等論釋云最初不覺稱爲第一業相能見所見無有差別心王念法不可分析唯有精動隱流之義故名爲業如是動流只由不覺第二轉相以業相念爲所依故轉作能緣流成了相第三現相以了別轉爲所依戲論境界具足現前所緣相分圓滿安布依此見分現彼相分又動相者動爲業識理極微細謂本覺心因無明風舉體微動微動之相未能外緣即不覺故謂從本覺有不覺生即爲業相喻如海微波從靜微動而未從此轉移本處轉相者假無明力資助業相轉成能緣有能見用向外面起即名轉相雖有轉相而未能現五塵所緣境相喻如海波浪假於風力兼資微動從此擊波轉移而起現相者從轉相而成現相方有色塵山河大地器世間等仁王般若經云爾時世尊告波斯匿王汝先問云復以何相而住觀察菩薩摩訶薩應如是觀以

幻化身而見幻化正住平等無有彼我如是觀察化利衆生然諸有情於久遠刼初刹那識異於木石生得涂淨各自能爲無量無數涂淨識本從初刹那不可說刼乃至金剛終一刹那有不可說不可說識生諸有情色心二法色名色蘊心名四蘊皆積聚性隱覆眞實古釋云初刹那識異於木石者有說初識隨於何趣續生位中最初刹那第八識也識有緣慮異於木石有說初識如楞伽經云諸識有三種相謂轉相業相眞相言眞相者本覺眞心不藉妄緣名自眞相業相者根本無明起靜令動動爲業識極微細故轉相者是能見相依前業相轉成能緣雖有能緣而未能顯所緣境故現相者即境界相依前轉相能現境故又云頓分別知自心現身及身安立受用境界如次即是根身外器色等五境以一切時住運現故此是三細即本識故最初業識即爲初依生起門爲次第故又遠刼來時無初始過未無體熏習唯心妄念爲初違眞起故又從靜起動名之爲業從内趣外名之爲轉眞如之性不可增減名爲眞相亦名眞識此眞識即業轉現等三性即神解性不同虛空通名識亦名自相不藉他成故亦名智相覺照性故所以云本覺眞心不藉妄緣以眞心之體即是本覺非動轉相是覺性故又釋云初刹那識異於木石者謂一念識有覺受故異於木石即顯前念中有末心所見赤白二穢即同外器木石種類此識生時攬彼爲身故異木石問遠刼無始何名初識耶答過去未來無體刹那熏習唯屬現在現

在正起妄念之時妄念違眞名爲初識非是過去有識創起名爲初識也故知橫該一切處竪通無量時皆是即今現在一心更無別理所以法華經云我觀久遠猶若今日則三世情消契無時之正說一眞道現證唯識之圓宗○問經明初剎那識異於木石生得染淨各自能爲無量無數染淨識本從初剎那不可說劫乃至金剛終一剎那有不可說不可說識生諸有情色心二法者則有染有淨有生有滅此識約生滅門中有幾種生滅答眞門順性妙合無生世相隨緣似分起盡楞伽經云大慧菩薩摩訶薩白佛言世尊諸識有幾種生住滅佛告大慧識有二種生住滅非思量所知謂流注生住滅相生住滅古釋云言流注者唯目第八三相微隱種現不斷名爲流注由無明緣初起業識故說爲生相續長劫故名爲住到金剛定等覺一念斷本無明名流注滅相生滅住者謂餘七識心境麤顯故名爲相雖七緣八望六爲細具有四惑亦云麤故依彼現識自種諸境緣合生七說爲相生長劫熏習名爲相住從末向本漸伏及斷至七地滿名爲相滅依前生滅立迷悟依依後生滅立染淨依後短前長事分二別即是流注生住滅相生住滅是以海水得風變作波濤之相心水遇境寄成流注之生前波引後波鼓滄溟而不絕新念續舊念騰心海以常興從此汩亂澄源昏沉覺海是知因眞起妄不覺無明之動搖如從水成波全是外風之鼓擊內外和合因緣發萌遂成能見之心便現所觀之境因照而俄生智鑑因

智而分別妍媸從此取捨情分愛憎心變於五塵境執著堅牢向六情根相續不斷因茲愛河浪底沉溺無憂欲火燄中焚燒罔懼甘心愛黒城之極苦不覺不知没命貪夢宅之浮榮難惺難悟若能了最初一念起滅何從頓入無生復本眞覺則塵塵寂滅六趣之籠檻難羈念念虛玄九結之網羅休絆猶如巨海風息不起微漣察動相之本空見縁生之無體則窮源濕性湛爾清泠萬像森羅煥然明白所以賢劫定意經云了一切空是曰一心○問宗鏡搜玄云何説識答只爲識性幽玄難窮本末唯佛能了下位莫知以無跡無形爲萬有之本唯深唯妙作衆聖之原如菩薩處胎經五道尋識品云爾時世尊將欲示現識所趣向道識俗識有爲識無爲識有漏識無漏識華識果識報識無報識天識龍識鬼神阿脩羅迦樓羅緊那羅摩候羅伽人非人識上至二十八天識下至無救地獄識爾時世尊即於胎中現勾鎖骸骨徧滿三千大千世界佛告阿祈陀能別此骸骨識耶對曰不別何以故未得通徹行力未至佛告彌勒菩薩汝此天中未得神通耶彌勒白佛言有成就者有不成就者佛告彌勒汝觀勾鎖骸骨令一切衆知識所趣分別決了令無疑滯爾時彌勒菩薩即從座起手執金剛七寶神杖敲勾鎖骸骨聽彼骨聲即白佛言此人命終瞋恚結多識隨龍中次復敲骨此人前身十善行具得生天上次復敲骨此人前身破戒犯律生地獄中如是敲骨有漏無漏有爲無爲從二十八天下至無救地獄知識所趣

善惡果報白黑行報有一全身舍利無有缺減爾時彌勒以杖敲之推尋此識了不知處如是三敲前白佛言此人神識了不可知將非如來入涅槃耶佛告彌勒汝紹佛位於當來世當得作佛成無上道何以敲舍利而不知識處耶彌勒白佛言佛不思議不可限量非我等境界所能籌量今有狐疑唯願世尊當解說之五道神識盡能得知彼善惡所趣不敢有疑於如來所今此舍利無有缺減願說此識令我等知佛告彌勒過去未來現在諸佛舍利流布非汝等境界所能分別何以故此舍利即是吾舍利何能尋究如來神識今當與汝分別如來上中下識至薩芸然各各不同初住菩薩未立根德力唯得神通二住菩薩以天眼觀知識所趣退不退地亦復觀見欲界色界無色界者或復觀見生東方無數恒河沙佛刹供養諸佛奉律無礙亦復知彼受記刼數一刼二刼乃至百千億刼或有菩薩於三住地觀見舍利知識所趣於有餘涅槃無餘涅槃然復不見四住所行識所趣向四住菩薩見一見二三住識法然復不見五住舍利識法所趣乃至唯佛知佛神識所念又偈云識神無形法五大以爲家分別善惡行去就别眞僞識示善道處永到安隱道識爲第六王餘大最不如○問心識二名有何勝劣答心是如來藏心眞如之性識是心之所生無有一法不從眞心性起故首楞嚴經云諸法所生唯心所現心是本即勝識是依即劣如圓覺䟽云生法本無一切唯識識如幻夢但是一心問設使識無其體云何

得是心乎答以識本是心所成故故識無體則是一心何異境從識生攝境歸識若通而論之則本是一心心變爲識識變諸境由是攝境歸識攝識歸心也問前已廣明識相如何是智答分别是識無分别是智如大寶積經云佛言所言識者謂能了别眼所知色耳所知聲鼻所知香舌所知味身所知觸意所知法是名爲識所言智者於内寂静不行於外唯依於智不於一法而生分别及種種分别是名爲智又舍利弗從境界生是名爲識從作意生是名爲識從分别生是名爲識無取無執無有所緣無所了别無有分别是名爲智又舍利弗所言識者住有爲法何以故爲無爲法中識不能行若能了達無爲之法是名爲智又月燈三昧經偈云不寂者是想寂滅者是智若知想自性便離於諸想若有想可遣是則還有想彼行想戲論是人不離想若人作是心是想誰所起是想誰能證誰能滅是想起想之法者諸佛莫能得即於此處有無我離取著若其心不生何由得起想若心得解脱彼則無由起若證於解脱心則不思議心不思議故成就不思議我本作是念安住心地已棄捨一切心願成不思議白淨法果報覩見於無爲一念能了知一切衆生念衆生即是心心即是如來諸佛不思議顯了於此心○問心王妙義八識具原顯正理以圓明據聖教爲定量理事齊舉已斷纖疑心所之門如何開演答此申第二心所有法此心所六位都有五十一法徧行有五别境有五善有十一根本煩惱有六隨煩惱有二

十不定有四徧行者徧四一切四一切者一性一切者即三性一善二不善三無記性等二地一切者即九地一欲界五趣地色界四禪四地無色界四空四地三時一切者時即同一刹那時也此作意等五心所皆同時起故名時一切四俱一切者俱即徧諸心等與八識俱意云此作意等五徧行與八識心王俱起時必有同時相應五數又如八識俱起時皆有徧行五數故名俱一切即四一切是所行所徧觸等五數是能行能徧徧者是圓義行者是遊履義緣境義但取見分能緣四一切不取内二分内二分但互相緣即不能外緣一切又若别境欲等五數有行非徧行是能緣徧是所緣即所樂等四境以四境不能令能緣欲等所徧緣故名有行非徧應以

四句分别一是行非徧即别境二是徧非行即眞如三俱句即徧行四俱非即色等顯揚論云心所有法者謂若法從阿賴耶種子所生依心所起與心俱轉相應彼復云何謂徧行有五一作意者謂能警心爲性於所緣境引心爲業問作意爲在種位能警心爲在現行能警心答在種位能警心以作意自性明利雖在種位若有境至而能警心心所種令生起現舉喻如多人同一室宿外邊有賊來時衆中有一人爲性少睡便能警覺餘人此人雖自身未起而能警覺餘人令起亦如内心相分雖與見分同起法爾有能牽心功能令作意亦爾其作意種子既警彼諸心心所種生現行已作意現行又能引心現行令趣前境即此作意有二功能一心未起時能警

令起二若起已能引令趣境初是體性後是業用二觸謂根境識三事和合分別爲體受依爲業又即三和是因觸是其果令心心所觸境爲性受想思等所依爲業觸若不生時餘受一心所亦不能生和合一切心及心所令同觸前境是觸自性也即諸心所緣境時皆是觸功能自性也即此觸似彼三和與受等爲所依是觸之業用也三受領納爲體愛緣爲業四想謂名句文身熏習爲緣取相爲體發言議爲業又想能安立自境分劑若心起時無此想者應不能取境分劑相於境取像爲性施設種種名言爲業種種名言皆由於想是想功能五思謂念心造作一切善惡緫別報爲思體於善品等役心爲業觸等五法心起必有故是徧行餘非徧行別境有五欲等不徧心故以四境別名爲別境也一欲謂於所樂境希望爲體勤依爲業又於一切事欲觀察者有希望故若不欲觀隨因境勢任運緣者即全無欲由斯理趣欲非徧行二勝解謂於決定境如其所應即解爲體不可引轉爲業又謂邪正等教理證力於所取境審決印持由此異緣不能引轉故猶豫境勝解全無非審決心亦無勝解非徧行攝三念謂於慣習境令心明記不忘爲體等持所依爲業又於曾未受體類境中令不起念設曾所受不能明記念亦不生故念必非徧行所攝念與定爲所依爲業用能生正定故言定依爲業四定亦云等持謂於所觀境專注一緣爲體令心不散智依爲業又由定令心專注不散依斯便有決擇智生若不繫心專注

境位便無定起故非徧行五慧謂於所觀境簡擇爲體斷疑爲業又於非觀境愚昧心中無簡擇故非徧行攝此别境五隨位有無所緣能緣非定俱故善有十一一信謂於有體有德有能心淨爲體斷不信障能得菩提資粮圓滿爲業又識論云信以心淨爲性此性澄清能淨心等以心勝故立心淨名如水清珠能清濁水釋云唯信是能淨餘善等皆所淨故以心王爲主但言心淨不言心所水喻心等清珠喻信體以投珠故濁水便清以有信故其心遂淨二慚謂依自增上及法增上羞恥過惡爲體斷無慚障爲業三愧謂依世增上羞恥過惡爲體斷無愧障爲業四無貪謂於有有具厭離無執不藏不愛無著爲體能斷貪障爲業五無瞋謂於諸有情心無損害慈愍爲體能斷瞋障爲業六無癡謂正了眞實爲體能斷癡障爲業七精進謂心勇無墯不自輕賤爲體斷懈怠障爲業八輕安謂遠離麤重身心調暢爲體斷麤重障爲業九不放逸謂總攝無貪瞋癡精進爲體斷放逸障爲業十捨謂總攝無貪瞋癡爲體依此捨故得心平等得心正直心無發動斷發動障爲業十一不害謂由不惱害諸有情故悲哀惻愴愍物爲體能斷害障爲業根本煩惱有六一貪謂於五取蘊愛樂覆藏保著爲體損害自他能趣惡道爲業二瞋謂於有情欲與損害爲體能障無瞋爲業三慢謂以他劣已計我爲勝令心高舉爲體能障無慢爲業四無明謂不正了眞實爲體能障正了爲業五邪見謂五見爲體一薩迦邪見謂於五取蘊

計我我所染汙慧爲體能障無我無顛倒解爲業二邊執見謂於五取藴執計斷常染汙慧爲體能障無常無顛倒解爲業三邪見謂謗因果染汙慧爲體唯分別起能障正見爲業四見取謂於前三見及見所依藴計最勝上及與第一染汙慧爲體唯分別起能障苦及不淨無顛倒解爲業五戒禁取謂於前諸見及見所依藴計爲清淨解脱出離染汙慧爲體唯分別起能障如前無顛倒解爲業釋云薩迦邪見者此翻身見也見取者論又云一切鬬諍所依爲業此於諸見及所依藴執爲最勝能得涅槃清淨法是見取由此各各互執爲勝諸見等故一切外道鬬諍因斯而起戒禁取者又云無利勤苦所依爲業謂依諸見所受戒説此戒爲勝及能得涅槃由此戒故一切外道受持拔髮等無利勤苦六疑謂於諸諦猶豫不決爲體唯分別起能障無疑爲業○問此十煩惱何識相應答第八藏識全無第七末那有四第六意識具十前五識唯三古釋云五識但三以無分別故無慢等慢等必由有隨念計度分別生故又由慢於稱量門起劣勝負故疑猶豫簡擇門起見推求門起故五識無此等行相故七識具我癡等四煩惱猶具審決故疑無容起由愛著我瞋不得生無一心王中有二慧故餘見不生隨煩惱有二十釋論云唯是煩惱分位差別等流性故名隨煩惱此二十種類別有三謂忿等十各別起故名小隨煩惱無慚等二徧不善故名中隨煩惱掉舉等八徧染心故名大隨煩惱一忿謂於現在違緣令心憤發

爲體能障無瞋爲業二恨謂於過去違緣結怨不捨爲體能障無瞋爲業三覆謂於過犯若他諫誨若不諫誨祕所作惡爲體能障發露悔過爲業四惱謂於過犯若他諫誨便發麤言心暴不忍爲體能障善友爲業五嫉謂於他所有功德名譽心妬不悅爲體能障仁慈爲業六慳謂積聚悋著爲體障無貪爲業七誑謂惑亂於他現不實事心詭爲體能障愛敬爲業八諂爲欺彼故詐現恭順心曲爲體能障愛敬爲業九憍謂恃世間興盛等心恃高舉無所忌憚爲體能障厭離爲業十害謂逼惱有情無悲無愍無哀無憐無惻爲體能障不害爲業十一無慚謂不恥過惡爲體能障慚爲業十二無愧謂於世增上不恥過惡爲體能障愧爲業十三惛沉謂令心懵重爲體能障毗鉢舍那爲業十四掉舉謂依不正尋求心不寂靜爲體能障奢摩他爲業十五不信謂於有體有德有能心不淨信爲體障信爲業十六懈怠謂心不勉勵爲體能障發起正勤爲業十七放逸謂總貪瞋癡懈怠爲體障不放逸爲業十八失念謂染汙不記爲體障不妄念爲業十九散亂謂於所修善心不喜樂爲依止故馳散外緣爲體能障等持爲業二十不正知謂於三業不正了住染汙慧爲體能障正知爲業

宗鏡録卷第五十七

音釋

欻許勿切忽也　洶涌洶許拱切涌余隴切洶涌水漲溢貌　汩古沒切濁也　媸赤脂切醜也　絆補幔切縶也　薩芸然梵語也此云一切智　芸音云　忿憤並房吻切　妬當故切　懵莫亘切不明也　奢摩他梵語也此云止奢詩遮切

宗鏡録卷第五十八

宋慧日永明妙圓正修智覺禪師延壽集

夫不定有四悔眠尋伺於善染等皆不定故非如觸等定徧心故非如欲等定徧地故立不定名一惡作謂於已作未作善不善事若染不染悵怏追變爲體能障奢摩他爲業又識論稱悔此即於果假立因名先惡所作業後方追悔故二睡眠謂略攝於心不自在轉爲體能障毗鉢舍那爲業三尋謂或時由思於法造作或時由慧於法推求散行外境令心麤轉爲體障心内淨爲業四伺謂從阿賴耶識種子所生依心所造與心俱轉相應於所尋法略行外境令心細轉爲體障心内淨爲業釋云尋即淺推伺即深度尋於麤發言伺則細發語識論云四不定者於善染等皆不定故釋云一解顯不定義此於界性識等皆不定故二解簡前信等貪等此通三性性不定故如上根隨煩惱過患尤深開惡趣門障菩提道如瑜伽論云煩惱差別者多種差別應知謂結縛隨眠隨煩惱纏瀑流軛取繫蓋株杌垢常害箭所有根惡行漏匱燒惱有諍火熾然稠林拘礙如是等類煩惱差別當知此中能和合苦故名爲結令於善行不隨所欲故名爲縛一切世間增上種子之所隨逐故名隨眠倒染心故名隨煩惱數起現行故名爲纏深難渡故順流漂故名爲瀑流邪行方便故名爲軛能取自身相續不絶故名爲取難可解脱故名爲繫覆真實義故名爲蓋壞善稼田故名株杌自性染汙故名爲垢常能爲害故名爲常害不靜相故遠所隨故

名爲箭能攝依事故名所有不善所依故名爲根邪行自性故名惡行流動其心故名爲漏能令受用無有猒足故名爲匱能令所欲常有匱乏故名爲燒能引衰損故名爲惱能爲鬪訟諍競之因故名有諍燒所積集諸善根薪故名爲火如大熱病故名熾然種種自身大樹聚集故名稠林能令衆生樂著種種妙欲塵故能障證得出世法故名爲拘礙諸如是等煩惱差别乃至煩惱過患者當知諸煩惱有無量過患謂煩惱起時先惱亂其心次於所緣發起顛倒令諸隨眠皆得堅固令等流行相續而轉能引自害能引他害能引俱害生現法罪生後法罪生俱法罪令受彼生身心憂苦能引生等種種大苦能令相續遠涅槃樂能令退失諸勝善法能令資財衰損散失能令入衆不得無畏悚懼無威能令鄙惡名稱流布十方常爲智者所訶毀令臨終時生大憂悔令身壞巳墮諸惡趣生那落迦中令不證得自勝義利如是等過無量無邊如上所作煩惱生諸過患皆從最初一念無明心起何謂無明以不知前境本空妄生對待唯是自心分别以忿恨風吹心識火自燒自害曽不覺知不了唯心第一義諦故曰無明癡暗所纏空生空死大智度論云復次一切法性皆空無所有汝所瞋因緣亦皆虚誑無定汝云何以虚誑事故瞋罵加害乃至奪命起此重罪業故墮三惡道受無量苦汝莫以虚誑無實事故而受大罪如山中有一佛圗彼中有一别房房中有鬼來恐惱道人故諸道人皆捨房而去有一客僧來維那處

分令住此房而語之言此房中有鬼神喜惱人能住中者住客僧自以持戒力多聞故言小鬼何所能我能伏之即入房住暮更有一僧來求住處維那亦令在此房住亦語有鬼惱人其人亦言小鬼何所能我當伏之先入者閉戶端坐待鬼後來者夜暗打門求入先入者謂爲是鬼不爲開戶後來者極力打門在內道人以力拒之外者得勝排門得入內者打之外者亦極力熱打至明旦相見乃是故舊同學各相鬼謝衆人雲集笑而怪之衆生亦如是五衆無我無人空取相致鬬諍若支解在地但有骨肉無人無我是故菩薩語衆生言汝莫於根本空中鬬諍作罪鬬諍故人身尚不可得何況值佛又云一切煩惱雖是過去業因緣無明是根本乃至若知先一世無明業因緣則億萬世可知譬如現在火熱過去未來火亦如是復次菩薩求無明體即是明所謂諸法實相名爲實際觀諸法如幻如化衆生顛倒因緣故起諸煩惱作惡罪業輪轉五道受生死苦譬如蠶出絲自纏縛入沸湯火衆凡夫衆生亦如是初生時未有諸煩惱後自生貪欲瞋恚等諸煩惱是煩惱因緣故覆眞智慧轉身受地獄火燒湯煮菩薩知是法本末皆空但衆生顛倒錯故受如是苦菩薩於此衆生起大悲心欲破是顛倒故求於實法行般若波羅蜜通達實際種種因緣教化衆生令住實際是故住實際無咎釋曰如了今世無明業是心則能通達過去未來一切善惡諸業悉是自心如一火性熱則一切火皆熱既實知已終不更將手觸爠

燒手故若如實知今現在一塵一念悉是自心終不更故起心貪取前境處失宗故所以寶藏論云一切如幻其幻不實知幻是幻守眞抱一如是則智燈常照業海自枯究竟住於無過咎眞唯識性之實際於實際中不見有一法若生若滅若合若散所以寂調音所問經云寂調音天子言文殊師利爲有煩惱故調伏爲無煩惱故調伏文殊師利言天子喻如有夢爲毒蛇所螫此人爲苦所逼卽於夢中而服解藥以服藥故毒氣得除天子於意云何此人實爲所螫不耶天子言不也文殊師利言彼毒實爲除不耶天子言文殊師利如實不被螫除亦如是文殊師利言天子一切賢聖調伏亦復如是天子汝作是言爲有煩惱故調伏無故調伏者天子如我與無我有煩惱無煩惱亦復如是乃至一切法無我以無主故一切法無主與虛空等故一切法無來無所依故一切法無去無窠窟故一切法無住無所安立故一切法無安立生卽滅故一切法無爲以無漏故一切法無受究竟調伏故大莊嚴法門經云文殊師利見此大衆於金色女無染心已問金色女言汝今煩惱置在何處令諸王子乃至居士等不生染心金色女言一切煩惱及衆生煩惱皆住智慧解脫之岸如如法界平等法中彼諸煩惱非有生非有滅亦不安置如中觀論偈云染法染者一一法云何合染法染者異異法云何合古釋煩惱爲能染衆生是所染一卽能所不成異卽如同水火俱無合義止觀云若一念煩惱心起具十法界百法不相妨礙

雖多不有雖一不無多不積一不散多不異一不同多即一一即多亦如初燈與暗共住如是明暗不相妨礙亦不相破如是了達煩惱性空則四種瀑流唯正法行日之能竭七重慢阜因平等慧風之所摧能害所害俱消自縛他縛同解逢緣猶蓮華上之水歷事若虛空中之風一切時中常居宗鏡見萬法無異如太虛空因分别識生名色影現分别不起名色本虛向性空地中美惡平等如大智度論云譬如除宫殿及諸陋廬如燒栴檀及雜木其處虛空無有異色及薩婆若等諸法求其實皆如是故淨名疏云但除其病不除其法者即是明其去取也有師解言如及眼病見空中華眼病差時即無華可除衆生亦爾妄見諸法但除妄惑妄惑若滅則無法可除此是本無法義何謂不除法也今言一切衆生悉具十法界法無明不了觸處病生若有智慧無礙自在悉爲佛事譬如火是燒法若觸燒痛謹慎不觸即是除病不可除火若除此火則失温身照闇成食之能十二因緣三道之法亦爾此有去取法不同除也又火能燒人得法術者出入無礙不須除火也故八萬四千煩惱凡夫爲之受惱諸佛菩薩以爲佛事也亦如治眼之法去病不得損睛珠也經言爲斷病本而教導者此正明化物也病本即是一念無明取相故華嚴經云三界無别法唯是一心作今謂唯是一念無明取相心作也此即三界生死之病本也若知無明不起取有即畢故不造新即是斷病本也是知一念之心既名病本亦是道原執實成

非了空無過悟在刹那更無前後如志公和尚道體不二科云衆生不解修道便欲遣除煩惱不知煩惱本空將道更欲覔道一念之心即是何須別處追討大道皎在目前迷倒愚人不了佛性天眞自然亦無因縁修造不識三毒虛假妄執沉淪生老昔日迷時謂晚今日始覺非早第三色法色有十五種一地有二種一內二外內謂各別身內眼等五根及彼居處之所依止堅硬所攝有執受性復有增上積集所謂髮毛爪齒皮肉筋骨等是內地體形段受用爲業外謂各別身外色等五境之所依止堅硬所攝非執受性復有增上積集所謂礫石丘山等是外地體形段受用爲業又依持資養爲業二水亦二種一內二外內謂各別身內眼等五根及彼居處之所依止濕潤所攝有執受性復有增上積集所謂洟淚涎汗等是內水體潤澤聚集受用爲業外爲各別身外色等五境之所依止濕潤所攝非執受性復有增上積集所謂泉源谿沼等是外水體依治受用資養爲業三火亦二一內二外內謂各別身內眼等五根及彼居處之所依止煖熱所攝有執受性復有增上積集所謂能令有情徧溫增熱又能消化飲噉是內火體成熟和合受用爲業外謂各別身外色等五境之所依止煖熱所攝非執受性復有增上積集所謂炎燎村城或鑽木擊石種種求之是外火體變壞受用對治資養爲業四風亦二種一內二外內謂各別身內眼等五根及彼居處之所依止輕動所攝有執受性復有增上積集所謂上下橫行

入出氣息等是內風體動作事受用爲業外謂各別身外色等五境之所依止輕動所攝非執受性復有增上積集所謂摧破山崖偃拔林木等彼旣散壞無依故靜若求風者動衣搖扇其不動搖無緣故息如是等是外風體依持受用對治資養爲業五眼謂一切種子阿賴耶識之所執受四大所造色爲境界緣色境識之所依止淨色爲體色蘊所攝無見有對性六耳七鼻八舌九身亦爾此中差別者謂各行自境緣自境之所依止十色謂眼所行境眼識所緣四大所造色蘊所攝有見有對性十一聲謂耳所行境耳識所緣四大所造可聞音爲體色蘊所攝無見有對性十二香謂鼻所行境鼻識所緣四大所造可齅物爲體色蘊所攝無見有對性十三味謂舌所行境舌識所緣四大所造可嘗物爲體色蘊所攝無見有對性十四觸謂身所行境身識所緣四大所造可觸物爲體色蘊所攝無見有對性十五法處所攝色謂一切時意所行境色蘊所攝無見無對性又百法明色有十一種所謂五根六境五根者阿毗達磨論云以造色爲體一能造即四大地水火風二所造即四微色香味觸六境者一色有三十一顯色有十三一青二黃三赤四白五光六影七明八暗九雲十煙十一塵十二霧十三空一顯色形色有十一長二短三方四圓五麤六細七高八下九正十不正表色有八一取二捨三屈四伸五行六住七坐八臥法處色有五一極逈色二極略色三定自在所生色四受所引色五徧計所執色五根色以

能造爲體法處境中以極迥極略爲體徧計所執受所引色等四色非是造色無體性故是假非實又除青黄赤白四色是實長短二十七種皆是假四實色上立故以相形立故二聲有十一種一因執受大種聲因者假藉之義即藉彼第八識執受四大所發之聲即血脉流注聲等是也即内四大有情作聲皆是執受故二因不執受大種聲外四大聲是三因執受不執受大種聲如外四大種親造彼聲即手是内四大種親造果聲外四大種但爲助緣共造一聲四世所共成聲世間言教書藉陰陽等名共成聲仁義禮智信等五成所引聲或成所作智所引言教即唯如來六可意聲情所樂欲七不可意聲情不樂欲八俱相違聲非樂非不樂名俱相違聲九徧計所執聲謂外道所立言教十聖言量所攝聲十一非聖言量所攝聲三香有六一好約情說隨自識變稱己心等方名好香二惡三平等非好非惡四俱生沉檀等與質俱起五和合衆香等成一香六變異未熟無香之時名變異四味有十二一苦二酸三甘四辛五醎六淡七可意謂稱情故八不可意謂不稱情九俱相違上二相反十俱生與質同有十一和合衆味聚集十二變異成熟後味異於前五觸有二十六一地二水三火四風五滑六澁七輕八重九輭十緩十一急十二冷十三飢十四渴十五飽十六力十七劣十八悶十九癢二十黏二十一病二十二老二十三死二十四疲二十五息二十六勇前四地水火風是實餘二十二依四大差别建立是假

問色法有幾義答有四義百法云一識所依色唯屬五根二識所緣色唯屬六境三總相而言質礙名色四別相而言略有二種一者有對若准有宗極微所成大乘即用能造色成二者無對非極微成即法處所攝色如上地水火風一切色法因緣似有體用俱虛何者自體他體皆悉性空能緣所緣俱無有力以自因他立他因自生他是自他自是他自互成互奪定性俱無又能因所成所從能立能無有力則入所所無有力則入能互攝互資悉假施設緣會似有緣散還無以唯識所持終歸空性如大智度論云復次地若常是堅相不應捨其相如凝酥蠟蜜樹膠融則捨其堅相隨濕相中金銀銅鐵等亦爾如水為濕相寒則轉為堅相如是等種種悉皆捨相

復次諸論師輩有能令無無能令有諸賢聖人及坐禪人能令地作水水作地如是等諸法皆可轉相以無定體故隨緣變現不可執有執無違於法性第四不相應行法有二十四不相應行者相應者和順義如心王心所得等非能緣故不與心心所相應名不相應又得等非質礙義不與色相應又有生滅不與無為相應為揀四位法故名不相應一得謂諸行種子所攝自在生起相續差別性又雜集論云謂於善不善無記法若增若減假立獲得成就善不善無記法者顯依處若增若減者顯自體何以故由有增故說名成就上品信等由有減故說名成就下品信等二無想定謂已離淨欲未離上地欲由於無想天起出離想雜集論云於不恒行心心所滅

假立無想定不恒行者轉識所攝滅者謂定心所引不恒現行諸心心所暫時間滅三滅盡定謂已離無所有處欲或入非想非非想處定又云欲超過有頂作止息想作意爲先故於不恒行諸心心所及恒行一分心心所滅假立滅盡定此中所以不言未離上欲者爲顯離有頂欲阿羅漢等亦得此定故一分恒行者謂染汙意所攝四無想天謂於此間得無想定由此後生無想有情天中於不恒行心心所滅假立無想異熟五命根謂於衆同分先業所感住時決定假立壽命衆同分者於一生中諸藴相續住時決定者剷爾所時令衆同分常得安住或經百年千年等由業所引功能差別又依業所引第八識種令色心不斷名爲命根六衆同分謂如是如是有情於種種類自體相似假立衆同分七異生性謂行自相發起性又由二障種各趣差別八生謂於衆同分諸行本無今有性假立爲生九異謂於衆同分諸行相續變異性假立爲異亦名爲老十住謂於衆同分諸行相續不變壞性假立爲住十一無常謂於衆同分諸行自相生後滅壞性假立無常相十二名身謂於諸法自性增言假立名身十三句身謂於諸法差別增言假立句身十四文身謂於彼前二文句所依諸字假立文身十五流轉謂於因果相續不斷假立流轉十六定異謂於因果種種差別假立定異十七相應謂諸行因果相稱性十八勢速謂諸行流轉迅疾性十九次第謂諸行一一次第流轉性二十時謂諸行展轉新新生滅性二十一方

謂諸色行徧分劑性二十二數謂諸行等各別相續體相流轉性二十三和合謂諸行緣會性二十四不和合謂諸行緣乖性此不相應行雖不與心王心所色法無爲等四位相應然皆是心之分位亦不離心變及出唯識眞性約一期行相分別故爾如廣百論云自心分別所見境界即是自心但隨衆緣諸行種熟自心變作種種分位自心所變無實體相何爲精勤安立異法但應信受諸法唯心

○問一心妙旨八識眞原有爲門中已明王所無爲法内如何指陳答此申第五無爲法有爲無爲皆一心變起故又不出一心性故

○問有爲無爲各有幾種一一行相如何分別答有爲略有三種無爲略有六種初有爲極成之法不過三種識論云一現所知法如色心等二現受用法如瓶衣等如是二法世共知有不待因成三有作用法如眼耳等由彼彼用證知是有釋云如色心等者即是五識身他心智境謂色等五塵及心心所此約總聚不別分別此何識境現量所知非境所知如瓶衣等者此雖現見受用而非現量所緣是假法故但是現世而受用物問此中緣瓶等心是何量攝答非量収不親緣得法自體故非比度故非量所収如眼耳等者此五色根非現量得亦非現世人所有知此眼耳等各由彼彼有發識用比知是有言證知者證成道理也以現見果比有因故果謂所生心心所法比量知有諸淨色根此非現量他心智知然今大乘第八識境亦現量得佛智緣時亦現量得除佛已外共許爲論非世共

悉是故但言比知是有次約諸經論有六種無爲百法云一虛空無爲者離一切色心諸法障礙所顯眞理名爲虛空無爲虛空有三一識變虛空即第六識上作解心變起虛空相分故二法性虛空即眞如體有離諸障礙故名爲虛空三事虛空即所見頑空是也二擇滅無爲由無漏智起簡擇滅諸障染所顯眞如理故三非擇滅無爲有法不由擇力起無漏智簡擇而本性淨即自性清淨涅槃是也即眞如本性離諸障染不由起智斷惑本體淨故四不動無爲第四禪離八患三災證得不動無爲五想受滅無爲從第四禪已上至無所有處已來捨受不行并麤想亦無顯得眞如名想受滅無爲六眞如無爲有二一約對得名謂眞如理對事得名二簡法者即眞如簡徧計離於生滅也出體者大乘但約心變相分假說有虛空故非是離心外有空也若說本質無爲者即不離於識變有也問若說識變相分說是無爲者即是相狀之相隨識而爲何成無爲耶答此說是識變假說是無爲其實非是無爲無爲是常住法故今此依無爲體者但取隨識獨影相分爲體以前後相似無有變易唯有一類空等相故假說無爲此六無爲地前菩薩識變即是有漏若地上後得智變即無漏若依法性出體者五種無爲皆是眞如眞如體外更無別出六種無爲各皆依眞如實德也問如何聖教說眞如實耶答今言有者不是眞如名實有但說有即是遣惡取空故說有體是妙有眞空故言非空非有問如何聖教說眞空爲空耶

答謂破執眞如心外實有故説爲空即空其情執即不空其眞如空也又識論云然諸契經説有虚空等諸無爲法略有二種一依識變假施設有謂曾聞説虚空等名隨分别有虚空等相數習力故心等生時似虚空等無爲相現此所現相前後相似無有變易假説爲常二依法性假施設有謂空無我所顯眞如有無俱非心言路絶與一切法非一異等是法眞理故名法性離諸障礙故名虚空由簡擇力滅諸雜染究竟證會故名擇滅不由擇力本性清淨或緣闕所顯故名非擇滅苦樂受滅故名不動想受不行名想受滅此五皆依眞如假立眞如亦是假施設名釋云一依識變假施設有者此無本質唯心所變如極微等變似空等相現此皆變境而緣故也

眞如亦是假施設者眞如約詮而詮體是一此五無爲依眞如上假名空等而眞如體非如非不如故眞如名亦是假立而食油蟲等不稱彼體唯言顯故譬如有蟲名曰食油實非食油假名食油不稱體故眞如亦爾又釋摩訶衍論云無爲有四一眞如無爲二本覺無爲三始覺無爲四虚空無爲有爲法有五種一者根本無明有爲二者生相有爲三者住相有爲四者異相有爲五者滅相有爲是名爲五且四無爲者以何爲體有何等用頌曰依各有二種所謂通及别如體用亦爾隨釋應觀察論云眞如無爲有二所依一者通所依非有爲非無爲一心本法以爲體故二者别所依生滅門内寂靜理法以爲體故本覺無爲有二所依一者通所依非有爲非無

爲一心本法以爲體故二者別所依生滅門内自然本智以爲體故始覺無爲有二所依一者通所依非有爲非無爲一心本法以爲體故二者別所依生滅門内隨他起智以爲體故虛空無爲有二所依一者通所依非有爲非無爲一心本法以爲體故二者別所依生滅門内無所有事以爲體故復次眞如無爲有二種用一者通用一切諸法令出生故二者別用平等之性令不失故本覺無爲有二種用一者通用不守自性故二者別用不轉變故始覺無爲有二種用一者通用隨妄轉故二者別用對治自過故虛空無爲有二種用一者通用欲有令有故二者別用空無之性令不失故是名二用此中所說通謂他義別謂自義五種有爲以何爲體有何等用

頌曰依各有二種所謂通及別如體用亦爾隨釋應觀察論曰根本無明有二種依一者通所依非有爲非無爲一心本法以爲體故二者別所依生滅門内大力住地以爲體故生相有爲有二種依一者通所依非有非無爲一心本法以爲體故二者別所依生滅門内細分染法以爲體故住相有二種依一者通所依非有爲非無爲一心本法以爲體故二者別所依生滅門内麤分染法以爲體故異相滅相二種通依別依如前住相有爲所說無別復次根本無明有爲有二種用一者通用能生一切諸染法故二者別用隨所至處作礙事故生相有爲有二種用一者通用於上中下與其力故二者別用隨所至處作礙事故如說生相住異亦爾滅相有爲有二

種用一者通用於上及自與其力故二者別用能作礙事故是名二用以何義故作如是說有爲無爲一切諸法通以一心而爲其體於道智契經中作如是說爾時文殊師利白佛言世尊阿賴耶識具一切法過於恒沙過於恒沙如是諸法以誰爲本生於何處佛言如是有爲無爲一切諸法生處殊勝不可思議何以故於非有爲非無爲處是有爲是無爲法而能生故文殊又白佛言世尊云何名爲非有爲非無爲處佛言非有爲非無爲處者所謂一心本法非有爲故能作有爲非無爲故能作無爲是故我言生處殊勝不可思議復次善男子譬如庶子有二所依一者大王二者父母有爲無爲一切諸法亦復如是各有二依謂通達依及支分依復次善男子譬如一切草木有二所依一者大地二者種子有爲無爲一切諸法亦復如是各有二依謂通達依及支分依乃至廣說不生不滅與生滅和合者即是開示能熏所熏之差別故云何開示所謂顯示染淨諸法有力無力互有勝劣故今當作二門分明顯說一者下轉門二者上轉門生滅門中不出此二如是二門云何差別頌曰諸染法有力諸淨法無力背本下下轉名爲下轉門諸淨法有力諸染法無力向原上上轉名爲上轉門論曰由染淨諸法互有勝劣故二種轉門得成而已今當先說初下轉門根本無明以何等法而爲所熏於何時中而作熏事頌曰所熏有五種爲一法界心及四種無爲非初非中後取前中後故如契經分明說論曰根本無明以五

種法而爲所熏謂一法界及四無爲熏一法界其相云何頌曰一種法界心有二種自在謂有爲無爲是根本無明依於初自在而能作熏事論曰一法界心有二種自在一者有爲自在能爲有爲法而作依止故二者無爲自在能爲無爲法而作依止故根本無明依初自在能作熏事非後自在中實契經中作如是説根本無明熏自所依分際之量非他所依故熏眞如法其相云何頌曰眞如無爲法有二種作用所謂通及别如前決擇説是根本無明依於初作用而能作熏事餘無爲亦爾論曰眞如無爲有二種用謂通及别如前所説根本無明依初作用能作熏事非後作用如説眞如餘三無爲亦復如是皆依初作用非後用故作熏時量非初亦非中後取前中後故本智契經中作如是説大力無明作熏事時初及中後一時俱取而非别取故此中所説能熏所熏以何義故名言熏謂能引彼法而合自體不相捨離俱行俱轉故名能熏又能與彼法不作障礙若隨若順不違逆故名爲所熏謂五種有爲能熏四種無爲法及一法界心所熏五法隨來而與五能熏共會和合同事俱轉是故説言不生不滅與生滅和合如大無明一心本法爲通依故依初自在作熏習事四相有爲應如是知如大無明依四無爲通達作用能作熏事四相有爲應如是知

宗鏡録卷第五十八

音釋

梔(於革切)　悚(息拱切怖也)　炙(之石切燔炙也)　螫(施隻切蟲行毒也)

洟(他計切)　癢(余兩切)　黏(女廉切)

宗鏡録卷第五十九

宋慧日永明妙圓正修智覺禪師延壽集

夫有爲無爲二門爲當是一是異答非一非異非泯非存何者若是一者仁王經不應云諸菩薩等有爲功德無爲功德悉皆成就又維摩經云菩薩不盡有爲不住無爲等二義雙明豈是一耶若是異者般若經佛告善現不得離有爲說無爲不得離無爲說有爲豈成異耶若云俱泯者華嚴經云於有爲界示無爲之理不滅有爲之相於無爲界示有爲之法不壞無爲之性則有無性相無礙俱存若言俱存者如前論云二依法性假施設有謂空無我所顯眞如有無俱非心言路絶則百非莫能惑四句不能詮非可以情謂有無唯應智超言像方達有爲無爲唯識之眞性矣如大智度論復次夫生滅法者若先有心後有生則心不待生何以故先已有心故若先有生則生無所生又生滅性相違生則不應有滅滅時不應有生以是故一時不可得異亦不可得是則無生若無生則無住滅若無生住滅則無心數法無心數法則無心不相應諸行色法色法無故無爲法亦無故何以故因有爲故有無爲若無有爲則亦無無爲是故不應言諸法有又勝思惟梵天所問經云有爲無爲之法文字言說有差別耳持世經云有爲法如實相即是無爲○問心所具幾義立心所之門答古德釋云心所義有三一恒依心起二與心相應三繫屬於心心王緣總相如畫師作模心所通緣總別相如弟子於總相模中塡衆多彩色即心所與心

王縁青如眼識心王縁青色境時是緫相更不作多般行解心所縁別相者如五心所中作意以警心引心於別相等上便領納想像造作種種行相是通縁緫別相○問心王與心所爲同爲別答約俗則似同似別論眞則非即非離識論云如是六位心所法爲離心體有別自性爲即是心分位差別設爾何失二俱有過若離心體有別自性如何聖教說唯有識又如何說心遠獨行染淨由心士夫六界莊嚴論說復云何通如彼頌言許心似二現如是似貪等或似於信等無別染善法若即是心分位差別如何聖教說心相應他性相應非自性故又如何說心與心所俱時而起如日與光瑜伽論說心所非即心故應說離心有別自性以心勝故說唯識等心所依心勢力生故說似彼現非彼即心又識心言亦攝心所恒相應故唯識等言及現似彼皆無有失此依世俗若依勝義心所與心非即非離諸識相望應知亦然是謂大乘眞俗鈔理攝論頌云遠行及獨行無身寐於窟調其難調心是名眞梵志百法釋云如來依意根處說遠行及獨行也隨無明意識徧縁一切境也故名遠行又諸心相續一一轉故無實主宰名獨行無身者即心無形質故寐於窟者即依附諸根潛轉身內名爲寐於窟也寐者藏也即心之所藴在身中此偈意謂破外道執有實我也世尊云但是心獨行無別主宰故言獨行也又無始遊歷六塵境故名遠行無別心所故名獨行明知無別心所也士夫六界者瑜伽云佛說皆云四大空識能

成有情色動心三法最勝爲所依色所依者即四大也動所依者即空是也謂内空界不取外者由内身中有此空界故所以有動故爲動依心所依者識是也即説六界能成有情不言心所界也釋云許心似二現者此中似言似心外所計實二分等法故名爲似無別染善法者謂唯心變似見相二分二分離心無別有法復言心變似貪信等故貪信等離心之外無別染善法體即心也如二分故應説離心有別自性以心勝故説唯識等者既説離心有所何故説唯識心遠獨行染淨由心六界之中唯説心者以心勝故説此唯識等如何勝總有四義一能爲主二能爲依三行相總四恒決定非如心所等有時不定又若依第一體用顯現諦即心王爲體心所爲用即體用不即不離也若依勝義即是因果差別諦即王所互爲因果法爾非離也若依第三證得勝義諦即依詮顯者若依能詮依他起性説非即若依所詮二無我理説即王所非離若第四勝義勝義諦廢詮談旨亦不言即離也即一眞法界離言絶相即王所道理同歸一眞如故○問心王心所云何明假實答從種生者名實依他立者名假心法唯是實有心所之中徧行別境唯是實有其餘諸法或假或實眞如無爲雖非自從種起亦名爲實不依他故或諸法名義俱假唯眞如無爲一種名假體實離言詮故○問識論云但説識即攝心所者眞如與識非如心所何故不説答識實性故識俱有故不離識故非我法依故但説識不説眞如故知眞如即

識識即眞如○問眞如即識識即眞如且眞如非識之所變現何成唯識答雖非識變識實性故亦名唯識眞如離言與能計識非一非異非如色等可依起執故非執依此中不說若遠望疎言亦可依執法末學者依起執故又眞如既非識所轉變應非唯識不以變故名爲唯識不離識故正名唯識○問一百法中凡聖總具不答若凡夫位通約三界九地種子皆具一百法若諸佛果位唯具六十六法除根本煩惱六隨煩惱二十不定四不相應行中四共除三十四法○問心攝一切云何但標五位百法之門答雖標百法以爲綱要此中五位次第已攝無盡法門不出於此何者百法云一明心法謂此八種心王有爲法中此最勝故世出世間無不由心造二明心所有法與此心王常相應故名相應法望前心王此即是劣先勝後劣所以次明三色法心王等之所現影謂此色法不能自起要藉前二心王心所之變現故變不親緣故致影言或通本質前二能變此爲所變先能後所所以次明四不相應行謂此得等二十四法不能自起藉前三位差别假立前三是實此即是假先實後假所以次明五無爲法體性甚深若不約法以明無爲無由得顯故藉前四斷染成淨之所顯示前四有爲此即無爲先有後無所以後明又鈔中廣釋第一心法最勝故者華嚴經頌云心如工畫師能畫諸世間一切世間中無法而不造者此八識心王最勝猶如畫師能畫一切人天五趣形像乃至佛菩薩等形像然經中舉喻佛但

取少分以畫師只畫得色蘊餘四蘊即不能畫法中若是八識即能通造得五蘊且如第六識相應不共無明及餘分別俱生惑等若造得地獄總別報業即自畫得地獄五蘊乃至若造得人天總別報業即自畫得人天形像若具修萬行獲得二轉依果即自畫得佛果形像故知一切世出世間五蘊皆是自第六識畫得不簡依報正報皆是心變所以心法獨稱最勝第二心所有法與此相應故者瑜伽論五義略辯相應一時者所謂王所同時起二依者即王所同一所依根三緣者即王所同一所緣境四行者所謂王所三量行相俱同五事者即王所各有自證分體事第三色法二所現影故現者變也爲十一種色皆是心心所所變現故影謂影像是相似流類之義即此十一種色相分是本質之流類似於本質若無質者即似內心故言影也變不親緣故置影言者爲八識皆有變相分緣義且如前五識緣五塵境時須變影像緣第六緣十八界法亦變相分緣第七緣第八見分爲我時亦變相分緣若第八緣他人浮塵及定果色并界器時亦變相分緣相分望八識即親所緣緣本質望八識即踈所緣緣此上所說且望有質影者說若唯有相分無本質者即第八緣自三境定意識緣自定果色是第四分位差別故者此得等二十四法即依他前三位種現二假立第五顯示實性故即五無爲如前已釋又第一八種心王是最勝能緣門第二心所有法與心相應是共勝同緣門第三色法心之影像是所緣境界門

第四不相應法是分位建立門第五無爲法是顯示實性門如上勝劣顯現能所互成假實詮量有無隱顯等能彰無盡法門無盡法門不出五位百法五位百法不出色心二法攝末歸本不出唯心一法矣○問八識眞原萬法棲止約其體性都有幾種荅經論通辯有三種性約能所淶淨分別隨事説三縱有卷舒皆不離識性合則一體無異開則三相不同三相不同約用而行布一體無異就性以圓融行布乃隨義以施爲圓融則順性而冥寂若無行布無可圓融如無妄情不立眞智淶淨既失二諦不成是以因妄辯眞在行相而須悉尋迹得本假因緣以發明斯三性法門收凡聖境界事無不盡理無不窮今言三性者約經論共立一徧計所執性二依他起性三圓成實性徧計所執性者謂愚夫周徧計度所執蘊等實我實法名爲徧計性有二一自性總執諸法實有自性二差別别執取常無常等實有自體或依名徧計義如未識牛聞牛名便推度因何道理名之爲牛或依義徧計名或見物體不知其名便妄推度此物名何如未識牛共推度云爲鬼耶爲獸耶此諸徧計約體不出人法二體約執不出名義二種又一有徧非計如無漏諸心有漏善識能徧廣緣而非計執無漏諸心即諸聖人無漏智慧了諸法空即無法不徧都無計執名爲非計唯後得智有漏善識即地前菩薩雖有漏心中能作無我觀故亦能觀一切皆無有我亦是徧而非計二有計非徧如有漏第七識恒緣第八見分起我法二執從第

六識入生空觀時第七識中猶尚緣第八見分起於法執故知計而非徧三亦徧亦計即衆生染心四非徧非計即有漏五識及第八賴耶各了自分境界不徧無計度隨念分別故非計也賴耶唯緣種子根身器世間三種境故尚不能緣前七現行故非徧非計有漏種子能持能緣無漏種子即持而不緣況餘境耶又古德云衆生染心於依他起自性中當知有二種徧計所執自性執一者隨覺即現行執二者慣習習氣隨眠即執種子依他起性者依他衆緣和合生起猶如幻事名依他性圓成實性者一味眞如圓滿成就○問如何是能徧計自性之理答準護法云第六第七心品執我法者是能徧計唯說意識能徧計故○問如何是所徧計自性之理答準攝論云是依他起徧計心等所緣緣故慈恩云三性之中是依他起言所緣必是有法徧計心等以此爲緣親相分者必依他故不以圓成而爲境也謂不相似故○問三性中徧計是妄想即無依他屬因緣是有不答此二性能所相生俱無自體何者因妄想故立名相因名相故立因緣若妄想不生名相何有名相不有因緣即空以萬法不出名故楞伽頌云譬如修行事於一種種現於彼無種種妄想相如是釋云此破妄想徧計性也如二乘修諸觀行若作青想觀時天地萬物莫不皆青也以無青處見青由心變故於一色境種種不同譬凡夫妄見生死亦是無生死處妄見生死也又經頌云譬如種種瞖妄想衆色現瞖無色非色緣起不覺然此破因緣依

他起性也如目瞖所見差别不同彼實非有緣所起法斯則妄想體空因緣無性即是圓成究竟一法如明眼人見淨虚空況一眞心更無所有○問此三性中幾法是假幾法是實答識論云徧計所執妄安立故可說爲假無體相故非假非實依他起性有實有假聚集相續分位性故說爲假有心心所色從緣生故說爲實有若無實法假法亦無假法依實因而施設故圓成實性唯是實有不依他緣而施設故釋云徧計有名無體妄情安立可說爲假談其法體既無有相非假非實非兔角等可說假實必依有體總别法上立爲假實故依他假有三種一聚集假者如瓶盆有情等是聚集法多法一時所集成故能成雖實所成是假二相續假者如過未等世唯有因果是相續性多法多時上立一假法如佛說言昔者鹿王今我身是所依五蘊刹那滅者雖體是實於此多法相續假立一有情至今猶在故三分位假者如不相應行是分位性故皆是假一時一法上立如一色上名有漏可見有對亦名色等並是於一法上假施設故若彼實者應有多體其忿恨等皆此假攝心心所色從因緣種生故說爲實又三性者即是一性一性即無性何者徧計無相依他無生圓成無性解深密經云瞖眼人如徧計現青黄如依他淨眼如圓成攝論云分别性如蛇依他性如藤若人緣四塵相分析此藤但見四相不見别藤但是色香味觸相故藤非實有以離四塵外無别有藤所以論偈云於藤起蛇知見藤則無境若知藤分已

藤知如蛇知若知藤之性分是空則例如藤上妄生蛇想攝論云菩薩不見外塵但見意言分別即了依他性云何了別此法若離因緣自不得生根塵爲因緣根塵既不成此法無因緣云何得生依初眞觀入依他性由第二眞觀除依他性則唯識想息意言分別顯現似所聞思一切義乃至似唯有識想皆不得生生緣有二謂分別性及依他性分別性已滅依他性又不得生既無二境故一切義乃至似唯識想皆不得生唯識想尚不得起何況餘意言分別而當得生菩薩住何處唯住無分別一切名義中平等平等又依二種平等謂能緣所緣能緣即無分別智以智無分別故稱平等所緣即眞如境境亦無分別故稱平等又此境智不住能取所取義中譬如虛空故說平等平等由此義故菩薩得入眞實性此位不可言說以自所詮故證時離覺觀思惟分別故古德問云我見所緣影像若是依他有者應有依他性實我答此相伏因緣生但是依他性幻有之法而非是我由彼妄執爲我故名妄執此有兩重相約此相從因緣生有力能生心此乃是有名依他性法於此不稱所執法義邊名徧計所執乃名爲無如人昏冥執石爲牛石體不無我見所緣緣依他相有如石本非牛妄心執爲牛此所執牛其體全無如相分本非我妄心執爲我此所執其體全無但有能執心而無所執我謂於此石處有所緣石而無所執牛於此相分上有所緣法而無所執我又況云如南方人不識駝毛曾於一處聞說龜毛後忽見

駝毛由不識故妄謂駝毛以爲龜毛此所見駝毛是有故如依他性法其駝毛上無龜毛妄心謂爲龜毛如所執實我法故論云有義一切及心所法由熏習力所變二分從緣生故名依他起徧計依斯妄執定實有無一異俱不俱等此二名徧計所執性○問三性中幾性不可滅幾性可滅耶答準佛性論云二性不可滅一性可得滅何以故分別性本來是無故不可滅眞實性本來是眞故不可滅依他性雖有不眞實是故可滅所以分別中邊論云分別性者謂是六塵永不可得猶如空華依他性者謂唯亂識有非實故猶如幻物眞實性者謂能取所取二無所有眞實有無故猶如虛空○問依他起相但是自心妄分別有理事雙寂名體俱虛云何有憂喜所行境界答譬如夜行見杌爲鬼疑繩作蛇蛇之與鬼名體都無性相恒寂雖不可得而生怖心以體虛而成事故清涼疏云若依攝論說喻皆喻依他起性然並爲遣疑所疑不同故所喻亦異一以外人聞依他起相但是妄分別有非眞實義遂即生疑云若無實義何有所行境界故說如幻謂幻者幻作所緣六處豈有實耶二疑云若無實何有心心法轉故說如燄飄動非水似水妄有心轉三疑云若無實何有愛非愛受用故說如夢中實無男女而有愛非愛受用覺時亦爾四疑云若無實何有戲論言說故說如響實無有聲聽者謂有五疑云若無實何有善惡業果故說如影謂如鏡影像故亦非實六疑云若無實何以菩薩作利樂事故說如化謂變化者雖

知不實而作化事菩薩亦爾是以萬法雖空
體虚成事一眞非有無性隨縁則湛爾堅凝
常隨物化紛然起作不動眞如

宗鏡録卷第五十九

宗鏡録卷第六十

宋慧日永明妙圓正修智覺禪師延壽集

夫此三性法爲當是一是異若道是一不合云依圓是有徧計是無若道是異又云皆同一性所謂無性答此三性法門是諸佛密意所說諸識起處教網根由若即之取之皆落凡常之見若離之捨之俱失聖智之門所以藏法師依華嚴宗釋三性同異義一圓成眞如有二義一不變二隨緣二依他二義一似有二無性三徧計所執二義一情有二理無由眞如不變依他無性所執理無由此三義故三性一際又約眞如隨緣依他似有所執情有由此三義亦無異也是故眞該妄末妄徹眞原性相融通無障無閡問依他似有等豈同所執是情有耶答由二義故無異也一以彼所執執似爲實故無異法二若離所執似無起故眞中隨緣亦爾以無所執無隨緣故又以三性各有二義不相違故無異性且如圓成雖復隨緣成於染淨而恒不失自性清淨只由不失自性清淨故能隨緣成染淨也猶如明鏡現於染淨而恒不失鏡之明淨只由不失鏡明淨故方能現染淨之相以現染淨知鏡明淨以鏡明淨知現染淨是故二義唯是一性雖現淨法不增鏡明雖現染法不汙鏡淨非直不汙亦乃由此反現鏡之明淨眞如亦爾非直不動性淨成於染淨亦乃由成染淨方現性淨非直不壞染淨明於性淨亦乃由性淨故方成染淨是故二義全體相收一性無二豈相違也由依他無性得成似有由成似有是故無性此即無性即因緣

因緣即無性是不二法門也所執性中雖復當情稱執現有然於道理畢竟是無以於無處橫計有故如於杌橫計有鬼今既橫計明知理無是故無二唯一性也問真如是有耶答不也隨緣不變故空真如離妄念故問真如是無耶答不也不變隨緣故不空故聖智所行處故問真如是亦有亦無耶答不也無二性故離相違故問真如是非有非無耶答具法故離戲論故問依他是有耶答不也緣起無性故約觀遣故異圓成故問依他是無耶答不也無性緣起故能現無生故異徧計故是智境故問依他是亦有亦無耶答不也無二性故離相違故問依他是非有非無耶答不也有多義門故離戲論故問徧計是有耶答不也理無故無體相故問徧計是無耶答不也情有故無相觀境故能翳真故問徧計是亦有亦無耶答不也無二性故問徧計是非有非無耶答不也所執性成故已上護執竟今執成過者若計真如一向是有者有二失一不隨緣二不待了因故問教云真如爲凝然常既不隨緣豈是過耶答聖說真如爲凝然者此是隨緣成染淨時恒作染淨而不失自體即是不異無常之常名不思議常非謂不作諸法如情所謂之凝然也不異無常之常出於情外故名真如常經云不染而染明常作無常染而不染明作無常時不失常也又不異常之無常故說真如爲無常經云如來藏受苦樂與因俱若生若滅又依他是生滅法亦得有不異常之無常不異無常之常以諸緣起無常之法即無自性方成緣

起是故不異常性而得無常故云不生不滅是無常義此即不異於常成無常也又諸緣起即是無性非滅緣起方說無性即是不異無常之常也經云色即是空非色滅空又衆生即涅槃不更滅也此與眞如二義同即眞俗雙融二而無二故論云智障甚盲闇謂眞俗別執故也又眞如若不隨緣成於染淨染淨等法即無所依無所依有法又墮常也又眞如若有者即不隨染淨染淨諸法既無自體眞又不隨不得有法亦是斷也乃至執非有非無等四句皆墮斷常也若依他執有者謂已有體不藉緣故無緣有法即是常也又由執有即不藉緣不藉緣故不得有法即是斷也問依他性是有義便有失者何故攝論云依他性以爲有耶答此即不異空之有從緣無體故一一緣中無作者故由緣無作方得緣起是故非有之有爲依他有即是不動眞際建立諸法若謂依他如言有者即緣起有性緣若有性即不相藉不相藉故即壞依他壞依他者良由執有汝恐墮空立有不謂不達緣所起法無自性故即壞緣起便墮空無又若依他執無者亦二失謂依他是無法者即緣無所起不得有法即是斷也問若說緣生爲空無即墮斷者何故中論廣說緣生爲畢竟空耶答聖說緣生以爲空者此即不異有之空也此即不動緣生說實相法也若謂緣生如言空者即無緣生緣生無故即無空理無空理者良由執空是故汝恐墮有立空不謂不達無性緣生故失性空故還墮情中惡取空也故清辯爲成有故破於有護法

爲成空故破於空也如情執無即是斷過若説無法爲依他者無法非縁非縁之法即常也乃至執非有非無皆成斷常二患若徧計性中計所執爲有者聖智所照理應不空即是常也若妄執徧計於理無者即失情有故是斷也乃至非有非無皆具上失上已護過今當顯德者眞如是有義何者迷悟所依故不空故不壞故眞如是空義隨縁故對染故眞如是亦有亦無義具德故違順自在故鎔融故眞如是非有非無義二不二故定取不得故依他是有義無性縁成故依他是無義縁成無性故依他是亦有亦無義縁成故無性故依他是非有非無義隨取一不得故徧計是有義約情故徧計是無義約理故徧計是亦有亦無義由是所執故徧計是非有非無義由所執故故知執則爲斷常二患不執成性德之門但除妄情非遣法也是以不離有以談眞見有之本際匪存無而觀法了無之眞原則不出有無不在有無何取捨之干懷斷常之所惑乎是則三性一性情有而即是眞空一性三性眞如而能成縁起終日有而不有有徹空原終日空而不空空該有際自然一心無寄萬法俱閑境智相應理行融即方入宗鏡瑩淨無瑕照破古今光呑萬彙矣○問若不立三性有何等過答若無三性凡聖不成失大因縁成斷常過攝論云於世間中離分別依他一法更無餘法阿賴耶識是依他性餘一切法是分別性此二法攝一切法皆盡三界唯有識故阿毗達磨經説三性法者染汙分清淨分彼二分於依他性説

分別性是染汙分眞實性是清淨分譬如金土藏有三種可見謂一地界二土三金於地界中土非有而可見金實有而不可見若以火燒土則不現金則顯現復次於地界中土相現時是虛妄體現金體現時是清淨體現是故地界有二分如是如是此識性未爲無分別智火所燒時於識性中虛妄分別性顯現清淨性不現此識性若爲無分別智火所燒於識性中實有清淨性顯現虛妄分別性不顯現故知妄依眞起而能覆眞眞因妄顯而能奪妄眞妄無體皆依識性如土與金俱依地界攝論問云何一識成一切種種識相貌八識十一識等答欲顯依他性具有三性一識從種子生是依他有種種識相貌是分別分別實無所有是眞實性一識謂一本識本識變異爲諸識故○問三性行相有假有實義理可分云何復說三無性及云一切法皆無自性答論頌云即依此三性立彼三無性故佛密意說一切法無性初即相無性次無自然性後由遠離前所執我法性此諸法勝義亦即是眞如常如其性故即唯識實性即依此前所說三性立彼後說三種無性謂即相生勝義無性故佛密意說一切法皆無自性非性全無說密意言顯非了義謂後二性雖體非無而有愚夫於彼增益妄執實有我法自性此即名爲徧計所執爲除此執故佛世尊於有及無緫說無性云何依此而立彼三謂依初徧計所執立相無性由此體性畢竟無有如空華故次依他立生無性此如幻事託衆緣生無如妄執自然性故假說無

性非性全無依後圓成實立勝義無性謂即
勝義由遠離前徧計所執我法性故假說無
性非性全無如太虛空雖徧衆色而是衆色
無性所顯乃至契經中說無性言非極了義
諸有智者不應依之總撥諸法都無自性解
深密經偈云相生勝義無自性如是我皆已
顯示若不知佛此密意失壞正道不能往相
者是徧計生者是依他勝義是圓成無自性
者於此三性上皆無妄執我法徧計自然之
自性故若人不知佛密意於三性上說三無
性破外道小乘我執便撥菩提涅槃依圓皆
無者即此人失壞正道不能往至也此言三
性三無性不是依圓體亦無但無徧計妄執
之我法故名無性也是以三性無際隨一全
収眞妄互融性相無礙如來一代時教恒沙
義門密意總在三性門中眞俗本末一時収
盡以顯唯識正理更無異轍以依他性是唯
識體從依他起分別即是徧計從依他悟眞
實即是圓成由分別故一分成生死由眞實
故一分成涅槃了分別性空即生死成涅槃
迷眞實性有即涅槃成生死都是一法隨情
顯義成三三非三而一理圓一非一而三性
具卷舒不失隱顯常如非一非三泯性相於
實地而三而一耀行布於義天撮要所歸莫
先斯旨○問三能變相已細披陳所變之相
如何開演答三能變謂異熟思量及了別境
識此是能變自體所變者即見相二分是自
體分之所變故是自體分之用故說自體是
二分所依識論云云何應知依識所變假說
我法非別實有由斯一切唯有識耶頌曰是

諸識轉變分別所分別由此彼皆無故一切唯識是諸識者謂前所説三能變識及彼心所皆能變似見相二分立轉變名所變見分説名分別能取相故所變相分名所分別見所取故由此正理彼實我法離識所變皆定非有離能所取無別物故非有實物離二相故是故一切有爲無爲若實若假皆不離識唯言爲遮離識實物非無不離識心所法等或轉變者謂諸内識轉似我法外境相現此能轉變即名分別虚妄分別爲自性故謂即三界心及心所此所執境名所分別即所妄執實我法性由此分別變似外境假我法相彼所分別實我法性決定皆無前引教理巳廣破故是故一切皆唯有識虚妄分別有極成故唯既不遮不離識法故眞如等亦是有性由斯遠離增減二邊唯識義成契會中道

釋云是諸識轉變者轉變是改轉義謂一識體改轉爲二相起異於自體即見分有能取之用相分有質礙之用由識自體轉起能取及有礙故所變見分説名分別能取相故者前所變中以所變見分名爲分別是依他性能取於所變依他相分故起種種徧計所執分別是此識體所變用能分別故名分別其識體所變依他性相分似所執相分者名所分別是前能分別見分之所取相故非謂識自體能緣名爲分別起分別見者識之用也相見俱依自證起故唯既不遮不離識法故眞如等亦是有性者唯言不遮不離識法眞如及心所者亦不離識故體皆有令此位但遮離識所分別有不遮不離識眞如等有如

理應知此意既有能變分別識及所變境依他相分所分別心外實法等決定皆無唯有眞如心所等法皆不離識亦是實有遠離增減二邊者無心外法故除增益邊有虛妄心等故離損減邊離損減邊故除撥無如空清辯等說離增益邊故除心外有法諸小乘執唯識義成契會中道無偏執故又諸師所明總有四分義一相分二見分三自證分四證自證分相分有四一實相名相體即眞如是眞實相故二境相名相爲能與根心而爲境故三相狀名相此唯有爲法有相狀故通影及質唯是識之所變四義相名相即能詮下所詮義相分是於上四種相中唯取後三相而爲相分相又相分有二一識所頓變即是本質二識等緣境唯變影緣不得本質二見分者唯識論云於自所緣有了別用此見分有五類一證見名見即三根本智見分是二照燭名見此通根心俱有照燭義故三能緣名見即通內三分俱能緣故四念解名見以念解所詮義故五推度名見即比量心推度一切境故於此五種見中除五色根及內二分餘皆見分所攝三自證分爲能親證自見分緣相分不謬能作證故四證自證分謂能親證第三自證分緣見分不謬故從所證處得名此四分義總以鏡喻鏡如自證分鏡明如見分鏡像如相分鏡後弝如證自證分此四分有四師立義第一安慧菩薩立一分自證分識論云此自證分從緣所生是依他起故故說爲有見相二分不從緣生因徧計心妄執而有如是二分情有理無唯自證分是

依他起性有種子生是實有故見相二分是無更變起我法二執又是無以無似無若準護法菩薩即是以有似無見相二分是有體變起我法二執是無體故安慧引楞伽經云三界有漏心心所皆是虛妄分别爲自性故故知八識見相二分皆是徧計妄執有故唯有自證一分是依他起性是實有故密嚴經偈云愚夫所分别外境實皆無習氣擾濁心故似彼而轉故知但是愚夫依實自證分上起徧計妄情變似無體一分現故理實二分無其實體但是愚夫不了妄執爲實故所以論云凡夫執有聖者達無問若言相見二分是假者且如大地山河是相分收現見是實如何言假耶答雖見山河等是實元是妄執有外山河大地等理實而論皆不離自證分故所以楞伽經偈云由自心執著心似外境轉彼所見非有是故説唯心故知離自證分外無實見相二分第二難陀論師立二分成唯識者初標宗者即一切心生皆有見相二分見相二分是能所二緣也若無相分牽心心法無由得生若無能緣見分誰知有所緣相分耶即有境有心等成唯識也見分爲能變相分是所變能所得成須具二分見分相分是依他起性有時緣獨影境即同種生有時緣帶質境即别種生從種生故非徧計也若不許者諸佛不應現身土等種種影像也安慧却難汝若立相分豈不心外有境何名唯識難陀言見分是能緣相分是所緣攝所從能還是唯識又汝若言無相分則所立一分唯識不成何以故安慧執相分是妄情有

即第八所縁識中相分種子是相分攝即種子是能生自證現行親因縁法若種子相分是妄情者何妨所生現行自證分亦是妄情不違種子識義也若不許自證分是妄情者即能生種子亦是實有即因果皆實證相分亦是實有既有相分即有見分能所既成即二分成立唯識也又五根是第八識相分若相分是徧計豈有徧計根能發生五識也安慧云不假五根發生五識五識俱自從種子生也問若不假根發生但從種子生者汝許五識種子是第八相分不答許是第八相分難既爾即種子是徧計能生五識亦是徧計也安慧救云種子但是第八識上氣分有生現行功能故假名種子但是習氣之異名非實也難諸聖教從種子生者名實依他立者名假豈有假種子生實現行若是假種子者如何親報自果耶若種子是假法者即因中第八識因縁變義不成若非因縁變者即違一切安慧絶救既有能所二縁者皆是實依他起性者即知見相是實引證者密嚴經云一切唯有覺所覺義皆無能覺所覺分各自然而轉釋云一切唯有覺者即唯識也所覺義皆無者即心外妄執實境是無能覺所覺分者能覺是依他實見分所覺是依他實相分各自然而轉者見分從心種子生相分從相分種子生起故知須立二分唯識方成會相違者安慧難云若爾前來密嚴楞伽二文如何通會正會者前來經文不是證一分但遮執心外實有我法等亦不遮相分不離心第三陳那菩薩立三分非前師安慧立一分

即但有體而無用難陀立見相二分但有用而無體皆互不足立理者謂立量果義論云能量所量量果別故相見必有所依體故相分爲所量見分爲能量即要自證分爲證者是量果也喻如尺量絹時絹爲所量尺人爲能量記數之智名爲量果今見分緣相分不錯皆由自證分爲作果故今眼識見分緣青時定不緣黄也如見分緣不曾見境忽然緣黄境時即定不緣青若無自證分即見分不能自記憶故知須立三分若無自證分即相見亦無若言有二分者即須定有自證分自證分喻如牛頭二角喻相見二分準量論頌云似境相所量能取相自證釋云似境相所量者即相分似外境現能取相自證者能取相者即是見分能取相分故自證即是體也

第四護法菩薩立四分立宗者心心所若細分別應有四分立理者若無第四分將何法與第三分爲量果耶汝陳那立三分者爲見分有能量了境用故即將自證分爲量果汝自證分亦有能量照境故即將何法與能量自證分爲量果耶即須將第四證自證分爲第三分量果也引證密嚴經偈云衆生心二性内外一切分所取能取纏見種種差別心二性者即是内二分爲一性見相二分爲第二性即心境内外二性能取纏者即是能緣麤動是能緣見分所取纏者即是相縛所緣縛也見種種差別者見分通三量有此義故言見種種差別前二師皆非全不正第三師陳那三分似有體用若成量者於中道理猶未足即須更立第四分相分爲所量見分爲

能量即將自證分爲量果若將見分爲所量自證分爲能量即更將何法爲量果故知將證自證分爲量果方足也見分外緣虛踈通比非二量故即不取見分爲自證量果內二分唯現量故互爲果無失夫爲量果者須是現量方爲量果比非定非量果喻如作保證人須是敦直者方爲證若略虛人不能堪爲保證又前五識與第八見分雖是現量以外緣即非量果夫量果者須內緣故方爲量果又第七識雖是內緣是非量也亦不可爲量果夫爲量果者具二義一現量二內緣又果中後得見分雖是現量內緣時變影緣故非量果即須具三義又果中根本智見分雖親證眞如不變影故是心用故非量果即須具心體須具四義一現量二內緣三不變影四是心體方爲量果又論云如是四分或攝爲三第四攝入自證分故或攝爲二後三俱是能緣性故皆見分攝此言見者是能緣義或攝爲一體無別故如入楞伽經云由自心執著心似外境轉彼所見非有是故說唯心如是處處說唯一心此一心言亦攝心所故釋云如是處處唯一心者外境無故唯有一心內執著故以外境轉定無外境許有自心不離心故總名一識心所與心相應色法心之所變眞如識之實性又皆不離識故並名唯識又清涼記引論釋第四證自證分若無此者誰證第三心分旣同應皆證故釋曰見分是心分須有自證分自證是心分應有第四證論又云自證分應無有果諸能量者皆有果故釋曰見分是能量須有自證果自證量

見分須有第四果恐彼救云却用見分爲第三果故次論云不應見分是第三果見分或時非量攝故由此見分不證第三證自體者必現量故又意明見分通於三量三量者謂現量比量非量即明見緣相時或是非量不可非量法爲現量果或見緣相是於比量及緣自證復是現量故自證是心體得與比量非量而爲果見分非心體不得與自證而爲其量果故不得見分證於第三證自體者必現量故第三四分既是現量故得相證無無窮失意云若以見分爲能量但用三分亦得足矣若以見分爲所量必須第四爲量果若通作喻者絹如所量尺如能量智爲量果即自證分若尺爲所使智爲能使何物用智即是於人如證自證分人能用智智能使人故能更證亦如明鏡鏡像爲相鏡明爲見鏡面如自證鏡背如證自證面依於背背復依面故得互證亦可以銅爲證自證鏡依於銅銅依於鏡

宗鏡録卷第六十

音釋

閡（五漑切與礙同） 彙（于貴切類也） 撮（七括切捎取也） 弝（搏駕切手把處也）

宗鏡録卷第六十一

宋慧日宗明妙圓正修智覺禪師　延壽集

夫四分義以何爲體性答相分所變色心爲體性若内三分即用現行心所爲體○問果位之中現證眞如無有境界若四智緣境之時爲具四分不答定有見分照前境故有自證分通照見分亦有證自證分照自證分故相分者佛地論云如是所說四智相應心品爲有相分見分等耶若無應無所緣應不名智答無漏心品無障礙故親照前境無逐心變似前境相以無漏心說名無相無分別故又說緣境不思議故有義眞實無漏心品亦有相分諸心心法法爾似境顯現名緣非如鉗等動作取物非如燈等舒光照物如明鏡等現影照物由似境現分明照了名無障礙不執不計說名無相亦無分明妙用難測名不思議非不現影若言無相則無相分言無分別應無見分覩無相見應如虛空兎角等應不名智無執計故言無能取所取等相非無似境緣照義用若無漏心全無相分諸佛不應現身土等種種影像乃至如是分別但就世諦言說道理若就勝義離言絕慮既無相見不可言心及心法等離諸戲論不可思議有義無分別智無分別故所緣眞如不離體故如照自體無別相分此無分別若變相分於眞如境便非親證若後得智有分別故所緣境界或離體故如有漏心似境相現分明緣照名緣前境是故此後得智定有相分問只如安慧說一分不立見相等今護法攝四歸一分時亦不別立見相等義勢既同何

故言非安慧等諸師知見耶答乍看似同細詳理別且如安慧立一自證分全不說證自證分雖說見相二分然一向判為徧計所執性此乃四分中一分全無二分有名無體亦是其無唯立一依他自證分今護法雖攝四歸一然不名自證分但總名一心雖總說一心分而不失自證等四分義但以與心無決定相離義總名一分與彼別立自證分義別乃至攝四歸三時內之二分雖互相緣其用各別然其所緣不失自體故但名自證雖總名自證而互相緣二分之義不失不同陳那自證但有證自見分之自證即無證自證之自證由此義故非諸師之知見○問所變中是相分色云何諸師說現識名爲色識答古師云現識名爲色識者此言色識是從境爲名見分識變似色故名爲色識體實是識由能變色故名色識此取見分識爲體由能緣色或能變色故名色識又相分色不離識故名爲色識此即取相分色爲體相分之色實非識由從識變不離識故名爲色識或相分名色見分名識此雙取識境二法爲體以見相同種故此許前念相分爲後念識所緣緣義謂前念識之相分爲後念識之境即本識中生以自果功能念起即前念識相爲後念識境之所以謂因前念所緣故還熏得種由種故生今念歷轉推功歸本乃是前念所緣爲今識緣自果者相分現行也功能者種子也謂由前念識相分爲能熏故熏引得生自種子在本識中能生後念識相分色等與後念識爲境由前念相熏種生後念境相說前

念相分爲後識所緣緣也問前相種如何生今識答由見相同種故問既爾何不即説種爲緣答種是因緣非所緣緣又古德問如第六識緣龜毛兎角等時此所緣境爲有爲無若言有者聖教不應指此喻於徧計所執性是無若言無者無法無體非所緣緣此意識闕所緣緣如何得起若言此心無所緣緣者云何論言親所緣緣能緣皆有若龜本無毛兎本無角約此本無喻所執性由所執我及所執法皆本無故其能緣心將緣此等無法之時由無始來熏習力故依種生時從識自證分上變起龜毛等相分及緣此龜毛見分此相見分與識自證分同一種生既依種生是依他性非體全無不同本來無體龜毛故得成所緣緣是故緣此之心亦得説從四緣而生乃至如離藴計有實我實法等亦復如是離藴性外都無實我亦無決定實法但是有情虚妄執有以理推徵都無有體故如本來無體龜毛然我法執心緣執此時亦由無始虚妄熏習力故變起假我法相此相與見等同種亦依他起成所緣緣是故論云如是我執自心外藴或有或無自心内藴一切皆有自心内藴者即相分也若言獨影境是徧計性者其體即無猶如龜毛等即此一分相分無何得論言自心内藴一切皆有耶已上並護法義若安慧見相二分是徧計所執性其體是無今相承多云獨影是徧計所執性非所緣緣者此即安慧宗護法一切四分皆依他起於中妄執爲決定實者方名徧計所執乃至於圓成性及五塵性境若堅執爲

實者亦名徧計所執然本來無體龜毛兔角等不對執心即非徧計性今亦多有妄認龜毛等爲徧計性者非也又立況解自證分見相二分者且如自證分起見相二分更執二分爲我法如結巾成兔手巾是有喻自證分結手巾爲兔頭手巾上本無兔頭今結出之是故名無如自證分上本無見相二分由不證實故似二分起是故名無如所結手巾爲兔頭已是一重假更結出二耳又是一重假如從自證分變起見相二分已是一重假更執二分爲我法又是一重假則見相二分雖假似有從種生故其我法二執非有是徧計妄執故○問唯心之旨一分尚無云何廣說四分答四分成心千聖同稟只爲安慧菩薩唯執自證心體一分尚不識心爲難陀菩薩所破乃至陳那菩薩執有三分體用雖具猶闕量果第四證自證分唯護法菩薩唯識義圓四分具足因製唯識論十卷西天此土正義大行製此論終尋當坐蛻乃有空中神人告衆曰護法菩薩是賢劫千佛之中一數故知非十方大覺何以圓證此心若不達四分成心者斯皆但念名言罔知成心實義體用既失量果全無終被心境緣拘無由解脫今時學者全寡見聞恃我解而不近明師執己見而罔披寶藏故茲徧錄以示後賢莫踵前非免有後悔

問答章第二

夫一心妙門唯識正理能變所變內外皆通舉一例諸收無不盡如衆星列宿匪離於空萬本羣萌咸歸於地則可以拔疑根而開信

戸朗智照而洗情塵若機思遲回未成勝解
須憑問答漸入圓通眞金尚假鍛錬而成美
玉猶仗琢磨而出華嚴私記云正念思惟甚
深法門者有二種人能枯十二因緣大樹一
者温故不忘二者諮受新法此之謂也○問
心法不可思議離言自性云何廣興問答横
剖義宗荅然理唯一心事收萬法若不初窮
旨趣何以得至覺原今時不到之者皆是謬
解麤浮正信力薄玄關綿密豈情識之能通
大旨希夷非一期之所入若乃未到如來之
地焉能頓悟衆生之心今因自力未到之人
少爲開示全憑佛語以印凡心憑佛語以契
同渺然無際印凡心而不異豁爾歸宗又有
二義須說一若不言說則不能爲他說一切
法離言自性二即說無說說與不說性無二
故又此宗但論見性親證非在文詮爲破情
塵助生正信若隨語生見執解依通則實語
是虛妄生語見故若因教照心唯在得意則
虛妄是實語除邪執故起信論云當知一切
諸法從本已來非色非心非智非識非無非
有畢竟皆是不可說相所有言說示教之者
皆是如來善巧方便假以言語引導衆生令
捨文字入於眞實若隨言執義增妄分別不
生實智不得涅槃又若文字顯總持因言而
悟道但依義而不依語得意而不徇文則與
正理不違何關語默故大般若經云若順文
字不違正理常無諍論名護正法○問楞伽
經偈云從其所立宗則有衆雜義等觀自心
量言說不可得既達唯心何須演說如大般
若經云佛告善現如是如是諸菩薩摩訶薩

雖多處學而無所學所以者何實無有法可令菩薩摩訶薩衆於中修學又云無句義是菩薩句義譬如空中實無鳥跡答若了自心則成佛慧終不心外有法可說有事可立只爲不回光自省之人一向但徇文詮著其外境以無名相中假名相說即彼虛妄以顯眞實既不著文字亦不離文字所以天王般若經偈云總持無文字文字顯總持大悲方便力離言文字說楞伽經云佛告大慧我等諸佛及諸菩薩不說一字所以者何法離文字故非不饒益義說言說者衆生妄想故大慧若不說一切法者教法則壞教法壞者則無諸佛菩薩緣覺聲聞若無者誰說爲誰是故大慧菩薩摩訶薩莫著言說隨宜方便廣說經法淨名經云夫說法者當如法說乃至法順空隨無相應無作法離好醜法無增損法無生滅法無所歸法過眼耳鼻舌身心法無高下法常住不動法離一切觀行唯大目連法相如是豈可說乎夫說法者無說無示其聽法者無聞無得譬如幻士爲幻人說法當建是意而爲說法當了衆生根有利鈍善於知見無所罣礙以大悲心讚于大乘念報佛恩不斷三寶然後說法故知非是不許說法但說時無著說即無咎如思益經云汝等比丘當行二事一聖說法二聖默然但正說時了不可得即是默然不是杜口無說故昔人云幻人說法幻人聽由來兩箇總無情說時無說從君說聽處無聽一任聽又若以四實性自得法本住法約眞諦中即不可說若以四悉檀隨他意語斷深疑生正信有因緣故

則亦可得說又不可說即可說眞理普徧故可說即不可說緣修無性故如楞伽經云大慧復白佛言如世尊所說我從某夜得最正覺乃至某夜入般涅槃於其中間不說一字亦不已說當說不說是佛說大慧白佛言世尊如來應正等覺何因說言不說是佛說佛告大慧我因二法故作是說云何二法謂緣自得法及本住法是名二法因此二法故我作如是說云何緣自得法若彼如來所得我亦得之無增無減緣自得法究竟境界離言說妄想離文字二趣云何本住法謂古先聖道如金銀等性法界常住若如來出世若不出世法界常住如趣彼城道譬如士夫行曠野中見向古城平坦正道即隨入城受如意樂偈云我某夜得道至某夜涅槃於此二中間我都無所說緣自本住故我作如是說彼佛及與我悉無有差別釋云此有二因一即緣自得法自所得法即是證道證法在巳離過顯德二即緣本住法本住即古先聖道傳古非作此上是據理約證云不說若但是自心聞則佛常不說如寶性論偈云譬如諸響聲依地而得起自然無分別非內非外住如來聲亦爾依心地而起自然無分別非內非外住是以既非內外所生亦不從四句而起此約實智應須玄會若約權門亦不絕方便如止觀云若言智由心生自能照境諦智不相由藉若言智不自智由境故智境不自境由智故境如長短相待若言境智因緣故有此是共合得名若言皆不如上三種但自然爾即無因皆有四取之過皆不可說隨四悉

因緣亦可得說但有名字名字無性無性之字是字不住亦不不住是爲不可思議經云不可思議智境不可思議智照即此義也若破四性境智此名實慧若四悉赴緣說四境智此名權慧則權實雙行自他兼利方冥佛旨免墮巳愚○問山河大地一一皆宗五性三乘人人是佛何須宗鏡强立異端答諸佛凡敷教跡不爲巳知者言祖師直指人心只爲未明者說令之所録但示初機令頓悟圓宗不迂小徑若不得宗鏡之廣照何由鑒自性之幽深匪因智慧之光豈破愚癡之闇如臨古鏡姸醜自分若遇斯宗眞僞可鑒豈有日出而不照然燈而不明者乎故華嚴記中述十種法明法即是境明即是心以智慧明照二諦法故云法明雖然法無成破此屬第一義門中且教自有開遮寧無善巧方便如大涅槃經中高貴德王菩薩品因瑠璃光菩薩欲來放光佛問於文殊文殊初入第一義答云世尊如是光明名爲智慧智慧者即常住之法常住之法無有因緣云何佛問何因緣故有是光明廣說無因緣竟末後云世尊亦有因緣因滅無明則得熾然阿耨多羅三藐三菩提燈是知因教明宗非無所以從緣入道終不唐捐方便之門不可暫廢又夫宗鏡中纔說一字便是談宗更無前後以說時有異理且無差如智度論云先分別諸法後說畢竟空然但說之前後法乃同時文不頓書空非漸次○問但云方便說則無妨若約正宗有言傷旨答我此圓宗情解不及豈同執方便教人空有不融通體用兩分理事成

隔說常住則成常見說無常則歸斷滅斥邊則成邊執存中則著中理今此圓融之旨無礙之宗說常則無常之常說無常則常之無常言空則不空之空言有則幻有之有談邊則即中之邊談中則不偏之中立理則成事之理立事則顯理之事是以卷舒在我隱顯同時說不乖於無說無說不乖於說寶藏論云常空不有常有不空兩不相待句句皆宗是以聖人隨有說有隨空道空空不乖有有不乖空兩語無病二義雙通乃至說我亦不乖無我乃至無說事亦不宗何以故不爲言語所轉也釋曰常空不有者常空則不因有而空若因有而空則成對待以他爲體自無力故不自在故不得稱常常有不空者亦不因空而有則一空一切空一有一切有以絕待故乃得句句皆宗也空有既爾法法皆然可謂宗無不通道無不現云何簡法取塵自生差別不爲言語之所轉者以知宗故無一事而不隨實地無一法而不順無生祖師云承言須會宗勿自立規矩何者若立規矩則落限量纔成限量便違本宗但隨言語之所轉也所以一切衆生不知眞實者皆爲言語之所覆大寶積經云音聲語言中若得不隨轉於義乃隨行是名求義者何者名爲義應知祕密說祕密說者即宗鏡旨矣唯佛智之所知非情見之能解如勝天王般若經云爾時衆中有一菩薩摩訶薩名須眞胝白勝天王言如來爲大王受記乎勝天王答善思惟菩薩言善男子我受記如夢相又問大王如此受記當得何法答曰善男子佛授我記竟

無所得又問無所得者爲是何法答曰不得衆生壽者我人養育陰界入悉無所得若善不善若染若淨若有漏若無漏若世間若出世間若有爲若無爲若生死若涅槃悉無所得又問若無所得用受記爲答曰善男子無所得故則得授記又問若如大王所說義者則有二智一無所得二得授記答曰若有二者則無授記何以故佛智無二諸佛世尊以不二智授菩薩記又問若智不二云何而有授記得記答曰得記授記其際不二又問不二際者云何有記答曰通達不二際即是授記又問大王住何際中而得授記答曰住我際得授記住衆生際壽命際人際得授記又問我際當於何求答曰當於如來解脫際求又問如來解脫際復於何求答曰當於無明有愛際求又問無明有愛當於何求答曰當於畢竟不生際求又問畢竟不生際當於何求答曰當於無知際求又問無知者爲無所知云何於此際求答曰若有所知求不可得以無知故於此際求又問此際無言云何可求答曰以言語斷是故可求又問云何言語斷答曰諸法依義不依語又問云何依義答曰不見義相又問云何不見答曰不生分別義是可依我爲能依無此二事故名通達又問若不見義此何所求答曰不見不取故名爲求又問若法可求即是有求答曰不爾夫求法者是無所求何以故若是可求則爲非法又問何者是法答曰法無文字亦離言語又問離文言中何者是法答曰文言性離心行處滅是名爲法一切諸法皆不可說其不

可說亦不可說善男子若有所說即是虛妄中無實法又問諸佛菩薩常有言說皆虛妄乎答曰諸佛菩薩從始至終不說一字云何虛妄又問若有所說云何過咎答曰謂言語過又問言語何咎答曰謂思量過又問何法無咎答曰無說有說不見二相是即無咎又問過何爲本答曰能執爲本又問執何爲本答曰著心爲本又問著何爲本答曰虛妄分別又問虛妄分別以何爲本答曰攀緣爲本又問何所攀緣答曰緣色聲香味觸法又問云何不緣答曰若離愛取則無所緣以是義故如來常說諸法平等是以法平等故說無差別此方說法十剎皆然即一處徧一切處故所以同證同宣互爲主伴如華嚴指歸問云如忉利天說十住時既徧虛空未知夜摩天等處亦說十住不設爾何失二俱有過若彼不說則說處不徧若彼亦說何故經中唯言忉利說十住法門夜摩說十行等答此說十住忉利天處盡徧十方一切塵道是故夜摩等處皆有忉利即於如此徧夜摩等忉利天處說十住法是故忉利無不普徧仍非夜摩夜摩等處說十行等皆亦徧於忉利等處仍非忉利當知餘位亦爾若約十住與十行等全位相攝即此互無各徧法界若約諸位相資即此彼互有同徧法界又問餘佛說處與舍那說處爲相見不設爾何失二俱有過謂若相見即乖相徧若不相見不成主伴答互爲主伴若性徧法界彼此互無故不相見若相徧法界此彼互有故無不相見如舍那爲主證處爲伴無有主而不具伴是故舍那

與證處同徧法界謂於東方證法來處彼有舍那還有東方而來作證一一遠近皆同徧法界一切塵道無障無礙思之可見○問既稱觀心自悟不假外緣云何廣讚佛恩稱揚經教答若不因教所指何由得識自心設不因教發明亦須憑教印可若不然者皆成自然外道闇證禪師直饒生而知之亦是多生聞經熏種或乃諸聖本願冥加所以台教云夫一向無生觀人但信心益不信外佛威加益此墮自性癡又一向信外佛加不內心求益此墮他性癡共癡無因癡亦可解自性癡人眼見世間牽重不前者傍力助進云何不信罪垢重者佛威建立令觀慧得益又汝從何處得是無生內觀從師耶從經耶從自悟耶師與經即是汝之外緣若自悟者必被冥

加汝不知恩如樹木不識日月風雨等恩經云非內非外而內而外而內故諸佛解脫於心行中求而外故諸佛護念云何不信外益也又若論至理無佛無衆生豈云感應若於佛事門中機應非一若無衆生機諸佛則不應豈可執自執他論內論外而生邊見耶如法華玄義問云衆生機聖人應爲一爲異若一則非機應若異何相交關而論機應答不一不異理論則同如是故不異事論有機感是故不一譬如父子天性相關骨肉遺體異則不可若同者父即子子即父同又不可只不一不異而論父子也衆生理性與佛不殊是故不異而衆生隱如來顯是故不一不一不異而論機應也又同是非事非理故不異衆生得事聖人得理又聖人得事凡夫得理

故論異問爲用法身應用應身應若應身應身無本何能應若用法身應應則非法咎至論諸法非去來今非應非應非不應而能有應亦可言法應亦可言應應法應則冥益應應則顯益分別冥顯有四義如後說明機應相者約善惡明機相約慈悲論應相若善惡爲機爲單爲共解者不同或言單惡爲機承經云我爲斷一切衆生瘡疣重病又云如有七子然於病者心則偏重如來亦爾於諸衆生非不平等然於罪者心則偏重又云如來不爲無爲衆生而住於世又無記是無明終屬惡攝此即單以惡爲機或單以善爲機承大涅槃經云我觀衆生不觀老少中年貧富貴賤善心者即便慈念此則單善爲機或云善惡不得獨爲機何者如金剛後心即是佛衆善普會善惡無過此何得爲機耶雖云佛佛相念此是通語而無拔無與故知單善不得爲機單惡不得爲機者如闡提極惡不能感佛大涅槃經云唯有一髮不能勝身即是性得理善此是通機終不成感也或取善惡相帶爲機者從闡提起改悔心上至等覺皆有善惡相帶故得爲機是故約此善惡明其相也次約慈以明應相者或單以慈應經云慈善根力象見師子廣說如涅槃經或單以悲爲應如請觀音經云或遊戲地獄大悲代受苦或合用慈悲爲應何者良以悲心熏於智慧能拔他苦慈心熏於禪定能與他樂經云定慧力莊嚴以此度衆生論云水銀和真金能塗諸色像功德和法身處處應現往皆是水銀真金單能度色像耶當知慈悲和合論應

也問衆生善惡有三世何世爲機聖法亦有三世何世爲應過去已謝現在不住未來未至悉不得爲機亦不得爲應云何論機應耶答若就至理窮覈三世皆不可得故無應故經言非謂菩提有去來今但以世俗文字數故說有三世以四悉檀力隨順衆生說或用過去善爲機故言我等宿福慶今得值世尊又如五方便人過去集方便者發眞則易不集則難是故以過去善爲機或可以現在善爲機故言即生此念時佛於空中現或可以未來善爲機未生善法爲令生故又如無漏無集因而能感佛也故智度論云譬如蓮華在水有已生始生未生者若不得日光毉死不疑三世善若不值佛無由得成惡亦如是或以過去之罪今悉懺悔現造衆罪今亦懺悔未來之罪斷相續心遮未來故名之爲救何者過去造惡障現善不得起爲除此惡是故請佛又現在果苦報逼迫衆生而求救護又未來之惡與時相值遮令不起故通用三世惡爲機應亦如是或用過去慈悲爲應故云我本立誓願欲令得此法或用現在慈悲爲應者一切天人阿脩羅皆應至此爲聽法故未度令度也又用未來爲應者即是壽量中未來世益物也亦如安樂品中云我得三菩提時引之令得住是法中若通論三世善惡皆爲機別論但取未來善惡爲正機也何者過去已謝現在已定只爲拔未來惡生未來善耳問若未來爲正機者四勤意云何答此亦屬通意今更別答者只爲過去惡遮未來善故勤斷過去惡只爲過去善不得增長

增長者即未來善也是故四正勤中言雖過去意實未來問未來有善惡佛云何照答如來智鑒能如是知非下地知仰信而已何可分別問爲是衆生自能感由佛故感如來自能應由衆生故應答此應作四句自他共無因破是性義悉不可無此四句故則無性無性故但以世間名字四悉檀中而論感應能所等無能應屬佛若更番疊作諸語言名字則亂不可分別雖作如此名字是不住是字無所有故如夢幻問既善惡俱爲機者誰無善惡此皆應得益耶答如世病者近醫而有差不差機亦如是如有熟不熟則應有遠有近明機感不同者但衆生根性百千諸佛巧應無量隨其種種得度不同故經云名色各異種類若干如上中下根莖葉等隨其種性各得生長即是機應不同意也今略言爲四一者冥應二者冥機三者顯機顯應四者顯機冥應其相云何若修三業現在未運身口藉往善力此名爲冥機也雖不相見靈應而密爲法身所益不見不聞而覺而知是爲冥益也二冥機顯益者過去植善而冥機已成便得值佛聞法現前獲利是爲顯益如佛最初得度之人現在何嘗修善諸佛照其宿機自往度之即其義也三顯機顯應者現在身口精勤不懈而能感降如須達長跪佛往祇桓月蓋曲躬聖居門閫如即行人道場禮懺能感靈瑞即是顯機顯應也四者顯機冥應者如雖一世勤苦現善濃積而不顯感冥有其利此是顯機冥益若解四意一切低頭舉手福不虛棄終日無感終日無悔若見喜殺

壽長好施貧乏不生邪見若不解此者謂其徒功喪計憂悔失理釋論云今我病苦皆過去今生修福報在當來正念無僻得此四意也

宗鏡録卷第六十一

音釋

鉗(巨鹽切持鐵夾也)　鍛(丁貫切鍛鍊也)　疣(以周切瘤也)

宗鏡録卷第六十二

宋慧日永明妙圓正修智覺禪師延壽集

夫平等眞心群生佛智雖然等有信解難生多抱狐疑少能圓證以辟支佛之利智舍利弗之上根乃至不退位中諸大菩薩盡思竭力罔測其原巧辯妙通靡知其際更希再明教理確實指陳顯大旨於目前斷纖疑於意地答廣略之教遮表之詮雖開合不同總別有異然皆顯唯心之旨終無識外之文證若恒沙豈唯一二所以法華經偈云知第一寂滅以方便力故雖說種種道其實爲佛乘又偈云我今亦如是安隱衆生故以種種法門宣示於佛道釋曰知第一寂滅者眞如一心是本寂滅非輪回生滅之滅亦非觀行對治之滅故稱第一於一心寂滅之中即無法可敷揚無道可建立爲未了者以方便大慈力故雖說種種別門異道若尅體而論唯但指歸一心佛乘更無餘事今我亦如是者今我與十方佛同證此法悉皆如是以此安樂一切有情示三乘五性種種法門宣揚於唯心佛道楞伽經云佛告大慧身及資生器世間等一切皆是藏識影像所取能取二種相現彼諸愚夫墮生住滅二見中故於中妄起有無分別大慧汝於此義應勤修學又入楞伽經偈云種種隨心轉唯心非餘法心生種種生心滅種種滅衆生妄分別無物而見物無義唯是心無分別得脫又偈云無地及諸諦無國土及化佛辟支聲聞唯是心分別人體及五陰諸緣及微塵勝性自在作唯是心分別心徧一切處一切處皆心以心不善觀心

性無諸相又華嚴經云一切方海中依於衆生心想而住又示知一切法界所安立悉住心念際三昧大智度論云譬如調馬自見影不驚何以故自知影從身出如信入一乘調順之人見一切怖境不驚自知境從心出唯識論云如契經說三界唯心又說所緣唯識所現又說諸法皆不離心又說有情隨心垢淨又說成就四智菩薩能隨悟入唯識無境又頌說心意識所緣皆非離自性故我說一切唯有識無餘此等聖教誠證非一釋云又說所緣唯識所現者汝謂識外所緣我說即是內識上所現世親說謂識所緣唯識所現乃至佛告慈氏無有少法能取少法無作用故但法生時緣起力大即一體上有二影生更互相望不即不離諸心心所由緣起力其性法爾如是而生心意識所緣皆非離自性者自性即自心法或理體即義之所依本事謂第八心第七意餘六識所緣皆自心爲境佛言由如是理故我說一切有爲無爲皆唯有識無餘實無心外境也乃知凡有見聞皆自心生實無一法當情而有自體獨立者盡從緣起皆逐想成生死涅槃俱如幻夢所以不退轉法輪經云爾時阿難即往佛所白言世尊諸比丘不能得來何以故見祇桓中大水悉滿清淨無垢亦不見精舍樹木以是義故皆不得來佛告阿難彼諸比丘於無水中而生水想於無色中生於色想無受想行識中生受想行識想無聲聞辟支佛中作聲聞辟支佛想華嚴經云佛子云何爲菩薩摩訶薩次第徧往諸佛國土神通三昧佛子此菩

薩摩訶薩過於東方無數世界復過爾所世界微塵數世界於彼諸世界中入此三昧乃至於彼一一諸如來所恭敬尊重頭頂禮敬舉身布地請問佛法讚佛平等稱揚諸佛廣大功德入於諸佛所入大悲得佛平等無礙之力於一念頃一切佛所勤求妙法然於諸佛出興於世入般涅槃如是之相皆無所得如散動心了別所緣心起不知何所緣起心滅不知何所緣滅此菩薩摩訶薩亦復如是終不分別如來出世及涅槃相佛子如日中陽焰不從雲生不從地生不處於陸不住於水非有非無非善非惡非清非濁不堪飲漱不可穢汚非有體非無體非有味非無味以因緣故而現水相爲識所了遠望似水而興水想近之則無水想自滅此菩薩摩訶薩亦復如是不得如來出興於世及涅槃相諸佛有相及以無相皆是想心之所分別佛子此三昧名爲清淨深心行菩薩摩訶薩於此三昧入已而起起已不失是知非唯佛教以心爲宗三教所歸皆云反已爲上如孔子家語衞靈公問於孔子曰有語寡人爲國家者謹之於廟堂之上則政治矣何如子曰其可也愛人者則人愛之惡人者則人惡之所謂不出圜堵之室而知天下者知反已之謂也是知若匹已以徇物則無事而不歸自然取捨忘懷美惡齊旨是知但了一心無相自顯則六趣塵牢自然超越出必由戶莫不由斯道矣如古德云六道群蒙自此門出歷千劫而不反一何痛矣所以諸佛驚入火宅祖師特地西來乃至千聖悲嗟皆爲不達唯心出要

道耳故知若不了萬法即眞如一心者悉成徧計以眞如無相見有相者皆是情執故起信論云一切境界唯依妄念而有差別若離心念則無一切境界之相○問八識自性行相作用爲復是一爲復各異答非一非異論云八識自性不可言定一行相所依緣相應異故又一滅時餘不滅故能所熏等相各異故亦非定異經說八識如水波等無差別故定異應非因果性故如幻事等無定性故如前所說識差別相依理世俗非眞勝義眞勝義中心言絶故如伽陀說心意識八種俗故相有別眞故相無別相所相無故釋云以三義釋不可定一行相謂見分二所依謂根三緣謂所緣以此三義相應異故如眼識見色爲行相乃至第八變色等爲行相若一識滅餘七等不必滅者七是能熏八是所熏又七是因八是果亦非定異者楞伽經說識如大海水波無有差別相又若定異應非因果更互爲因果故法爾因果非定異如麥不生豆等芽故又一切法如幻等故知無定異性問若爾前來所說三能變相是何答此依四俗諦中第二道理世俗說有八等隨事差別非四重眞諦中第四眞勝義諦勝義諦中若八識理分別心與言皆絶故非一非異相所相無故者相即是能所相是所識上何者爲能相所相謂用爲能相體爲所相或以見分爲能相相分爲所相又以七識爲能相第八爲所相所相既無能相非有若入眞門理皆無別眞門但是遮別言無別無別亦無別無不別釋曰但以從初業識起見相二門因見立

能因相立所能所纔具我法互興從此因有爲而立無爲對虛假而談眞實皆無空體似有非眞是以認互起之名見色有表而執空無表對相待之質見牛角有而執兎角無不知以有遮無有非定有以無遮有無非定無若了八識眞心自然絶待疑消能所藤蛇於是倂空見息對治形名以之雙寂○問心外無法祖佛正宗今目覩森羅初學難曉不細開示何以斷疑須憑徵詰之由以破情塵之執答前已廣明今重引證唯識頌云是諸識轉變分別所分別由此彼皆無故一切唯識言轉變者即八種識從自證分轉變似二分現即所變見分有能作用說名爲見所變相分爲所作用說名爲相即俱依自證分而轉既若見相二分包一切法盡即此二分從心體上變起故知一切諸法皆不離心分別所分別者見分是能分別相分是所分別由此彼皆無者此見相二分上妄執彼我法二執是無即由此見相二分外妄情執有心外我法之境皆是無故云由此彼皆無故一切唯識者唯遮境有識簡心空除執二邊正處中道即將唯字遮薩婆多執心外法有其實境將識字簡清辯等執惡取空即破空有二邊正處中道故疏云外則包羅萬象內則能所俱成可謂四分一心理無逾者又小乘九難難心外無法唯心之旨一唯識所因難諸小乘師云離心之外現見色法是其實境所緣論主何故包羅歸心總說名爲唯識一乃色心有異二又能所不同關云色境不韋能緣心以色從心可唯識當情色境外迷心心被

境迷非唯識義論主云只此外邊色境一是一切有情緣心變二是一切有情心之所持根本皆由於心是故攝歸唯識十地經及華嚴經說三界唯心意云三界之法唯是心之所變離心之外更無一物此亦爲遮我法二執但是妄情執有舉體全無唯有內心故言唯心問欲色二界有外器色境云是心變故所言唯心且如無色界天唯有內心無外色境何要更言唯心豈不成相扶極成過咎不但說色境不離心方名唯心此亦遮無色界天貪等取能取之心故爲無色界有情亦貪於空等境起其妄心故無色界亦名唯心若得無漏時其出世無漏色等是出世無漏心心所唯識亦是唯心故云三界唯心解深密經云又說所緣唯識所現即一切所緣之境唯是識之所變更無外法所以佛告慈氏菩薩云無有少法能取少法無作用故楞伽經又說諸法皆不離心無垢稱經又說有情隨心垢淨又鈔釋唯識所因立四種道理即四比量也第一比量成立五塵相分色皆是五識親所緣緣成其唯識義第二成立第六識幷闇成立七八二識皆緣自之親相分不離於識是唯識義第三總成立一切親相分不離心體得成唯識第四成立一切踈所緣緣境皆不離心得成唯識且第一成立五塵相分皆不離五識者今但成立一識相分不離於識餘四識準作量云極成眼識是有法定不親緣離自識色是宗因云極成五識中隨一攝故如餘極成四識將釋此量分之爲二初釋名揀過次略申問答初者宗前陳云極

成即揀兩宗不極成眼識且如大乘宗中許有他方佛眼識及佛無漏眼識爲小乘不許亦揀之不取若小乘宗中執佛是有漏眼識及最後身菩薩染汙眼識即大乘不許亦須簡之即兩宗互不許者是不極成法今但取兩宗共許極成眼識方立爲宗故前陳言極成眼識也○問若不致極成兩宗簡即有何過答前陳便有自他一分所別不極成過因中亦犯自他一分所依不成過爲前陳無極成眼識爲所依故所以安極成二字簡後陳言定不親緣離自識色宗者但是離眼識相分外所有本質色及餘四塵但離眼識者皆不親緣若立敵共諍只諍本質也若大乘自宗成立眼識親相分色○問何故不言定親緣不離自識色耶答恐犯能別不極成過故謂小乘不許色不離於眼識故次因云極成五識中隨一攝故者因言極成亦簡不極成五識若不言極成簡空言五識中隨一攝者即此因犯自他一分隨一不成過所以因安極成言揀之喻云如餘極成四識者喻言極成亦揀不極成法若不安極成犯一分能立所立不極成過所以安極成言簡既立得相分色不離於眼識餘聲香味觸等皆準此成立皆不離於餘四識故所以唯識論頌云極成眼等識五隨一攝故如餘不親緣離自識色等次申問答一問宗依須兩共許今後陳立者言不親緣離自識色敵者許親緣離自識本質色何言極成答小乘亦許眼識不親緣餘四塵以離眼識故但使他宗許有不親緣離自識色即是宗依極成也二問他宗既

許餘四塵眼識不親緣後合爲宗便是相扶豈成宗諍答今所諍者但取色塵本質眼不親緣互相差別順巳違他正成宗體以小乘雖許色本質離於眼識且是親緣今言不親緣豈非宗諍三問宗中所諍是眼識不親緣本質色同喻如餘四識餘四識但不親緣餘四塵豈得相似答餘四識是喻依各有不親緣離自識法是喻體今取喻體不取喻依亦如聲無常宗同喻如缾不應分別聲缾有異但取聲缾各有無常義相似爲因等也第二以理成立第六兼閒成立七八二識者量云極成餘識是有法亦不親緣離自識法宗因云是識性故同喻如極成五識釋云宗前陳言極成亦簡不極成若不言極成犯自他一分所別不極成過若言六七八識爲有法他不許七八二識即犯他一分所別不極成過若但立意識爲有法因中便犯不定過被他將七八二識爲異喻量犯共中自不定過今但總言餘別取第六意兼七八即閒成立攝取七八於餘識之中後陳言亦不親緣離自識法者亦者同也同前極成五識不親緣離自識諸法因云是識性故者即同五識是識性故喻如極成五識者即同五識亦不親緣離自識故明知即親緣不離自識法既成立巳故知一切親所緣緣境皆不離心是唯識義所以唯識論云餘識識故如眼識等亦不親緣離自諸法第三以理成立前六識親所緣緣相分皆歸心體所言心體者即自證分也然雖見分亦依自證而轉今但立相分者以見分共許故量云六識親所緣緣是有法

定不離六識體宗因云見相二分中隨一攝故如彼能緣見分小乘許見分不離心體故取爲同喻所以唯識論云此親所緣緣定非離此二隨一故如彼能緣第四道理成立一切踈所緣緣境皆不離心是其唯識即第八識相分望前六名踈所緣緣以小乘不許第八故但云踈所緣緣也量云一切隨自識所緣是有法決定不離我之能緣心及心所宗因云以是所緣法故同喻如相應法釋曰此量後陳言定不離我之能緣者謂一切有爲無爲但所緣之法定不離我之能緣識若後陳不言我之能緣者便犯一分相扶之失謂小乘亦許他心智所緣之境不離能緣心故爲簡此相扶過遂言我之能緣即簡他之能緣也同喻如相應法者即是前來已成立親相分是也皆所緣法故所以唯識論云所緣法故如相應法決定不離心及心所是以我法非有空識非無離有離無正契中道由此慈尊說中道二頌云虛妄分別有於此二都無此中唯有空於彼亦有此故說一切法非空非不空有無及有故是則契中道言虛妄分別有者即有三界虛妄分別心言於此二都無者謂無能取所取我法二執之相於此妄心之上都無言此中唯有空者謂此妄心中唯有眞如此是空性依空所顯故言於彼亦有此者彼者彼空性中亦有此者亦有此妄分別識即虛妄分別是世俗諦故於此俗諦中亦有眞諦之空性也言故說一切法者即有爲無爲二法是一切法也言非空非不空者非空謂虛妄分別心及空性即依圓是

有故名非空以二諦有故非不空者謂能取所取我法二執之相是空即徧計性也言有無及有故者有謂虛妄分別有故無謂二取我法無故及有故者謂於妄分別中有眞空故於眞空中亦有妄分別故言是則契中道者謂非一向空如清辯等非一向有如小乘等故名中道謂二諦有不同清辯二取我法無不同小乘故名中道又阿毗達磨經說菩薩成就四智能隨悟入唯識無境即是地前小菩薩雖未證唯識之理而依佛說及見地上菩薩成就四般唯識之智遂入有漏觀觀彼十地菩薩所變大地爲黃金攪長河爲酥酪化肉山魚米等事此小菩薩入觀觀已即云如是所變實金銀等皆不離十地菩薩能變之心更無外境既作觀已亦能隨順悟入眞唯識理又如勝論祖師爲守六句義故變身爲大石此有實用若定實境者不應隨心變身境爲石問且如變大地爲金時爲滅却地令金種別生爲轉其地便成金耶答唯識鏡云爲佛菩薩以妙觀察智繫大圓鏡智及異熟識令地種不起金種生現以此爲增上能令衆生地滅金生名之爲變非爲便轉地成金故攝論云由觀行爲增上令餘識人變大涅槃經云佛言善男子菩薩摩訶薩修行如是大涅槃者觀土爲金觀金爲土地作水相水作地相隨意成就無有虛妄觀實衆生爲非衆生觀非衆生爲實衆生悉隨意成無有虛妄台教云諸物中一切皆有可轉之理如僧護見身爲牀甁等當知色法皆隨感現色無定體隨心所變此理元是如來藏中不

思議法隨心取著成外成小汝等所行是菩薩道平等法界方寸無虧四般唯識智者第一相違識相智者即四類有情各別能緣之識識既相違者其所變相分亦相違故即天見是寶嚴地魚見是窟宅人見是清冷水鬼見是膿河猛火緣此四類有情能變之識各相違故致令所變之境亦乃相違所言相者非是徧計相但是相分之相由四類有情先業之力共於一處各變相分不同故名相違識相言智者即是十地菩薩能緣之智智能了彼四類有情自業識所變相分不同更無心外別四境舊云一境應四心者不正問何以不正答若言一境者未審定是何境若離四類有情所變相分外更別有一境者即是心外有法問其四類有情爲是各變相分爲本質亦別答四類有情由業增上力其第八所變相分亦別若將此第八相分望四類有情前六識說即爲本質故相質皆別故知更無外境唯有識也所以唯識論云一相違識相智謂於一處鬼人天等隨業差別所見各異境若是實此云何成唐三藏云境非定一故爲四類有情所變相分隨四類有情能變之心境亦成四一處解成差證知唯有識論云如人見有糞穢處傍生見爲淨妙飲食於人所見淨妙飲食諸天見爲臭穢不淨故知隨福見異垢淨唯心業自差殊食無麤細大智度論云如佛在耆闍崛山中與比丘僧俱入王舍城道中見大木佛於木上敷尼師壇坐告諸比丘若比丘入禪心得自在能令大木作地即成實地何以故是木中有地分故

如是水火風金銀種種寶物即皆成實何以故是木中皆有其分復次如一美色婬人見之以爲淨妙心生染著不淨觀人觀之種種惡露無一淨處等婦見之妬憎瞋惡目不欲見以爲不淨婬人觀之爲樂妬人觀之爲苦淨行之人觀之得道無預之人觀之無所適莫如見土木若此美色實淨四種人觀皆應見淨若實不淨四種人觀皆應不淨以是故知好醜在心外無定也又問定力變化事爲實爲虛若實云何石作金地作水若虛云何聖人而行不實答曰皆實聖人無虛也三毒已拔故以一切法各各無定相故可轉地或作水相如酥膠蠟是地類得火則消爲水則成濕相水得寒則結成氷而爲堅相石汁作金金敗爲銅或還爲石衆生亦如是惡可爲善善可爲惡以是故知一切法無定相第二無所緣識智者言無所緣識者即是一切異生將自第六獨生散意識緣過去未來水月鏡像等變起假相分是此等相分但是衆生第六識妄構畫徧計當情變起都無心外實境名無所緣識言智者即是十地菩薩能緣之心菩薩云此等異生所變假相分皆不離一切異生能變之心是其唯識即以此例於一切實境亦不離一切有情能緣之心離心之外更無一物舊云緣無不生處即不正問何以不正答且如緣空華等一切假境之時心亦起故何言緣無不生處故知緣無體假境時不無内心實相分能牽生心望見分亦成所緣緣義未有無心境曾無無境心又不違護法四分成唯識義若離却内心實相分

外其構畫徧計執心之境即無唐三藏云應言境非眞慮起證知唯有識所以唯識論云二無所緣識智謂緣過未夢鏡像等非實有境識現可得彼境既無餘亦應爾既若菩薩觀諸異生徧計所執之境皆不離異生心者明知餘一切實境皆悉如是第三自應無倒智者即十地菩薩起智觀察一切衆生妄執自身爲常樂我淨菩薩云此但是凡夫執心倒見離却妄執心外其凡夫身上實無常樂我淨之境必若有者應異生不假修行而得解脫既不爾者明知唯有妄識故唯識論云三自應無倒智謂愚夫智若得實境彼應自然成無顚倒不由功用應得解脫第四隨三智轉智者一隨自在者智轉智即是菩薩起智觀自所變之境皆不離我能變之心是其唯識爲八地已去菩薩能任運變大地爲黃金攪長河爲酥酪此是境隨眞智轉所變事皆成轉者改換舊質義即隨轉大地山河舊質成金銀等衆生實得受用鍜鍊作諸器具皆得若離心有外實境者如何山河等能隨菩薩心便變爲金銀等物以相分本質皆悉轉故故知一切諸境皆不離菩薩能變之心乃至異生亦能變火爲水變晝爲夜點鐵成金等此皆是境隨事智轉所變事皆成亦是唯識若是迦多演那所變宫殿金銀等皆不成就故知離心更無實境論云凡變金銀宫殿者是實定果色從初地已去方能變若約自在八地已上菩薩於相及土皆得自在以上品定心有大勢力所變金銀宫殿等皆得成就如變金銀鍜鍊作諸器具實得受用其

所變金銀是實定果色皆不離菩薩內心是其唯識心外無境若諸聲聞及地前小菩薩等若變金銀宮殿時即託菩薩所變金銀宮殿以爲本質第六識所變金銀等皆不成就無實作用然所變金銀是假定果色不離聲聞諸小菩薩內心是其唯識心外無境今迦多演那緣是聲聞未得上品定故所變金銀雖無實作用然不離內識心外無境所以唯識論云一隨自在者智轉智謂已證得心自在者隨欲轉變地等皆成境若是實如何可變又古德云色自在心生故心能變色所以移山覆海倒地翻天攪長河爲酥酪變大地爲黃金悉無難事二隨觀察者智轉智者無性菩薩云謂諸聲聞獨覺菩薩等若修苦空等觀得相應者或作四諦觀時隨觀一法之上唯有無常苦空無我等衆相顯然非是諸法體上有此衆多苦空等義但是苦空等衆相即是諸法之體既若無常相於聖人觀心上有者故知一切諸法皆不離觀心而有所以唯識論云二隨觀察者智轉智謂得勝定修法觀者隨觀一境衆相現前境若是眞寧隨心轉三隨無分別智轉智者爲菩薩根本智證眞如時眞如境與智冥合能所一般更無分別離本智外更無別境即境隨眞智轉是故說唯心汝小乘若執有心外實境者即證眞如時一切境相何不現前故唯識云三隨無分別智轉智謂現證實無分別智一切境相皆不現前境若是實何容不現第二世事乖宗難此是經部師難云論主若言唯有內識無心外境者如何現見世間情與非情

等物有處定時定身不定作用不定等就此中自有四難一處定難二時定難三身不定難四作用不定難初難云論主若言一切皆是唯識無心外境者且如世人將現量識正緣南山處其識與山俱在其南山不離識可言唯識忽若將現量識緣北之時其山定在南且不隨緣者心轉來向北既若緣北之時緣南山心不生者明知離識之外有實南山之境此何成唯識第二時定難者難云若正緣南山時識現起山亦隨心起即可成唯識義且如不緣南山時其緣山心即不生然山且在不隨心滅即是離心有境何成唯識義此上二難皆是難現量識亦難比量若約比量心者即山相分亦於餘處心上現故第三有情身不定難者難云若言一切皆是唯識者且如有衆多有情同在一處於中一半眼有患眩瞖者或十或五或有見空華或有見頭髪或有見蒼蠅或有全不見物者此等皆是病眼人自識變起所變髪蠅等相分皆不離患眩瞖者之心可是唯識且如一半不患眩瞖者或十或五共在一處所見一般物皆同境既是一者明知離心有境何成唯識

宗鏡録卷第六十二

音釋

確克角切堅也　圜堵圜關切與環同繞也堵當五切垣也　眩瞖眩黄絢切目無常主也瞖於計切目疾也